FOLIO POLICIER

Jean-Claude Izzo

Fabio Montale

Total Khéops
Chourmo
Solea

Précédé de « Comme chez un frère aîné... »
de Gianmaria Testa

Gallimard

« Comme chez un frère aîné... »

Je me suis souvent demandé ce que la musique m'a donné ou enlevé depuis qu'elle est devenue une activité professionnelle de ma vie. Ce n'est pas une question facile ni évidente pour moi, mais c'est une question nécessaire. Peut-être avais-je simplement besoin d'une absolution du moi-même que je suis devenu, de la frénésie de voyager, de l'applaudissement qui console, de l'approbation pour quelque chose de privé qui devient public. À bien y regarder, il ne reste presque rien des théâtres à travers le monde, des attentes ou du plaisir partagé, ce qui reste se trouve dans le cœur de certaines personnes que je n'aurais pas été en mesure de rencontrer sans l'aide de mes chansons.

C'était le 17 octobre 1996, je le sais avec certitude car c'est la date de mon anniversaire, je jouais au festival de jazz de Nancy. Un peu avant le concert, on m'offrit un livre en me disant que j'y trouverais des surprises, c'était *Les marins perdus* de Jean-Claude Izzo. Je l'ai lu pendant la tournée et j'ai découvert Marseille, en plus de son auteur. Et j'ai découvert la surprise : les protagonistes du roman écoutaient certaines de mes chansons.

De Marseille, j'avais des souvenirs décousus remontant à mon adolescence et à une visite faite à des membres de la famille Testa émigrés là-bas avant la Seconde Guerre mondiale ; de l'auteur, je ne savais rien, peut-être seulement son nom lu rapidement dans un journal, mais j'eus envie de le connaître. J'ignore par quels méandres de l'esprit et j'ignore pourquoi j'ai voulu déroger à une des règles d'or de notre travail, celle de ne jamais croiser ceux qui d'après toi te ressemblent, mais Jean-Claude Izzo écrivait dans ma langue, même si c'était en français.

Nous nous sommes rencontrés une première fois à Paris dans une brasserie qui allait fermer, de petites tables, le personnel qui voulait s'en aller... et nous n'avons échangé guère plus qu'un bonsoir, intimidés l'un par l'autre. Puis nous nous sommes revus près de sa ville de Marseille et ce fut comme si nous nous connaissions depuis toujours. Jean-Claude Izzo parlait comme il écrivait, comme les personnages de ses livres, comme les parfums, les odeurs et la vie qu'il dessinait de son trait incomparable. Je me suis senti chez moi, comme chez un frère aîné qui avait probablement compris plus que moi sur les allées et venues des saisons et des gens.

Nous avons passé peu de temps ensemble, pas autant que j'aurais voulu, mais nous nous sommes compris. La dernière fois que nous nous sommes vus, c'était en novembre 1999.

Jean-Claude Izzo était invité à un festival de littérature dans ma ville, et après m'avoir téléphoné pour savoir si j'étais là, il était venu avec sa Catherine.

Il était déjà malade mais persuadé de s'en sortir, il avait des projets d'avenir, un air de marin d'eaux méditerranéennes, et il songeait à écrire ce que deviendrait cette mer. Je les ai écoutés lui et sa femme, nous avons parlé et mangé, nous avons vu les collines et la montagne, nous nous sommes sentis frères comme jamais et j'ai partagé ses espoirs. Il s'en est allé un jour de fin janvier 2000, mais le 7 de ce même mois il a encore trouvé le temps de m'envoyer un de ses derniers poèmes, *Plage du Prophète*, où il parle d'amitié et de beauté, en plus de sa chère Marseille.

Presque tout de lui me manque, sa voix calme, sa réflexion,

son écriture, son visage métis. Mais il me manque surtout nos conversations. Cet échange entre nous, comme si nous nous étions toujours connus.

GIANMARIA TESTA (janvier 2015)
Traduit de l'italien par Danièle Valin

J'ai toujours été persuadée que Gianmaria était le petit frère de Jean-Claude Izzo. J'inclus, dans cette ressemblance, cet important détail, la moustache !

Gianmaria Testa est chanteur, musicien, interprète aussi (*Le déserteur*), poète, conteur du quotidien fragile et des émotions pures ou troublées. Ciseleur de mots et de notes.

Né en 1958, enfant de paysans amoureux de la musique, chef de gare un temps à Cuneo, amateur des truffes immaculées d'Alba, là-bas, dans le Piémont, homme des plaines et des collines *la terra delle colline*, des fleuves et de la mer, de l'au-delà des mers *un po' di là del mare*, du ciel, des étoiles, des bateaux et des montgolfières *le traiettorie delle mongolfiere*, des pauvres et des délaissés *la ca sla colin-a* et *da questa parte del mare*, amoureux des femmes, celles qui vous quittent sur un quai *le donne nelle stazioni*, celles qui ressemblent à des châtaignes *il tuo amore, amor, è una castagna*...

Homme d'amitié douce et tendre, silencieuse et enveloppée de pudeur tranquille. Fraternelle. Huit disques à ce jour, certains d'une épure transparente, d'autres aux styles éclatés, jazz, tango, fanfares, guitare - cordes pincées à se rompre ou caressées à l'infini.

La voix de Gianmaria Testa, fragile et cassée, est un murmure, une brise légère et tremblée dans les peupliers du Piémont. La voix de Gianmaria Testa est un cri, qui ensevelit le vacarme du monde, à moins qu'il ne le souligne.

Comment ne pas fredonner indéfiniment *come le onde del mare* ou... *biancaluna*...

CATHERINE IZZO (janvier 2015)

TOTAL KHÉOPS

NOTE DE L'AUTEUR

L'histoire que l'on va lire est totalement imaginaire. La formule est connue. Mais il n'est jamais inutile de la rappeler. À l'exception des événements publics, rapportés par la presse, ni les faits racontés ni les personnages n'ont existé. Pas même le narrateur, c'est dire. Seule la ville est bien réelle. Marseille. Et tous ceux qui y vivent. Avec cette passion qui n'est qu'à eux. Cette histoire est la leur. Échos et réminiscences.

Pour Sébastien

Il n'y a pas de vérité,
il n'y a que des histoires.

JIM HARRISON

PROLOGUE

Rue des Pistoles, vingt ans après

Il n'avait que son adresse. Rue des Pistoles, dans le Vieux Quartier. Cela faisait des années qu'il n'était pas venu à Marseille. Maintenant il n'avait plus le choix.

On était le 2 juin, il pleuvait. Malgré la pluie, le taxi refusa de s'engager dans les ruelles. Il le déposa devant la Montée-des-Accoules. Plus d'une centaine de marches à gravir et un dédale de rues jusqu'à la rue des Pistoles. Le sol était jonché de sacs d'ordures éventrés et il s'élevait des rues une odeur âcre, mélange de pisse, d'humidité et de moisi. Seul grand changement, la rénovation avait gagné le quartier. Des maisons avaient été démolies. Les façades des autres étaient repeintes, en ocre et rose, avec des persiennes vertes ou bleues, *à l'italienne.*

De la rue des Pistoles, peut-être l'une des plus étroites, il n'en restait plus que la moitié, le côté pair. L'autre avait été rasée, ainsi que les maisons de la rue Rodillat. À leur place, un parking. C'est ce qu'il vit en premier, en débouchant à l'angle de la rue du Refuge. Ici, les promoteurs semblaient avoir fait une pause. Les maisons étaient noirâtres, lépreuses, rongées par une végétation d'égout.

Il était trop tôt, il le savait. Mais il n'avait pas envie de boire des cafés dans un bistrot, en regardant sa montre, à attendre une heure décente pour réveiller Lole. Il rêvait d'un café dans un vrai appartement, confortablement assis. Cela ne lui était plus arrivé depuis plusieurs mois. Dès qu'elle ouvrit la porte, il se dirigea vers l'unique fauteuil de la pièce, comme si c'était son habitude. Il caressa l'accoudoir de la main et il s'assit, lentement, en fermant les yeux. C'est seulement après qu'il la regarda enfin. Vingt ans après.

Elle se tenait debout. Droite, comme toujours. Les mains enfoncées dans les poches d'un peignoir de bain jaune paille. La couleur donnait à sa peau un éclat plus brun qu'à l'accoutumée et mettait en valeur ses cheveux noirs, qu'elle portait maintenant courts. Ses hanches s'étaient peut-être épaissies, il n'en était pas sûr. Elle était devenue femme, mais elle n'avait pas changé. Lole, la Gitane. Belle, depuis toujours.

— Je prendrais bien un café.

Elle fit signe de la tête. Sans un mot. Sans un sourire. Il l'avait tirée du sommeil. D'un rêve où Manu et elle rouleraient à fond la caisse vers Séville, insouciants, les poches bourrées de fric. Un rêve qu'elle devait faire toutes les nuits. Mais Manu était mort. Depuis trois mois.

Il se laissa aller dans le fauteuil, en allongeant les jambes. Puis il alluma une cigarette. Incontestablement la meilleure depuis longtemps.

— Je t'attendais. (Lole lui tendit une tasse.) Mais plus tard.

— J'ai pris un train de nuit. Un train de légionnaires. Moins de contrôle. Plus de sécurité. Son regard était ailleurs. Là où était Manu.

— Tu ne t'assois pas ?

— Mon café, je le prends debout.

— Tu n'as toujours pas le téléphone.

— Non.

Elle sourit. Le sommeil, un instant, sembla disparaître de son visage. Elle avait chassé le rêve. Elle le regarda avec des yeux mélancoliques. Il était fatigué, et inquiet. Ses vieilles peurs. Il aimait que Lole soit avare de mots, d'explications. Le silence remettait leur vie en ordre. Une fois pour toutes.

Il flottait un parfum de menthe. Il détailla la pièce. Assez vaste, murs blancs, nus. Pas d'étagères, ni bibelots ni livres. Un mobilier réduit à l'essentiel, table, chaises, buffet, mal assortis, et un lit à une place près de la fenêtre. Une porte ouvrait sur une autre pièce, la chambre. D'où il était, il apercevait une partie du lit. Draps bleus, défaits. Il ne savait plus rien des odeurs de la nuit. Des corps. L'odeur de Lole. Ses aisselles, pendant l'amour, sentaient le basilic. Ses yeux se fermaient. Son regard revint au lit près de la fenêtre.

— Tu pourras dormir là.

— Je voudrais dormir maintenant.

Plus tard, il la vit traverser la pièce. Il ne savait pas combien de temps il avait dormi. Pour lire l'heure à sa montre, il lui aurait fallu bouger. Et il n'avait pas envie de bouger. Il préférait regarder Lole aller et venir. Les yeux mi-clos. Elle était sortie de la salle de bains enroulée dans une serviette éponge. Elle n'était pas très grande. Mais elle avait ce qu'il fallait là où il fallait. Et elle avait de très belles jambes. Puis il s'était rendormi. Sans aucune peur.

Le jour était tombé. Lole portait une robe de toile noire, sans manches. Sobre, mais très seyante. Elle moulait délicatement son corps. Il regardait encore ses jambes. Cette fois, elle sentit son regard.

— Je te laisse les clefs. Il y a du café au chaud. J'en ai refait.

Elle disait les choses les plus évidentes. Le reste ne trouvait pas place dans sa bouche. Il se redressa, attrapa une cigarette sans la quitter des yeux.

— Je rentre tard. Ne m'attends pas.

— Tu es toujours entraîneuse ?

— Hôtesse. Au Vamping. Je ne veux pas t'y voir traîner.

Il se rappela le Vamping, au-dessus de la plage des Catalans. Un incroyable décor à la Scorsese. La chanteuse et l'orchestre derrière des pupitres pailletés. Tango, boléro, cha-cha, mambo,...

— Ce n'était pas mon intention.

Elle haussa les épaules.

— Je n'ai jamais su tes intentions. (Son sourire interdisait tout commentaire.) Tu penses voir Fabio ?

Il pensait qu'elle poserait la question. Il se l'était posée aussi. Mais il en avait écarté l'idée. Fabio était flic. C'était comme un trait tiré sur leur jeunesse, sur leur amitié. Fabio, pourtant, il aimerait le revoir.

— Plus tard. Peut-être. Comment il est ?

— Le même. Comme nous. Comme toi, comme Manu. Paumé. On n'a rien su faire de nos vies. Alors, gendarme ou voleur...

— Tu l'aimais bien, c'est vrai.

— Je l'aime bien, oui.

Il se sentit piqué au cœur.

— Tu l'as revu ?

— Pas depuis trois mois.

Elle attrapa son sac et une veste en lin blanc. Il ne la quittait toujours pas des yeux.

— Sous ton oreiller, lâcha-t-elle enfin. (Il vit à son visage qu'elle s'amusait de sa surprise.) Le reste est dans le tiroir du buffet.

Et sans un mot de plus elle partit. Il souleva l'oreiller. Le 9 mm était là. Il l'avait expédié à Lole, en colissimo, avant de quitter Paris. Les métros, les gares grouillaient de flics. La France républicaine avait décidé de laver plus blanc. Immigration zéro. Le nouveau rêve français. En cas de contrôle, il ne voulait pas de problème. Pas celui-là. Vu que déjà il avait de faux papiers.

Le pistolet. Un cadeau de Manu, pour ses vingt ans. À cette époque-là, Manu, il déconnait déjà. Il ne s'en était jamais séparé, mais il n'en avait jamais fait usage non plus. On ne tue pas quelqu'un comme ça. Même menacé. Ce qui avait été quelques fois le cas, ici ou là. Il y avait toujours une autre solution. C'est ce qu'il pensait. Et il était toujours en vie. Mais aujourd'hui, il en avait besoin. Pour tuer.

Il était un peu plus de huit heures. La pluie avait cessé et, en sortant de l'immeuble, il reçut l'air chaud en pleine gueule. Après une longue douche, il avait enfilé un pantalon noir, en toile, un polo noir, et un blouson en jean. Il avait remis ses mocassins, mais sans chaussettes. Il prit la rue du Panier.

C'était son quartier. Il y était né. Rue des Petits-Puits, à deux couloirs de là où était né Pierre Puget. Son père avait d'abord habité rue de la Charité, en arrivant en France. Ils fuyaient la misère et Mussolini. Il avait vingt ans, et traînait derrière lui deux frères. Des *nabos,* des Napolitains. Trois autres s'étaient embarqués pour l'Argentine. Ils firent les boulots dont les Français ne voulaient pas. Son père se fit embaucher comme docker, payé au centime. « Chien des quais », c'était l'insulte. Sa mère travaillait aux dattes, quatorze heures par jour. Le soir, *nabos* et *babis,* ceux du Nord, se retrouvaient dans la rue. On tirait la chaise devant la porte. On se parlait par la fenêtre. Comme en Italie. La belle vie, quoi.

Sa maison, il ne l'avait pas reconnue. Rénovée, elle aussi. Il avait continué. Manu était de la rue Baussenque. Un immeuble sombre et humide, où sa mère, enceinte de lui, s'installa avec deux de ses frères. José Manuel, son père, avait été fusillé par les franquistes. Immigrés, exilés, tous débarquaient un jour dans l'une de ces ruelles. Les poches vides et le cœur plein d'espoir. Quand Lole arriva, avec sa famille, Manu et lui étaient déjà des grands. Seize ans. Enfin, c'était ce qu'ils faisaient croire aux filles.

Vivre au Panier, c'était la honte. Depuis le siècle dernier. Le quartier des marins, des putes. Le chancre de la ville. Le grand lupanar. Et, pour les nazis, qui avaient rêvé de le détruire, *un foyer d'abâtardissement pour le monde occidental.* Son père et sa mère y avaient connu l'humiliation. L'ordre d'expulsion, en pleine nuit. Le 24 janvier 1943. Vingt mille personnes. Une charrette vite trouvée, pour entasser quelques affaires. Gendarmes français violents et soldats allemands goguenards. Pousser la charrette au petit jour sur la Canebière, sous le regard de ceux qui allaient au travail. Au lycée, on les montrait du doigt. Même les fils d'ouvriers, ceux de la Belle-de-Mai. Mais pas longtemps. Ils leur cassaient les doigts ! Ils le savaient, Manu et lui, leur corps, leurs fringues sentaient le moisi. L'odeur du quartier. La première fille qu'il avait embrassée, cette odeur, elle l'avait au fond de la gorge. Mais ils s'en foutaient. Ils aimaient la vie. Ils étaient beaux. Et ils savaient se battre.

Il prit la rue du Refuge, pour redescendre. Six beurs, quatorze-dix-sept ans, discutaient le coup, plus bas. À côté d'une mobylette. Rutilante. Neuve. Ils le regardèrent venir. Sur leur garde. Une tête nouvelle dans le quartier, c'est danger. Flic. Indic. Ou le nouveau propriétaire d'une rénovation, qui irait se plaindre de l'insécurité à la mairie. Des flics viendraient. Des contrôles, des séjours au poste. Des coups, peut-être. Des emmerdes. Arrivé à leur hauteur, il jeta un regard à celui qui lui sembla être le chef. Un regard droit, franc. Bref. Puis il continua. Personne ne bougea. Ils s'étaient compris.

Il traversa la place de Lenche, déserte, puis descendit vers le port. Il s'arrêta à la première cabine téléphonique. Batisti décrocha.

— Je suis l'ami de Manu.

— Salut, gàri. Passe prendre l'apéro, demain au Péano. Vers une heure. Ça me fera plaisir de te rencontrer. Ciao, fiston.

Il raccrocha. Pas bavard Batisti. Pas le temps de lui dire qu'il aurait préféré n'importe où ailleurs. Mais pas là. Pas au Péano. Le bar des peintres. Ambrogiani y avait accroché ses premières toiles. D'autres après lui, dans sa mouvance. De pâles imitateurs aussi. C'était aussi le bar des journalistes. Toutes tendances confondues. *Le Provençal, La Marseillaise,* l'*AFP*, *Libération*. Le pastis jetait des passerelles entre les hommes. La nuit, on y attendait la dernière heure des journaux avant d'aller écouter du jazz dans l'arrière-salle. Petrucciani père et fils y étaient venus. Avec Aldo Romano. Et des nuits, il y en avait eu. Il essayait de comprendre ce qu'était sa vie. Cette nuit-là, Harry était au piano.

— On comprend que ce qu'on veut, avait dit Lole.

— Ouais. Et moi, j'ai un besoin urgent d'aérer mon regard.

Manu était revenu avec la énième tournée. Passé minuit, on ne comptait plus. Trois scotchs, doubles doses. Il s'était assis et avait levé son verre en souriant sous sa moustache.

— Santé, les amoureux.

— Toi, tu la fermes, avait dit Lole.

Il vous avait dévisagés comme des animaux étranges, puis vous avait oubliés pour la musique. Lole te regardait. Tu avais vidé ton verre. Lentement. Avec application. Ta décision était prise. Tu allais partir. Tu t'étais levé et tu étais sorti en titubant. Tu partais. Tu partis. Sans un mot pour Manu, le seul ami qu'il te restait. Sans un mot pour Lole, qui venait d'avoir vingt ans. Que tu aimais. Que vous aimiez. Le Caire, Djibouti, Aden, le Harar. Itinéraire d'un adolescent attardé. Puis l'innocence perdue. De l'Argentine au Mexique. L'Asie, enfin, pour en finir avec les illusions. Et un mandat d'arrêt international au cul, pour trafic d'œuvres d'art.

Tu revenais à Marseille pour Manu. Pour régler son compte à l'enfant de salaud qui l'avait tué. Il sortait de Chez Félix, un bistrot rue Caisserie où il mangeait le midi. Lole l'attendait à Madrid, chez sa mère. Il allait palper un beau paquet de fric. Pour un casse sans bavure, chez un grand avocat marseillais, Éric Brunel, boulevard Longchamp. Ils avaient décidé d'aller à Séville. Et d'oublier Marseille, et les galères.

Tu n'en voulais pas à celui qui avait fait cette saloperie. Un tueur à gages, sans doute. Anonyme. Froid. Venu de Lyon, ou de Milan. Et que tu ne retrouverais pas. Tu en voulais à l'ordure qui avait commandité ça. Tuer Manu. Tu ne voulais pas savoir pourquoi. Tu n'avais pas besoin de raisons. Pas même une seule. Manu, c'est comme si c'était toi.

Le soleil le réveilla. Neuf heures. Il resta couché sur le dos, et fuma sa première cigarette. Il n'avait pas dormi aussi profondément depuis des mois. Il rêvait toujours qu'il dormait ailleurs que là où il était. Dans un bordel du Harar. Dans la prison de Tijuana. Dans l'express Rome-Paris. Partout. Mais toujours ailleurs. Cette nuit, il avait rêvé qu'il dormait chez Lole. Et il était chez elle. Comme chez lui. Il sourit. À peine s'il l'avait entendue rentrer, fermer la porte de sa chambre. Elle dormait dans ses draps bleus, à reconstituer son rêve cassé. Il en manquait toujours un morceau. Manu. À moins que ce ne fût lui. Mais il y avait longtemps qu'il avait repoussé cette idée. Et c'était s'accorder un beau rôle. Vingt ans, c'était plus qu'un deuil.

Il se leva, fit du café et passa sous la douche. Sous l'eau chaude. Il se sentait beaucoup mieux. Les yeux fermés sous le jet, il se mit à imaginer que Lole venait le rejoindre. Comme avant. Elle se serrait contre son corps. Son sexe contre le sien. Ses mains glissaient dans son dos, sur ses fesses. Il se mit à bander. Il ouvrit l'eau froide en hurlant.

Lole mit un des premiers disques d'Azuquita. *Pura salsa.* Ses goûts n'avaient pas changé. Il esquissa quelques pas de danse, ce qui la fit sourire. Elle s'avança pour l'embrasser. Dans le mouvement, il aperçut ses seins. Comme des poires, qui attendaient d'être cueillies. Il ne détourna pas son regard assez vite. Leurs yeux se rencontrèrent. Elle s'immobilisa, serra plus fort la ceinture de son peignoir de bain et partit vers la cuisine. Il se sentit minable. Une éternité passa. Elle revint avec deux tasses de café.

— Hier soir, un type m'a demandé de tes nouvelles. Savoir si tu étais par là. Un copain à toi. Malabe. Franckie Malabe.

Il ne connaissait pas de Malabe. Un flic ? Plus certainement un indic. Ça ne lui plaisait pas, qu'ils s'approchent de Lole. Mais, en même temps, cela le rassurait. Les flics des Douanes savaient qu'il était revenu en France, mais pas où il était. Pas encore. Ils essayaient les pistes. Il lui fallait encore un peu de temps. Deux jours, peut-être. Tout dépendait de ce que Batisti avait à vendre.

— Pourquoi es-tu là ?

Il prit le blouson. Surtout ne pas répondre. Ne pas s'engager dans les questions-réponses. Il serait incapable de lui mentir. Incapable d'expliquer pourquoi il allait faire cela. Pas maintenant. Il devait le faire. Comme un jour il avait dû partir. À ses questions, il n'avait jamais trouvé de réponses. Il n'y avait que des questions. Pas de réponses. Il avait compris ça, c'est tout. C'était peu de chose, mais c'était plus sûr que de croire en Dieu.

— Oublie la question.

Derrière lui, elle ouvrit la porte et cria :

— Ça m'a menée nulle part, de pas en poser, des questions.

Le parking à deux étages du cours d'Estienne-d'Orves avait enfin été détruit. L'ancien canal des galères était devenu une belle place. Les maisons avaient été restaurées, les façades repeintes, le sol pavé. Une place à l'italienne. Les bars et les restaurants avaient tous des terrasses. Tables blanches et parasols. Comme en Italie, on se donnait à voir. L'élégance en moins. Le Péano avait aussi sa terrasse, déjà bien remplie. Des jeunes pour la plupart. Propres sur eux. L'intérieur avait été refait. Déco branchée. Froide. Des reproductions avaient remplacé les tableaux. À chier. C'était presque mieux ainsi. Il pouvait tenir les souvenirs à distance.

Il se mit au comptoir. Il commanda un pastis. Dans la salle un couple. Une prostituée et son mac. Mais on pouvait se tromper. Ils discutaient à voix basse. Leur discussion était plutôt animée. Il appuya un coude sur le zinc tout neuf et surveilla l'entrée.

Les minutes passaient. Personne n'entrait. Il commanda un autre pastis. On entendit : « Fils de pute ». Un bruit sec. Les regards se tournèrent vers le couple. Un silence. La femme partit en courant. L'homme se leva, laissa un billet de cinquante francs et sortit après elle.

Sur la terrasse, un homme plia le journal qu'il lisait. La soixantaine. Une casquette de marin sur la tête. Pantalon de toile bleue, chemise blanche à manches courtes, par-dessus le pantalon. Espadrilles bleues. Il se leva et vint vers lui. Batisti.

Il passa l'après-midi à repérer les lieux. Monsieur Charles, comme on l'appelait dans le Milieu, habitait une des villas cossues qui surplombent la Corniche. Des villas étonnantes, avec clochetons ou colonnes, et des jardins avec palmiers, lauriers roses et figuiers. Quitté le Roucas-Blanc, la rue qui serpente à travers cette petite colline, c'est un entrelacs de chemins, parfois à peine goudronnés. Il avait pris le bus, le 55, jusqu'à la place des Pilotes, en haut de la dernière côte. Puis il avait continué à pied.

Il dominait la rade. De l'Estaque à la Pointe-Rouge. Les îles du Frioul, du Château d'If. Marseille cinémascope. Une beauté. Il aborda la descente, face à la mer. Il n'était plus qu'à deux villas de celle de Zucca. Il regarda l'heure. 16 h 58. Les grilles de la villa s'ouvrirent. Une Mercedes noire apparut, se gara. Il dépassa la villa, la Mercedes, et continua jusqu'à la rue des Espérettes, qui coupe le chemin du Roucas-Blanc. Il traversa. Dix pas et il arriverait à l'arrêt de bus. Selon les horaires, le 55 passait à 17 h 5. Il regarda l'heure, puis, appuyé contre le poteau, attendit.

La Mercedes fit une marche arrière en longeant le trottoir, et s'arrêta. Deux hommes à bord, dont le chauffeur. Zucca apparut. Il devait avoir dans les soixante-dix ans. Élégamment vêtu, comme les vieux truands. Chapeau de paille compris. Il tenait en laisse un caniche blanc. Précédé par le chien, il descendit jusqu'au passage piéton de la rue des Espérettes. Il s'arrêta. Le bus arrivait. Zucca traversa. Côté ombre. Puis il descendit le chemin du Roucas-Blanc, en passant devant l'arrêt de bus. La Mercedes démarra, en roulant au pas.

Les renseignements de Batisti valaient bien cinquante mille francs. Il avait tout consigné minutieusement. Pas un détail ne manquait. Zucca faisait cette promenade tous les jours, sauf le dimanche, il recevait sa famille. À dix-huit heures, la Mercedes le ramenait à la villa. Mais Batisti ignorait pourquoi Zucca s'en était pris à Manu. De ce côté-là, il n'avançait pas. Un lien avec le braquage de l'avocat devait bien exister. Il commençait à se dire ça. Mais à vrai dire, il n'en avait rien à foutre. Seul Zucca l'intéressait. Monsieur Charles.

Il avait horreur de ces vieux truands. Copains comme coquins avec les flics, les magistrats. Jamais punis. Fiers. Condescendants. Zucca avait la gueule de Brando dans *Le Parrain*. Ils avaient tous cette gueule-là. Ici, à Palerme, à Chicago. Et ailleurs, partout ailleurs. Et lui, il en avait maintenant un dans sa ligne de mire. Il allait en descendre un. Pour l'amitié. Et pour libérer sa haine.

Il fouillait dans les affaires de Lole. La commode, les placards. Il était rentré légèrement ivre. Il ne cherchait rien. Il fouillait comme s'il pouvait découvrir un secret. Sur Lole, sur Manu. Mais il n'y avait rien à découvrir. La vie avait filé entre leurs doigts, plus vite que le fric.

Dans un tiroir, il trouva plein de photos. Il ne leur restait plus que ça. Ça l'écœura. Il faillit tout foutre à la poubelle. Mais il y avait ces trois photos. Trois fois la même. À la même heure, au même endroit. Manu et lui. Lole et Manu. Lole et lui. C'était au bout de la grande jetée, derrière le port de commerce. Pour y aller, il fallait tromper la vigilance des gardiens. Pour ça, nous étions bons, pensa-t-il. Derrière eux, la ville. En toile de fond, les îles. Vous sortiez de l'eau. Essoufflés. Heureux. Vous vous étiez rassasiés de bateaux en partance dans le coucher du soleil. Lole lisait *Exil,* de Saint-John Perse, à haute voix. *Les milices du vent dans les sables d'exil.* Au retour, tu avais pris la main de Lole. Tu avais osé. Avant Manu.

Ce soir-là, vous aviez laissé Manu au Bar de Lenche. Tout avait basculé. Plus de rires. Pas un mot. Les pastis bus dans un silence gêné. Le désir vous avait éloignés de Manu. Le lendemain, il fallut aller le chercher au poste de police. Il y avait passé la nuit. Pour avoir déclenché une bagarre avec deux légionnaires. Son œil droit ne s'ouvrait plus. Sa bouche était enflée. Il avait une lèvre fendue. Et des bleus partout.

— M'en suis fait deux ! Mais alors, bien !

Lole l'embrassa sur le front. Il se serra contre elle et se mit à chialer.

— Putain, que c'est dur, il avait dit.

Et il s'était endormi, comme ça, sur les genoux de Lole.

Lole le réveilla à dix heures. Il avait dormi profondément, mais il se sentait la bouche pâteuse. L'odeur du café envahissait la pièce. Lole s'était assise sur le bord du lit. Sa main avait effleuré son épaule. Ses lèvres s'étaient posées sur son front, puis sur ses lèvres. Un baiser furtif et tendre. Si le bonheur existait, il venait de le frôler.

— J'avais oublié.

— Si c'est vrai, sors immédiatement d'ici !

Elle lui tendit une tasse de café, se leva pour aller chercher la sienne. Elle souriait. Heureuse. Comme si la tristesse ne s'était pas réveillée.

— Tu ne veux pas t'asseoir. Comme tout à l'heure.

— Mon café...

— Tu le prends debout, je sais.

Elle sourit encore. Il ne se lassait pas de ce sourire, de sa bouche. Il s'accrocha à ses yeux. Ils brillaient comme cette nuit-là. Tu avais soulevé son tee-shirt, puis ta chemise. Vos ventres s'étaient collés l'un à l'autre et vous étiez restés ainsi sans parler. Juste vos respirations. Et ses yeux qui ne te lâchaient pas.

— Tu ne me quitteras jamais.

Tu avais juré.

Mais tu étais parti. Manu était resté. Et Lole avait attendu. Mais Manu était peut-être resté parce qu'il fallait quelqu'un pour veiller sur Lole. Et Lole ne t'avait pas suivi parce que abandonner Manu lui semblait injuste. Il s'était mis à penser ces choses. Depuis la mort de Manu. Parce qu'il fallait qu'il revienne. Et il était là. Marseille lui remontait à la gorge. Avec Lole, en arrière-goût.

Les yeux de Lole brillèrent plus fort. D'une larme contenue. Elle devinait qu'il tramait quelque chose. Et que ce quelque chose allait changer sa vie. Elle en avait eu le pressentiment, après l'enterrement de Manu. Dans les heures passées avec Fabio. Elle sentait cela. Et elle savait aussi sentir les drames. Mais elle ne dirait rien. C'était à lui de parler.

Il attrapa l'enveloppe kraft posée à côté du lit.

— Ça, c'est un billet pour Paris. Aujourd'hui. Le TGV de 13 h 54. Ça, un ticket de consigne manuelle. Gare de Lyon. Ça, la même chose mais gare Montparnasse. Deux valises à récupérer. Dans chacune, sous de vieilles fringues, cent mille balles. Ça, la carte postale d'un très bon restaurant à Port-Mer, près de Cancale, Bretagne. Au dos, le téléphone de Marine. Un contact. Tu peux tout lui demander. Mais ne marchande aucun prix de ses services. Je t'ai réservé une chambre, hôtel des Marronniers, rue Jacob. À ton nom, pour cinq nuits. Il y aura une lettre pour toi à la réception.

Elle n'avait pas bougé. Figée. Ses yeux s'étaient lentement vidés de toute expression. Son regard n'exprimait plus rien.

— Est-ce que je peux placer un mot, dans tout ça ?

— Non.

— C'est tout ce que tu as à me dire ?

Ce qu'il avait à dire, il aurait fallu des siècles. Il pouvait le résumer en un mot et une phrase. Je regrette. Je t'aime. Mais ils n'avaient plus le temps. Ou plutôt, le temps les avait dépassés. L'avenir était derrière eux. Devant, il n'y avait plus que les souvenirs. Les regrets. Il leva les yeux vers elle. Avec le plus de détachement possible.

— Vide ton compte bancaire. Détruis ta carte bleue. Et ton carnet de chèques. Change d'identité, le plus vite possible. Marine te réglera ça.

— Et toi ? articula-t-elle avec peine.

— Je t'appelle demain matin.

Il regarda l'heure, se leva. Il passa près d'elle en évitant de la dévisager et alla dans la salle de bains. Derrière lui, il tira le loquet. Il n'avait pas envie que Lole vienne le rejoindre sous la douche. Dans la glace, il vit sa tête. Il ne l'aimait pas. Il se sentait vieux. Il ne savait plus sourire. Un pli d'amertume était apparu aux commissures des lèvres, qui ne se dissiperait plus. Il allait avoir quarante-cinq ans et cette journée serait la plus moche de sa vie.

Il entendit le premier accord de guitare de *Entre dos aguas*. Paco de Lucia. Lole avait monté le son. Devant la chaîne, elle fumait, les bras croisés.

— Tu fais dans la nostalgie.

— Je t'emmerde.

Il prit le pistolet, le chargea, mit la sécurité et le cala dans son dos entre la chemise et le pantalon. Elle s'était retournée et avait suivi chacun de ses gestes.

— Dépêche-toi. Je voudrais pas que tu rates ce train.

— Qu'est-ce que tu vas faire ?

— Foutre le bordel. Je crois.

Le moteur de la mobylette tournait au ralenti. Pas un raté. 16 h 51. Rue des Espérettes, sous la villa de Charles Zucca. Il faisait chaud. La sueur coulait dans son dos. Il avait hâte d'en finir.

Il avait cherché les beurs toute la matinée. Ils changeaient sans cesse de rues. C'était leur règle. Ça ne devait servir à rien, mais ils avaient sans doute leurs raisons. Il les avait trouvés rue Fontaine-de-Caylus, qui était devenue une place, avec des arbres, des bancs. Il n'y avait qu'eux. Personne du quartier ne venait s'asseoir ici. On préférait rester devant sa porte. Les grands étaient assis sur les marches d'une maison, les plus jeunes debout. La mobylette à côté d'eux. En le voyant arriver, le chef s'était levé, les autres s'étaient écartés.

— J'ai besoin de ta meule. Pour l'après-midi. Jusqu'à six heures. Deux mille, cash.

Il surveilla les alentours. Anxieux. Il avait misé que personne ne viendrait prendre le bus. Si quelqu'un se pointait, il renoncerait. Si, dans le bus, un passager voulait descendre, ça, il ne le saurait que trop tard. C'était un risque. Il avait décidé de le prendre. Puis il se dit qu'à prendre ce risque, il pouvait tout aussi bien prendre l'autre. Il se mit à calculer. Le bus qui s'arrête. La porte qui s'ouvre. La personne qui monte. Le bus qui redémarre. Quatre minutes. Non, hier, cela avait pris trois minutes seulement. Disons quatre, quand même. Zucca aurait déjà traversé. Non, il aurait vu la mobylette et la laisserait passer. Il vida sa tête de toutes pensées en comptant et recomptant les minutes. Oui, c'était possible. Mais après ce serait le western. 16 h 59.

Il baissa la visière du casque. Il avait le pistolet bien en main. Et ses mains étaient sèches. Il accéléra, mais à peine, pour longer le trottoir. La main gauche crispée sur le guidon. Le caniche apparut, suivi de Zucca. Un froid intérieur l'envahit. Zucca le vit arriver. Il s'arrêta au bord du trottoir, retenant le chien. Il comprit, mais trop tard. Sa bouche s'arrondit, sans qu'il en sorte un son. Ses yeux s'agrandirent. La peur. Rien que cela aurait suffi. Qu'il ait chié dans son froc. Il appuya sur la détente. Avec dégoût. De soi. De lui. Des hommes. Et de l'humanité. Il vida le chargeur dans sa poitrine.

Devant la villa, la Mercedes bondit. À droite, le bus arrivait. Il dépassa l'arrêt. Sans ralentir. Il emballa la mobylette et lui coupa la route, en le contournant. Il faillit se prendre le trottoir, mais il passa. Le bus pila net, bloquant l'accès de la rue à la Mercedes. Il fila pleins gaz, prit à gauche, à gauche encore, le chemin du Souvenir, puis la rue des Roses. Rue des Bois-Sacrés, il jeta le pistolet dans une bouche d'égout. Quelques minutes après il roulait tranquille rue d'Endoume.

Alors seulement il se mit à penser à Lole. L'un devant l'autre. Plus rien ne pouvait être dit. Tu avais eu envie de son ventre contre le tien. Du goût de son corps. De son odeur. Menthe et basilic. Mais il y avait trop d'années entre vous, et trop de silence. Et Manu. Mort, et encore si vivant. Cinquante centimètres vous séparaient. De ta main, si tu l'avais avancée, tu aurais pu saisir sa taille et l'attirer vers toi. Elle aurait pu dénouer la ceinture de son peignoir. T'éblouir de la beauté de son corps. Vous vous seriez pris avec violence. D'un désir inassouvi. Après, il y aurait eu après. Trouver les mots. Des mots qui n'existaient pas. Après, tu l'aurais perdue. Pour toujours. Tu étais parti. Sans au revoir. Sans un baiser. Une nouvelle fois.

Il tremblait. Il freina devant le premier bistrot, boulevard de la Corderie. Comme un automate, il mit la chaîne de sécurité, enleva le casque. Il avala un cognac. Il sentit la brûlure descendre au fond de lui. Le froid reflua de son corps. Il se mit à transpirer. Il fila aux toilettes pour enfin vomir. Vomir ses actes et ses pensées. Vomir celui qu'il était. Qui avait abandonné Manu. Qui n'avait pas eu le courage d'aimer Lole. Un être en dérive. Depuis si longtemps. Trop longtemps. Le pire, c'est sûr, était devant lui. Au deuxième cognac, il ne tremblait plus. Il était revenu de lui-même.

Il se gara Fontaine-de-Caylus. Les beurs n'étaient pas là. Il était 18 h 20. Étonnant. Il enleva le casque, l'accrocha au guidon, mais sans arrêter le moteur. Le plus jeune arriva, poussant un ballon devant lui. Il shoota dans sa direction.

— Tire-toi, y a des keufs qui arrivent. Y en a qui matent devant chez ta meuf.

Il démarra et remonta la ruelle. Ils devaient surveiller les passages. Montée-des-Accoules, Montée-Saint-Esprit, Traverse des Repenties. Place de Lenche, bien sûr. Il avait oublié de demander à Lole si Franckie Malabe était revenu. Il avait peut-être une chance en prenant la rue des Cartiers, tout en haut. Il quitta la mobylette et descendit les marches en courant. Ils étaient deux. Deux jeunes flics en civil. En bas des escaliers.

— Police.

Il entendit la sirène, plus haut dans la rue. Coincé. Des portières claquaient. Ils arrivaient. Dans son dos.

— On ne bouge plus !

Il fit ce qu'il avait à faire. Il plongea la main sous son blouson. Il fallait en finir. Ne plus être en fuite. Il était là. Chez lui. Dans son quartier. Autant que cela soit ici. Marseille, pour finir. Il braqua les deux jeunes flics. Derrière lui, ils ne pouvaient pas voir qu'il était sans arme. La première balle lui déchira le dos. Son poumon explosa. Il ne sentit pas les deux autres balles.

1

Où même pour perdre il faut savoir se battre

Je m'accroupis devant le cadavre de Pierre Ugolini. Ugo. Je venais d'arriver sur les lieux. Trop tard. Mes collègues avaient joué les cow-boys. Quand ils tiraient, ils tuaient. C'était aussi simple. Des adeptes du général Custer. Un bon Indien, c'est un Indien mort. Et à Marseille, des Indiens, il n'y avait que ça, ou presque.

Le dossier Ugolini avait atterri sur le mauvais bureau. Celui du commissaire Auch. En quelques années, son équipe s'était taillé une sale réputation, mais elle avait fait ses preuves. On savait fermer les yeux sur ses dérapages, à l'occasion. La répression du grand banditisme est à Marseille une priorité. La seconde, c'est le maintien de l'ordre dans les quartiers nord. Les banlieues de l'immigration. Les cités interdites. Ça, c'était mon job. Mais, moi, je n'avais pas droit aux bavures.

Ugo, c'était un vieux copain d'enfance. Comme Manu. Un ami. Même si Ugo et moi on ne s'était plus parlé depuis vingt ans. Manu, Ugo, je trouvais que ça cartonnait dur sur mon passé. J'avais voulu éviter ça. Mais je m'y étais mal pris.

Quand j'appris qu'Auch était chargé d'enquêter sur la présence d'Ugo à Marseille, je mis un de mes indics sur le coup. Franckie Malabe. Je lui faisais confiance. Si Ugo venait à Marseille, il irait chez Lole. C'était évident. Malgré le temps.

Et Ugo, j'étais sûr qu'il viendrait. Pour Manu. Pour Lole. L'amitié a ses règles, on n'y déroge pas. Ugo, je l'attendais. Depuis trois mois. Parce que, pour moi aussi, la mort de Manu, on ne pouvait pas en rester là. Il fallait une explication. Il fallait un coupable. Et une justice. Je voulais rencontrer Ugo pour parler de ça. De la justice. Moi le flic et lui le hors-la-loi. Pour éviter les conneries. Pour le protéger d'Auch. Mais pour trouver Ugo, je devais retrouver Lole. Depuis la mort de Manu, j'avais perdu sa trace.

Franckie Malabe fut efficace. Mais ses informations, c'est à Auch qu'il en offrit la primeur. Je ne les eus qu'en sous-main, et le lendemain. Après qu'il eut tourné autour de Lole au Vamping. Auch était puissant. Dur. Les indics le craignaient. Et les indics, en vraies foutues salopes, naviguaient à vue sur leurs petits intérêts. J'aurais dû le savoir.

L'autre erreur fut de ne pas être allé voir Lole moi-même, l'autre soir. Je manque parfois de courage. Je n'avais pu m'y résoudre, à me pointer comme ça au Vamping, trois mois après. Trois mois après cette nuit qui suivit la mort de Manu. Lole ne m'aurait même pas adressé la parole. Peut-être. Peut-être que, en me voyant, elle aurait compris le message. Qu'Ugo, lui, aurait compris.

Ugo. Il me fixait de ses yeux morts, un sourire sur les lèvres. Je fermai ses paupières. Le sourire survécut. Survivrait.

Je me redressai. Ça s'activait autour de moi. Orlandi s'avança, pour les photos. Je regardai le corps d'Ugo. Sa main ouverte et, dans le prolongement, le Smith et Wesson qui avait glissé sur la marche. Photo. Que s'était-il vraiment passé ? S'apprêtait-il à faire feu ? Y avait-il eu les sommations d'usage ? Je ne le saurai jamais. Ou en enfer, un jour, quand je rencontrerai Ugo. Car des témoins, il n'y aura que ceux choisis par Auch. Ceux du quartier, ils s'écraseront. Leur parole ne valait rien. Je tournai les yeux. Auch venait de faire son apparition. Il s'approcha de moi.

— Désolé, Fabio. Pour ton copain.

— Va te faire foutre.

Je remontai la rue des Cartiers. Je croisai Morvan, le tireur d'élite de l'équipe. Une gueule à la Lee Marvin. Une gueule de tueur, pas de flic. Je mis dans mon regard tout ce que j'avais de haine. Il ne baissa pas les yeux. Pour lui, je n'existais pas. Je n'étais rien. Rien qu'un flic de banlieue.

En haut de la rue, des beurs suivaient la scène.

— Cassez-vous les mômes.

Ils se regardèrent. Regardèrent le plus vieux de la bande. Regardèrent la mobylette par terre, derrière eux. La mobylette abandonnée par Ugo. Quand il fut pris en chasse, j'étais à la terrasse du Bar du Refuge. À surveiller la maison de Lole. Je m'étais enfin décidé à bouger. Trop de temps passait. Cela devenait dangereux. Personne n'était à l'appartement. Mais j'étais prêt à attendre Lole ou Ugo le temps qu'il fallait. Ugo passa à deux mètres de moi.

— Tu t'appelles comment ?

— Djamel.

— C'est ta mob ? (Il ne répondit pas.) Tu la ramasses, et tu te tires. Pendant qu'ils sont encore occupés.

Personne ne bougea. Djamel me regardait, perplexe.

— Tu la nettoies, et tout. Et tu la mets à l'abri, quelques jours. T'as compris ?

Je leur tournai le dos et partis vers ma voiture. Sans me retourner. J'allumai une cigarette, une Winston, puis la jetai. Un goût dégueulasse. Depuis un mois, j'essayais de passer des Gauloises aux blondes, pour moins tousser. Dans le rétroviseur je m'assurai qu'il n'y avait plus de mobylette, et plus de beurs. Je fermai les yeux. J'avais envie de chialer.

De retour au bureau, on m'informa pour Zucca. Et du tueur en mobylette. Zucca n'était pas un « patron » du Milieu, mais un pilier, essentiel, depuis que les chefs étaient morts, en prison, ou en cavale. Zucca mort, c'était tout bénef, pour nous les flics. Enfin, pour Auch. Je fis le lien avec Ugo, immédiatement. Mais je n'en dis rien à personne. Qu'est-ce que ça changeait ? Manu était mort. Ugo était mort. Et Zucca ne valait pas une larme.

Le ferry pour Ajaccio quitta la darse 2. Le *Monte-d'Oro*. Le seul avantage de mon bureau miteux de l'Hôtel de Police est d'avoir une fenêtre ouvrant sur le port de la Joliette. Les ferries, c'est presque tout ce qu'il reste de l'activité du port. Ferries pour Ajaccio, Bastia, Alger. Quelques paquebots aussi. Pour des croisières du troisième âge. Et du fret, encore pas mal. Marseille demeurait le troisième port d'Europe. Loin devant Gênes, sa rivale. Au bout du môle Léon-Gousset, les palettes de bananes et d'ananas de Côte-d'Ivoire me semblaient être des gages d'espoir pour Marseille. Les derniers.

Le port intéressait sérieusement les promoteurs immobiliers. Deux cents hectares à construire, un sacré pactole. Ils se voyaient bien transférer le port à Fos et construire un nouveau Marseille en bord de mer. Ils avaient déjà les architectes et les projets allaient bon train. Moi, je n'imaginais pas Marseille sans ses darses, ses hangars vieillots, sans bateaux. J'aimais les bateaux. Les vrais, les gros. J'aimais les voir évoluer. Chaque fois, j'avais un pincement au cœur. Le *Ville-de-Naples* sortait du port. Tout en lumière. J'étais sur le quai. En larmes. À bord, Sandra, ma cousine. Avec ses parents, ses frères, ils avaient fait escale deux jours à Marseille. Ils repartaient pour Buenos Aires. Sandra, je l'aimais. J'avais neuf ans. Je ne l'avais plus revue. Elle ne m'avait jamais écrit. Heureusement, ce n'était pas ma seule cousine.

Le ferry s'était engagé dans le bassin de la Grande Joliette. Il glissa derrière la cathédrale de la Major. Le soleil couchant donnait enfin un peu de chaleur à la pierre grise, lourde de crasse. C'est à ces heures-là du jour que la Major, aux rondeurs byzantines, trouvait sa beauté. Après, elle redevenait ce qu'elle a toujours été : une chierie vaniteuse du Second Empire. Je suivis le ferry des yeux. Il évolua avec lenteur. Il se mit parallèle à la digue Sainte-Marie. Face au large. Pour les touristes qui avaient transité une journée à Marseille, peut-être une nuit, la traversée commençait. Demain matin, ils seraient sur l'île de Beauté. De Marseille, ils garderont le souvenir du Vieux-Port. De Notre-Dame-de-la-Garde, qu'elle domine. De la Corniche, peut-être. Et du palais du Pharo, qu'ils découvraient maintenant sur leur gauche.

Marseille n'est pas une ville pour touristes. Il n'y a rien à voir. Sa beauté ne se photographie pas. Elle se partage. Ici, il faut prendre partie. Se passionner. Être pour, être contre. Être, violemment. Alors seulement ce qui est à voir se donne à voir. Et là, trop tard, on est en plein drame. Un drame antique où le héros c'est la mort. À Marseille, même pour perdre il faut savoir se battre.

Le ferry n'était plus qu'une tache sombre dans le soleil couchant. J'étais trop flic pour prendre la réalité au pied de la lettre. Des choses m'échappaient. Par qui Ugo avait-il su aussi vite pour Zucca ? Zucca avait-il vraiment commandité l'assassinat de Manu ? Pourquoi ? Et pourquoi Auch n'avait-il pas alpagué Ugo hier soir ? Ou ce matin ? Et où était Lole à cette heure ?

Lole. Comme Manu et Ugo, je ne l'avais pas vue grandir. Devenir femme. Puis, comme eux, je l'avais aimée. Mais sans pouvoir prétendre à elle. Je n'étais pas du Panier. J'y étais né, mais dès que j'eus deux ans, mes parents s'installèrent à la Capelette, un quartier de Ritals. Avec Lole, on pouvait être copain-copain, et c'était déjà avoir beaucoup de chance. Ma chance, ce fut Manu et Ugo. D'être ami avec eux.

J'avais encore de la famille au quartier, rue des Cordelles. Deux cousins, et une cousine. Angèle. Gélou, c'était une grande. Presque dix-sept ans. Elle venait souvent chez nous. Elle aidait ma mère, qui ne se levait déjà presque plus. Après il fallait que je la raccompagne. Ça ne craignait pas vraiment à cette époque, mais Gélou, elle n'aimait pas rentrer seule. Moi, ça me plaisait bien de me promener avec elle. Elle était belle et j'étais plutôt fier quand elle me donnait le bras. Le problème, c'est quand on arrivait aux Accoules. Je n'aimais pas aller dans le quartier. C'était sale, ça puait. J'avais honte. Et surtout j'avais la trouille. Pas avec elle. Quand je revenais, seul. Gélou, elle savait ça et elle s'en amusait. Je n'osais pas demander à ses frères de me raccompagner. Je repartais presque en courant. Les yeux baissés. Il y avait souvent des gosses de mon âge au coin de la rue du Panier et de la rue des Muettes. Je les entendais rire à mon passage. Parfois ils me sifflaient, comme une fille.

Un soir, c'était à la fin de l'été, Gélou et moi, on remontait la rue des Petits-Moulins. Bras dessus, bras dessous. Comme des amoureux. Son sein frôlait le dos de ma main. Ça me grisait. J'étais heureux. Puis je les avais aperçus, tous les deux. Je les avais déjà croisés plusieurs fois. On devait être du même âge. Quatorze ans. Ils venaient vers nous, un mauvais sourire aux lèvres. Gélou me serra le bras plus fort et je sentis la chaleur de son sein sur ma main.

À notre passage ils s'écartèrent. Le plus grand du côté de Gélou. Le plus petit de mon côté. De son épaule, il me bouscula en riant très fort. Je lâchai le bras de Gélou :

— Hé ! L'Espingoin.

Il se retourna, surpris. Je lui donnai un coup de poing dans l'estomac qui le plia en deux. Puis je le relevai d'un gauche en pleine figure. Un de mes oncles m'avait un peu appris la boxe, mais je me battais pour la première fois. Il était allongé par terre, reprenant son souffle. L'autre n'avait pas bougé. Gélou non plus. Elle regardait. Apeurée. Et subjuguée, je crois. Je m'approchai, menaçant :

— Alors, l'Espingoin, t'en as assez ?

— T'as pas à l'appeler comme ça, dit l'autre dans mon dos.

— T'es quoi, toi ? Rital ?

— Qu'est-ce que ça change ?

Je sentis le sol disparaître sous mes pieds. Sans se relever, il m'avait crocheté la jambe. Je me retrouvai sur le cul. Il se jeta sur moi. Je vis que sa lèvre était fendue. Qu'il saignait. On roula l'un sur l'autre. Les odeurs de pisse et de merde m'envahissaient les narines. J'eus envie de pleurer. D'arrêter. De poser ma tête contre les seins de Gélou. Puis je sentis qu'on me tirait violemment par le dos, à coups de taloches sur la tête. Un homme nous séparait en nous traitant de voyous, et que même on finirait « aux galères ». Je ne les revis plus. Jusqu'en septembre. On se retrouva dans la même école, rue des Remparts. En classe de CAP Ugo vint me serrer la main, puis Manu. On parla de Gélou. Pour eux, c'était la plus belle de tout le quartier.

Il était plus de minuit quand j'arrivai chez moi. J'habitais en dehors de Marseille. Les Goudes. L'avant-dernier petit port avant les calanques. On longe la Corniche, jusqu'à la plage du Roucas-Blanc, puis on continue en suivant la mer. La Vieille-Chapelle. La Pointe-Rouge. La Campagne-Pastrée. La Grotte-Roland. Autant de quartiers comme des villages encore. Puis la Madrague de Montredon. Marseille s'arrête là. Apparemment. Une petite route sinueuse, taillée dans la roche blanche, surplombe la mer. Au bout, abrité par des collines arides, le port des Goudes. La route se termine un kilomètre plus loin. À Callelongue, impasse des Muets. Derrière, les calanques de Sormiou, Morgiou, Sugitton, En-Vau. De vraies merveilles. Comme on n'en trouve pas sur toute la côte. On ne peut y aller qu'à pied. Ou en bateau. C'est ça la chance. Après, bien après, il y a le port de Cassis. Et les touristes.

Ma maison, c'est un cabanon. Comme presque toutes les maisons ici. Des briques, des planches et quelques tuiles. Le mien était construit sur les rochers, au-dessus de la mer. Deux pièces. Une petite chambre et une grande salle à manger-cuisine, meublées simplement, de bric et de broc. Une succursale d'Emmaüs. Mon bateau était amarré huit marches plus bas. Un bateau de pêcheur, un pointu, que j'avais acheté à Honorine, ma voisine. Ce cabanon, je l'avais hérité de mes parents. C'était leur seul bien. Et j'étais leur fils unique.

Nous y venions les samedis, en famille. Il y avait de grands plats de pâtes, en sauce, avec des alouettes sans tête et des boulettes de viandes cuites dans cette sauce. Les odeurs de tomates, de basilic, de thym, de laurier emplissaient les pièces. Les bouteilles de vin rosé circulaient entre les rires. Les repas se terminaient toujours par des chansons, d'abord celles de Marino Marini, de Renato Carosone, puis les chansons du pays. Et en dernier, toujours, *Santa Lucia*, que chantait mon père.

Après, les hommes se mettaient à la belote. Toute la nuit. Jusqu'à ce que l'un d'eux se fâche, jette les cartes. « Fan ! Y va falloir lui mettre les sangsues ! » criait quelqu'un. Et la rigolade repartait. Les matelas étaient par terre. On se partageait les lits. Nous, les enfants, on dormait dans le même lit, en travers. J'appuyais ma tête contre les seins naissants de Gélou et m'endormais heureux. Comme un enfant. Avec des rêves de grand.

Les fêtes se terminèrent à la mort de ma mère. Mon père ne mit plus les pieds aux Goudes. Venir aux Goudes, il y a encore trente ans, c'était tout une expédition. Il fallait prendre le 19, place de la Préfecture, au coin de la rue Armeny, jusqu'à la Madrague de Montredon. Là, on continuait la route dans un vieil autocar, dont le chauffeur avait largement dépassé l'âge de la retraite. Avec Manu et Ugo, on commença à y aller vers seize ans. Nous n'y emmenions jamais les filles. C'était à nous. Notre repaire. Nous ramenions au cabanon tous nos trésors. Des livres, des disques. Nous inventions le monde. À notre mesure, et à notre image. Nous avons passé des journées entières à nous lire les aventures d'Ulysse. Puis, la nuit tombée, assis sur les rochers, silencieux, nous rêvions aux sirènes aux belles chevelures qui chantaient « parmi les rochers noirs tout ruisselants d'écume blanche ». Et nous maudissions ceux qui avaient tué les sirènes.

Les livres, c'est Antonin, un vieux bouquiniste anar du cours Julien, qui nous en donna le goût. On taillait la classe pour aller le voir. Il nous racontait des histoires d'aventuriers, de pirates. La mer des Caraïbes. La mer Rouge. Les mers du Sud... Parfois, il s'arrêtait, se saisissait d'un livre et nous en lisait un passage. Pour preuve de ce qu'il avançait. Puis il nous en faisait cadeau. Le premier, c'était *Lord Jim*, de Conrad.

C'est là aussi qu'on écouta Ray Charles pour la première fois. Sur le vieux Teppaz de Gélou. C'était le 45 tours du concert de Newport. *What' Id' Say* et *I Got a Woman*. Dément. Nous n'arrêtions pas de tourner et de retourner le disque. Plein volume. Honorine craqua.

— Bonne mère ! Mais vous allez nous rendre gagas ! cria-t-elle de sa terrasse. Et, les poings sur ses grosses hanches, elle me menaça de se plaindre à mon père. Je savais bien qu'elle ne l'avait plus revu depuis la mort de ma mère, mais elle était si furieuse que nous l'en avions crue capable. Ça nous calma. Et puis Honorine, on l'aimait bien. Elle s'inquiétait toujours pour nous. Elle venait voir si « on n'avait besoin de rien ».

— Vos parents, y savent que vous êtes là ?

— Sûr, que je répondais.

— Et y vous ont pas préparé de pique-nique ?

— Sont trop pauvres.

On éclatait de rire. Elle haussait les épaules et partait en souriant. Complice comme une mère. Une mère de trois enfants qu'elle n'avait jamais eus. Puis elle revenait avec un quatre-heures. Ou une soupe de poissons, quand on restait dormir là le samedi soir. Le poisson, c'était Toinou, son mari, qui le pêchait. Parfois, il nous emmenait dans son bateau. À tour de rôle. C'est lui qui me donna le goût de la pêche. Et maintenant, j'avais son bateau sous ma fenêtre, le Trémolino.

Nous étions venus aux Goudes jusqu'à ce que l'armée

nous sépare. Nous avions fait nos classes ensemble. À Toulon, puis à Fréjus, dans la Coloniale, au milieu de caporaux balafrés et médaillés jusqu'aux oreilles. Des survivants d'Indochine et d'Algérie qui rêvaient d'en découdre encore. Manu était resté à Fréjus. Ugo partit à Nouméa. Et moi à Djibouti. Après, nous n'étions plus les mêmes. Nous étions devenus des hommes. Désabusés, et cyniques. Un peu amers aussi. Nous n'avions rien. Même pas de CAP. Pas d'avenir. Rien que la vie. Mais la vie sans avenir c'était encore moins que rien.

Les petits boulots merdeux, on s'en lassa très vite. Un matin, on se pointa chez Kouros, une entreprise de construction de la vallée de l'Huveaune, sur la route d'Aubagne. Nous tirions la gueule, comme chaque fois qu'il fallait se refaire en bossant. La veille, nous avions claqué toute la tirelire au poker. Il avait fallu se lever tôt, prendre le bus, feinter pour ne pas payer, taper des clopes à un passant. Un vrai matin galère. Le Grec nous proposa 142 francs 57 la semaine. Manu blêmit. Ce n'était pas tellement le salaire dérisoire qu'il n'avalait pas, c'était les 57 centimes.

— Vous êtes sûr pour les 57 centimes, m'sieur Kouros ?

Le taulier regarda Manu, comme si c'était un demeuré, puis Ugo et moi. On connaissait notre Manu. Sûr qu'on était mal barré.

— C'est pas 56 ni 58. Ou même 59. Hein ? C'est bien 57 ? 57 centimes ?

Kouros confirma, sans rien comprendre. C'était un bon tarif, il pensait. 142 francs 57 centimes. Manu lui tira une claque. Violente, et bien placée. Kouros tomba de sa chaise. La secrétaire poussa un cri, puis hurla. Des gars déboulèrent dans le bureau. La bagarre. Et pas à notre avantage. Jusqu'à l'arrivée des flics. Le soir, on se dit que ça suffisait, qu'il fallait passer aux choses sérieuses. Se mettre à notre compte, voilà ce qu'il fallait. Peut-être qu'on pourrait rouvrir la boutique d'Antonin ? Mais pour ça, on manquait de monnaie. On mit au point notre coup. Braquer une pharmacie de nuit. Un débit de tabac. Une station-service. L'idée, c'était de se constituer un petit pécule. Faucher, ça on savait. Des livres chez Tacussel sur la Canebière, des disques chez Raphaël rue Montgrand ou encore des fringues au Magasin Général ou aux Dames de France rue Saint-Ferréol. C'était même un jeu. Mais braquer, ça on savait pas faire. Pas encore. On allait vite apprendre. On passa des journées à élaborer des stratégies, à repérer le lieu idéal.

Un soir, on se retrouva aux Goudes. C'était les vingt ans d'Ugo. Miles Davis jouait *Rouge*. Manu sortit un paquet de son sac et le posa devant Ugo.

— Ton cadeau.

Un automatique 9 mm.

— Où t'as dégoté ça ?

Ugo regarda l'arme sans oser la toucher. Manu éclata de rire, puis replongea la main dans son sac et sortit une autre arme. Un Beretta 7.65.

— Avec ça, on est parés. Il regarda Ugo, puis moi. J'ai pu en avoir que deux. Mais c'est pas grave. Nous on rentre, toi tu conduis la caisse. Tu restes au volant. Tu mates qu'on soit pas emmerdés. Mais y a aucun risque. L'endroit, c'est le désert à partir de huit heures. Le type, c'est un vieux. Et il est seul.

C'était une pharmacie. Rue des Trois-Mages, une petite rue pas loin de la Canebière. J'étais au volant d'une 204 Peugeot que j'avais levée le matin rue Saint-Jacques, chez les bourgeois. Manu et Ugo s'étaient enfoncé un bonnet de marin jusqu'aux oreilles et avaient mis un foulard sur leur nez. Ils bondirent de la voiture, comme on l'avait vu au ciné. Le type leva d'abord les bras, puis ouvrit le tiroir-caisse. Ugo ramassa l'argent tandis que Manu menaçait le vieux avec le Beretta. Une demi-heure après, on trinquait au Péano. C'est pour nous, les mecs ! Tournée générale ! On avait raflé mille sept cents francs. Une belle somme pour l'époque. L'équivalent de deux mois chez Kouros, centimes compris. C'était aussi simple que ça.

Bientôt, de l'argent, on en eut plein les poches. À claquer sans regarder à la dépense. Les filles. Les bagnoles. La fête. On finissait nos nuits chez les Gitans, à l'Estaque, à boire et à les écouter jouer. Des parents à Zina et Kali, les sœurs de Lole. Lole, maintenant, accompagnait ses sœurs. Elle venait d'avoir seize ans. Elle restait dans un coin, recroquevillée, silencieuse. Absente. Ne mangeant presque pas et ne buvant que du lait.

On oublia vite la boutique d'Antonin. On se dit qu'on verrait plus tard, qu'un peu de bon temps, quand même, c'était bon à prendre. Et puis, peut-être que ce n'était pas une bonne idée, cette boutique. Qu'est-ce qu'on se ferait comme fric ? Pas grand-chose, vu dans quelle misère Antonin avait fini. Peut-être qu'un bar ce serait mieux. Ou une boîte de nuit. Je suivais. Stations-service, débits de tabac, pharmacies. On écuma le département, d'Aix aux Martigues. On poussa même une fois jusqu'à Salon-de-Provence. Je suivais toujours. Mais avec de moins en moins d'enthousiasme. Comme au poker avec un jeu bidon.

Un soir, on remit ça sur une pharmacie. Au coin de la place Sadi-Carnot et de la rue Mery, pas loin du Vieux-Port. Le pharmacien fit un geste. Une sirène retentit. Et le coup de feu claqua. De la bagnole, je vis le type s'écrouler.

— Fonce, me dit Manu en s'installant à l'arrière.

J'arrivai place du Mazeau. Il me semblait entendre les sirènes de police pas loin, derrière nous. À droite, le Panier. Pas de rues, que des escaliers. Sur ma gauche, la rue de la Guirlande, sens interdit. Je pris la rue Caisserie, puis la rue Saint-Laurent.

— T'es con ou quoi ! C'est le piège à rats par là.

— Le con, c'est toi ! Pourquoi t'as tiré ?

J'arrêtai la voiture impasse Belle-Marinière. Je désignai les marches à travers les nouveaux immeubles.

— On se casse par là. À pied. (Ugo n'avait encore rien dit.) Ça va, Ugo ?

— Y a dans les cinq mille. C'est notre plus beau coup.

Manu partit par la rue des Martégales. Ugo par l'avenue Saint-Jean. Moi par la rue de la Loge. Mais je ne les rejoignis pas au Péano, comme c'était maintenant l'habitude. Je rentrai chez moi, et vomis. Puis je me mis à boire. À boire et à chialer. En regardant la ville du balcon. J'entendais mon père ronfler. Il avait trimé dur, souffert, mais, avais-je pensé, jamais je ne serais aussi heureux que lui. Complètement ivre sur le lit, je jurai sur ma mère, devant son portrait, que si le type s'en sortait je me faisais curé, que s'il ne s'en sortait pas je me faisais flic. N'importe quoi, mais je jurai. Le lendemain, je m'engageai dans la Coloniale, pour trois ans. Le type n'était ni mort ni vivant, mais paralysé à vie. J'avais demandé à retourner à Djibouti. C'est là que je vis Ugo pour la dernière fois.

Tous nos trésors étaient ici, dans le cabanon. Intacts. Les livres, les disques. Et j'étais le seul survivant.

« Je vous ai fait de la foccacha », avait écrit Honorine sur un petit bout de papier. La foccacha, cela relève du croque-monsieur, mais avec de la pâte à pizza. À l'intérieur, on met ce que l'on aime. Et on sert chaud. Ce soir, c'était jambon cru et mozzarella. Comme tous les jours depuis la mort de Toinou, il y a trois ans, Honorine m'avait préparé un repas. Elle venait d'avoir soixante-dix ans et elle aimait faire la cuisine. Mais la cuisine elle ne pouvait la faire que pour un homme. J'étais son homme. Et j'adorais ça. Je m'installai dans le bateau, la foccacha et une bouteille de Cassis blanc - un Clos Boudard 91, près de moi. Je sortis à la rame pour ne pas troubler le sommeil des voisins, puis, passé la digue, je mis le moteur et fis cap sur l'île Maïre.

J'avais envie d'être là. Entre le ciel et la mer. Devant moi, toute la baie de Marseille s'étendait comme un ver luisant. Je laissai le bateau flotter. Mon père avait rangé les rames. Il me prit par les mains et me dit : « N'aie pas peur ». Il me plongea dans l'eau jusqu'aux épaules. La barque penchait vers moi et j'eus son visage au-dessus du mien. Il me souriait. « C'est bon, hein. » J'avais fait oui de la tête. Pas rassuré du tout. Il me replongea dans l'eau. C'est vrai, que c'était bon. C'était mon premier contact avec la mer. Je venais d'avoir cinq ans. Ce bain, je le situais par là et j'y revenais chaque fois que la tristesse me gagnait. Comme on cherche à revenir à sa première image du bonheur.

Triste, ce soir, je l'étais. La mort d'Ugo me restait en travers du cœur. J'étais oppressé. Et seul. Plus que jamais. Ostensiblement, chaque année je rayais de mon carnet d'adresses le copain qui tenait un propos raciste. Négligeais ceux qui ne rêvaient plus que de nouvelle voiture et de vacances au Club Med. J'oubliais tous ceux qui jouaient au Loto. J'aimais la pêche et le silence. Marcher dans les collines. Boire du Cassis frais. Du Lagavulin, ou de l'Oban, tard dans la nuit. Je parlais peu. J'avais des avis sur tout. La vie, la mort. Le Bien, le Mal. J'étais fou de cinéma. Passionné de musique. Je ne lisais plus les romans de mes contemporains. Et, plus que tout, je vomissais les tièdes, les mous.

Cela avait séduit pas mal de femmes. Je n'avais su en garder aucune. Chaque fois je revivais la même histoire. Ce qui leur plaisait en moi, il fallait qu'elles entreprennent de le changer, à peine installées dans les draps neufs d'une vie commune. « On ne te refera pas », avait dit Rosa en partant, il y a six ans. Elle avait essayé pendant deux ans. J'avais résisté. Encore mieux qu'avec Muriel, Carmen et Alice. Et une nuit je me retrouvais toujours devant un verre vide et un cendrier plein de mégots.

Je bus le vin à même la bouteille. Encore une de ces nuits où je ne savais plus pourquoi j'étais flic. Depuis cinq ans on m'avait affecté à la Brigade de Surveillance de Secteurs. Une unité de flics sans formation chargée de faire régner l'ordre dans les banlieues. J'avais de l'expérience, du sang-froid, et j'étais un mec calme. Le type idéal à envoyer au casse-pipe après quelques bavures retentissantes. Lahaouri Ben Mohamed, un jeune de dix-sept ans, s'était fait descendre lors d'un banal contrôle d'identité. Les associations antiracistes avaient gueulé, les partis de gauche s'étaient mobilisés. Tout ça, quoi. Mais ce n'était qu'un Arabe. Pas de quoi foutre en l'air les Droits de l'Homme. Non. Mais quand, en février 1988, Charles Dovero, le fils d'un chauffeur de taxi, se fit flinguer, la ville fut en émoi. Un Français, merde. Ça, c'était une vraie bavure. Il fallait prendre des mesures. Ce fut moi. Je pris mes fonctions la tête bourrée d'illusions. L'envie d'expliquer, de convaincre. De donner des réponses, les bonnes de préférence. D'aider. Ce jour-là, j'avais commencé *à glisser*, selon l'expression de mes collègues. De moins en moins flic. De plus en plus éducateur de rue. Ou assistante sociale. Ou quelque chose comme ça. Depuis, j'avais perdu la confiance de mes chefs et je m'étais fait pas mal d'ennemis. Certes, il n'y avait plus eu de bavures, et la petite criminalité n'avait pas progressé, mais le « tableau de chasse » était peu glorieux : pas d'arrestations spectaculaires, pas de supercoup médiatique. La routine, bien gérée.

Les réformes, nombreuses, accrurent mon isolement. Il n'y eut pas d'affectations supplémentaires à la BSS. Et, un matin, je m'étais retrouvé sans plus aucun pouvoir. Dépossédé par la brigade anticriminalité, la brigade antidrogue, la brigade antiprostitution, la brigade anti-émigration clandestine. Sans compter la brigade de répression du grand banditisme que dirige Auch, avec brio. J'étais devenu un flic de banlieue à qui échappaient toutes les enquêtes. Mais, depuis la Coloniale, je ne savais rien faire d'autre, que ça, être flic. Et personne ne m'avait mis au défi de faire autre chose. Mais je savais que mes collègues avaient raison, je *glissais*. Je devenais un flic dangereux. Pas celui qui pourrait tirer dans le dos d'un loubard pour sauver la peau d'un copain.

Le répondeur clignotait. Il était tard. Tout pouvait attendre. J'avais pris une douche. Je me servis un verre de Lagavulin, mis un disque de Thelonious Monk et me couchai avec *En marge des marées* de Conrad. Mes yeux se fermèrent. Monk continua en solo.

2

Où même sans solution, parier c'est encore espérer

Je garai ma R5 sur le parking de la Paternelle. Une cité maghrébine. Ce n'était pas la plus dure. Ce n'était pas la moins pire. Il était à peine 10 heures et il faisait déjà très chaud. Ici, le soleil pouvait s'en donner à cœur joie. Pas un arbre, rien. La cité. Le parking. Le terrain vague. Et au loin, la mer. L'Estaque et son port. Comme un autre continent. Je me souvenais qu'Aznavour chantait *La misère est moins dure au soleil.* Sans doute n'était-il pas venu jusqu'ici. Jusqu'à ces amas de merde et de béton.

Quand j'avais débarqué dans les cités, je m'étais frotté tout de suite aux voyous, aux toxicos et aux zonards. Ceux qui sortent du rang, qui jettent le froid. Qui foutent la trouille aux gens. Pas qu'à ceux du centre, mais à ceux des cités aussi. Les voyous, des adolescents déjà avancés dans la délinquance. Braqueurs, dealers, racketteurs. Certains, à peine âgés de dix-sept ans, totalisent parfois deux ans de prison, assortis d'un « sursis de mise à l'épreuve » de plusieurs années. Des petits durs, au cran d'arrêt facile. Craignos. Les toxicos, eux, ne cherchent pas les emmerdes. Sauf qu'il leur faut souvent de la thune, et que, pour ça, ils peuvent faire n'importe quelle connerie. Ça leur pendait au nez. Leur visage, c'était déjà un aveu.

Les zonards, c'est des mecs cool. Pas de conneries. Pas de casier judiciaire. Ils sont inscrits au LEP, mais n'y vont pas, ce qui arrange tout le monde : ça allège les classes et ça permet d'obtenir des profs supplémentaires. Ils passent les après-midi à la Fnac ou chez Virgin. Tapent une clope par-ci, cent balles par-là. La démerde, saine. Jusqu'au jour où ils se mettent à rêver de rouler en BMW, parce qu'ils en ont marre de prendre le bus. Ou qu'ils ont « l'illumination » de la dope. Et se fixent.

Puis il y a tous les autres, que j'ai découverts après. Une flopée de gosses sans autre histoire que celle d'être nés là. Et arabes. Ou noirs, gitans, comoriens. Lycéens toutes catégories, travailleurs intérimaires, chômeurs, emmerdeurs publics, sportifs. Leur adolescence, c'était comme marcher sur une corde raide. À cette différence qu'ils avaient presque toutes les chances de tomber. Où ? Ça c'était la loterie. Personne ne savait. Loubard, zonard, toxico. Ils le sauraient tôt ou tard. Quand pour moi c'était toujours trop tôt, pour eux c'était trop tard. En attendant, ils se faisaient épingler pour des broutilles. Pas de ticket de bus, bagarre à la sortie du collège, petite fauche au supermarché.

De ça, ils en causaient sur Radio Galère, la radio sale qui lave la tête. Une radio de tchatche, que j'écoutais régulièrement en voiture. J'attendis la fin de l'émission, la portière ouverte.

— Nos vieux, y peuvent plus nous aider, putain ! Par exemple, tu me prends moi. J'arrive à dix-huit balais, hein. Ben, y m'faut cinquante ou cent balles, le vendredi soir. Normal, non ? Chez moi, on est cinq. Le vieux, où tu veux qu'y trouve cinq cents balles, toi ? Donc, plus ou moins, j'dis pas moi, mais... le jeune, il devra...

— Faire les poches ! Té !

— Déconne pas !

— Ouais ! Et le type qui s'fait tirer son fric, y voit qu'c'est un Arabe. Vé, d'un seul un coup un seul, il te devient Front national !

— Mêm'qu'si il est pas raciste, té !

— Ç'aurait pu être, j'sais pas moi, un Portugais, un Français, un Gitan.

— Ou un Suisse ! Con ! Des voleurs, y en a de partout.

— Manque de pot, à Marseille, faut reconnaître qu'c'est plus souvent un Arabe qu'un Suisse.

Depuis que je m'occupais du secteur, j'avais alpagué quelques vrais malfrats, pas mal de dealers et de braqueurs. Flagrants délits, courses poursuites à travers les cités ou sur les périphs. Direction les Baumettes, la grande taule marseillaise. Je le faisais sans pitié, sans haine non plus. Mais avec un doute, toujours. La prison, à dix-huit piges, quel que soit le mec, on lui casse sa vie. Quand on braquait avec Manu et Ugo, les risques, on ne se posait pas la question. On connaissait la règle. Tu joues. Si tu gagnes, tant mieux. Si tu perds, tant pis. Sinon, fallait rester à la maison.

C'était toujours la même règle. Mais les risques étaient cent fois plus grands. Et les prisons regorgeaient de mineurs. Six pour un, je savais ça. Un chiffre qui me filait le bourdon.

Une dizaine de gosses se couraient après en se lançant des pierres grosses comme le poing. « Pendant c'temps y font pas d'conn'ries », m'avait dit une des mères. Les conneries, c'est quand il fallait les flics. Ça, ce n'était que la version junior de *OK Corral*. Devant le bâtiment C12, six beurs, douze-dix-sept ans, discutaient le coup. Dans le mètre cinquante d'ombre qu'offrait l'immeuble. Ils me virent venir vers eux. Surtout le plus âgé. Rachid. Il commença à secouer la tête et à souffler, persuadé que rien que ma présence, c'était le début des emmerdements. Je n'avais pas l'intention de le décevoir. Je lançai à la cantonade :

— Alors, on fait classe en plein air ?

— Vé ! C'est journée pédagogique, 'jourd'hui, m'sieur. Y se font classe entre eusse, dit le plus jeune.

— Ouais. Voir si sont balèzes, pour nous z'entrer des trucs dans la chetron, renchérit un autre.

— Super. Et vous êtes en pleins travaux pratiques, je suppose.

— Quoi ! Quoi ! On fait rien d'mal ! lâcha Rachid.

Pour lui, l'école était finie depuis longtemps. Viré du LEP. Après avoir menacé un prof qui l'avait traité de débile. Un brave gosse pourtant. Il espérait un stage d'apprentissage. Comme beaucoup dans les cités. L'avenir, c'était ça, attendre un stage de quelque chose, même de n'importe quoi. Et c'était mieux que de ne rien attendre du tout.

— Je dis rien, moi, je m'informe. (Il portait un survêtement aux couleurs de l'OM, bleu et blanc. Je palpai le tissu.) C'est tout neuf, dis donc.

— Quoi ! J'l'ai payé. C'est ma mèr'.

Je passai mon bras autour de ses épaules et l'entraînai hors du groupe. Ses copains me regardèrent, comme si je venais d'enfreindre la loi. Prêts à hurler.

— Dis Rachid, je vais au B7, là-bas. Tu vois. Au cinquième. Chez Mouloud. Mouloud Laarbi. Tu connais ?

— Ouais. Et alors ?

— Je vais y rester, heu, une heure peut-être.

— Qu'j'ai à voir, moi ?

Je lui fis faire encore quelques pas, vers ma voiture.

— Là, devant toi, c'est ma tire. C'est pas un chef-d'œuvre, tu me diras. D'accord. Mais j'y tiens. J'aimerais pas qu'elle ait un problème. Pas même une rayure. Alors, tu la surveilles. Et si t'as envie d'aller pisser, tu t'arranges avec tes potes. OK ?

— Chuis pas l'gardien, moi, m'sieur.

— Ben, exerce-toi. Y a peut-être une place à prendre. Je lui serrai l'épaule un peu plus fort. Pas une rayure, hein, Rachid, sinon...

— Quoi ! J'fais rien. Pouvez rien m'accuser.

— Je peux tout Rachid. Je suis flic. T'as pas oublié, dis ? (Je laissai courir ma main dans son dos.) Si je te mets la main au cul, là, dans la poche arrière, qu'est-ce que je trouve ?

Il se dégagea vivement. Énervé. Je savais qu'il n'avait rien. Je voulais juste en être sûr.

— J'ai rien. J'touch'pas à ces trucs.

— Je sais. T'es un pauvre petit rebeu qu'un connard de flic fait chier. C'est ça ?

— Pas dit ça.

— T'en penses pas moins. Surveille bien ma tire, Rachid.

Le B7 ressemblait à tous les autres. Le hall était cradingue. L'ampoule avait été fracassée à coups de pierres. Ça puait la pisse. Et l'ascenseur ne marchait pas. Cinq étages. Les monter à pied, c'est sûr qu'on ne montait pas au Paradis. Mouloud avait appelé hier soir, sur le répondeur. Surpris d'abord par la voix enregistrée, il y avait eu des « Allô ! Allô ! », un silence, puis le message. « Siou plaît, faut qu'tu viennes, m'sieur Montale. C'est pour Leila. »

Leila, c'était l'aînée des trois enfants. Il en avait trois. Kader et Driss. Il en aurait eu peut-être plus. Mais Fatima, sa femme, était morte en accouchant de Driss. Mouloud, c'était à lui tout seul le rêve de l'immigration. Il fut l'un des premiers à être embauchés sur le chantier de Fos-sur-Mer, fin 1970.

Fos, c'était l'Eldorado. Du travail, il y en avait pour des siècles. On bâtissait un port qui accueillerait des méthaniers énormes, des usines où l'on coulerait l'acier de l'Europe. Il était fier de participer à cette aventure, Mouloud. Il aimait ça, bâtir, construire. Sa vie, sa famille, il les avait forgées à cette image. Il n'obligea jamais ses enfants à se couper des autres, à ne pas fréquenter les Français. Seulement à éviter les mauvaises relations. Garder le respect d'eux-mêmes. Acquérir des manières convenables. Et réussir le plus haut possible. S'intégrer dans la société sans se renier. Ni sa race, ni son passé.

« Quand on était petits, me confia un jour Leila, il nous faisait réciter après lui : *Allah Akbar, La ilah illa Allah, Mohamed rasas Allah, Ayya illa Salat, Ayya illa el Fallah*. On n'y comprenait rien. Mais c'était bon à entendre. Ça ressemblait à ce qu'il racontait de l'Algérie. » À cette époque-là, Mouloud était heureux. Il avait installé sa famille à Port-de-Bouc, entre les Martigues et Fos. À la mairie on avait été « gentil avec lui » et il avait vite obtenu une belle HLM, avenue Maurice-Thorez. Le boulot était dur, et plus il y avait d'Arabes et mieux on se portait. C'était ce que pensaient les anciens des chantiers navals, qui s'étaient fait réembaucher à Fos. Des Italiens, en majorité des Sardes, des Grecs, des Portugais, quelques Espagnols.

Mouloud adhéra à la CGT. C'était un travailleur, et il avait besoin de se trouver une famille, pour le comprendre, l'aider, le défendre. « Celle-là, c'est la plus grande », lui avait dit Guttierez, le délégué syndical. Et il avait ajouté : « Après le chantier, il y aura des stages pour entrer dans la sidérurgie. Avec nous, tu as déjà ta place dans l'usine. »

Mouloud, ça, ça lui plaisait. Il le croyait, dur comme fer. Guttierez le croyait aussi. La CGT le croyait. Marseille le croyait. Toutes les villes autour le croyaient, et construisaient des HLM à tour de bras, des écoles, des routes pour accueillir tous les travailleurs promis à cet Eldorado. La France elle-même le croyait. Au premier lingot d'acier coulé, Fos n'était déjà plus qu'un mirage. Le dernier grand rêve des années soixante-dix. La plus cruelle des désillusions. Des milliers d'hommes restèrent sur le carreau. Et Mouloud parmi eux. Mais il ne se découragea pas.

Avec la CGT, il fit grève, il occupa le chantier, et se battit contre les CRS qui vinrent les déloger. Ils avaient perdu, bien sûr. On ne gagne jamais contre l'arbitraire économique des costards-cravate. Driss venait de naître. Fatima était morte. Et Mouloud, fiché comme agitateur, ne trouva plus de vrai travail. Que des petits boulots. Maintenant, il était manutentionnaire chez Carrefour. Au Smig. Après tant d'années. Mais, disait-il, « c'était une chance ». Mouloud était comme ça, il y croyait, en la France.

C'est dans le bureau du commissariat de police du secteur que Mouloud, un soir, me raconta sa vie. Avec fierté. Pour que je comprenne. Leila l'accompagnait. C'était il y a deux ans. Je venais d'interpeller Driss et Kader. Quelques heures plus tôt, Mouloud avait acheté des piles pour le transistor que ses enfants lui avaient offert. Des piles au détail. Les piles ne marchaient pas. Kader descendit chez le droguiste, sur le boulevard, pour les échanger. Driss le suivait.

— Savez pas le faire marcher, c'est tout.

— Si, je sais, répondit Kader. Pas la première fois, quoi.

— Vous les Arabes, vous savez toujours tout.

— C'est pas poli, m'dame, de dir'ça.

— J'suis polie si je veux. Mais pas avec des sales bicots comme vous. Vous me faites perdre mon temps. Reprends tes piles. Que d'abord c'est des vieilles que t'as pas achetées chez moi.

— C'est mon pèr'. Les a achetées t'à l'heure.

Son mari surgit de l'arrière-boutique avec un fusil de chasse.

— Va l'chercher ton menteur de père ! J'lui ferai avaler ses piles. (Il avait jeté les piles par terre.) Tirez-vous ! Bordilles, que vous êtes !

Kader poussa Driss hors du magasin. Puis tout alla très vite. Driss, qui n'avait encore rien dit, ramassa une grosse pierre, et la balança dans la vitrine. Il partit en courant, suivi par Kader. Le type était sorti du magasin et leur avait tiré dessus. Sans les atteindre. Dix minutes après, une centaine de gosses assiégeaient le droguiste. Il fallut plus de deux heures, et un car de CRS, pour ramener le calme. Sans mort, ni blessé. Mais j'étais furieux. Ma mission, justement, c'était d'éviter de faire appel aux CRS. Pas d'émeute, pas de provocation, et surtout pas de bavures.

J'avais écouté le droguiste.

— Les crouilles, y en a trop. C'est ça le problème.

— Ils sont là. C'est pas vous qui les avez amenés. C'est pas moi non plus. Ils sont là. Et nous devons vivre avec.

— Vous êtes pour eux, vous ?

— Faites pas chier, Varounian. Ils sont arabes. Vous êtes arménien.

— Fier de l'être. Z'avez quoi contre les Arméniens ?

— Rien. Contre les Arabes non plus.

— Ouais. Et ça donne quoi ? Le centre, on dirait Alger, ou Oran. Z'y êtes allé, là-bas ? Moi oui. Vé, ça te pue pareil maintenant. (Je le laissai parler.) Avant, tu bousculais un bougnoule dans la rue, il s'excusait. Maintenant, il te dit : « Tu peux pas t'excuser ! » Sont arrogants, voilà c'qu'y sont ! Se croient chez eux, merde !

Puis, je n'eus plus envie d'écouter. Ni même de discuter. Ça m'écœurait. Et c'était tout le temps comme ça. L'écouter, c'était comme lire *Le Méridional*. Chaque jour, le quotidien d'extrême droite distillait la haine. *Un jour ou l'autre*, avait-il été jusqu'à écrire, *il faudra employer les CRS, les Gardes mobiles, les chiens policiers pour détruire les casbahs marseillaises...* Ça péterait un jour, si on ne faisait rien. C'était sûr. Je n'avais pas de solution. Personne n'en avait. Il fallait attendre. Ne pas se résigner. Parier. Croire que Marseille survivrait à ce nouveau brassage humain. Renaîtrait. Marseille en avait vu d'autres.

J'avais renvoyé chacun dans son camp. Avec des amendes pour « désordre sur la voie publique », précédées d'un petit couplet moral. Varounian partit le premier.

— Aux flics comme vous, on fera la fête, dit-il en ouvrant la porte. Bientôt. Quand on s'ra au pouvoir.

— Au revoir, monsieur Varounian, répliqua Leila, avec arrogance.

Il la fusilla du regard. Je n'en fus pas sûr, mais je crus bien l'entendre marmonner un « salope » entre ses lèvres. J'avais souri à Leila. Quelques jours après, elle m'appela à l'hôtel de police pour me remercier et pour m'inviter à venir prendre le thé, le dimanche. J'avais accepté. Il m'avait plu, Mouloud.

Maintenant, Driss était apprenti dans un garage, rue Roger-Salengro. Kader travaillait à Paris, chez un oncle qui tenait une épicerie rue de Charonne. Leila était en fac, à Aix-en-Provence. Elle terminait cette année une maîtrise de lettres modernes. Mouloud était à nouveau heureux. Ses enfants se casaient. Il en était fier, surtout de sa fille. Je le comprenais. Leila était intelligente, bien dans sa peau, et belle. Le portrait de sa mère, m'avait dit Mouloud. Et il m'avait montré une photo de Fatima, de Fatima et lui sur le Vieux-Port. Leur première journée ensemble depuis des années. Il était allé la chercher là-bas, pour l'emmener au Paradis.

Mouloud ouvrit la porte. Ses yeux étaient rouges.

— Elle a disparu. Leila, elle a disparu.

Mouloud prépara le thé. Il n'avait pas eu de nouvelles de Leila depuis trois jours. Ce n'était pas son habitude. Je le savais. Leila avait du respect pour son père. Il n'aimait pas qu'elle soit en jeans, qu'elle fume, qu'elle boive un apéritif. Il le lui disait. Ils en discutaient, s'engueulaient, mais il ne lui avait jamais imposé ses idées. Leila, il lui faisait confiance. C'est pour ça qu'il l'avait autorisée à prendre une chambre en cité universitaire à Aix. À vivre indépendante. Elle téléphonait tous les deux jours et venait le dimanche. Souvent elle restait dormir. Driss lui laissait le canapé du salon et se couchait avec son père.

Ce qui rendait le silence de Leila inquiétant, c'est qu'elle n'avait même pas appelé pour dire si elle avait eu ou non sa maîtrise.

— Elle a peut-être raté. Et elle a honte... Elle est dans son coin, qu'elle pleure. Elle ose pas revenir.

— Peut-être.

— Tu devrais aller la chercher, m'sieur Montale. Lui dire que c'est pas grave.

Il n'en croyait pas un mot, Mouloud, de ce qu'il disait. Moi non plus. Si elle avait raté sa maîtrise, elle aurait pleuré, oui. Mais de là à se terrer dans sa chambre, ça non, je ne pouvais le croire. Et puis j'étais persuadé qu'elle l'avait eue sa maîtrise. *Poésie et devoir d'identité.* Je l'avais lue, il y avait quinze jours, et j'avais trouvé que c'était un travail remarquable. Mais je n'étais pas le jury et Leila était arabe.

Elle s'était inspirée d'un écrivain libanais, Salah Stétié, et avait développé quelques-uns de ses arguments. Elle jetait des ponts entre Orient et Occident. Par-dessus la Méditerranée. Et elle rappelait que dans *Les Mille et Une Nuits,* sous les traits de Sindbad le Marin, transparaissait tel ou tel des épisodes de l'*Odyssée,* et l'ingéniosité reconnue à Ulysse et à sa malicieuse sagesse.

Surtout, j'avais aimé sa conclusion. Pour elle, enfant de l'Orient, la langue française devenait ce lieu où le migrant tirait à lui toutes ses terres et pouvait enfin poser ses valises. La langue de Rimbaud, de Valéry, de Char saurait se métisser, affirmait-elle. Le rêve d'une génération de beurs. À Marseille, ça causait déjà un curieux français, mélange de provençal, d'italien, d'espagnol, d'arabe, avec une pointe d'argot et un zeste de verlan. Et les mômes, ils se comprenaient bien avec ça. Dans la rue. À l'école et à la maison, c'était une autre paire de manches.

La première fois où j'allai la chercher à la fac, je découvris les graffitis racistes sur les murs. Injurieux et obscènes. Je m'étais arrêté devant le plus laconique : « Les Arabes, les Noirs dehors ! » Pour moi, la fac fasciste, c'était la fac de droit. À cinq cents mètres de là. La connerie humaine gagnait aussi les lettres modernes ! Quelqu'un avait rajouté, pour ceux qui n'auraient pas compris : « les Juifs aussi. »

— Ça doit pas inciter à travailler, je lui dis.

— Je ne les vois plus.

— Oui, mais ils sont dans ta tête. Non ?

Elle haussa les épaules, alluma une Camel puis me prit par le bras pour m'emmener loin de là.

— Un jour, on y arrivera, à faire valoir nos droits. Je vote. Pour ça, justement. Et je suis plus la seule.

— Vos droits. Oui, peut-être. Mais ça changera pas ta gueule.

Elle me fit face, un sourire sur les lèvres. Ses yeux noirs pétillaient.

— Ah ouais ! Qu'est-ce qu'elle a, ma gueule ? Elle te plaît pas peut-être ?

— Très jolie, balbutiai-je.

Elle avait une bouille à la Maria Schneider, dans *Le Dernier Tango à Paris*. Aussi ronde, des cheveux aussi longs et frisés, mais noirs. Comme ses yeux, qui s'étaient plantés dans les miens. J'avais rougi.

Leila, ces deux dernières années, je la vis souvent. J'en savais plus sur elle que son père. Nous avions pris l'habitude de déjeuner ensemble un midi par semaine. Elle me parlait de sa mère qu'elle avait à peine connue. Elle lui manquait. Le temps n'arrangeait rien. Au contraire. L'anniversaire de Driss était chaque année un mauvais moment à passer. Pour tous les quatre.

— Driss, tu vois, c'est pour ça qu'il est devenu, pas méchant, non, mais violent. À cause de cette malédiction sur lui. Il a la haine. Un jour, mon père il m'a dit : « Si j'avais eu à choisir, j'aurais choisi ta mère. » Il m'a dit ça à moi, parce que j'étais la seule à pouvoir comprendre.

— Le mien aussi, tu sais, il m'a dit ça. Mais ma mère s'en est sortie. Et moi je suis là. Fils unique. Et seul.

— La solitude est un cercueil de verre. (Elle sourit.) C'est le titre d'un roman. T'as pas lu ça ? (Je secouai la tête.) C'est de Ray Bradbury. Un polar. Je te le prêterai. Tu devrais lire des romans plus contemporains.

— Ils ne m'intéressent pas. Ils manquent de style.

— Bradbury ! Fabio !

— Bradbury, peut-être.

Et nous partions dans de grandes discussions sur la littérature. Elle, la future prof de lettres et moi, le flic autodidacte. Les seuls livres que j'avais lus, c'étaient ceux que nous avait donnés le vieil Antonin. Des livres d'aventures, de voyages. Et des poètes aussi. Des poètes marseillais, aujourd'hui oubliés. Émile Sicard, Toursky, Gérald Neveu, Gabriel Audisio et Louis Brauquier, mon préféré.

À cette époque-là, le repas hebdomadaire du midi ne suffisait plus. Nous nous retrouvions un ou deux soirs par semaine. Quand je n'étais pas de service, ou qu'elle ne faisait pas de baby-sitting. J'allais la chercher à Aix et nous allions au cinéma, puis dîner quelque part.

Nous nous étions lancés dans une grande tournée des cuisines étrangères, ce qui, d'Aix à Marseille, pouvait nous occuper de longs mois. Nous donnions des étoiles par-ci, des mauvais points par-là. En tête de notre sélection, le Mille et Une nuits, boulevard d'Athènes. On y mangeait sur des poufs, devant un grand plateau de cuivre, en écoutant du raï. Cuisine marocaine. La plus raffinée du Maghreb. Ils servaient là la meilleure pastilla de pigeon que j'aie jamais mangée.

Ce soir-là, j'avais proposé d'aller dîner aux Tamaris, un petit restaurant grec dans la calanque de Samena, pas loin de chez moi. Il faisait chaud. Une chaleur épaisse, sèche comme souvent fin août. Nous avions commandé des choses simples : salade de concombres au yaourt, feuilles de vignes farcies, tarama, brochettes aux cent épices, grillées sur des sarments de vigne, avec un filet d'huile d'olive, petit chèvre. Le tout arrosé d'un retsina blanc.

Nous avions marché sur la petite plage de galets, puis nous nous étions assis sur les rochers. C'était une nuit superbe. Au loin, le phare de Planier indiquait le cap. Leila posa sa tête sur mon épaule. Ses cheveux sentaient le miel et les épices. Son bras glissa sous le mien, pour prendre ma main. À son contact, je frissonnai. Je n'eus pas le temps de me défaire de ses doigts. Elle se mit à réciter un poème de Brauquier, en arabe :

Nous sommes aujourd'hui sans ombre et sans mystère,
Dans une pauvreté que l'esprit abandonne ;
Rendez-nous le péché et le goût de la terre
Qui fait que notre corps s'émeut, tremble et se donne.

— Je l'ai traduit pour toi. Pour que tu l'entendes dans ma langue.

Sa langue c'était aussi sa voix. Douce comme du halva. J'étais ému. Je tournai mon visage vers elle. Lentement, pour garder sa tête sur mon épaule. Et m'enivrer de son odeur. Je vis briller ses yeux, à peine éclairés par le reflet de la lune sur l'eau. J'eus envie de la prendre dans mes bras, de la serrer contre moi. De l'embrasser.

Je ne l'ignorais pas, et elle non plus, nos rencontres de plus en plus fréquentes conduisaient à cet instant. Et cet instant, je le redoutais. Mes désirs, je ne les connaissais que trop bien. Je savais comment tout cela finirait. Dans un lit, puis dans les larmes. Je n'avais fait que répéter des échecs. La femme que je cherchais, il me fallait la trouver. Si elle existait. Mais ce n'était pas Leila. Pour elle, si jeune, je n'avais que du désir. Je n'avais pas le droit de jouer avec elle. Pas avec ses sentiments. Elle était trop bien pour ça. Je l'embrassai sur le front. Sur ma cuisse, je sentis la caresse de sa main.

— Tu m'emmènes chez toi ?

— Je te raccompagne à Aix. C'est mieux pour toi et moi. Je ne suis qu'un vieux con.

— J'aime bien les vieux cons, aussi.

— Laisse tomber, Leila. Trouve quelqu'un de pas con. Et de plus jeune.

Je conduisais en regardant droit devant moi. Sans qu'on échange un seul regard. Leila fumait. J'avais mis une cassette de Calvin Russel. J'aimais assez. Pour rouler, c'était bien. J'aurais pu traverser l'Europe pour ne pas prendre l'embranchement d'autoroute qui conduisait à Aix. Russel chantait *Rockin' the Republicans*. Leila, toujours sans parler, arrêta la cassette avant qu'il n'attaque *Baby I Love You*.

Elle en enclencha une autre, que je ne connaissais pas. De la musique arabe. Un solo d'oud. La musique qu'elle avait rêvée pour cette nuit avec moi. L'oud se répandit dans la voiture comme une odeur. L'odeur paisible des oasis. Dattes, figues sèches, amandes. J'osai un regard vers elle. Sa jupe était remontée sur ses cuisses. Elle était belle, belle pour moi. Oui, je la désirais.

— Tu n'aurais pas dû, elle dit avant de descendre.

— Pas dû quoi ?

— Me laisser t'aimer.

Elle claqua la porte. Mais sans violence. Juste la tristesse. Et la colère qui va avec. C'était il y a un an. Nous ne nous étions plus retrouvés. Elle n'avait plus appelé. J'avais ruminé son absence. Il y a quinze jours, j'avais reçu par la poste son mémoire de maîtrise. Sur une carte, juste ces mots : « Pour toi. À bientôt ».

— Je vais la chercher, Mouloud. T'inquiète pas.

Je lui fis mon plus beau sourire. Celui du bon flic à qui on peut faire confiance. Je me souvenais que Leila, parlant de ses frères, disait : « Quand il est tard, et qu'il y en a un qui n'est pas rentré, on s'inquiète. Ici tout peut arriver. » Inquiet, je l'étais.

Devant le C12, Rachid était seul, assis sur un skate. Il se leva en me voyant sortir de l'immeuble, ramassa son skate et disparut dans le hall. Sans doute m'envoya-t-il niquer ma mère, enculé de ta race. Mais ça n'avait aucune importance. Sur le parking, ma voiture n'avait pas pris une seule rayure.

3

Où l'honneur des survivants, c'est de survivre

Une brume de chaleur enveloppait Marseille. Je roulais sur l'autoroute, vitres ouvertes. J'avais mis une cassette de B. B. King. Le son au maximum. Rien que la musique. Je ne voulais pas penser. Pas encore. Seulement faire le vide dans ma tête, repousser les questions qui affluaient. Je revenais d'Aix et tout ce que je craignais se confirmait. Leila avait vraiment disparu.

J'avais erré dans une fac déserte à la recherche du secrétariat. Avant d'aller à la cité universitaire, j'avais besoin de savoir si Leila avait eu sa maîtrise. La réponse était oui. Avec mention. Elle avait disparu, après. Sa vieille Fiat Panda rouge était garée sur le parking. J'y avais jeté un œil, mais rien ne traînait à l'intérieur. Ou elle était en panne, ce que je n'avais pas vérifié, et elle était partie en bus, ou quelqu'un était venu la chercher.

Le gardien, un petit bonhomme rondouillard, une casquette rivée sur la tête, m'ouvrit la chambre de Leila. Il se rappelait l'avoir vue revenir, pas repartir. Mais il s'était absenté vers 18 heures.

— Elle a fait rien de mal ?

— Non, rien. Elle a disparu.

— Merde, il avait fait, en se grattant la tête. Une gentille fille, cette petite. Et polie. Pas comme certaines Françaises.

— Elle est française.

— C'est pas ce que je voulais dire, m'sieur.

Il se tut. Je l'avais vexé. Il resta devant la porte pendant que j'examinais la chambre. Il n'y avait rien à chercher. Juste avoir cette conviction que Leila ne s'était pas envolée pour Acapulco, comme ça, pour changer d'air. Le lit était fait. Au-dessus du lavabo, brosse à dents, dentifrice, produits de beauté. Dans le placard, ses affaires, rangées. Un sac de linge sale. Sur une table, des feuilles de papier, des cahiers, et des bouquins.

Celui que je cherchais était là. *Le Bar d'escale*, de Louis Brauquier. La première édition, de 1926, sur vergé pur Lafuma, édité par la revue *Le Feu*. Numéroté 36. Je le lui avais offert.

C'était la première fois que je me séparais d'un des livres qui étaient chez moi. Ils appartenaient autant à Manu et Ugo qu'à moi. Ils représentaient le trésor de notre adolescence. J'avais souvent rêvé qu'un jour, ils nous réunissent tous les trois. Le jour où Manu et Ugo m'auraient enfin pardonné d'être flic. Le jour où j'aurais admis qu'il était plus facile d'être flic que délinquant, et où j'aurais pu les embrasser comme des frères qu'on retrouve, les larmes aux yeux. Je savais que ce jour-là, je lirais ce poème de Brauquier qui s'achevait par ces vers :

Longtemps je t'ai cherchée
nuit de la nuit perdue.

Les poèmes de Brauquier, nous les avions découverts chez Antonin. *Eau douce pour navire, L'au-delà de Suez, Liberté des mers*. Nous avions dix-sept ans. Et à cette époque, le vieux bouquiniste se relevait mal d'une crise cardiaque. À tour de rôle, nous tenions la boutique. Pendant ce temps-là, on ne claquait pas notre fric aux flippers. Et en plus on pataugeait dans notre grande passion, les vieux bouquins.

Les romans, les récits de voyage, les poèmes que j'ai lus ont une odeur particulière. Celle des caves, des sous-sols. Une odeur presque épicée, mélange de poussière et d'humidité. Vert-de-gris. Les livres d'aujourd'hui n'ont plus d'odeur. Même plus celle de l'imprimerie.

L'édition originale du *Bar d'escale*, je l'avais trouvée un matin, en vidant des cartons qu'Antonin n'avait jamais ouverts. J'étais parti avec. Je feuilletai le livre aux pages jaunies, le refermai et le mis dans ma poche. Je regardai le gardien.

— Excusez-moi pour tout à l'heure. Je suis énervé.

Il haussa les épaules. Du genre du type qui a l'habitude de se faire rembarrer.

— Vous la connaissiez ?

Je ne lui répondis pas, mais lui donnai ma carte. Au cas où.

J'avais ouvert la fenêtre et baissé le store. J'étais épuisé. Je rêvais d'une bière fraîche. Mais je devais avant tout faire un rapport sur la disparition de Leila et le transmettre au service des personnes disparues. Mouloud devrait ensuite signer la demande de recherche. Je l'avais appelé. Dans sa voix, je sentis l'accablement. Toute la misère du monde qui, en une seconde, vous rattrape pour ne plus vous lâcher. « On va la retrouver. » Je n'avais rien pu dire d'autre. Des mots qui ouvraient sur des abîmes. Je l'imaginais assis devant sa table, sans bouger. Les yeux ailleurs.

À l'image de Mouloud se superposa celle d'Honorine. Ce matin, dans sa cuisine. J'y étais allé à sept heures. Pour lui dire, pour Ugo. Je ne voulais pas qu'elle l'apprenne par le journal. Les services d'Auch avaient été très discrets sur Ugo. Un court entrefilet dans les faits divers. Un dangereux malfaiteur, recherché par la police de plusieurs pays, a été abattu hier alors qu'il s'apprêtait à faire feu sur les policiers. Suivaient quelques éléments nécrologiques, mais nulle part il n'était dit pourquoi Ugo était dangereux, ni quels crimes il avait pu commettre.

La mort de Zucca faisait les gros titres. Les journalistes s'en tenaient tous à la même version. Zucca n'était pas un truand aussi célèbre que le fut Mémé Guérini, ou, plus récemment, Gaëtan Zampa, Jacky le Mat ou Francis le Belge. Il n'avait peut-être même jamais tué personne, ou alors une ou deux fois, pour faire ses preuves. Fils d'avocat, avocat lui-même, c'était un gestionnaire. Depuis le suicide de Zampa en prison, il gérait l'empire de la mafia marseillaise. Sans se mêler des querelles de clans ou d'hommes.

Du coup, chacun s'interrogeait sur cette exécution qui pouvait relancer une guerre des gangs. Marseille n'avait vraiment pas besoin de cela en ce moment. La crise économique de la ville était déjà suffisamment lourde à assumer. La SNCM, la compagnie qui assure la liaison ferry avec la Corse, menaçait d'aller implanter son activité ailleurs. On parlait de Toulon ou de La Ciotat, un ancien chantier naval à 40 kilomètres de Marseille. Depuis des mois, un conflit opposait la compagnie aux dockers, à propos de leur statut. Les dockers avaient le monopole d'embauche sur les quais, depuis 1947. Ces modalités étaient aujourd'hui remises en cause.

La ville était suspendue à ce bras de fer. Sur tous les autres ports, ils avaient cédé. Quitte à faire crever la ville, pour les dockers marseillais c'était une question d'honneur. L'honneur, ici, c'est capital. « T'as pas d'honneur » était la plus grave insulte. On pouvait tuer pour l'honneur. L'amant de votre femme, celui qui a « sali » votre mère, ou le mec qui a fait du tort à votre sœur.

Ugo était revenu pour ça. Pour l'honneur. Celui de Manu. Celui de Lole. L'honneur de notre jeunesse, de l'amitié partagée. Et des souvenirs.

— Il n'aurait pas dû revenir.

Honorine avait levé les yeux de sa tasse à café. Dans son

regard, je vis que ce n'était pas cela qui la torturait. C'était ce piège, qui se refermait sur moi. Est-ce que j'avais de l'honneur ? J'étais le dernier. Celui qui héritait de tous les souvenirs. Est-ce qu'un flic pouvait déborder la loi ? Se satisfaire de la justice ? Et qui s'en souciait, de la justice, quand il ne s'agissait que de malfrats ? Personne. Il y avait cela dans les yeux d'Honorine. Et elle se répondait oui, oui, et encore oui, et enfin non, à ses questions. Et elle me voyait allongé dans le caniveau. Cinq balles dans le dos, comme pour Manu. Ou trois, comme pour Ugo. Trois ou cinq, qu'est-ce que ça changeait. Une suffisait pour aller lécher la merde du caniveau. Et elle ne voulait pas, Honorine. J'étais le dernier. L'honneur des survivants, c'est de survivre. De rester debout. Être en vie, c'était être le plus fort.

Je l'avais laissée devant sa tasse à café. Je l'avais regardée. Le visage qu'aurait pu avoir ma mère. Avec les rides de celle qui aurait perdu deux de ses fils dans une guerre qui ne la concernait pas. Elle avait tourné la tête. Vers la mer.

— Il aurait dû venir me voir, avait-elle dit.

Depuis sa création, je n'avais fait qu'une dizaine de fois l'aller-retour sur la ligne 1 du métro. Castelanne-La Rose. Des quartiers chics, où le centre de la ville s'était déplacé avec bars, restaurants, cinémas, au quartier nord où il n'y avait aucune raison d'aller traîner ses baskets si on n'y était pas obligé.

Depuis quelques jours, un groupe de jeunes beurs faisait du chahut sur le trajet. La sécurité du métro penchait pour la manière forte. Les Arabes, ils ne comprenaient que ça. Je connaissais le refrain. Sauf que cela n'avait jamais payé. Ni au métro. Ni à la SNCF. Après des passages à tabac, il y avait eu des représailles. Voie bloquée sur la ligne Marseille-Aix, après la gare de Septèmes-les-Vallons, il y a un an. Jets de pierres sur le métro à la station Frais-Vallon, il y a six mois.

J'avais donc proposé l'autre méthode. Celle qui consiste à

établir un dialogue avec la bande. À ma manière. Les cowboys du métro avaient rigolé. Mais, pour une fois, la direction ne leur céda pas et me donna carte blanche.

Pérol et Cerutti m'accompagnaient. Il était 18 heures. La balade pouvait commencer. Une heure avant j'avais fait un saut jusqu'au garage où Driss travaillait. Je voulais qu'on parle de Leila.

Il finissait sa journée. Je l'attendis en discutant avec son patron. Un chaud partisan des contrats d'apprentissage. Surtout quand les apprentis bossent comme des ouvriers. Et Driss ne lésinait pas sur le boulot. Il se shootait au cambouis. Tous les soirs il en avait sa dose. C'était moins malsain que du crack, ou de l'héro. C'est ce qu'on disait. Et je le pensais. Mais ça n'en bouffait pas moins la tête. Driss devait toujours faire ses preuves. Et n'oublie pas de dire oui monsieur, non monsieur. Et de fermer sa gueule en permanence, parce que, merde, quand même, c'était qu'un sale bougnoule. Pour le moment, il tenait bon.

Je l'avais entraîné au bar du coin. Le Disque bleu. Un bar crade, comme le patron. À sa gueule, on devinait que les Arabes, ici, avaient le droit de faire le loto, le PMU, et de consommer debout. Même en me donnant une vague dégaine à la Gary Cooper, pour avoir deux demis à une table, il me fallut presque lui montrer ma carte de flic. J'étais encore trop bronzé pour certains.

— T'as arrêté l'entraînement ? je dis, en revenant avec les bières.

Sur mes conseils, il s'était inscrit dans une salle de boxe, à Saint-Louis. Georges Mavros, un vieux copain, la dirigeait. Il fut un jeune espoir, après quelques combats gagnés. Puis il dut choisir entre la femme qu'il aimait et la boxe. Il se maria. Il devint camionneur. Quand il apprit que sa femme couchait partout dès qu'il prenait la route, il était trop tard pour être champion. Il plaqua sa femme et son boulot, vendit ce qu'il avait et ouvrit cette salle.

Driss avait toutes les qualités pour ce sport. L'intelligence. Et la passion. Il pourrait être aussi bon que Stéphane Haccoun ou Akim Tafer, ses idoles. Mavros ferait de lui un champion. Je le croyais. À condition qu'il tienne bon, là encore.

— Trop de taf. Des heur's, qu'il a fallu s'taper ! Et l'taulier, c'est un vrai blob. Y fait qu'd'me coller au cul.

— T'as pas téléphoné. Mavros, il t'a attendu.

— Z'avez des nouvelles, pour Leila ?

— C'est pour ça que je suis venu te voir. Tu sais si elle a un petit copain ?

Il m'avait regardé comme si je me foutais de sa gueule.

— Z'êtes pas son mec ?

— Je suis son ami. Comme avec toi.

— J'croyais que vous la tiriez, moi.

Je faillis lui donner une claque. Il y a des mots qui me font vomir. Celui-là particulièrement. Le plaisir passe par le respect. Ça commence par les mots. J'ai toujours pensé ça.

— Je tire pas les femmes. Je les aime... Enfin, j'essaie...

— Et Leila ?

— T'en aurais pensé quoi, toi ?

— Moi, j'vous aime bien.

— Laisse tomber. Des braves mecs, des jeunes comme toi, ça manque pas.

— Qu'est-ce ça veut dire ?

— Que je sais pas où elle est passée, Driss. Merde ! Quoi ! C'est pas parce que je l'ai pas baisée que je l'aime pas !

— On va la retrouver.

— C'est ce que j'ai dit à ton père. Tu vois, ça m'a juste mené à toi.

— Elle a pas de p'tit ami. Y a juste nous. Moi, Kader, et le père. La fac. Ses copines. Et vous. Elle 'rrête pas d'parler d'vous. Trouvez-la. C'est votre boulot !

Il était parti après m'avoir laissé le téléphone de deux copines de Leila, Jasmine et Karine, que j'avais rencontrées une fois, et de Kader à Paris. Mais on ne voyait pas pourquoi elle serait allée à Paris sans rien lui dire. Même si Kader avait des merdes, elle lui aurait dit. De toute façon, Kader il était net. Que même c'était lui qui faisait tourner l'épicerie.

Ils étaient huit. Seize-dix-sept ans. Ils montèrent au Vieux-Port. On les attendait à la station Saint-Charles-Gare SNCF. Ils étaient regroupés à l'avant d'une rame. Debout sur les sièges, ils frappaient sur les parois et les vitres comme sur des tam-tam, au rythme d'un radio K7. À fond la musique. Rap, bien sûr. IAM, je connaissais. Un groupe marseillais vraiment top. On l'entendait souvent sur Radio Grenouille, l'équivalent de Nova à Paris. Elle programmait tous les groupes rap et ragga de Marseille et du Sud. IAM, Fabulous Trobadors, Bouducon, Hypnotik, Black Lions. Et Massilia Sound System, né au milieu des Ultras, dans le virage sud du stade vélodrome. Le groupe avait filé la fièvre ragga hip hop aux supporters de l'OM, puis à la ville.

À Marseille, on tchatche. Le rap n'est rien d'autre. De la tchatche, tant et plus. Les cousins de Jamaïque s'étaient trouvé ici des frères. Et ça causait comme au bar. De Paris, de l'État centraliste, des banlieues pouraves, des bus de nuit. La vie, leurs problèmes. Le monde, vu de Marseille.

On survit d'un rythme de rap,
voilà pourquoi ça frappe.
Ils veulent le pouvoir et le pognon, à Paris.
J'ai 22 ans, beaucoup de choses à faire.
Mais jamais de la vie je n'ai trahi mes frères.
Je vous rappelle encore avant de virer de là,
Qu'on ne me traitera pas
de soumis à ce putain d'État.

Et ça frappait fort, dans le compartiment. Tam tam de l'Afrique, du Bronx, et de la planète Mars. Le rap, ce n'était pas ma musique. Mais IAM, je devais le reconnaître, leurs textes cartonnaient juste. Beau et bien. En plus, ils avaient le *groove*, comme on dit. Il suffisait de regarder les deux jeunes qui dansaient devant moi.

Les voyageurs avaient reflué à l'arrière de la rame. Ils baissaient la tête, comme s'ils ne voyaient, n'entendaient rien. Ils n'en pensaient pas moins. Mais à quoi bon ouvrir sa gueule ? Pour prendre un coup de couteau ? À la station, les gens hésitèrent à entrer dans la rame. Ils se serrèrent sur l'arrière. Avec des soupirs. Des grincements de dents. Des rêves de bastonnades. Et des désirs de meurtres.

Cerutti se glissa parmi eux. Il assurait la liaison radio avec le QG. Si ça tournait mal. Pérol s'installa, là où ça faisait le vide. J'allai m'asseoir au milieu de la bande, et ouvris un journal.

— Pourriez pas faire un peu moins de bordel ?

Il y eut un moment d'hésitation.

— Qu'est-ce tu fais chier, mec ! lança l'un d'eux, en se laissant tomber sur le siège.

— P't'être qu'on t'gêne, dit un autre en s'asseyant à côté de moi.

— Ouais, c'est ça. Comment t'as deviné ?

Je regardai mon voisin dans les yeux. Les autres arrêtèrent de taper sur les parois. Sûr que ça devenait grave. Ils se serrèrent autour de moi.

— Qu'est-ce tu nous biffes, mec ? T'aimes pas quoi ? Le rap ? Nos gueules ?

— J'aime pas que vous me fassiez chier.

— T'as vu combien on est ? On t'emmerde, mec.

— Ouais, j'ai bien vu. À huit, vous avez de la gueule. Seuls, vous n'avez pas de couilles.

— T'en as, toi ?

— Si j'étais pas là, t'aurais pas à me le demander.

Derrière, ça levait la tête. Ben, il a raison. Quoi, on va pas se laisser faire la loi. Le courage des mots. Réformés-Canebière. La rame se remplit encore. Je sentais des gens derrière moi. Cerutti et Pérol avaient dû se rapprocher.

Les jeunes étaient un peu désemparés. Je devinais qu'il n'y avait pas de chef. Ils déconnaient, comme ça. Rien que pour emmerder. Une provocation. Gratuite. Mais qui pouvait leur coûter la peau. Une balle était si vite perdue. Je rouvris le journal. Celui qui avait le radio K7 relança un peu la sauce. Un autre se remit à taper sur la vitre. Mais doucement. Juste pour voir. Les autres observaient, avec des clins d'œil, des sourires entendus, des petits coups de coude. De vrais minots. Celui qui me faisait face mit presque ses baskets sur mon journal.

— Tu descends où toi ?

— Qu'est-ce ça te fout ?

— Ben, je serais mieux si t'étais pas là.

Dans mon dos, j'imaginais des centaines d'yeux braqués sur nous. J'avais l'impression d'être un animateur avec sa classe d'ados. Cinq-Avenues-Longchamp. Les Chartreux, Saint-Just. Les stations se succédaient. Les mômes ne mouftaient plus. Ils ruminaient. Ils attendaient. La rame commençait à se vider. Malpassé. Le vide derrière moi.

— Si on te casse la gueule, y a personne qui bouge, dit l'un d'eux en se levant.

— Y sont même pas dix. Vu qu'y a une meuf et deux vieux.

— Mais tu vas rien faire.

— Ah oui ? Qu'est-ce y t'fait dir'ça ?

— T'as rien que de la gueule.

Frais-Vallon. Des HLM, pas d'horizon.

— Aïoli ! cria l'un d'eux.

Ils descendirent en courant. Je bondis et chopai le dernier par le bras. Je le lui tordis dans le dos. Avec fermeté, mais sans violence. Il se débattit. Les passagers s'empressaient de quitter le quai.

— T'es seul maintenant.

— Putain, mais lâche-moi ! (Il prit à témoin Cerutti et

Pérol, qui s'éloignaient lentement.) Il est con, c'mec. Y m'cherche à m'casser la gueule.

Cerutti et Pérol ne le regardèrent pas. Le quai était désert. Je sentais la colère chez le môme. Et la peur, aussi.

— Personne va te défendre. T'es un Arabe. Je pourrais te faire la peau, là, sur le quai. Personne bougera. Tu comprends ça ? Alors, t'arrêtes de déconner, tes copains et toi. Sinon, un jour vous allez tomber sur des mecs qui vous rateront pas. Tu comprends ça ?

— Oui, ça va. Putain, ça fait mal !

— Fais passer le message. Si je te retrouve, je te le pète, ton bras !

Quand je refis surface, il faisait déjà nuit. Presque dix heures. J'étais lessivé. Trop vidé pour rentrer chez moi. J'avais besoin de traîner. De voir du monde. De sentir palpiter quelque chose qui ressemble à la vie.

J'entrai chez O'Stop. Un restaurant de nuit, place de l'Opéra. Mélomanes et prostituées s'y côtoyaient amicalement. Je savais qui j'avais envie de voir. Et elle était là, Marie-Lou, une jeune pute antillaise. Elle avait débarqué dans le quartier il y a trois mois. Elle était superbe. Genre Diana Ross, à vingt-deux piges. Ce soir, elle portait un jeans noir et un débardeur gris, assez échancré. Ses cheveux étaient tirés en arrière et attachés avec un ruban noir. Rien n'était vulgaire en elle, même pas sa manière d'être assise. Elle était presque hautaine. Rares étaient les hommes qui osaient l'aborder sans qu'elle ne l'ait décidé, d'un regard.

Marie-Lou ne racolait pas. Elle bossait sur Minitel, et, comme elle était sélective, elle filait ses rencards ici. Histoire de vérifier le look du client. Marie-Lou, elle m'excitait vraiment beaucoup. Je l'avais suivie quelques fois depuis. On aimait bien se retrouver. Pour elle, j'étais un client idéal. Pour moi, c'était plus simple que d'aimer. Et ça m'allait bien pour le moment.

O'Stop était bourré, comme toujours. Beaucoup de prostituées, qui faisaient une pause whisky-coca-pipi. Certaines, les plus âgées, connaissaient Verdi en général et Pavarotti en particulier. Je distribuai quelques clins d'œil, sourires, et je m'assis sur un tabouret, devant le comptoir. À côté de Marie-Lou. Elle était pensive, le regard perdu dans son verre vide.

— Ça marche les affaires ?

— Tiens, salut. Tu me paies un verre ?

Margharita pour elle, whisky pour moi. Une nuit qui commençait bien.

— J'avais un plan. Mais ça m'a pas inspirée.

— Il ressemblait à quoi ?

— À un flic !

Elle éclata de rire, puis me fit un bisou sur la joue. Une décharge électrique, avec tilt dans mon slip.

Quand j'aperçus Molines, nous en étions à la troisième tournée. Nous avions échangé six ou sept phrases. Aussi brèves que banales. Nous buvions avec application. C'était ce qui me convenait le mieux. Molines était de l'équipe d'Auch. Il faisait le pied de grue sur le trottoir devant O'Stop. Il semblait s'ennuyer ferme. Je quittai mon tabouret en commandant une nouvelle tournée.

Je lui fis l'effet d'un pantin sortant de sa boîte. Il sursauta. Visiblement, ma présence ne le transportait pas de joie.

— Qu'est-ce que tu fous là ?

— Un je bois, deux je bois, trois je bois, quatre je mange. À partir de cinq, j'ai rien décidé. Et toi ?

— Service.

Pas causant, le cow-boy. Il s'éloigna de quelques pas. Je ne devais pas mériter sa compagnie. En le suivant des yeux, je les vis. Le reste de l'équipe, à des angles de rues différents. Besquet, Paoli au coin de la rue Saint-Saëns et de la rue Molière. Sandoz, Mériel, que Molines venait de rejoindre, rue Beauvau. Cayrol faisait les cent pas devant l'Opéra. Les autres échappaient à mon regard. Sans doute dans des voitures stationnées autour de la place.

Venant de la rue Paradis, une Jaguar gris métallisé s'engagea dans la rue Saint-Saëns. Besquet porta son talkie-walkie à sa bouche. Paoli et lui quittèrent leur poste. Ils traversèrent la place, sans se soucier de Cayrol, et remontèrent lentement la rue Corneille.

D'une des voitures sortit Morvan. Il traversa la place, puis la rue Corneille, comme s'il allait entrer à La Commanderie, une boîte de nuit où se côtoyaient journalistes, flics, avocats et truands. Il passa devant un taxi garé en double file juste devant La Commanderie. Une Renault 21 blanche. Son voyant était sur « occupé ». Au passage, Morvan frappa de la main sur la portière. Négligemment. Puis il continua son chemin, s'arrêta devant un sex-shop et alluma une cigarette. Un coup se préparait. Je ne savais pas quoi. Mais j'étais le seul à le voir.

La Jaguar tourna, et se gara derrière le taxi. Je vis Sandoz et Mériel s'avancer. Cayrol ensuite. Ça se resserrait. Un homme descendit de la Jaguar. Un Arabe, balèze, en costume, cravate, la veste déboutonnée. Un garde du corps. Il regarda à droite, à gauche, puis ouvrit la portière arrière de la voiture. Un homme sortit. Al Dakhil. Merde ! *L'Immigré*. Le chef de la pègre arabe. Je ne l'avais vu qu'une seule fois. Lors d'une garde à vue. Mais Auch n'avait rien pu retenir contre lui. Son garde du corps ferma la portière et se dirigea vers l'entrée de La Commanderie.

Al Dakhil boutonna sa veste, se pencha pour dire un mot au chauffeur. Deux hommes sortirent du taxi. Le premier, une vingtaine d'années, petit, en jeans et veste en toile. L'autre, de taille moyenne, guère plus âgé, les cheveux presque ras. Pantalon, blouson de toile noire. Je notai le numéro du taxi au moment où il démarra : 675 JLT 13. Un réflexe. La fusillade commença. Le plus petit fit feu le premier. Sur le garde du corps. Puis il pivota et tira sur le chauffeur qui sortait de la voiture. L'autre vida son chargeur sur Al Dakhil.

Il n'y eut pas de sommations. Morvan abattit crâne rasé, avant qu'il ne se retourne. L'autre, tête baissée, son arme à la main, se faufila entre deux voitures. Après un coup d'œil derrière lui, rapide, trop rapide, il recula. Sandoz et Mériel tirèrent en même temps. Des cris s'élevèrent. Il y eut soudain un attroupement. Les hommes d'Auch. Les curieux.

J'entendis les sirènes de police. Le taxi avait disparu derrière l'Opéra, par la rue Francis-Davso, à gauche. Auch sortit de La Commanderie, les mains dans les poches de sa veste. Dans mon dos je sentis les seins chauds de Marie-Lou.

— C'qui s'passe ?

— Rien de beau.

C'était le moins que je puisse dire. La guerre était ouverte. Mais Zucca, c'est Ugo qui l'avait descendu. Et ce que je venais de voir me laissait sur le cul. Tout semblait avoir été mis en scène. Jusqu'au moindre détail.

— Un règlement de comptes.

— Merde ! Ça va pas arranger mes affaires !

J'avais grand besoin d'un remontant. Pas de me perdre dans les questions. Pas maintenant. J'avais envie de me vider. D'oublier. Les flics, les truands. Manu, Ugo, Lole, Leila. Et moi, en premier. De me dissoudre dans la nuit, si c'était possible. De l'alcool, et Marie-Lou, voilà ce qu'il me fallait. Vite.

— Mets ton compteur sur « occupé ». Je t'invite à dîner.

4

Où un cognac n'est pas ce qui peut faire le plus de mal

Je sursautai. Il y avait eu un bruit sourd. Puis j'entendis un enfant pleurer. À l'étage au-dessus. Je ne savais plus où j'étais. Un instant. J'avais la bouche pâteuse, la tête lourde. J'étais allongé sur le lit tout habillé. Le lit de Lole. Je me souvenais. En quittant Marie-Lou au petit matin, j'étais venu ici. Et j'avais forcé la porte.

Nous n'avions aucune raison de traîner plus longtemps place de l'Opéra. Le quartier était bouclé. Bientôt, il grouillerait de flics en tous genres. Trop de monde que je ne souhaitais pas rencontrer. J'avais pris Marie-Lou par le bras et l'avais entraînée de l'autre côté du cours Jean-Ballard, place Thiars. Chez Mario. Une assiette de mozzarella et tomates, avec câpres, anchois et olives noires. Un plat de spaghetti aux clovisses. Un tiramisu. Le tout arrosé d'un bandol du domaine de Pibarnon.

On parla de tout et de rien. Elle plus que moi. Avec langueur. Détachant ses mots comme si elle épluchait une pêche. Je l'écoutais, mais seulement des yeux, me laissant emporter par son sourire, le dessin de ses lèvres, les fossettes de ses joues, la mobilité étonnante de son visage. La regarder, et sentir son genou contre le mien, ne permettait pas de penser.

— Quel concert ? je finis par dire.

— Mais où qu'tu vis ? Le concert. À la Friche. Avec Massilia.

La Friche, c'est l'ancienne manufacture de tabac. Cent vingt mille mètres carrés de locaux, derrière la gare Saint-Charles. Cela ressemble aux squats d'artistes de Berlin, et au PSI de Queen à New York. On y avait installé des ateliers de création, des studios de répétition, un journal, *Taktik*, Radio Grenouille, un restaurant, une salle de concert.

— Cinq mille, qu'on était. Gé-nial ! Ces mecs-là, y savent te foutre le feu.

— Tu comprends le provençal, toi ?

La moitié des chansons de Massilia était en patois. Du provençal maritime. Du français de Marseille, comme ils disent à Paris. *Parlam de realitat dei cavas dau quotidian*, chantait Massilia.

— T'en as rien à foutre. De comprendre, ou pas. On est des galériens, pas des demeurés. Y a qu'ça à comprendre.

Elle me regarda, avec curiosité. Peut-être bien que j'étais un demeuré. J'étais de plus en plus déconnecté de la réalité. Je traversais Marseille, mais sans plus rien en voir. Je ne connaissais plus que sa violence sourde, et son racisme à fleur de peau. J'oublais que la vie, ce n'était pas seulement ça. Que dans cette ville, malgré tout, on aimait vivre, faire la fête. Que chaque jour le bonheur était une idée neuve, même si au bout de la nuit ça se soldait par un contrôle d'identité musclé.

On avait fini de manger, vidé la bouteille de bandol, et avalé deux cafés.

— On y va voir un peu ?

C'était l'expression consacrée. Voir un peu, c'est chercher le bon plan pour la nuit. Je l'avais laissée me guider. Nous avions commencé par le Trolleybus, quai de Rive-Neuve. Un temple dont j'ignorais tout de l'existence. Ce qui fit sourire Marie-Lou.

— Mais tu fais quoi de tes nuits ?

— Je pêche des daurades.

Elle éclata de rire. À Marseille, une daurade, c'est aussi une belle fille. L'ancien arsenal des galères s'ouvrait sur un couloir d'écrans télé. Au bout, sous les voûtes, des salles rap, techno, rock, reggae. Tequila pour commencer, et reggae pour la soif. Depuis quand n'avais-je plus dansé ? Un siècle. Mille ans. On changea de lieu, de bar. D'heure en heure. Le Passeport, Le Maybe blues, le Pêle-Mêle. Aller voir ailleurs, toujours, comme en Espagne.

Nous avions atterri au Pourquoi, rue Fortia. Une boîte antillaise. Nous étions pas mal éméchés en y arrivant. Raison de plus pour continuer. Tequila. Et salsa ! Nos corps trouvèrent très vite leur accord. Collé-serré.

C'est Zina qui m'apprit à danser la salsa. Elle fut ma petite amie six mois, avant que je ne parte à l'armée. Puis je l'avais retrouvée à Paris, ma première affectation chez les flics. Nous alternions les nuits à la Chapelle, rue des Lombards et à l'Escale, rue Monsieur-le-Prince. J'aimais la retrouver, Zina. Elle se foutait que je sois flic. Nous étions devenus de vieux amis. Elle me donnait régulièrement des nouvelles « d'en bas », de Manu, de Lole. Quelques fois d'Ugo, quand il leur envoyait un signe de vie.

Dans mes bras, Marie-Lou était de plus en plus légère. Sa transpiration libérait les épices de son corps. Musc, cannelle, poivre. Basilic aussi, comme Lole. J'aimais les corps épicés. Plus je bandais et plus je sentais son ventre dur se frotter contre moi. Nous savions que nous finirions au lit, et nous voulions que cela soit le plus tard possible. Quand le désir serait insupportable. Parce que après, la réalité nous rattraperait. Je redeviendrais un flic et elle une prostituée.

Je m'étais réveillé vers les six heures. Le dos cuivré de Marie-Lou me rappela Lole. Je bus la moitié d'une bouteille de Badoit, m'habillai et sortis. C'est dans la rue que ça me tomba dessus. La prise de tête. À nouveau, ce sentiment d'insatisfaction qui me harcelait depuis que Rosa était partie. Les femmes avec lesquelles j'ai vécu, je les avais aimées. Toutes. Et avec passion. Elles aussi m'avaient aimé. Mais certainement avec plus de vérité. Elles m'avaient donné du temps de leur vie. Le temps est une chose essentielle dans la vie d'une femme. Il est réel, pour elles. Relatif pour les hommes. Elles m'avaient donné, oui, beaucoup. Et moi, que leur avais-je offert ? De la tendresse. Du plaisir. Du bonheur immédiat. Je n'étais pas mauvais dans ces domaines. Mais après ?

C'est dans l'après de l'amour que, chez moi, tout se déglinguait. Que je ne donnais plus. Que je ne savais plus recevoir. Après l'amour, je repassais de l'autre côté de ma frontière. Dans ce territoire où j'ai mes règles, mes lois, mes codes. Des idées fixes à la con. Où je me perds. Où je perdais celles qui s'y aventuraient.

Leila, j'aurais pu la conduire jusque-là. Dans ces déserts. Tristesse, colère, cris, larmes, mépris, c'est tout ce que l'on trouvait au bout du chemin. Et moi absent. Fuyard. Lâche. Avec cette peur de revenir à la frontière, et d'aller voir comment c'est, de l'autre côté. Peut-être que, comme me l'avait dit un soir Rosa, je n'aimais pas la vie.

D'avoir couché cette nuit avec Marie-Lou, d'avoir payé pour baiser, m'avait appris au moins une chose. En amour, j'étais paumé. Les femmes aimées auraient pu être les femmes de ma vie. De la première jusqu'à la dernière. Mais je ne l'avais pas voulu. Du coup, j'étais en rogne. Contre Marie-Lou. Contre moi. Contre les femmes, et contre le monde entier.

Marie-Lou habitait un petit studio en haut de la rue d'Aubagne, juste au-dessus du petit pont métallique qui enjambe le cours Lieutaud et conduit au cours Julien, l'un des nouveaux quartiers branchés de Marseille. C'est là que, titubant, nous avions pris un dernier verre, au Dégust'Mars C'et Yé, une autre boîte raï, ragga, reggae. Marie-Lou m'expliqua que Bra, le patron, était un ancien camé. Il avait fait de la taule. Cette boîte, c'était son rêve. « On est chez nous », était-il écrit en grosses lettres, au milieu de centaines de graffitis. Le Dégust' se voulait un lieu « où la vie coule ». Ce qui coulait, c'était la tequila. Un dernier verre, pour la route. Juste avant l'amour. Les yeux dans les yeux, et nos corps électriques.

Descendre la rue d'Aubagne, à n'importe quelle heure du jour, était un voyage. Une succession de commerces, de restaurants, comme autant d'escales. Italie, Grèce, Turquie, Liban, Madagascar, La Réunion, Thaïlande, Viêt-nam, Afrique, Maroc, Tunisie, Algérie. Avec en prime, Arax, la meilleure boutique de loukoums.

Je n'avais pas le courage d'aller récupérer ma voiture à l'hôtel de police, de rentrer chez moi. Même pas envie d'aller à la pêche. Rue Longue-des-Capucins, le marché était en place. Odeurs de coriandre, de cumin, de curry mêlées à celle de la menthe. L'Orient. J'avais pris à droite, par la halle Delacroix. J'étais entré dans un bistro et j'avais commandé un double café serré. Et des tartines.

Les journaux « ouvraient » sur la fusillade de l'Opéra. Depuis l'exécution de Zucca, expliquaient les journalistes, la police filait le train à Al Dakhil. Tous s'attendaient à des règlements de compte. 1-0, les choses ne pouvaient en rester là, évidemment. Hier soir, en agissant vite, et froidement, la brigade du commissaire Auch avait évité que la place de l'Opéra ne se transforme en véritable champ de bataille. Ni passants blessés, ni même une vitre brisée. Cinq truands morts. Un beau coup. Et chacun d'attendre la suite.

Je revis Morvan traversant la place, et frappant du plat de la main le taxi en stationnement. Je revis Auch sortir de La Commanderie, un sourire aux lèvres. Les mains dans les poches, oui. Un sourire aux lèvres, ça, peut-être l'avais-je inventé. Je ne savais plus.

Les deux truands qui avaient ouvert le feu, Jean-Luc Trani et Pierre Bogho, étaient recherchés par la PJ. Mais ce n'étaient que deux minables petites frappes. Un peu souteneurs, un peu casseurs. Quelques braquages, mais rien qui les place en tête du hit-parade de la voyoucratie. Qu'ils s'attaquent à si gros laissait plus d'un perplexe. Qui avait commandité ce commando ? C'était la bonne question. Mais Auch ne fit aucun commentaire. Il avait cette habitude, en dire le moins possible.

Après un deuxième double noir, je ne me sentis guère mieux. J'avais une sacrée gueule de bois. Mais je me forçai à bouger. Je traversai la Canebière, remontai le cours Belzunce, puis la rue Colbert. Avenue de la République, je pris la Montée des Folies-Bergère, pour couper à travers le Panier. Rue de Lorette, rue du Panier, rue des Pistoles. L'instant d'après, mon passe dans les mains, je trifouillai la serrure de chez Lole. Une mauvaise serrure. Elle ne me résista pas longtemps. Moi non plus. Dans la chambre, je m'étais laissé tomber sur le lit. Épuisé. La tête bourrée d'idées noires. Ne pas penser. Dormir.

Je m'étais rendormi. J'étais en nage. Derrière les persiennes, je sentais la chaleur, lourde et épaisse. Deux heures vingt déjà. On était samedi. Pérol était de permanence jusqu'à demain soir. Les week-ends, ça ne m'arrivait qu'une fois par mois. Avec Pérol, je pouvais dormir sur mes deux oreilles. C'était un flic tranquille. Et en cas de merde, il était capable de me trouver n'importe où dans Marseille. J'étais plus inquiet quand Cerutti me remplaçait. Il était jeune. Il rêvait d'en découdre. Il avait encore tout à apprendre. Il devenait urgent que je me remue. Demain, comme tous les dimanches quand je n'étais pas de service, Honorine venait manger. Au menu, du poisson, toujours. Et le poisson, c'est la règle, il fallait le pêcher.

La douche, froide, ne me rafraîchit pas les idées. J'errai nu dans l'appartement. L'appartement de Lole. Je ne savais toujours pas pourquoi j'étais venu ici. Lole fut notre pôle d'attraction à Ugo, Manu et moi. Pas seulement pour sa beauté. Elle ne devint vraiment belle que tard. Adolescente, elle était maigre, peu formée. Au contraire de Zina, de Kali, dont la sensualité était immédiate.

Lole, c'est notre désir qui la rendit belle. Ce désir qu'elle avait lu en nous. Nous, c'est ce qu'il y avait au fond de ses yeux qui nous avait attirés. Ce nulle part lointain d'où elle arrivait et vers où elle semblait aller. Une Rom. Une voyageuse. Elle traversait l'espace, et le temps semblait ne pas l'atteindre. C'est elle qui donnait. Les amants qu'elle eut, entre Ugo et Manu, elle les choisit. Comme un homme. Par là, elle était inaccessible. Tendre la main vers elle, c'était comme vouloir étreindre un fantôme. Il ne restait au bout des doigts que de la poussière d'éternité, cette poussière de la route d'un voyage sans fin. Je savais cela. Parce que j'avais croisé une fois sa route. Comme par accident.

Zina m'avait indiqué où joindre Lole à Madrid. Je l'avais appelée. Pour lui dire, pour Manu. Et puis de rentrer. Même si nous évitions de nous voir avec Manu, il y a des liens qui ne se rompent pas. Ceux de l'amitié. Plus forts, plus vrais que les liens familiaux. Il me revenait d'annoncer à Lole la mort de Manu. Je n'aurais laissé cette chose-là à personne. Surtout pas à un flic.

J'étais allé la chercher à l'aéroport, puis je l'avais conduite à la morgue. Pour le voir. Une dernière fois. Manu, il n'avait plus que nous pour l'accompagner. Je veux dire, qui l'aimions. Trois de ses frères vinrent au cimetière. Sans leur femme, ni leurs enfants. Manu mort, c'était pour eux un soulagement. Ils avaient honte. Nous ne nous étions pas adressé la parole.

Après leur départ, Lole et moi étions restés devant la tombe. Sans larmes. Mais la gorge nouée. C'était Manu qui s'en allait et, avec lui, une partie de notre jeunesse. En sortant du cimetière, nous avions pris un verre. Cognac. Deux, trois, sans parler. Dans la fumée des cigarettes.

— Tu veux manger ?

Je voulais rompre le silence. Elle haussa les épaules et fit signe au garçon de nous resservir.

— Après celui-là, on va rentrer, dit-elle en cherchant dans mes yeux une approbation.

Il faisait nuit. Après la pluie des derniers jours, le mistral soufflait, glacial. Je l'avais raccompagnée jusqu'à la petite maison que Manu louait à l'Estaque. Je n'y étais venu qu'une fois. Il y avait presque trois ans. Manu et moi avions eu une discussion orageuse. Il trempait dans un trafic de voitures volées pour l'Algérie. Le réseau allait tomber, et il serait pris dans les filets. J'étais venu l'avertir. Lui dire de décrocher. Nous buvions le pastis dans le petit jardin. Il avait ri.

— Tu fais chier, Fabio ! Te mêle pas de ça.

— J'ai fait l'effort de venir, Manu.

Lole nous regardait sans parler. Elle buvait à petites gorgées, en tirant lentement sur sa cigarette.

— Finis ton verre, et tire-toi. Marre d'entendre tes conneries. OK.

J'avais fini mon verre. Je m'étais levé. Il avait son sourire cynique des mauvais jours. Celui que je lui avais découvert lors du braquage foireux de la pharmacie. Et que je n'avais jamais oublié. Et, au fond des yeux, ce désespoir qui n'était qu'à lui. Comme une folie qui répondrait de tout. Un regard à la Artaud, auquel il ressemblait de plus en plus depuis qu'il avait coupé ses moustaches.

— Il y a longtemps, je t'ai traité d'Espingoin. J'avais tort. T'es seulement un tocard.

Et avant qu'il ne réagisse, je lui avais balancé mon poing dans la gueule. Il avait valdingué dans un rosier minable. Je m'étais approché de lui, calme et froid :

— Relève-toi, tocard.

À peine debout, je lui avais enfoncé mon poing gauche dans l'estomac et le droit suivit sur son menton. Il repartit dans les roses. Lole avait éteint sa cigarette. Elle était venue vers moi :

— Fous le camp ! Et ne reviens jamais ici.

Ces mots, je ne les avais pas oubliés. Devant sa porte, j'avais laissé le moteur tourner. Lole me regarda, puis, sans un mot, descendit de la voiture. Je la suivis. Elle alla directement dans la salle de bains. J'entendis l'eau couler. Je me servis un whisky, puis j'allumai un feu dans la cheminée. Elle ressortit vêtue d'un peignoir jaune. Elle attrapa un verre et la bouteille de whisky, puis elle tira un matelas mousse devant la cheminée et s'assit devant le feu.

— Tu devrais prendre une douche, dit-elle sans se retourner. Te laver de la mort.

Nous étions restés des heures à boire. Dans le noir. Sans parler. À rajouter du bois dans le feu, et à mettre des disques. Paco de Lucia. Sabicas. Django. Puis Billie Holliday, l'intégrale. Lole s'était blottie contre moi. Son corps était chaud. Et elle tremblait.

On arrivait au bout de la nuit. À cette heure où les démons dansent. Le feu crépitait. Le corps de Lole, j'en rêvais depuis des années. Le plaisir au bout des doigts. Ses cris me glacèrent le sang. Des milliers de couteaux me poignardant le corps. Je me retournai vers le feu. J'allumai deux cigarettes et lui en tendis une.

— Ça va ? elle dit.

— On ne peut plus mal. Et toi ?

Je me levai, en enfilant mon pantalon. Je sentis son regard sur moi pendant que je m'habillais. Un instant, je la vis sourire. Un sourire las. Mais pas triste.

— C'est dégueulasse, je dis.

Elle se leva et s'approcha de moi. Nue, sans pudeur. Sa démarche était tendre. Elle posa sa main sur ma poitrine. Ses doigts étaient brûlants. J'eus le sentiment qu'elle me marquait. Pour la vie.

— Maintenant, qu'est-ce que tu vas faire ?

Je n'avais pas de réponse à sa question. Je n'avais pas *la* réponse à sa question.

— Ce qu'un flic peut faire.

— C'est tout ?

— C'est tout ce que je peux faire.

— Tu peux faire plus, quand tu veux. Comme me baiser.

— Tu as fait ça pour ça ?

Je ne vis pas arriver la claque. Elle avait frappé de tout son cœur.

— Je ne fais ni troc ni échange. Je ne fais pas de chantage. Je ne marchande rien. Je ne suis ni à prendre ni à laisser. Oui, tu peux le dire, c'est dé-gueu-lasse.

Elle ouvrit la porte. Ses yeux plantés dans les miens. Je me sentis un pauvre mec. Vraiment. J'avais honte de moi. J'eus une dernière vision de son corps. De sa beauté. Je sus tout ce que j'allais perdre quand la porte claquerait derrière moi.

— Fous le camp d'ici !

Elle m'avait chassé, pour la seconde fois.

J'étais assis sur le lit. Je feuilletais un livre de Christian Dotremont qui était au-dessus d'autres livres et brochures glissés sous le lit. *Grand hôtel des valises.* Je ne connaissais pas cet auteur.

Lole avait surligné au marqueur jaune des bouts de phrases, des poèmes.

À ta fenêtre il m'arrive de ne pas frapper
à ta voix de ne pas répondre
à ton geste de ne pas bouger
pour que nous n'ayons à faire
qu'à la mer qui s'est bloquée.

Je me sentis soudain intrus. Je reposai le livre, craintivement. Il fallait que je parte. Je jetai un dernier regard à la chambre, puis au salon. Je n'arrivais pas à me faire une idée. Tout était parfaitement en ordre, les cendriers propres, la cuisine rangée. Tout était là comme si Lole allait revenir d'une minute à l'autre. Et tout était comme si elle était partie pour toujours, enfin délestée de toute la nostalgie qui encombrait sa vie : livres, photos, bibelots, disques. Mais où était Lole ? Faute de pouvoir répondre, j'arrosai le basilic et la menthe. Avec tendresse. Pour l'amour des odeurs. Et de Lole.

Trois clefs étaient suspendues à un clou. Je les essayai. Les clefs de la porte, et de la boîte aux lettres, sans doute. Je fermai, et les mis dans ma poche.

Je passai devant la Vieille-Charité, le chef-d'œuvre – inachevé – de Pierre Puget. Le vieil hospice avait hébergé les pestiférés du siècle dernier, les indigents du début du siècle, puis tous ceux que les Allemands avaient chassés de chez eux après l'ordre de destruction du quartier. Il en avait vu de la misère. Il était maintenant flambant neuf. Sublime dans ses lignes, que la pierre rose mettait en valeur. Les bâtiments accueillaient plusieurs musées, et la grande chapelle était devenue un lieu d'exposition. Il y avait une librairie, et même un salon de thé-restaurant. Tout ce que Marseille comptait d'intellectuels et d'artistes venait s'y montrer, presque aussi régulièrement que moi j'allais à la pêche.

Il y avait une exposition César, ce génie marseillais qui a fait fortune en faisant des compressions de tout et de n'importe quoi. Ça faisait rigoler les Marseillais. Moi ça me faisait gerber. Les touristes affluaient. Par cars entiers. Italiens, Espagnols, Anglais, Allemands. Et des Japonais, bien sûr. Autant d'insipidité et de mauvais goût dans un lieu chargé d'histoires douloureuses me semblait être le symbole de cette fin de siècle.

Marseille était gagnée par la connerie parisienne. Elle se rêvait capitale. Capitale du Sud. Oubliant que ce qui la rendait capitale, c'est qu'elle était un port. Le carrefour de tous les brassages humains. Depuis des siècles. Depuis que Protis avait posé le pied sur la grève. Et épousé la belle Gyptis, princesse ligure.

Djamel remontait la rue Rodillat. Il s'immobilisa. Surpris de tomber sur moi. Mais il ne pouvait plus rien faire d'autre que continuer dans ma direction. Espérant sans doute, mais sans y croire, que je ne le reconnaîtrais pas.

— Ça va, Djamel ?

— Oui, m'sieur, lâcha-t-il du bout des lèvres.

Il regarda à droite et à gauche. Je savais, c'était assez la honte que d'être vu en train de parler à un poulet. Je lui pris le bras.

— Viens, je t'offre un verre.

Du menton, je lui montrai le bar des Treize-Coins, un peu plus bas. Ma cantine. L'hôtel de police était à cinq cents mètres, en bas du passage des Treize-Coins, de l'autre côté de la rue Sainte-Françoise. J'étais le seul flic à y venir. Les autres avaient leurs habitudes plus bas, rue de l'Évêché ou place des Trois-Cantons, selon les affinités.

Malgré la chaleur, on s'installa à l'intérieur. À l'abri des regards. Ange, le patron, nous apporta deux demis.

— Alors, la mob ? Tu l'as mise à l'abri ?

— Oui, m'sieur. Comme vous m'l'avez dit. (Il but une gorgée, me regarda à la dérobée.) Écoute, m'sieur. Y m'ont déjà posé tout plein de questions. Faut que j'recommence ?

À mon tour d'être surpris.

— Qui ça ?

— T'es pas flic ?

— Je t'ai posé une question ?

— Les autres.

— Quels autres ?

— Ben, les autres. Ceux qui l'ont flingué, quoi. Que même c'est chaud. Y m'ont dit qu'y pouvaient m'embarquer, pour complicité de meurtre. À cause d'la mob. L'a vraiment flingué un type ?

Une bouffée de chaleur m'envahit. Donc ils savaient. Je bus en fermant les yeux. Je ne voulais pas que Djamel voie mon trouble. La sueur ruissela sur mon front, mes joues, et dans mon cou. Ils savaient. De me le redire, une nouvelle fois, me fit frissonner.

— C'était qui ce mec ?

J'ouvris les yeux. Je commandai une nouvelle bière. J'avais la bouche sèche. J'avais envie de lui raconter à Djamel : Manu, Ugo et moi. L'histoire de trois copains. Mais l'histoire, je pouvais la lui servir de n'importe quelle façon, il ne retiendrait que Manu et Ugo. Pas le flic. Le flic c'était tout ce qui le faisait gerber. L'injustice même, rien que d'exister.

Police machine matrice d'écervelés
mandatés par la justice
Sur laquelle je pisse

gueulait NTM, des rappeurs de Saint-Denis. Un hit, chez les quinze-dix-huit ans des banlieues, malgré le boycott de la plupart des radios. La haine du flic, ça les unissait les mômes. Faut dire qu'on ne les aidait pas à avoir une haute image de nous. J'étais payé pour le savoir. Et sur mon front, il n'était pas écrit : flic sympa. Je ne l'étais pas, d'ailleurs. Je croyais à la justice, à la loi, au droit. Ces choses-là. Que personne ne respectait, parce que nous, les premiers, on s'asseyait dessus.

— Un truand, j'ai dit.

Djamel se foutait de ma réponse. Un flic ne pouvait donner qu'une telle réponse. Il ne s'attendait pas à ce que je lui dise : « C'était un mec bien, et, en plus, c'était mon pote. » Mais peut-être bien que c'est ce que j'aurais dû lui répondre. Peut-être bien. Mais je n'en savais plus rien, de ce qu'il fallait répondre à des mômes comme lui, comme à tous ceux que je croisais dans les cités. Des fils d'immigrés, sans boulot, sans avenir, sans espoir.

Il leur suffisait d'ouvrir la télé aux infos pour apprendre qu'on avait baisé leur père, et qu'on s'apprêtait à les baiser eux encore mieux. Driss m'avait raconté qu'un de ses copains, Hassan, le jour où il avait touché son premier salaire, il s'était pointé à la banque. Il pétait de joie. Il se sentait enfin respectable, même avec un salaire de smicard. « Y m'faudrait un prêt de trois briques, m'sieur. Pour me payer une bagnole. » Ils lui avaient ri au nez, à la banque. Ce jour-là, il avait tout compris. Djamel, il savait ça déjà. Et dans ses yeux, c'était Manu, Ugo et moi que je voyais. Trente ans plus tôt.

— Je peux la ressortir, la mob ?

— Tu devrais la refourguer. Si tu veux mon avis.

— Les autres, y m'ont dit que ça faisait pas de problème. (Il me regarda de nouveau à la dérobée.) J'leur ai pas dit, que vous m'aviez demandé pareil.

— Quoi ?

— D'la mettre en planque. Et tout ça.

Le téléphone sonna. Du comptoir, Ange me fit signe.

— Pérol, pour toi.

Je pris le combiné.

— Comment t'as su que j'étais là ?

— Laisse tomber, Fabio. On a retrouvé la petite.

Je sentis la terre disparaître sous mes pieds. Je vis Djamel se lever, et quitter le bar sans se retourner. Je me tenais au comptoir comme on s'agrippe à une bouée. Ange me jeta des regards affolés. Je lui fis signe de me servir un cognac. Un seul, cul sec. C'était pas ça qui pourrait me faire le plus de mal.

5

Où dans le malheur, l'on redécouvre qu'on est un exilé

Je n'avais jamais rien vu d'aussi moche. J'en avais pourtant vu. Leila gisait sur un chemin de campagne. La face contre terre. Nue. Elle tenait ses vêtements serrés sous son bras gauche. Dans son dos, trois balles. Dont une lui avait perforé le cœur. Des colonnes de grosses fourmis noires s'activaient autour des impacts et des égratignures qui zébraient son dos. Maintenant, les mouches attaquaient, pour disputer aux fourmis leur part de sang séché.

Le corps de Leila était couvert de piqûres d'insectes. Mais il ne semblait pas avoir été mordu par un chien affamé, ou un mulot. Piètre consolation, me dis-je. Elle avait de la merde séchée entre les fesses, ainsi que sur les cuisses. De longues traînées jaunâtres. Son ventre avait dû se relâcher avec la peur. Ou à la première balle.

Après l'avoir violée, ils lui avaient sans doute laissé croire qu'elle était libre. Cela avait dû les exciter de la voir courir nue. Une course vers un espoir qui était au bas du chemin. Au début de la route. Devant les phares d'une voiture qui arrive. La parole retrouvée. Au secours ! À l'aide ! La peur oubliée. Le malheur qui s'estompe. La voiture qui s'arrête. L'humanité qui se porte au secours, qui vient à l'aide, enfin.

Leila avait dû continuer de courir après la première balle. Comme si elle n'avait rien senti. Comme si elle n'avait pas existé, cette brûlure dans le dos qui lui coupait le souffle. Une course hors du monde, déjà. Là où il n'y a plus que merde, pisse, larmes. Et cette poussière qu'elle va mordre pour toujours. Loin du père, des frères, des amants d'un soir, d'un amour appelé de tout son cœur, d'une famille à construire, d'enfants à naître.

À la seconde balle, elle avait dû hurler. Parce que, quand même, le corps refuse de se taire. Il crie. Ce n'est plus à cause de cette douleur, violente, qu'il a dépassée. C'est sa volonté de vivre. L'esprit mobilise toute son énergie, et cherche l'issue. Cherche, cherche. Oublie que tu voudrais t'allonger dans l'herbe, et dormir. Crie, pleure, mais cours. Cours. Ils vont te laisser, maintenant. La troisième balle avait mis fin à tous ses rêves. Des sadiques.

D'un revers de main rageur j'écartai les fourmis et les mouches. Je regardai une dernière fois ce corps, que j'avais désiré. De la terre montait une odeur de serpolet, chaude et enivrante. J'aurais aimé te faire l'amour, ici, Leila, un soir d'été. Oui, j'aurais aimé. Nous aurions eu du plaisir, du bonheur à recommencer. Même si au bout des doigts, dans chaque caresse réinventée, se seraient profilés rupture, larmes, désillusion, que sais-je encore, tristesse, angoisse, mépris. Cela n'aurait rien changé à la saloperie humaine, qui ordonne ce monde. C'est sûr. Mais au moins, il aurait été, ce nous de la passion, qui défie les ordres. Oui, Leila, j'aurais dû t'aimer. Parole de vieux con. Je te demande pardon.

Je recouvris le corps de Leila du drap blanc que les gendarmes avaient jeté sur elle. Ma main hésita sur son visage. Le cou marqué d'une brûlure, le lobe de l'oreille gauche déchiré par la perte d'un anneau, les lèvres bouffant la terre. Je sentis mes tripes remonter à la gorge. Je tirai le drap avec rage, et me relevai. Personne ne disait mot. Le silence. Seules les cigales continuaient de couiner. Insensibles, indifférentes aux drames humains.

En me relevant, je vis que le ciel était bleu. Un bleu absolument pur, que le vert sombre des pins rendait encore plus lumineux. Comme sur les cartes postales. Putain de ciel. Putain de cigales. Putain de pays. Et putain de moi. Je m'éloignai, en titubant. Ivre de douleur et de haine.

Je redescendis le petit chemin, au milieu du chant des cigales. On se trouvait pas loin du village de Vauvenargues, à quelques kilomètres d'Aix-en-Provence. Le corps de Leila avait été trouvé par un couple de randonneurs. Ce chemin est un de ceux qui conduisent au massif de la Sainte-Victoire, cette montagne qui inspira tant Cézanne. Combien de fois avait-il fait cette promenade ? Peut-être même s'était-il arrêté ici, posant son chevalet, pour tenter d'en saisir une nouvelle fois toute sa lumière.

Je croisai mes bras sur le capot de la voiture et posai mon front dessus. Les yeux fermés. Le sourire de Leila. Je ne sentais plus la chaleur. Un sang froid coulait dans mes veines. J'avais le cœur à sec. Tant de violence. Si Dieu existait, je l'aurais étranglé sur place. Sans faillir. Avec la rage des damnés. Une main se posa sur mon épaule, presque timidement. Et la voix de Pérol :

— Tu veux attendre ?

— Y a rien à attendre. Personne n'a besoin de nous. Ici pas plus qu'ailleurs. Tu sais ça, Pérol, non ? On est des flics de rien. Qui n'existent pas. Allez, on se tire.

Il se mit au volant. Je me calai dans le siège, allumai une cigarette et fermai les yeux.

— C'est qui sur l'affaire ?

— Loubet. Il était de permanence. C'est plutôt bien.

— Ouais, c'est un bon mec.

Sur l'autoroute, Pérol prit la sortie Saint-Antoine. En flic consciencieux, il avait branché la fréquence radio. Son grésillement occupait le silence. Nous n'avions plus échangé un mot. Mais sans poser de questions, il avait deviné ce que je voulais faire : aller chez Mouloud, avant les autres. Même si je savais que Loubet ferait ça avec tact. Leila, c'était comme une histoire de famille. Il avait compris ça, Pérol, et ça me touchait. Je ne m'étais jamais confié à lui. Je l'avais découvert peu à peu, depuis qu'il avait été affecté à ma Brigade. Nous nous estimions, mais nous en restions là. Même autour d'un verre. Une prudence excessive nous empêchait d'aller au-delà. De devenir amis. Une chose était sûre : comme flic, il n'avait pas plus d'avenir que moi.

Il ruminait ce qu'il avait vu, avec la même douleur et la même haine que moi. Et je savais pourquoi.

— Elle a quel âge, ta fille ?

— Vingt.

— Et... Ça va ?

— Elle écoute les Doors, les Stones, Dylan. Ç'aurait pu être pire. (Il sourit.) Je veux dire que j'aurais préféré qu'elle soit prof ou toubib. Enfin, je sais pas quoi. Mais caissière à la Fnac, on peut pas dire que ça m'enchante.

— Et elle, tu crois que ça l'enchante ? Tu sais, il y a des centaines de futurs tas de choses qui sont caissiers. D'avenir, les mômes, ils n'en ont plus guère. Saisir ce qui se présente, c'est leur seule chance aujourd'hui.

— T'as jamais eu envie d'avoir des enfants ?

— J'en ai rêvé.

— Tu l'aimais, cette petite ?

Il se mordit la lèvre, d'avoir osé être aussi direct. Son amitié montait au créneau. Cela me touchait, une nouvelle fois. Mais je n'avais pas envie de répondre. Je n'aime pas répondre aux questions qui me touchent intimement. Les réponses sont souvent ambiguës et peuvent prêter à toutes les interprétations. Même s'il s'agit d'un proche. Il le sentit.

— T'es pas obligé d'en parler.

— Leila, tu vois, elle l'a eue cette chance, qu'un enfant d'immigré sur des milliers peut avoir. Ce devait être trop. La vie lui a tout repris. J'aurais dû l'épouser, Pérol.

— Ça n'empêche pas le malheur.

— Parfois, il suffit d'un geste, d'un mot, pour changer le cours de la vie d'un être. Même si la promesse ne tiendra pas jusqu'à l'éternité. T'as pensé à ta fille ?

— J'y pense chaque fois qu'elle sort. Mais des ordures comme ceux-là, ça court pas les rues tous les jours.

— Ouais. Mais ils courent quelque part, en ce moment.

Pérol proposa de m'attendre dans la voiture. Je racontai tout à Mouloud. À part les fourmis et les mouches. Je lui expliquai que d'autres flics viendraient, qu'il lui faudrait aller reconnaître le corps, remplir des tas de papiers. Et que s'il avait besoin de moi, bien sûr j'étais là.

Il s'était assis et m'écouta sans broncher. Ses yeux dans les miens. Il n'avait pas de larmes prêtes à couler. Comme moi, il s'était glacé. Pour toujours. Il se mit à trembler, mais sans s'en rendre compte. Il n'écoutait plus. Il vieillissait, là, devant moi. Les années allaient plus vite d'un seul coup, et le rattrapaient. Même les années heureuses lui revenaient avec un goût amer. C'est dans les moments de malheur que l'on redécouvre qu'on est un exilé. Mon père m'avait expliqué ça.

Mouloud venait de perdre la deuxième femme de sa vie. Sa fierté. Celle qui aurait justifié tous ses sacrifices, jusqu'à ceux d'aujourd'hui. Celle qui aurait enfin donné raison à son déracinement. L'Algérie n'était plus son pays. La France venait de le rejeter définitivement. Maintenant il n'était plus qu'un pauvre Arabe. Sur son sort, personne ne viendrait se pencher.

Il attendrait la mort, ici, dans cette cité de merde. L'Algérie, il n'y retournerait pas. Il y était revenu, une fois, après Fos. Avec Leila, Driss et Kader. Pour voir, comment c'était « là-bas ». Ils étaient restés vingt jours. Il avait vite compris. L'Algérie, ce n'était plus son histoire. C'était une histoire qui ne l'intéressait plus. Les magasins vides, à l'abandon. Les terres, distribuées aux anciens moudjahidins, restées incultes. Les villages déserts et repliés sur leur misère. Pas de quoi y étancher ses rêves, refaire sa vie. Dans les rues d'Oran, il n'avait pas retrouvé sa jeunesse. Tout était de « l'autre côté ». Et Marseille s'était mise à lui manquer.

Le soir où ils avaient emménagé dans ce petit deux-pièces, Mouloud, en guise de prière, avait déclaré à ses enfants : « On va vivre ici, dans ce pays, la France. Avec les Français. C'est pas un bien. C'est pas le pire des maux. C'est le destin. Faut s'adapter, mais pas oublier qui on est. »

Puis j'appelai Kader, à Paris. Pour qu'il vienne immédiatement. Et qu'il prévoie de passer du temps ici. Mouloud aurait besoin de lui, et Driss aussi. Mouloud lui dit ensuite quelques mots, en arabe. Enfin, je téléphonai à Mavros, à la salle de boxe. Driss s'y entraînait, comme tous les samedis après-midi. Mais c'était Mavros que je voulais avoir. Je lui dis, pour Leila.

— Trouve-lui un combat, Georges. Vite. Et fais-le travailler. Tous les soirs.

— Putain, je le tue, si je lui mets un combat. Même dans deux mois. Il sera bon, comme boxeur. Mais ce minot, il est pas encore prêt.

— Je préfère qu'il se tue comme ça, plutôt qu'à faire des conneries. Georges, fais ça pour moi. Occupe-toi de lui. Personnellement.

— OK, OK. Je te le passe ?

— Non. Son père lui expliquera tout à l'heure. Quand il rentrera.

Mouloud opina de la tête. C'était le père. C'était à lui de lui dire. C'est un vieil homme qui se leva du fauteuil, quand je raccrochai.

— Tu devrais partir maintenant, m'sieur. Je voudrais être seul.

Il l'était. Et perdu.

Le soleil venait de se coucher et j'étais en pleine mer. Depuis plus d'une heure. J'avais emporté quelques bières, du pain et du saucisson. Mais je n'arrivais pas à pêcher. Pour pêcher, il faut avoir l'esprit libre. Comme au billard. On regarde la boule. On se concentre sur elle, sur la trajectoire qu'on veut lui imposer, puis on imprime à la queue la force que l'on désire. Avec assurance, détermination. À la pêche, on lance la canne puis on se fixe sur le flotteur. On ne lance pas la canne comme ça. Au lancer, on reconnaît le pêcheur. Lancer relève de l'art de la pêche. L'esque* accrochée à l'hameçon, il faut s'imprégner de la mer, de ses reflets. Savoir que le poisson est là, dessous, ne suffit pas. L'hameçon doit arriver sur l'eau avec la légèreté d'une mouche. La touche, on doit la pressentir. Pour ferrer le poisson à l'instant même où il mord.

Mes lancers étaient sans conviction. J'avais une boule au creux de l'estomac, que la bière ne dissipait pas. Une boule de nerfs. De larmes aussi. Cela m'aurait fait du bien, de pleurer. Mais ça ne sortait pas. Je vivrais avec cette image horrible de Leila, et cette douleur, tant que ces pourritures seraient en liberté. Que Loubet soit sur le coup me rassurait. Il était méticuleux. Il ne négligerait aucun indice. S'il y avait une chance sur mille pour qu'il dégotte ces ordures, il la trouverait. Il avait fait ses preuves. Dans ce domaine, il était bien meilleur que beaucoup, bien meilleur que moi.

J'avais mal, aussi, parce que je ne pouvais mener cette enquête. Pas pour en faire une affaire personnelle. Mais parce que de savoir de tels salauds en liberté m'était insupportable. Non, ce n'était pas vraiment ça. Je savais ce qui me torturait. La haine. J'avais envie de tuer ces types.

Je n'arrivais à rien aujourd'hui. Mais je ne me résignais pas à pêcher à la palangre. On ramène vite du poisson, comme ça. Des pageots, des daurades, des galinettes, des garis. Mais je n'y prenais guère de plaisir. On accroche des hameçons tous les deux mètres sur la ligne, et on la laisse

* Terme provençal, qui désigne une amorce, mélange de pain et de sardines en état de putréfaction, parfois agrémenté de fromage.

traîner sur l'eau. J'avais toujours une palangre dans le bateau, au cas où. Pour les jours où je ne voulais pas rentrer au port les mains vides. Mais la pêche pour moi, c'était à la ligne.

Leila m'avait ramené à Lole, et Lole à Ugo et Manu. Et ça faisait un sacré raffut dans ma tête. Un trop-plein de questions, et pas de réponse. Mais il y avait une question qui s'imposait, et à laquelle je ne voulais pas répondre. Qu'est-ce que j'allais faire ? Je n'avais rien fait pour Manu. Convaincu, sans me l'avouer, que Manu ne pouvait finir que comme ça. Se faire descendre dans la rue. Par un flic, ou ce qui était plutôt habituel, par un petit truand à la solde d'un autre. C'était dans la logique des choses de la rue. Que Ugo crève sur le trottoir, ça l'était moins. Il n'avait pas cette haine du monde que Manu portait au fond de lui, et qui n'avait cessé de grandir au fil des années.

Je ne pensais pas qu'Ugo ait changé à ce point. Je ne pouvais le croire capable de sortir un flingue et de tirer sur un flic. Il savait ce qu'était la vie. C'est pour cela qu'il avait « rompu » avec Marseille, et Manu. Et renoncé à Lole. Quelqu'un capable de faire ça, j'en étais sûr, ne met jamais en balance la vie et la mort. Coincé, il se serait fait arrêter. La prison n'est qu'une parenthèse à la liberté. On en sort un jour ou l'autre. Vivant. Si je devais faire quelque chose pour Ugo, ce devait être ça. Comprendre ce qui s'était passé.

Au moment où je sentis la touche, la conversation avec Djamel me revint à l'esprit. Je ne ferrai pas assez vite. Je ramenai la ligne pour accrocher une autre esque. Si je voulais comprendre, je devais éclaircir cette piste. Est-ce qu'Auch avait identifié Ugo sur les témoignages des gardes du corps de Zucca ? Ou est-ce qu'il l'avait fait filer dès sa sortie de chez Lole ? Est-ce qu'il aurait laissé Ugo tuer Zucca ? C'était une hypothèse, mais je ne pouvais l'admettre. Je n'aimais pas Auch, mais je ne l'imaginais pas aussi machiavélique. Je revins à une autre question : comment Ugo avait-il su aussi vite pour Zucca ? Et par qui ? Une autre piste à suivre. Je ne savais pas encore comment m'y prendre, mais je devais m'y mettre. Sans me trouver dans les pattes d'Auch.

J'avais fini les bières et réussi quand même à prendre un loup. Deux kilos, deux kilos cinq. Pour une mauvaise journée, c'était mieux que rien. Honorine attendait mon retour. Assise sur sa terrasse, elle regardait la télé par la fenêtre.

— Mon pôvre, z'auriez pas fait fortune, comme pêcheur, vé ! dit-elle en voyant mon loup.

— Je suis jamais parti pour faire fortune.

— Juste un loup comme ça... (Elle le regarda d'un air désolé.) Z'allez le faire comment ? (Je haussai les épaules.) Vé ! à la sauce Belle Hélène, y serait peut-être pas mal.

— Faudrait un crabe, et j'en ai pas.

— Oh ! Vous, z'avez votre tête des mauvais jours. Boudiou, faut pas trop vous chatouiller, qu'on dirait ! Dites, j'ai des langues de morue, qu'elles marinent depuis hier. Si ça vous dit, je les amène demain ?

— Jamais goûté. Où vous avez trouvé ça ?

— C'est une nièce, vé, qu'elle me les a ramenées de Sète. Moi, j'en ai plus mangé depuis que mon pauvre Toinou il est parti. Bon, je vous ai laissé de la soupe au pistou. Elle est encore tiède. Reposez-vous, que vous avez vraiment la petite mine.

Babette n'hésita pas une seule seconde.

— Batisti, elle dit.

Batisti. Merde ! Comment n'y avais-je pas pensé plus tôt ? Tellement évident que ça ne m'était même pas venu à l'esprit. Batisti avait été un des hommes de main de Mémé Guérini, le caïd marseillais des années 40. Il avait décroché il y a une vingtaine d'années. Après la tuerie du Tanagra, un bar du Vieux-Port, où quatre rivaux, proches de Zampa, furent exécutés. Ami de Zampa, Batisti s'était-il senti menacé ? Babette l'ignorait.

Il avait ouvert une petite société d'import-export et coulait une vie paisible, respecté de tous les truands. Il n'avait jamais pris parti dans la guerre des chefs, n'avait manifesté aucune velléité de pouvoir et de fric. Il conseillait, servait de boîte aux lettres, mettait en liaison les hommes entre eux. Lors du casse de Spaggiari à Nice, c'est lui qui, en pleine nuit, monta l'équipe capable de venir à bout des coffres de la Société Générale. Les hommes aux chalumeaux. Au moment du partage, il refusa sa commission. Il avait rendu service, c'est tout. Il gagnait en respect. Et le respect dans le Milieu, c'était la meilleure assurance sur la vie.

Manu atterrit chez lui un jour. Un passage obligé, si l'on ne voulait pas rester un casseur de rien. Manu avait longtemps hésité. Depuis le départ d'Ugo, il était devenu du genre solitaire. Il ne faisait confiance à personne. Mais les petits braquages devenaient dangereux. Et puis, il y avait de la concurrence. Pour pas mal de jeunes Arabes, c'était devenu un sport favori. Quelques coups réussis permettaient de constituer la cagnotte nécessaire pour devenir dealer, et avoir le contrôle d'un lotissement, voire de la cité. Gaëtan Zampa, qui avait reconstitué le milieu marseillais, venait de se pendre dans sa cellule. Le Mat et le Belge tentaient d'éviter un nouvel éclatement. On recrutait.

Manu se mit à bosser pour le Belge. Occasionnellement. Batisti et Manu, ils s'étaient plu. Manu avait trouvé en lui le père qu'il n'avait jamais eu. Le père idéal, qui lui ressemblait, et qui ne lui faisait pas la morale. Le pire des pères, pour moi. Je n'aimais pas Batisti. Mais j'avais eu un père, et je n'avais pas vraiment eu à m'en plaindre.

— Batisti, répéta-t-elle. Il suffisait d'y penser, mon chou.

Très fière d'elle, Babette se resservit un marc du Garlaban. Tchin, elle dit en levant son verre, un sourire aux lèvres. Après le café, Honorine était partie faire une petite sieste chez elle. Nous étions sur la terrasse, en maillot de bain dans des chaises longues, sous un parasol. La chaleur nous collait à la peau. Babette, je l'avais appelée hier soir et, par chance, elle était chez elle.

— Alors beau brun, tu te décides enfin à m'épouser ?

— Juste t'inviter, ma belle. À déjeuner, chez moi, demain.

— Toi, t'as un service à me demander. Toujours le même salaud ! Ça fait combien ? Hein ? Tu le sais même pas, j'parie ?

— Heu... Disons trois mois.

— Huit, hé connard ! T'as dû tremper ton beignet partout et n'importe où.

— Rien que chez les putes.

— Pouah ! Quelle honte. Alors que moi, je me morfonds. (Elle soupira.) Bon, c'est quoi au menu ?

— Langues de morue, loup grillé, lasagnes fraîches au fenouil.

— T'es con, ou quoi ? J'te demande de quoi tu veux causer. Que je révise.

— Que tu m'expliques ce qui se passe dans le Milieu en ce moment.

— C'est en rapport avec tes potes ? J'ai lu pour Ugo. Suis désolée.

— Ça se pourrait.

— Hé ! C'est quoi qu't'as dit ? Des langues de morue ? C'est bon ?

— Jamais goûté, ma belle. Une première avec toi, ce sera.

— Hum. Et si on s'offrait un hors-d'œuvre tout de suite ? J'apporte ma petite chemise de nuit, et je fournis les capotes ! J'en ai des bleues, assorties à mes yeux !

— Tu vois, il est presque minuit, les draps sont sales, et les propres sont pas repassés.

— Fumier !

Elle avait raccroché. En riant.

Babette, je la connaissais depuis presque vingt-cinq ans. Je l'avais rencontrée une nuit au Péano. Elle venait d'être embauchée comme correctrice à *La Marseillaise*. On avait eu une liaison, comme nous en avions à cette époque-là. Cela pouvait durer une nuit, ou une semaine. Jamais plus.

Nous nous étions retrouvés lors de la conférence de presse où fut présentée la réorganisation des Brigades de surveillance de secteurs. Avec moi en guest star. Elle était devenue journaliste, s'était spécialisée dans les faits divers, puis elle avait quitté le journal, et s'était mise à son compte. Elle pigeait régulièrement au *Canard enchaîné*, et des quotidiens, des hebdos lui confiaient assez souvent de grosses enquêtes. Elle en connaissait plus long que moi sur la délinquance, la politique sécuritaire et le Milieu. Une véritable encyclopédie, mignonne à croquer. Elle avait un petit côté madone de Botticelli. Mais dans ses yeux, on voyait bien que ce n'était pas Dieu qui l'inspirait, mais la vie. Et tous les plaisirs qui allaient avec.

On eut une autre liaison. Aussi rapide que la première. Mais on aimait bien se retrouver. Un dîner, une nuit. Un week-end. Elle n'attendait rien. Je ne demandais rien. Chacun retournait à ses affaires, jusqu'à une prochaine fois. Jusqu'au jour où il n'y aurait plus de prochaine fois. Et la dernière fois, elle et moi, nous avions su que c'était la dernière fois.

Je m'étais mis à la cuisine tôt le matin, en écoutant de vieux blues de Lightnin' Hopkins. Après avoir nettoyé le loup, je l'avais rempli de fenouil, puis l'avais arrosé d'huile d'olive. Je préparai ensuite la sauce des lasagnes. Le reste du fenouil avait cuit à feu doux dans de l'eau salée, avec une pointe de beurre. Dans une poêle bien huilée, j'avais fait revenir de l'oignon émincé, de l'ail et du piment finement haché. Une cuillerée à soupe de vinaigre, puis j'avais ajouté des tomates que j'avais plongées dans l'eau bouillante et coupées en petits cubes. Lorsque l'eau s'était évaporée, j'avais ajouté le fenouil.

Je m'apaisais, enfin. La cuisine avait cet effet sur moi. L'esprit ne se perdait plus dans les méandres complexes des pensées. Il se mettait au service des odeurs, du goût. Du plaisir.

Babette arriva avec *Last Night Blues*, au moment où je me servais un troisième pastis. Elle portait des jeans noirs très moulants, un polo d'un bleu assorti à ses yeux. Sur ses cheveux longs et frisés, une casquette de toile blanche. Nous étions sensiblement du même âge, mais elle n'avait pas l'air de vieillir. La moindre petite ride au coin des yeux, ou à la commissure des lèvres, ajoutait à son pouvoir de séduction. Elle le savait et elle en jouait habilement. Cela ne me laissait jamais insensible. Elle alla renifler au-dessus de la poêle, puis m'offrit ses lèvres.

— Salut matelot, dit-elle. Hum, j'en prendrais bien un, de pastis.

Sur la terrasse, j'avais préparé une bonne braise. Honorine apporta les langues de morue. Elles marinaient dans une terrine avec de l'huile, du persil haché et du poivre. Selon ses indications, j'avais préparé une pâte à beignets à laquelle j'avais incorporé deux blancs d'œuf montés en neige.

— Vé ! Allez boire le pastis, tranquilles. Je m'en occupe du reste.

Les langues de morue, nous expliqua-t-elle à table, c'était un plat délicat. On pouvait les faire au gratin, avec une sauce aux clovisses ou à la provençale, en papillote ou même cuites au vin blanc avec quelques lamelles de truffes et des champignons. Mais en beignets, selon elle, c'était ça le mieux. Babette et moi étions prêts à goûter les autres recettes, tant c'était délicieux.

— Et maintenant, j'ai droit au petit sucre d'orge ? dit Babette, en passant sa langue sur ses lèvres.

— Tu crois pas qu'on a passé l'âge ?

— Y a pas d'âge pour les gâteries, mon chou !

J'avais envie de réfléchir à tout ce qu'elle venait de me raconter sur le Milieu. Une sacrée leçon. Et à Batisti. Ça me brûlait d'aller le voir. Mais ça pouvait attendre jusqu'à demain. On était dimanche, et pour moi ce n'était pas tous les jours dimanche. Babette dut lire dans mes pensées.

— Cool, Fabio. Laisse aller, c'est dimanche. (Elle se leva, me prit la main.) On va se baigner ? Ça apaisera tes ardeurs !

On nagea à se faire éclater les poumons. J'aimais ça. Elle aussi. Elle avait voulu que je sorte le bateau et qu'on aille au large de la Baie des Singes. J'avais dû résister. C'était une règle, sur le bateau je n'emmenais personne. C'était mon île. Elle avait gueulé, m'avait traité de connard, de pauvre mec, puis s'était jetée à l'eau. Elle était fraîche à souhait. À bout de souffle, les bras un peu cassés, on se laissa flotter en faisant la planche.

— Qu'est-ce que tu veux, avec Ugo ?

— Comprendre. Après je verrai.

Pour la première fois, j'envisageai que comprendre ne me suffirait peut-être pas. Comprendre est une porte qu'on ouvre, mais on sait rarement ce qu'il y a derrière.

— Fais gaffe où tu mets les pieds.

Et elle plongea. Direction chez moi.

Il était tard. Et Babette était restée. Nous étions allés chercher une pizza aux supions, chez Louisette. On la mangea sur la terrasse, en buvant un côtes-de-provence rosé du Mas Negrel. Frais, juste ce qu'il fallait. On éclusa la bouteille. Puis je me mis à parler de Leila. Du viol, et du reste. Lentement, en fumant. En cherchant mes mots. Pour trouver les plus beaux. La nuit était tombée. Je me tus. Vidé. Le silence nous enveloppait. Pas de musique, rien. Rien que le bruit de l'eau contre les rochers. Et des chuchotements, au loin.

Sur la digue, des familles dînaient, à peine éclairées par des lampes à gaz de camping. Les cannes à pêche calées dans la roche. Parfois, on entendait un rire. Puis un « chut ». Comme si de rire, ça pouvait faire fuir le poisson. On se sentait ailleurs. Loin de la merde du monde. Ça respirait le bonheur. Les vagues. Ces voix au loin. Cette odeur de sel. Et même Babette à côté de moi.

Je sentis sa main courir dans mes cheveux. Elle m'attira doucement sur son épaule. Elle sentait la mer. Elle me caressa la joue avec tendresse, puis le cou. Sa main remonta sur ma nuque. C'était doux. Je me mis enfin à sangloter.

6

Où les aubes ne sont que l'illusion de la beauté du monde

L'arôme du café me réveilla. Une odeur qui ne me surprenait plus le matin depuis des années. Bien avant Rosa. La tirer du lit n'était pas une mince affaire. La voir se lever pour préparer le café relevait du miracle. Carmen peut-être ? Je ne savais plus. Je sentis le pain grillé et décidai de me lever. Babette n'était pas rentrée. Elle s'était couchée contre moi. J'avais posé ma tête sur son épaule. Son bras m'avait enveloppé. Je m'étais endormi. Sans un mot de plus. J'avais tout dit. De mon désespoir, de mes haines, et de ma solitude.

Sur la terrasse, le déjeuner était prêt. Bob Marley chantait *Stir it Up*. Ça allait bien avec cette journée. Ciel bleu, mer d'huile. Le soleil déjà au rendez-vous. Babette avait enfilé mon peignoir de bain. Elle beurrait des tartines, une cigarette au bec, en se mouvant, presque imperceptiblement, au rythme de la musique. Le bonheur exista l'éclair d'une seconde.

— J'aurais dû t'épouser, dis-je.

— Arrête tes conneries !

Et au lieu de me tendre ses lèvres, elle m'offrit sa joue. Elle instaurait un nouveau rapport entre nous. Nous avions basculé dans un monde où le mensonge n'existait plus. Je l'aimais bien, Babette. Je le lui dis.

— T'es complètement fêlé, Fabio. T'es un malade du

cœur. Moi du cul. Nos chemins peuvent pas se croiser. (Elle me regarda comme si elle me voyait pour la première fois.) Et je préfère ça, finalement. Parce que moi aussi, je t'aime bien.

Son café était délicieux. Elle m'expliqua qu'elle allait proposer une enquête sur Marseille à *Libé*. La crise économique, la mafia, le football. Histoire de se faire rétribuer les informations qu'elle ramènerait pour moi. Elle était partie en me promettant d'appeler d'ici deux à trois jours.

Je restai à fumer des cigarettes, en regardant la mer. Babette m'avait brossé un tableau précis de la situation. Le Milieu marseillais était fini. La guerre des chefs l'avait affaibli et personne aujourd'hui n'avait l'envergure d'un *capi*. Marseille n'était plus qu'un marché, convoité par la Camorra napolitaine*, dont toute l'activité est centrée sur le trafic d'héroïne et de cocaïne. *Il Mondo*, un hebdomadaire milanais, avait estimé, en 1991, les chiffres d'affaires des camorristes Carmine Alfieri et Lorenzo Nuvoletta respectivement à 7 et 6 milliards de dollars. Deux organisations se disputaient Marseille depuis dix ans. La Nouvelle Camorra organisée de Raffaele Cutolo, et la Nouvelle Famille des clans Volgro et Giuliano.

Zucca avait choisi son camp. *La Nuova Famiglia*. Il avait laissé la prostitution, les boîtes de nuit, et les jeux. Une partie à la mafia arabe, et l'autre aux truands marseillais. Il gérait pour ces derniers cet ersatz de l'empire corse. Ses vraies affaires, il les faisait avec le camorriste Michele Zaza, dit *O Pazzo*, le fou. Zaza opérait sur l'axe Naples, Marseille et Sint Marteens, la partie hollandaise de l'île de Saint-Martin aux Antilles. Pour lui, il recyclait les profits de la drogue dans

* Parmi les organisations mafieuses, celle-ci se développe à Naples et dans ses alentours. Ses chefs ne sont pas issus de « familles », mais ont débuté comme voleurs ou simples malfrats. Il en va de même pour la plupart de ses membres, recrutés dans la rue ou dans les prisons.

des supermarchés, des restaurants et des immeubles. Le boulevard Longchamp, un des plus beaux de la ville, était pratiquement à eux.

Zaza était « tombé » un mois plus tôt à Villeneuve-Loubet, près de Nice, lors d'une opération « Mare verde ». Mais cela ne changeait rien à l'histoire. Zucca, habilement, presque avec génie, avait développé de puissants réseaux financiers à partir de Marseille avec la Suisse et l'Allemagne. Zucca était protégé par les Napolitains. Tout le monde le savait. L'abattre relevait de la folie furieuse.

J'avais dit à Babette que c'était Ugo qui avait descendu Zucca. Pour venger Manu. Et que je ne voyais pas qui avait pu lui foutre pareille idée en tête, ni pourquoi. J'appelai Batisti.

— Fabio Montale. Ça te dit quelque chose ?

— Le flic, répondit-il après un court silence.

— L'ami de Manu, et d'Ugo. (Il eut un petit rire ironique.) Je veux te voir.

— Je suis très occupé, tous ces jours.

— Moi pas. Je suis même libre à midi. Et j'aimerais bien que tu m'invites dans un endroit sympa. Pour causer, toi et moi.

— Sinon ?

— Je peux te faire chier.

— Moi aussi.

— Mais toi, t'aimes pas trop la pub, à ce que je sais.

J'étais arrivé au bureau en pleine forme. Et déterminé. J'avais les idées claires, et je savais que je voulais aller jusqu'au bout, pour Ugo. Pour Leila, je m'en remettais à l'enquête. Pour l'instant. J'étais descendu dans la salle d'appel accomplir le rite hebdomadaire de la constitution des équipes.

Cinquante bonshommes en tenue. Dix voitures. Deux cars. Équipes de jour, équipes de nuit. Les affectations par secteurs, cités, supermarchés, stations-service, banques, bureaux de poste, lycées. La routine. Des types que je ne connaissais pas, ou peu. C'était rarement les mêmes. Un recul sur la mission qui m'avait été confiée. Des jeunes, des vieux. Des pères de famille, des jeunes mariés. Des pères peinards, des jeunes va-t-en-guerre. Pas racistes, juste avec les Arabes. Et les Noirs, et les Gitans. Je n'avais rien à dire. Seulement faire les équipes. Je faisais l'appel, et je décidais les équipiers à la gueule des types. Ça ne donnait pas toujours les meilleurs résultats.

Parmi les gars, un Antillais. C'était le premier qu'on m'envoyait. Grand, baraqué, cheveux ras. Je n'aimais pas ça. Ces mecs-là, ils se croient plus français qu'un Auvergnat. Les Arabes, c'est pas vraiment leur verre de rhum. Ni les Gitans.

J'en avais côtoyé à Paris, au commissariat de Belleville. Ils leur faisaient salement payer aux autres, de ne pas être auvergnats. L'un d'eux m'avait dit : « Des beurs, t'en vois pas chez nous. Z'ont, comme qui dirait, choisi leur camp, tu vois ! » Je n'avais pas le sentiment d'appartenir à un camp. Simplement d'être au service de la justice. Mais le temps, c'est à lui qu'il donnait raison. Ces gars-là, je les préférais à la Poste, ou à EDF. Luc Reiver répondit à l'appel de son nom. Je le mis avec trois vieux. Et vogue la galère !

Les belles journées n'existent qu'au petit matin. J'aurais dû m'en souvenir. Les aubes ne sont que l'illusion de la beauté du monde. Quand le monde ouvre les yeux, la réalité reprend ses droits. Et l'on retrouve le merdier. C'est ce que je me dis quand Loubet entra dans mon bureau. Je le compris, parce qu'il resta debout. Les mains dans ses poches.

— La petite, elle a été tuée vers les 2 heures du mat', le samedi. Avec la chaleur, les mulots... Cela aurait pu être encore plus dégueulasse que ce que tu as vu. Ce qui s'est passé avant, on l'ignore. D'après le labo, ils l'ont violée à plusieurs. Le jeudi, le vendredi. Mais pas là où on l'a trouvée... Par-devant et par-derrière, si tu veux savoir.

— Je m'en fous, des détails.

De la poche droite de sa veste, il sortit un petit sac plastique. Une à une, il posa devant moi trois balles.

— On les a retirées du corps de la petite.

Je le regardais. J'attendais. Il sortit de la poche gauche un autre petit sac. Il posa deux balles, parallèlement aux autres.

— Celles-là, on les a retirées d'Al Dakhil et de ses gardes du corps.

Elles étaient identiques. Les mêmes armes. Les deux tueurs étaient les violeurs. Ma gorge se sécha.

— Et merde ! articulai-je avec peine.

— L'enquête est close, Fabio.

— Il en manque une.

Je désignais la troisième balle. Celle d'un Astra spécial. Son regard soutint le mien.

— Ils s'en sont pas servis, samedi soir.

— Ils n'étaient que deux. Un troisième homme est dans la nature.

— Un troisième ? Où t'as pêché ça ?

J'avais une théorie sur les viols. Un viol ne pouvait être le fait que d'une, ou de trois personnes. Jamais de deux. À deux, il y en a toujours un qui n'a rien à glander. Faut attendre son tour. Seul, c'était le classique. À trois, un jeu pervers. Mais c'était une théorie que je venais de bâtir. Sur une intuition. Et par colère. Parce que je me refusais à admettre que l'enquête était close. Il devait en rester un, parce qu'il fallait que je le retrouve.

Loubet me regarda d'un air désolé. Il ramassa les balles et les rangea dans leur sachet.

— Je suis ouvert à toutes les hypothèses. Mais... Et j'ai encore quatre affaires sur les bras.

Il tenait la balle de l'Astra spécial entre les doigts.

— C'est celle qui a perforé le cœur ? je demandai.

— J'en sais rien, dit-il surpris. Pourquoi ?

— J'aimerais savoir.

Une heure après, il me rappelait. Il confirmait. C'était bien la balle qui avait perforé le cœur de Leila. Bien sûr, ça ne menait à rien. Cela conférait seulement à cette balle un mystère que je voulais éclaircir. Au ton de sa réponse, je devinai que Loubet ne considérait pas l'affaire comme totalement classée.

Je retrouvai Batisti au Bar de la Marine. Sa cantine. C'était devenu le rendez-vous des skippers. Au mur, il y avait toujours la toile de Louis Audibert représentant la partie de cartes de *Marius*, et la photo de Pagnol et sa femme sur le port. À une table derrière nous, Marcel, le patron, expliquait à deux touristes italiens que, oui, c'est bien là, que le film a été tourné. Le plat du jour, supions frits et gratin d'aubergines. Avec un petit rosé des caves du Rousset, réserve du patron.

J'étais venu à pied. Pour le plaisir de flâner sur le port, en mangeant des cacahuètes salées. J'aimais cette promenade. Quai du Port, quai des Belges, quai de Rive-Neuve. L'odeur du port. Mer et cambouis.

Les poissonnières, toujours en voix, vendaient la pêche du jour. Daurades, sardines, loups et pageots. Devant l'étal d'un Africain, un groupe d'Allemands marchandait de petits éléphants en ébène. L'Africain aurait raison d'eux. Il rajouterait un faux bracelet en argent, avec un faux poinçon. Il consentirait cent francs sur le tout. Il serait encore gagnant. J'avais souri. C'est comme si je les avais toujours connus. Mon père me lâchait la main, et je courais vers les éléphants. Je m'accroupissais pour les voir de plus près. Je n'osais pas les toucher. L'Africain me regardait en roulant ses yeux. Ce fut le premier cadeau de mon père. J'avais quatre ans.

Avec Batisti, j'y allai au flan.

— Pourquoi t'as branché Ugo sur Zucca ? C'est tout ce que je veux savoir. Et qui y gagne quoi ?

Batisti était un vieux renard. Il mastiqua avec application, finit son verre de vin.

— Qu'est-ce que tu sais ?

— Des choses, que je devrais pas savoir.

Ses yeux cherchèrent dans les miens les indices du bluff. Je ne cillai pas.

— Mes informateurs étaient formels.

— Arrête, Batisti ! Tes informateurs, je m'en tape. Y en a pas ! C'est ce qu'on t'a dit de dire, et tu l'as dit. T'as envoyé Ugo faire ce que personne n'avait les couilles de risquer. Zucca était sous protection. Et Ugo, après, il s'est fait dessouder. Par des flics. Bien informés. Un piège.

J'avais l'impression de pêcher à la palangre. Plein d'hameçons, et j'attendais les touches. Il avala son café, et j'eus le sentiment d'avoir épuisé mon crédit.

— Écoute, Montale. Y a une version officielle, tu t'y tiens. T'es flic de banlieue, reste-le. T'as un joli cabanon, tâche de le garder. (Il se leva.) Les conseils sont gratuits. L'addition est pour moi.

— Et pour Manu ? Tu sais rien non plus ? Tu t'en tapes !

Je dis ça par colère. J'étais con. J'avais lâché les hypothèses que j'avais échafaudées. Autant dire rien de solide. Je ne ramenais qu'une menace, à peine voilée. Batisti n'était venu que pour s'informer de ce que je savais.

— Ce qui vaut pour Ugo vaut pour Manu.

— Mais tu l'aimais bien, Manu. Non ?

Il me jeta un mauvais regard. J'avais fait mouche. Mais il ne me répondit pas. Il se leva et partit vers le comptoir, l'addition à la main. Je le suivis.

— Je vais te dire, Batisti. Tu viens de me baiser la gueule, OK. Mais crois pas que je vais laisser tomber. Ugo est passé par toi, pour avoir un tuyau. Tu l'as niqué en beauté. Il voulait juste venger Manu. Alors je vais pas te lâcher. (Il ramassa la monnaie. Je posai ma main sur son bras et approchai mon visage de son oreille. Je murmurai :) Encore une chose. T'as tellement peur de crever, que tu es prêt à tout. Tu chies dans ton froc. T'as pas d'honneur, Batisti. Quand je saurai, pour Ugo, je t'oublierai pas. Crois-moi.

Il dégagea son bras, me regarda tristement. Avec pitié.

— On te fera la peau avant.

— Ça vaudrait mieux pour toi.

Il sortit sans se retourner. Je le suivis des yeux, un instant. Je commandai un autre café. Les deux touristes italiens se levèrent et partirent dans une profusion de « Ciao, ciao ».

Si Ugo avait encore de la famille à Marseille, elle ne devait pas lire les journaux. Personne ne s'était manifesté après qu'il s'était fait descendre, ni après la parution de l'avis de décès que j'avais passé dans les trois quotidiens du matin. L'autorisation d'inhumer avait été délivrée vendredi. Il m'avait fallu choisir. Je ne souhaitais pas le voir partir à la fosse commune, comme un chien. J'avais cassé ma tirelire et pris sur moi les frais d'enterrement. Je ne partirais pas en vacances cette année. De toute façon, je ne partais jamais en vacances.

Les types ouvrirent le caveau. C'était celui de mes parents. Il y avait encore une place pour moi, là-dedans. Mais j'étais décidé à prendre mon temps. Mes parents, je ne voyais pas en quoi cela pouvait les gêner, d'avoir un peu de visite. Il faisait une chaleur d'enfer. Je regardai le trou sombre et humide. Ugo, il n'allait pas aimer ça. Personne d'ailleurs. Leila non plus. On l'enterrait demain. Je n'avais pas encore décidé si j'irais ou pas. Pour eux, Mouloud et ses enfants, je n'étais plus qu'un étranger. Et un flic. Qui n'avait rien pu empêcher.

Tout se déglinguait. J'avais vécu ces dernières années avec tranquillité et indifférence. Comme absent au monde. Rien ne me touchait vraiment. Les vieux copains qui n'appelaient plus. Les femmes qui me quittaient. Mes rêves, mes colères, je les avais mis en berne. Je vieillissais sans plus aucun désir. Sans passion. Je baisais des putes. Et le bonheur était au bout d'une canne à pêche.

La mort de Manu était venue secouer tout cela. Sans doute trop faiblement sur mon échelle de Richter. La mort d'Ugo, c'était la claque. En pleine gueule. Qui me tirait d'un vieux sommeil pas propre. Je me réveillais en vie, et con. Ce que j'avais pu penser de Manu et d'Ugo ne changeait rien à mon histoire. Eux, ils avaient vécu. J'aurais aimé parler avec Ugo, lui faire raconter ses voyages. Assis sur les rochers, la nuit, aux Goudes, nous ne rêvions que de cela, partir à l'aventure.

« Nom dé Diou ! Pourquoi qu'ils veulent courir si loin ! » avait gueulé Toinou. Il avait pris Honorine à témoin. « Y veulent voir quoi, ces minots ? Hein ! Vé, tu peux me le dire ! Tous les pays y sont ici. Des types de toutes les races. Des échantillons de toutes les latitudes. » Honorine avait posé devant nous une assiette de soupe de poisson.

— Nos pères, y sont venus d'ailleurs. Ils sont arrivés dans cette ville. Vé ! Ce qu'ils cherchaient, ils te l'ont trouvé ici. Et, dé Diou, même que si c'est pas vrai, y te sont restés là.

Il avait repris son souffle. Puis nous avait regardés avec colère.

— Goûtez ça ! avait-il crié en désignant les assiettes. C'est un remède contre les conneries !

— On meurt ici, avait osé Ugo.

— On meurt aussi ailleurs, mon gari ! C'est pire !

Ugo était revenu et il était mort. Fin du voyage. Je fis un signe de la tête. Le cercueil fut avalé par le trou sombre et humide. Je ravalai mes larmes. Un goût de sang me resta dans la bouche.

Je m'arrêtai au siège de Taxis Radio, au coin des boulevards de Plombière et de la Glacière. Je voulais éclaircir cette piste, celle du taxi. Elle ne mènerait peut-être à rien, mais c'était le seul fil qui reliait les deux tueurs de la place de l'Opéra à Leila.

Le type du bureau feuilletait une revue porno, d'un air las. Un parfait *mia*. Cheveux longs sur la nuque, brushing d'enfer, chemise fleurie ouverte sur une poitrine noire et velue, grosse chaîne en or où pendait un Jésus avec des diamants dans les yeux, deux baguouses à chaque main, des Ray Ban sur le nez. Cette expression, *mia*, venait d'Italie. De chez Lancia. Ils avaient lancé une voiture, la *Mia*, dont l'ouverture dans la fenêtre permet de sortir son coude sans avoir à baisser la vitre. C'était trop, pour le génie marseillais !

Des *mias*, il y en avait plein les bistrots. Frimeurs, magouilleurs. Beaufs. Ils passaient leurs journées devant leur comptoir, à boire des Ricard. Accessoirement, il leur arrivait de travailler un peu.

Celui-là, il devait rouler dans une Renault 12 couverte de phares, avec Dédé & Valérie écrit devant, des peluches qui pendent, de la moquette sur le volant. Il tourna une page. Son regard s'arrêta sur l'entrecuisse d'une blonde plantureuse. Puis il daigna lever les yeux vers moi.

— C'est pour quoi ? dit-il avec un fort accent corse.

Je lui montrai ma carte. Il la regarda à peine, comme s'il la connaissait par cœur.

— Vous arrivez à lire ? je lui dis.

Il baissa légèrement les lunettes sur son nez, me regarda avec indifférence. Parler semblait l'épuiser. Je lui expliquai que je voulais savoir qui conduisait la Renault 21, immatriculée 675 JLT 13, samedi soir. Une histoire de feu rouge grillé sur l'avenue des Aygalades.

— 'Vous déplacez pour ça, maintenant ?

— On se déplace pour tout. Sinon les gens écrivent au ministre. Y a eu une plainte.

— Une plainte ? Pour un feu rouge grillé ?

Le ciel lui tombait sur la tête ! Dans quel monde on vivait !

— C'est plein de piétons fous, je dis.

Ce coup-ci, il ôta ses Ray Ban et me regarda attentivement. Des fois que je me paierais sa gueule. Je haussai les épaules, l'air las.

— Ouais, et c'est nous qu'on paye, bordel ! Seriez mieux à

perdre moins d'temps dans ces conneries. C'qu'on a besoin, c'est de sécurité.

— Sur les passages piétons aussi. (Il commençait à me courir.) Nom, prénom, adresse et téléphone du chauffeur ?

— S'il doit se présenter au commissariat, je lui dirai.

— C'est moi qui convoque. Par écrit.

— Vous êtes de quel commissariat ?

— Bureau central.

— Je peux revoir votre carte ?

Il la prit, nota mon nom sur un bout de papier. J'eus conscience de franchir la ligne blanche. Mais il était trop tard. Il me la rendit, presque avec dégoût.

— Montale. Italien, non ? (J'approuvai. Il sembla partir dans une grande réflexion, puis me regarda :) On peut toujours s'arranger, pour un feu rouge. On vous rend assez de services comme ça, non ?

Encore cinq minutes de ce babillage et j'allais l'étrangler avec sa chaîne en or, ou lui faire bouffer son Jésus. Il feuilleta un registre, s'arrêta sur une page, fit courir son doigt sur une liste.

— Pascal Sanchez. Vous notez ou faut que j'écrive ?

Pérol me fit le point sur la journée. 11 h 30. Un mineur pris pour vol à l'étalage, chez Carrefour. Une broutille, mais il avait fallu tout de même alerter les parents et dresser une fiche. 13 h 13. Une bagarre dans un bar. Le Balto, chemin du Merlan, entre trois Gitans, et une fille au milieu. Tout le monde avait été embarqué, puis aussitôt relâché, faute de plainte. 14 h 18. Appel radio. Une mère de famille débarque au commissariat du secteur, avec son gamin sévèrement contusionné au visage. Une affaire de coups et blessures volontaires à l'intérieur du lycée Marcel-Pagnol. Convocation des auteurs présumés et de leurs parents. Confrontation. L'histoire avait duré tout l'après-midi. Ni drogue, ni racket. Apparemment. À suivre quand même. Sermon aux parents, avec l'espoir que ça serve à quelque chose. La routine.

Mais la bonne nouvelle, c'est qu'on avait enfin un moyen de coincer Nacer Mourrabed, un jeune dealer qui opérait sur la cité Bassens. Il s'était battu la veille au soir en sortant du Miramar, un bar de l'Estaque. Le type avait porté plainte. Mieux : il l'avait maintenue, et s'était présenté au commissariat pour faire sa déposition. Beaucoup se dégonflaient, et on ne les revoyait jamais. Même pour un vol, sans violence. La peur. Et le manque de confiance dans les flics.

Mourrabed, je le connaissais par cœur. Vingt-deux ans, placé sept fois en garde à vue. La première fois, il avait quinze ans. Une bonne moyenne. Mais c'était un malin. On n'avait jamais rien pu retenir contre lui. Cette fois-ci peut-être.

Il dealait à grosse échelle depuis des mois, mais sans se mouiller. Des gosses de quinze-seize ans travaillaient pour lui. Ils faisaient le sale boulot. L'un trimballait la came, l'autre touchait le fric. Ils étaient huit-dix comme ça. Lui, assis dans sa voiture, surveillait. Il ramassait plus tard. Dans un bar, dans le métro ou le bus, au supermarché. Ça changeait tout le temps. Personne n'essayait de le doubler. Il y eut une entourloupe, une fois. Il n'y en eut pas deux. Le petit malin s'était retrouvé avec une balafre sur la joue. Et bien sûr, il n'avait pas moufté contre Mourrabed. Il pouvait risquer pire.

On était tombé plusieurs fois sur les mômes. Mais en vain. Ils préféraient la taule que de cracher le nom de Mourrabed. Quand on chopait celui qui avait la came, on lui tirait son portrait, on lui faisait une fiche. Et on le relâchait. Ce n'était jamais des doses assez fortes pour tenir une inculpation. On avait essayé, on s'était fait jeter par le juge.

Pérol proposait qu'on serre Mourrabed au pieu, demain au réveil. Ça m'allait. Avant de partir, tôt pour une fois, Pérol me dit :

— Pas trop dur, le cimetière ? (Je haussai les épaules, sans répondre.) J'aimerais que tu viennes manger chez nous, un jour.

Il partit sans attendre la réponse, et sans dire au revoir. Pérol était aussi simple. Je pris le relais pour la nuit, avec Cerruti.

Le téléphone sonna. C'était Pascal Sanchez. J'avais laissé un message à sa femme.

— Hé ! Jamais grillé de feu rouge, moi. Vé ! Surtout pas là où qu'vous dites. Qu'j'y vais jamais dans ces coins. Y a que des crouilles.

Je ne relevai pas. Sanchez, je voulais me l'amener en douceur.

— Je sais, je sais. Mais y a un témoin, m'sieur Sanchez. Celui qui a relevé votre numéro. C'est sa parole contre la vôtre.

— C'est à quelle heure, qu'vous dites ? dit-il après un silence.

— 22 h 38.

— Impossible, répondit-il sans hésiter. À c't'heure-là, j'ai fait une pause. J'ai bu un verre au Bar de l'Hôtel de Ville. Té, j'ai même acheté des clopes. Y a des témoins. Vé, je vous mens pas. J'en ai au moins quarante.

— J'ai pas besoin d'autant. Passez au bureau demain, vers onze heures. Je prendrai votre déposition. Et les nom, adresse et téléphone de deux témoins. Ça devrait s'arranger facile.

Avant que Cerruti n'arrive, j'avais une petite heure à tuer. Je décidai d'aller boire un verre chez Ange, aux Treize-Coins.

— Y a le petit qui te cherche, me dit-il. Tu sais, çui-là que t'as amené samedi.

Après avoir avalé un demi, je partis à la recherche de Djamel. Je n'avais jamais autant traîné dans le quartier depuis mon affectation à Marseille. Je n'y étais revenu que l'autre jour, pour tenter de rencontrer Ugo. Toutes ces années, je m'en étais toujours tenu à la périphérie. La place de Lenche, la rue Baussenque et la rue Sainte-Françoise, la rue François-Moisson, le boulevard des Dames, la Grand-Rue, la rue Caisserie. Ma seule incursion, c'était le passage des Treize-Coins, et le bar d'Ange.

Ce qui me surprenait maintenant, c'est que la rénovation du quartier avait quelque chose d'inachevé. Je me demandai si les nombreuses galeries de peintures, boutiques et autres commerces attiraient du monde. Et qui ? Pas les Marseillais, j'en étais sûr. Mes parents n'étaient jamais revenus au quartier, après leur expulsion par les Allemands. Les rideaux de fer étaient tirés. Les rues désertes. Les restaurants vides, ou presque. Sauf Chez Étienne, rue de Lorette. Mais cela faisait vingt-trois ans qu'il était là, Étienne Cassaro. Et il servait la meilleure pizza de Marseille. « Addition et fermeture selon humeur », avais-je lu dans un reportage de *Géo* sur Marseille. L'humeur d'Étienne nous avait souvent nourris gratis, Manu, Ugo et moi. En gueulant après nous. Des fainéants, des bons à rien.

Je redescendis la rue du Panier. Mes souvenirs y résonnaient plus que le pas des passants. Le quartier n'était pas encore Montmartre. La mauvaise réputation durait. Les mauvaises odeurs aussi. Et Djamel était introuvable.

7

Où il est préférable d'exprimer ce que l'on éprouve

Ils m'attendaient devant chez moi. J'avais la tête ailleurs, et j'étais épuisé. Je rêvais d'un verre de Lagavulin. Ils étaient sortis de l'ombre aussi silencieux que des chats. Quand je réalisai leur présence, il était trop tard.

On m'enfonça un épais sac plastique sur la tête et deux bras se glissèrent sous mes aisselles, me soulevèrent, tout en enserrant ma poitrine. Deux bras d'acier. Le corps du type se colla au mien. Je me débattis.

Le coup arriva dans le ventre. Violent, et fort. J'ouvris la bouche et avalai tout l'oxygène que contenait encore le sac. Merde ! avec quoi il frappait, le mec ? Un second coup. De même puissance. Un gant de boxe. Putain ! un gant de boxe ! De l'oxygène, il n'y en avait plus sous le sac. Fumier ! Je ruai, jambes et pieds en avant. Dans le vide. Sur ma poitrine, l'étau se resserra.

Un coup arriva sur la mâchoire. J'ouvris la bouche et un autre coup suivit, au ventre. J'allais m'asphyxier. Je suais à grande eau. Envie de me plier en deux. De protéger mon ventre. Bras d'acier le sentit. Il me laissa glisser. Une fraction de seconde. Il me redressa, toujours collé à moi. Je sentis son sexe contre mes fesses. Il bandait, le salaud ! Gauche, droite. Deux coups. Encore au ventre. La bouche grande ouverte, j'agitai ma tête dans tous les sens. Je voulais crier, mais plus aucun son ne sortait. À peine un râle.

Ma tête semblait flotter dans une bouilloire. Sans soupape de sécurité. L'étau sur ma poitrine ne se relâchait pas. Je n'étais plus qu'un punching-ball. Je perdis la notion du temps, et des coups. Mes muscles ne réagissaient plus. Je voulais de l'oxygène. C'est tout. De l'air ! Un peu d'air ! Juste un peu ! Puis mes genoux touchèrent violemment le sol. Instinctivement, je me mis en boule. Un souffle d'air venait d'entrer sous le sac plastique.

— Un avertissement, connard ! La prochaine fois, on te crève !

Un coup de pied m'arriva au bas du dos. Je gémis. Le moteur d'une moto. J'arrachai le sac plastique et respirai tout l'air que je pus.

La moto s'éloigna. Je restai sans bouger. À tenter de retrouver une respiration normale. Un frisson me parcourut, puis je me mis à trembler de la tête aux pieds. Bouge-toi, je me dis. Mais mon corps s'y refusait. Il ne voulait pas. Bouger, c'était relancer la douleur. En boule, là, je ne ressentais rien. Mais je ne pouvais pas rester comme ça.

Les larmes coulaient sur mes joues, arrivaient, salées, sur mes lèvres. Je crois que je m'étais mis à pleurer sous les coups et que je n'avais pas arrêté.

Je léchai mes larmes. C'était presque bon, ce goût salé. Et si t'allais te servir un whisky, hein, Fabio ? Tu te lèves et tu y vas. Non, sans te redresser. Doucement, voilà. Tu ne peux pas. Vas-y à quatre pattes, alors. Jusqu'à ta porte. Elle est là, tu vois. Bien. Assieds-toi, le dos contre le mur. Respire. Allez, cherche tes clefs. Bon, prends appui sur le mur, redresse-toi lentement, laisse peser ton corps sur la porte. Ouvre. La serrure du haut, voilà. Celle du milieu, maintenant. Merde, t'avais pas fermé celle-là !

La porte s'ouvrit, et je me retrouvai dans les bras de Marie-Lou. Sous le choc, elle perdit l'équilibre. Je nous vis tomber. Marie-Lou. Je devais être dans le cirage. J'étais dans le cirage. Noir.

J'avais un gant mouillé d'eau froide sur le front. Je sentis la même fraîcheur sur mes yeux, mes joues, puis dans le cou et sur la poitrine. Quelques gouttes d'eau glissèrent sur mes omoplates. Je frissonnai. J'ouvris les yeux. Marie-Lou me sourit. J'étais nu. Sur mon lit.

— Ça va ?

Je fis oui de la tête, fermai les yeux. Malgré la faible lumière, j'avais du mal à les garder ouverts. Elle enleva le gant de mon front. Puis elle le reposa. Il était de nouveau froid. C'était bon.

— Il est quelle heure ? je dis.

— Trois heures vingt.

— T'as une cigarette ?

Elle en alluma une et me la mit entre les lèvres. J'aspirai, puis amenai ma main gauche pour l'ôter de mes lèvres. Ce seul mouvement me déchira le ventre. J'ouvris les yeux.

— Tu fais quoi là ?

— Fallait que je te voie. Enfin quelqu'un. J'ai pensé à toi.

— T'as eu mon adresse où ?

— Le Minitel.

Le Minitel. Bordel ! Cinquante millions de personnes pouvaient débarquer comme ça, chez moi, grâce au Minitel. Connerie d'invention. Je refermai les yeux.

— J'étais assise devant la porte. La dame d'à côté, Honorine, elle m'a proposé d'attendre chez elle. Nous avons parlé. J'ai dit que j'étais une amie. Puis elle m'a ouvert chez toi. Il était tard. C'était mieux, elle a pensé. Elle m'a dit que tu comprendrais.

— Comprendre quoi ?

— Qu'est-ce qui t'est arrivé ?

Je lui racontai. En bref. Avec le minimum de mots. Avant qu'elle ne me demande pourquoi, je roulai sur le côté et m'assis.

— Aide-moi. J'ai besoin d'une douche.

Je passai mon bras droit autour de ses épaules, et soulevai

mes soixante-dix kilos avec une peine énorme. Pire que les travaux d'Hercule ! Je restai plié. Peur de réveiller la douleur qui était là, tapie dans l'estomac.

— Appuie-toi.

Je m'adossai contre le mur. Elle ouvrit les robinets.

— Tiède, je dis.

Elle ôta son tee-shirt, enleva son jeans, puis me fit entrer sous la douche. Je me sentais faible. L'eau me fit un bien immédiat. J'étais contre Marie-Lou, mes bras passés autour de son cou. Les yeux fermés. L'effet ne se fit pas attendre.

— Ben ! T'es pas encore mort, mon salaud ! lança-t-elle en sentant mon sexe se durcir.

Je souris, malgré moi. J'étais quand même de plus en plus flageolant sur mes jambes. Je tremblais.

— Tu veux plus chaud ?

— Non. Froid. Lève-toi. (Je posai mes mains contre le carrelage. Marie-Lou sortit de la douche.) Vas-y !

Elle ouvrit le robinet à fond. Je hurlai. Elle arrêta l'eau, attrapa une serviette et me frictionna. J'allai jusqu'au lavabo. Besoin de voir ma gueule. J'allumai la lampe. Ce que je vis ne me réjouit pas. Ma gueule, elle, était intacte. Mais c'était derrière moi. Le visage de Marie-Lou. Son œil gauche était enflé, presque bleu. Je me retournai lentement, en me tenant au lavabo.

— C'est quoi, ça ?

— Mon mac.

Je l'attirai vers moi. Elle avait deux bleus à l'épaule, une marque rouge sur le cou. Elle se serra contre moi et se mit à pleurer, doucement. Son ventre était chaud contre le mien. Ça me fit un bien immense. Je lui caressai les cheveux.

— On est en piteux état, toi et moi. Tu vas me raconter.

Je me dégageai d'elle, ouvris la pharmacie et attrapai une boîte de Doliprane. La douleur m'envahissait.

— Attrape deux verres dans la cuisine. Et la bouteille de Lagavulin, qui doit traîner par là.

Je regagnai la chambre, sans me redresser. Je me laissai tomber sur le lit, puis mis le réveil à sept heures.

Marie-Lou revint. Elle avait un corps merveilleux. Ce n'était plus une prostituée. Je n'étais plus un flic. Nous étions deux pauvres éclopés de la vie. J'avalai deux Doliprane avec un peu de whisky. Je lui en proposai un. Elle refusa.

— Y a rien à raconter. Y m'a tabassée parce que j'étais avec toi.

— Avec moi ?

— T'es flic.

— Comment il le sait ?

— Tout se sait chez O'Stop.

Je regardai l'heure. Je vidai mon verre.

— Reste là. Jusqu'à ce que je revienne. Tu bouges pas. Et...

Je crois que je ne terminai pas ma phrase.

Mourrabed, on le cueillit comme prévu. Au pieu, les yeux gonflés de sommeil, les cheveux en bataille. Avec lui, une gamine qui n'avait pas dix-huit ans. Il portait un caleçon à fleurs et un tee-shirt avec l'inscription : « Encore ». Nous n'avions averti personne. Ni les Stups, qui nous auraient dit de laisser tomber. Choper les intermédiaires revenait à entraver leur action contre les gros. Ça les affolait, disaient-ils. Ni le commissariat de secteur, qui se serait empressé de faire passer le message dans les cités, pour nous contrer. Cela se produisait de plus en plus fréquemment.

Nous, Mourrabed, on se l'amenait comme un délinquant ordinaire. Pour violences et voies de fait. Et maintenant, détournement de mineure. Mais ce n'était pas un délinquant ordinaire. On l'embarqua tel quel, sans l'autoriser à s'habiller. Une humiliation, purement gratuite. Il se mit à hurler. À nous traiter de fascistes, de nazis, et d'enculés de ta race, de ta mère, de ta sœur. Ça nous amusait. Les portes s'ouvraient sur les paliers et chacun pouvait le contempler menottes aux poignets, en caleçon et tee-shirt.

Dehors, on s'offrit même le temps d'une cigarette avant de le mettre dans le car. Histoire de le faire admirer par tous, déjà aux fenêtres. L'information circulerait dans les cités. Mourrabed en caleçon, une image qui ferait sourire, qui resterait. C'était autre chose que de se faire coincer dans un rodéo à travers les cités.

On débarqua au commissariat de l'Estaque sans crier gare. Ça ne les enchanta pas. Ils se voyaient déjà assiégés par des centaines de mômes armés jusqu'aux dents. Ils voulaient nous renvoyer d'où nous venions. À notre commissariat de secteur.

— La plainte a été enregistrée ici, dit Pérol. On vient donc régler l'affaire ici. Logique, non ? (Il poussa Mourrabed devant lui.) On va avoir une autre cliente. Une mineure qu'on a pêchée avec lui. Elle est en train de s'habiller.

Sur place, on avait laissé Cerutti avec une dizaine de gars. Je voulais qu'ils prennent une première déposition de la fille. Qu'ils passent l'appartement, ainsi que la voiture de Mourrabed, au peigne fin. Ils avertiraient ensuite les parents de la gamine, et la ramèneraient ici.

— Ça va faire du monde, sûr, que je dis.

Mourrabed s'était assis, et nous écoutait. Il se marrait presque. Je m'approchai de lui, le saisis par le cou et le mis debout, sans le lâcher.

— Pourquoi t'es là ? T'as une idée ?

— Ouais. J'ai tiré une claque à un keum l'autre soir. Bourré, j'étais.

— Ben oui. Comme qui dirait t'as des lames de rasoir dans la main. C'est ça ?

Puis les forces me manquèrent. Je devins livide. Mes jambes se mirent à trembler. J'allais tomber et j'eus envie de vomir. Sans savoir par où commencer.

— Fabio ! dit Pérol.

— Emmène-moi aux chiottes.

Depuis le matin j'avais avalé six Doliprane, trois Guronsan

et des tonnes de café. Je n'étais pas flamme, mais je tenais debout. Quand le réveil avait sonné, Marie-Lou avait grogné et s'était retournée. Je lui fis prendre un Lexomil, pour qu'elle dorme en paix. J'avais des courbatures dans les épaules, dans le dos. Et la douleur ne me lâchait pas. À peine le pied posé par terre que ça tiraillait dans tous les sens. Comme si j'avais une machine à coudre dans l'estomac. Ça me mit la haine.

— Batisti, je dis dès qu'il décrocha. Tes potes, ils auraient dû me faire la peau. Mais t'es rien qu'un vieux connard de trou du cul de merde. Tu vas en chier, comme jamais dans ta pourriture de vie.

— Montale ! il hurla dans le combiné.

— Ouais. Je t'écoute.

— Qu'est-ce tu racontes ?

— Que je suis passé sous un rouleau compresseur, hé con ! Ça te ferait bander que je te donne les détails ?

— Montale, j'y suis pour rien. Je te jure.

— Jure pas, enfoiré ! Tu m'expliques ?

— J'y suis pour rien.

— Tu te répètes.

— Je sais rien.

— Écoute, Batisti, pour moi t'es qu'un enculé de première. Mais je veux bien te croire. Je te donne vingt-quatre heures, pour te renseigner. Je t'appelle demain. Je te dirai où se retrouver. T'as intérêt à avoir de bons tuyaux.

Pérol avait bien vu que je n'étais pas dans mon assiette, quand je l'avais retrouvé. Il ne cessait de me jeter des regards inquiets. Je l'avais rassuré, en invoquant un vieil ulcère.

— Ouais, je vois, il avait fait.

Il voyait trop bien. Mais je n'avais pas envie de lui raconter le passage à tabac. Ni le reste, Manu, Ugo. J'avais fait mouche, quelque part. L'avertissement était clair. Je n'y comprenais rien, mais j'avais mis le doigt dans un engrenage. Je savais que je pouvais, moi aussi, y laisser ma peau. Mais ce n'était que moi, Fabio Montale. Je n'avais ni femme ni môme. Personne ne me pleurerait. Pérol, je ne voulais pas l'entraîner dans mes histoires. Je le connaissais suffisamment. Pour l'amitié, il était prêt à plonger dans n'importe quel merdier. Et il était évident que là où j'allais, ça puait salement. Pire que dans les chiottes de ce commissariat.

L'odeur de pisse semblait imprégner les murs. Je crachai. Des glaires au café. Dans mon estomac, c'était marée haute et marée basse en trente secondes. Entre les deux, un cyclone. J'ouvris la gueule encore plus grand. Cela m'aurait soulagé de vomir tripes et boyaux. Mais je n'avais rien dans l'estomac depuis hier midi.

— Café, dit Pérol derrière moi.

— Ça va pas descendre.

— Essaie.

Il tenait un gobelet d'une main. Je me rinçai le visage à l'eau froide, attrapai une serviette en papier et m'essuyai. Ça se calmait un peu. Je pris le gobelet, avalai une gorgée. Ça descendit sans trop de problème. Je suai immédiatement. Ma chemise se colla à la peau. Je devais avoir de la fièvre.

— Ça va, je dis.

Et j'eus un nouveau haut-le-cœur. L'impression que je recevais les coups une nouvelle fois. Derrière moi, Pérol attendait que je lui explique. Il ne bougerait pas avant.

— Bon, on s'occupe du connard, et après je te raconte.

— Ça me va. Mais Mourrabed, tu me laisses faire.

Restait plus qu'à trouver un truc qui tienne mieux la route que cette histoire d'ulcère.

Mourrabed me regarda revenir, l'air narquois. Sourire aux lèvres. Pérol lui balança une claque, puis s'assit en face de lui, à califourchon sur la chaise.

— Qu'est-ce vous espérez, hein ? gueula Mourrabed, en se tournant vers moi.

— Te foutre en taule, je dis.

— Ouais. Super. 'Jouerai au foot. (Il haussa les épaules.)

Pour avoir cogné un mec, va falloir qu'vous argumentiez chez l'juge. Mon avocat, y vous bais'ra.

— On a dix cadavres dans un placard, dit Pérol. Sûr qu'on pourra t'en coller un sur le dos. Et on le fera bouffer à ton avocat de merde.

— Eh ! Jamais buté un mec, moi.

— L'autre, t'as bien failli te le faire, non ? Alors, je vois pas que t'as tué personne. OK ?

— Ouais. Ça va, ça va. J'étais bourré, c'est tout. J'y ai tiré qu'une claque, merde !

— Raconte.

— Ouais. En sortant du bar, je l'vois, ce keum. Une meuf, que j'croyais qu'c'était. De loin, quoi. Avec ses cheveux longs. J'y demande une clope. L'en avait pas, c'con ! Y se foutait de ma gueule, dans un sens. Alors, j'y dis, si t'en as pas, suce-moi ! Putain, y rigole ! Alors, j'y mets un pain. Ouais. C'est tout. Vrai. Y s'est barré comme un lapin. C'tait qu'un pédé.

— Sauf que t'étais pas seul, reprit Pérol. Avec tes copains, vous l'avez coursé. Tu m'arrêtes, si je me trompe. Il s'est réfugié au Miramar. Vous l'avez sorti du bar. Et vous l'avez salement amoché. Jusqu'à ce qu'on arrive. Et t'as pas de chance, à l'Estaque, t'es une vraie star. Ta gueule, on l'oublie pas.

— Ce pédé, y va la retirer sa putain de plainte !

— C'est pas dans son intention, tu vois. (Pérol regarda Mourrabed, s'attardant sur son caleçon.) Canon, ton caleçon. Mais ça fait pas un peu tante ?

— Hé ! J'suis pas pédé, moi. J'ai une fiancée.

— Parlons-en. C'est celle qui était au pieu avec toi ?

Je n'écoutais plus. Pérol savait où il allait. Mourrabed le dégoûtait autant que moi. Pour lui, on ne pouvait plus espérer. Il était sur la plus salope des orbites. Prêt à cogner, prêt à tuer. Le voyou idéal pour les truands. Dans deux ou trois ans, il se ferait étendre par un plus dur que lui. Peut-être que la meilleure chose qui pouvait lui arriver, c'était d'en prendre pour vingt ans. Mais je savais que ce n'était pas vrai. La vérité, c'est que face à tout ça, il n'y avait pas de réponse.

Le téléphone me fit sursauter. J'avais dû m'assoupir.

— Tu peux venir, un instant ? Cerutti au téléphone.

— Y a rien à se mettre sous la dent. Rien. Même pas un gramme de marie-jeanne.

— La gamine ?

— Fugueuse. Saint-Denis, région parisienne. Son père, il veut la renvoyer en Algérie, pour la marier, et...

— Ça va. Tu la fais amener ici. On prendra sa déposition. Toi, tu restes avec deux gars, et tu me vérifies si c'est Mourrabed qui loue l'appartement. Sinon, tu me trouves qui. Ça, dans la journée.

Je raccrochai. Mourrabed nous vit revenir. À nouveau son sourire.

— Des problèmes ? qu'il dit.

Pérol lui allongea une autre claque, plus violente que la première. Mourrabed se frotta la joue.

— Ça plaira pas à mon avocat, quand je lui racont'rai.

— Alors, c'est ta fiancée ? reprit Pérol, comme s'il n'avait pas entendu.

J'enfilai ma veste. J'avais rendez-vous avec Sanchez, le chauffeur de taxi. Fallait que j'y aille. Je ne voulais pas le rater. Si les gros bras de cette nuit ne venaient pas de la part de Batisti, c'était peut-être lié au chauffeur de taxi. À Leila. Je me retrouvais dans une autre histoire, là. Mais est-ce que je pouvais croire Batisti ?

— On se retrouve au bureau.

— Attends, dit Pérol. Il se retourna vers Mourrabed. T'as le choix, pour ta fiancée. Si c'est oui, je te présente à son père et à ses frères. Dans une cellule fermée. Vu que t'étais pas dans leurs projets, ça va être ta fête. Si c'est non, t'es bon pour détournement de mineure. Réfléchis, je reviens.

Des nuages noirs, lourds, s'amoncelaient. Il n'était pas dix heures, et la chaleur humide collait à la peau. Pérol me rejoignit dehors.

— Joue pas au con, Fabio.

— T'inquiète. J'ai rendez-vous pour un tuyau. Une piste pour Leila. Le troisième homme.

Il hocha la tête. Puis désigna mon ventre du doigt.

— Et ça ?

— Une bagarre, cette nuit. À cause d'une fille. Je manque d'entraînement. Alors j'ai morflé.

Je lui souris. De ce sourire qui plaisait aux femmes. Séducteur en diable.

— Fabio, on commence à se connaître, toi et moi. Arrête ton cinéma. (Il me regarda, attendit une réaction. Je n'en eus pas.) T'as des emmerdes, je le sais. Pourquoi ? Je commence à avoir une idée. Mais t'es obligé à rien. Tes histoires, tu peux les garder pour toi. Et te les foutre au cul. C'est ton affaire. Si tu veux qu'on en cause, je suis là. OK ?

Il n'avais jamais parlé aussi longtemps. Elle me touchait, sa sincérité. Si j'avais encore quelqu'un sur qui compter dans cette ville, c'était lui, Pérol, dont je ne savais presque rien. Je ne l'imaginais pas en père de famille. Je n'imaginais même pas sa femme. Je ne m'en étais jamais inquiété. Ni même s'il était heureux. Nous étions complices, mais étrangers. On se faisait confiance. On se respectait. Et cela seul importait. Pour lui comme pour moi. Pourquoi était-il si difficile de se faire un ami passé quarante ans ? Est-ce parce que nous n'avons plus de rêves, que des regrets ?

— C'est ça, tu vois. J'ai pas envie d'en parler. (Il me tourna le dos. Je l'attrapai par le bras, avant qu'il ne fasse un pas.) Tout compte fait, je préférerais que vous veniez chez moi, dimanche midi. Je ferai la cuisine.

On se regarda. Je partis vers ma voiture. Les premières gouttes tombèrent. Je le vis entrer dans le commissariat, d'un pas décidé. Mourrabed n'avait qu'à bien se tenir. Je m'assis, enclenchai une cassette de Ruben Blades et démarrai.

Je passai par l'Estaque centre, pour rentrer. L'Estaque tentait de rester fidèle à son image ancienne. Un petit port, un village. À quelques minutes à peine de Marseille. On disait : j'habite l'Estaque. Pas Marseille. Mais le petit port était aujourd'hui ceinturé, dominé par des cités où s'entassaient les immigrés chassés du centre-ville.

Il vaut mieux exprimer ce que l'on éprouve. Bien sûr. Je savais écouter, mais je n'avais jamais su me confier. Au dernier moment, je me repliais dans le silence. Toujours prêt à mentir, plutôt que de raconter ce qui n'allait pas. Ma vie aurait sans doute pu être différente. Je n'avais pas osé raconter à mon père mes conneries avec Manu et Ugo. Dans la Coloniale, j'en avais salement bavé. Cela ne m'avait pas servi de leçon. Avec les femmes, j'allais jusqu'à l'incompréhension et je souffrais de les voir s'éloigner. Muriel, Carmen, Rosa. Quand je tendais la main, qu'enfin j'ouvrais la bouche pour m'expliquer, il était trop tard.

Ce n'était pas par manque de courage. Je ne faisais pas confiance. Pas assez. Pas suffisamment pour mettre ma vie, mes sentiments entre les mains de quelqu'un. Et je m'usais à essayer de tout résoudre par moi-même. Une vanité de perdant. Il me fallait bien le reconnaître, dans la vie, j'avais toujours perdu. Manu et Ugo, pour commencer.

Souvent, je m'étais dit que ce soir-là, après ce braquage foireux, je n'aurais pas dû m'enfuir. J'aurais dû les affronter, dire ce que j'avais sur le cœur depuis des mois, que ce que nous faisions ne conduisait à rien, que nous avions mieux à faire. Et c'était vrai, nous avions la vie devant nous, et le monde à découvrir. On aurait aimé ça, courir le monde. J'en étais persuadé. Peut-être nous serions-nous fâchés ? Peut-être auraient-ils continué sans moi ? Peut-être. Mais peut-être aussi seraient-ils là aujourd'hui. Vivants.

Je pris le chemin du Littoral, qui longe le port et la digue du Large. Mon itinéraire préféré pour entrer dans Marseille. Regards sur les bassins. Bassin Mirabeau, bassin de la

Pinède, bassin National, bassin d'Arenc. L'avenir de Marseille était là. Je voulais toujours y croire.

La voix et les rythmes de Ruben Blades commençaient à faire de l'effet dans ma tête. Ils dissipaient mes angoisses. Apaisaient mes douleurs. Bonheur caraïbes. Le ciel était gris et bas, mais chargé d'une lumière violente. La mer s'inventait un bleu métallisé. J'aimais bien quand Marseille se trouvait des couleurs de Lisbonne.

Sanchez m'attendait déjà. Je fus surpris. Je m'étais imaginé une espèce de *mia*, fort en gueule. Il était petit, rondouillard. À sa manière de me saluer, je compris qu'il n'était pas du genre courageux. Main molle, yeux baissés. Le type qui dira toujours oui, même s'il pense non.

Il avait peur.

— Savez, j'suis père de famille, dit-il en me suivant dans le bureau.

— Asseyez-vous.

— Et j'ai trois enfants. Les feux rouges, les limitations de vitesse, té, pensez si j'y fais gaffe. Mon taxi, c'est le gagne-pain, alors...

Il me tendit une feuille. Des noms, des adresses, des téléphones. Quatre. Je le regardai.

— Ils pourront vous confirmer. À l'heure qu'vous dites, j'étais avec eux. Jusqu'à onze heures trente. Après je me suis remis au taxi.

Je posai la feuille devant moi, allumai une cigarette et plantai mes yeux dans les siens. Des yeux porcins, injectés de sang. Il les baissa très vite. Il se tenait les mains, n'arrêtait pas de les serrer l'une contre l'autre. Sur son front, la sueur perlait.

— Dommage, monsieur Sanchez. (Il releva la tête.) Vos amis, si je les convoque, ils seront obligés de faire un faux témoignage. Vous allez leur créer des ennuis.

Il me regarda de ses yeux rouges. J'ouvris un tiroir, attrapai un dossier au hasard, bien épais, le posai devant moi et me mis à le feuilleter.

— Vous vous imaginez bien que pour un banal feu rouge, on aurait pas pris la peine de vous convoquer, et tout ça. (Ses yeux s'agrandirent. Maintenant, il transpirait méchamment.) C'est plus grave. Bien plus grave, monsieur Sanchez. Vos amis regretteront de vous avoir fait confiance. Et vous...

— J'y étais. De 9 heures à 11 heures.

Il avait crié. La peur. Mais il me paraissait sincère. Cela m'étonnait. Je décidai de ne plus finasser.

— Non, monsieur, lui répondis-je fermement. J'ai huit témoins. Ils valent tous les vôtres. Huit policiers en service. (Sa bouche s'ouvrit, mais il n'en sortit aucun son. Dans ses yeux, je voyais défiler toutes les catastrophes du monde.) À 22 h 15, votre taxi était rue Corneille, devant La Commanderie. Je peux vous accuser de complicité de meurtre.

— C'est pas moi, dit-il d'une voix faible. C'est pas moi. Je vais vous expliquer.

8

Où ne pas dormir ne résout pas les questions

Sanchez était en nage. De grosses gouttes de sueur coulaient de son front. Il s'essuya d'un revers de main. Il suait également dans le cou. Au bout d'un moment, il sortit un mouchoir pour s'éponger. Je commençai à sentir sa transpiration. Il ne cessait de remuer sur sa chaise. Il devait avoir envie de pisser. Il avait peut-être même déjà mouillé son slip.

Je ne l'aimais pas, Sanchez, mais je n'arrivais pas à le prendre en grippe. Ce devait être un bon père de famille. Il bossait dur, toutes les nuits. Il dormait quand ses enfants partaient pour l'école. Il reprenait son taxi quand ils rentraient. Il ne devait jamais les voir. Sauf les rares samedis et dimanches où il était de repos. Une fois par mois, sans doute. Au début, il prenait sa femme en rentrant. Il la réveillait, elle n'aimait pas ça. Il y avait renoncé et, depuis, il se contentait d'une pute quelques fois dans la semaine. Avant d'aller bosser, ou après. Avec sa femme, ce ne devait plus être qu'une fois par mois, quand son congé tombait un samedi.

Mon père avait connu la même vie. Il était typographe au quotidien *La Marseillaise*. Il partait au journal vers les cinq heures, le soir. J'avais grandi dans ses absences. Quand il rentrait, la nuit, il venait m'embrasser. Il sentait le plomb, l'encre et la cigarette. Cela ne me réveillait pas. Ça faisait partie de mon sommeil. Quand il oubliait, ça lui arrivait, j'avais de mauvais rêves. Je l'imaginais nous abandonnant ma mère et moi. Vers douze-treize ans, je rêvais souvent qu'il avait une autre femme dans sa vie. Elle ressemblait à Gélou. Il la pelotait. Puis, au lieu de mon père, c'était Gélou qui venait m'embrasser. Ça me faisait bander. Alors je retenais Gélou, pour la caresser. Elle venait dans mon lit. Puis mon père arrivait, furieux. Il faisait un scandale. Et ma mère rappliquait, en larmes. Je ne sus jamais si mon père avait eu des maîtresses. Il avait aimé ma mère, ça, j'en étais sûr, mais leur vie me restait un mystère.

Sanchez remua sur sa chaise. Mon silence l'inquiétait.

— Ils ont quel âge vos enfants ?

— Quatorze et seize, les garçons. Dix ans, la petite. Laure. (Laure, comme ma mère.)

Il sortit un portefeuille, l'ouvrit et me tendit une photo de la famille. Je n'aimais pas ce que je faisais. Mais je voulais le détendre, pour qu'il m'en raconte le plus possible. Je regardai ses mômes. Tous leurs traits étaient mous. Dans leurs yeux, fuyants, aucune lueur de révolte. Des aigris de naissance. Ils n'auront de haine que pour plus pauvres qu'eux. Et tous ceux qui boufferont leur pain. Arabes, Noirs, Jaunes. Jamais contre les riches. On savait déjà ce qu'ils seraient. Peu de chose. Dans le meilleur des cas, les garçons chauffeurs de taxi, comme papa. Et la fille, shampouineuse. Ou vendeuse à Prisunic. Des Français moyens. Des citoyens de la peur.

— Ils sont beaux, dis-je hypocritement. Bon, vous me racontez. Qui conduisait votre taxi ?

— Que je vous explique. J'ai un ami, Toni, enfin un copain. Parce que, vé, on est pas intimes, vous comprenez. Y fait équipe avec le groom du Frantel. Charly. Y lèvent des gogos. Des hommes d'affaires. Des genres cadres. Tout ça. Toni, y met le taxi à leur disposition pour la soirée. Y les emmène dans des restaurants chicos, des boîtes où qu'y a pas d'embrouilles. Y s'les termine chez les putes. Des bonnes, vé ! Celles qu'ont un petit studio...

Je lui offris une cigarette. Il se sentit plus à l'aise. Il cessa de transpirer.

— Et à des tables de jeu, où ça mise gros, je parie ?

— Ouais. Fan ! Y en a de super-belles. Té ! c'est comme les putes. Savez c'qu'y z'aiment, ces gus. L'exotique. S'taper des crouilles, des négresses, des Viets. Mais des propres, hein. Même que des fois, y s'font un cocktail.

Il devenait intarissable. Ça le rendait important de me raconter. Et puis ça l'excitait. Il devait se faire payer en putes, quelquefois.

— Vous, vous prêtez le taxi.

— Voilà. Y m'paye, et moi je glande. J'fais une belote avec les potes. J'vais à l'OM, si ça joue. Je déclare que c'qu'y a au compteur. Tout bénef. Et c'est conséquent. Toni, y marge sur tout. Les gogos, les restos, les boîtes, les putes. Tout ça quoi.

— Ça vous arrive souvent ?

— Deux, trois fois dans le mois.

— Et vendredi soir.

Il fit oui de la tête. Comme un escargot baveux, il réintégra sa coquille. On revenait à quelque chose qui ne lui plaisait pas. La peur reprenait le dessus. Il savait qu'il en disait trop et qu'il n'en avait pas encore assez dit.

— Ouais. M'l'avait demandé.

— Ce que je comprends pas, Sanchez, c'est qu'il transportait pas des gogos votre copain. Mais deux tueurs.

J'allumai une autre cigarette, sans lui en proposer cette fois. Je me levai. Je sentais la douleur revenir. Des tiraillements. Accélère, je me dis. Je regardai par la fenêtre. Le port, la mer. Les nuages se levaient. Une lumière incroyable irradiait l'horizon. De l'écouter parler des putes me fit penser à Marie-Lou. Aux coups qu'elle avait reçus. À son mac. Aux clients qu'elle recevait. Est-ce qu'elle était dans un de ces circuits ? Lâchée dans des partouzes de porcs friqués ? « Avec ou sans oreiller ? » demandait-on dans certains hôtels, spécialisés dans les colloques et séminaires, lors de la réservation.

La mer était argentée. Que pouvait faire Marie-Lou chez moi, à cet instant ? Je n'arrivais pas à l'imaginer. Je n'arrivais plus à imaginer une femme chez moi. Un voilier prenait le large. Je serais bien allé à la pêche. Pour ne plus être là. J'avais besoin de silence. Marre d'écouter des histoires à la con depuis ce matin. Mourrabed. Sanchez, son copain Toni. Toujours la même saloperie humaine.

— Alors, Sanchez, je dis en m'approchant de lui. Comment t'expliques ça ?

Le tutoiement le fit sursauter. Il devina qu'on entrait dans la seconde mi-temps.

— Ben, vé, je m'explique pas. Y a jamais eu d'engatse*.

— Écoute, je dis en me rasseyant. T'as une famille. De beaux gosses. Une chouette femme, sans doute. Tu les aimes. Tu y tiens. T'as envie de ramener un peu plus de fric. Je comprends. Tout le monde en est là. Mais maintenant t'es dans une sale histoire. T'es comme acculé dans une impasse. T'as pas beaucoup de solutions. Faut que tu craches. Le nom, l'adresse de ton copain Toni. Tout ça, quoi.

Il savait qu'on en arriverait là. Il se remit à transpirer et ça m'écœura. Des auréoles étaient apparues sous ses bras. Il se fit suppliant. Je n'eus plus aucune sympathie pour lui. Il me dégoûtait. J'aurais même honte de lui tirer une claque.

— C'est qu'j'sais pas. Je peux fumer ?

Je ne répondis pas. J'ouvris la porte du bureau et fis signe au planton de venir.

* Dans le langage courant marseillais, ce terme désigne l'« embrouille », les « difficultés », tout ce qui est désagréable et problématique.

— Favier, embarque-moi ce type.

— J'vous jure. J'sais pas.

— Sanchez, tu veux que j'y croie à ton Toni ? Dis-moi où le trouver. Sinon, qu'est-ce que tu veux que j'en pense, moi ? Hein ? Que tu te fous de ma gueule. Voilà, ce que j'en pense.

— J'sais pas. J'le vois jamais. J'ai même pas son téléphone. Y m'fait bosser, c'est pas l'inverse. Quand y m'veut, y m'appelle.

— Comme une pute, quoi.

Il ne releva pas. Ça sentait le roussi, devait-il se dire. Sa petite tête se cherchait une issue.

— Y m'laisse des messages. Au Bar de l'Hôtel de Ville. Appelez Charly, au Frantel. 'Pouvez lui demander. Vé ! P't-être qui sait, lui.

— Charly on verra plus tard. Embarque-le, dis-je à Favier.

Favier l'attrapa sous le bras. Énergiquement. Il le mit debout. Sanchez commença à chialer.

— 'Tendez. Il a quelques habitudes. Y prend l'apéro, chez Francis, sur la Canebière. Des fois, il mange au Mas, le soir.

Je fis un signe à Favier, il lui lâcha le bras. Sanchez s'affala sur la chaise, comme une merde.

— Voilà qui est bien, Sanchez. Enfin on peut s'entendre. Tu fais quoi ce soir ?

— Ben, j'ai le taxi. Et...

— Tu te pointes vers sept heures chez Francis. Tu t'installes. Tu te bois une bière. Tu mates les femmes. Et quand ton pote arrive, tu lui dis bonjour. Je serai là. Pas d'entourloupes, sinon je sais où te trouver. Favier va te reconduire.

— Merci, pleurnicha-t-il.

Il se leva en reniflant et se dirigea vers la porte.

— Sanchez ! (Il s'immobilisa, baissa la tête.) Je vais te dire ce que je crois. Ton Toni, il a jamais conduit ton taxi. Sauf vendredi soir. Je me trompe ?

— Ben...

— Ben quoi, Sanchez ? T'es qu'un foutu menteur. T'as intérêt à pas m'avoir bluffé, avec Toni. Sinon, tu peux dire adieu à ton taxi.

— S'cusez. Je voulais pas...

— Quoi ? Dire que tu marges chez les voyous ? T'as palpé combien vendredi ?

— Cinq. Cinq mille.

— Vu à quoi il a servi, ton taxi, tu t'es vachement fait mettre, si tu veux mon avis.

Je fis le tour de mon bureau, ouvris un tiroir et en sortis un petit magnétophone. J'appuyai sur une touche au hasard. Je lui montrai.

— Tout est là. Alors oublie pas, ce soir.

— J'y serai.

— Encore une chose. Pour tout le monde, ta boîte, ta femme, tes copains... le feu rouge, c'est réglé. Les flics sont sympas, et tout et tout.

Favier le poussa hors du bureau et referma la porte derrière lui, en me faisant un clin d'œil. J'avais une piste. Enfin quelque chose à ruminer.

J'étais couché. Sur le lit de Lole. J'y étais allé instinctivement. Comme samedi matin. J'avais envie d'être chez elle, dans son lit. Comme dans ses bras. Et je n'avais pas hésité. J'imaginai un instant que Lole m'ouvrait sa porte et me faisait entrer. Elle préparait un café. Nous parlerions de Manu, d'Ugo. Du temps passé. Du temps qui passe. De nous, peut-être.

L'appartement baignait dans la pénombre. Il était frais et avait conservé son odeur. Menthe et basilic. Les deux plants manquaient d'eau. Je les avais arrosés. C'est la première chose que je fis. Je m'étais ensuite déshabillé et j'avais pris une douche, presque froide. Puis j'avais mis le réveil à deux heures et je m'étais allongé dans les draps bleus, épuisé.

Avec le regard de Lole sur moi. Son regard quand son corps glissa sur le mien. Des millénaires d'errance y brillaient, noirs comme l'anthracite. Elle avait la légèreté de la poussière des chemins. Cherche le vent, tu trouveras la poussière, disaient ses yeux.

Je ne dormis pas longtemps. Un quart d'heure. Trop de choses s'agitaient dans ma tête. Nous avions tenu une petite réunion avec Pérol et Cerutti. Dans mon bureau. La fenêtre était grande ouverte, mais il n'y avait pas d'air. Le ciel s'était de nouveau assombri. Un orage aurait été le bienvenu. Pérol avait rapporté des bières et des sandwiches. Tomates, anchois, thon. Ce n'était pas simple à manger, mais c'était quand même meilleur que l'infect jambon-beurre habituel.

— On a pris la déposition de Mourrabed, puis on l'a ramené ici, résuma Pérol. Cet après-midi, on le confronte au type qu'il a bousillé. On va se le garder quarante-huit heures. Peut-être qu'on va trouver, pour le faire vraiment plonger.

— Et la gamine ?

— Elle est là aussi. On a averti sa famille. Son frère aîné vient la chercher. Il prend le TGV de 13 h 30. C'est con pour elle. Elle va se retrouver en Algérie vite fait.

— T'avais qu'à la laisser se tirer.

— Ouais. Et on l'aurait ramassée clamsée dans une cave dans un mois ou deux, dit Cerutti.

Ces mômes, leur vie elle commençait à peine, que c'était déjà une impasse. On faisait le choix pour eux. Entre deux pires, où était le meilleur ? Cerutti me regardait à la dérobée. Tant d'acharnement sur Mourrabed l'étonnait. Depuis un an qu'il était dans l'équipe, il ne m'avait jamais connu comme cela. Mourrabed ne méritait aucune pitié. Il était toujours prêt au pire. Cela se voyait dans ses yeux. De plus, il se sentait protégé par ceux qui le fournissaient. Oui, j'avais envie qu'il tombe. Et je voulais que ce soit là, maintenant. Peut-être pour me convaincre que j'étais encore capable de mener une enquête, de la faire aboutir. Cela me rassurerait quant à mes possibilités d'aller jusqu'au bout pour Ugo. Et, qui sait, pour Leila.

Il y avait autre chose. Je voulais croire à nouveau à mon boulot de flic. J'avais besoin de garde-fou. De règles, de codes. Et de les énoncer, pour pouvoir m'y tenir. Chaque pas que je ferai m'éloignerait de la loi. J'en étais conscient. Déjà je ne raisonnais plus en flic. Ni pour Ugo, ni pour Leila. J'étais porté par ma jeunesse perdue. Tous mes rêves étaient sur ce versant de ma vie. Si j'avais encore un avenir, c'est vers là qu'il fallait que je retourne.

J'étais comme tous les hommes qui tanguent vers la cinquantaine. À me demander si la vie avait répondu à mes espérances. Je voulais répondre oui, et il me restait peu de temps. Pour que ce oui ne soit pas un mensonge. Je n'avais pas, comme la plupart des hommes, la possibilité de faire un autre môme à une femme que je ne désirais plus, pour tromper ce mensonge. Donner le change. Dans tous les domaines c'était monnaie courante. J'étais seul, et la vérité, j'étais bien obligé de la regarder en face. Aucun miroir ne me dirait que j'étais bon père, bon époux. Ni bon flic.

La chambre semblait avoir perdu de sa fraîcheur. Derrière les persiennes, je devinais l'orage toujours menaçant. L'air était de plus en plus lourd. Je fermai les yeux. Peut-être allais-je me rendormir ? Ugo était allongé sur l'autre lit. Nous les avions poussés sous le ventilateur. C'était le milieu d'après-midi. Le moindre mouvement nous tirait des litres de transpiration. Il avait loué une petite chambre, place Ménélik. Il était arrivé à Djibouti, trois semaines plus tôt, sans avertir. J'avais pris quinze jours de permission et nous avions filé au Harar rendre hommage à Rimbaud et aux princesses déchues d'Éthiopie.

— Alors, sergent Montale, t'en dis quoi ?

Djibouti était un port franc. Il y avait des tas d'affaires à réaliser. On pouvait acheter des bateaux, des yachts, à un tiers de leur prix. On en remontait un jusqu'en Tunisie, et on le revendait le double. Mieux, on le remplissait d'appareils photo, de caméras, de magnétophones, et on les écoulait auprès des touristes.

— J'ai encore trois mois à tirer, et puis je rentre.

— Et après ? Tu verras, c'est encore pire qu'avant. Si je n'étais pas parti, j'aurais tué. Un jour ou l'autre. Pour bouffer. Pour vivre. Le bonheur qu'ils nous préparent, non merci. Je crois pas à ce bonheur. Ça pue trop. Le mieux, c'est de ne plus revenir. Moi, je reviendrai plus. (Il tira sur sa Nationale, pensif, et ajouta :) Je suis parti, je reviendrai plus. Toi, t'as bien compris ça.

— J'ai rien compris, Ugo. Rien du tout. J'ai eu honte. De moi. De nous. De ce qu'on faisait. J'ai juste trouvé un truc pour couper les ponts. J'ai pas envie de replonger.

— Et tu vas faire quoi ? (Je haussai les épaules.) Me dis pas que tu vas rempiler avec ces enculés ?

— Non. J'ai assez donné.

— Alors ?

— J'en sais rien, Ugo. J'ai plus envie de coups foireux.

— Eh ben, va te faire mettre chez Renault ! Eh Ducon !

Il s'était levé furieux. Il disparut sous la douche. Ugo et Manu s'aimaient comme des frères. Jamais je n'avais pu me glisser intimement entre eux. Mais Manu était bouffé par sa haine du monde. Il ne voyait plus rien. Même plus la mer, où naviguaient encore nos rêves d'adolescents. Pour Ugo, c'était trop. Il s'était tourné vers moi. Au fil des ans, une belle complicité s'était établie entre nous. Malgré nos différences, nous avions les mêmes délires.

Ma « fuite », Ugo l'avait comprise. Plus tard. Confronté à un autre braquage violent. Il avait quitté Marseille, renoncé à Lole, sûr que je le suivrais. Pour renouer avec nos lectures, avec nos rêves. La mer Rouge, pour nous, était la vraie case de départ de toute aventure. Ugo était venu jusqu'ici pour ça. Mais je ne souhaitais pas le suivre là où il voulait aller. Je n'avais ni le goût ni le courage de ces aventures-là.

J'étais rentré. Ugo était parti à Aden, sans un mot d'adieu. Manu me revit sans plaisir. Lole sans passion excessive. Manu était dans de sales histoires. Lole serveuse au Cintra, un bar sur le Vieux-Port. Ils vivaient dans le retour d'Ugo. Chacun avec des aventures amoureuses, qui les rendaient étrangers l'un à l'autre. Manu aimait par désespoir. Chaque femme nouvelle l'éloignait de Lole. Lole aimait comme on respire. Elle partit vivre à Madrid, deux ans, revint à Marseille, repartit pour s'installer en Ariège, chez des cousins. À chaque retour, Ugo n'était pas au rendez-vous.

Il y a trois ans, Manu et elle s'installèrent à l'Estaque, pour vivre ensemble. Pour Manu cela arrivait trop tard. Le dépit avait dû le pousser à cette décision. Ou la peur de voir repartir Lole, et de se retrouver seul. Avec ses rêves perdus. Et sa haine. Moi, j'avais galéré pendant des mois et des mois. Ugo avait raison. Il fallait se conformer. Se tirer ailleurs. Ou tuer. Mais je n'étais pas un tueur. Et j'étais devenu flic. Et merde ! me dis-je, furieux de ne pas dormir.

Je me levai, préparai un café et allai prendre une nouvelle douche. Je restai nu pour boire mon café. Je mis un disque de Paolo Conte, et m'assis dans le fauteuil.

Guardate dai treni in corsa...

Bon, j'avais une piste. Toni. Le troisième homme. Peut-être. Comment ces types avaient-ils coincé Leila ? Où ? Quand ? Pourquoi ? À quoi ça me servait de poser ces questions ? Ils l'avaient violée, puis tuée. La réponse aux questions, c'était ça. Elle était morte. Pourquoi se poser la question. Pour comprendre. Il me fallait toujours comprendre. Manu, Ugo, Leila. Et Lole. Et tous les autres. Mais aujourd'hui, y avait-il encore des choses à comprendre ? N'était-on pas tous en train de se taper la tête contre les murs ? Parce que les réponses n'existaient plus. Et que les questions ne conduisaient nulle part.

Come di... Comédie
La comédie d'un jour, la comédie d'la vie

Batisti me mènerait où ? Au-devant des emmerdes. Ça, c'était sûr. Est-ce qu'il y avait un lien entre la mort de Manu et celle d'Ugo ? Un lien autre que celui d'Ugo venant venger Manu ? Qui avait intérêt à faire tuer Zucca ? Un clan marseillais. Je ne voyais que ça. Mais qui ? Que savait Batisti ? De quel côté était-il ? Jusqu'à présent, il n'avait jamais pris parti. Pourquoi l'aurait-il fait maintenant ? À quoi rimait la mise en scène de l'autre soir ? L'exécution d'Al Dakhil par deux tueurs, puis celle de ses tueurs par les flics d'Auch. Toni dans la combine ? Couvert par les flics ? Tenu par Auch à cause de ses combines ? Et comment ces types avaient-ils levé Leila ? Retour à la case départ.

Ecco quello che io ti daro,
e la sensualità delle vite disperate...

La sensualité des vies désespérées. Il n'y a que les poètes pour parler ainsi. Mais la poésie n'a jamais répondu de rien. Elle témoigne, c'est tout. Du désespoir. Et des vies désespérées. Et qui m'avait cassé la gueule ?

Bien sûr, j'arrivai en retard à l'enterrement de Leila. Je m'étais perdu dans le cimetière à la recherche du carré musulman. On était ici dans les nouvelles extensions, loin du vieux cimetière. J'ignorais si à Marseille on mourait plus qu'ailleurs, mais la mort s'étendait à perte de vue. Toute cette partie était sans arbre. Des allées, hâtivement goudronnées. Des contre-allées de terre battue. Des tombes en enfilades. Le cimetière respectait la géographie de la ville.

Et on était là comme dans les quartiers Nord. La même désolation.

Je fus surpris par le monde. La famille de Mouloud. Des voisins. Et beaucoup de jeunes. Une cinquantaine. Des Arabes, pour la plupart. Des visages qui ne m'étaient pas inconnus. Croisés dans la cité. Deux ou trois étaient même passés au commissariat pour une connerie. Deux blacks. Huit Blancs, jeunes aussi, garçons et filles. Près de Driss et Kader, je reconnus les deux copines de Leila, Jasmine et Karine. Pourquoi ne les avais-je pas appelées ? Je fonçais tête baissée sur une piste et négligeais d'interroger ses proches amies. Je n'étais pas cohérent. Mais je ne l'avais jamais été.

À quelques pas derrière Driss, Mavros. C'était vraiment un chic type. Avec Driss, il irait jusqu'au bout. Pas seulement dans la boxe. Dans l'amitié. Boxer, ce n'est pas seulement cogner. C'est, d'abord, apprendre à recevoir des coups. À encaisser. Et que ces coups fassent le moins mal possible. La vie n'était rien d'autre qu'une succession de rounds. Encaisser, encaisser. Tenir, ne pas plier. Et taper au bon endroit, au bon moment. Mavros, il lui apprendrait tout ça, à Driss. Il le trouvait bon. C'était même le meilleur qu'il avait avec lui à la salle. Il lui transmettrait tout son savoir. Comme à un fils. Avec les mêmes conflits. Parce que Driss pourrait être tout ce qu'il n'avait pu être.

Cela me rassurait. Mouloud n'aura plus cette force, ce courage. Si Driss venait à faire une connerie, il démissionnerait. La plupart des parents des mômes que j'avais coincés, ils avaient démissionné. La vie les avaient tellement sacqués, qu'ils refusaient de faire face. Ils fermaient les yeux sur tout. Fréquentations, école, bagarres, fauche, drogue. Des claques, il s'en perdait des millions par jour !

Je me souvenais m'être pointé, cet hiver, à la cité de la Busserine, pour choper un gamin. Le dernier d'une famille de quatre garçons. Le seul qui ne se soit pas tiré, ou qui n'était pas en taule. On l'avait identifié pour avoir fait des braquages de merde. À mille balles maxi. Sa mère nous ouvrit la porte. Elle dit simplement : « Je vous attendais », puis elle éclata en sanglots. Cela faisait plus d'un an qu'il la rackettait pour se payer de la dope. Coups à l'appui. Elle s'était mise à tapiner dans la cité pour pas inquiéter son mari. Lui, il savait tout, mais il préférait fermer sa gueule.

Le ciel était de plomb. Pas un souffle d'air. Du bitume montait une chaleur brûlante. Personne ne tenait immobile sur place. Il serait impossible de rester ici très longtemps. Quelqu'un dut en avoir conscience, car la cérémonie s'accéléra. Une femme se mit à pleurer. Avec de petits cris. Elle était la seule à sangloter. Driss évita mon regard pour la deuxième fois. Pourtant, il m'épiait. Un regard sans haine, mais chargé de mépris. Il m'avait retiré son respect. Je n'avais pas été à la hauteur. Ni comme mec, j'aurais dû aimer sa sœur. Ni comme flic, j'aurais dû la protéger.

Quand mon tour arriva d'embrasser Mouloud, je me sentis déplacé. Mouloud avait deux grands trous rouges à la place des yeux. Je le serrai contre moi. Mais je n'étais plus rien pour lui. Qu'un mauvais souvenir. Celui qui lui avait dit d'espérer. Qui avait fait battre son cœur. Sur le chemin du retour, Driss traîna à l'arrière avec Karine, Jasmine et Mavros pour ne pas se trouver avec moi. J'avais échangé quelques mots avec Mavros, mais le cœur n'y était pas. Je m'étais retrouvé seul.

Kader passa son bras autour de mes épaules.

— Le père, il parle plus. T'en fâche pas. Il est comme ça avec nous aussi. Faut le comprendre. Driss, il lui faudra du temps. (Il me serra l'épaule.) Elle t'aimait, Leila.

Je ne répondis rien. Je ne voulais pas engager une discussion sur Leila. Ni sur Leila ni sur l'amour. On marcha côte à côte, en silence. Puis il dit :

— Comment qu'elle a pu se faire embarquer par ces types ?

Toujours cette question. Quand on est une fille, qu'on est arabe, et qu'on a vécu dans la banlieue, on ne monte pas dans n'importe quelle bagnole. À moins d'être tarée. Leila, elle, avait les pieds sur terre. Or la Panda n'était pas en panne. Kader l'avait ramenée de la cité universitaire, avec les affaires de Leila. Donc, quelqu'un était venu la chercher. Elle était partie avec lui. Quelqu'un qu'elle connaissait. Qui ? Je l'ignorais. J'avais le début. Et la fin. Trois violeurs selon moi. Dont deux étaient morts. Le troisième, est-ce que c'était Toni ? Ou quelqu'un d'autre ? Est-ce que c'était cet homme-là que Leila connaissait ? Qui était venu la chercher ? Pourquoi ? Mais je ne pouvais livrer mes réflexions à Kader. L'enquête était close. Officiellement.

— Le hasard, je dis. Un mauvais hasard ?

— T'y crois toi, au hasard ?

Je haussai les épaules.

— J'ai pas d'autres réponses. Personne n'en a. Les mecs sont morts et...

— T'aurais préféré quoi, toi ? Pour eux ? La taule, tout ça ?

— Ils ont ce qu'ils méritent. Mais les avoir en face de moi, vivants, j'aurais bien aimé, oui.

— J'ai jamais compris que tu pouvais être flic.

— Moi non plus. Ça s'est fait comme ça.

— Ça s'est mal fait, je crois.

Jasmine nous rejoignit. Elle glissa son bras sous celui de Kader, et se serra légèrement contre lui. Tendrement. Kader lui sourit. Un sourire amoureux.

— Tu restes encore combien ? je demandai à Kader.

— J'sais pas. Cinq, six jours. P't-être je rest'rai moins. J'sais pas. Y a l'magasin. L'oncle y peut plus s'en occuper. Y veut m'le laisser.

— C'est bien.

— Faut aussi qu'j'voie le père de Jasmine. P't'être qu'on remont' ensemble, tous les deux.

Il sourit, puis il la regarda.

— Je savais pas.

— Nous non plus, on savait pas, dit Jasmine. On savait pas avant, quoi. C'est de pas se voir, qu'on a su.

— Tu viens à la maison ? dit Kader.

Je secouai la tête.

— C'est pas ma place, Kader. Tu le sais, non ? Plus tard, j'irai voir ton père. (J'eus un regard pour Driss, toujours à traîner derrière moi.) Et Driss, rassure-toi, je le quitte pas des yeux. Mavros non plus, il va pas le lâcher. (Il acquiesça de la tête.) M'oubliez pas, pour le mariage !

Il ne restait plus qu'à leur offrir un sourire. Je souris, comme j'ai toujours su le faire.

9

Où l'insécurité ôte toute sensualité aux femmes

Il avait fini par pleuvoir. Un orage violent, et bref. Rageur même, comme Marseille en connaît parfois en été. Il ne faisait guère plus frais, mais le ciel s'était enfin dégagé. Il avait retrouvé sa limpidité. Le soleil lapait l'eau de pluie à même les trottoirs. Une tiédeur s'en élevait. J'aimais cette odeur.

J'étais assis à la terrasse de chez Francis, sous les platanes des allées de Meilhan. Il était presque sept heures. Déjà la Canebière se vidait. Dans quelques instants, tous les magasins descendraient leur grille. Et la Canebière deviendrait un lieu mort. Un désert où ne circuleraient plus que des groupes de jeunes Arabes, des CRS et quelques touristes égarés.

La peur des Arabes avait fait fuir les Marseillais vers d'autres quartiers plus excentrés, où ils se sentaient en sécurité. La place Sébastopol, les boulevards de la Blancarde et Chave, l'avenue Foch, la rue Monte-Cristo. Et, plus à l'est, la place Castelane, l'avenue Cantini, le boulevard Baille, l'avenue du Prado, le boulevard Périer, et les rues Paradis et Breteuil.

Autour de la place Castelane, un immigré se remarquait comme un cheveu sur la soupe. Dans certains bars, la clientèle, lycéenne et étudiante, très bcbg, puait tellement le fric que, même moi, je me sentais déplacé. Ici, il était rare qu'on boive au comptoir, et le pastis était servi dans de grands verres, comme à Paris.

Les Arabes s'étaient regroupés au centre, eh bien, on le leur avait laissé. Avec dégoût pour le cours Belzunce et la rue d'Aix, et toutes les rues, étroites, lépreuses, qui allaient de Belzunce aux allées de Meilhan ou à la gare Saint-Charles. Des rues à putes. Aux immeubles insalubres et aux hôtels pouilleux. Toutes les migrations avaient transité par ces rues. Jusqu'à ce qu'une rénovation les refoule en périphérie. Une nouvelle rénovation était en cours, et la périphérie était aux limites de la ville. À Septèmes-les-Vallons. Vers les Pennes-Mirabeau. Loin, toujours plus loin. Hors de Marseille.

Un à un les cinémas avaient fermé, puis les bars. La Canebière n'était plus qu'une monotone succession de magasins de fringues et de chaussures. Une grande friperie. Avec un seul cinéma, le Capitole. Un complexe de sept salles, à clientèle arabe jeune. Gros bras à l'entrée, gros bras à l'intérieur.

Je finis mon pastis et en commandai un autre. Un vieux pote, Corot, le pastis, il ne l'appréciait qu'au troisième. Le premier, tu le bois par soif. Le deuxième, ben tu commences à y trouver du goût. Au troisième, t'apprécies enfin ! Il y a encore trente ans, la Canebière, on venait s'y promener le soir, après le repas. On rentrait, on prenait une douche, on dînait puis on mettait des habits propres et on allait sur la Canebière. Jusqu'au port. On descendait sur le trottoir de gauche, et on remontait par l'autre trottoir. Sur le Vieux-Port, chacun avait ses habitudes. Certains poussaient jusqu'au bassin du carénage, après la criée aux poissons. D'autres vers la Mairie et le Fort Saint-Jean. En mangeant des glaces à la pistache, au coco, ou au citron.

Avec Manu et Ugo, on était des habitués de la Canebière. Comme tous les jeunes, on venait là pour se faire voir. Sapés comme des princes. Pas question de traîner en espadrilles ou en tennis. On mettait nos plus belles pompes, des *italien-*

nes de préférence, qu'on faisait cirer à mi-chemin, au coin de la rue des Feuillants. La Canebière, on la descendait et on la remontait au moins deux fois. C'est là qu'on draguait.

Les filles allaient souvent par groupes de quatre ou cinq. Bras dessus, bras dessous. Elles marchaient lentement, sur leurs talons aiguilles, mais sans tortiller du cul comme à Toulon. Leur démarche était simple, avec cette langueur qui ne s'acquiert qu'ici. Elles parlaient et riaient fort. Pour qu'on les remarque. Pour qu'on voie qu'elles étaient belles. Et belles, elles l'étaient.

Nous, on les suivait une dizaine de pas en arrière, en faisant des commentaires, suffisamment forts pour qu'elles entendent. À un moment, l'une d'elles se retournait, et lâchait : « Vé, mais tu l'as vu çui-là ! Il se prend pour quoi, ce bellastre ? Pour Raf Vallone ! » Elles éclataient de rire. Se retournaient. Riaient de plus belle. C'était gagné. Arrivés place de la Bourse, la conversation était engagée. Quai des Belges, il ne nous restait plus qu'à mettre la main à la poche, pour payer les glaces. Chacun la sienne. Ça se faisait comme ça. Au regard et au sourire. Une histoire qui tenait, au mieux, jusqu'au dimanche soir, après d'interminables slows dans la pénombre des Salons Michel, rue Montgrand.

Des Arabes, à cette époque, il n'en manquait déjà pas. Ni des Noirs. Ni des Viets. Ni des Arméniens, des Grecs, des Portugais. Mais cela ne posait pas de problème. Le problème, c'en était devenu un avec la crise économique. Le chômage. Plus le chômage augmentait, plus on remarquait qu'il y avait des immigrés. Et les Arabes, c'était comme s'ils augmentaient avec la courbe du chômage ! Les Français avaient bouffé tout leur pain blanc pendant les années soixante-dix. Mais leur pain noir, ça, ils voulaient le bouffer seuls. Pas question qu'on vienne leur en piquer une miette. Les Arabes, c'est ça qu'ils faisaient, ils volaient la misère dans nos assiettes !

Les Marseillais ne pensaient pas vraiment ça, mais on leur

avait filé la peur. Une peur vieille comme l'histoire de la ville, mais que, cette fois-ci, ils avaient un mal fou à surmonter. La peur les empêchait de penser. De se repenser, une nouvelle fois.

Toujours pas de Sanchez en vue. 7 h 10. Qu'est-ce qu'il foutait, ce con ? Ça ne m'ennuyait pas, d'attendre, là, sans rien faire. Ça me détendait. Seul regret, les femmes n'avaient qu'une hâte, rentrer chez elles. Une mauvaise heure pour les regarder passer.

Elles marchaient d'un pas pressé. Leur sac serré sur leur ventre. Les yeux baissés. L'insécurité leur ôtait toute sensualité. Elles la retrouveraient le lendemain, à peine montées dans le bus. Avec ce regard franc que je leur aimais. Une fille, ici, si elle te plaît et que tu la regardes, elle ne baisse pas les yeux. Même si tu ne la dragues pas, tu as intérêt à profiter de ce qu'elle te donne à voir, sans détourner les yeux. Sinon, elle te fait un scandale, surtout s'il y a du monde autour.

Une Golf GTI décapotable, blanche et verte, ralentit, grimpa sur le trottoir entre deux platanes et s'arrêta. Musique à fond. Quelque chose d'aussi indigeste que Withney Houston ! Le chauffeur vint droit vers moi. Dans les vingt-cinq ans. Belle gueule. Pantalon de toile blanche, veste légère à petites rayures bleues et blanches, chemise bleu foncé. Cheveux mi-longs, mais bien coupés.

Il s'assit en me regardant droit dans les yeux. Il croisa ses jambes, en remontant légèrement son pantalon pour ne pas en casser le pli. Je remarquai sa chevalière et sa gourmette. Une gravure de mode, aurait dit ma mère. Un vrai maquereau, pour moi.

— Francis ! Une mauresque ! cria-t-il.

Et il alluma une cigarette. Moi aussi. J'attendais qu'il parle, mais il ne dirait rien tant qu'il n'aurait pas bu. Une vraie attitude de cacou. Je savais qui il était. Toni, le troisième homme. L'un des types qui avaient peut-être tué

Leila. Qui l'avaient aussi violée. Mais lui, il ignorait que je pensais cela. Il ne croyait être, pour moi, que le chauffeur du taxi de la place de l'Opéra. Il avait l'assurance du type qui ne risquait rien. Qui avait des protections. Il but une gorgée de sa mauresque, puis me fit un grand sourire. Un sourire carnassier.

— Tu voulais me rencontrer, on m'a dit.

— J'espérais des présentations.

— Finasse pas. J'suis Toni. Sanchez, il bave trop. Et il mouille devant n'importe quel flicard. Facile de lui faire raconter des choses.

— Toi t'as les couilles plus accrochées ?

— Moi, je t'emmerde ! Ce qu'tu sais de moi ou rien, c'est pareil. Toi, t'es rien. T'es juste bon à balayer la merde chez les crouilles. Et encore, paraît qu't'y brilles pas des masses. Là où tu mets les pieds, c'est pas ta place. J'ai quelques copains dans ta maison. Y pensent que si tu changes pas de trottoir, faudra t'casser les quilles. Le conseil y t'vient d'eux. Et j'm'associe en plein. Clair ?

— Tu me fais peur.

— Rigole Ducon ! J'pourrais t'aligner qu'ça ferait pas une vague.

— Quand un connard se fait étendre, ça fait jamais de vague. C'est bon pour moi. Et pour toi aussi. Si je te plombe, tes copains prendront ta doublure.

— Mais ça n'arrivera pas.

— Pourquoi ? Tu m'auras tiré dans le dos avant ?

Ses yeux se voilèrent légèrement. Je venais de dire une connerie. Ça me brûlait de lui lâcher que j'en savais plus qu'il ne le croyait. Mais je ne le regrettais pas. J'avais touché juste. J'ajoutai, pour me rattraper :

— T'as une tête à ça, Toni.

— C'que tu penses, je me le mets au cul ! Oublie pas ! Le conseil y en aura qu'un, pas deux. Et oublie Sanchez.

Pour la deuxième fois en quarante-huit heures, on me

menaçait. D'un conseil, pas de deux. Avec Toni, c'était moins douloureux que la nuit dernière, mais tout aussi humiliant. J'eus envie de lui tirer une balle dans le ventre, là sous la table. Juste pour calmer ma haine. Mais je n'allais pas buter ma seule piste. Et de toute façon, je n'avais pas d'arme sur moi. J'emportais rarement mon arme de service. Il finit sa mauresque, comme si de rien n'était, et se leva. Il me jeta un regard à faire peur. Je le pris pour argent comptant. Ce type était un vrai tueur. Peut-être qu'il devenait nécessaire que je me balade armé.

Toni s'appelait Antoine Pirelli. Il habitait rue Clovis-Hugues. À la Belle-de-Mai, derrière la gare Saint-Charles. Historiquement, le plus vieux quartier populaire de Marseille. Un quartier ouvrier, rouge. Autour du boulevard de la Révolution, chaque nom de rue salue un héros du socialisme français. Le quartier avait enfanté des syndicalistes purs et durs, des militants communistes par milliers. Et de belles brochettes de truands. Francis le Belge était un enfant du quartier. Aujourd'hui, ici, on votait presque à égalité pour les communistes et le Front national.

À peine rentré au bureau, j'étais allé vérifier l'immatriculation de sa Golf. Toni n'était pas fiché. Cela ne me surprit pas. S'il l'avait été, ce dont j'étais sûr, quelqu'un avait fait le ménage. Mon troisième homme avait un visage, un nom et une adresse. Tous risques courus, c'était une bonne journée.

J'allumai une cigarette. Je n'arrivais pas à quitter le bureau. Comme si quelque chose m'y retenait. Mais je ne savais quoi. Je repris le dossier Mourrabed. Je relus son interrogatoire. Cerutti l'avait complété. Mourrabed ne louait pas l'appartement. Il était au nom de Raoul Farge, depuis un an. Le loyer était payé en espèces tous les mois. Et régulièrement. Ce qui était inhabituel dans les cités. Cerutti trouvait ça anormal, mais il était arrivé trop tard pour trouver son dossier à l'Office d'HLM. Les bureaux fermaient à cinq heures. Il se proposait d'y aller demain matin.

Bon travail, je me dis. Par contre, c'était le bide complet côté dope. On n'avait rien trouvé dans l'appartement, ni dans la bagnole. Elle devait bien être quelque part. Pour une bagarre, même saignante, on ne pourrait pas obtenir la mise en examen de Mourrabed. On serait obligé de le relâcher.

C'est en levant les yeux que j'eus le déclic. Au mur, il y avait une vieille affiche. La route des vins en Bourgogne. Et dessous. Visitez nos caves. La cave ! Bordel de merde ! C'était certainement dans la cave que Mourrabed la planquait, cette putain de dope. J'appelai la fréquence radio. Je tombai sur Reiver, l'Antillais. Je croyais l'avoir mis en service de jour, celui-là. Cela m'irrita.

— T'es de nuit, toi !

— Je remplace Loubié. L'a trois mioches. Moi, suis célibataire. Pas même une nana qui m'attend. C'est plus juste comme ça. Non ?

— OK. Fonce cité Bassens. Tu te renseignes si les immeubles ont des caves. Je bouge pas.

— Y en a, il répondit.

— Comment tu sais ça ?

— Bassens, je connais.

Le téléphone sonna. C'était Ange, des Treize-Coins. Djamel était passé deux fois. Il revenait dans une quinzaine de minutes.

— Reiver, je dis. Reste dans le secteur. J'arrive. Dans une heure à tout casser.

Djamel était au comptoir. Une bière devant lui. Il portait un tee-shirt rouge avec l'inscription « Charly pizza » en noir.

— T'avais disparu, je lui dis en m'approchant.

— Je bosse pour Charly. De la place Noailles. J'livre des pizzas. (Du pouce, il montra la mobylette garée sur le trottoir.) J'ai une nouvelle mob ! Choucarde, non ?

— C'est bien, je dis.

— Ouais. C'est cool et ça fait un peu d'thune.

— Tu me cherchais l'autre soir ?

— J'ai un truc, qu'ça va vous intéresser. Le type qui z'ont dessoudé dans l'passage, ben, il était pas chargé. Le flingue, y z'y ont collé après.

Ça me sonna. Si fort, que mon estomac se raidit. Je sentis la douleur réapparaître au fond du ventre. J'avalai le pastis qu'Ange m'avait servi d'autorité.

— D'où tu tiens ça ?

— La mèr'd'un copain. Y z'habitent au-d'ssus du passage. Elle étendait le linge. Elle a tout vu. Mais elle mouftera que dalle, la mèr'. Vos copains y sont passés. Papiers et tout le bordel. La peur qu'elle a. Ce qu'j'vous dis, c'est net.

Il regarda l'heure mais il ne bougea pas. Il attendait. Je lui devais quelque chose et il ne partirait pas avant. Même pour gagner quelques thunes.

— Ce type, tu sais, il s'appelait Ugo. C'était mon ami. Un ami d'avant. De quand j'avais ton âge.

Djamel opina. Il enregistrait et il fallait que, dans sa tête, ça se place quelque part.

— Ouais. Du temps des conn'ries, vous v'lez dire.

— C'est ça, oui.

Il enregistra à nouveau, en pinçant les lèvres. Pour lui, qu'ils aient fait la peau à Ugo comme ça, c'était dégueulasse. Ugo méritait justice. J'étais la justice. Mais dans la tête de Djamel justice et flic, ça ne collait pas vraiment. J'étais peut-être le copain d'Ugo, mais j'étais aussi un flic, et il avait du mal à l'oublier. Il avait fait un pas vers moi, pas deux. Nous étions encore loin de la confiance.

— M'a paru sympa, votr'copain. (Il regarda à nouveau l'heure, puis moi.) Y a encore une chose. Hier, que vous me cherchez, deux types y vous filaient. Pas des keufs. Mes potes, y les ont chouffés.

— Ils avaient une moto ?

Djamel secoua la tête.

— Pas l'genre. Des Ritals, qui s'la jouent touristes.

— Des Ritals ?

— Ouais. Y causaient comme ça entre eux.

Il finit sa bière et partit. Ange me resservit un pastis. Je le bus en essayant de ne penser à rien.

Cerutti m'attendait au bureau. On n'avait pas pu joindre Pérol. Dommage. J'étais sûr qu'on allait toucher le gros lot ce soir. On sortit Mourrabed du trou et, menottes aux poignets, toujours en caleçon à fleurs, on l'embarqua avec nous. Il n'arrêtait pas de gueuler, comme si on l'emmenait pour l'égorger dans un coin. Cerutti lui dit de la fermer, sinon il serait obligé de lui tirer des baffes.

On fit le trajet en silence. Auch était-il au courant du maquillage ? J'étais arrivé avant lui sur les lieux. Son équipe était là. Enfin presque. Morvan, Cayrol, Sandoz et Mériel. Eux, oui. Une bavure. Ce genre de chose arrivait quelquefois. Une bavure ? Et si ce n'en était pas une ? Armé ou pas, auraient-ils tiré sur Ugo ? S'ils l'avaient suivi dans sa virée chez Zucca, ils devaient supposer qu'il était encore armé.

— Putain ! fit Cerutti. Y a le comité d'accueil !

Devant l'immeuble, une vingtaine de gosses entourait la voiture de Reiver. Toutes ethnies confondues. Reiver était appuyé contre la voiture, les bras croisés. Les mômes tournaient autour, comme des Apaches. Au rythme de Khaled. Le son au maxi. Certains avaient le nez collé à la vitre, pour voir la gueule du coéquipier de Reiver, resté à l'intérieur. Prêt à appeler à l'aide. Reiver, ça n'avait pas l'air de l'inquiéter.

Le soir, qu'on tourne dans les rues, les mômes, ils s'en foutent. Mais qu'on vienne dans la cité, ça les défrise. Surtout en été. Le trottoir, c'est le lieu le plus sympa du coin. Ils causent, ils draguent. Ça fait un peu de bruit, mais pas beaucoup de mal. On s'approcha lentement. J'espérais que c'était des gosses de la cité. On pouvait quand même parler. Cerutti se gara derrière la voiture de Reiver. Quelques gosses s'écartèrent. Comme des mouches, ils vinrent se coller à notre voiture. Je me tournai vers Mourrabed :

— Toi, tu nous fais pas d'incitation à l'émeute ! OK ?

Je descendis et allai vers Reiver. L'air nonchalant.

— Ça va ? je dis, sans m'occuper des gosses autour de nous.

— C'est cool. Pas encore demain qu'y vont me prendre la tête. J'ai averti, le premier qui touche aux pneus, j'les lui fais bouffer. Pas vrai, mec ? dit-il en s'adressant à un grand black maigre, un bonnet rasta vissé sur les oreilles, qui nous observait.

Il ne trouva pas utile de répondre.

— Bon, je dis à Reiver, on y va.

— Cave N488. Y a l'gardien qu'attend. Moi je reste là. J'préfère écouter Khaled. J'aime bien. Il me surprenait, Reiver. Il foutait à terre mes statistiques sur les Antillais. Il dut le deviner. Il désigna un immeuble, en contrebas. J'suis né là, tu vois. J'suis chez moi, ici.

On sortit Mourrabed. Cerutti lui prit le bras pour le faire avancer. Le grand black s'approcha.

— Pourquoi y t'ont pécho, les keufs ? dit-il à Mourrabed, nous ignorant ostensiblement.

— À cause d'un pédé.

Six mômes barraient l'entrée de l'immeuble.

— Le pédé, c'est un détail, que je dis. Là, on vient visiter sa cave. Doit y avoir de quoi shooter toute la cité. T'aimes peut-être ça. Nous pas. Pas du tout. Si on trouve rien, on le relâche demain.

Le grand black fit un signe de tête. Les gosses s'écartèrent.

— On t'suit, il dit à Mourrabed.

La cave était un immense foutoir. Caisses, cartons, fringues, pièces détachées de mobylettes.

— Tu nous dis, ou on cherche ?

Mourrabed haussa les épaules, l'air las.

— Y a rien. V'trouverez rien.

C'était dit sans conviction. Il ne frimait plus. Pour une fois. Cerutti et les trois autres commencèrent à fouiller. Dans le couloir, ça se bousculait. Les mômes. Des adultes aussi. Tout le bâtiment rappliquait. Régulièrement, la lumière s'éteignait et quelqu'un appuyait sur la minuterie. On avait vraiment intérêt à mettre la main sur le magot.

— Y a pas de dope, dit Mourrabed. (Il était devenu très nerveux. Ses épaules s'étaient affaissées, et il baissait la tête.) Elle est pas là.

L'équipe s'arrêta de fouiller. Je regardai Mourrabed.

— Elle est pas là, il dit en reprenant un peu d'aplomb.

— Et elle est où, dit Cerutti en s'approchant.

— Là-haut. La colonne du gaz.

— On y va ? demanda Cerutti.

— Fouillez encore, je dis.

Mourrabed craqua.

— Putain ! Mais y a rien, que j'te dis. C'est là-haut. J'vous montre.

— Ici, il y a quoi ?

— Ça ! fit Béraud en montrant une mitraillette Thompson. Il venait d'ouvrir une caisse. Un vrai arsenal. Flingues en tous genres. Munitions pour tenir un siège. Pour un gros lot, c'en était un, avec la super-cagnotte.

En descendant de voiture, je vérifiai que personne ne m'attendait avec un gant de boxe. Mais je n'y croyais pas vraiment. On m'avait filé une bonne leçon. Les emmerdements sérieux seraient pour plus tard. Si je ne me conformais pas aux conseils donnés.

On avait remis Mourrabed au frais. Un petit kilo d'héroïne, en sachets. Du shit pour voir venir. Et douze mille francs. De quoi le faire plonger quelque temps. La possession d'armes compliquerait durement son cas. D'autant que j'avais ma petite idée sur leur utilisation future. Mourrabed n'avait plus desserré les dents. Il s'était contenté de réclamer son avocat. À toutes nos questions, il répondait par un haussement d'épaules. Mais sans faire le fiérot. Il était coincé, gravement. Il se demandait si on arriverait à le tirer de là. On, c'était ceux qui se servaient de la cave pour entreposer les armes. Ceux qui le fournissaient en dope. Et qui étaient peut-être les mêmes.

Quand j'ouvris la porte, la première chose que j'entendis, c'est le rire d'Honorine. Un rire heureux. Puis son bel accent :

— Vé, y doit me faire cocu au paradis ! J'ai encore gagné !

Elles étaient là, toutes les trois. Honorine, Marie-Lou et Babette jouaient au rami sur la terrasse. En fond musical, Petrucciani. *Estate*. Un de ses premiers disques. Ce n'était pas le meilleur. D'autres avaient suivi, plus maîtrisés. Mais celui-là charriait des tonnes d'émotion à l'état brut. Je ne l'avais plus écouté depuis que Rosa était partie.

— Je vous dérange pas, j'espère, dis-je en m'approchant, un peu contrarié.

— Coquin de sort ! Vé ! C'est ma troisième partie, dit Honorine, visiblement excitée.

Je posai un bisou sur chacune des joues, attrapai la bouteille de Lagavulin sur la table, entre Marie-Lou et Babette, et partis à la recherche d'un verre.

— Y a des poivrons farcis, dans la cocotte, lança Honorine. Vous les faites réchauffer, mais lentement. Bon, tu distribues, Babette.

Je souris. Il y a encore quelques jours, cette maison était la maison d'un célibataire, et maintenant trois femmes y faisaient un rami, à minuit moins dix ! Tout était rangé. Le repas prêt. La vaisselle faite. Sur la terrasse, une lessive séchait. Le rêve de tout homme était devant moi : une mère, une sœur, une prostituée !

Je les entendis glousser dans mon dos. Une douce complicité semblait les unir. Ma mauvaise humeur disparut aussi vite qu'elle était venue. J'étais heureux de les voir là. Je les aimais bien, toutes les trois. Dommage qu'à elles trois, elles ne fassent pas une femme unique, que j'aurais aimée.

— Tu joues ? me dit Marie-Lou.

10

Où le regard de l'autre est une arme de mort

Honorine avait une manière incomparable de faire des poivrons farcis. À la roumaine, disait-elle. Elle remplissait les poivrons d'une farce de riz, de chair à saucisse et d'un peu de viande de bœuf, bien salée et poivrée, puis elle les déposait dans une cocotte en terre cuite et elle recouvrait d'eau. Elle rajoutait coulis de tomate, thym, laurier et sarriette. Elle laissait cuire à tout petit feu, sans couvrir. Le goût était merveilleux, surtout si, au dernier moment, on versait dessus une cuillerée de crème fraîche.

Je mangeai en les regardant jouer au rami. À 51. Lorsqu'on a cinquante et un points dans son jeu, en tierce, cinquante, cent ou carré, on pose les cartes sur la table. Si un autre joueur a déjà « descendu », on peut rajouter à son jeu les cartes qui lui manquent, qui suivent ou précèdent sa tierce ou son cinquante. On peut également lui prendre son rami, le joker, qu'il a pu poser pour remplacer une carte manquante. Le gagnant est celui qui arrive à se débarrasser de toutes ses cartes.

C'est un jeu simple. Il nécessite cependant pas mal d'attention, si l'on veut gagner. Marie-Lou misait sur le hasard et elle perdait. Le combat était entre Honorine et Babette. L'une et l'autre surveillaient les cartes dont chacune se défaussait. Mais Honorine avait des après-midi d'expérience de rami et, même si elle faisait l'étonnée quand elle remportait une partie, je la donnais gagnante. Elle jouait pour gagner.

À un moment, mon regard se perdit sur le linge qui séchait. Au milieu de mes chemises, slips et chaussettes, une culotte et un soutien-gorge blancs. Je regardai Marie-Lou. Elle avait enfilé un de mes tee-shirts. Ses seins pointaient sous le coton. Mes yeux remontèrent le long de ses jambes, de ses cuisses. Jusqu'à ses fesses. Je me mis à bander, en réalisant qu'elle était nue sous le tee-shirt. Marie-Lou surprit mon regard et devina mes pensées. Elle me décocha un sourire adorable, me fit un clin d'œil et, un peu gênée, croisa ses jambes.

Il s'ensuivit des échanges de regards. De Babette à Marie-Lou. De Babette à moi. De moi à Babette. D'Honorine à Babette, puis à Marie-Lou. Je me sentis mal à l'aise et me levai pour aller prendre une douche. Sous l'eau, je bandais encore.

Honorine partit vers minuit et demi. Elle avait remporté cinq parties. Babette quatre. Marie-Lou une. En m'embrassant, elle se demanda sans doute ce que j'allais bien pouvoir faire de deux femmes chez moi.

Marie-Lou annonça qu'elle allait prendre un bain. Je ne pus m'empêcher de la suivre des yeux.

— Elle est vraiment très belle, dit Babette avec un léger sourire.

Je hochai la tête.

— Toi aussi.

Et c'était vrai. Elle avait tiré ses cheveux en queue de cheval. Ses yeux paraissaient immenses, et sa bouche plus grande. Malgré ses quarante ans, elle pouvait sans honte s'aligner devant des flopées de minettes. Même Marie-Lou. Elle était jeune. Sa beauté était évidente, immédiate. Celle de Babette irradiante. Le bonheur de vivre préserve, pensai-je.

— Laisse tomber, dit-elle en pointant légèrement sa langue vers moi.

— Elle t'a dit ?

— On a eu le temps de faire connaissance. Ça change rien. Elle a la tête bien sur les épaules, cette fille. Tu vas l'aider à se libérer de son mac ?

— C'est ce qu'elle t'a dit ?

— Elle a rien dit du tout. C'est moi qui te pose la question.

— Il y aura toujours un mac. Sauf si elle veut décrocher. Si elle en a l'envie. Et le courage. Pas si simple, tu sais. Les filles sont durement tenues. (Je débitais des banalités. Marie-Lou était une prostituée. Elle avait débarqué chez moi. Parce qu'elle était paumée. Parce que je n'étais pas bargeot. Parce que je représentais la sécurité. Je ne voyais pas plus loin. Pas plus loin que demain, et c'était déjà beaucoup.) Faut que je trouve où la crécher. Elle peut pas rester ici. C'est plus très sûr, chez moi.

L'air était doux. Comme une caresse salée. Mon regard se perdit au loin. Le clapotis des vagues parlait de bonheur. J'essayais d'éloigner les menaces qui pesaient. J'étais entré à deux pieds dans des zones dangereuses. Ce qui les rendait encore plus dangereuses, c'est que j'ignorais d'où arriveraient les coups.

— Je sais, dit Babette.

— Tu sais tout, répondis-je un rien énervé.

— Non, pas tout. Juste ce qu'il faut pour être inquiète.

— C'est gentil. Pardonne-moi.

— Pour Marie-Lou, c'est juste pour ça ?

Cela me gênait, cette discussion. Je devins agressif. Malgré moi.

— Tu veux savoir quoi ? Si je suis amoureux d'une prostituée ? C'est un fantasme qu'ont tous les hommes. Aimer une pute. L'arracher à son mac. Être son mac. L'avoir rien que pour soi. Femme objet... (La lassitude me gagna. Le sentiment d'être au bout du rouleau. De tous les rouleaux.)

Je sais pas où elle est, la femme de ma vie. Peut-être qu'elle existe pas.

— Chez moi, c'est qu'un studio. Tu connais.

— T'inquiète. Je trouverai.

Babette sortit de son sac une enveloppe, l'ouvrit et me tendit une photo.

— C'est pour te montrer ça que je suis venue.

Plusieurs hommes autour d'une table, dans un restaurant. J'en connaissais un. Morvan. J'avalai ma salive.

— Celui qui est à droite, c'est Joseph Poli. Bourré d'ambition. Il se pose en successeur de Zucca. Les tueurs de l'Opéra, c'est certainement lui. C'est un ami de Jacky le Mat. Il a participé au casse de Saint-Paul-de-Vence, en 81. (Je me souvenais. Sept millions de bijoux volés. Après son interpellation, le Mat avait été remis en liberté. Le principal témoin s'étant rétracté.) Debout, poursuivit Babette, son frère. Émile. Spécialisé dans le racket, les machines à sous et les discothèques. Un teigneux sous ses airs bonasses.

— Ils arrosent Morvan ?

— Celui qui est à gauche, c'est Luc Wepler, continua-t-elle sans prêter cas à ma question. Dangereux.

Son portrait me fit froid dans le dos. Né en Algérie, Wepler s'engagea très jeune dans les paras et devint vite membre actif de l'OAS. En 65, on le retrouve dans le service d'ordre de Tixier-Vignancourt. Le piteux succès électoral de l'avocat le détourne de l'activisme officiel. Il en reprend chez les paras. Puis comme mercenaire en Rhodésie, aux Comores, au Tchad. En 74, il est au Cambodge. Parmi les conseillers militaires des Américains contre les Khmers rouges. Puis il enchaîne : Angola, Afrique du Sud, Bénin, Liban avec les phalanges de Béchir Jemayel.

— Intéressant, dis-je en imaginant un face à face avec lui.

— Depuis 90, il milite au Front national. En habitué des commandos, il travaille dans l'ombre. Peu de personnes le connaissent à Marseille. D'un côté, y a les sympathisants, que les idées radicales du Front national ont séduits. Des victimes de la crise économique. Des chômeurs. Des déçus du socialisme, du communisme. De l'autre, les militants. Wepler s'occupe d'eux. Des plus déterminés. Ceux qui viennent de l'Œuvre française, du GUD ou du Front de lutte anticommuniste. Ils les organisent en cellules d'action. Des hommes prêts à la bagarre. Il a la réputation de bien former les jeunes. Je veux dire qu'avec lui, ça passe ou ça casse.

Je ne lâchais pas la photo des yeux. J'étais comme hypnotisé par le regard bleu, électrique, glacial de Wepler. J'en avais côtoyé des comme lui à Djibouti. Des spécialistes de la mort froide. Des putains de l'impérialisme. Ses enfants perdus. Lâchés dans le monde, avec cette haine d'avoir été « les cornards de l'Histoire », comme l'avait dit un jour Garel, mon adjudant-chef. Puis j'en découvris un autre, que je connaissais. À l'arrière-fond, à droite. À une autre table. Toni. Le beau Toni.

— Celui-là, tu le connais ?

— Non.

— J'ai fait sa connaissance ce soir.

Je lui racontai comment et pourquoi je l'avais rencontré. Elle fit la grimace.

— Mauvais. La photo a été prise lors d'un repas des plus enragés. En dehors même du cercle des militants du Front national.

— Tu veux dire que les frères Poli ont viré fascistes ?

Elle haussa les épaules.

— Ils bouffent ensemble. Ils rigolent ensemble. Ils chantent des trucs nazis. Comme à Paris, tu sais, chez Jenny. Ça prouve rien. Ce qui est sûr, c'est qu'ils doivent faire affaire. Les frères Poli doivent y trouver leur compte. Sinon, je vois pas pourquoi ils s'emmerderaient avec eux. Mais il y a un lien. Morvan. Wepler l'a formé. En Algérie. 1er régiment de chasseurs parachutistes. Après 68, Morvan milite au Front de lutte anticommuniste où il devient responsable du Groupe

Action. C'est à cette époque qu'il retrouve Wepler et qu'ils deviennent vraiment potes... (Elle me regarda, sourit et ajouta sûre de son effet :) Et qu'il épouse la sœur des frères Poli.

Je sifflai entre mes dents.

— T'as encore beaucoup de surprises comme ça ?

— Batisti.

Il était au premier plan sur la photo. Mais de dos. Je n'y avais pas porté cas.

— Batisti, répétai-je bêtement. Bien sûr. Il trempe là-dedans lui aussi ?

— Simone, sa fille, c'est la femme d'Émile Poli.

— La famille, hein ?

— La famille et les autres. La Mafia, c'est ça. Guérini, c'était ça aussi. Zucca, il avait épousé une cousine de Volgro, le Napolitain. Ici, c'est quand il n'y a plus eu de famille que tout a pété. Zucca l'avait compris. Il s'était rallié à une famille.

— *Nuova famiglia,* dis-je avec un sourire amer. Nouvelle famille et vieilles saloperies.

Marie-Lou revint, son corps enroulé dans une grande serviette éponge. Nous l'avions presque oubliée. Son apparition était une bouffée d'air frais. Elle nous regarda comme des conspirateurs, puis alluma une cigarette, nous servit de larges doses de Lagavulin et repartit à l'intérieur. Peu après, on entendit le bandonéon d'Astor Piazzolla, puis le saxophone de Jerry Mulligan. Une des plus belles rencontres musicales de ces quinze dernières années. *Buenos Aires, Twenty Years After.*

Les pièces d'un puzzle étaient éparses devant moi. Il n'y avait plus qu'à les assembler. Ugo, Zucca avec Morvan. Al Dakhil, ses gardes du corps et les deux tueurs avec Morvan et Toni. Leila avec Toni et les deux tueurs. Mais tout cela ne s'emboîtait pas. Et où placer Batisti ?

— Qui c'est celui-là ? demandai-je en montrant sur la

photo un homme, très distingué, assis à droite de Joseph Poli.

— Je sais pas.

— C'est où, ce restaurant ?

— L'auberge des Restanques. À la sortie d'Aix, en allant sur Vauvenargues.

Les clignotants s'allumèrent instantanément dans ma tête. De renseignements sur Ugo, je zappais sur Leila.

— Leila. Son corps, on l'a retrouvé pas loin de là.

— Qu'est-ce qu'elle a à voir là-dedans ?

— C'est ce que je me demande.

— Tu crois aux coïncidences ?

— Je crois à rien.

J'avais accompagné Babette jusqu'à sa voiture, après m'être assuré qu'il n'y avait pas de danger immédiat dans la rue. Personne n'avait démarré derrière elle. Ni voiture, ni moto. J'avais attendu encore quelques minutes dehors. J'étais rentré, rassuré.

— Fais gaffe à toi, avait-elle dit.

Sa main avait caressé ma nuque. Je l'avais serrée contre moi.

— Je peux plus reculer, Babette. Je sais pas où ça va me conduire. Mais j'y vais. J'ai jamais eu de but dans ma vie. J'en ai un. Il vaut ce qu'il vaut, mais il me va.

J'avais aimé la lumière de ses yeux quand elle se détacha de moi.

— Le seul but, c'est de vivre.

— C'est bien ce que je dis.

Il me fallait maintenant faire face à Marie-Lou. J'avais espéré que Babette reste. Elles auraient pu dormir dans mon lit, moi sur le canapé. Mais Babette m'avait répondu que j'étais suffisamment grand pour dormir sur un canapé, même en son absence.

Marie-Lou tenait la photo dans ses mains.

— C'est qui, ces mecs ?

— Du beau linge sale ! Chaud, si tu veux savoir.

— Tu t'occupes d'eux ?

— Ça se pourrait.

Je lui pris la photo des mains et la regardai une nouvelle fois. Elle avait été prise il y a trois mois. Les Restanques, ce soir-là, un dimanche, était habituellement fermé. Babette avait eu la photo par un journaliste du *Méridional*, invité à la fête. Elle allait essayer d'en savoir plus sur les participants et, surtout, sur ce que mijotaient ensemble les frères Poli, Morvan et Wepler.

Marie-Lou s'était assise sur le canapé, les jambes repliées sous les genoux. Elle leva les yeux sur moi. La marque des coups s'estompait.

— Tu veux que je parte, c'est ça ?

Je lui montrai la bouteille de Lagavulin. Elle hocha la tête. Je remplis les verres et lui en tendis un.

— Je peux pas tout t'expliquer. Je suis dans une sale affaire, Marie-Lou. Tu l'as compris, hier soir. Les choses vont se compliquer. Ici, ça va devenir dangereux. C'est pas des tendres, dis-je encore en pensant aux gueules de Morvan et de Wepler.

Elle ne cessait de me regarder. Je la désirais très fort. J'avais envie de me jeter sur elle et de la prendre, comme ça, par terre. C'était la manière la plus simple pour éviter de parler. Je ne pensais pas que c'est ce qu'elle désirait, que je me jette sur elle. Je ne bougeai pas.

— Ça, j'ai compris. Je suis quoi, pour toi ?

— Une pute... Que j'aime bien.

— Salaud !

Elle lança son verre dans ma direction. Je l'avais pressenti et je l'esquivai. Le verre se brisa sur le carrelage. Marie-Lou ne bougea pas.

— Tu veux un autre verre ?

— Oui, s'il te plaît.

Je la resservis, et m'assis près d'elle. Le plus dur était passé.

— Tu veux quitter ton mac ?

— Je sais rien faire d'autre.

— J'aimerais que tu fasses autre chose.

— Ah, oui. Et quoi ? Caissière chez Prisu, c'est ça ?

— Pourquoi pas ? La fille de mon équipier, elle fait ça. Elle a ton âge, ou guère mieux.

— Tu parles d'un enfer !

— Te faire sauter, par des types que tu connais pas, c'est mieux ?

Elle resta silencieuse. À regarder le fond de son verre. Comme l'autre soir quand je l'avais retrouvée chez O'Stop.

— T'y pensais déjà ?

— Je fais plus le chiffre, depuis quelque temps. J'y arrive plus. À m'enfiler tous ces mecs. D'où la raclée.

— Je croyais que c'était à cause de moi.

— Toi, t'as été le prétexte.

Le jour se levait quand on cessa de parler. L'histoire de Marie-Lou, c'était celle de toutes les Marie-Lou du monde. À la virgule près. À commencer par le viol par le papa, chômeur, pendant que maman fait les ménages pour nourrir la famille. Les frères qui s'en foutent, parce que t'es qu'une fille. Sauf s'ils te voient frayer avec un Blanc ou, pire, avec un beur. Les claques qui pleuvent, pour un oui pour un rien. Parce que les claques c'est les carambars du pauvre.

Marie-Lou avait fugué à dix-sept ans, un soir en sortant du lycée. Seule. Son petit copain de classe s'était dégonflé. Ciao, le Pierrot. Et adieu La Garenne-Colombes. Direction le Sud. Le premier camionneur descendait vers Rome.

— C'est au retour, qu'j'ai compris. Qu'je finirais pute. Y m'a larguée à Lyon, avec cinq cents balles. Y avait sa femme et ses gamins qui l'attendaient. Y m'avait baisée pour plus que ça, mais bon, j'avais bien aimé ! Et l'aurait pu me jeter sans un. C'était le premier, ça pas été le pire.

« Tous les mecs qu'j'ai rencontrés après, ils pensaient qu'à ça aussi, tirer leur coup. Ça durait une semaine. Dans leur petite tronche, j'étais trop belle pour faire une femme honnête. Ça doit leur faire peur, quelque part, qu'j'sois baisable. Un bon coup. Ou bien y voyaient en moi la pute qu'j'allais être. Qu'est-ce tu crois, toi ?

— Je crois que le regard des autres est une arme de mort.

— Tu parles bien, dit-elle d'un air las. Mais t'aimerais pas une fille comme moi, hein ?

— Celles que j'ai aimées sont parties.

— Moi, je pourrais rester. J'ai rien à perdre.

Ses paroles me bouleversaient. Elle était sincère. Elle se livrait. Et elle se donnait, Marie-Lou.

— Je supporterais pas d'être aimé par une femme qui n'a rien à perdre. Aimer, c'est ça, cette possibilité de perdre.

— T'es un peu malade. Fabio. T'es pas heureux, toi, hein ?

— Je m'en vante pas !

Cela me fit rire. Pas elle. Elle me regarda, et je crus voir dans ses yeux de la tristesse. Je ne sus si c'était pour elle ou pour moi. Ses lèvres se collèrent aux miennes. Elle sentait l'huile de cajou.

— Je vais me coucher, dit-elle. C'est mieux, non ?

— C'est mieux, m'entendis-je répéter, en pensant qu'il était trop tard pour lui sauter dessus. Et cela me fit sourire.

— Tu sais, fit-elle en se levant, sur la photo, j'en connais un, des mecs. (Elle ramassa la photo par terre et mit son doigt sur un homme, assis à côté de Toni.) C'est mon mac. Raoul Farge.

— Nom de Dieu !

Le meilleur des canapés est toujours inconfortable. On n'y dort que par contrainte. Parce que quelqu'un d'autre occupe votre lit. Je n'avais pas dormi sur le mien depuis la dernière nuit que Rosa avait passée ici.

Nous avions parlé et bu jusqu'à l'aube, avec l'espoir de nous sauver une nouvelle fois. Ce n'était pas notre amour qui était en cause. C'était elle et c'était moi. Moi plus qu'elle. Je refusais de satisfaire son vrai désir : avoir un enfant. Je n'avais aucun argument logique à lui donner. J'étais seulement prisonnier de ma vie.

Clara, la seule femme que j'avais engrossée, involontairement il est vrai, avait avorté, sans me le dire. Je n'étais pas un type fiable, m'avait-elle balancé. Après. Pour expliquer sa décision. Je portais trop d'attention aux femmes. Je les aimais trop. J'étais infidèle rien que dans un regard. On ne pouvait me faire confiance. J'étais un amant. Je ne serais jamais un mari. Encore moins un père. Cela avait mis fin à notre histoire, évidemment. Dans ma tête, j'avais tué le père qui ne faisait pourtant que la sieste.

Rosa, je l'aimais. Un visage d'ange qu'encadrait un flot de cheveux bouclés, d'un châtain presque roux. Elle avait un sourire désarmant, magnifique, mais presque toujours un peu triste. C'est ce qui m'avait d'abord séduit, son sourire. Aujourd'hui, je pouvais penser à elle sans avoir mal. Elle m'était devenue non pas indifférente, mais irréelle. Cela m'avait pris du temps pour me déshabituer d'elle. De son corps. Quand nous étions ensemble, il me suffisait de fermer les yeux pour la désirer. Des images d'elle n'avaient cessé de me hanter. Souvent, je me demandais si ce désir renaîtrait, si elle réapparaissait, comme ça, sans avertir. Je n'en savais toujours rien.

Oui, je savais. Depuis que j'avais couché avec Lole. On ne pouvait se remettre d'avoir aimé Lole. Ce n'était pas une question de beauté. Rosa avait un corps superbe, tout en formes, subtilement dessiné. Tout en elle était sensuel. Le moindre geste. Lole, elle, était plus mince, plus longiligne. Aérienne, jusque dans sa démarche. Elle faisait songer à la Gradiva des fresques de Pompéi. Elle marchait en frôlant le sol, sans le toucher. L'aimer, c'était se laisser emporter par ses voyages. Elle transportait. Et, quand on jouissait, on n'avait pas l'impression d'avoir perdu quelque chose, mais d'avoir *trouvé.*

C'est ce que j'avais ressenti, même si, dans les instants qui avaient suivi, j'avais tout gâché. Un soir, aux Goudes, Manu lâcha : « Putain, pourquoi quand on jouit, qu'ça dure pas ! » Nous n'avions su quoi répondre. Avec Lole, il y avait un après au plaisir.

Depuis, je vivais dans cet après. Je n'avais qu'un désir, la retrouver, la revoir. Même si depuis trois mois je refusais de l'admettre. Même si j'étais sans illusion. Sur mon corps brûlaient encore ses doigts. Sur ma joue la honte était toujours vivace. Après Lole, je n'avais pu trouver que Marie-Lou. Je jouissais avec elle comme on se perd. Par désespoir. On finit chez les putes par désespoir. Mais Marie-Lou méritait mieux.

Je changeai de position. Avec le sentiment que je n'arriverais pas à dormir. Le désir, intact, de retrouver Lole. L'envie, refoulée, de coucher avec Marie-Lou. Que venait donc faire son mac dans cette histoire ? La mort de Leila était comme une pierre jetée dans l'eau. Des ronds se dessinaient tout autour, où gravitaient des flics, des truands, des fascistes. Et maintenant Raoul Farge, qui entreposait dans la cave de Mourrabed assez de matériel pour prendre d'assaut la Banque de France.

Merde ! À quoi étaient destinées toutes ces armes ? Une idée intéressante me traversa l'esprit, mais la dernière gorgée de Lagavulin eut raison de mes réflexions. Je n'eus pas le temps de regarder l'heure. Quand le réveil sonna, il me sembla ne pas avoir fermé l'œil.

Marie-Lou avait dû se battre toute la nuit contre des monstres. Les oreillers étaient en boule et les draps plissés d'avoir été trop étreints. Elle dormait au-dessus du drap, sur le ventre, la tête tournée. Je ne voyais pas son visage. Je ne voyais que son corps. J'étais un peu idiot avec les tasses de café et les croissants.

J'avais nagé une bonne demi-heure. Le temps de cracher toutes les cigarettes du monde et de sentir les muscles de mon corps se tendre à péter. Droit devant moi, au-delà de la digue. Sans plaisir. Avec violence. J'avais arrêté quand mon estomac se contracta. L'élancement me rappela les coups que j'avais reçus. Le souvenir de la douleur se mua en peur. Une peur panique. Une seconde, je crus que j'allais me noyer.

Ce n'est que sous la douche, au contact de l'eau tiède, que je retrouvai l'apaisement. J'avais avalé un jus d'orange, puis j'étais sorti acheter des croissants. J'avais fait une halte chez Fonfon, pour lire le journal en buvant un café. Malgré la pression de certains clients, on ne pouvait toujours y trouver que *Le Provençal* et *La Marseillaise*. Pas *Le Méridional*. Fonfon méritait mon assiduité.

Il y avait eu une rafle d'envergure, la nuit dernière. Menée par plusieurs brigades, dont celle d'Auch. Une rafle méthodique selon la règle des trois B. Bars, bordels, boîtes de nuit. Tous les lieux chauds y étaient passés : place d'Aix, cours Belzunce, place de l'Opéra, cours Julien, la Plaine et même place Thiars. Plus d'une soixantaine d'interpellations, exclusivement des Arabes en situation irrégulière. Quelques prostituées. Quelques voyous. Mais pas de truands notables. Même pas un petit truand de rien du tout. Les commissaires concernés s'étaient refusés à tout commentaire, mais le journaliste laissait entendre que ce type d'opération pourrait se reproduire. Il fallait assainir la vie nocturne marseillaise.

Pour qui savait lire entre les lignes, la situation était claire. Il n'y avait plus de chef connu dans la voyoucratie marseillaise. Zucca était mort et Al Dakhil l'avait rejoint au pays des salauds. La police occupait la place et la brigade d'Auch prenait ses marques. Il voulait savoir qui était maintenant son interlocuteur. Ma main à couper, me dis-je, que

Joseph Poli sera l'homme de la situation. Cela me fit frissonner. Son ascension reposait sur un groupe d'extrémistes. Un homme politique avait dû parier son avenir là-dessus. Ugo, j'en étais maintenant sûr, avait été l'instrument de la main du diable.

— Je ne dors pas, dit Marie-Lou au moment où je repartais avec café et croissants.

Elle tira le drap sur elle. Son visage était fatigué et je supposai qu'elle avait aussi mal dormi que moi. Je m'assis sur le bord du lit, posai le plateau à côté d'elle et l'embrassai sur le front.

— Ça va ?

— C'est gentil, dit-elle en regardant le plateau. C'est la première fois qu'on m'apporte le déjeuner au lit.

Je ne répondis pas. On prit notre café en silence. Je la regardai manger. Elle gardait la tête baissée. Je lui tendis une cigarette. Nos yeux se croisèrent. Les siens étaient tristes. Je mis dans mon regard toute la douceur possible.

— T'aurais dû me faire l'amour, c'te nuit. Ça m'aurait aidée.

— Je pouvais pas.

— J'ai besoin de savoir qu'tu m'aimes. Si j'veux m'en sortir. J'y arriverai pas, sinon.

— Tu y arriveras.

— Tu m'aimes pas, hein ?

— Oui, je t'aime.

— Alors, pourquoi qu'tu m'as pas baisée comme n'importe quelle nana ?

— Je pouvais pas.

— Tu peux pas quoi !

D'un geste vif, sa main se glissa entre mes cuisses. Elle attrapa mon sexe et le serra par-dessus la toile du pantalon. Elle serra fort. Ses yeux toujours plantés dans les miens.

— Arrête ! je dis sans bouger.

— Tu veux dire que « ça », tu peux pas ? (Elle lâcha mon sexe et sa main, toujours aussi rapide, m'attrapa les cheveux.) Ou c'est là que tu peux pas ? Dans la tête.

— Oui, c'est là. Faut plus que tu sois pute.

— J'ai arrêté, connard ! (Elle cria.) J'ai arrêté. Dans ma p'tite tête à moi. En venant chez toi. Chez toi ! T'y vois rien ! T'es aveugle ? Si toi, t'y vois que dalle, personne y verra rien. J'serai toujours une pute. (Ses bras s'enroulèrent autour de mon cou et elle se mit à chialer :) Aime-moi, Fabio. Aime-moi. Qu'une fois. Mais aime-moi comme n'importe qui.

Elle se tut. Mes lèvres sur sa bouche. Ma langue trouvait sur la sienne des mots qui ne seraient jamais dits. Le plateau valdingua. J'entendis les tasses se briser sur le carrelage. Je sentis ses ongles lacérer mon dos. Je faillis jouir en la pénétrant. Son sexe était aussi chaud que les larmes qui coulaient sur ses joues.

On fit l'amour comme si c'était la première fois. Avec pudeur. Avec passion. Et sans arrière-pensée. Ses cernes disparurent. Je me laissai tomber sur le côté. Elle me regarda un instant et faillit dire quelque chose. Au lieu de cela, elle me sourit. Son sourire était d'une telle tendresse que, moi non plus, je ne trouvai rien à dire. On resta ainsi, silencieux, les yeux ailleurs. Déjà à la recherche, chacun pour soi, d'un bonheur possible. Quand je la quittai, elle n'était plus une pute. Mais moi, je n'étais toujours qu'un putain de flic.

Et ce qui m'attendait, la porte franchie, cela ne faisait aucun doute, c'était la saloperie du monde.

11

Où les choses se font comme elles doivent se faire

À la gueule que tirait Pérol, des emmerdes étaient dans l'air. Mais j'étais prêt à affronter le pire.

— Le patron veut te voir.

Un événement ! Deux ans que mon directeur ne m'avait pas convoqué. Depuis l'émeute déclenchée par Kader et Driss. Varounian avait envoyé une lettre au *Méridional*. Il racontait sa vie, le harcèlement des Arabes sur son commerce, les vols permanents, et il relatait les événements, à sa manière. La loi, disait-il en conclusion, est celle des Arabes. La justice, c'est leur justice. La France capitule devant l'invasion, parce que la police est avec eux. Il terminait sa lettre par un des slogans du Front national : Aimez la France, ou quittez-la !

Bon, ça n'eut pas le retentissement de « J'accuse ». Mais le commissariat de secteur, qui n'avait jamais admis qu'on chasse sur ses terres, s'était fendu d'un rapport accablant sur ma brigade. J'étais particulièrement visé. Mon équipe assurait parfaitement la protection des lieux publics, chacun le reconnaissait. Mais on me reprochait de ne pas être assez ferme à l'intérieur des cités. De trop négocier avec les délinquants, surtout immigrés, et avec les Gitans. Suivait une liste de tous les cas où, en leur présence, j'avais passé la main.

J'eus droit au savon maison. Mon patron d'abord. Le Grand Chef ensuite. Ma mission n'était pas de comprendre, mais de réprimer. J'étais là pour faire régner l'ordre. La justice, c'était aux juges de l'appliquer. Dans l'affaire qui avait fait les honneurs du *Méridional*, j'avais failli à ma mission.

Le Grand Chef en était venu ensuite à ce qui, aux yeux de tous, était un crime de lèse-majesté policière : mes rencontres avec Serge, un animateur de rues. Serge, on fit connaissance, un soir, au commissariat. Il s'était fait embarquer avec une quinzaine de mômes sur le parking de la Simiane. Le truc habituel : K7 à fond, cris, rires, mobylettes qui pétaradent... Il était avec eux, à se taper des bières. Il n'avait même pas ses papiers sur lui, ce con !

Serge se marrait. Il avait une gueule d'adolescent un peu vieilli. Fringué comme eux. Chef de bande, qu'on lui avait dit. Il avait juste demandé où il pouvait aller avec les gosses, pour faire du bruit sans déranger personne. De la provocation, vu que tout autour ce n'était rien que cités et parkings. Les mômes, il est vrai, ce n'étaient pas que des enfants de chœur. Quatre-cinq s'étaient déjà fait gauler pour des vols à l'arraché et autres conneries.

— Ouais, qu'c'est nous qu'on va t'payer ta retraite ! Alors, écrase ! gueulait Malik à Babar, un des plus vieux flics du commissariat.

Malik, je le connaissais. Quinze ans, quatre vols de voitures à son actif. « Nous ne savons plus quoi en faire, avait déclaré le substitut du procureur. Toutes les solutions de placements ont échoué. » Quand on en avait fini avec lui, il revenait à la cité. C'était chez lui. Il s'était fait pote avec Serge. Parce que avec lui, merde, on peut discuter.

— Putain ! c'est vrai, quoi ! dit-il en me voyant. C'est nous qu'on paye.

— Écrase ! j'avais dit.

Babar n'était pas un mauvais bougre. Mais c'était la période où il devait « toper » un maximum, pour être dans les quotas d'arrestations. Une centaine par mois. Sinon, bonjour le budget et les effectifs.

Avec Serge, on sympathisa. Il était un peu trop « curé » pour que lui et moi on devienne amis, mais j'aimais bien son courage et son amour des gamins. Serge, il avait la foi. Un moral d'enfer. Un moral urbain, disait-il. On se retrouva ensuite régulièrement, au Moustiers, un café de l'Estaque, près de la plage. On bavardait. Il était en liaison avec les assistantes sociales. Il m'aidait à comprendre. Souvent, quand on coinçait un môme pour une connerie de merde, je l'appelais au commissariat, avant même les parents.

Serge fut muté après l'entrevue avec mes supérieurs. Mais peut-être la décision avait-elle été prise avant ? Serge adressa une lettre ouverte aux journaux. « Vue de coupe d'un volcan. » Une invite à comprendre la jeunesse des cités. « Sur cette braise que le moindre souffle peut raviver, concluait-il, pompiers et pyromanes se livrent désormais une course de vitesse. » Personne ne la publia. Les journalistes de faits divers préféraient garder de bonnes relations avec les flics. Ils les fournissaient en informations.

Serge, je ne l'avais plus revu. Je l'avais grillé. En collaborant avec lui. Flics, animateurs, assistantes sociales, c'est des boulots différents. Ça ne doit pas travailler ensemble. « On n'est pas des assistantes sociales ! avait hurlé le Grand Chef. La prévention, la dissuasion par la présence et le contact, l'îlotage même, c'est du pipeau ! Vous comprenez, Montale ! » J'avais compris. On préférait souffler sur les braises. Politiquement, ça payait mieux aujourd'hui. Mon patron avait écrasé. Le service passa avec armes et bagages dans les oubliettes de l'hôtel de police. Nous n'étions plus que le service de nettoyage des quartiers Nord.

Avec Mourrabed, j'étais sur mon terrain. Une banale histoire de bagarre entre un voyou et un pédé, ça ne passionnait personne. Mon rapport n'était pas encore rédigé, et donc la maison ignorait tout de notre virée d'hier soir. La drogue, les armes. Notre trésor de guerre. Les armes, j'en devinais la destination. Une note de service, banale, au milieu d'autres, m'était revenue à l'esprit. Elle faisait état de l'apparition de bandes armées dans les banlieues. Paris, Créteil, Rueil-Malmaison, Sartrouville, Vaulx-en-Velin... À chaque flambée de colère dans une cité, on voyait surgir ces commandos. Foulards sur le nez, blousons de cuir retourné. Armés. Je ne savais plus où, mais un CRS avait été abattu. L'arme, un colt 11.45, avait servi lors de l'exécution d'un restaurateur de Grenoble.

L'information n'avait pas dû échapper à mes collègues. Ni à Loubet, encore moins à Auch. Dès que j'aurais lâché le morceau, les autres brigades rappliqueraient et nous dessaisiraient de l'enquête. Comme d'habitude. J'avais décidé de retarder ce moment le plus possible. De passer sous silence l'épisode de la cave et, surtout, de ne rien dire de Raoul Farge. J'étais le seul à connaître ses liens avec Morvan et Toni.

Cerutti arriva avec des cafés. Je sortis un bout de papier sur lequel Marie-Lou avait griffonné le téléphone de Farge, et une adresse probable, chemin de Montolivet. Je le tendis à Cerutti.

— Tu vérifies si téléphone et adresse concordent. Et tu te pointes avec quelques gars. Tu devrais y trouver Farge. Doit pas être du genre à se lever tôt.

Ils me regardèrent ahuris.

— Où t'as eu ça ? demanda Pérol.

— Un de mes indics. Farge, je le veux ici, avant midi, dis-je à Cerutti. Vérifie s'il est fiché. Quand on aura sa déposition, on le confrontera à Mourrabed. Pérol, toi tu fais causer le connard sur la came, et les armes. Surtout les armes. Qui fournit et tout le tralala. Dis-lui qu'on a coffré Farge. Mets quelqu'un sur les armes. L'inventaire, pour midi également. Ah ! je veux aussi une liste de tous les flingues qui ont servi à des meurtres, sur les trois derniers mois. (Ils étaient de plus en plus sonnés.) C'est une course de vitesse, les mecs. On va bientôt avoir toute la maison dans le bureau. Alors fissa ! Bon, c'est pas que votre compagnie m'ennuie, mais Dieu m'attend !

J'étais en forme.

La justice de Dieu est aveugle, c'est bien connu. Le patron n'y alla pas par quatre chemins. Il cria « Entrez ! » Ce n'était pas une invitation, mais une injonction. Il ne se leva pas. Il ne me tendit pas la main, ni ne me dit même bonjour. J'étais debout, comme un mauvais élève.

— C'est quoi cette histoire de... Il regarda sa fiche : Mourrabed. Nacer Mourrabed.

— Une bagarre. Simple bagarre entre voyous.

— Et vous coffrez les gens pour ça ?

— Y a une plainte.

— Des plaintes, l'entresol en est plein. Il n'y a pas eu mort d'homme, que je sache. (Je secouai la tête.) Parce que je ne crois pas avoir encore lu votre rapport.

— Je le prépare.

Il regarda sa montre.

— Cela fait exactement vingt-six heures et quinze minutes que vous avez interpellé ce voyou, et vous me dites que votre rapport n'est toujours pas prêt ? Pour une simple bagarre ?

— Je voulais vérifier certaines choses. Mourrabed a des antécédents. C'est un récidiviste.

Il me regarda des pieds à la tête. Le mauvais élève. Le dernier de la classe. Ça ne m'impressionnait pas, son regard dédaigneux. Depuis la primaire, j'avais l'habitude. Bagarreur, grande gueule, insolent. Les engueulades et les sermons, seul, debout au milieu des autres, j'en avais eu mon comptant. Je soutins son regard, les mains dans les poches de mon jeans.

— Récidiviste. Je crois plutôt que vous vous acharnez

contre ce... (Il regarda encore sa fiche :) Nacer Mourrabed. C'est aussi l'avis de son avocat.

Il marquait un point. J'ignorais que l'avocat était déjà au parfum. Pérol le savait-il ? Il marqua un second point quand il demanda par l'interphone de faire entrer maître Éric Brunel.

Ce nom me dit vaguement quelque chose. Je n'eus pas le temps d'y réfléchir. L'homme qui s'avança dans le bureau, je l'avais vu en photo, pas plus tard que cette nuit, aux côtés des frères Poli, de Wepler et de Morvan. Mon cœur se mit à battre. La boucle était bouclée et j'étais vraiment dans le merdier. Total Khéops, disent les rappeurs d'IAM. Bordel immense. Je n'avais plus qu'à espérer que Pérol et Cerutti mettent les bouchées doubles. À moi de gagner du temps. Jusqu'à midi.

Le patron se leva et fit le tour de son bureau pour accueillir Éric Brunel. Il était aussi impeccable que sur la photo, dans un costard croisé en lin bleu marine. À croire que, dehors, la température n'avoisinait pas les 30 ou 35 degrés. Visiblement, il n'était pas homme à transpirer ! Le patron lui désigna un siège. Il ne me présenta pas. Ils avaient déjà dû évoquer mon cas.

J'étais toujours debout et, comme on ne me demandait rien, j'allumai une cigarette, et j'attendis. Ainsi qu'il lui en avait déjà fait part au téléphone, précisa Brunel, il trouvait pour le moins anormal que son client, arrêté hier matin pour bagarre, n'ait pas eu le droit - il insista sur le mot - d'appeler son avocat.

— La loi m'y autorise, répliquai-je.

— La loi ne vous autorise pas à vous acharner contre lui. Ce que vous faites. Depuis plusieurs mois.

— C'est un des plus gros dealers des quartiers Nord.

— Que vous dites ! Il n'y a pas la moindre trace de preuve contre lui. Vous l'avez déjà envoyé devant un juge. En vain. Ça vous a défrisé. Vous le poursuivez par orgueil.

Quant à votre soi-disant bagarre, j'ai fait ma petite enquête. Plusieurs témoins affirment que c'est le plaignant, un petit camé homosexuel, qui aurait agressé mon client à la sortie d'un bar.

Je sentais la plaidoirie arriver. Je voulus le couper.

— Continuez, maître, dit le patron, m'intimant le silence d'un signe de la main.

Je laissai la cendre de ma cigarette tomber par terre.

On eut droit à l'enfance malheureuse de son « client ». Brunel s'occupait de Mourrabed depuis moins d'un an. Des enfants comme lui méritaient une chance. Il défendait plusieurs « clients » dans son cas. Des Arabes, comme Mourrabed, et quelques autres avec des noms bien français. Les jurés en auraient les larmes aux yeux, c'était sûr.

Et la plaidoirie arriva :

— C'est à quatorze ans que mon client quitte l'appartement de son père. Il n'y a plus sa place. Il va vivre dans la rue. Très vite, il apprendra à se débrouiller seul, à ne compter que sur lui. À cogner aussi. À cogner dur pour survivre. Voilà dans quelle désespérance il va continuer à grandir.

À ce rythme-là, me dis-je, j'allais péter les plombs. J'allais me jeter sur Brunel et lui faire bouffer sa carte du Front national ! Mais l'heure tournait et, avec ses salades, je gagnais du temps. Brunel continuait. Il en était côté avenir. Travail, famille, patrie :

— Elle s'appelle Jocelyne. Elle est d'une cité, elle aussi. La Bricarde. Mais elle a une vraie famille. Son père est ouvrier aux cimenteries Lafarge. Sa mère, femme de service à l'hôpital Nord. Jocelyne a été une lycéenne studieuse, sage. Elle prépare un CAP de coiffure. C'est sa petite fiancée. Elle l'aime et elle l'aide. Elle sera la mère qu'il n'a pas connue. La femme dont il rêve. Ensemble, ils prendront un appartement. Ensemble, ils construiront un coin de paradis. Oui, monsieur ! dit-il en me voyant sourire.

Je n'avais pu m'en empêcher. C'était trop. Mourrabed en

pantoufles. Devant la télé. Avec trois mouflets sur les genoux. Mourrabed smicard bienheureux !

— Vous savez, dit Brunel, prenant mon patron à témoin, ce que ce jeune homme, ce délinquant, m'a raconté un jour ? Tu vois, m'a-t-il dit, plus tard, avec ma femme, on habitera un immeuble où, à l'entrée, il y aura une plaque en marbre, avec un « R » en lettre dorée. Le « R » de résidence, comme il y en a vers Saint-Tronc, Saint-Marcel et la Gavotte. Voilà son rêve.

Passer des quartiers Nord au quartier Est. Une fabuleuse ascension sociale !

— Je vais vous dire à quoi il rêve, Mourrabed, le coupai-je. Parce que, là, j'étais prêt à dégueuler. Il rêve casse, pognon. Il rêve grosse bagnole, costard et bagouse. Il rêve ce que vous représentez. Mais il n'a pas sa tchatche à vendre, comme vous. Rien que de la came. Fournie par des mecs aussi bien nippés que vous.

— Montale ! hurla le patron.

— Eh quoi ! criai-je à mon tour. Je sais pas où elle était sa petite fiancée, l'autre soir. Ce que je peux vous dire, c'est que lui il était en train de niquer une fugueuse de seize ans ! Après avoir éclaté la tête d'un type qui avait juste les cheveux un peu trop longs. Et pour faire bon poids, ils s'y sont mis à trois. Des fois que... l'homosexuel, comme vous dites, il sache se battre. J'ai rien, personnellement, contre Mourrabed, mais ça m'aurait pas déplu qu'il se fasse mettre par un pédé !

Et j'écrasai ma cigarette par terre.

Brunel était resté imperturbable. Un sourire discret sur les lèvres. Il m'enregistrait. Il voyait déjà ses potes m'allumer. Me faire bouffer la langue. Me faire exploser la tête. Il ajusta le nœud de sa cravate, pourtant impeccable, et se leva, l'air sincèrement contrit.

— Devant de tels propos, monsieur... (Mon patron se leva dans le même mouvement. Choqué, lui aussi, par mes paroles.) J'exige que mon client soit relâché immédiatement.

— Vous permettez, dis-je, en décrochant le téléphone du bureau. Une dernière vérification.

Il était midi sept. Pérol décrocha.

— C'est tout bon, il dit. Et il me raconta vite fait.

Je me retournai vers Brunel.

— Votre client va être inculpé, lui dis-je. Pour coups et blessures volontaires. Détournement de mineure. Recel de drogue et possession d'armes, dont une, au moins, a servi dans l'assassinat d'une jeune fille, Leila Laarbi. Une affaire dont s'occupe le commissaire Loubet. Un complice est actuellement interrogé. Raoul Farge. Un proxénète. J'espère que ce n'est pas un autre de vos clients, maître.

Je réussis à ne pas sourire.

J'appelai Marie-Lou. Elle se dorait au soleil, sur la terrasse. J'eus la vision de son corps. Les Noirs qui se font bronzer, ça m'a toujours étonné. Je ne voyais pas la différence. Eux oui, paraît-il. Je lui annonçai la bonne nouvelle. Farge était dans mon bureau, et pas près d'en sortir. Elle pouvait prendre un taxi pour aller faire ses valises.

— J'y serai dans une heure et demie, lui dis-je.

Nous avions décidé son départ ce matin, après avoir ramassé, en riant, les tasses brisées et bu un autre café sur la terrasse avec Honorine. Elle repassait chez elle plier bagage et s'installait quelque temps à la campagne. Une sœur d'Honorine habitait Saint-Cannat, un petit village à vingt bornes d'Aix, sur la route d'Avignon. Avec son mari, elle exploitait une petite propriété. De la vigne, des cerisiers, des abricotiers. Ils n'étaient plus très jeunes. Ils étaient prêts à accueillir Marie-Lou, pour l'été. Honorine était ravie de pouvoir rendre ce service. Elle était comme moi, Marie-Lou, elle l'aimait bien. Elle m'avait fait un clin d'œil :

— Vé ! Z'aurez bien un peu de temps pour aller la voir, non ? C'est quand même pas au diable vauvert !

— Avec vous, Honorine.

— Té mon beau, j'ai passé l'âge des chaperons, moi !

On avait ri. Il faudrait que je prenne le temps de lui dire que mon cœur était ailleurs. Je me demandais si Honorine aimerait Lole. Mais, devant elle, j'étais comme devant ma mère. Lui parler des filles m'était impossible. La seule fois où j'avais osé, je venais d'avoir quatorze ans. Je lui avais dit que j'aimais Gélou, qu'elle était vachement belle. J'avais pris une claque. La première de ma vie. Honorine aurait peut-être réagi de même. On ne plaisantait pas avec les cousines.

Coffrer Farge réduisait le risque pour Marie-Lou. Près de chez elle, un mec devait planquer. Il ne ferait rien sans joindre Farge, mais je préférais être là. Farge niait tout en bloc. Sauf l'évidence. Il reconnaissait être le locataire du deux-pièces où créchait Mourrabed. Mais cette cité, il ne la supportait plus. C'était que crouilles et négros. Il avait envoyé son préavis à l'Office d'HLM. Bien sûr, on ne trouva aucune trace de lettre recommandée. Mais cette argumentation lui permettait d'affirmer ne pas connaître Mourrabed. Un squatter, ne cessait-il de répéter. « Y viennent là pour se camer ! Savent faire que ça. Et violer nos femmes. » Là, je faillis lui tirer un pain. En pensant à Leila. Aux deux tueurs. Et à Toni.

— Redis ça, lui dis-je, et je te fais bouffer tes couilles.

Au fichier, rien sur lui. Blanc comme neige. Farge. Comme pour Toni, le ménage avait été fait. On trouverait, pour le faire avouer d'où venaient les armes. Nous peut-être pas, mais Loubet oui. Farge, j'étais prêt à le lui passer. J'allai le voir, l'Astra spécial en poche. Je lui fis part de mes trouvailles chez Mourrabed. Il regarda le flingue déposé sur son bureau.

— Le troisième homme, il est toujours dans la nature. Alors, si t'as le temps...

— T'es persévérant, dit-il avec un petit sourire.

— La chance.

En refilant Farge à Loubet, je bottais en touche. Pas d'Auch sur le dos. Pas de Morvan non plus. Loubet était autrement respecté que moi. Il n'aimait pas qu'on le fasse chier dans ses enquêtes. Il ferait son boulot.

Je lui passai sous silence Toni. Il conduisait le taxi. Cela n'en faisait pas un tueur, ni un violeur. Au mieux devrait-il répondre de ses liens avec les deux tueurs. Ceux-là étant morts, Toni pouvait raconter n'importe quoi. Comme je n'avais qu'une conviction, mais pas de preuve, je préférais garder une longueur d'avance sur tout le monde.

— D'avoir des crouilles à vot'palmarès, ça vous plaît, hein ? lâcha le « squatter » Mourrabed dans un sursaut de colère.

— Les Arabes c'est pas un problème. Toi, oui.

Je lui dis que j'avais rencontré son avocat et que, malheureusement, il ne pouvait rien pour lui maintenant. Par pure méchanceté, j'ajoutai que, s'il le voulait, je pouvais téléphoner à sa petite fiancée.

— Ton avocat m'en a dit grand bien, de Jocelyne. Je crois que pour le mariage, c'est râpé !

Ses yeux se brouillèrent. D'un voile de larmes impossibles. Il n'était plus que désespoir et accablement. La haine disparaissait. Mais elle reviendrait. Après des années de taule. Plus violente encore.

Il finit par craquer. À force de menaces, d'infos bidons. Et de claques. Farge le fournissait en dope et lui apportait régulièrement des flingues. Les armes, c'était depuis six mois. Son boulot était d'en fourguer à quelques potes qui avaient vraiment des couilles. Mais lui, il y touchait pas. Il trouvait des clients, c'est tout. Et il se faisait une petite commission. C'est Farge qui tenait le magasin. Avec un autre type. Un grand baraqué. Cheveux très courts. Les yeux bleus, comme de l'acier. Wepler.

— J'peux avoir des fringues convenables ?

Il faisait presque pitié. Son tee-shirt était auréolé de sueur et son caleçon arborait des taches jaunes de gouttes de pisse. Mais je n'avais pas pitié de lui. Il avait franchi depuis longtemps la ligne blanche. Et son histoire personnelle n'expliquait pas tout. Jocelyne, pas la peine de l'appeler. Elle venait de se marier, avec un connard de postier. C'était qu'une salope. Le pédé, c'était rien que son frère.

Il n'y avait pas de comité d'accueil chez Marie-Lou. Le studio était tel qu'elle l'avait laissé. Elle fit ses bagages rapidement. Pressée de se tirer. Comme quand on part en vacances.

Je portai les valises jusqu'à sa voiture, une Fiesta blanche, garée en haut de la rue Estelle. Marie-Lou bouclait un dernier sac d'objets auxquels elle tenait. Ce n'était pas des vacances, c'était un vrai départ. Je remontai la rue. Une moto, une Yamaha 1100, se gara devant le pont qui enjambe le cours Lieutaud. Marie-Lou habitait après le pont. Un immeuble accroché aux escaliers qui montent au cours Julien. Ils étaient deux. Le passager descendit. Un grand blond tout en muscles. Il joua des biceps à en faire craquer les manches de son tee-shirt. Ce mec-là, c'était monsieur Muscles. Je le suivis.

Marie-Lou sortait. Monsieur Muscles alla droit sur elle. Il l'attrapa par le bras. Elle se débattit puis m'aperçut.

— Y a un problème ?

Monsieur Muscles se retourna. Prêt à m'allonger une torgnole. Il eut un mouvement de recul. Physiquement, je ne devais pas l'impressionner autant que ça. Non, c'était autre chose. Et je compris. C'était mon ami le boxeur.

— Je t'ai posé une question.

— T'es qui toi ?

— C'est vrai, l'autre nuit, on n'a pas été présentés.

J'ouvris ma veste. Il aperçut le holster et mon flingue. Avant de quitter le bureau, je l'avais enfilé, j'avais vérifié mon arme et l'avais chargée. Sous le regard inquiet de Pérol.

— Va falloir qu'on cause, toi et moi.

— Plus tard.

— Ce soir.

— Je te promets. Là, j'ai juste un rendez-vous urgent. Avec une fille à Farge. Le tuyau, c'est elle.

Il ne fit aucun commentaire. À ses yeux, j'étais définitivement flic hors catégorie. Et dingue, certainement. Qu'on cause lui et moi, cela devenait indispensable. Avec Mourrabed, on avait dérapé dans la benne à ordures.

— Pose les mains sur le mur et écarte les jambes, je lui dis.

J'entendis la moto démarrer. Je m'approchai de monsieur Muscles et le délestai du portefeuille qui dépassait de la poche arrière de son jeans. Je n'arrivais pas à croire qu'ils m'avaient passé à tabac, comme ça, à cause de Marie-Lou.

— Ton pote, Farge, il est en cabane. T'es venu pour quoi, l'autre soir ?

Il haussa les épaules. Tous ses muscles bougèrent et j'eus un mouvement de recul. Ce mec-là, il pouvait m'aligner juste en claquant des doigts.

— T'as qu'lui demander !

Il ne me croyait pas vraiment. Et je ne l'impressionnais guère. Je n'arriverais pas à l'embarquer tout seul, comme ça. Même avec mon flingue. Il n'attendait que la bonne occasion. Je posai le canon de l'arme sur son crâne. Des yeux, je surveillai les rares passants. Personne ne s'arrêtait. Un coup d'œil, et ils filaient.

— J'fais quoi, dit Marie-Lou dans mon dos.

— Va à la voiture.

Un siècle passa. Finalement, ce que j'espérais se produisit. Une sirène de police se fit entendre cours Lieutaud. Elle se rapprocha. Il y avait encore de bons citoyens. Trois flics arrivèrent. Je leur montrai ma carte. J'étais loin de chez moi, mais au diable les manières.

— Il emmerdait une jeune femme. Embarquez-le pour outrage à officier de police. Vous le livrez à l'inspecteur Pérol. Il saura quoi en faire. Toi, je te retrouve tout à l'heure.

Marie-Lou attendait, appuyée sur le capot de la Fiesta. En fumant. Quelques hommes se retournaient au passage pour la regarder. Mais elle semblait ne voir personne. Ni même sentir leurs yeux sur elle. Elle avait ce regard que je lui avais découvert ce matin, après l'amour. Un regard lointain. Elle était déjà ailleurs.

Elle se serra contre moi. Je plongeai mon visage dans sa chevelure. Je la respirai une dernière fois. Odeur de cannelle. Ses seins étaient brûlants contre ma poitrine. Elle laissa glisser ses doigts dans mon dos. Je me dégageai, lentement. Je mis mon doigt sur sa bouche avant qu'elle ne dise un mot. Un au revoir. Un à bientôt. Ou un n'importe quoi. Je n'aimais pas les départs. Je n'aimais pas les retours, non plus. J'aimais simplement que les choses se fassent, comme elles devaient se faire.

Je l'embrassai sur les joues. Doucement, en prenant le temps. Puis je descendis la rue Estelle, vers un autre rendez-vous. Batisti m'attendait à cinq heures.

12

Où l'on côtoie l'infiniment petit de la saloperie du monde

On sauta dans le ferry-boat, au moment où il quittait le quai. J'avais poussé Batisti plus qu'il n'avait sauté. Avec force, et sans le lâcher. L'élan l'entraîna au milieu de la cabine. Je crus qu'il allait perdre l'équilibre et s'affaler, mais il se rattrapa à une banquette. Il se retourna, me regarda, puis s'assit. Il souleva sa casquette et s'épongea le front.

— Les Ritals ! dis-je. (Et j'allai payer.)

Je les avais repérés au moment où Batisti me rejoignait devant l'embarcadère du ferry-boat, place aux Huiles. Ils le suivaient à quelques mètres. Pantalons de toile blanche, chemises à fleurs, lunettes de soleil et un sac en bandoulière. Comme l'avait dit Djamel, ils se la jouaient touristes à fond. Je les reconnus immédiatement. Ils déjeunaient derrière nous, l'autre jour, au Bar de la Marine. Ils étaient partis quand Batisti m'avait quitté. Batisti les avait sur le dos. S'ils m'avaient suivi dans le Panier, c'est parce qu'ils m'avaient vu avec lui. Je pouvais le penser. Cela semblait juste.

Les Ritals ne me filaient pas. Ni personne. Je m'en étais assuré avant d'aller rejoindre Batisti. En quittant Marie-Lou, je descendis la rue Estelle, puis je pris la rue Saint-Ferréol. La grande rue piétonne de Marseille. Tous les grands magasins étaient concentrés ici. Nouvelles Galeries, Mark et Spencer, La Redoute, Virgin. Ils avaient détrôné les beaux cinémas des années soixante, le Rialto, le Rex, le Pathé Palace. Il n'y avait même plus un bar. À sept heures, la rue devenait aussi vide et triste que la Canebière.

Je m'étais plongé dans le flot des flâneurs. Petits bourgeois, cadres, fonctionnaires, immigrés, chômeurs, jeunes, vieux... Dès cinq heures, tout Marseille déambulait dans cette rue. Chacun se côtoyait naturellement, sans agressivité. Marseille était là dans sa vérité. Ce n'est qu'aux extrémités de la rue que les clivages renaissaient. La Canebière, implicite frontière entre le Nord et le Sud de la ville. Et place Félix-Baret, à deux pas de la Préfecture, où stationnait toujours un car de CRS. À l'avant-poste des quartiers bourgeois. Derrière, les bars, dont le Bar Pierre, sont depuis un siècle le lieu de rendez-vous, le plus avancé dans le centre-ville, de la jeunesse dorée.

Sous le regard des CRS, le sentiment, toujours, d'une ville en état de guerre. Passé ces limites, regards ennemis, et peurs ou haine selon que l'on s'appelle Paul ou Ahmed. Le délit de sale gueule est ici loi naturelle.

J'avais marché sans but, sans même m'attarder devant les vitrines. Je remettais mes pensées en ordre. De la mort de Manu à celle d'Ugo, le fil des événements se dévidait. Même sans rien en comprendre, je pouvais les ordonner. Pour l'instant, cela me satisfaisait. Les adolescentes qui déambulaient me semblaient plus belles qu'à mon époque. Sur leur visage se lisait le croisement des migrations. Leur histoire. Elles marchaient sûres, et fières, de leur beauté. Des Marseillaises, elles avaient adopté la même démarche languissante, et ce regard, presque effronté, si vos yeux s'attardaient sur elles. Je ne sais qui avait dit qu'elles étaient des mutantes, mais cela me paraissait exact. J'enviais les jeunes garçons d'aujourd'hui.

Rue Vacon, au lieu de continuer sur le quai de Rive-Neuve, jusqu'à l'embarcadère du ferry-boat, je pris à gauche. Pour descendre dans le parking souterrain du cours d'Estienne-d'Orves. J'avais allumé une cigarette et j'avais attendu. La première personne qui apparut fut une femme d'une trentaine d'années. Tailleur saumon, en lin. Rondelette. Très maquillée. En me voyant, elle eut un mouvement de recul. Elle serra son sac contre sa poitrine et s'éloigna très vite à la recherche de sa voiture. Ma cigarette finie, j'étais remonté.

Assis sur la banquette, Batisti épongeait son front avec un gros mouchoir blanc. Il avait l'air d'un brave retraité de la marine. D'un bon vieux Marseillais. La chemisette blanche toujours par-dessus le pantalon de toile bleue, des espadrilles, et la casquette de marin vissée sur la tête. Batisti regardait le quai s'éloigner. Les deux Ritals hésitaient. Même s'ils attrapaient un taxi, ce qui serait un miracle, ils arriveraient trop tard de l'autre côté du port. Ils nous avaient perdus. Pour l'instant.

Je m'appuyai à une fenêtre. Sans m'occuper de Batisti. Je voulais qu'il marine dans son jus. Le temps de la traversée. J'aimais bien cette traversée. En regardant la passe entre les deux forts, Saint-Nicolas et Saint-Jean, qui gardent l'entrée de Marseille. Tourné vers le large, et non vers la Canebière. Par choix. Marseille, porte de l'Orient. L'ailleurs. L'aventure, le rêve. Les Marseillais n'aiment pas les voyages. Tout le monde les croit marins, aventuriers, que leur père ou leur grand-père a fait le tour du monde, au moins une fois. Au mieux, ils étaient allés jusqu'à Niolon, ou au Cap Croisette. Dans les familles bourgeoises, la mer était interdite aux enfants. Le port permettait les affaires, mais la mer, c'était sale. C'est par là qu'arrivait le vice. Et la peste. Dès les beaux jours, on partait vivre dans les terres. Aix et sa campagne, ses mas et ses bastides. La mer, on la laissait aux pauvres.

Le port, cela fut le terrain de jeux de notre enfance. Nous avions appris à nager entre les deux forts. L'aller-retour, il fallait faire, un jour. Pour être un homme. Pour épater les filles. La première fois, il fallut que Manu et Ugo viennent me repêcher. Je coulais, à bout de souffle.

— T'as eu peur.

— Non. Perdu le souffle.

Le souffle, je l'avais. Mais j'avais eu peur.

Manu et Ugo n'étaient plus là pour me venir en aide. Ils avaient coulé et je n'avais pu me porter à leur secours. Ugo n'avait pas cherché à me voir. Lole s'était enfuie. J'étais seul, et j'allais plonger dans la merde. Juste pour être en règle avec eux. Avec notre jeunesse déglinguée. L'amitié ne tolère pas les dettes. Au bout de la traversée, il n'y aurait que moi. Si j'y arrivais. J'avais encore quelques illusions sur le monde. Quelques vieux rêves tenaces aussi. Je saurais vivre maintenant, je crois.

Nous approchions du quai. Batisti se leva et se dirigea vers l'autre bord du ferry-boat. Il était soucieux. Il me jeta un regard. Je ne pus rien y lire. Ni peur, ni haine, ni résignation. Une froide indifférence. Place de la Mairie, aucune trace des Ritals. Batisti me suivit sans parler. On traversa devant l'hôtel de ville et on grimpa la rue de la Guirlande.

— On va où ? dit-il enfin.

— Un endroit calme.

Rue Caisserie, on prit à gauche. Nous étions devant Chez Félix. Même sans la menace des Ritals, c'était là que je voulais l'amener. Je pris le bras de Batisti, le fis se tourner et lui montrai le trottoir. Il frissonna, malgré la chaleur.

— Regarde bien ! C'est là qu'ils l'ont buté, Manu. T'étais pas venu, je parie !

Je le fis entrer dans le bar. Quatre vieux tapaient une belote, en buvant des Vittel-menthe. Il faisait nettement plus frais à l'intérieur. Je n'étais plus venu depuis la mort de Manu. Mais Félix ne fit pas de commentaire. À la poignée de main qu'il me donna, je compris qu'il était heureux de me revoir.

— Céleste, vé, l'aïoli, elle le sert toujours.

— Je viendrai. Dis-lui.

Pour l'aïoli, Céleste n'avait d'égale qu'Honorine. La morue était dessalée à point. Ce qui est rare. Habituellement, elle trempe trop, en deux eaux seulement. Plusieurs eaux étaient préférables. Une fois huit heures, puis trois fois deux heures. Il convenait aussi de la pocher à l'eau frémissante, avec du fenouil et des grains de poivre. Céleste avait aussi son huile d'olive pour « monter » l'aïoli. Du moulin Rossi, à Mouriès. Elle en employait d'autres pour la cuisine ou les salades. Des huiles de Jacques Barles d'Éguilles, d'Henri Bellon de Fontvieille, de Margier-Aubert d'Auriol. Ses salades livraient toujours un goût différent.

Chez Félix, Manu jouait à cache-cache avec moi. Il évitait de m'y rencontrer depuis que je l'avais traité de tocard. Il s'était d'ailleurs empressé de se dégager de l'affaire. Quinze jours avant qu'il ne se fasse descendre, il vint s'asseoir en face de moi. Un vendredi, jour d'aïoli. On s'envoya quelques tournées de pastis, puis du rosé de Saint-Cannat. Deux bouteilles. Nous nous retrouvions sur nos vieilles routes. Sans rancune, rien que des rancœurs.

— Où on est, tous les trois, on reviendra plus.

— On peut toujours reconnaître les conneries.

— Tu fais chier ! Trop tard, Fabio. On a trop attendu. On s'est enfoncé. On y est jusqu'au cou.

— Parle pour toi ! (Il me regarda. Il n'y avait pas de lueur mauvaise dans ses yeux. Juste de l'ironie, un peu lasse. Je ne pouvais soutenir son regard. Parce qu'il était dans le vrai. Ce que j'étais devenu, ce n'était guère mieux.) OK, je dis. On y est jusqu'au cou.

On trinqua, en achevant la seconde bouteille.

— J'ai promis une chose. À Lole. Y a longtemps. J'ai jamais pu. La couvrir de fric. Et l'emmener d'ici. À Séville, ou quelque part par là. Je vais le faire. Je suis sur le bon coup. Pour une fois.

— Le fric, ça fait pas tout. Lole, c'est l'amour...

— Laisse tomber ! Elle a attendu Ugo. Moi je l'ai attendue.

Le temps a brouillé les cartes. Ou donné raison à... (Il haussa les épaules.) Je sais pas. Lole et moi, ça fait, quoi, dix ans, qu'on se traîne à s'aimer, sans passion. Ugo, elle l'a aimé. Toi aussi.

— Moi ?

— Si tu t'étais pas taillé comme une gonzesse, elle serait venue vers toi. Un jour ou l'autre. Avec ou sans Ugo. T'es le plus solide. Et t'as du cœur.

— Aujourd'hui, peut-être.

— T'en as toujours eu. De nous tous, t'as le plus souffert. À cause de ça. Du cœur. S'il m'arrive un pépin, prends soin d'elle. (Il se leva.) Nous deux, je crois pas qu'on se revoie. On a fait le tour du vide. Et y a plus rien à dire.

Il était parti très vite. En me laissant l'addition.

Je pris une pression, Batisti un verre d'orgeat.

— T'aimes les putes, j'ai appris. Ça plaît pas trop, ça. Les flics qui vont aux putes. On te l'a fait savoir. Point.

— T'es qu'un empaffé, Batisti. Le cogneur, je l'ai coincé, y a pas plus tard qu'une heure. Celui qui l'a envoyé, Farge, il est dans mon bureau depuis ce matin. Et crois-moi, on discute pas des putes. Mais drogue. Et détention d'armes. Dans un appartement qu'il louait cité Bassens.

— Ah ! dit-il laconique.

Il devait savoir, déjà. Pour Farge. Mourrabed. Ma rencontre avec Toni. Il attendait que j'en dise plus. Encore une fois, il était là pour ça. Pour me tirer les vers du nez. Je le savais. Et je savais aussi où je voulais l'emmener. Mais je ne voulais pas abattre toutes mes cartes. Pas tout de suite.

— Pourquoi ils te filent le train, les Ritals ?

— Je sais pas.

— Écoute, Batisti, on va pas tourner autour du pot cent sept ans. Je t'ai pas vraiment à la bonne. Si tu me racontes, je gagnerai du temps.

— Tu vas gagner de te faire plomber.

— J'y penserai plus tard.

Manu était au centre de tout ce merdier. Après sa mort, j'avais interrogé quelques indics. Posé des questions ici et là dans les différentes brigades. Rien. J'avais trouvé ça étonnant. Que personne n'ait eu le moindre écho d'un contrat lancé contre Manu. J'en avais déduit qu'il s'était fait descendre par un petit voyou. Pour une vieille entourloupe. Ou un truc de ce genre. Un hasard à la con. Je m'étais satisfait de ça. Jusqu'à aujourd'hui midi.

— Le boulot, chez Brunel, l'avocat, Manu, il l'a fait. Proprement. Comme il savait faire, je suppose. Même mieux. Vu qu'il risquait pas d'être emmerdé. Ce soir-là, vous bouffiez tous ensemble. Aux Restanques. Manu, il a pas eu le temps de se faire payer. Deux jours après, il était mort.

En tapant mon rapport, j'avais recollé les morceaux de l'histoire. Les événements. Mais pas toujours leur sens. J'avais questionné Lole sur le fameux coup dont Manu m'avait parlé. Il se confiait peu. Mais, pour une fois, tout s'était bien passé, lui avait-il confié. La vraie bonne affaire. Il allait enfin palper gros. Ils avaient fait une virée au champagne, cette nuit-là. Pour fêter ça. Le boulot, un jeu d'enfant. Percer le coffre d'un avocat du boulevard Longchamp, et rafler tous les documents qui s'y trouvaient. L'avocat, c'était Éric Brunel. L'homme de confiance de Zucca.

Babette m'avait donné l'info quand je lui avais téléphoné, après avoir bouclé mon rapport. Nous étions convenus de nous rappeler avant mon rendez-vous avec Batisti. Brunel devait doubler Zucca, et le vieux avait dû s'en douter. Il avait envoyé Manu faire le ménage. Ou quelque chose comme ça. Zucca et les frères Poli, ce n'était pas la même planète. Ni la même famille. Il y avait trop d'argent en jeu. Zucca ne pouvait pas se permettre de se faire doubler.

À Naples, selon un correspondant romain de Babette, la mort de Zucca, ils n'avaient pas apprécié. Ils s'en remettraient, bien sûr. Comme toujours. Mais cela mettait un frein à de grosses affaires en cours. Zucca était, semblait-il, en passe de traiter avec deux grosses entreprises françaises. Le blanchiment de l'argent de la drogue participait à la nécessaire relance économique. Patrons et politiciens en étaient convaincus.

Je déballai mes infos à Batisti, pour essayer de surprendre ses réactions. Un silence, un sourire, un mot. Tout serait bon pour piger les choses. Je n'arrivais pas encore à comprendre le rôle de Batisti. Ni où il se situait. Babette le croyait plus lié à Zucca qu'aux frères Poli. Mais il y avait Simone. Seule certitude, il avait branché Ugo sur Zucca. Ce fil-là, je ne le lâcherai pas. Le fil conducteur. D'Ugo à Manu. Et, quelque part par là, Leila se débattait dans l'ignoble. Je ne pouvais toujours pas penser à elle sans revoir son corps couvert de fourmis. Même son sourire, les fourmis l'avaient bouffé.

— T'es bien rencardé, dit Batisti sans ciller.

— J'ai que ça à faire ! Je suis qu'un petit flic, comme tu sais. Tes potes, ou n'importe qui, peuvent me rayer de la carte sans que ça fasse une vague. Et moi, j'ai rien qu'envie d'aller à la pêche. Peinard. Sans qu'on me fasse chier. Et je suis vachement pressé d'y retourner, à la pêche !

— Va à la pêche. Personne y viendra te chercher. Même si tu baises des putes. C'est ça que je t'ai dit l'autre jour.

— Trop tard ! Je fais des cauchemars. Tu piges ça ? Rien qu'à penser que mes vieux amis se sont fait buter. Bon, c'était pas des saints... (Je pris ma respiration et plantai mes yeux dans ceux de Batisti :) Mais la petite qu'ils ont violée aux Restanques, dans l'arrière-salle, elle avait rien à voir dans le film. Tu me diras, c'était qu'une Arabe. Pour toi et les tiens, ça compte pas. C'est comme les nègres, ça n'a pas d'âme, ces animaux-là. Hein, Batisti !

J'avais élevé la voix. À la table derrière nous, les cartes restèrent suspendues dans l'air une fraction de seconde. Félix leva les yeux de la B.D. qu'il lisait. Un vieux *Pieds Nickelés* jauni. Il les collectionnait. Je lui commandai un autre demi.

— Belote, dit un des petits vieux.

Et la vie reprit son cours.

Batisti avait accusé le coup, mais sans rien en laisser paraître. Il avait des années de magouilles et de combines derrière lui. Il voulut se lever. Je posai ma main sur son bras. Fermement. Il lui suffisait de passer un coup de fil, et Fabio Montale finirait sa soirée dans un caniveau. Comme Manu. Comme Ugo. Mais j'avais trop de rage pour me laisser tirer comme un pigeon. J'avais abattu presque toutes mes cartes, mais j'avais encore un rami dans les mains.

— Sois pas si pressé. J'ai pas fini.

Il haussa les épaules. Félix posa le demi devant moi. Son regard alla de Batisti à moi. C'était pas un méchant, Félix. Mais si je lui disais : « Manu, si on l'a buté, c'est à cause de cet empaffé », vieux ou pas, il lui mettrait la grosse tête. Malheureusement, avec Batisti, ça ne se règlait pas avec des claques.

— Je t'écoute. (Le ton était cassant. Je commençais à l'énerver et c'était ce que je cherchais. Le faire sortir de ses gonds.)

— Les deux Ritals, t'as rien à craindre d'eux, je crois. Sans doute qu'ils te protègent. Les Napolitains, ils cherchent un successeur à Zucca. Ils t'ont contacté, c'est ça que je pense. T'es toujours dans le bottin maffieux. Rubrique conseils. Peut-être même que c'est toi qu'ils vont désigner. (Je surveillais ses réactions.) Ou Brunel. Ou Émile Poli. Ou ta fille.

Il eut comme un tic, au coin de la lèvre. Deux fois. Je devais approcher de la vérité.

— T'es complètement fêlé ! D'imaginer des trucs pareils.

— Mais non ! Tu le sais bien ! Fêlé, non. Bouché, oui. Je pige que dalle à rien. Pour quelles raisons t'as fait flinguer Zucca par Ugo. Comment tout ça a pu s'organiser. Le coup de pot qu'Ugo, il débarque à Marseille. Ni pourquoi ton copain Morvan l'attendait, une fois le boulot fait. Ni quel jeu pourri tu joues. Rien. Et encore moins pourquoi Manu est mort et qui l'a tué. Je peux rien contre toi. Ni contre les autres. Reste Simone. Elle, je vais la faire plonger.

J'étais sûr de faire mouche. Ses yeux virèrent au gris électrique. Il serra ses mains à s'en faire péter les jointures.

— La touche pas ! J'ai qu'elle !

— Moi aussi, j'ai qu'elle. À me mettre sous la dent. Loubet est sur l'affaire de la petite. J'ai tout entre les mains, Batisti. Toni, son arme, le lieu. Je balance tout à Loubet, dans l'heure qui suit il ramène Simone. Le viol, ça s'est passé chez elle. Les Restanques, c'est à elle, non ?

C'était la dernière information donnée par Babette. Bien sûr, je n'avais aucune preuve de tout ce que j'avançais. Mais cela n'avait aucune importance. Batisti l'ignorait. Je l'amenais là où il ne s'y attendait pas. Un terrain à découvert.

— Qu'elle épouse Émile, c'était une connerie. Mais les enfants, ça sait pas écouter. Les frères Poli, j'ai jamais pu les saquer.

L'impression de fraîcheur avait disparu. J'avais envie de me barrer, d'être sur mon bateau, au large. La mer et le silence. L'humanité entière me sortait par les yeux. Toutes ces histoires, c'était l'infiniment petit de la saloperie du monde. À grande échelle, ça donnait les guerres, les massacres, les génocides, le fanatisme, les dictatures. À croire que le premier homme, il s'était tellement fait mettre en venant au monde, qu'il avait la haine. Si Dieu existe, on est des enfants de pute.

— C'est par elle qu'ils te tiennent, hein ?

— Zucca, il a fait le comptable pendant des années. Les chiffres, c'était son truc, plus que les armes. La guerre des clans, les règlements de comptes, il est passé au travers. Mieux, il a compté les points. La mafia se cherchait une antenne à Marseille, ils l'ont choisi comme interlocuteur. Il a bien mené sa barque. Comme un chef d'entreprise. C'est ce qu'il était ces dernières années. Un homme d'affaires. Si tu savais...

— Je veux pas savoir. Ça m'intéresse pas. Je suis sûr que c'est à vomir.

— Tu vois, valait mieux bosser avec lui qu'avec les frères Poli. Eux, c'est que des artisans. Ils n'ont pas l'envergure. Zucca, je crois qu'il les aurait éliminés un jour ou l'autre. Ils devenaient trop remuants. Surtout depuis qu'ils sont sous l'influence de Morvan et de Wepler.

« Y pensent qu'ils vont nettoyer Marseille. Y rêvent de foutre le feu à la ville. D'un grand bordel, qui partirait des quartiers Nord. Des hordes de jeunes se livrant au pillage. C'est Wepler qui s'occupe de ça. Ils s'appuient sur les dealers et leurs réseaux. Eux, ils doivent faire monter la pression chez les jeunes. Paraît qu'y sont chauds.

La violence d'un côté. La peur, le racisme à l'autre bout. Avec ça, ils espéraient que leurs copains fascistes arrivent à la mairie. Et ils seront peinards. Comme du temps de Sabiani, le tout-puissant adjoint au maire, ami de Carbone et Spirito, les deux grands caïds de la pègre marseillaise d'avant-guerre. Ils pourront faire leurs affaires. Ils seront en position de force face aux Italiens. Ils se voient déjà en train de récupérer la cagnotte de Zucca.

J'en avais assez entendu pour être écœuré pendant des siècles. Heureusement que je serais mort avant ! Qu'est-ce que j'allais bien pouvoir faire de tout ça. Rien. Je ne me voyais pas emmener Batisti et lui faire raconter devant Loubet. Je n'avais aucune preuve contre eux tous. Juste une inculpation contre Mourrabed. Le dernier de la liste. Un Arabe. La victime désignée. Comme toujours. Babette ne pourrait même pas en tirer un article. Sa déontologie était stricte. Des faits, rien que des faits. C'est comme ça qu'elle s'était imposée dans la presse.

Je ne me voyais pas non plus dans le rôle du justicier. Je ne me voyais plus dans aucun rôle. Même plus celui de flic. Je ne voyais plus rien du tout. J'étais sonné. La haine, la violence. Les truands, les flics, les politiciens. Et la misère comme terreau. Le chômage, le racisme. On était tous comme des insectes pris dans une toile d'araignée. On se débattait, mais l'araignée finirait par nous bouffer.

Mais je devais encore savoir.

— Et Manu dans tout ça ?

— Il a jamais fait sauter le coffre de Brunel. Il a négocié avec lui. Contre Zucca. Il voulait se faire plus de fric. Beaucoup plus. Il pétait les plombs, je crois. Zucca lui a pas pardonné. Quand Ugo m'a appelé de Paris, j'ai compris que je tenais ma revanche.

Il avait parlé vite. Comme s'il vidait son sac. Mais trop vite.

— Quelle revanche, Batisti ?

— Hein ?

— T'as parlé de revanche.

Il leva les yeux sur moi. Pour la première fois, il était sincère. Son regard se voila. Et se perdit là où je n'existais pas.

— Manu, je l'aimais bien, tu sais, balbutia-t-il.

— Mais pas Zucca, hein ?

Il ne répondit pas. Je n'en tirerais plus rien. J'avais touché un point sensible. Je me levai.

— T'es encore en train de me la refaire, Batisti. (Il gardait la tête baissée. Je me penchai vers lui :) Je vais continuer. Fouiner. Jusqu'à ce que je sache. Tout. Vous y passerez tous. Simone avec.

Cela me faisait un bien fou de menacer à mon tour. Ils ne m'avaient pas laissé le choix des armes. Il me regarda enfin. Un sourire méchant sur les lèvres.

— T'es taré, dit-il.

— Si tu veux me faire plomber, grouille-toi. Pour moi, t'es un homme mort, Batisti. Et ça me plaît, cette idée. Parce que t'es qu'une ordure.

Je laissai Batisti devant son verre d'orgeat.

Dehors, je pris le soleil en pleine gueule. L'impression de

revenir à la vie. La vraie vie. Où le bonheur est une accumulation de petits riens insignifiants. Un rayon de soleil, un sourire, du linge qui sèche à une fenêtre, un gamin faisant un drible avec une boîte de conserve, un air de Vincent Scotto, un léger coup de vent sous la jupe d'une femme...

13

Où il y a des choses qu'on ne peut pas laisser passer

Je restai immobile quelques secondes, devant chez Félix. Les yeux aveugles de soleil. On aurait pu me tuer là, et j'aurais tout pardonné à tous. Mais personne ne m'attendait au coin de la rue. Le rendez-vous était ailleurs, que je n'avais pas fixé, mais vers lequel j'allais.

Je remontai la rue Caisserie et coupai par la place de Lenche. En passant devant le bar Le Montmartre, je ne pus m'empêcher de sourire. Chaque fois je souriais. C'était tellement déplacé, ici, Le Montmartre. Je pris la rue Sainte-Françoise et entrai au Treize-Coins, chez Ange. Je lui désignai la bouteille de cognac. Je bus cul sec. Il était resté planté devant moi, la bouteille à la main. Je lui fis signe de me resservir et vidai un second verre tout aussi sec.

— Ça va ? demanda-t-il, un peu inquiet.

— À merveille ! Jamais été aussi bien !

Et je lui tendis mon verre. Je le pris et allai m'asseoir en terrasse, à côté d'une table d'Arabes.

— Mais on est français, con. On est né ici. L'Algérie, moi, j'connais pas.

— T'es français, toi. On est les moins français de tous les Français. Voilà ce qu'on est.

— Si les Français y veulent plus de toi, tu fous quoi ? T'attends qu'y te flinguent. Moi, je me casse.

— Ah oui ! Tu vas où, eh con ! Arrête de délirer.

— Moi, je m'en tape. Je suis marseillais. J'y reste. Point. Et si on m'cherche y me trouveront.

Ils étaient de Marseille, marseillais avant d'être arabes. Avec la même conviction que nos parents. Comme nous l'étions Ugo, Manu et moi à quinze ans. Un jour, Ugo avait demandé : « Chez moi, chez Fabio, on parle napolitain. Chez toi, on parle espagnol. En classe, on apprend le français. Mais on est quoi, dans le fond ? »

— Des Arabes, avait répondu Manu.

Nous avions éclaté de rire. Et ils étaient là, à leur tour. À revivre notre misère. Dans les maisons de nos parents. À prendre ça pour paradis comptant et à prier pour que ça dure. Mon père m'avait dit : « Oublie pas. Quand je suis arrivé ici, le matin, avec mes frères, on savait pas si on aurait à manger à midi, et on mangeait quand même. » C'était ça, l'histoire de Marseille. Son éternité. Une utopie. L'unique utopie du monde. Un lieu où n'importe qui, de n'importe quelle couleur, pouvait descendre d'un bateau, ou d'un train, sa valise à la main, sans un sou en poche, et se fondre dans le flot des autres hommes. Une ville où, à peine le pied posé sur le sol, cet homme pouvait dire : « C'est ici. Je suis chez moi. »

Marseille appartient à ceux qui y vivent.

Ange, un pastis à la main, vint s'asseoir à ma table.

— T'inquiète, je lui dis. Tout va s'arranger. Y a toujours une solution.

— Pérol, ça fait bien deux heures qu'y te cherche.

— Où t'es ! Nom de Dieu de merde ! hurla Pérol.

— Chez Ange. Rapplique. Avec la tire.

Je raccrochai. J'avalai vite fait un troisième cognac. Je me sentais vachement mieux.

J'attendis Pérol, rue de l'Évêché, en bas des marches du passage Sainte-Françoise. Il était obligé de passer par là. Le temps de griller une cigarette, il arrivait.

— Où on va ?

— Écouter du Ferré, ça te va ?

Chez Hassan, Bar des Maraîchers à la Plaine, ni raï, ni reggae, ni rock. De la chanson française, et presque toujours Brel, Brassens et Ferré. L'Arabe, il se faisait plaisir en prenant les clients à contre-pied.

— Salut, Étrangers, dit-il en nous voyant entrer.

Ici, on était tous l'ami étranger. Quelle que soit la couleur de la peau, des cheveux ou des yeux. Hassan s'était fait une belle clientèle de jeunes, lycéens et étudiants. De ceux qui taillent les cours, de préférence les plus importants. Ils tchatchaient de l'avenir du monde devant un demi pression, puis, passé sept heures du soir, ils entreprenaient de le reconstruire. Ça ne changeait rien à rien, mais c'était bon par où ça passait. Ferré chantait :

On n'est pas des saints.
Pour la béatitude, on n'a qu'Cinzano.
Pauvres orphelins.
On prie par habitude notr' Per' nod.

Je ne savais que boire. J'avais sauté l'heure du pastis. Après un coup d'œil aux bouteilles, j'optai pour un Glenmorangie. Pérol, pour un demi.

— T'es jamais venu ici ? (Il secoua la tête. Il me regardait comme si j'étais malade. Mon cas devait être grave.) Tu devrais sortir plus souvent. Tu vois, Pérol, des soirs, on devrait se faire des virées, nous deux. Histoire de pas perdre de vue la réalité. Tu piges ? On perd le sens du réel, et badaboum, on sait plus sur quelle étagère on a laissé son âme. Au rayon des copains. Au rayon des femmes. Côté cour, côté cuisine. Dans la boîte à chaussures. Le temps de te retourner, t'es perdu dans le tiroir du bas, avec les accessoires.

— Arrête ! dit-il sans crier, mais fermement.

— Tu vois, je poursuivis, sans faire cas de sa colère, ça

serait peut-être bien, quelques daurades. Grillées avec du thym et du laurier. Et juste un filet d'huile d'olive dessus. Ta femme, elle aimerait ça, tu crois ?

J'avais envie de parler cuisine. De faire l'inventaire de tous les plats que je savais préparer. De mitonner des cannellonis au jambon et aux épinards. De préparer une salade de thon aux pommes de terre nouvelles. Des sardines à l'escabèche. J'avais faim.

— T'as pas faim ? (Pérol ne répondit pas.) Pérol, je vais te dire, je sais même plus ton prénom.

— Gérard, dit-il, en souriant enfin.

— Ben, mon Gégé. On va s'en envoyer encore un, puis on va aller manger un morceau. Qu'est-ce que t'en dis ?

Au lieu de répondre, il m'expliqua le foutoir que c'était, dans la maison poulaga. Auch était venu réclamer Mourrabed, à cause des armes. Brenier l'exigeait, pour la drogue. Loubet refusait de le lâcher, parce que, merde, lui il enquêtait sur un crime. Du coup, Auch s'était rabattu sur Farge. Comme il faisait le con, trop sûr de ses protections, il avait ramassé des torgnoles. Auch gueulait que s'il ne lui expliquait pas comment ces armes étaient arrivées là, dans sa cave, il lui exploserait la tête.

Au détour d'un couloir, l'autre, monsieur Muscles, que j'avais expédié à Pérol, en voyant Farge, il s'était mis à hurler que c'était lui qui l'avait envoyé casser les dents à la pute. Dès que le mot « pute » arriva à l'étage du dessous, Gravis se pointa. Les proxénètes, c'était son secteur. Et Farge, il le connaissait sur le bout des doigts.

— C'est le moment que j'ai choisi pour m'étonner que Farge n'ait pas de casier.

— Bien joué.

— Gravis gueulait qu'il y avait de sacrés enfoirés dans la maison. Auch a gueulé encore plus fort que son casier, à Farge, on allait lui refaire vite fait. Et il a passé Farge à Morvan pour une visite guidée du sous-sol...

— Et ? demandai-je, même si je devinai la réponse.

— Son cœur a pas supporté. Crise cardiaque, trois quarts d'heure après.

Combien de temps me restait-il à vivre ? Je me demandai quel plat j'aimerais manger avant de mourir. Une soupe de poisson, peut-être bien. Avec une bonne rouille, montée avec de la chair d'oursins et un peu de safran. Mais je n'avais plus faim. Et j'étais dégrisé.

— Et Mourrabed ?

— On a relu ses confessions. Il les a signées. Puis je l'ai passé à Loubet. Bon, tu me déballes ton histoire, dans quoi t'es mêlé, tout ça. Pas envie de mourir idiot.

— C'est long. Alors, laisse-moi aller pisser.

Au passage, je me commandai un autre Glenmorangie. Ce truc-là, ça se buvait mieux que du petit lait. Dans les toilettes, un petit rigolo avait écrit : « Souriez, vous êtes filmé ». Je fis mon sourire n° 5. Fabio, tout va bien. T'es le plus beau. T'es le plus fort. Puis je me passai la tête sous le robinet.

Quand on revint à l'hôtel de police, Pérol connaissait tout de l'histoire. Dans le moindre détail. Il avait écouté sans m'interrompre. De lui en faire ainsi le récit me fit du bien. Je n'y voyais pas vraiment plus clair, mais j'avais le sentiment de savoir où j'allais.

— Tu penses que Manu, il a voulu doubler Zucca ?

C'était plausible. Compte tenu de ce qu'il m'avait dit. Le gros coup, ce n'était pas le boulot qu'il devait faire. C'était le paquet de fric qu'il pouvait en retirer. Mais en même temps, plus j'y pensais et moins ça collait. Pérol mettait le doigt juste où ça coinçait. Je ne voyais pas Manu arnaquer Zucca. Il lui arrivait de faire des trucs dingues, mais il savait flairer les vrais dangers. Comme un animal. Et puis, c'est Batisti qui l'avait branché sur le coup. Le père qu'il s'était choisi. Le seul type à qui il faisait à peu près confiance. Il ne pouvait pas lui faire ça.

— Non, je crois pas, Gérard.

Mais je ne voyais pas qui avait pu le descendre.

Il me manquait encore une autre réponse : comment Leila avait-elle connu Toni ?

J'avais l'intention d'aller le lui demander. Ce n'était plus qu'un détail, mais il me tenait à cœur. Ça pinçait, comme la jalousie. Leila amoureuse. Je m'étais fait à cette idée. Mais pas aussi facilement. Admettre qu'une femme que l'on désire soit dans un lit avec un autre. Même si je l'avais décidé, ce n'était pas aussi simple, non. Avec Leila, peut-être, j'aurais pu repartir à zéro. Réinventer. Rebâtir. Libéré du passé. Des souvenirs. Illusion. Leila, c'était le présent, l'avenir. J'appartenais à mon passé. Si j'avais un demain heureux, il me fallait revenir à ce rendez-vous manqué. À Lole. Tout ce temps qui avait passé entre nous.

Leila avec Toni, je ne comprenais pas. Toni, il avait pourtant bel et bien embarqué Leila. Le gardien de la cité universitaire avait appelé dans l'après-midi, m'apprit Pérol. Sa femme s'était souvenue avoir vu Leila monter dans une Golf décapotable, après avoir discuté quelques minutes sur le parking avec le conducteur. Que même elle avait pensé : « Ben, salette, elle s'emmerde pas, la petite ! »

Derrière les voies SNCF de la gare Saint-Charles, coincé par la sortie de l'autoroute Nord et les boulevards de Plombières et National, le quartier de la Belle-de-Mai restait identique à lui-même. On continuait d'y vivre comme avant. Loin du centre qui, pourtant, n'était qu'à quelques minutes. L'esprit village régnait. Comme à Vauban, la Blancarde, le Rouet ou la Capelette, où j'avais grandi.

Gamins, nous venions souvent à la Belle-de-Mai. Pour nous battre. À cause des filles, souvent. Presque toujours. Il y avait toujours une bagarre dans l'air. Et un stade ou un terrain vague pour se foutre sur la gueule. Vauban contre la Blancarde. La Capelette contre la Belle-de-Mai. Le Panier contre le Rouet. Après un bal, une fête populaire, une kermesse, ou à la sortie du ciné. Ce n'était pas *West Side Story*. Latinos contre Ricains. Chaque bande avait sa part d'Italiens, d'Espagnols, d'Arméniens, de Portugais, d'Arabes, d'Africains, de Viets. On se battait pour le sourire des filles, pas pour la couleur des peaux. Ça créait des amitiés, pas des haines.

Un jour, derrière le stade Vallier, je me fis salement cogner par un Rital. J'avais « méchamment » regardé sa sœur à la sortie de l'Alambra, une salle de danse, à la Blancarde. Ugo y avait repéré quelques petites, et ça nous changeait des salons Michel. On découvrit après que nos pères étaient de villages voisins. Le mien de Castel San Giorgio, le sien de Piovene. On partit boire une bière. Une semaine après, il me présenta sa sœur, Ophélia. On était « paese », c'était différent. « Si t'arrives à la tenir, chapeau ! C'est rien qu'une allumeuse. » Ophélia, c'était pire. Une salope. C'est elle que Mavros avait épousée. Et le pauvre vieux, il en avait sacrément bavé.

J'avais perdu la notion du temps. Je garai ma bagnole presque devant l'immeuble de Toni. Sa Golf était stationnée cinquante mètres plus haut. Je fumai des clopes en écoutant Buddy Guy. *Damn Right. He's Got the Blues*. Un truc fabuleux. Marc Knopfler, Eric Clapton et Jeff Beck l'accompagnaient. J'hésitais encore à rendre visite à Toni. Il habitait au second, et il y avait de la lumière chez lui. Je me demandai s'il était seul ou pas.

Parce que moi, j'étais seul. Pérol avait filé sur Bassens. Une baston se préparait. Entre les gamins du quartier et les potes à Mourrabed. Une bande craignos avait débarqué, provoquant ceux de la cité. Ils avaient laissé les flics embarquer Mourrabed. On les avait montés, c'était évident. Le grand black s'était déjà pris une trempe. Ils l'avaient coincé à cinq sur le parking. Ceux de Bassens, ils n'entendaient pas laisser piétiner leur territoire. Surtout pas par des dealers. On affûtait les couteaux.

Seul, Cerutti ne ferait pas le poids. Même avec l'aide de Reiver, qui avait rappliqué aussitôt, prêt à reprendre du service de nuit après son service de jour. Pérol avait rameuté les équipes. Il fallait agir vite. Interpeller quelques dealers, sous prétexte que Mourrabed les avait donnés. Faire circuler la rumeur qu'il était un donneur. Cela devait calmer les ardeurs. On voulait éviter que les gamins de Bassens se cognent avec les petits salauds.

« Va manger, souffle un peu et fais pas de connerie, m'avait dit Pérol. Attends-moi pour ça. » Je ne lui avais rien dit de mes intentions de la soirée. Je n'en savais d'ailleurs encore rien. Je sentais juste qu'il fallait que je bouge. J'avais lancé des menaces. Je ne pouvais plus rester dans la position de la bête traquée. Je devais les obliger à se montrer. À faire une connerie. J'avais dit à Pérol qu'on se retrouverait plus tard et qu'ensemble on mettrait au point un plan. Il m'avait proposé de venir dormir chez lui, il y avait trop de risque à retourner aux Goudes. Et ça, je le croyais.

— Tu sais, Fabio, avait-il dit après m'avoir écouté, sûr que je ressens pas les choses comme toi. Tes amis, je les ai pas connus et Leila, tu me l'as jamais présentée. Mais je comprends où t'en es. Je sais que pour toi, c'est pas qu'une question de vengeance. C'est juste ce sentiment qu'il y a des choses qu'on peut pas laisser passer. Parce que après, sinon, tu peux plus te regarder dans la glace.

Pérol parlait peu, mais là il s'y mettait, et il pouvait y en avoir pour des plombes.

— Te bile pas, Gérard !

— C'est pas ça. Je vais te dire. C'est du gros que t'as levé. Tu peux pas cogner seul. T'en sortir comme ça. Je suis avec toi. Je vais pas te laisser tomber.

— Je sais que t'es un ami. Quoi que tu fasses. Mais je te demande rien, Gérard. Tu connais l'expression ? Au-delà de cette limite, votre ticket n'est plus valable. J'en suis là. Et je veux pas t'y entraîner. C'est dangereux. On sera amené à faire des choses pas propres, je crois. Certainement même. T'as une femme, une gamine. Pense à elles, et oublie-moi.

J'ouvris la portière. Il me retint par le bras.

— Impossible, Fabio. Demain, si on te retrouve mort, je sais pas ce que je ferai. Pire peut-être.

— Je vais te dire ce que tu feras. Un autre môme. Avec la femme que tu aimes. Avec tes gosses, je suis sûr qu'il y a un avenir sur cette terre.

— T'es rien qu'un connard !

Il m'avait fait promettre de l'attendre. Ou de le joindre, si je bougeais. J'avais promis. Et il était parti, rassuré, vers Bassens. Il ignorait que je ne serais pas de parole. Et merde ! J'écrasai ma troisième clope et sortis de la voiture.

— Qui est-ce ?

Une voix de femme. De jeune femme. Inquiète. J'avais entendu des rires. Puis le silence.

— Montale. Fabio Montale. Je voudrais voir Toni.

La porte s'entrebâilla. J'avais encore dû changer de chaîne ! Karine fut aussi étonnée que moi. Nous étions face à face sans pouvoir nous dire un mot. J'entrai. Une forte odeur de shit m'arriva dans le nez.

— C'est qui ? j'entendis demander du fond du couloir.

La voix de Kader.

— Entrez, me dit Karine. Comment vous savez que j'habite là ?

— Je venais voir Pirelli. Toni.

— Mon frère ! Ça fait des siècles qu'il est plus ici.

La réponse ! Enfin, je l'avais. Mais ça ne m'expliquait rien. Leila et Toni, je n'arrivais toujours pas à y croire. Ils étaient tous là. Kader, Jasmine, Driss. Autour de la table. Comme des conspirateurs.

— Allah est grand, dis-je en désignant la bouteille de whisky devant eux.

— Et Chivas est son prophète, répliqua Kader en s'emparant de la bouteille. Tu trinques avec nous ?

Ils devaient avoir pas mal bu. Pas mal fumé aussi. Mais je n'avais pas l'impression qu'ils s'éclataient. Au contraire.

— J'savais pas que tu le connaissais, Toni, dit Karine.

— On se connaît comme ça. Tu vois, j'ignorais même qu'il avait déménagé.

— Ça fait un bail alors, que tu l'as pas vu...

— Je passais par là, j'ai vu de la lumière, je suis monté. Tu sais, les vieux copains.

Leurs yeux étaient braqués sur moi. Toni et moi, ça ne devait pas vraiment coller dans leur tête. Il était trop tard pour que je change d'attitude. Ils gambergeaient à toute pompe.

— V'lui vouliez quoi ? demanda Driss.

— Un service. Un service à lui demander. Mais bon, dis-je en vidant mon verre, je vais pas vous ennuyer plus longtemps.

— Tu nous ennuies pas, affirma Kader.

— Ma journée a été longue.

— Z'avez serré un dealer, paraît ? demanda Jasmine.

— Les nouvelles vont vite.

— Téléphone arabe ! lâcha Kader en riant. (Un rire forcé. Faux.)

Ils attendaient que j'explique ce que je foutais là, à chercher Toni. Jasmine poussa vers moi un livre, encore dans son emballage cadeau. Je lus le titre, sans même le prendre. *La solitude est un cercueil de verre*, de Bradbury.

— Le livre, vous pouvez l'prendre. Il était à Leila. Vous connaissez ?

— Elle m'en a souvent parlé. Je l'ai jamais lu.

— Tiens, dit Kader en me tendant un verre de whisky. Assieds-toi. Y a pas le feu.

— On l'a acheté ensemble. La veille..., dit Jasmine.

— Ah, je dis. (Le whisky me brûlait. Je n'avais toujours rien avalé de la journée. La fatigue commençait à m'envahir. La nuit n'était pas encore terminée.) T'aurais pas un café ? dis-je à Karine.

— Je venais d'en faire. Il est encore chaud.

— Il était pour vous, continua Jasmine. Dans ce paquet cadeau. Elle voulait vous l'offrir.

Karine revint avec une tasse de café. Kader et Driss ne disaient plus un mot. Ils attendaient la suite d'une histoire dont ils semblaient connaître la fin.

— J'ai pas tout de suite compris ce qu'il faisait dans la voiture de mon frère, poursuivit Karine.

On y était. Cela me laissait sans voix. Ils me mettaient K.-O., les mômes. Plus aucun d'eux ne souriait. Ils étaient graves.

— Samedi soir, il est passé pour m'emmener bouffer au resto. Y fait ça régulièrement. Y m'parle de mes études. Me file un peu de thune. Un grand frère, quoi ! Le livre était dans la boîte à gants. J'sais plus ce que je cherchais. J'y ai dit : « C'est quoi ? » L'a été vachement surpris. « Hein ? Ça ? Ah, ça, heu... Ben, c'est... un cadeau. C'était pour toi. Je comptais... Enfin, c'était pour après. Ben, tu peux l'ouvrir. »

« Y me faisait souvent des cadeaux, Toni. Mais un livre, ça, c'était vraiment la première fois. J'savais pas comment il avait pu en choisir un... Ça m'a touchée. J'y ai dit que je l'aimais bien. On est allé manger et j'ai mis le livre avec son emballage dans mon sac.

« Je l'avais posé là, sur l'étagère, en rentrant. Pis y a eu tout ça. Leila, l'enterrement. J'suis restée avec eux. On a dormi chez Mouloud. J'l'avais oublié, le livre. Ce midi, Jasmine, en venant me chercher, elle l'a vu. Ça s'embrouillait un peu dans nos têtes. On a appelé les garçons. Fallait qu'on tire ça au clair. Vous comprenez ? (Elle s'était assise. Elle tremblait.) Maintenant, on sait plus quoi faire.

Et elle éclata en sanglots.

Driss se leva et la prit dans ses bras. Il lui caressait tendrement les cheveux. Ses pleurs, c'était presque une crise de nerfs. Jasmine vint vers elle, s'agenouilla, et glissa ses mains dans celles de Karine. Kader était immobile, les coudes sur la table. Il tirait sur son pétard maladivement. Les yeux totalement absents.

J'eus le vertige. Mon cœur se mit à battre à tout rompre. Non, ce n'était pas possible ! Une expression de Karine m'avait fait sursauter. Toni. Au passé.

— Et où il est, Toni ?

Kader se leva, comme un automate. Karine, Jasmine et Driss le suivirent des yeux. Kader ouvrit la porte-fenêtre du balcon. Je me levai et m'approchai. Toni était là. Allongé sur le carrelage.

Mort.

— On allait t'appeler, je crois.

14

Où il est préférable d'être en vie en enfer que mort au paradis

Les gosses étaient au bout du rouleau. Maintenant que le corps de Toni était à nouveau sous leurs yeux, ils craquaient. Karine sanglotait toujours. Jasmine puis Driss s'y étaient mis aussi. Kader, lui, semblait avoir pété les plombs. Le shit et le whisky ne l'avaient pas arrangé. Il avait des petits rires saccadés chaque fois qu'il regardait vers le corps de Toni. Moi, je commençais à être en roue libre. Et ce n'était pas le moment.

Je fermai la porte du balcon, me servis un whisky, et allumai une cigarette.

— Bon, je dis. On reprend par le début.

Mais autant parler à des sourds-muets. Kader se mit à rire encore plus frénétiquement.

— Driss, t'emmènes Karine dans la chambre. Qu'elle s'allonge et qu'elle se repose. Jasmine, trouve-moi un tranquillisant quelconque, Lexomil ou je ne sais quoi, et tu leur en donnes un à chacun. Et t'en prends un aussi. Après, tu me refais du café. (Ils me regardaient avec des yeux de martiens.) Allez ! je dis, fermement, mais sans élever la voix.

Ils se levèrent. Driss et Karine disparurent dans la chambre.

— Qu'est-ce qu'on va faire ? demanda Jasmine.

Elle reprenait le dessus. De tous les quatre, elle était la plus solide. Cela se devinait dans chacun de ses gestes. Précis, assurés. Elle avait peut-être autant fumé que les trois autres, mais dû moins boire, ça, c'était évident.

— Remettre celui-là d'aplomb, répondis-je en désignant Kader.

Je le soulevai de sa chaise.

— Y fera plus chier, hein ? dit-il en éclatant de rire. On lui a niqué sa gueule, à c't'enfoiré.

— C'est où la salle de bains ?

Jasmine m'indiqua. Je poussai Kader à l'intérieur. Il y avait une minuscule baignoire. Une odeur de vomi flottait. Driss était déjà passé par là. J'attrapai Kader par le cou et l'obligeai à baisser la tête. J'ouvris le robinet d'eau froide. Il se débattit.

— Fais pas chier ! Sinon je te fous dedans !

Je lui passai une serviette, après lui avoir copieusement rincé la tête. Quand on revint dans la salle, le café était servi. On s'assit autour de la table. Dans la chambre, Karine sanglotait toujours, mais plus faiblement. Driss lui parlait. Je n'entendais pas ce qu'il lui disait, mais c'était comme une douce musique.

— Merde ! je dis à Kader et à Jasmine, vous auriez pu m'appeler !

— On voulait pas le tuer, répondit Kader.

— Vous espériez quoi ? Qu'il vous fasse des excuses ? Ce type-là, il était capable d'égorger père et mère.

— On l'a vu, dit Jasmine. Il nous a menacés. Avec une arme.

— Qui c'est qui l'a cogné ?

— Karine, d'abord. Avec le cendrier.

Un gros cendrier en verre, que j'avais rempli de mégots depuis que j'étais entré. Sous le choc, Toni s'était écroulé, lâchant son flingue. Jasmine, du pied, avait poussé l'arme sous l'armoire. Elle y était toujours, d'ailleurs. Toni avait roulé sur le ventre, pour essayer de se relever. Driss s'était jeté sur lui et l'avait pris à la gorge. « Enculé ! Enculé ! » criait-il.

« Crève-le ! » l'avait encouragé Jasmine et Kader. Driss serra de toutes ses forces, mais Toni continuait de se débattre. Karine hurlait : « C'est mon frère ! » Elle pleurait. Elle implorait. Et elle tirait Driss par le bras, pour lui faire lâcher prise. Mais Driss n'était plus là. Il libérait sa rage. Leila n'était pas seulement sa sœur. C'était sa mère. Elle l'avait élevé, dorloté, aimé. On ne pouvait pas lui faire ça. Lui enlever deux mères dans sa vie.

Dans ses bras, les heures d'entraînement avec Mavros se libérèrent.

Toni, il était le plus fort devant les minables. Sanchez et les autres. Le plus fort une arme à la main. Là, il était perdu. Il le sut dès que les mains de Driss le prirent au cou. Et serrèrent. Les yeux de Toni criaient grâce. Ses copains ne lui avaient pas appris ça. La mort qui s'insinue petit à petit dans le corps. L'absence d'oxygène. La panique. La peur. J'avais entrevu tout ça, l'autre nuit. La force de Driss, aussi puissante que celle de monsieur Muscles. Non, je n'aurais pas aimé mourir ainsi.

Karine enserrait le torse de Driss de ses bras faibles. Elle ne criait plus. Elle pleurait en disant : « Non, non, non. » Mais il était trop tard. Trop tard pour Leila qu'elle aimait. Trop tard pour Toni qu'elle aimait. Trop tard pour Driss, qu'elle aimait aussi. Plus fort que Leila. Bien plus fort que Toni. Driss n'entendait plus rien. Même pas Jasmine qui cria : « Arrête ! » Il serrait toujours, les yeux fermés.

Est-ce qu'elle souriait à Driss, Leila ? Est-ce qu'elle riait ? Comme ce jour-là. Nous étions partis pour aller nous baigner à Sugitton. On avait laissé la voiture sur un terre-plein du col de la Gineste, et nous avions pris un sentier, dans le massif de Puget, pour atteindre le col de la Gardiole. Leila voulait voir la mer du haut des falaises de Devenson. Elle n'y était jamais venue. C'était un des lieux les plus sublimes du monde.

Leila marchait devant moi. Elle portait un short en jeans effrangé et un débardeur blanc. Elle avait ramassé ses cheveux dans une casquette de toile blanche. Des perles de sueur coulaient dans son cou. Par moments, elles étincelaient comme des diamants. Mon regard avait suivi le cheminement de la sueur sous son débardeur. Le creux des reins. Jusqu'à sa taille. Jusqu'au balancement de ses fesses.

Elle avançait avec l'ardeur de sa jeunesse. Je voyais ses muscles se tendre, de la cheville jusqu'aux cuisses. Elle avait autant de grâce à grimper dans la colline qu'à marcher dans la rue sur des talons. Le désir me gagnait. Il était tôt, mais la chaleur libérait déjà les fortes odeurs de résine des pins. J'imaginai cette odeur de résine entre les cuisses de Leila. Le goût que cela pouvait avoir sur ma langue. À cet instant, je sus que j'allais poser mes mains sur ses fesses. Elle n'aurait pas fait un pas de plus. Je l'aurais serrée contre moi. Ses seins dans mes mains. Puis j'aurais caressé son ventre, déboutonné son short.

Je m'étais arrêté de marcher. Leila s'était retournée, un sourire aux lèvres.

— Je vais passer devant, j'avais dit.

Au passage, elle m'avait donné une tape sur les fesses, en riant.

— Qu'est-ce qui te fait rire ?

— Toi.

Le bonheur. Un jour. Il y a dix mille ans.

Plus tard sur la plage, elle m'avait posé des questions sur ma vie, sur les femmes de ma vie. Je n'ai jamais su parler des femmes que j'ai aimées. Je voulais préserver ces amours qui étaient en moi. Les raconter, c'était ramener les engueulades, les larmes, les portes qui claquent. Et les nuits qui suivent dans les draps froissés comme le cœur. Et je ne voulais pas. Je voulais que mes amours continuent de vivre. Avec la beauté du premier regard. La passion de la première nuit. La tendresse du premier réveil. J'avais répondu n'importe quoi, et le plus vaguement possible.

Leila m'avait regardé bizarrement. Puis elle m'avait parlé

de ses amoureux. Elle les comptait sur les doigts d'une seule main. La description qu'elle me fit de l'homme dont elle rêvait, de ce qu'elle attendait de lui prit des allures de portrait. Cela m'effraya. Je n'aimais pas ce portrait. Je n'étais pas celui-là. Ni personne. Je lui dis qu'elle n'était qu'une midinette. Cela l'amusa, puis cela la fâcha. On se disputa, pour la première fois. Une dispute tendue par le désir.

Sur le chemin du retour, nous n'avions plus évoqué le sujet. Nous revenions, silencieux. L'un et l'autre nous avions remisé, quelque part en nous, ce désir de l'autre. Il faudra y répondre un jour, m'étais-je dit, mais ce n'était pas le jour. Le plaisir d'être ensemble, de se découvrir, importait davantage. Nous le savions. Et le reste pouvait attendre. Sa main, un peu avant de rejoindre la voiture, s'était glissée dans la mienne. Leila était une fille épatante. Avant de se quitter, ce dimanche-là, elle m'embrassa sur la joue. « T'es un type bien, Fabio. »

Leila me souriait.

Je la revoyais enfin. De l'autre côté de la mort. Ceux qui l'avaient violée, puis tuée, étaient crevés. Les fourmis pouvaient s'activer sur la charogne. Leila n'était plus attaquable. Elle avait rejoint mon cœur, et je la porterais avec moi, sur cette terre qui chaque matin donne sa chance aux hommes.

Oui, elle devait sourire à Driss, à cet instant-là. Toni, je savais que je l'aurais tué. Pour effacer l'horreur. De mes mains, comme Driss. Aussi aveuglément. Jusqu'à ce que cette saloperie qu'il avait faite lui remonte à la gorge et l'asphyxie.

Toni pissa sur lui. Driss ouvrit les yeux, mais sans cesser de lui étreindre le cou. Toni entrevit l'enfer. Le trou noir. Il se débattit une dernière fois. Un sursaut. Le dernier souffle. Puis il ne bougea plus.

Karine cessa de pleurer. Driss se redressa. Les bras ballants, au-dessus du corps de Toni. Ils n'osèrent plus bouger, ni parler. Ils n'avaient plus de haine. Ils étaient vidés. Ils ne réalisaient même pas ce que Driss venait de faire. Ce qu'ils avaient laissé faire. Ils ne pouvaient admettre qu'ils venaient de tuer un homme.

— Il est mort ? avait finalement demandé Driss.

Personne ne lui répondit. Driss eut un haut-le-cœur et courut dans les toilettes. Il y avait une heure de ça, et, depuis, ils se bourraient la gueule et fumaient des pétards. De temps en temps, ils jetaient un regard au corps. Kader se leva, il ouvrit la porte-fenêtre du balcon et, du pied, fit rouler le corps de Toni. Ne plus le voir. Et il referma.

Chaque fois qu'ils se décidaient à m'appeler, l'un d'eux avançait une autre solution. Pour chacune, il fallait toucher au corps. Et ça, ils n'osaient pas. Ils n'osaient même plus aller sur le balcon. La bouteille de whisky aux trois quarts vide, et pas mal de pétards après, ils envisageaient de foutre le feu à la baraque et de se tirer. Le fou rire les gagna. Libérateur. J'avais cogné à la porte à cet instant-là.

Le téléphone sonna. Comme dans les mauvais feuilletons. Personne ne bougea. Ils me regardaient, attendant que je prenne une décision. Dans la chambre, Driss s'était arrêté de parler.

— On répond pas ? demanda Kader.

Je décrochai, d'un geste vif. Énervé.

— Toni ?

Une voix de femme. Une voix sensuelle, rocailleuse et chaude. Excitante.

— Qui le demande ?

Silence. J'entendais des bruits d'assiettes et de fourchettes. En fond, une musique douceâtre. Un restaurant. Les Restanques ? Et c'était peut-être Simone.

— Allô. (Une voix d'homme, avec un léger accent corse. Émile ? Joseph ?) Toni n'est pas là ? Ou sa sœur ?

— Je peux prendre un message ?

On raccrocha.

— Karine a appelé Toni ce soir ?

— Oui, répondit Jasmine. Pour qu'il vienne. Qu'c'était urgent. Elle a un numéro, pour le joindre. Elle laisse un message. Il rappelle.

J'allai dans la chambre. Ils étaient allongés l'un contre l'autre. Karine ne pleurait plus. Driss s'était endormi, en lui tenant la main. Ils étaient adorables. Je souhaitais qu'ils traversent la vie avec ce tendre abandon.

Les yeux de Karine étaient grands ouverts. Un regard hagard. Elle était encore en enfer. Je ne savais plus dans quelle chanson Barbara disait *Je préfère vivre en enfer, qu'être mort au paradis*. Ou quelque chose comme ça. Qu'est-ce que Karine souhaitait à cet instant ?

— C'est quoi le numéro où t'as appelé Toni, tout à l'heure ? lui demandai-je à voix basse.

— C'est qui qu'a appelé ?

— Des copains à ton frère, je crois.

La peur passa dans ses yeux.

— Ils vont venir ?

— T'inquiète, dis-je en secouant la tête. Tu les connais ?

— Deux. Un avec une sale tête, l'autre, un grand baraqué. On dirait un militaire. Tous les deux, ils ont une sale tête. Le militaire, il a des yeux bizarres.

Morvan et Wepler.

— Tu les as vus souvent ?

— Une fois. Mais j'les ai pas oubliés. On prenait un verre avec Toni, à la terrasse du Bar de l'Hôtel de Ville. Y s'sont assis à notre table, sans demander si ça gênait. Le militaire, il a dit : « Elle est mignonne, ta sœur ». Ça m'a pas plu, comment il a dit ça. Ni comment il m'a regardée.

— Et Toni ?

— Il a ri, mais il était mal à l'aise, je crois. « Faut qu'on parle affaires », il m'a dit. Une manière d'me demander de me tirer. L'a même pas osé m'embrasser. « J't'appelle », qu'il a fait. L'autre, j'ai senti son regard dans mon dos. J'avais honte.

— C'était quand ?

— La semaine dernière, mercredi. Mercredi midi. Le jour où Leila passait sa maîtrise. Qu'est-ce qui va se passer maintenant ?

Driss avait lâché la main de Karine et s'était retourné. Il ronflait légèrement. Par moments, il était secoué de légers tremblements. J'avais mal pour lui. Pour eux. Il leur faudrait vivre avec ce cauchemar. Est-ce qu'ils le pourraient, Karine et Driss ? Kader et Jasmine ? Je devais les aider. Les libérer de ces putains d'images qui viendraient pourrir leurs nuits. Vite. Et Driss en premier.

— Qu'est-ce qui va se passer maintenant, répéta Karine.

— Se remuer. Tes parents, ils sont où ?

— À Gardanne.

C'était pas loin d'Aix. La dernière ville minière du département. Condamnée, comme tous les hommes qui y travaillaient.

— Ton père y bosse ?

— L'ont viré, y a deux ans. Il milite au Comité de défense. Avec la CGT.

— Ça va avec eux ?

Elle haussa les épaules.

— J'ai grandi sans qu'ils s'en aperçoivent. Toni aussi. Nous éduquer, c'était construire un monde meilleur. Mon père... (Elle s'arrêta, pensive. Puis elle reprit :) Quand t'as trop souffert, trop compté les sous, tu vois plus rien d'la vie. Tu penses qu'à la changer. Une obsession. Toni, il aurait pu comprendre, je crois. Mon père, au lieu de lui dire je peux pas te payer d'mob, il lui a fait un discours. Qu'à son âge, de mob il en avait pas. Qu'y avait des choses plus importantes dans la vie, qu'les mobs. Le cirque, tu vois. Chaque fois, c'était la même chose. Les discours. Les prolos, les capitalistes, le Parti. Pour des fringues, l'argent de poche, la bagnole.

« La troisième fois qu'les flics y sont venus à la maison, mon père, il a viré Toni. Après, j'sais pas ce qu'il est devenu.

Enfin, si je sais. Ça m'plaisait pas. Comment il était devenu. Tout ça. Les gens qu'ils fréquentaient. Les propos qu'ils tenaient sur les Arabes. J'sais pas s'il le pensait vraiment. Ou si c'était...

— Et Leila ?

— J'avais envie qu'il rencontre mes amis, qu'il découvre d'autres gens. Jasmine, Leila. Ils les avaient croisées, une fois ou deux. Kader et Driss aussi. Et quelques autres. Je l'ai invité pour mon anniversaire, le mois dernier. Leila, elle lui a plu. T'sais comment c'est. On danse, on boit, on parle, on drague. Leila et lui ont beaucoup parlé, ce soir-là. Bon, il avait envie de l'embarquer, c'est sûr. Mais Leila, elle voulait pas. Elle est restée dormir ici, avec Driss.

« Il l'a revue, après. Quatre-cinq fois, je pense. À Aix. Un verre à une terrasse, une bouffe, un ciné. C'est pas allé plus loin. Leila, elle faisait ça pour moi, je crois. Plus que pour lui. Elle l'aimait pas trop, Toni. J'lui en avais pas mal parlé. Qu'il était pas ce qu'il avait l'air. J'les ai poussés l'un vers l'autre. J'me disais qu'elle pourrait le faire changer. Moi, j'y arrivais pas. J'voulais d'un frère dont j'aurais pas honte. Que j'aurais pu aimer. Comme Kader et Driss. (Son regard s'envola je ne sais où. Vers Leila. Vers Toni. Ses yeux revinrent vers moi.) J'sais qu'vous, elle vous aimait. Elle parlait souvent de vous.

« Elle pensait vous appeler. Après sa maîtrise. Elle était sûre de l'avoir. Elle avait envie de vous revoir. Elle m'avait dit : “Maintenant, je peux. Je suis une grande.”

Karine rit, puis les larmes revinrent dans ses yeux et elle se blottit contre moi.

— Allez, je dis. Ça va aller.

— J'comprends rien de ce qui s'est passé.

La vérité, on ne la saura jamais. Il ne pouvait y avoir que des hypothèses. La vérité appartenait à l'horreur. Je pouvais supposer que Toni avait été aperçu avec Leila à Aix. Par un de la bande. Par les pires, selon moi. Morvan. Wepler. Les fanatiques de la race blanche. Des épurations ethniques. Des solutions finales. Et qu'ils avaient dû mettre Toni à l'épreuve. Comme un bizutage. Pour l'élever au grade supérieur.

Chez les paras, on aimait ça. Ces trucs dingues. Niquer un mec de la chambre voisine. Faire une virée dans un bar de la Légion, en tuer un, et ramener son képi en guise de trophée. Se faire un ado qui a une allure de tantouze. Ils avaient signé avec la mort. La vie n'avait aucun prix. Ni la leur ni encore moins celle des autres. À Djibouti, j'en avais croisé des dingues, pires qu'eux. Laissant les putes mortes après leur passage, dans les quartiers de l'ancienne place Rimbaud. Le cou tranché. Mutilées parfois.

Nos anciennes colonies maintenant étaient ici. Capitale, Marseille. Ici comme là-bas, la vie n'existait pas. Que la mort. Et le sexe, avec violence. Pour dire sa haine de n'être rien. Que des fantômes en puissance. Les soldats inconnus des années futures. Un jour ou l'autre. En Afrique, en Asie, au Moyen-Orient. Ou même à deux heures de chez nous. Là où l'Occident était menacé. Partout où des bites impures se dresseraient pour niquer nos femmes. Blanches et Palmolive. Et avilir la race.

C'est ça qu'ils avaient dû lui demander, à Toni. Leur amener la crouille. Et se la faire. Les uns après les autres. Et Toni en premier. Il avait dû être le premier. Devant les autres. Avec son désir. Et sa rage d'avoir été repoussé. Une femme, c'est qu'un cul. Toutes des putes. Les crouilles, des culs de pute. Comme ces salopes de Juives. Les Juives, leur cul est plus rond, plus haut. Les crouilles, elles ont le cul un peu bas, non ? Les négresses aussi. Le cul des négresses, ah ! m'en parle pas ! Ça vaut le déplacement.

Les deux autres y étaient allés, après. Pas Morvan, ni Wepler. Non, les deux autres. Les aspirants nazis. Ceux qui étaient crevés sur le carreau, place de l'Opéra. Sans doute n'avaient-ils pas été à la hauteur, quand il avait fallu cartonner sur Leila. Niquer les crouilles, c'était une chose. Les abattre, sans que le bras ne tremble, ça ne devait pas être aussi simple.

Morvan et Wepler voyeurs. C'est ce que j'imaginais. Maîtres de cérémonie. Est-ce qu'ils s'étaient branlés en les regardant ? Ou s'étaient-ils accouplés après, avec la nostalgie des amours SS ? Des amours mâles. Viriles. Des amours de guerriers. Et quand avaient-ils décidé que le survivant de cette nuit serait celui qui placerait sa balle le plus près du cœur de Leila ?

Est-ce que Toni avait eu pitié de Leila en l'enfilant ? Une seconde au moins. Avant que lui aussi ne bascule dans l'horreur. L'irrémédiable.

Je reconnus la voix de Simone. Et elle reconnut la mienne. Le numéro où Karine laissait des messages à son frère, c'était bien les Restanques. Elle l'avait appelé là-bas ce soir.

— Passez-moi Émile. Ou Joseph.

Toujours de la musique à vomir. Caravelli et ses violons magiques. Ou une saleté de ce genre. Mais moins de bruits d'assiettes et de fourchettes. Les Restanques se vidaient. Il était minuit dix.

— Émile, dit la voix.

Celle de tout à l'heure.

— Montale. Pas besoin de te faire un dessin, tu vois qui je suis.

— Je t'écoute.

— Je vais arriver. Je veux qu'on discute. Une trêve. J'ai des propositions à faire.

Je n'avais aucun plan. À part les tuer tous. Mais ce n'était qu'une utopie. Juste ce qu'il fallait pour tenir le coup. Faire ce qu'il y avait à faire. Avancer. Survivre. Encore une heure. Un siècle.

— Seul ?

— J'ai pas encore levé d'armée.

— Toni ?

— Il a avalé sa langue.

— T'as intérêt à avoir des arguments. Parce que pour nous t'es déjà mort.

— Tu te vantes, Émile. Moi mort, vous serez tous serrés. J'ai vendu l'histoire à un canard.

— Aucun baveux osera rien écrire.

— Ici non. À Paris, oui. Si j'appelle pas à deux heures, ça roule pour la dernière édition.

— T'as qu'une histoire. Pas de preuves.

— J'ai tout. Tout ce que Manu a raflé chez Brunel. Les noms, les relevés de banque, les carnets de chèques, les achats, les fournisseurs. La liste des bars, des boîtes, des restaurants rackettés. Mieux, les noms et adresses de tous les industriels locaux qui soutiennent le Front national.

J'en rajoutais, mais ce devait être dans l'ordre des choses. Batisti m'avait bluffé sur toute la ligne. Si Zucca avait eu le moindre soupçon sur Brunel, il aurait envoyé deux de ses hommes chez l'avocat, à son bureau. Une balle dans la tête, pour seul commentaire. Le ménage aurait été fait dans la foulée. Zucca avait passé l'âge des tergiversations. Il y avait une ligne. Droite. Et rien ne devait l'infléchir. C'est ainsi qu'il avait réussi.

Et Zucca, un boulot comme ça, il ne l'aurait pas confié à Manu. Ce n'était pas un tueur. Batisti avait envoyé Manu chez Brunel pour son compte. J'ignorais pourquoi. À quelles fins. Quel jeu il jouait sur cet échiquier pourri ? Babette était catégorique. Il ne trempait plus dans les affaires. Manu avait marché dans la combine. Un travail pour Zucca ne se refusait jamais. Il faisait confiance à Batisti. Et on ne crachait pas sur autant de pognon aligné.

J'en étais arrivé à ces conclusions. Elles étaient boiteuses. Elles soulevaient encore plus de questions qu'elles n'en résolvaient. Mais je n'étais plus à ça près. Et j'étais allé trop loin. Je voulais les avoir, tous, en face de moi. La vérité. Dussé-je en crever.

— On ferme dans une heure. Amène la paperasse.

Il raccrocha. Batisti avait donc les documents. Et il avait fait tuer Zucca par Ugo. Et Manu ?

Mavros arriva vingt minutes après mon appel. Je n'avais trouvé que cette solution. L'appeler. Lui passer le relais. Lui confier Driss, et Karine. Il ne dormait pas. Il visionnait *Apocalypse Now* de Coppola. À mon avis, c'était bien la quatrième fois. Ce film le subjuguait, et il ne le comprenait pas. Je me souvenais de la chanson des Doors. *The End.*

C'était toujours la fin, annoncée, qui s'avançait vers nous. Il suffisait d'ouvrir les journaux à la page internationale ou à la rubrique faits divers. Il n'était nul besoin d'armes nucléaires. Nous nous entre-tuerons avec une sauvagerie préhistorique. Nous n'étions que des dinosaures, mais le pire, c'est que nous le savions.

Mavros n'hésita pas. Driss valait bien les risques courus. Ce gosse-là, il l'avait aimé dès que je le lui avais présenté. Ces choses étaient inexpliquables. Tout autant que l'attirance amoureuse, qui vous fait désirer un être plus qu'un autre. Il mettrait Driss sur un ring. Il le ferait cogner. Il le ferait penser. Penser au poing gauche, au poing droit. À l'allonge du bras. Il le ferait parler. De lui, de la mère qu'il n'avait pas connue, de Leila. De Toni. Jusqu'à ce qu'il se mette en règle avec ce qu'il avait fait par amour et par haine. On ne pouvait pas vivre avec de la haine. Boxer non plus. Il y avait des règles. Elles étaient injustes, souvent, trop souvent. Mais les respecter permettait de sauver sa peau. Et dans ce foutu monde, rester vivant c'était quand même la plus belle des choses. Driss, il saurait l'écouter, Mavros. Sur les conneries, il en connaissait un bon registre. À dix-neuf ans, il avait écopé d'un an de taule pour avoir cogné son entraîneur. Il avait truqué le match qu'il devait gagner. Quand on avait enfin pu l'arrêter, le mec était presque claqué. Et Mavros n'avait jamais pu prouver que le combat était arrangé. En taule, il avait médité sur tout ça.

Mavros me fit un clin d'œil. On était d'accord. On ne pouvait laisser à aucun des quatre mômes la charge d'assumer un meurtre. Toni ne méritait rien. Rien de plus que ce qu'il avait trouvé ce soir. Eux, je voulais qu'ils aient leur chance. Ils étaient jeunes, ils s'aimaient. Mais, même avec un bon avocat, aucun argument ne tiendrait. La légitime défense ? Cela resterait à prouver. Le viol de Leila ? Il n'y avait aucune preuve. Au procès, ou même avant, harcelée, Karine raconterait comment les choses s'étaient passées. Il n'y aurait plus qu'un Arabe des quartiers Nord tuant, de sang-froid, un jeune homme. Un voyou, certes, mais un Français, fils d'ouvrier. Et deux Arabes complices, et une fille, la jeune sœur, sous leur emprise. Je n'étais même pas sûr que les parents de Karine, sur les conseils de leur avocat, ne chargeraient pas Driss, Kader et Jasmine. Pour implorer pour leur fille des circonstances atténuantes. Je voyais déjà le tableau. Je n'avais plus confiance en la justice de mon pays.

Quand on souleva Toni, je sus que je me mettais hors la loi. Et que j'y entraînais Mavros. Mais la question ne se posait plus. Mavros avait déjà tout prévu. Il fermait la salle, jusqu'en septembre, et il emmenait Driss et Karine à la montagne. Dans les Hautes-Alpes. À Orcières, où il avait un petit chalet. Randonnées, piscine, vélo étaient au menu. Karine n'avait plus cours, et Driss, du garage et du cambouis, il frôlait l'overdose. Kader et Jasmine partiraient demain pour Paris. Avec Mouloud, s'il le voulait. Il pourrait vivre avec eux. Kader en était sûr, l'épicerie, à trois, on pouvait en vivre.

J'avais avancé la Golf de Toni devant la porte. Kader fit le guet dehors. Mais ça craignait rien. Le vrai désert. Ni un chat, ni même un rat. Que nous, en train de truquer la réalité, faute de pouvoir transformer le monde. Mavros ouvrit la portière arrière et je fis glisser le corps de Toni. Je contournai la voiture, ouvris la portière et assis Toni. Je le maintins avec la ceinture de sécurité. Driss vint vers moi. Je ne savais que dire. Lui non plus. Alors il me prit dans ses bras et me serra contre lui. Et m'embrassa. Puis Kader, Jasmine et Karine. Personne ne dit un mot. Mavros passa son bras autour de mon épaule.

— Je te donne des nouvelles.

Je vis Kader et Jasmine monter dans la Panda de Leila, Driss et Karine grimper dans le 4 × 4 de Mavros. Ils démarrèrent. Tout le monde partait. J'eus une pensée pour Marie-Lou. Bonjour tristesse. Je me mis au volant de la Golf. Un coup d'œil dans le rétroviseur. Toujours le désert. J'enclenchai la première. Et vogue la galère !

15

Où la haine du monde est l'unique scénario

J'avais une demi-heure de retard et cela me sauva. Les Restanques étaient illuminées comme pour un 14 juillet. Par une trentaine de gyrophares. Voitures de gendarmerie, voitures de police, ambulances. La demi-heure qu'il m'avait fallu pour emmener la Golf de Toni au troisième sous-sol du parking du Centre Bourse, d'effacer toutes les empreintes, de trouver un taxi et de revenir à la Belle-de-Mai récupérer ma voiture.

J'eus du mal à trouver un taxi. Le comble, m'étais-je dit, aurait été de tomber sur Sanchez. Mais non. Je n'eus qu'une copie conforme. Avec en prime la flamme du Front national collée au-dessus du compteur. Cours Belzunce, n'importe quelle voiture de flic aurait pu m'arrêter. Marcher seul à cette heure était en soi un délit. Aucune ne passa. On pouvait se faire assassiner facilement. Mais je ne croisai pas non plus d'assassin. Tout le monde dormait en paix.

Je me garai de l'autre côté du parking des Restanques. Sur la route, deux roues dans l'herbe, derrière une voiture de Radio France. La nouvelle s'était vite répandue. Tous les journalistes semblaient être là, contenus, avec peine, par un cordon de gendarmes devant l'entrée du restaurant. Babette devait être quelque part. Même si elle ne traitait jamais de l'actualité immédiate, elle aimait être sur les coups. Une vieille habitude de journalistes localiers.

Je l'aperçus, légèrement sur la gauche de l'équipe de France 3. Je m'approchai d'elle, passai mon bras autour de son épaule et lui murmurai à l'oreille :

— Et avec ce que je vais te raconter, tu tiens le plus grand papier de ta vie. (Je posai un baiser sur sa joue.) Salut, ma belle.

— T'arrives après le massacre.

— J'ai failli en être. Alors, je suis plutôt fier de moi !

— Déconne pas !

— On sait qui a été liquidé ?

— Émile et Joseph Poli. Et Brunel.

Je fis la grimace. Restaient dans la nature les deux plus dangereux. Morvan et Wepler. Et Batisti aussi. Puisque Simone était en vie, Batisti devait l'être aussi. Qui avait fait le coup ? Les Italiens auraient liquidé tout le monde. Morvan et Wepler ? Et ils rouleraient pour Batisti ? Je me perdais en conjectures.

Babette me prit la main et m'entraîna à l'écart des journalistes. On alla s'asseoir par terre, le dos appuyé au muret du parking et elle me raconta ce qui s'était passé. Enfin, ce qu'on leur avait dit.

Deux hommes avaient fait irruption à l'heure de la fermeture, vers minuit. Un dernier couple de clients venait à peine de partir. Dans les cuisines, il n'y avait plus personne. Il ne restait qu'un des serveurs. Il était blessé, mais légèrement. À son avis, c'était plus qu'un serveur. Un garde du corps. Il avait plongé sous le comptoir et avait fait feu sur les agresseurs. Il était toujours à l'intérieur. Auch avait voulu l'interroger immédiatement, comme Simone.

Je lui racontai tout ce que je savais. Pour la seconde fois de la journée. Je terminai avec Toni, et les sous-sols du Centre Bourse.

— T'as raison pour Batisti. Mais pour Morvan et Wepler, tu te goures. Ce sont tes deux Ritals qui ont fait le coup. Pour le compte de Batisti. En accord avec la Camorra. Mais d'abord lis ça.

Elle me tendit la photocopie d'une coupure de presse. Un article sur la tuerie du Tanagra. L'un des truands abattu était le frère aîné de Batisti, Tino. Il était de notoriété publique que Zucca avait commandité l'opération. Chacun se plaçait pour succéder à Zampa. Tino plus que tous. Zucca l'avait pris de vitesse. Et Batisti avait raccroché. La vengeance au cœur.

Batisti avait joué sur tous les tableaux. Une apparente entente avec Zucca, après avoir décroché et renoncé à toute participation dans les affaires. Des liens familiaux avec les frères Poli, et donc amicaux avec Brunel, puis, plus tard, avec Morvan et Wepler. De bonnes et étroites relations avec les Napolitains. Trois fers au feu depuis des années. Ma discussion avec lui, chez Félix, prenait tout son sens.

Sa revanche, il commença à y croire quand *O Pazzo* fut arrêté. Zucca n'était plus aussi intouchable. Le correspondant romain de Babette avait rappelé dans la soirée. Il avait eu de nouvelles informations. En Italie, les juges n'y allaient plus par quatre chemins. Des têtes tombaient chaque jour, livrant de précieuses informations. Si Michele Zaza était tombé, c'est que sa branche marseillaise était pourrie. Il fallait la couper d'urgence. Et reprendre les affaires avec un nouvel homme. C'est tout naturellement Batisti qui avait été contacté par la *Nuova Famiglia* pour opérer le virage.

Il était net. Il n'était plus sous surveillance policière. Depuis quinze ans son nom n'était apparu nulle part. Par Simone, via les frères Poli et Morvan, Batisti avait su que l'étau se resserrait autour de Zucca. La brigade d'Auch planquait en permanence près de chez lui. Il était suivi, même lors des promenades avec son caniche. Batisti informa les Napolitains et envoya Manu chez Brunel pour récupérer tous les papiers compromettants. Leur faire changer de mains.

Zucca préparait son repli sur l'Argentine. Batisti s'y résignait, à contrecœur. Ugo débarqua. Avec suffisamment de haine pour ne rien sentir du piège qu'on lui tendait. J'y perdais mon latin, mais une chose était sûre : envoyé par Batisti, Ugo avait flingué Zucca sans que la brigade d'Auch n'intervienne. Il l'avait descendu après. Armé ou pas, il l'aurait quand même liquidé. Mais une question restait entière : qui avait tué Manu, et pourquoi ?

— Batisti, dit Babette. Comme il vient de faire exécuter les autres. La grande lessive.

— Tu crois que Morvan et Wepler y sont passés aussi ?

— Ouais. Je crois ça.

— Mais il n'y a que trois cadavres.

— Les autres vont arriver, par Chronopost ! (Elle me regarda.) Allez, souris, Fabio.

— Ça ne peut pas être ça. Pour Manu. Il était mêlé à rien de tout ça. Il comptait se barrer, le coup fait. Il l'avait dit à Batisti. Tu vois, Batisti, il m'a niqué sur toute la ligne. Sauf là. Il l'aimait bien, Manu. Sincèrement.

— T'es trop romantique, mon chou. T'en crèveras.

On se regarda avec des yeux de lendemain de bringue.

— Total Khéops, hein ?

— Tu l'as dit, ma belle.

Et j'étais au centre du bourbier. À patauger dans la merde des autres. Ce n'était qu'une histoire banale de voyous. Une histoire de plus, et sans doute pas la dernière. L'argent, le pouvoir. L'histoire de l'humanité. Et la haine du monde pour unique scénario.

— Ça va ?

Babette me secouait doucement. Je m'étais assoupi. La fatigue, et trop d'alcool. Je me souvins qu'en quittant les mômes j'avais emporté la bouteille de Chivas. Il en restait encore un bon fond. Je fis à Babette ce qui se voulait ressembler à un sourire et me levai péniblement.

— Je manque de carburant. J'ai ce qu'il faut dans la voiture. T'en veux ?

Elle secoua la tête.

— Arrête de picoler !

— Je préfère mourir comme ça. Si tu permets.

Devant les Restanques, le spectacle continuait. On sortait les cadavres. Babette partit aux nouvelles. Je m'envoyai deux grandes rasades de whisky. Je sentis l'alcool descendre dans les boyaux et répandre sa chaleur dans tout le corps. Ma tête se mit à tourner. Je m'appuyai sur le capot. Mes tripes remontaient à la gorge. Je me tournai vers le bas-côté pour dégueuler dans l'herbe. C'est alors que je les vis. Étendus dans le fossé. Deux corps inertes. Deux cadavres de plus. Je ravalai mes tripes, et ce fut dégueulasse.

Je me glissai avec précaution dans le fossé et je m'accroupis près des corps. Dans leur dos, on avait réussi un carton plein. Avec un pistolet-mitrailleur. Pour eux, fini le tourisme et les chemises à fleurs. Je me relevai, la tête bourdonnante. Chronopost n'avait pas livré les cadavres attendus. Toutes nos théories tombaient à l'eau. J'allai m'extraire du fossé quand j'aperçus, plus loin dans le champ, une tache sombre. Je risquai un coup d'œil vers les Restanques. Tout le monde était occupé. À espérer une déclaration, une explication d'Auch. En trois enjambées, j'étais à côté d'un troisième cadavre. La tête bouffant la terre. Je sortis un Kleenex pour déplacer légèrement le visage vers moi, puis j'approchai la flamme du briquet. Morvan. Son 38 Spécial à la main. Fin de carrière.

J'attrapai Babette par le bras. Elle se retourna.

— Qu'est-ce que t'as ? T'es tout blanc.

— Les Ritals. Crevés. Et Morvan aussi. Dans le fossé et dans le champ... À côté de ma tire.

— De Dieu !

— T'avais raison. Avec les Ritals, Batisti s'est mis à la lessive.

— Et Wepler ?

— Dans la nature. À mon avis, au début de la fusillade, Morvan a réussi à se barrer. Ils l'ont pourchassé. Oubliant

Wepler. Le peu que tu m'en as dit, il devait être du genre à planquer, quelque part autour. Attendant mon arrivée et pour s'assurer que j'étais bien seul. Les deux Ritals, ça a dû l'intriguer, pas l'inquiéter. Le temps qu'il pige, ça explosait. Quand ils sont ressortis, courant après Morvan, il les a pris à revers.

Les flashs se mirent à crépiter. Besquet et Paoli soutenaient une femme. Simone. Auch suivait dix pas derrière. Les mains enfoncées dans les poches de sa veste, comme à son habitude. L'air grave. Très grave.

Simone traversa le parking. Un visage émacié, aux traits fins, encadré de cheveux noirs coupés mi-longs. Svelte, assez grande pour une Méditerranéenne. De la classe. Elle portait un tailleur de lin écru qui mettait en valeur le hâle de sa peau. Elle était identique à sa voix. Belle et sensuelle. Et fière, comme les femmes corses. Elle s'arrêta, prise de sanglots. Des larmes calculées. Pour permettre aux photographes de faire leur métier. Elle tourna lentement vers eux son visage bouleversé. Elle avait des yeux noirs immenses, magnifiques.

— Elle te plaît ?

C'était bien plus que ça. Elle était le type de femme après qui Ugo, Manu et moi on courait. Simone elle ressemblait à Lole. Et je compris.

— Je me casse, dis-je à Babette.

— Explique-moi.

— Pas le temps. (J'attrapai une de mes cartes de visite. Sous mon nom, j'écrivis le téléphone personnel de Pérol. Au dos, une adresse. Celle de Batisti.) T'essaies de joindre Pérol. Au bureau. Chez lui. N'importe où. Tu le trouves, Babette. Tu lui dis de venir à cette adresse. Vite. OK ?

— Je vais avec toi.

Je l'attrapai par les épaules et la secouai.

— Pas question ! T'as pas à te mêler de ça. Mais tu peux m'aider. Trouve-moi Pérol. Ciao.

Elle me rattrapa par la veste.

— Fabio !

— T'inquiète. Je te paierai les communications.

Batisti habitait rue des Flots-Bleus, au-dessus du pont de la Fausse-Monnaie, une villa qui surplombait Malmousque, la pointe de terre la plus avancée de la rade. Un des plus beaux quartiers de Marseille. Les villas, construites sur la roche, avaient une vue magnifique, et totale. De la Madrague de Montredon, sur la gauche, et bien après l'Estaque sur la droite. Devant, les îles d'Endoume, le Fortin, la Tour du Canoubier, le Château d'If et les îles du Frioul, Pomègues et Ratonneaux.

Je roulai le pied au plancher, en écoutant un vieil enregistrement de Dizzy Gillespie. J'arrivai place d'Aix quand il attaqua *Manteca*, un morceau que j'adorais. L'une des premières rencontres du jazz et de la salsa.

Les rues étaient désertes. Je pris par le port, longeai le quai de Rive-Neuve où quelques groupes de jeunes traînaient encore devant le Trolleybus. J'eus une autre pensée pour Marie-Lou. Pour cette nuit passée à danser avec elle. Le plaisir que j'y avais pris m'avait ramené des années en arrière. À cette époque où tout était encore prétexte à vivre de nuits blanches. J'avais dû vieillir un matin, en rentrant dormir. Et je ne savais pas comment.

Je me débattais dans une autre nuit blanche. Dans une ville endormie, où, même devant le Vamping, ne traînait plus une seule prostituée. J'allais jouer à la roulette russe toute ma vie passée. Ma jeunesse et mes amitiés. Manu, Ugo. Toutes les années qui suivirent. Les meilleures et les pires. Les derniers mois, les derniers jours. Contre un avenir où je pourrais dormir en paix.

L'enjeu n'était pas assez grand. Je ne pouvais affronter Batisti avec simplement des rêves de pêcheur à la ligne. Il me restait quoi dans mon jeu ? Quatre dames. Babette pour l'amitié trouvée. Leila comme un rendez-vous manqué. Marie-

Lou par une parole donnée. Lole perdue et attendue. Trèfle, pique, carreau, cœur. Va pour l'amour des femmes, me dis-je en me garant cent mètres avant la villa de Batisti.

Il devait attendre un appel de Simone. Avec quelques inquiétudes, quand même. Parce que après mon appel aux Restanques, il avait dû se décider très vite. Tous nous liquider d'un seul coup. Agir dans la précipitation, ce n'était pas son genre à Batisti. Il était calculateur, comme tous les rancuniers. Il agissait froidement. Mais l'occasion était trop belle. Elle ne se reproduirait plus et il était proche du but qu'il s'était fixé, quand il avait enterré Tino.

Je fis le tour de la villa. La grille d'accès était fermée et il n'était pas question de faire sauter un telle serrure. De plus, elle devait être reliée à un signal d'alarme. Je ne me voyais pas sonner et dire : « Salut Batisti, c'est moi, Montale. » Coincé. Puis je me souvins que toutes ces bâtisses étaient accessibles à pied, par d'anciens chemins qui descendaient directement sur la mer. Ce quartier, avec Ugo et Manu, nous l'avions écumé dans les moindres recoins. Je repris la voiture, me laissai descendre, sans mettre le moteur, jusqu'à la Corniche. J'embrayai, roulai cinq cents mètres et pris à gauche, par le vallon de la Baudille. Je me garai et continuai à pied, par les escaliers de la traverse Olivary.

J'étais exactement à l'est de la villa de Batisti. Devant le mur de clôture de sa propriété. Je le longeai et je trouvai ce que je cherchais. La vieille porte en bois qui donnait sur le jardin. Elle était recouverte de vigne vierge. Elle n'avait plus dû servir depuis des lustres. Il n'y avait plus de serrure, ni de clenche. Je poussai la porte et entrai.

Le rez-de-chaussée était éclairé. Je contournai la maison. Un vasistas était ouvert. Je sautai, me rétablis et me glissai à l'intérieur. La salle de bains. Je dégainai mon arme et m'engageai dans la maison. Dans un grand salon, Batisti était en short et tricot de peau, assoupi devant l'écran télé. Une cassette vidéo. *La Grande Vadrouille*. Il ronflait légèrement. Je m'approchai doucement et lui mis mon flingue sur la tempe. Il sursauta.

— Un revenant. (Il écarquilla les yeux, réalisa et pâlit.) J'ai laissé les autres aux Restanques. J'aime pas trop les fêtes de famille. Ni les Saint-Valentin. Tu veux les détails ? Le nombre de cadavres, tout ça ?

— Simone ? articula-t-il.

— En pleine forme. Très belle, ta fille. T'aurais pu me la présenter. J'aime bien ce genre de femme, moi aussi. Merde ! Tout pour Manu, rien pour ses petits copains.

— Qu'est-ce que tu chantes ?

Il se réveillait.

— Tu bouges pas, Batisti. Mets tes mains dans les poches du short, et bouge pas. Je suis fatigué, je me contrôle plus très bien. (Il obéit. Il réfléchissait.) N'espère plus rien. Tes deux Ritals sont morts aussi.

« Parle-moi de Manu. C'est quand qu'il a rencontré Simone ?

— Deux ans. Peut-être plus. Sa copine, je sais plus où elle était. En Espagne, je crois. Je l'avais invité à manger la bouillabaisse, à l'Épuisette, au Vallon des Auffes. Simone s'était jointe à nous. Aux Restanques, c'était jour de fermeture. Ils ont bien accroché, mais je me suis pas rendu compte. Pas tout de suite. Simone et Manu, moi ça me déplaisait pas. Les frères Poli, c'est vrai, j'ai jamais pu les encaisser. Surtout Émile.

« Puis la fille, elle est revenue. J'ai cru que c'était terminé entre lui et Simone. Ça me soulageait. J'avais peur d'une engatse. Émile, c'est un violent. Je m'étais gouré. Ils ont continué et...

— Passe les détails.

— Un jour, j'ai dit à Simone : Manu y fait encore un boulot pour moi, et y se casse à Séville, avec sa copine. Ah ! elle a fait Simone, je savais pas. J'ai pigé que c'était pas fini entre tous les deux. Mais c'était trop tard, j'avais gaffé.

— Elle l'a tué ? C'est ça ?

— Il lui avait dit qu'ils partiraient ensemble. Au Costa-Rica, ou quelque part par là. Ugo lui avait dit que c'était chouette, comme pays.

— Elle l'a tué ? C'est ça ? répétai-je. Dis-le ! Nom de Dieu de merde !

— Ouais.

Je lui tirai une claque. Une que je ruminais depuis longtemps. Et puis une deuxième, une troisième. En pleurant. Parce que je savais, je ne pourrais pas appuyer sur la gâchette. Ni même l'étrangler. J'étais sans haine. Que du dégoût. Rien que dégoût. Est-ce que je pouvais en vouloir à Simone d'être aussi belle que Lole ? Est-ce que je pouvais en vouloir à Manu d'avoir baisé le fantôme d'un amour ? Est-ce que je pouvais en vouloir à Ugo d'avoir brisé le cœur de Lole ?

J'avais posé mon arme et je m'étais jeté sur Batisti. Je l'avais soulevé et continuais de lui tirer des claques. Ce n'était plus qu'un mollusque. Je le lâchai et il s'affala sur le sol, à quatre pattes. Il me jeta un regard de chien. Peureux.

— Tu mérites même pas une balle dans la tête, je dis, pensant que c'était pourtant ça que j'avais envie de faire.

— C'est toi qui le dis, cria une voix derrière nous. Le connard, allonge-toi par terre, les jambes écartées et les mains sur la tête. Le vieux, tu restes comme t'es.

Wepler.

Je l'avais oublié.

Il nous contourna, ramassa mon arme, vérifia si elle était chargée et ôta le cran de sûreté. Il avait un bras en sang.

— Merci d'avoir montré le chemin, connard ! dit-il en m'envoyant un coup de pied.

Batisti suait à grosses gouttes.

— Wepler, attends ! implora-t-il.

— T'es pire que tous les niaquoués réunis. Pire que ces putains de crouilles. (Mon arme à la main, il s'approcha de Batisti. Il posa le canon sur sa tempe.) Lève-toi. T'es qu'une larve, mais tu vas mourir debout.

Batisti se redressa. C'était obscène, cet homme en short et tricot de peau, avec la sueur dégoulinant sur ses bourrelets de graisse. Et cette peur dans les yeux. Tuer c'était simple. Mourir...

Le coup de feu partit.

Et la pièce résonna de plusieurs détonations. Batisti s'écroula sur moi. Je vis Wepler faire deux pas, comme des entrechats. Il y eut un autre coup de feu, et il passa à travers la porte vitrée de la salle.

J'avais plein de sang sur moi. Le sang pourri de Batisti. Ses yeux étaient ouverts. Qui me regardaient. Il balbultia :

— Ma-nu... je ai... mai.

Un flot de sang m'éclaboussa le visage. Et je vomis.

Puis je vis Auch. Et les autres. Sa brigade. Puis Babette qui courut vers moi. Je repoussai le corps de Batisti. Babette s'agenouilla.

— T'as rien ?

— Pérol ? Je t'avais dit Pérol.

— Un accident. Ils ont pris en chasse une voiture. Une Mercedes, avec des Gitans. Cerutti a perdu le contrôle de la voiture, sur l'autoroute du Littoral, à la hauteur du bassin de Radoub. La glissière. Il est mort sur le coup.

— Aide-moi, lui dis-je en lui tendant la main.

J'étais sonné. La mort était partout. Sur mes mains. Sur mes lèvres. Dans ma bouche. Dans mon corps. Dans ma tête. J'étais un mort vivant.

Je vacillai. Babette glissa son bras sous mon épaule. Auch vint au-devant de nous. Les mains dans ses poches, comme toujours. Sûr. Fier. Fort.

— Ça va ? dit-il en me regardant

— Comme tu vois. L'extase.

— T'es qu'un emmerdeur, Fabio. Dans quelques jours, on les serrait tous. T'as foutu le souk. Et on n'a plus que des cadavres.

— Tu savais ? Morvan ? Tout ?

Il opina de la tête. Satisfait de lui, somme toute.

— Ils n'ont pas arrêté de faire des conneries. La première, ça été ton pote. C'était trop gros.

— Tu savais pour Ugo aussi ? T'as laissé faire ?

— Il fallait aller jusqu'au bout. On préparait le coup de filet du siècle ! Des arrestations sur toute l'Europe.

Il me tendit une cigarette. Je lui envoyai mon poing dans la gueule, avec une force que j'étais allé chercher au plus profond des trous noirs et humides où croupissaient Manu, Ugo et Leila. En hurlant.

Et je m'évanouis, me sembla-t-il.

ÉPILOGUE

Rien ne change, et c'est un jour nouveau

L'envie de pisser me réveilla vers midi. Le répondeur affichait six messages. Je n'en avais rien à foutre, vraiment. Je replongeai aussitôt dans le noir le plus épais, comme celui d'une enclume que j'aurais percutée. Le soleil se couchait quand je refis surface. Onze messages, qui pouvaient tous bien attendre encore. Dans la cuisine, un petit mot d'Honorine. « Pas vu que vous dormiez. J'ai mis du farci dans le frigo. Marie-Lou a appelé. Ça va. Elle vous embrasse. Babette, elle a ramené votre voiture. Elle vous embrasse aussi. » Elle avait rajouté : « Dites, votre téléphone, il est en panne ou quoi ? Moi aussi, je vous embrasse. » Et encore au-dessous : « J'ai lu le journal. »

Je ne pourrais pas rester longtemps ainsi. Derrière la porte, la terre continuait de tourner. Il y avait quelques salauds de moins sur la planète. C'était un autre jour, mais rien n'avait changé. Dehors, ça sentirait toujours le pourri. Je n'y pourrais rien. Ni personne. Ça s'appelait la vie, ce cocktail de haine et d'amour, de force et de faiblesse, de violence et de passivité. Et j'y étais attendu. Mes chefs, Auch, Cerutti. La femme de Pérol. Driss, Kader, Jasmine, Karine. Mouloud. Mavros. Djamel peut-être. Marie-Lou qui m'embrassait. Et Babette et Honorine qui m'embrassaient aussi.

J'avais tout mon temps. Besoin de silence. Pas envie de

bouger, encore moins de parler. J'avais un farci, deux tomates et trois courgettes. Au moins six bouteilles de vin, dont deux Cassis blanc. Une cartouche de cigarettes à peine entamée. Suffisamment de Lagavulin. Je pouvais faire face. Encore une nuit. Et un jour. Et une nuit encore, peut-être.

Maintenant que j'avais dormi, que j'étais libéré de l'abrutissement des dernières vingt-quatre heures, les fantômes allaient lancer leur assaut. Ils avaient commencé. Par une danse macabre. J'étais dans la baignoire, à fumer, un verre de Lagavulin près de moi. J'avais fermé les yeux, un instant. Ils avaient tous rappliqué. Masses informes, cartilagineuses et sanguinolentes. En décomposition. Sous la conduite de Batisti, ils s'activaient à déterrer les corps de Manu et d'Ugo. Et de Leila, en lui arrachant ses vêtements. Je n'arrivais pas à ouvrir la tombe pour descendre les sauver. Les arracher à ces monstres. Peur de mettre un pied dans le trou noir. Mais Auch, derrière moi, les mains dans les poches, me poussait à coups de pied au cul. Je basculais dans l'abîme poisseux. Je sortis la tête de l'eau. Respirant fort. Puis je m'aspergeai d'eau froide.

Nu, mon verre à la main, je restai à regarder la mer par la fenêtre. Une nuit sans étoiles. C'était bien ma chance ! Je n'osai aller sur la terrasse de peur de rencontrer Honorine. Je m'étais lavé, frotté, et l'odeur de la mort imprégnait toujours ma peau. Elle était dans ma tête, c'était pire. Babette m'avait sauvé la vie. Auch aussi. J'aimais l'une. Je détestais l'autre. Je n'avais toujours pas faim. Et le bruit même des vagues m'était insupportable. M'énervait. J'avalai deux Lexomil et me recouchai.

Je fis trois choses en me levant le lendemain, vers huit heures. Je pris un café avec Honorine sur la terrasse. On parla de tout et de rien, puis du temps, de la sécheresse et des feux qui redémarraient déjà. Je rédigeai ensuite ma lettre de démission. Concise, laconique. Je ne savais plus trop bien qui j'étais, mais certainement plus un flic. Puis je nageai, trente-cinq minutes. Sans me presser. Sans forcer. En sortant de l'eau, je regardai mon bateau. Il était encore trop tôt pour y toucher. Je devais aller à la pêche pour Pérol, sa femme et sa fille. Je n'avais plus aucune raison d'y aller, maintenant. Demain, peut-être. Ou après-demain. Le goût de la pêche reviendrait. Et avec lui celui des plaisirs simples. Honorine m'observait en haut des marches. Elle était tristounette de me voir ainsi, mais elle ne me poserait aucune question. Elle attendrait que je parle, si je le voulais. Elle rentra chez elle avant que je ne remonte.

Je mis des chaussures de marche, pris une casquette et emportai un sac à dos, avec une thermos d'eau, une serviette éponge. J'avais besoin de marcher. La route des calanques avait toujours su apaiser mon cœur. Je m'arrêtai chez un fleuriste au rond-point de Mazargue. Je choisis douze roses et les fis livrer chez Babette. Je t'appellerai. Merci. Et je filai vers le col de la Gineste.

Je rentrai tard. J'avais marché. D'une calanque à l'autre. Puis j'avais nagé, plongé, escaladé. Concentré sur mes jambes, mes bras. Mes muscles. Et le souffle. Aspirer, expirer. Avancer une jambe, un bras. Et encore une jambe, un bras. Suer toutes les impuretés, boire, suer encore. Une réoxygénation. La totale. Je pouvais revenir chez les vivants.

Menthe et basilic. L'odeur envahit mes poumons, refaits à neuf. Mon cœur se mit à battre frénétiquement. Je respirai à fond. Sur la table basse, les plants de menthe et de basilic, que j'avais arrosés à chacun de mes passages chez Lole. À côté, une valise en toile, et une autre, plus petite, en cuir noir.

Lole apparut dans l'encadrement de la porte de la terrasse. En jeans et débardeur noirs. Sa peau luisait, cuivrée. Elle était telle qu'elle avait toujours été. Telle que je n'avais cessé de la rêver. Belle. Elle avait traversé le temps, intacte. Son visage s'illumina d'un sourire. Ses yeux se posèrent sur moi.

Son regard. Sur moi.

— J'ai appelé. Ça ne répondait pas. Une quinzaine de fois. J'ai pris un taxi et je suis venue.

Nous étions là, face à face. À un mètre à peine. Sans bouger. Les bras ballants, le long du corps. Comme surpris de nous retrouver l'un devant l'autre. Vivants. Intimidés.

— Je suis heureux. Que tu sois là.

Parler.

Je déballai plus de banalités qu'il ne pouvait en exister. La chaleur. Une douche à prendre. T'es là depuis longtemps ? Tu as faim ? Soif ? Tu veux mettre de la musique ? Un whisky ?

Elle sourit à nouveau. Fin des banalités. Elle s'assit sur le canapé, devant les plants de menthe et basilic.

— Je pouvais pas les laisser là-bas. (Un sourire, encore.) Il n'y avait que toi, pour faire ça.

— Il fallait que quelqu'un le fasse. Tu ne crois pas ?

— Je crois que je serais revenue quand même. Quoi que tu aies fait, ou pas fait.

— Les arroser, c'était faire vivre l'esprit du lieu. C'est toi qui nous as appris ça. Là où vit l'esprit, l'autre n'est pas loin. J'avais besoin que tu existes. Pour aller de l'avant. Ouvrir les portes autour de moi. Je vivais dans le renfermé. Par paresse. On se satisfait toujours de moins. Un jour, on se satisfait de tout. Et on croit que c'est le bonheur.

Elle se leva et vint vers moi. De sa démarche aérienne. Mes bras étaient ouverts. Je n'avais plus qu'à la serrer contre moi. Elle m'embrassa. Ses lèvres avaient le velouté des roses expédiées le matin à Babette, d'un rouge sombre à peu près égal. Sa langue vint chercher la mienne. Nous ne nous étions jamais embrassés ainsi.

Le monde se remettait en ordre. Nos vies. Tout ce que nous avions perdu, raté, oublié trouvait enfin un sens. D'un seul baiser.

Ce baiser.

Nous avons mangé le farci, réchauffé, et sur lequel j'avais mis un filet d'huile d'olive. J'ouvris une bouteille de Terrane, un rouge de Toscane, que je gardais pour une bonne occasion. Souvenir d'un voyage à Volterra avec Rosa. Je racontai à Lole tous les événements. Dans leurs détails. Comme on disperse les cendres d'un défunt. Et que le vent emportera.

— Je savais. Pour Simone. Mais je ne croyais pas à Manu et Simone. Je ne croyais pas plus à Manu et Lole. Je ne croyais plus à rien. Quand Ugo est arrivé, j'ai su que tout s'achevait. Il n'est pas revenu pour Manu. Il est revenu pour lui. Parce qu'il n'en pouvait plus de courir après son âme. Il avait besoin d'une vraie raison de mourir.

« Tu sais, j'aurais tué Manu, s'il était resté avec Simone. Pas pas amour. Ni par jalousie. Pour le principe. Manu n'avait plus de principes. Le Bien, c'est ce qu'il pouvait avoir. Le Mal, ce qu'il ne pouvait avoir. On ne peut pas vivre ainsi.

Je préparai des pulls, des couvertures et la bouteille de Lagavulin. Je pris Lole par la main et la conduisis au bateau. Je passai la digue à la rame, puis je mis le moteur et fis cap sur les îles du Frioul. Lole s'assit entre mes jambes, sa tête sur ma poitrine. On s'échangea la bouteille, se passa les cigarettes. Sans parler. Marseille se rapprochait. Je laissai à bâbord Pomègues et Ratonneaux, le château d'If, et tirai droit devant, vers la passe.

Passée la digue Sainte-Marie, sous le Pharo, je stoppai le moteur et laissai flotter le bateau. Nous nous étions enveloppés dans les couvertures. Ma main reposait sur le ventre de Lole. À même sa peau, douce et brûlante.

Marseille se découvrait ainsi. Par la mer. Comme dut l'apercevoir le Phocéen, un matin, il y a bien des siècles. Avec le même émerveillement. Port of Massilia. Je lui connais des amants heureux, aurait pu écrire un Homère marseillais, évoquant Gyptis et Protis. Le voyageur et la princesse. Le soleil apparut, par-derrière les collines. Lole murmura :

Ô convoi des Gitans
À l'éclat de nos cheveux, orientez-vous...

Un des poèmes préférés de Leila.

Tous étaient conviés. Nos amis, nos amours. Lole posa sa main sur la mienne. La ville pouvait s'embraser. Blanche d'abord, puis ocre et rose.

Une ville selon nos cœurs.

CHOURMO

NOTE DE L'AUTEUR

Rien de ce que l'on va lire n'a existé. Sauf, bien évidemment, ce qui est vrai. Et que l'on a pu lire dans les journaux, ou voir à la télévision. Peu de choses, en fin de compte. Et, sincèrement, j'espère que l'histoire racontée ici restera là où elle a sa vraie place : dans les pages de ce livre. Cela dit, Marseille, elle, est bien réelle. Si réelle que, oui, vraiment, j'aimerais que l'on ne cherche pas des ressemblances avec des personnages ayant réellement existé. Même pas avec le héros. Ce que je dis de Marseille, ma ville, ce ne sont, simplement, et toujours, qu'échos et réminiscences. C'est-à-dire, ce qu'elle donne à lire entre les lignes.

Pour Isabelle et Gennaro,
ma mère et mon père, simplement.

C'est une sale époque, voilà tout.

RUDOLPH WURLITZER

À la mémoire d'Ibrahim Ali,
abattu le 24 février 1995
dans les quartiers nord de Marseille,
par des colleurs d'affiches du Front national.

PROLOGUE

Terminus, Marseille, gare Saint-Charles

Du haut des escaliers de la gare Saint-Charles, Guitou - comme l'appelait encore sa mère - contemplait Marseille. « La grande ville. » Sa mère y était née, mais elle ne l'y avait jamais emmené. Malgré ses promesses. Maintenant, il y était. Seul. Comme un grand.

Et dans deux heures, il reverrait Naïma.

C'est pour la voir qu'il était là.

Les mains enfoncées dans les poches de son jean, une Camel aux lèvres, il descendit lentement les marches. Face à la ville.

« En bas des escaliers, lui avait dit Naïma, c'est le boulevard d'Athènes. Tu le suis, jusqu'à la Canebière. Tu prends à droite. Vers le Vieux-Port. Quand t'y es, à ta droite encore, à deux cents mètres, tu verras un grand bar qui fait le coin. La Samaritaine, ça s'appelle. On s'attend là. À six heures. Tu peux pas te tromper. »

Ces deux heures devant lui, ça le rassurait. Il pourrait repérer le bar. Être à l'heure. Naïma, il ne voulait pas la faire attendre. Il avait hâte de la retrouver. De prendre sa main, de la serrer dans ses bras, de l'embrasser. Ce soir, ils dormiront ensemble. Pour la première fois. Leur première fois, pour elle et pour lui. Mathias, un copain de lycée de Naïma, leur laissait son studio. Ils ne seraient que tous les deux. Enfin.

Cette pensée le fit sourire. Un sourire timide, comme lorsqu'il avait rencontré Naïma.

Puis il fit une grimace, en songeant à sa mère. Sûr qu'au retour il passerait un mauvais quart d'heure. Non seulement il s'était taillé sans autorisation, à trois jours de la rentrée des classes, mais, avant de partir, il avait piqué mille balles dans la caisse du magasin. Une boutique de prêt-à-porter, très bon chic bon genre, dans le centre de Gap.

Il haussa les épaules. Ce n'était pas mille balles qui mettraient en péril le train-train familial. Sa mère, il s'en arrangerait. Comme toujours. Mais c'est l'autre qui l'inquiétait. Le gros connard qui se prenait pour son père. Il l'avait déjà tabassé une fois, à cause de Naïma.

En traversant les allées de Meilhan, il avisa une cabine téléphonique. Il se dit qu'il ferait quand même bien de l'appeler, sa mère. Pour qu'elle ne s'inquiète pas.

Il posa son petit sac à dos et mit la main dans la poche arrière de son jean. La claque ! Plus de portefeuille ! Il palpa l'autre poche, affolé, puis, même si ce n'était pas son habitude de le mettre là, celle de son blouson en toile. Rien. Comment avait-il pu le perdre ? Il l'avait en sortant de la gare. Il y avait rangé son billet de train.

Il se souvint. En descendant les escaliers de la gare, un beur lui avait demandé du feu. Il avait sorti son Zippo. Au même moment, il avait été bousculé, presque poussé dans le dos, par un autre beur qui descendait en courant. Comme un voleur, avait-il pensé. Il avait failli perdre l'équilibre sur les marches et s'était retrouvé dans les bras de l'autre. Il s'était fait niquer en beauté.

Il eut comme un vertige. La colère, et l'inquiétude. Plus de papiers, plus de télécarte, plus de billet de train, et, surtout, presque plus d'argent. Il ne lui restait que la monnaie du billet SNCF et du paquet de Camel. Trois cent dix balles. « Merde ! » lâcha-t-il à haute voix.

— Ça va ? lui demanda une vieille dame.

— M'suis fait tirer mon portefeuille.

— Ah ! mon pauvre. Y a rien à y faire ! C'est des malheurs qu'ils arrivent tous les jours. (Elle le regarda, compatissante.) Faut pas aller voir la police. Hein ! Faut pas ! Ferait que vous causer plus d'ennuis !

Et elle continua, son petit sac à main serré sur la poitrine. Guitou la suivit des yeux. Elle se fondit dans la masse bigarrée des passants, Noirs et Arabes pour la plupart.

Marseille, ça commençait plutôt mal !

Pour chasser la scoumoune, il embrassa la médaille en or de la Vierge qui pendait sur sa poitrine encore bronzée de l'été en montagne. Sa mère la lui avait offerte pour sa communion. Ce matin-là, elle l'avait décrochée de son cou et la lui avait passée autour du sien. « Elle vient de loin, elle avait dit. Elle te protégera. »

Il ne croyait pas en Dieu, mais, comme tous les fils d'Italiens, il était superstitieux. Et puis embrasser la Vierge, c'était comme embrasser sa mère. Quand il n'était encore qu'un môme et qu'elle le couchait, elle posait un baiser sur son front. Dans le mouvement, la médaille s'avançait vers ses lèvres, portée par les deux opulents nénés de sa mère.

Il chassa cette image, qui l'excitait toujours. Et pensa à Naïma. Ses seins, moins gros, étaient aussi beaux que ceux de sa mère. Aussi sombres. Un soir, derrière la grange des Reboul, il avait glissé la main sous le pull de Naïma, tout en l'embrassant. Elle l'avait laissé les caresser. Lentement, il avait remonté le pull, pour les voir. Ses mains tremblaient. « Ils te plaisent ? » avait-elle demandé à voix basse. Il n'avait pas répondu, seulement ouvert les lèvres pour les prendre dans sa bouche, l'un après l'autre. Il se mit à bander. Il allait retrouver Naïma, et le reste n'avait pas grande importance.

Il se débrouillerait.

Naïma se réveilla en sursaut. Un bruit, à l'étage au-dessus. Un bruit bizarre. Sourd. Son cœur battait fort. Elle tendit l'oreille, en retenant sa respiration. Rien. Le silence. Une faible lumière filtrait à travers les persiennes. Quelle heure pouvait-il être ? Elle n'avait pas de montre sur elle. Guitou dormait paisiblement. Sur le ventre. Le visage tourné vers elle. À peine entendait-elle son souffle. Ça la rassura, ce souffle régulier. Elle se rallongea et se serra contre lui, les yeux ouverts. Elle aurait bien fumé, pour se calmer. Se rendormir.

Elle glissa délicatement sa main sur les épaules de Guitou, puis la fit descendre sur son dos en une longue caresse. Il avait la peau soyeuse. Douce. Comme ses yeux, ses sourires, sa voix, les mots qu'il lui disait. Comme ses mains sur son corps. C'est ce qui l'avait attirée vers lui, cette douceur. Presque féminine. Les garçons qu'elle avait connus, et même Mathias avec qui elle avait flirté, étaient plus brutaux dans leur manière d'être. Guitou, au premier sourire, elle avait immédiatement désiré être dans ses bras et poser sa tête contre sa poitrine.

Elle avait envie de le réveiller. Qu'il la caresse, comme tout à l'heure. Elle avait aimé ça, ses doigts sur son corps, son regard émerveillé qui la rendait belle. Et amoureuse. Faire l'amour lui était apparu la chose la plus naturelle. Elle avait aimé ça, aussi. Est-ce que ce serait encore aussi bon, quand ils recommenceraient ? Est-ce que c'était toujours comme ça ? Elle sentit courir les frissons sur sa peau à ce souvenir. Elle sourit, puis elle posa un baiser sur l'épaule de Guitou, et se serra encore plus contre lui. Il était chaud.

Il bougea. Sa jambe vint se glisser entre les siennes. Il ouvrit les yeux.

— T'es réveillée ? murmura-t-il, en lui caressant les cheveux.

— Un bruit. J'ai entendu un bruit.

— T'as peur ?

Il n'y avait aucune raison d'avoir peur.

Hocine dormait à l'étage supérieur. Ils avaient un peu parlé avec lui, tout à l'heure. Quand ils étaient venus chercher les clefs, avant d'aller manger une pizza. C'était un historien algérien. Un historien de l'Antiquité. Il s'intéressait aux fouilles archéologiques de Marseille. « D'une incroyable richesse », avait-il commencé à expliquer. Ça avait l'air passionnant. Mais ils ne l'avaient écouté que d'une oreille distraite. Pressés de n'être que tous les deux. De se dire qu'ils s'aimaient. Et de s'aimer, après.

Les parents de Mathias hébergeaient Hocine depuis plus d'un mois. Ils étaient partis pour le week-end dans leur villa de Sanary, dans le Var. Et Mathias avait pu leur laisser son studio du rez-de-chaussée.

C'était une de ces belles maisons rénovées du Panier, à l'angle des rues des Belles-Écuelles et du Puits-Saint-Antoine, près de la place Lorette. Le père de Mathias, un architecte, en avait redessiné l'intérieur. Trois étages. Jusqu'à la terrasse, *à l'italienne*, sur le toit, d'où l'on dominait toute la rade, de l'Estaque à la Madrague de Montredon. Sublime.

Naïma avait dit à Guitou : « Demain matin, j'irai chercher du pain. On déjeunera sur la terrasse. Tu verras comme c'est beau. » Elle voulait qu'il aime Marseille. Sa ville. Elle lui en avait tant parlé. Guitou avait été un peu jaloux de Mathias. « T'es sortie avec lui ? » Elle avait ri, mais elle ne lui avait pas répondu. Plus tard, quand elle lui avait avoué : « Tu sais, c'est vrai, c'est la première fois », il avait oublié Mathias. Le petit déjeuner promis. La terrasse. Et Marseille.

— Peur de quoi ?

Elle glissa sa jambe sur lui, la remonta vers son ventre. Son genou effleura son sexe, et elle le sentit se durcir. Elle posa sa joue sur sa poitrine pubère. Guitou la serra contre lui. Il lui caressa le dos. Naïma frissonna.

Il la désirait à nouveau, très fort, mais il ne savait pas si ça se faisait. Si c'était ça qu'elle voulait. Il ne savait rien des filles, ni de l'amour. Mais il bandait, follement. Elle leva les yeux vers lui. Et ses lèvres rencontrèrent les siennes. Il l'attira et elle vint sur lui. Puis ils l'entendirent crier, Hocine.

Le cri les glaça.

— Mon Dieu ! dit-elle, presque sans voix.

Guitou repoussa Naïma et bondit hors du lit. Il enfila son caleçon.

— Où tu vas ? demanda-t-elle sans oser bouger.

Il ne savait pas. Il avait peur. Mais il ne pouvait pas rester comme ça. Montrer qu'il avait peur. C'était un homme, maintenant. Et Naïma le regardait.

Elle s'était assise sur le lit.

— Va t'habiller, dit-il.

— Pourquoi ?

— Je sais pas.

— Qu'est-ce qu'y a ?

— Je sais pas.

Des pas résonnèrent dans les escaliers.

Naïma fila vers la salle de bains, en ramassant ses affaires éparses. L'oreille contre la porte, Guitou écouta. D'autres pas dans les escaliers. Des chuchotements. Il ouvrit, sans réaliser vraiment ce qu'il faisait. Comme dépassé par sa peur. Il vit d'abord l'arme. Puis le regard de l'homme. Cruel, si cruel. Tout son corps se mit à trembler. Il n'entendit pas la détonation. Il sentit seulement une douleur brûlante lui envahir le ventre, et il pensa à sa mère. Il tomba. Sa tête s'écrasa violemment sur la pierre de l'escalier. Son arcade sourcilière se déchira. Il découvrit le goût du sang dans sa bouche. C'était dégueulasse.

« On se tire » est la dernière chose qu'il entendit. Et il sentit qu'on l'enjambait. Comme un cadavre.

1

Où, face à la mer, le bonheur est une idée simple

Rien n'est plus agréable, quand on n'a rien à faire, que de casser la croûte, le matin, face à la mer.

En fait de casse-croûte, Fonfon avait préparé une anchoïade qu'il sortait juste du four. Je revenais de la pêche, heureux. J'avais ramené un beau loup, quatre daurades et une dizaine de mulets. L'anchoïade ajouta à mon bonheur. J'ai toujours eu le bonheur simple.

J'ouvris une bouteille de rosé de Saint-Cannat. La qualité des rosés de Provence m'émerveillait chaque année davantage. On trinqua, pour se faire la bouche. Ce vin-là, de la Commanderie de la Bargemone, était un délice. On sentait sous la langue le merveilleux ensoleillement des petits coteaux de la Trévaresse. Fonfon m'adressa un clin d'œil, puis on se mit à tremper nos tranches de pain dans la purée d'anchois, relevée de poivre et d'ail haché. Mon estomac se réveilla à la première bouchée.

— Couquin ! Ça fait du bien, sas !

— Tu l'as dit.

On ne pouvait en dire plus. Un mot de plus aurait été un mot de trop. On mangea sans parler. Les yeux perdus sur la surface de la mer. Une belle mer d'automne, d'un bleu sombre, presque velouté. Je ne m'en lassais pas. Chaque fois surpris par l'attraction qu'elle exerçait sur moi. Un appel. Mais je n'étais ni un marin ni un voyageur. J'avais des rêves, là-bas, derrière la ligne d'horizon. Des rêves d'adolescent. Mais je ne m'étais jamais aventuré si loin. Sauf une fois. En mer Rouge. C'était il y a longtemps.

J'approchais des quarante-cinq ans et, comme beaucoup de Marseillais, les récits de voyages me comblaient plus que les voyages eux-mêmes. Je ne me voyais pas prendre un avion pour aller à Mexico City, Saigon ou Buenos Aires. J'étais d'une génération pour laquelle les voyages avaient un sens. Celui des paquebots, des cargos. De la navigation. De ce temps qu'impose la mer. Des ports. De la passerelle jetée sur le quai, et de l'ivresse des odeurs nouvelles, des visages inconnus.

Je me satisfaisais d'amener mon pointu, le *Trémolino*, au large de l'île Maïre et de l'archipel de Riou, pour pêcher pendant quelques heures, enveloppé dans le silence de la mer. Je n'avais plus rien d'autre à faire, que ça. Aller à la pêche, quand ça me prenait. Et taper la belote entre trois et quatre. Jouer les apéros à la pétanque.

Une vie bien réglée.

Quelquefois, je partais en virée dans les calanques, Sormiou, Morgiou, Sugiton, En-Vau... Des heures de marche, sac au dos. Je suais, je soufflais. Cela me maintenait en forme. Cela apaisait mes doutes, mes craintes. Mes angoisses. Leur beauté me réconciliait avec le monde. Toujours. C'est vrai qu'elles sont belles, les calanques. Ce n'est rien de le dire, il faut venir les voir. Mais on ne peut y accéder qu'à pied, ou en bateau. Les touristes y réfléchissaient à deux fois, et c'était bien ainsi.

Fonfon se leva une bonne dizaine de fois, pour aller servir ses clients. Des types qui, comme moi, avaient leurs habitudes ici. Des vieux surtout. Son mauvais caractère n'avait pas réussi à les éloigner. Ni même qu'on ne puisse lire *Le Méridional* dans son bar. Seuls *Le Provençal* et *La Marseillaise* étaient autorisés. Fonfon était un vieux militant de la SFIO. Il avait les idées larges, mais pas jusqu'à tolérer celles du Front national. Surtout pas chez lui, dans son bar où s'était tenu bon nombre de réunions politiques. Gastounet, comme on appelait familièrement l'ancien maire, y était même venu une fois, accompagné de Milou, pour serrer la main des militants socialistes. C'était en 1981. Le temps des désillusions était ensuite venu. De l'amertume aussi.

Un matin, Fonfon avait décroché le portrait du président de la République qui trônait au-dessus du percolateur et l'avait jeté dans sa grosse poubelle plastique rouge. On avait entendu le bruit du verre brisé. De derrière son comptoir, Fonfon nous avait regardés les uns après les autres, mais personne n'avait pipé.

Fonfon n'en avait pas mis pour autant son drapeau dans la poche. Ni sa langue. Fifi-Grandes-Oreilles, un de nos partenaires de belote, avait tenté de lui expliquer, la semaine dernière, que *Le Méridional* avait évolué. C'était toujours un journal de droite, bon d'accord, mais libéral, quoi. D'ailleurs, dans tout le reste du département, les pages locales étaient communes au *Provençal* et au *Méridional*. Alors, hein, toutes ces histoires...

Ils avaient failli en venir aux mains.

— Vé, un journal qu'il a fait son succès en incitant à zigouiller les Arabes, moi, ça me soulève le cœur. Rien que de le voir, j'ai comme les mains sales.

— De Diou ! On peut pas parler avec toi !

— Mon beau, c'est pas parler, ça. C'est déparler. Vé, j'ai pas cassé du boche pour entendre tes conneries.

— Fan ! C'est reparti, avait lâché Momo, en coupant du huit de carreau sur l'as de trèfle de Fonfon.

— Toi, on te demande rien ! T'as fait la guerre avec la racaille mussolinienne ! Estime-toi heureux d'être admis à cette table.

— Belote, avais-je dit.

Mais c'était trop tard. Momo avait jeté ses cartes sur la table.

— Vé ! Je peux aller jouer ailleurs.

— C'est ça. Va chez Lucien. Là-bas, les cartes, elles sont bleu-blanc-rouge. Et le roi de pique, il est en chemise noire.

Momo était parti et n'avait plus remis les pieds dans le bar. Mais il n'alla pas chez Lucien. Il ne jouait plus à la belote avec nous, c'est tout. Et c'était triste, parce qu'on l'aimait bien, Momo. Mais Fonfon n'avait pas tort. Ce n'est pas parce qu'on vieillissait qu'il fallait fermer sa gueule. Mon père aurait été comme lui. Pire peut-être, parce que, lui, il avait été communiste, et le communisme n'était plus aujourd'hui dans le monde qu'un tas de cendres froides.

Fonfon revint avec une assiette de pain frotté à l'ail puis à la tomate fraîche. Juste pour adoucir le palais. Le rosé, là-dessus, trouvait de nouvelles raisons d'être dans nos verres.

Le port s'éveillait lentement, avec les premiers rayons chauds du soleil. Ce n'était pas le même brouhaha que sur la Canebière. Non, c'était juste une rumeur. Des voix, de la musique ici et là. Des voitures qui démarraient. Des moteurs de bateaux qu'on lançait. Et le premier bus qui arrivait, pour faire le plein de lycéens.

Les Goudes, à une demi-heure à peine du centre-ville, n'était, passé l'été, qu'un village de six cents personnes. Depuis que j'étais revenu vivre à Marseille, cela faisait une bonne dizaine d'années, je n'avais pu me résoudre à habiter ailleurs qu'ici, aux Goudes. Dans un cabanon - un petit deux-pièces-cuisine - que j'avais hérité de mes parents. À mes heures perdues, je l'avais retapé tant bien que mal. C'était loin d'être luxueux, mais, à huit marches au-dessous de ma terrasse, il y avait la mer, et mon bateau. Et ça, c'était certainement mieux que toutes les espérances de paradis.

Impossible de croire, à qui n'est pas venu un jour jusqu'ici, dans ce petit port usé par le soleil, qu'on se trouve dans un arrondissement de Marseille. Dans la seconde ville de France. On est là au bout du monde. La route se termine à moins d'un kilomètre, à Callelongue, dans un sentier de rocaille blanche à la végétation rare. C'est par là que je partais en balade. Par le vallon de la Mounine, puis le Plan des Cailles qui permet d'atteindre les cols de Cortiou et de Sormiou.

Le bateau de l'école de plongée sortit de la passe et fit cap sur les îles du Frioul. Fonfon le suivit des yeux, puis il tourna son regard vers moi et dit avec gravité :

— Alors, qu'est-ce t'en penses ?

— Je pense qu'on va se faire mettre.

J'ignorais de quoi il voulait parler. Avec lui, cela pouvait être du ministre de l'Intérieur, du FIS, de Clinton. Du nouvel entraîneur de l'OM. Ou même du pape. Mais ma réponse ne pouvait être que la bonne. Parce que c'était sûr qu'on allait se faire mettre. Plus on nous bassinait les oreilles avec le social, la démocratie, la liberté, les droits de l'homme et tout le tintouin, plus on se faisait mettre. Aussi vrai que deux et deux font quatre.

— Voueï, dit-il. C'est ce que je pense aussi. C'est comme à la roulette. Vé, tu mises, tu mises, et y a qu'un trou et t'es toujours perdant. Toujours cocu.

— Mais tant que tu mises, tu restes en vie.

— Vé ! De nos jours, faut miser gros pour ça. Moi, mon beau, des plaques, j'en ai plus assez.

Je finis mon verre, et le regardai. Ses yeux étaient posés sur moi. Des cernes presque violets lui bouffaient le haut des joues. Cela accentuait la maigreur de son visage. Fonfon, je ne l'avais pas vu vieillir. Je ne savais même plus l'âge qu'il avait. Soixante-quinze, soixante-seize. Ce n'était pas si vieux que ça.

— Tu vas me faire chialer, je dis pour plaisanter.

Mais je savais bien que lui, il ne plaisantait pas. Ouvrir le bar lui demandait chaque matin un effort considérable. Il ne supportait plus les clients. Il ne supportait plus sa solitude. Peut-être qu'un jour, même moi, il ne me supporterait plus, et c'est ça qui devait l'inquiéter.

— Je vais arrêter, Fabio.

D'un geste large, il désigna le bar. La vaste salle avec sa vingtaine de tables, le baby-foot dans un coin – une pièce rare des années soixante –, au fond, le comptoir, en bois et zinc, que tous les matins Fonfon astiquait avec soin. Et les clients. Deux types au comptoir. Le premier plongé dans *L'Équipe* et le second lorgnant les résultats sportifs par-dessus son épaule. Deux vieux, presque face à face. L'un lisant *Le Provençal*, l'autre *La Marseillaise*. Trois lycéens qui attendaient le bus, en se racontant leurs vacances.

L'univers de Fonfon.

— Déconne pas !

— J'ai toujours été derrière un comptoir. Depuis que je suis arrivé à Marseille avec Luigi, mon pauvre frère. Tu l'as pas connu, toi. À seize ans, on a commencé. Au bar de Lenche. Lui, il s'est mis docker. Moi j'ai fait le Zanzi, le bar Jeannot aux Cinq-Avenues, et le Wagram, sur le Vieux-Port. Après la guerre, quand j'ai eu quatre sous, je me suis mis ici. Aux Goudes. On était bien, vé. Ça fait quarante ans.

« Avant, on se connaissait tous. Un jour, t'aidais Marius à repeindre son bar. Un jour, c'est lui qui te filait un coup de main pour malonner la terrasse. On partait à la pêche ensemble. À la tartane, qu'on pêchait. Y avait encore le mari d'Honorine, ce pauvre Toinou. Je te dis pas ce qu'on ramenait ! Et on partageait pas. Rien. On se faisait des bouillabaisses monstres, chez l'un, chez l'autre. Les femmes, les enfants. Vingt, trente, qu'on était parfois. Et ça te rigolait ! Vé, tes parents, là où ils sont, que Dieu les garde, ils doivent encore s'en souvenir.

— Je m'en rappelle, Fonfon.

— Voueï, toi, tu voulais manger que la soupe avèque les croûtons. Pas le poisson. Tu y faisais un de ces cirques à ta pauvre mère.

Il cessa de parler, perdu dans les souvenirs du « bon temps ». Le ver de terre noiraud que j'étais jouait à noyer Magali, sa fille, dans le port. Nous avions le même âge. Tous, ils nous voyaient déjà mariés, elle et moi. Magali, ce fut mon premier amour. La première avec qui j'ai couché. Dans le blockhaus, au-dessus de la Maronnaise. Le matin, on avait eu droit aux engueulades, parce que nous étions rentrés après minuit.

Nous avions seize ans.

— C'est vieux tout ça.

— Vé ! C'est ce que je t'explique. Tu vois, on avait chacun nos idées. On s'engueulait, pire que des poissonnières. Et tu me connais, j'étais pas le dernier. J'ai toujours été grande gueule. Mais bon, on avait le respect. Maintenant, si tu chies pas sur plus pauvre que toi, on te cracherait à la gueule.

— Qu'est-ce que tu vas faire ?

— Je ferme.

— T'en as parlé à Magali et à Fredo ?

— Te fais pas plus couillon que t'es ! Tu l'as pas vue ici depuis combien de temps, Magali ? Et les enfants ? Ça fait des années qu'ils se la jouent Parisiens. Avec tout le saint-frusquin et la voiture qui va avec. L'été, y préfèrent aller se faire bronzer les fesses à Benidorm, chez les Turcs, ou aux îles je-sais-pas-quoi. Ici, tu parles, c'est qu'un endroit de minables comme nous. Et Fredo, vé, il est peut-être mort. La dernière fois qu'y m'a écrit, il allait ouvrir un *ristorante* à Dakar. Depuis, les nègres, ils ont dû le manger tout cru ! Tu veux un café ?

— Je veux bien.

Il se leva. Il posa la main sur mon épaule et se pencha vers moi, sa joue frôlant la mienne.

— Fabio, tu mets un franc sur la table, et le bar, je te le donne. J'ai pas arrêté d'y penser. Tu vas pas rester, comme ça, à rien faire. Hein ? L'argent, ça va ça vient, mais ça dure jamais longtemps. Alors, je me garde la maisonnette et, quand je meurs, tu t'assures juste qu'y me mettent bien à côté de ma Louisette.

— Putain ! Mais t'es pas encore mort !

— Je sais. Ça te laisse un peu de temps pour réfléchir.

Et il partit vers son comptoir sans que je puisse ajouter un mot. D'ailleurs, je ne sais pas ce que j'aurais pu dire. Sa proposition me laissait sans voix. Sa générosité, plus que tout. Parce que moi, je ne me voyais pas derrière son comptoir. Je ne me voyais nulle part.

J'attendais de voir venir, comme on dit ici.

Ce que je vis venir, de plus immédiat, c'est Honorine. Ma voisine. Elle marchait d'un pas alerte, son cabas sous le bras. L'énergie de cette petite bonne femme de soixante-douze ans me surprenait toujours.

Je finissais un second café, en lisant le journal. Le soleil me chauffait doucettement le dos. Ça me permettait de ne pas trop désespérer du monde. La guerre se poursuivait dans l'ex-Yougoslavie. Une autre venait d'éclater en Afrique. Il s'en couvait une en Asie, aux frontières du Cambodge. Et, c'était plus que certain, ça ne tarderait pas à péter à Cuba. Ou quelque part par là-bas, en Amérique centrale.

Plus près de nous, ce n'était guère plus réjouissant.

« Cambriolage sanglant au Panier », titrait en page locale *Le Provençal*. Un article bref, de dernière heure. Deux personnes avaient été assassinées. Les propriétaires, en week-end à Sanary, avaient découvert hier soir seulement les cadavres des amis qu'ils hébergeaient. Et leur maison vidée de tout ce qui était revendable : télé, magnétoscope, hi-fi, CD... Selon la police, la mort des victimes remontait à la nuit du vendredi au samedi, vers les trois heures du matin.

Honorine vint droit sur moi.

— Je pensais bien vous trouver là, dit-elle en posant son cabas par terre.

Fonfon apparut instantanément, un sourire sur les lèvres. Ils s'aimaient bien, ces deux-là.

— Adieu Honorine.

— Vous me faites un petit café, Fonfon. Mais pas trop

serré, hein, que j'en ai déjà trop bu. (Elle s'assit, et tira sa chaise vers moi.) Dites, vous avez de la visite.

Elle me regarda, guettant ma réaction.

— Où ça ? Chez moi ?

— Bé oui, chez vous. Pas chez moi. Qui vous voulez qui vienne me voir ? (Elle attendait que je l'interroge, mais ça lui brûlait les lèvres de faire la bavarde.) Vous vous imaginez pas qui c'est !

— Ben non.

Je n'imaginais pas qui pouvait venir me voir. Comme ça, un lundi, à neuf heures et demie du matin. La femme de ma vie était dans sa famille, entre Séville, Cordoue et Cadix, et je ne savais pas quand elle reviendrait. Je ne savais même pas si Lole reviendrait un jour.

— Vé, ça va vous faire une surprise. (Elle me regarda encore, les yeux pleins de malice. Elle n'y tenait plus.) C'est votre cousine. Votre cousine Angèle.

Gélou. Ma belle cousine. Pour une surprise, c'en était une. Gélou, je ne l'avais pas revue depuis dix ans. Depuis l'enterrement de son mari. Gino s'était fait descendre, une nuit, en fermant son restaurant à Bandol. Comme ce n'était pas un voyou, tout le monde pensa à une mauvaise histoire de racket. L'enquête se perdit, comme tant d'autres, au fond d'un tiroir. Gélou vendit le restaurant, prit ses trois enfants sous le bras et partit refaire sa vie ailleurs. Je n'avais plus jamais eu de ses nouvelles.

Honorine se pencha vers moi et parla sur le ton de la confidence :

— La pauvre, vé, elle a pas l'air dans son assiette. Je mettrais ma main au feu qu'elle a des ennuis.

— Qu'est-ce qui vous fait dire ça ?

— C'est pas qu'elle a pas été gentille, hein. Elle m'a fait la bise, et des sourires. On a un peu fait la bazarette en buvant le café. Mais j'ai bien vu que, dessous tout ça, elle a une pauvre figure de jours sans pain.

— Elle est peut-être simplement fatiguée.

— Pour moi, c'est les ennuis. Et qu'elle vient vous voir pour ça.

Fonfon revint avec trois cafés. Il s'assit devant nous.

— T'en reprendrais un, je me suis dit. Ça va ? il demanda en nous regardant.

— C'est Gélou, dit Honorine. Vous vous souvenez ? (Il acquiesça.) Elle vient d'arriver.

— Ben, et alors ?

— Elle a des ennuis, je dis.

Honorine avait des jugements infaillibles. Je regardai la mer, en me disant que la tranquillité était sans doute finie. En un an, j'avais pris deux kilos. D'être peinard, ça commençait à me peser. Alors, avec des ennuis ou pas, Gélou était la bienvenue. Je vidai ma tasse et me levai.

— J'y vais.

— Et si je prenais une fougasse, pour midi, dit Honorine. Elle va bien rester pour manger, non ?

2

Où quand on parle, on en dit toujours trop

Gélou se retourna et toute ma jeunesse me sauta à la gueule. C'était la plus belle du quartier. Elle avait fait tourner la tête à plus d'un, et à moi le premier. Elle avait accompagné mon enfance, alimenté mes rêves d'adolescent. Elle avait été mon amour secret. Inaccessible. Gélou, c'était une grande. Elle avait près de trois ans de plus que moi.

Elle me sourit, et deux fossettes illuminèrent son visage. Le sourire de Claudia Cardinale. Elle le savait, Gélou. Et qu'elle lui ressemblait, aussi. Presque trait pour trait. Elle en avait souvent joué, poussant même jusqu'à s'habiller et se coiffer comme la star italienne. Nous ne rations aucun de ses films. Ma chance, c'était que les frères de Gélou n'aimaient pas ça, le cinéma. Ils préféraient les matchs de foot. Gélou venait me chercher, le dimanche après-midi, pour que je l'accompagne. Chez nous, à dix-sept ans, une fille ne sortait jamais seule. Même pour aller retrouver des copines. Il devait toujours y avoir un garçon de la famille. Et Gélou, elle m'aimait bien.

J'adorais ça, être avec elle. Dans la rue, quand elle me donnait le bras, Dieu n'était pas mon cousin ! Lors de la projection du *Guépard*, de Visconti, je faillis devenir fou. Gélou s'était penchée vers moi et m'avait murmuré à l'oreille :

— Hein ! qu'elle est belle.

Alain Delon la prenait dans ses bras. J'avais posé ma main sur celle de Gélou et, presque sans voix, je lui avais répondu :

— Comme toi.

Sa main resta dans la mienne pendant toute la projection. Je ne compris rien au film tellement je bandais. J'avais quatorze ans. Mais je ne ressemblais pas le moins du monde à Delon, et Gélou était ma cousine. Quand la lumière revint, la vie reprit ses droits et, je le compris, elle serait totalement injuste.

Ce fut un sourire fugace. L'éclair des souvenirs. Gélou s'avança vers moi. J'eus à peine le temps de voir les larmes qui embuaient ses yeux qu'elle était dans mes bras.

— Ça me fait plaisir de te voir, dis-je en la serrant contre moi.

— J'ai besoin de ton aide, Fabio.

La même voix, brisée, que la comédienne. Mais ce n'était pas une réplique de film. Nous n'étions plus au cinéma. Claudia Cardinale s'était mariée, avait eu des enfants et vivait heureuse. Alain Delon avait grossi et gagné beaucoup d'argent. Nous, nous avions vieilli. La vie, comme promis, avait été injuste avec nous. Et elle l'était toujours. Gélou avait des ennuis.

— Tu vas me raconter ça.

Guitou, le plus jeune de ses trois garçons, avait fugué. Vendredi matin. Sans laisser de mot, rien. Il avait seulement piqué mille francs dans la caisse du magasin. Depuis, le silence. Elle avait espéré qu'il l'appelle, comme quand il partait en vacances chez ses cousins à Naples. Elle avait pensé qu'il reviendrait le samedi. Elle l'avait attendu toute la journée. Puis tout le dimanche. Cette nuit, elle avait craqué.

— Tu penses qu'il est allé où ?

— Ici. À Marseille.

Elle n'avait pas hésité. Nos yeux se croisèrent. Le regard de

Gélou se perdit au loin, là où ça ne devait pas être simple d'être une mère.

— Faut que je t'explique.

— Je crois, oui.

Je refis du café pour la seconde fois. J'avais mis un disque de Bob Dylan. L'album *Nashville Skyline.* Mon préféré. Avec *Girl From The North Country*, en duo avec Johnny Cash. Une vraie merveille.

— C'est vieux, ça. Ça fait des années que je l'ai pas entendu. T'écoutes toujours ça, toi ?

Elle avait dit ces derniers mots presque avec dégoût.

— Ça et d'autres choses. Mes goûts évoluent peu. Mais je peux te mettre Antonio Machin, si tu préfères. *Dos gardenias per amor...*, fredonnai-je en esquissant quelques pas de boléro.

Cela ne la fit pas sourire. Peut-être préférait-elle Julio Iglesias ! J'évitai de lui poser la question et partis vers la cuisine.

Nous nous étions installés sur la terrasse, face à la mer. Gélou était assise dans un fauteuil d'osier, mon préféré. Les jambes croisées, elle fumait, pensive. De la cuisine, je l'observai du coin de l'œil, en attendant que le café monte. J'ai, quelque part dans un placard, une superbe cafetière électrique, mais je continue à me servir de ma vieille cafetière italienne. Question de goût.

Gélou, le temps semblait l'avoir épargnée. Elle approchait la cinquantaine et restait une belle femme, désirable. De fines pattes-d'oie au coin des yeux, ses seules rides, ajoutaient à sa séduction. Mais il émanait d'elle quelque chose qui me gênait. Qui m'avait gêné dès qu'elle s'était retirée de mes bras. Elle semblait appartenir à un monde où je n'avais jamais mis un pied. Un monde respectable. Où l'on respire du Chanel n° 5 même en plein terrain de golf. Où les fêtes s'égrènent en communions, fiançailles, mariages, baptêmes. Où tout est en harmonie, jusque dans les draps, les housses de couettes, les chemises de nuit et les chaussons. Et les amis, des relations mondaines que l'on invite à dîner une fois par mois, et qui savent rendre la pareille. J'avais vu une Saab noire garée devant ma porte et j'étais prêt à parier que le tailleur gris que portait Gélou n'avait pas été commandé à la Redoute.

Depuis la mort de Gino, j'avais dû rater des épisodes de la vie de ma belle cousine. Je brûlais d'en savoir plus, mais ce n'était pas par là qu'il fallait commencer.

— Guitou, cet été, il s'est fait une petite amie. Un flirt, quoi. Elle campait avec une bande de copains au lac de Serre-Ponçon. Il l'a connue à une fête de village. À Manse, je crois. Tout l'été, il y a des fêtes de villages, avec des bals et tout ça. Depuis ce jour, ils ne se sont plus lâchés.

— C'est de son âge.

— Oui. Mais il n'a que seize ans et demi. Et elle dix-huit, tu vois.

— Ben, il doit être beau gosse, ton Guitou, dis-je en plaisantant.

Toujours pas de sourire. Elle ne se déridait pas. L'angoisse l'étreignait. Je n'arrivais pas à l'apaiser. Elle attrapa son sac, qui traînait à ses pieds. Un sac Vuitton. Elle en sortit un portefeuille, l'ouvrit et me tendit une photo.

— C'était au ski, cet hiver. À Serre-Chevalier.

Elle et Guitou. Aussi mince qu'un clou, il la dépassait d'une bonne tête. Des cheveux longs, fous, retombaient sur son visage. Un visage presque efféminé. Celui de Gélou. Et le même sourire. À côté d'elle, il semblait décalé. Autant elle respirait l'assurance, la détermination, autant lui paraissait non pas frêle, mais fragile. Je me dis que c'était le dernier, le *caganis,* celui qu'elle et Gino n'attendaient plus, et qu'elle avait dû le gâter tant et plus. Ce qui me surprit, c'est que seule la bouche de Guitou souriait, pas ses yeux. Son regard, perdu dans le vague, était triste. Et, à la manière qu'il avait de tenir ses skis, je devinais que tout cela l'ennuyait plus qu'autre chose. Je n'en fis pas la remarque à Gélou.

— Je suis sûr qu'il t'aurait fait craquer, toi aussi, à dix-huit ans.

— Tu trouves qu'il ressemble à Gino ?

— Il a ton sourire. Dur d'y résister. Tu connais, ça...

Elle ne releva pas l'allusion. Ou elle ne voulut pas. Elle haussa les épaules et rangea la photo.

— Tu vois, Guitou, il se fait vite des idées. C'est un rêveur. Je ne sais pas de qui il tient ça. Il passe des heures à lire. Il n'aime pas le sport. Le moindre effort semble lui coûter. Marc et Patrice ne sont pas comme ça. Ils sont plus... terre à terre. Plus pratiques.

J'imaginais. Réalistes, disait-on aujourd'hui.

— Ils vivent avec toi, Marc et Patrice ?

— Patrice est marié. Depuis trois ans. Il gère un magasin que j'ai à Sisteron. Avec sa femme. Ça marche vraiment bien pour eux. Marc est aux États-Unis, depuis un an. Il fait des études d'ingénierie touristique. Il est reparti, il y a dix jours. (Elle s'arrêta, pensive.) C'est sa première copine, à Guitou. Enfin, la première dont je connais l'existence.

— Il t'en a parlé ?

— Quand elle est repartie, après le 15 août, ils n'arrêtaient pas de se téléphoner. Le matin, le soir. Le soir, ça durait des heures. Ça commençait à bien faire ! Il a fallu en parler.

— T'espérais quoi ? Que ça se finisse, comme ça. Un dernier bisou, et bonjour-bonsoir.

— Non, mais...

— Tu crois qu'il est venu la retrouver ? C'est ça ?

— Je ne crois pas, je le sais. Il voulait d'abord que je l'invite un week-end à la maison, sa copine, et j'ai refusé. Puis il m'a demandé l'autorisation d'aller la voir à Marseille, et j'ai dit non. Il est trop jeune. Et puis, à la veille de la rentrée des classes, je ne trouvais pas ça bien.

— Tu trouves ça mieux ? dis-je en me levant.

Cette discussion m'énervait. Je pouvais comprendre ça, la peur de voir s'envoler le petit vers une autre femme. Surtout le dernier. Les mères italiennes sont très fortiches à ce jeu. Mais il n'y avait pas que ça. Gélou ne me disait pas tout, je le sentais.

— Ce n'est pas un conseil que je veux, Fabio, c'est de l'aide.

— Si tu crois t'adresser au flic, tu t'es trompée d'adresse, dis-je froidement.

— Je sais. J'ai appelé l'hôtel de police. Tu n'es plus sur les effectifs depuis plus d'un an.

— J'ai démissionné. Une longue histoire. De toute façon, je n'étais rien qu'un petit flic de banlieue. Dans les quartiers nord*.

— C'est toi que je suis venue voir, pas le flic. Je veux que tu ailles le chercher. J'ai l'adresse de la fille.

Là, je ne comprenais plus.

— Attends, Gélou. Explique-moi. Si tu as l'adresse, pourquoi tu n'y es pas allée directement ? Pourquoi tu n'as pas appelé, au moins ?

— J'ai appelé. Hier. Deux fois. Je suis tombée sur la mère. Elle m'a dit que Guitou, elle ne le connaissait pas. Qu'elle ne l'avait jamais vu. Et que sa fille n'était pas là. Qu'elle était chez son grand-père, et qu'il n'avait pas le téléphone. N'importe quoi.

— C'est peut-être vrai.

Je réfléchissais. J'essayais de mettre de l'ordre dans tout ce micmac. Mais il me manquait encore quelques éléments, j'en étais sûr.

— À quoi tu penses ?

— Elle t'a fait quelle impression, la gamine ?

— Je ne l'ai vue qu'une fois. Le jour de son départ. Elle est venue chercher Guitou à la maison, pour qu'il l'accompagne à la gare.

— Elle est comment ?

* Voir *Total Khéops*.

— Comme ça.

— Comme ça comment ? Elle est jolie ?

Elle haussa les épaules.

— Hum.

— Oui ou non ? Merde ! Qu'est-ce qu'elle a ? Elle est moche ? Infirme ?

— Non. Elle est… Non, elle est jolie.

— Ben, on dirait que ça te fait mal. Elle te paraît sérieuse ?

Elle haussa encore les épaules, et, vraiment, ça commençait sérieusement à m'énerver.

— Je ne sais pas, Fabio.

Elle dit ça avec une pointe de panique dans la voix. Ses yeux se firent fuyants. Nous approchions de la vérité de cette histoire.

— Comment, tu ne sais pas ? Tu ne lui as pas parlé ?

— Alex, il l'a flanquée dehors.

— Alex ?

— Alexandre. L'homme avec qui je vis depuis… Presque depuis la mort de Gino.

— Ah ! Et pourquoi il a fait ça ?

— C'est… C'est une petite Arabe. Et… Et on ne les aime pas trop, quoi.

On y était. C'est là que ça coinçait. Soudain, je n'osai plus regarder Gélou. Je me retournai, vers la mer. Comme si elle pouvait répondre de tout. J'avais honte. Je l'aurais volontiers foutue dehors, Gélou, mais c'était ma cousine. Son fils avait fugué, il risquait de rater la rentrée des classes, et elle était inquiète. Et ça, je pouvais le comprendre, malgré tout.

— Vous avez eu peur de quoi ? Que ça fasse tache chez vous, la petite Arabe ? Non mais, putain de nom de Dieu de merde ! Tu sais d'où tu viens, toi ? Tu te souviens de ce qu'il était, ton père ? Comment on l'appelait ? Lui, le mien ? Tous les *nabos* ? Chiens des quais ! Oui ! Me dis pas que tu n'en as pas souffert, d'être née là, au Panier, chez les chiens des quais ! Et tu viens me parler d'Arabes !

« C'est pas parce que tu roules en Saab et que tu portes un tailleur de poufiasse à la con, que tu es autre chose aujourd'hui. Si on faisait les cartes d'identité après prise de sang, on te mettrait "Arabe" dessus. »

Elle se leva, hors d'elle.

— Mon sang, il est italien. Nous, les Italiens, on n'est pas des Arabes.

— Le Sud, c'est pas l'Italie. C'est le pays des métèques. Tu sais comment ils disent, au Piémont ? *Mau-Mau*. Une expression pour désigner les bougnoules, les Gitans, et tous les Ritals au-dessous de Rome ! Et merde ! Va pas me dire que tu crois à toutes ces conneries, Gélou !

— Alex, il a fait l'Algérie. Ils lui en ont fait baver. Il sait comment ils sont. Sournois et...

— C'est ça. Et tu as peur qu'en faisant une pipe à ton gamin elle lui file le Sida !

— Tu es vraiment grossier.

— Ouais. Face à la connerie, je n'ai rien trouvé d'autre. Tu prends ton sac, et tu te tires. Envoie ton Alex chez les Arabes. Peut-être qu'il te reviendra vivant, et avec ton fils.

— Il n'en sait rien, Alex. Il n'est pas là. Il est en déplacement. Jusqu'à demain soir. Faut qu'on soit rentrés demain avec Guitou, sinon...

— Sinon quoi ?

Elle se laissa retomber dans le fauteuil et éclata en sanglots. Je m'accroupis devant elle.

— Sinon quoi, Gélou ? redemandai-je avec plus de douceur.

— Il va encore le taper.

Honorine se montra enfin. Elle n'avait pas dû perdre une miette de mon engueulade avec Gélou, mais elle s'était bien gardée de faire une apparition sur sa terrasse. Ce n'était pas son genre. Se mêler de mes affaires. Du moins tant que je ne l'y conviais pas.

Gélou et moi étions perdus dans un silence grave. Quand on parle, on en dit toujours trop. Après, il faut assumer chacune de ses paroles. Et le peu que Gélou m'avait dit d'elle et d'Alex ne rimait pas forcément tous les jours avec bonheur.

Elle s'en contentait. Parce que, avait-elle ajouté, à cinquante ans, une femme, même séduisante, n'a plus beaucoup de choix. Un homme, ça compte plus que tout. Autant que la sécurité matérielle. Et ça valait bien quelques souffrances et quelques humiliations. Quelques sacrifices aussi. Guitou, avait-elle reconnu sans honte, elle l'avait abandonné quelque part par là. Avec les meilleures raisons du monde. C'est-à-dire la peur. Peur de se fâcher avec Alex. Peur de se faire larguer. Peur d'être seule. Le jour viendrait où Guitou quitterait la maison. Comme l'avait fait Patrice, puis Marc.

Guitou, c'est vrai, ils ne l'avaient pas souhaité, elle et Gino. Il était venu bien des années après. Six ans. Un accident. Les deux autres étaient déjà grands. Elle n'avait plus envie d'être mère, mais femme. Puis Gino était mort. Il lui restait cet enfant. Et un immense chagrin. Elle redevint mère.

Alex s'était bien occupé des enfants. Entre eux, ça collait. Il n'y avait pas de problème. Mais, en grandissant, Guitou se prit à haïr ce faux père. Son père, qu'il n'avait pas eu le temps de connaître, il le parait de toutes les vertus, de toutes les qualités. Guitou se mit à aimer et à détester tout ce qu'Alex détestait et aimait. Après le départ des deux frères, l'animosité avait grandi entre Guitou et Alex. Tout était prétexte à l'affrontement. Même le choix du film à la télé se terminait dans une dispute. Guitou se renfermait alors dans sa chambre et faisait hurler la musique. Rock puis reggae d'abord. Raï et rap depuis un an.

Alex commença à frapper Guitou. Des claques, rien de méchant. Comme Gino aurait pu en tirer. Les gamins en méritent quelquefois. Et Guitou plus que souvent. La claque qu'il avait reçue quand la gamine, la petite Arabe, s'était pointée à la maison avait dégénéré. Guitou s'était rebellé.

Alex avait dû frapper. Fort. Elle s'était interposée, mais Alex lui avait dit de ne pas s'en mêler. Ce gamin, il n'en faisait trop qu'à sa tête. On en avait déjà assez accepté. Passe encore d'écouter de la musique arabe, chez soi. De là à inviter des crouilles à la maison, il y avait une frontière qu'il n'était pas question de franchir. On connaissait le refrain. Ce serait elle d'abord, puis ses frères. Et toute la smala. Gélou, sur le fond, elle était assez d'accord avec Alex.

Maintenant, elle paniquait. Parce qu'elle ne savait plus, Gélou. Elle ne voulait pas perdre Alex, mais la fugue, le silence de Guitou avivaient sa culpabilité. C'était son enfant. Elle était sa mère.

— J'ai fait frire quelques panisses, dit Honorine à Gélou. Vé, elles sont toutes chaudes.

Elle me tendit l'assiette et la fougasse qu'elle tenait sous son bras.

Depuis l'été, j'avais aménagé un petit passage entre sa terrasse et la mienne. Avec une petite porte en bois. Cela lui évitait de sortir de chez elle pour venir chez moi. Honorine, je n'avais plus rien à lui cacher. Ni mon linge sale ni mes histoires de cœur. J'étais comme le fils que son Toinou n'avait pu lui donner.

Je souris, puis sortis l'eau et la bouteille de pastis. Et je préparai les braises pour faire griller les daurades. Quand les ennuis sont là, plus rien ne presse.

3

Où il y a de la rage, il y a de la vie

Les gosses jouaient à merveille. Sans frime. Ils jouaient pour le plaisir. Pour apprendre encore, et être les meilleurs, un jour. Le terrain de basket, assez récent, avait bouffé l'espace d'une partie du parking, devant les deux grandes barres de la cité la Bigotte, sur les hauteurs de Notre-Dame-Limite, à la « frontière » de Marseille et de Septèmes-les-Vallons. Une cité qui dominait les quartiers nord.

Ici, rien n'est pire qu'ailleurs. Ni mieux. Du béton dans un paysage convulsé, rocheux et calcaire. Et la ville là-bas, à gauche. Loin. On est là, loin de tout. Sauf de la misère. Même le linge qui sèche aux fenêtres en témoigne. Il semble toujours sans couleur, malgré le soleil et le vent qui l'agite. Des lessives de chômeurs, voilà tout. Mais, par rapport à « ceux d'en bas », il y a la vue. Magnifique. La plus belle de Marseille. On ouvre sa fenêtre et on a toute la mer pour soi. C'est gratuit. Quand on n'a rien, posséder la mer - cette Méditerranée - c'est beaucoup. Comme un quignon de pain pour celui qui a faim.

L'idée du terrain de basket revenait à un des gamins, qu'on appelait OubaOuba. Pas parce que c'était un sauvage de nègre sénégalais, mais parce que, devant un panier, il sautait avec plus d'agilité, ou presque, qu'un marsupilami. Un artiste.

— Quand j'vois toutes ces bagnoles, qu'elles prennent toute la place, moi, ça m'fout en l'air, avait-il dit à Lucien, un mec plutôt sympa du Comité social. Chez moi, c'est pas grand, passe. Mais ces parkings, merde !...

L'idée avait fait son chemin. Une course de vitesse s'était ensuite engagée entre le maire et le député, sous le regard rigolard du conseiller général qui, lui, n'était pas en campagne électorale. Je m'en souvenais bien. Les gamins n'attendirent même pas la fin des discours officiels pour occuper « leur » terrain. Il n'était même pas terminé. Il ne le fut jamais, d'ailleurs, et la maigre couche de bitume se craquelait maintenant de toutes parts.

Je les regardai jouer, en fumant. Cela me faisait drôle de me retrouver là, dans les quartiers nord. C'était mon secteur. Depuis que j'avais démissionné, je n'y avais plus mis les pieds. Je n'avais aucune raison d'y venir. Ni ici, ni à la Bricarde, ni à la Solidarité, ni à la Savine, ni à la Paternelle... Des cités où il n'y a rien. Rien à voir. Rien à faire. Pas même aller s'acheter un Coca, comme au Plan d'Aou où, au moins, une épicerie survivait tant bien que mal.

Il fallait habiter là, ou être flic, ou éducateur, pour traîner ses pieds jusque dans ces quartiers. Pour la plupart des Marseillais, les quartiers nord ne sont qu'une réalité abstraite. Des lieux qui existent, mais qu'on ne connaît pas, qu'on ne connaîtra jamais. Et qu'on ne verra toujours qu'avec les « yeux » de la télé. Comme le Bronx, quoi. Avec les fantasmes qui vont avec. Et les peurs.

Bien sûr, je m'étais laissé convaincre par Gélou d'aller chercher Guitou. Nous avions évité d'en parler pendant le repas. Nous étions l'un et l'autre gênés. Elle pour ce qu'elle m'avait raconté. Moi pour ce que j'avais entendu. Heureusement, Honorine avait alimenté la conversation.

— Vé, moi je sais pas comme tu fais, là-bas, dans tes montagnes. Moi, j'ai quitté Marseille qu'une fois. C'était pour aller à Avignon. Une de mes sœurs, Louise, qu'elle avait besoin de moi. Qu'est-ce que j'étais malheureuse... Pourtant, je suis restée que deux mois. C'est la mer qui me manquait le plus. Ici, je peux la regarder pendant des heures. Elle est jamais la même. Là-bas, y avait le Rhône, bien sûr. Mais c'est pas pareil. Il change jamais. Il est toujours gris et il sent rien.

— On choisit pas toujours, dans la vie, avait répondu Gélou avec beaucoup de lassitude.

— Tu me diras, la mer c'est pas tout. Le bonheur, les enfants, la santé, ça passe avant.

Gélou était au bord des larmes. Elle avait allumé une cigarette. À peine si elle avait goûté sa daurade.

— Vas-y, je t'en prie, avait-elle murmuré quand Honorine disparut pour aller chercher les tasses à café.

J'y étais. Devant la barre où habitait la famille Hamoudi. Et Gélou m'attendait. Elle nous attendait, Guitou et moi. Anxieuse, même avec la compagnie rassurante d'Honorine.

— Elle a des ennuis, hein, c'est bien ça ? m'avait-elle demandé dans la cuisine.

— Avec son plus jeune. Guitou. Il a fugué. Elle pense qu'il est ici, à Marseille. Ne l'asticotez pas trop en mon absence.

— C'est vous que vous allez le chercher ?

— Faut bien que quelqu'un y aille, non ?

— Ç'aurait pu être... Je sais pas moi... Elle vit toute seule ?

— On parlera de tout ça plus tard, d'accord ?

— Vé, c'est ce que je disais, elle a des ennuis, votre cousine. Pas qu'avec son caganis.

J'allumai une autre cigarette. OubaOuba réussit un panier qui laissa sans voix ses copains. C'était une sacrée bonne équipe, ces minots. Et moi, je n'arrivais pas à me décider. Pas le courage. Pas la conviction, plutôt. Cela ressemblait à quoi de débarquer comme ça chez les gens ? « Bonjour, je m'appelle Fabio Montale. Je viens récupérer le gamin. Ça a assez duré, l'histoire. Toi, tu la mets en veilleuse, ta mère est assez inquiète comme ça. » Non, je ne pourrais pas faire ça.

Ce que j'allais faire, c'était ramener les deux mômes chez moi, et qu'ils s'expliquent avec Gélou.

J'aperçus une silhouette familière. Serge. Je le reconnus à sa démarche, gauche, presque enfantine. Il sortait du D4, devant moi. Il me parut amaigri. Une barbe épaisse lui rongeait la moitié du visage. Il traversa pour rejoindre le parking. Les mains dans les poches d'un blouson de toile. Les épaules voûtées. Il semblait plutôt triste, Serge.

Je ne l'avais pas revu depuis deux ans. Je pensais même qu'il avait quitté Marseille. Éducateur dans les quartiers nord pendant plusieurs années, il s'était fait virer, un peu à cause de moi. Quand je ramassais des mômes qui avaient fait une connerie, c'est lui que j'appelais au commissariat, avant même les parents. Il me tuyautait sur les familles, me donnait des conseils. Les gamins, c'était sa vie. Il avait choisi ce boulot, pour ça. Marre de voir des adolescents finir au trou. Il leur faisait confiance, d'abord. Avec cette sorte de foi dans l'homme qu'ont certains curés. Curé, d'ailleurs, il l'était un peu trop à mon goût. Nous avions sympathisé, sans devenir amis. À cause de ça, ce côté cureton. Je n'ai jamais cru que les hommes soient bons. Seulement qu'ils méritent d'être égaux.

Mes liens avec Serge firent jaser. Et mes chefs, ils n'aimèrent pas, mais pas du tout. Un flic et un éducateur ! On le paya. Serge d'abord, durement. Moi ensuite, mais avec un peu plus d'élégance. On ne virait pas aussi simplement un flic dont la nomination dans les quartiers nord avait été volontairement médiatisée quelques années plus tôt. On réduisit mes effectifs et, peu à peu, on me déresponsabilisa. Sans plus y croire, j'avais continué mon boulot parce que je ne savais rien faire d'autre que ça, être flic. Il avait fallu la mort de trop de gens aimés, pour que le dégoût l'emporte, et me délivre.

Ce que Serge pouvait bien foutre là, je n'eus pas le temps de le lui demander. Une BMW noire, vitres fumées, arriva de je ne sais où. Elle roulait au pas, et Serge n'en fit aucun cas. Une fois à sa hauteur, un bras apparut par la vitre arrière. Un bras armé d'un revolver. Trois coups, à bout portant. La BMW fit un bond et disparut aussi vite qu'elle avait surgi.

Serge gisait, allongé sur le bitume. Mort, cela ne faisait aucun doute.

Les coups de feu résonnèrent entre les barres. Les fenêtres s'ouvrirent. Les gamins cessèrent de jouer et le ballon roula sur la chaussée. Le temps se figea dans un bref silence. Puis on se précipita de toutes parts.

Et je courus vers Serge.

— Écartez-vous, je criai à tous ceux qui s'agglutinaient devant le cadavre.

Comme si Serge pouvait avoir encore besoin d'espace, d'air.

Je m'accroupis devant lui. Un mouvement qui m'était devenu familier. Trop. Autant que la mort. Les années passaient, je ne faisais que ça, poser un genou à terre pour me pencher sur un cadavre. Merde ! Cela ne pouvait recommencer encore, et toujours. Pourquoi ma route était-elle jonchée de cadavres ? Et pourquoi était-ce de plus en plus souvent ceux de gens que je connaissais ou que j'aimais ? Manu et Ugo, mes copains d'enfance et de galère. Leila, si belle, et si jeune que je n'avais pas osé vivre avec elle. Et mon pote Serge, maintenant.

La mort ne me lâchait plus, comme une espèce de poisse dans laquelle, un jour, j'avais dû foutre les pieds. Mais pourquoi ? Pourquoi ? Bordel de merde !

Serge avait tout reçu dans le bide. Du gros calibre. Du .38, je pensai. Des armes de professionnels. Dans quoi pouvait-il s'être fourré, ce con ? Je levai les yeux vers le D4. De chez qui venait-il ? Et pourquoi ? Sûr que celui à qui il venait de rendre visite n'allait pas se mettre à la fenêtre pour se manifester.

— Tu l'as déjà vu ? demandai-je à OubaOuba, qui s'était glissé près de moi.

— Jamais vu, ce mec.

La sirène des flics se fit entendre à l'entrée de la cité. Rapides, pour une fois ! Les mômes se volatilisèrent en moins de deux. Ne restèrent que les femmes, les petits, quelques vieux sans âge. Et moi.

Ils arrivèrent comme des cow-boys. À la manière de freiner à la hauteur du groupe, j'étais sûr qu'ils avaient longuement regardé *Starsky et Hutch* à la télé. Ils avaient même dû répéter ça, cette arrivée, parce que c'était vachement au point. Les quatre portières s'ouvrirent au même moment et ils s'éjectèrent dans le mouvement. Sauf Babar. C'était le plus vieux flic du commissariat de secteur et il y avait longtemps que cela ne l'amusait plus de jouer les remake des séries policières. Il espérait arriver à la retraite comme il avait commencé sa carrière, sans trop en faire. Et vivant, de préférence.

Pertin, dit Deux-Têtes pour tous les gosses des cités, à cause des Ray-Ban qu'il portait en permanence, jeta un coup d'œil au cadavre de Serge, puis me dévisagea longuement.

— Qu'est-ce tu fous là, toi ?

Pertin et moi n'étions pas franchement copains. Bien qu'il fût commissaire, pendant sept ans c'est moi qui avais eu toute autorité sur les quartiers nord. Son commissariat de secteur n'avait plus été qu'une antenne des brigades de sécurité, que je dirigeais. À notre disposition.

Dès les premiers jours, ce fut la guerre entre Pertin et moi. « Dans ces quartiers d'Arabes, répétait-il, y a qu'une chose qui marche, la force. » C'était son credo. Il l'avait appliqué à la lettre pendant des années. « Les beurs, t'en chopes un de temps à autre, et tu le passes à tabac dans une carrière déserte. Y a toujours une connerie qu'ils ont faite, et que t'ignores. Tu tapes, et t'es sûr qu'elle saura pourquoi, cette vermine. Ça vaut tous les contrôles d'identité. Ça t'évite la paperasserie au commissariat. Et ça te calme les nerfs que ces crouilles t'ont foutu. »

Pour lui, « faire sincèrement son travail », c'était ça, avait-il déclaré aux journalistes. La veille, son équipe avait « accidentellement » abattu un Beur de dix-sept ans lors d'un banal contrôle d'identité. C'était en 1988. Cette bavure avait mis Marseille en émoi. On me bombarda à la tête des Brigades de sécurité cette année-là. Le super-flic qui devait ramener l'ordre et la sérénité dans les quartiers nord. On était, il est vrai, au bord de l'émeute.

Toute mon action, chaque jour, lui démontra qu'il se trompait. Même si, moi aussi, je me trompais plus qu'à mon tour, à trop vouloir temporiser, concilier. À trop vouloir comprendre l'incompréhensible. La misère et le désespoir. Sans doute, je n'étais pas assez flic. C'est ce que m'expliquèrent mes chefs. Plus tard. Je pense qu'ils avaient raison. Du point de vue policier, je veux dire.

Depuis ma démission, Pertin avait retrouvé son pouvoir sur les cités. Sa « loi » régnait. Les passages à tabac avaient repris dans les carrières désaffectées. Les courses-rodéos en bagnole dans les rues aussi. La haine. Et l'escalade de la haine. Les fantasmes devenaient réalité et n'importe quel citoyen, armé d'un fusil, pouvait tirer à vue sur tout ce qui n'était pas franchement blanc. Ibrahim Ali, un Comorien de dix-sept ans, était mort ainsi, un soir de février 1995, en courant après le bus de nuit avec ses copains.

— Je t'ai posé une question. Tu fous quoi, ici ?

— Du tourisme. Ça me manquait, ces quartiers. Les gens, tout ça.

Des quatre, cela ne fit sourire que Babar. Pertin se pencha sur le corps de Serge.

— Merde ! C'est ton copain, le pédé ! Il est mort.

— J'ai vu.

Il me regarda. Méchamment.

— Qu'est-ce qu'il foutait là ?

— Pas la moindre idée.

— Et toi ?

— Je t'ai dit, Pertin. Je passais. J'ai eu envie de voir les mômes jouer. Je me suis arrêté.

Le terrain de basket était vide.

— Quels mômes ? Y a personne qui joue.

— La partie a pris fin avec les coups de feu. Tu sais comment ils sont, c'est pas qu'ils vous aiment pas. Mais ils préfèrent éviter de vous croiser.

— Laisse tomber tes commentaires, Montale. Je m'en cague. Raconte.

Je lui racontai.

Je lui racontai une seconde fois. Au commissariat. Pertin n'avait pas pu se refuser ce petit plaisir. M'avoir assis en face de lui, et m'interroger. Dans ce commissariat où, pendant des années, je fus seul maître à bord. C'était une mince revanche, mais il la dégustait avec ce bonheur qui n'appartient qu'aux minables, et il entendait en jouir le plus possible. Peut-être que cela ne se reproduirait plus, cette occasion.

Et il gambergeait, Pertin, derrière ses foutues Ray-Ban. Serge et moi, nous avions été potes. On pouvait l'être encore. Serge venait de se faire buter. Pour une sale affaire, sans doute. J'étais là, sur les lieux. Témoin. Oui, mais pourquoi pas complice ? Du coup, je pouvais être une piste. Pas pour coincer ceux qui avaient flingué Serge, mais pour me coincer moi. J'imaginais le pied pas possible qu'il y prendrait.

Je ne voyais pas ses yeux, mais c'est exactement ça que j'aurais pu y lire. La connerie n'empêche pas de raisonner logiquement.

— Profession, avait-il dit avec mépris.

— Chômeur.

Il éclata de rire. Carli cessa de taper sur sa machine et se marra également.

— Non ! Tu pointes et tout ça ? Comme les singes et les crouilles ?

Je me tournai vers Carli.

— Tu notes pas ça ?

— J'note que les réponses.

— C'est qu'y se vexerait, superman ! reprit Pertin. (Il se pencha vers moi.) Et tu vis de quoi ?

— Hé ! Pertin, tu te crois où, là ? À la télé ? Au cirque ?

J'avais juste haussé le ton. Pour remettre les pendules à l'heure. Pour rappeler ce que j'étais, un témoin. J'ignorais tout de cette histoire. Je n'avais rien à cacher, à part le but de ma visite dans la cité. Mon histoire, je pouvais la débiter cent fois, toujours de la même manière. Pertin l'avait pigé rapidement et ça le foutait vraiment en rogne. Il avait envie de m'aligner une baffe. Il en était capable. Il était capable de tout. À l'époque où il était sous mon autorité, il faisait informer les dealers quand je m'apprêtais à faire une descente. Ou il rencardait les stups, s'il sentait que le coup de filet pouvait être juteux. J'avais encore en mémoire l'échec d'une opération au Petit-Séminaire, une autre cité des quartiers nord. Les dealers opéraient en famille. Frères, sœurs et parents étaient dans le coup. Ils vivaient sur place, en bons voisins. Et les gamins payaient en matériel hi-fi provenant de braquages. Matériel qu'ils revendaient aussitôt, trois fois plus cher. Le bénéfice était réinvesti dans la « gave ». On fit chou blanc. Les stups réussirent trois ans après, avec Pertin à leur tête.

Il sourit. Un sourire pas franc. Je marquais des points, et il le sentit. Pour me montrer qu'il restait maître du jeu, il attrapa le passeport de Serge qui traînait devant lui. Il l'agita sous mon nez.

— Dis, Montale, tu sais où il créchait, ton pote ?

— Aucune idée.

— T'es sûr ?

— Je devrais ?

Il ouvrit le passeport, et son sourire réapparut.

— Chez Arno.

Et merde ! C'était quoi, cette histoire. Pertin observait mes réactions. Je n'en eus aucune. J'attendis. Sa haine envers moi l'amenait à faire des conneries, lâcher des informations à un témoin.

— C'est pas marqué là-dedans, dit-il en agitant le passeport comme un éventail. Mais on a nos informations. Plutôt bien renseignés même, depuis que t'es plus là. Vu qu'on n'est pas des curés, nous. On est des flics. Tu vois la différence ?

— Je vois, répondis-je.

Il se pencha vers moi.

— Dis, c'était un de vos chouchous, non, cette petite saloperie de Gitan ?

Arno. Arno Gimenez. Je n'avais jamais su si on avait fait une erreur avec lui. Dix-huit ans, braque, malin, têtu jusqu'à en être con, parfois. Passionné de motos. Le seul mec capable de lever une bécane dans la rue avec la nana dessus. Et de l'embarquer, sans que ça crie au vol ou au viol. Un génie de la mécanique. Chaque fois qu'il plongeait dans une carambouille, Serge rappliquait, puis moi.

Un soir, on l'avait coincé dans un bar, le Balto, à l'Estaque.

— Pourquoi t'essaies pas de travailler ? avait dit Serge.

— Ah ouais, super. J'pourrais m'acheter la télé, le magnétoscope, cotiser à la retraite et regarder passer les Kawa dans la rue. Comme les vaches, elles regardent les trains. C'est ça, hein ! Ouais, super, les mecs. C'est super-cool...

Il se payait notre tête. Faut dire qu'on était pas experts en arguments sur les bienfaits de la société. Discourir sur la morale, ça on savait bien faire. Après, c'était plutôt le trou noir. Arno reprit :

— Les mecs, y veulent des bécanes. Je leur trouve des bécanes. J'les leur arrange et y sont contents. C'est moins cher qu'chez le concessionnaire, et pis y a même pas la TVA, alors...

J'avais plongé le nez dans mon verre de bière, pour méditer sur l'inutilité de telles discussions. Serge voulut placer encore quelques belles phrases, mais Arno le coupa.

— Pour les fringues, y a Carrefour. Le grand choix. La bouffe, pareil. Y a qu'à passer commande. (Il nous regarda, narquois.) Voulez pas m'accompagner, un jour ?

Je songeais souvent au credo de Serge : « Où il y a de la révolte, il y a de la rage. Là où il y a de la rage, il y a de la vie. » C'était beau. Et Arno, peut-être qu'on lui avait trop fait confiance. Ou pas assez. En tout cas, pas suffisamment pour qu'il ne vienne pas nous voir le soir où il décida d'aller braquer une pharmacie, boulevard de la Libération, en haut de la Canebière. Tout seul, comme un con. Et même pas avec un pétard de bazar en plastoc. Non, un vrai, gros et noir, qui tire de vraies balles qui tuent. Tout ça parce que Mira, sa grande frangine, avait les huissiers aux fesses. Et qu'il fallait cinq mille balles cash pour qu'elle ne se retrouve pas sur le trottoir, elle et ses deux mômes.

Arno, il en avait écopé pour cinq ans. Mira avait été virée de chez elle. Elle avait pris ses mômes et était repartie à Perpignan, dans sa famille. L'assistante sociale n'avait rien pu faire pour elle, le comité de quartier rien empêcher. Ni Serge ni moi pour Arno. Nos témoignages furent évacués aussi vite que la merde dans la cuvette des chiottes. La société a besoin d'exemples, parfois, pour montrer aux citoyens qu'elle a la situation bien en main. Et fin des rêves chez les gosses Gimenez.

On avait pris un sacré coup de vieux, Serge et moi. Dans sa première lettre, Arno avait écrit : « Je me fais chier à mort. Les mecs, ici, j'ai rien à leur dire. Y en a un qui fait que raconter ses exploits. Y se prend pour Mesrine. Le con ! L'autre, un rebeu, ce qui l'intéresse c'est de te taper tes clopes, ton sucre, ton café... Les nuits sont longues. Mais j'arrive pas à dormir, pourtant je suis crevé. Une fatigue énervée. Alors, j'arrête pas de ruminer... »

Pertin ne m'avait pas lâché des yeux, heureux de son effet.

— Comment t'expliques ça, hein ? Qu'il créchait chez cet enfant de putain.

Je levai lentement mes fesses du siège, en approchant mon visage du sien. J'attrapai ses Ray-Ban et les lui fis glisser sur le nez. Il avait de petits yeux. Des yeux jaunes pourris. Les hyènes devaient avoir les mêmes. C'était plutôt dégueulasse de regarder droit dans ces yeux-là. Il ne cilla pas. On resta une fraction d'éternité comme ça. Du doigt, je repoussai violemment les Ray-Ban sur l'arête de son nez.

— On s'est assez vus. J'ai autre chose à faire. Oublie-moi.

Carli avait les doigts suspendus au-dessus du clavier. Il me regardait, la bouche ouverte.

— Quand t'auras fini le rapport, je lui dis, tu le signes pour moi et tu te torches le cul avec. OK. (Je me retournai vers Pertin.) Salut Deux-Têtes.

Je sortis. Personne ne me retint par le bras.

4

Où il est essentiel que les gens se rencontrent

La nuit était tombée quand je réapparus cité la Bigotte. Retour à la case départ. Devant le D4. Sur la chaussée, le tracé à la craie du corps de Serge s'estompait déjà. Dans les tours, on avait dû causer du type qui s'était fait plomber, jusqu'au journal de 20 heures. La vie avait ensuite repris ses droits. Demain, il ferait encore gris au Nord et beau au Sud. Et même les chômeurs trouvaient ça super.

Je levai les yeux vers les immeubles, me demandant duquel de ces appartements Serge sortait, qui il était venu voir, et pourquoi. Et qu'est-ce qu'il avait bien pu faire pour qu'on le tue, comme un chien.

Mon regard s'arrêta sur les fenêtres de la famille Hamoudi. Au neuvième. Là où habitait Naïma, une de leurs enfants. Celle que Guitou aimait. Mais les deux mômes, je ne les sentais pas ici. Pas dans ces barres. Ni dans une des chambres, à écouter de la musique. Ni même dans le salon, à regarder gentiment la télé. Ce n'était pas un lieu pour s'aimer, ces cités. Tous les gosses qui y étaient nés, qui y avaient grandi le savaient. Ici, ce n'est pas une vie, c'est la fin. Et l'amour a besoin de rêves, et d'avenir. La mer, loin de leur réchauffer le cœur, comme à leurs parents, les incitait à se tirer ailleurs.

Je le savais. Avec Manu et Ugo, dès qu'on pouvait, on « fuyait » le Panier, pour aller voir les cargos partir. Et là où ils allaient, c'était mieux que la misère que nous vivions dans les ruelles humides du quartier. Nous avions quinze ans, et c'est ce qu'on croyait. Comme soixante ans plus tôt mon père l'avait cru dans le port de Naples. Ou ma mère. Et, sans doute, des milliers d'Espagnols et de Portugais. D'Arméniens, de Vietnamiens, d'Africains. D'Algériens, de Comoriens.

C'est ce que je me disais, en traversant le parking. Et puis que la famille Hamoudi ne pouvait héberger un petit Français. Pas plus que Gélou n'acceptait de recevoir une petite Arabe. Les traditions étaient ainsi, et le racisme, on ne pouvait le nier, fonctionnait dans les deux sens. Aujourd'hui plus que jamais.

Mais j'étais là. Sans illusion, et toujours prêt à croire aux miracles. Trouver Guitou, le ramener à sa mère et à un connard de mec dont l'alphabet se résumait aux cinq doigts de la main. J'avais décidé, si je le trouvais, d'y aller en douceur. Je ne voulais rien brusquer. Pas avec ces deux mômes. Je croyais aux premières amours. À *« la première fille qu'on a pris dans ses bras... »*, comme le chantait Brassens.

Tout l'après-midi, je m'étais remis à penser à Magali. Cela ne m'était plus arrivé depuis des années. Le temps avait passé depuis cette première nuit dans le blockhaus. Nous avions eu d'autres rendez-vous. Mais cette nuit-là, je ne l'avais jamais ressortie du carton des souvenirs. Je n'étais pas loin de penser que, quel que soit l'âge – quinze, seize, dix-sept ou même dix-huit ans –, la première fois qu'on couche, qu'on en finit une fois pour toutes avec sa mère, ou son père, est déterminante. Ce n'est pas qu'une question de sexe. C'est le regard qu'on portera ensuite sur les autres, les femmes, les hommes. Du regard qu'on portera sur la vie. Et du sentiment, exact ou pas, beau ou moche, qu'on aura, pour toujours, sur l'amour.

Magali, je l'aimais. J'aurais dû l'épouser. Ma vie, j'en étais sûr, aurait été autre. La sienne aussi. Mais ils étaient trop nombreux à vouloir que se réalise ce qu'elle et moi désirions si fort. Mes parents, les siens, les oncles, les tantes... Nous n'avions pas envie de leur donner raison, aux vieux, qui savent tout, qui imposent tout. Alors, nous avions joué à nous faire mal, Magali et moi. Sa lettre m'arriva à Djibouti, où je faisais mon service, dans la Coloniale. « Je suis enceinte de trois mois. Le papa va m'épouser. En juin. Je t'embrasse. » Magali fut la première connerie de ma vie. Les autres suivirent.

Guitou et Naïma, je ne savais pas s'ils s'aimaient, comme nous nous aimions, nous. Mais je ne voulais pas qu'ils s'abîment, se détruisent. Je voulais qu'ils puissent vivre ensemble un week-end, un mois, un an. Ou toujours. Sans que les adultes leur pompent l'air. Sans qu'on les fasse trop chier. Je pouvais faire ça pour eux. Je devais bien ça à Magali qui, depuis vingt ans, rongeait son frein auprès d'un homme qu'elle n'avait jamais vraiment aimé, comme elle me l'avait écrit longtemps après.

Je pris ma respiration, et je grimpai jusque chez les Hamoudi. Parce que, bien sûr, l'ascenseur était « momentanément en panne ».

Derrière la porte, ça rappait à fond les amplis. Je reconnus la voix de MC Solaar. *Prose combat.* Un de ses tubes. Depuis qu'il était venu participer, un 1er mai, entre deux concerts, à un atelier d'écriture rap avec les gosses des cités, c'était l'idole. Une femme hurla. Le son décrut. J'en profitai pour sonner une seconde fois. « On sonne », cria la femme. Mourad ouvrit.

Mourad était un des gamins que je regardais évoluer tout à l'heure sur le terrain de basket. Je l'avais remarqué. Il jouait avec un sens aigu de l'équipe.

— Ah, dit-il avec un mouvement de recul. Salut.

— Qui c'est ? demanda la femme.

— Un m'sieur, répondit-il sans se retourner. Vous êtes flic ?

— Non. Pourquoi ?

— Ben... (Il me dévisagea.) Ben, pour tout à l'heure, quoi. Le céfran qui s'est fait buter. Je croyais. Que vous avez parlé avec les keufs, alors. Comme si vous les connaissiez.

— Tu es observateur.

— Ben, nous, on leur cause pas vraiment. On évite.

— Tu le connaissais, le type ?

— J'l'ai à peine *chouffé*. Mais les autres y disent qu'on l'avait jamais vu traîner par ici.

— Alors, il n'y a rien qui t'inquiète.

— Non.

— Mais tu as cru que j'étais flic. Et tu as eu peur. Il y a une raison ?

La femme apparut dans le couloir. Elle était habillée à l'européenne, et portait aux pieds des babouches avec de gros pompons rouges.

— C'est pourquoi, Mourad ?

— Bonsoir, madame, je dis.

Mourad battit en retraite derrière sa mère. Sans disparaître pour autant.

— C'est pourquoi, répéta-t-elle, à mon intention cette fois.

Ses yeux, noirs, étaient magnifiques. Tout comme sa figure, qu'encadraient des cheveux frisés épais colorés au henné. La quarantaine à peine. Une belle femme, qui prenait quelques rondeurs. Je l'imaginais vingt ans plus tôt et je pus me faire une image de Naïma. Guitou avait plutôt bon goût, me dis-je, un rien heureux.

— Je voudrais parler à Naïma.

Mourad réapparut franchement. Son visage s'était obscurci. Il regarda sa mère.

— Elle est pas là, elle dit.

— Je peux entrer un instant ?

— Elle a pas fait une bêtise ?

— C'est ce que je voudrais savoir.

Du bout des doigts, elle toucha son cœur.

— Laisse-le entrer, dit Mourad. C'est pas un flic.

Je débitai mon histoire, en buvant un thé à la menthe. Ce qui n'est pas, passé vingt heures, ma boisson favorite. Je rêvais d'un verre de clos-cassivet, un blanc aux effluves de vanille, que j'avais récemment découvert lors de mes virées dans l'arrière-pays.

Habituellement, à cette heure, c'est ce que je faisais, assis sur la terrasse, face à la mer. Je buvais, avec autant de plaisir que d'application. En écoutant du jazz. Coltrane ou Miles Davis, ces derniers temps. Je redécouvrais. J'avais exhumé le vieux *Sketches of Spain* et, les soirs où l'absence de Lole me pesait trop, je passais et repassais *Saeta* et *Solea*. La musique portait mon regard jusqu'à Séville. J'y serais bien allé, à Séville, là, maintenant, tout de suite. Mais j'étais trop fier pour faire ça. Lole était partie. Elle reviendrait. Elle était libre, et je n'avais pas à lui courir après. C'était un raisonnement à la con, et je le savais.

Dans ma volonté de convaincre la mère de Naïma, je fis allusion à Alex, le présentant comme « un homme pas commode ». J'avais raconté la rencontre de Guitou et Naïma, la fugue de Guitou, l'argent piqué dans la caisse, son silence depuis, et l'inquiétude de sa mère, ma cousine.

— Vous pouvez comprendre, dis-je.

Elle comprenait, Mme Hamoudi, mais elle ne me répondait pas. Son vocabulaire français semblait se résumer à : « Oui. Non. Peut-être. Je sais. Je sais pas. » Mourad ne me quittait pas des yeux. Entre lui et moi, je sentais un courant de sympathie. Son visage cependant restait fermé. Je devinais que tout ne devait pas être aussi simple que je l'avais envisagé.

— Mourad, c'est grave, tu sais.

Il regarda sa mère qui tenait ses mains serrées sur ses genoux.

— Parle-lui, m'man. Y nous veut pas d'mal.

Elle se tourna vers son fils, le prit par les épaules et le serra contre elle, sur sa poitrine. Comme si, à cet instant, quelqu'un pouvait lui arracher son enfant. Mais, et je le compris après, c'était le geste d'une femme algérienne, s'octroyant le droit de parler sous la responsabilité d'un homme.

— Elle n'habite plus ici, commença-t-elle, les yeux baissés. Depuis une semaine. Elle vit chez son grand-père. Depuis que Farid est parti en Algérie.

— Mon père, précisa Mourad.

— Il y a une dizaine de jours, poursuivit-elle, toujours sans me regarder, les islamistes, ils ont attaqué le village de mon mari. Pour récupérer des fusils de chasse. Le frère de mon mari, il vit encore là-bas. On est inquiets, pour ce qui se passe au pays. Alors Farid, il a dit, « je vais chercher mon frère ».

« Je savais pas comment on allait faire, ajouta-t-elle après avoir bu une gorgée de thé, parce que c'est pas grand ici. Naïma, c'est pour ça qu'elle est partie vivre chez le grand-père. Ils s'aiment bien tous les deux. (Elle ajouta très vite, et cette fois en me regardant dans les yeux.) C'est pas qu'elle est pas bien avec nous, mais... Bon... Rien qu'avec les garçons... Et puis Redouane, Redouane c'est l'aîné, il est... comment dire... plus religieux. Alors, il est toujours après elle. Parce qu'elle met des pantalons, parce qu'elle fume, parce qu'elle sort avec des copines...

— Et qu'elle a des copains français, la coupai-je.

— Un *roumi* à la maison, non, c'est pas possible, monsieur. Pas pour une fille. Ça se fait pas. Comme dit Farid, il y a la tradition. Quand on revient au pays, il veut pas s'entendre dire : « Tu as voulu la France, et tu vois, elle a mangé tes enfants. »

— Pour le moment, c'est les barbus qui les mangent, vos enfants.

Je regrettai immédiatement d'avoir été aussi direct. Elle s'arrêta net, regarda autour d'elle, éperdue. Ses yeux revinrent sur Mourad, qui écoutait sans rien dire. Il se dégagea doucement de l'étreinte de sa mère.

— C'est pas à moi de parler de ça, reprit-elle. Nous on est français. Le grand-père, il a fait la guerre pour la France. Il a libéré Marseille. Avec le régiment de tirailleurs algériens. Il a eu une médaille pour ça...

— L'a été gravement blessé, précisa Mourad. À la jambe.

La libération de Marseille. Mon père aussi avait eu une médaille. Une citation. Mais c'était loin tout ça. Cinquante ans. De l'histoire ancienne. Il n'y avait plus que le souvenir des soldats américains, sur la Canebière. Avec leurs boîtes de Coca, leurs paquets de Lucky Strike. Et les filles qui se jetaient dans leurs bras pour une paire de bas en nylon. Les libérateurs. Les héros. Oubliés leurs bombardements aveugles sur la ville. Et oubliés les assauts désespérés des tirailleurs algériens sur Notre-Dame de la Garde, pour déloger les Allemands. De la chair à canon, parfaitement commandée par nos officiers.

Marseille n'avait jamais remercié les Algériens pour ça. La France non plus. Au même moment, d'ailleurs, d'autres officiers français réprimaient violemment les premières manifestations indépendantistes en Algérie. Oubliés aussi les massacres de Sétif, où ne furent épargnés ni les femmes ni les enfants... Nous avons cette faculté-là, d'avoir la mémoire courte, quand ça nous arrange...

— Français, mais aussi musulmans, reprit-elle. Farid, avant, il allait dans les cafés, il buvait de la bière, il jouait aux dominos. Maintenant, il a arrêté. Il fait la prière. Peut-être qu'un jour il ira au Hadj, au pèlerinage à La Mecque. Chez nous, c'est comme ça, il y a un temps pour tout. Mais... On n'a pas besoin de gens pour nous dire ce qu'on doit faire ou pas. Le FIS, ça nous fait un peu peur. C'est ça qu'il dit, Farid.

Cette femme était pleine de bonté. Et de finesse. Elle s'exprimait, maintenant, dans un français très correct. Lentement. Elle parlait des choses, avec force détails, mais sans en énoncer l'essentiel, en vraie Orientale. Elle avait ses opinions mais elle les dissimulait sous celles de son mari. Je n'avais pas envie de la brusquer, mais je devais savoir.

— Redouane l'a chassée, c'est ça ?

— Vous devriez partir, dit-elle en se levant. Elle est pas ici. Et je le connais pas, le jeune homme dont vous m'avez parlé.

— Je dois voir votre fille, dis-je, me levant à mon tour.

— Ce n'est pas possible. Le grand-père n'a pas le téléphone.

— Je pourrais y aller. Je ne serai pas long. Il faut que je lui parle. Et à Guitou surtout. Sa mère est inquiète. Il faut que je le raisonne. Je ne leur veux pas de mal. Et... (J'hésitai un instant.) Et ça restera entre nous. Redouane n'a pas besoin de savoir cela. Vous en discuterez après, au retour de votre mari.

— Il est plus avec elle, intervint Mourad.

Sa mère le regarda avec reproche.

— Tu as vu ta sœur ?

— Il est plus avec elle. Il est reparti, c'est ce qu'elle a dit. Qu'ils s'étaient disputés.

Et merde ! Si c'était vrai, Guitou devait être quelque part dans la nature, en train de ruminer l'histoire d'un premier amour qui a mal tourné.

— Je dois quand même la rencontrer, dis-je en m'adressant à elle. Guitou n'est toujours pas rentré chez lui. Il faut que je le retrouve. Vous devez comprendre ça, dis-je.

Il y avait plein d'affolement dans ses yeux. Beaucoup de tendresse aussi. Et des questions. Son regard se perdit au loin et me traversa, cherchant en moi une réponse possible. Ou une assurance. Faire confiance, quand on est un immigré, c'était le chemin le plus difficile à faire. Elle ferma les yeux, une fraction de seconde.

— J'irai la voir, chez le grand-père. Demain. Demain matin. Appelez-moi vers midi. Si le grand-père est d'accord, alors Mourad il vous accompagnera. (Elle se dirigea vers la porte d'entrée.) Il faut que vous partiez, Redouane va rentrer, c'est son heure.

— Merci, dis-je. (Je me tournai vers Mourad.) T'as quel âge ?

— Presque seize.

— Continue, le basket. Tu es vachement bon.

J'allumai une cigarette en sortant de l'immeuble, puis je partis vers ma voiture. Avec l'espoir qu'elle soit toujours entière. OubaOuba devait me surveiller depuis un bon bout de temps. Parce qu'il vint droit sur moi avant que je n'arrive au parking. Comme une ombre. Tee-shirt noir, pantalon noir. Et casquette des Rangers assortie.

— Salut, il dit sans s'arrêter de marcher. J'ai un tuyau pour toi.

— Je t'écoute, dis-je en le suivant.

— Le céfran qu'ils ont flingué, y s'raconte qu'il fouinait partout. À la Savine, à la Bricarde, partout. Et au Plan d'Aou, surtout. Ici, on le voyait pour la première fois.

On continua le long des barres, côte à côte, bavardant comme n'importe qui.

— Il fouinait quoi ?

— Des questions. Sur les jeunes. Rien qu' sur les rebeus.

— Quel genre de questions ?

— À cause des barbus.

— Qu'est-ce que tu sais ?

— Ce que j'te dis.

— Et encore ?

— Le keum qui conduisait la tire, on l'a vu quelques fois ici, avec Redouane.

— Redouane Hamoudi ?

— Ben, c'est d'chez lui qu'tu viens, non ?

On avait fait le tour de la cité, on revenait vers le parking et ma voiture. Les informations touchaient à leur fin.

— Pourquoi tu me dis tout ça ?

— J'sais qui t'es. Quelques copains aussi. Et que Serge, c'était un pote à toi. D'avant. D'quand t'étais shérif. (Il sourit et un croissant de lune illumina son visage.) Il était net, ce mec. Il a rendu service, qu'on dit. Toi aussi. Plein de minots, y te doivent une fière chandelle. Les mères, elles savent ça. Alors, t'as du crédit.

— J'ai jamais su ton prénom.

— Anselme. Pas fait d'assez grosses conneries pour arriver jusqu'au commissariat.

— Continue.

— J'ai d'bons vieux. C'est pas le cas de tous. Et le basket... (Il sourit.) Et y a le *chourmo*. T'sais ce que c'est ?

Je savais. Le *chourmo*, en provençal, la chiourme, les rameurs de la galère. À Marseille, les galères, on connaissait bien. Nul besoin d'avoir tué père et mère pour s'y retrouver, comme il y a deux siècles. Non, aujourd'hui, il suffisait seulement d'être jeune, immigré ou pas. Le fan-club de Massilia Sound System, le groupe de *raggamuffin* le plus déjanté qui soit, avait repris l'expression.

Depuis, le *chourmo* était devenu un groupe de rencontres autant que de supporters. Ils étaient deux cent cinquante, trois cents peut-être, et « supportaient » maintenant plusieurs groupes. Massilia, les Fabulous, Bouducon, les Black Lions, Hypnotik, Wadada... Ensemble, ils venaient de sortir un album d'enfer. *Ragga baletti*. Ça faisait monter l'aïoli, le samedi soir !

Le *chourmo* organisait des *sound systems* et, avec les recettes, éditait un bulletin, distribuait des cassettes *live*, et bricolait des voyages bon marché, pour suivre les groupes dans leurs déplacements. Ça fonctionnait aussi comme ça au stade, autour de l'OM. Avec les Ultras, les Winners ou les Fanatics. Mais ce n'était pas l'essentiel du *chourmo*. L'essentiel, c'était que les gens se rencontrent. Se « mêlent », comme on dit à Marseille. Des affaires des autres, et vice versa. Il y avait un esprit *chourmo*. On n'était plus d'un quartier, d'une cité. On était *chourmo*. Dans la même galère, à ramer ! Pour s'en sortir. Ensemble.

Rastafada, quoi !

— Il se passe des trucs, dans les cités ? hasardai-je en arrivant au parking.

— Y s'passe toujours des trucs, tu devrais le savoir. Réfléchis à ça.

Et, arrivé à la hauteur de ma voiture, il continua sans dire au revoir.

J'attrapai une cassette de Bob Marley dans la boîte à gants. J'en avais toujours au moins une avec moi, pour des moments comme celui-ci. Et *So Much Trouble In The World*, ça m'irait bien pour rouler dans la nuit marseillaise.

5

Où un peu de vérité ne fait de mal à personne

Place des Baumes, à Saint-Antoine, ma décision était prise. Au lieu de m'engager sur l'autoroute du Littoral, pour rentrer chez moi, je fis le tour du giratoire, et m'engageai sur le chemin de Saint-Antoine à Saint-Joseph. Direction le Merlan.

La discussion avec Anselme occupait mes pensées. Pour qu'il ait jugé nécessaire de venir me parler de Serge, c'est qu'il devait y avoir anguille sous roche. J'avais envie de savoir. De comprendre, comme toujours. Une vraie maladie. Je devais avoir un esprit de flic. Pour démarrer, comme ça, au quart de tour. À moins que je ne sois *chourmo*, moi aussi ! Peu importait. Un peu de vérité, me dis-je, ne fait jamais de mal à personne. Pas aux morts, en tout cas. Et Serge n'était pas n'importe qui. C'était un type bien, que je respectais.

J'avais une bonne nuit d'avance pour aller fouiner dans ses affaires. Pertin était orgueilleux, haineux. Mais ce n'était pas un bon flic. Je ne l'imaginais pas se résigner à perdre une heure, une seule heure, à ratisser l'appartement d'un mort. Il préférerait laisser ça aux « gratte-papier », comme il appelait ses collègues de l'hôtel de police. Lui, il avait autre chose de plus intéressant à faire. Jouer les cow-boys dans les quartiers nord. Surtout la nuit. J'avais toutes les chances d'être peinard.

Le plus vrai, c'est que je voulais gagner du temps. Comment rentrer chez moi, les mains dans les poches, et affronter le regard de Gélou ? Et lui dire quoi ? Que Guitou et Naïma pouvaient bien passer encore une nuit ensemble. Que ça ne faisait de mal à personne. Des choses comme ça. Des mensonges. Ça blesserait juste son orgueil de mère. Mais, des blessures, elle en avait connu de plus graves. Et moi, je manque parfois de courage. Surtout devant les femmes. Celles que j'aime, en particulier.

Au Merlan-village, j'avisai une cabine téléphonique libre. Ça ne répondait pas chez moi. J'appelai chez Honorine.

— On vous a pas attendu, vé. On s'est mis à table. J'ai fait quelques spaghettis avèque du pistou. Vous avez vu le petit ?

— Pas encore, Honorine.

— C'est qu'elle se ronge les sangs. Dites, avant que je vous la passe, vos muges, que vous avez ramenées ce matin, y a assez d'œufs pour faire une bonne poutargue. Ça vous dirait ?

La poutargue, c'était une spécialité des Martigues. Comme un caviar. Ça faisait une éternité que je n'en avais pas mangé.

— Faut pas vous tracasser, Honorine, c'est du travail tout ça.

Il fallait en effet extraire les deux grappes d'œufs, sans déchirer la membrane qui les protège, les saler, les écraser, puis les faire sécher. Cela prenait bien une semaine, la préparation.

— Non. C'est rien. Et puis, vé, c'est l'occasion. Vous pourrez inviter ce pauvre Fonfon à dîner. J'ai le sentiment que l'automne, ça le rend tout chose.

Je souris. C'est vrai que Fonfon, cela faisait un bail que je ne l'avais pas invité. Et si je ne l'invitais pas, ces deux-là ne s'invitaient pas non plus. Comme si c'était indécent que deux veufs septuagénaires puissent avoir envie de se voir.

— Bon, je vous passe Gélou, qu'elle meurt d'impatience.

J'étais prêt.

— Allô.

Claudia Cardinale en direct. La sensualité de la voix de Gélou s'accentuait au téléphone. Cela descendit en moi avec la même chaleur qu'un verre de Lagavulin. Doux et chaud.

— Allô, répéta-t-elle.

Je devais chasser les souvenirs. Les souvenirs de Gélou, aussi. Je pris mon souffle et déballai mon laïus.

— Écoute, c'est plus complexe. Ils ne sont pas chez les parents. Ni chez le grand-père. Tu es sûre qu'il n'est pas rentré ?

— Non. J'ai laissé ton téléphone, à la maison. Sur son lit. Et Patrice est au courant. Il sait que je suis ici.

— Et... Alex ?

— Il n'appelle jamais quand il est en déplacement. C'est encore une chance. C'est... C'est comme ça depuis qu'on se connaît. Il fait ses affaires. Je pose pas de questions. (Il y eut un silence, puis elle reprit :) Guitou, il est... Ils sont peut-être chez un ami à elle. Mathias. Il était de la bande de copains avec qui elle campait. Ce Mathias, il l'accompagnait, quand elle est venue dire au revoir à Guitou, et que...

— Tu connais son nom ?

— Fabre. Mais je ne sais pas où il habite.

— Des Fabre, y en a plein l'annuaire à Marseille.

— Je sais. Dimanche soir je l'ai consulté. J'en ai appelé plusieurs. Chaque fois je me trouvais idiote. Au douzième, j'ai renoncé, épuisée. Et énervée. Et encore plus idiote qu'avant d'avoir essayé.

— De toute façon, c'est râpé pour la rentrée des classes, je crois. Je vais voir ce que je peux encore faire ce soir. Sinon, demain, j'essaierai d'en apprendre un peu plus sur ce Mathias. Et j'irai voir le grand-père.

Un peu de vérité, au milieu des mensonges. Et l'espoir que la mère de Naïma ne m'ait pas mené en bateau. Que le grand-père existe. Que Mourad m'y accompagne. Que le grand-père me reçoive. Que Guitou et Naïma soient là, ou pas loin...

— Pourquoi pas tout de suite ?

— Gélou, tu as vu l'heure ?

— Oui, mais... Fabio, dis, tu crois qu'il va bien ?

— Là, il est sous la couette, avec une chouette gamine. Il sait même plus qu'on existe. Rappelle-toi, ça devait pas être mal, non ?

— J'avais vingt ans ! Et avec Gino, on allait se marier.

— Ça devait quand même être bien, non ? C'est ce que je te demande.

Il y eut un nouveau silence. Puis je l'entendis renifler à l'autre bout. Cela n'avait rien d'érotique. Ce n'était pas la star italienne qui jouait la comédie. C'était ma cousine qui pleurait, simplement, comme une mère.

— Je crois que j'ai vraiment fait une bêtise, avec Guitou. Tu ne crois pas ?

— Gélou, tu dois être fatiguée. Finis de manger et va te coucher. M'attends pas. Prends mon lit et essaie de dormir.

— Ouais, soupira-t-elle.

Elle renifla encore un coup. Derrière, j'entendis Honorine tousser. Manière de dire que je ne m'inquiète pas, qu'elle s'occupait d'elle. Honorine ne toussait jamais.

— Je t'embrasse, je dis à Gélou. Tu verras, demain, on sera tous ensemble.

Et je raccrochai. Un peu brutalement même, parce que depuis quelques minutes deux petits connards à mobylette tournaient autour de ma bagnole. J'avais quarante-cinq secondes pour sauver mon autoradio. Je sortis de la cabine en hurlant. Plus pour me libérer, que pour leur faire peur. Je leur fis vraiment peur, et ça ne me vida pas la tête de toutes les pensées qui s'y bousculaient. En repassant devant moi, pleins gaz, le passager de la mob me gueula un « enculé de ta race » qui ne valait même pas le prix de mon autoradio pourave.

Arno habitait au lieu-dit « Le Vieux Moulin », un endroit étrangement épargné par les promoteurs sur le chemin du Merlan. Avant et après, ce n'était plus que lotissements provençaux à quatre sous. Des HLM à l'horizontale pour employés de banque et cadres moyens. J'y étais venu quelques fois, avec Serge. L'endroit était plutôt sinistre. Surtout la nuit. Passé vingt heures trente, il n'y avait plus de bus et les voitures se faisaient rares.

Je me garai devant le vieux moulin, qui était devenu un dépôt-vente de meubles. Devant s'étendait la casse automobile de Saadna, un Gitan, cousin éloigné d'Arno. Arno créchait derrière, dans un gourbi de parpaings au toit en tôle. Saadna l'avait construit pour y aménager un petit atelier mécanique.

Je contournai le moulin, et longeai le canal des eaux de Marseille. À cent mètres, il faisait un coude, juste derrière la casse. Je dévalai un talus d'immondices jusqu'à la piaule d'Arno. Quelques chiens aboyèrent, mais rien de grave. Les chiens dormaient tous dans les maisons. Où ils crevaient de trouille, comme leurs maîtres. Et Saadna, lui, il n'aimait pas les chiens. Il n'aimait personne.

Autour, il y avait encore quelques carcasses de motos. Volées, sans doute. La nuit, Arno les bricolait, torse nu, en pantoufles, un pétard entre les lèvres.

— Tu pourrais plonger, pour ça, lui avais-je dit, un soir que je passais par là.

Histoire de m'assurer qu'il était bien chez lui, et pas dans une carambouille qui se préparait à la cité Bellevue. Dans une heure, on devait faire une descente dans les caves et ramasser tout ce qui traînait. Came, dealers et autres saloperies humaines.

— Fais pas chier, Montale ! Va pas t'y mettre, toi aussi. Toi et Serge, vous m'les émiettez à la fin. C'est du boulot, ça. OK. J'ai pas la sécu, mais c'est ma vie. D'la démerde. Tu comprends ça, la démerde ? (Il avait tiré furieusement sur son joint, l'avait jeté, rageur, puis m'avait regardé, sa clef de neuf à la main.) Ben, quoi ! Tu vois, j'vais pas habiter là toute ma vie. Alors, je bosse. Qu'est-ce tu crois...

Je ne croyais rien. C'était ça qui m'inquiétait chez Arno. « L'argent volé, c'est de l'argent gagné. » C'est avec ce raisonnement qu'à vingt ans, avec Manu et Ugo, nous avions fait notre entrée dans la vie. On a beau se répéter que cinquante millions, c'est un bon chiffre pour s'arrêter, un jour ou l'autre, il y a toujours un type qui en fait plus que ce qu'on attend de lui. Manu avait tiré. Ugo avait jubilé parce que c'était notre plus beau coup. Moi, j'avais dégueulé, et m'étais engagé dans la Coloniale. Une page s'était tournée, brutalement. Celle de l'adolescence, et de nos rêves de voyages, d'aventures. Du bonheur d'être libre, de ne pas travailler. Pas de patrons, pas de chefs. Ni Dieu ni maître.

À une autre époque, j'aurais pu embarquer sur un paquebot. L'Argentine. Buenos Aires. « Prix réduits. Aller simple », pouvait-on lire sur les vieilles affiches des Messageries maritimes. Mais les paquebots, c'était déjà fini, en 1970. Le monde était devenu comme nous, sans destination. Sans avenir. J'étais parti. Gratos. À Djibouti. Pour cinq ans. J'y avais déjà fait mon service militaire, quelques années plus tôt. Ce n'était pas pire que la prison. Ou que l'usine. Avec en poche, pour tenir, pour rester sain d'esprit, *Exil* de Saint-John Perse. L'exemplaire que Lole nous lisait sur la Digue du Large, face à la mer.

J'avais, j'avais ce goût de vivre chez les hommes, et voici que la terre exhale son âme d'étrangère...

À pleurer.

Puis j'étais devenu flic, sans trop savoir pourquoi ni comment. Et perdu mes amis. Aujourd'hui Manu et Ugo étaient morts. Et Lole était quelque part où l'on devait pouvoir vivre sans souvenirs. Sans remords. Sans rancune. Se mettre en règle avec la vie, c'était se mettre en règle avec les souvenirs. C'est ce que m'avait dit Lole, un soir. La veille de son départ. J'étais d'accord avec elle, là-dessus. Interroger le passé ne sert à rien. Les questions, c'est à l'avenir qu'il faut les poser. Sans avenir, le présent n'est que désordre. Oui, bien sûr. Mais moi, je ne m'en sortais pas avec mon passé, c'était ça, mon problème.

Aujourd'hui, je n'étais plus rien. Je ne croyais pas aux voleurs. Je ne croyais plus aux gendarmes. Ceux qui représentaient la loi avaient perdu tout sens des valeurs morales, et les vrais voleurs n'avaient jamais pratiqué le vol à l'arraché pour croûter le soir. On mettait des ministres en prison, bien sûr, mais ce n'était qu'une péripétie de la vie politique. Pas la justice. Ils rebondiraient tous, un jour. Dans la société des affaires, la politique lave toujours plus blanc. La Mafia en est le plus bel exemple. Mais, pour des milliers de mômes des cités, la taule, c'était le grand plongeon. Quand ils en revenaient, c'était pour le pire. Le meilleur était loin derrière eux. Ils l'avaient bouffé, et c'était déjà du pain noir.

Je poussai la porte. Elle n'avait jamais eu de verrou. En hiver, Arno mettait une chaise pour la maintenir fermée. En été, il dormait dehors, dans un hamac cubain. L'intérieur était tel que je le connaissais. Un lit en ferraille des surplus militaires, dans un coin. Une table, deux chaises. Une petite armoire. Un petit réchaud à gaz. Un chauffage électrique. À côté de l'évier, la vaisselle d'un repas avait été faite. Une assiette, un verre, une fourchette, un couteau. Serge vivait seul ici. Je le voyais d'ailleurs mal y inviter une frangine. Vivre là, il fallait le vouloir. De toute façon, à Serge, je ne lui avais jamais connu de petite copine. Peut-être qu'il était vraiment pédé.

Je ne savais pas ce que j'étais exactement venu chercher. Un truc qui m'indiquerait dans quoi il trempait, et qui expliquerait qu'on le bute dans la rue. Je n'y croyais pas trop, mais ça ne mangeait pas de pain d'essayer. Je commençai par l'armoire, le dessus, le dessous. Dedans, une veste, un blouson, deux jeans. Rien dans les poches. La table n'avait pas de tiroir. Une lettre ouverte traînait dessus, je la mis dans ma poche. Rien sous le lit. Sous le matelas, non plus. Je m'assis, et réfléchis. Il n'y avait aucune cache possible.

À côté du lit, sur une pile de journaux, deux livres de poche. *Fragments d'un paradis* de Jean Giono et *L'Homme foudroyé* de Blaise Cendrars. Je les avais lus. J'avais ces livres chez moi. Je les feuilletai. Pas de papiers. Pas de notes. Je les reposai. Un troisième livre, relié celui-là, n'appartenait pas à mes classiques. *Le Licite et l'Illicite en Islam* de Youssef Qaradhawi. Une coupure de presse faisait état d'un arrêté interdisant la vente et la circulation de ce livre « en raison de sa tonalité nettement anti-occidentale et des thèses contraires aux lois et valeurs fondamentales républicaines qu'il contient ». Aucune note dans celui-ci non plus.

Je tombai sur un chapitre intitulé : « Ce qu'on doit faire quand la femme se montre fière et rebelle. » Je souris, en me disant que j'y apprendrais peut-être comment agir avec Lole, si elle revenait un jour. Mais pouvait-on, d'une loi, régir la vie à deux ? Il fallait le fanatisme des religieux - islamistes, chrétiens ou juifs - pour y songer. Moi, en amour, je ne croyais qu'à la liberté et à la confiance. Et ça ne simplifiait pas mes rapports amoureux. Je l'avais toujours su. Je le vivais aujourd'hui.

Les journaux étaient ceux de la veille. *Le Provençal, Le Méridional, Libé, Le Monde, Le Canard enchaîné* de la semaine. Plusieurs numéros récents de quotidiens algériens, *Liberté* et *El Watam*. Et, plus étonnant, une pile de *Al Ansar*, le bulletin clandestin du Groupe islamique armé. Sous les journaux, dans des chemises, plusieurs articles de presse découpés : « Procès de Marrakech : un procès sur fond de banlieue française », « Une rafle sans précédent dans les milieux islamistes », « Terrorisme : comment les islamistes recrutent en France », « L'araignée islamiste tisse sa toile en Europe », « Islam : la résistance à l'intégrisme ».

Ça, le livre de Qaradhawi, les numéros de *Liberté*, de *El Watam* et de *Al Ansar*, c'était peut-être le bout d'une piste. Que pouvait-il donc bien foutre, Serge, depuis que je l'avais perdu de vue ? Du journalisme ? Une enquête sur les islamistes à Marseille ? Il y avait six chemises pleines de coupures de presse. J'avisai un sac Fnac sous l'évier et y rangeai le livre et toute cette paperasse.

— On bouge plus ! cria-t-on derrière moi.

— Déconne pas Saadna, c'est Montale !

J'avais reconnu sa voix. Je n'avais pas envie de le rencontrer. C'est pour ça que j'étais passé par le canal.

La lumière se fit dans la pièce. Par l'unique ampoule pendue à un fil au plafond. Une lumière blanche, crue, violente. Le lieu m'apparut encore plus sordide. Je me retournai lentement en clignant des yeux, mon sac Fnac à la main. Saadna me tenait en joue avec un fusil de chasse. Il fit un pas, traînant sa jambe boiteuse. Une polio mal guérie.

— T'es venu par le canal, hein ? dit-il avec un mauvais sourire. Comme un voleur. Tu t'es recyclé dans la cambriole, Fabio ?

— Pas de risque de devenir riche, ici, ironisai-je.

Saadna et moi, on se détestait franchement. C'était l'archétype du Gitan. Les gadgés étaient tous des enfoirés. Chaque fois qu'un jeune Gitan faisait une connerie, c'était, bien sûr, la faute aux gadgés. Depuis des siècles, on les avait dans le collimateur. Nous n'existions que pour leur malheur. Une invention du diable. Pour emmerder Dieu le Père qui, dans son infinie bonté, avait créé le Gitan à son image. Le Rom. L'Homme. Depuis, le diable avait fait pire. Il avait répandu en France des millions d'Arabes, rien que pour emmerder encore plus les Gitans.

Il se donnait des airs de vieux sage, avec barbe et cheveux longs poivre et sel. Les jeunes venaient souvent lui demander conseil. C'était, toujours, le plus mauvais. Dicté par la haine, le mépris. Le cynisme. Par eux, il se vengeait de la patte folle qu'il traînait derrière lui depuis l'âge de douze ans. Sans l'affection qu'il éprouvait pour lui, Arno n'aurait peut-être jamais fait de conneries. Il ne se serait jamais retrouvé en prison. Et il serait encore en vie.

Quand Chano, le père d'Arno, mourut, Serge et moi, nous étions intervenus pour qu'on lui accorde une permission. Il était bouleversé, Arno. Il tenait à être à l'enterrement. J'avais même fait du gringue à l'assistante sociale - « plus baisable que l'éducatrice », m'avait dit Arno — pour qu'elle intervienne aussi, personnellement. La permission fut accordée, puis retirée, sur décision expresse du directeur, sous prétexte qu'Arno était une tête dure. On l'autorisa seulement à voir son père, une dernière fois, à la morgue. Entre deux gendarmes. Arrivés là-bas, ils ne voulurent pas lui retirer les menottes. Alors Arno refusa de voir son père. « Je ne voulais pas qu'il me regarde avec ça aux poignets », nous avait-il écrit peu après.

Au retour, il craqua, fit un foin du diable et se retrouva au mitard. « Voyez, les mecs, j'en ai marre de la merde, et qu'on me tutoie, et de tout le reste. Les murs, le mépris, les insultes... Ça pue ! J'ai regardé deux mille fois le plafond, et c'est plus possible. »

À la sortie du mitard, il s'était tailladé les veines.

Saadna baissa les yeux. Et son flingue.

— Les gens honnêtes, y passent par l'entrée principale. Ça t'faisait mal de venir m'dire bonsoir ? (Il jeta un coup d'œil circulaire à la pièce. Son regard s'arrêta sur le sac Fnac.) T'embarques quoi, là-d'dans ?

— Des papiers. Serge, il en a plus besoin. Il s'est fait buter. Devant moi. Cet après-midi. Demain, t'auras les flics ici.

— Buter, tu dis ?

— Tu as une idée de ce qu'il fricotait, Serge ?

— J'ai besoin d'un gorgeon. Suis-moi.

Même s'il avait su quoi que ce soit, Saadna ne m'aurait rien dit. Pourtant, il ne se fit pas prier pour parler et ne s'embarqua pas dans des explications tortueuses, comme il le faisait quand il mentait. Cela aurait dû me surprendre. Mais j'étais trop pressé de quitter son trou à rats.

Il avait rempli deux verres poisseux d'un bouillon à l'odeur infecte, qu'il appelait whisky. Je n'y avais pas touché. Même pas trinqué. Saadna faisait partie de ces gens avec qui je ne trinquais pas.

Serge était venu le trouver, l'automne dernier, pour lui proposer d'habiter la piaule d'Arno. « J'en ai besoin quelque temps, lui avait dit Serge. Besoin d'une planque. » Il avait essayé de lui tirer les vers du nez, Saadna, mais en vain. « Tu risques rien, mais moins t'en sauras, mieux c'est. » Ils se croisaient peu, se parlaient rarement. Il y a une quinzaine, Serge lui avait demandé de s'assurer que personne ne le suivait, quand il rentrait le soir. Il lui avait filé mille balles pour ça.

Saadna, il n'avait pas une grande sympathie pour Serge non plus. Éducateur, flic, c'était la même foutue engeance d'enfoirés. Mais Serge, il s'était occupé d'Arno. Il lui écrivait, lui envoyait des colis, allait le voir. Il avait dit ça, avec sa méchanceté habituelle, pour bien marquer qu'entre Serge et moi il faisait quand même une différence. Je ne dis rien. Je n'avais pas envie de jouer à copain-copain avec Saadna. Comment j'agissais ne regardait que moi, et ma conscience.

Arno, c'est vrai, je ne lui écrivis pas beaucoup. Ça n'a jamais été mon truc, les lettres. La seule à qui j'en ai écrit des tonnes, c'est Magali. Quand elle est entrée à l'internat de Caen, pour devenir instit. Je lui racontais Marseille, les Goudes. Ça lui manquait tellement. Mais les mots, ce n'est pas mon fort. Je m'embrouille. Même parler, je ne sais pas. De ce qui est en nous, je veux dire. Le reste, la tchatche, comme tous les Marseillais, je me débrouille très bien.

Mais tous les quinze jours, j'allais le voir, Arno. D'abord à la prison des jeunes, à Luynes, près d'Aix-en-Provence. Puis aux Baumettes. Un mois après, on l'avait mis à l'infirmerie parce qu'il ne bouffait plus rien. Et qu'il passait son temps à aller chier. Il se vidait. Je lui avais apporté des Pépitos, il adorait ça.

— Je vais te raconter, pour les Pépitos, me dit-il. Un jour, j'avais quoi, huit ou neuf ans, je zonais avec mes frères, les grands. Ils avaient tapé une clope à un *payo* et se la fumaient en parlant cul. Tu parles qu'ça me passionnait ! Le Pacho, à un moment, y dit : « Marco, un yaourt nature, ça fait combien de calories ? » Sûr, il en savait rien, Marco. Les yaourts, à quinze ans, c'était pas sa spécialité. « Et un œuf dur ? » poursuivit le Pacho. « Accouche ! » reprirent les autres, qui voyaient pas où y voulait en venir.

« Le Pacho, l'avait entendu raconter que quand on baise, on carbonise quatre-vingts calories. Et qu'ça fait un œuf dur, ou un Danone. Sérieux. "Normalement, si tu les bouffes, il dit, ça doit repartir." La rigolade ! Marco, y voulut pas être de reste : "Moi, j'ai entendu dire que si t'as pas ça sous la main, tu bouffes quinze Pépitos, et ça repart pareil !" Depuis, j'suis aux Pépitos ! On sait jamais ! Bon, tu m'diras, ici, c'est pas vraiment utile. T'as vu la gueule de l'infirmière ! »

On avait éclaté de rire.

J'eus soudainement besoin d'air. Pas envie de parler d'Arno avec Saadna. Ni de Serge. Saadna salissait quand il parlait. Il salissait ce qu'il touchait, ce qui l'entourait. Et ceux à qui il s'adressait aussi. Il avait accepté que Serge vienne là, non pas à cause de l'amitié qu'il portait à Arno, mais parce que de le savoir dans la merde le rapprochait de lui.

— T'as pas touché ton verre, il dit quand je me levai.

— Tu le sais, Saadna. Je ne bois jamais avec des types comme toi.

— Tu le regretteras un jour.

Et il vida cul sec mon verre.

Dans la voiture, j'allumai le plafonnier et regardai la lettre que j'avais embarquée. Elle avait été postée, samedi, du bureau Colbert, dans le centre. Au dos, le destinataire, au lieu d'indiquer son nom et son adresse, avait écrit, maladroitement : « Parce que les cartes ont été mal distribuées, nous atteignons ce degré de désordre où l'existence n'est plus possible. » Je frissonnai. À l'intérieur, il n'y avait qu'une feuille, arrachée à un cahier. La même écriture. Deux phrases brèves. Que je lus fébrilement, mû par l'urgence d'un tel appel au secours. « J'en peux plus. Viens me voir. Pavie. »

Pavie. Bon Dieu ! Il ne manquait plus qu'elle au tableau.

6

Où, dans la vie, les choix ne déterminent pas tout

C'est en mettant mon clignotant, pour attraper, à droite, la rue de la Belle-de-Mai, que je réalisai que j'étais suivi. Une Safrane noire me filait le train, à bonne distance, mais avec finesse. Dans le boulevard Fleming, elle s'était même offert le luxe de me doubler, après un feu rouge. Elle était venue se garer, en double file. J'avais senti un regard sur moi. J'avais jeté un coup d'œil vers la voiture. Mais ses vitres fumées mettaient le chauffeur à l'abri des regards indiscrets. Je n'avais aperçu que le reflet de mon visage.

La Safrane roula ensuite devant moi, en respectant scrupuleusement la limitation de vitesse en ville. Cela aurait dû m'intriguer. La nuit, personne ne respecte les limitations de vitesse. Même pas moi avec ma vieille R 5. Mais j'étais trop occupé à mettre de l'ordre dans mes pensées pour m'inquiéter d'un éventuel suiveur. Et puis, j'étais à cent lieues d'imaginer qu'on puisse me prendre en filature.

Je réfléchissais à ce que l'on appelle les concours de circonstances, ce qui fait que l'on se réveille le matin peinard et que l'on se retrouve le soir avec le môme d'une cousine en cavale, un copain qui se fait assassiner sous vos yeux, un gamin que tu connais à peine venu faire ami avec toi, un type que tu ne veux pas voir et avec lequel tu es obligé de faire la causette. Avec les souvenirs qui te remontent à la gorge. Magali. Manu, Ugo. Et Arno, qui se rappelait violemment à moi, par son ex-petite amie, qui vivait dans le shoot permanent. Pavie, la petite Pavie, qui avait trop rêvé. Et trop vite compris que la vie est un mauvais film, où le Technicolor ne change rien au fond de l'histoire. Pavie qui appelait à l'aide, et Serge aux abonnés absents pour toujours.

L'existence est ainsi faite, de croisements. Et d'un choix qui nous emporte sur une route autre que celle que l'on espérait, selon que nous avons pris à gauche plutôt qu'à droite. Que nous avons dit oui à ceci, non à cela. Ce n'était pas la première fois que je me trouvais dans une telle situation. J'avais parfois le sentiment de toujours prendre la mauvaise direction. Mais l'autre route, aurait-elle été meilleure ? Différente ?

J'en doutais. Mais je n'en étais pas sûr. J'avais lu quelque part, dans un roman bon marché, que « les hommes sont conduits par l'aveugle qui est en eux ». C'était ça, nous avancions ainsi. À l'aveuglette. Le choix n'était qu'une illusion. Le *change* qu'offrait la vie pour faire passer sa pilule amère. Ce n'était pas le choix qui déterminait tout, mais notre disponibilité devant les autres.

Quand Gélou avait débarqué ce matin, j'étais un être vacant. Elle avait été comme l'étincelle dans la réaction en chaîne. Le monde, autour de moi, s'était remis en mouvement. Et à pétarader, selon son habitude.

Galère !

Un coup d'œil au rétroviseur m'apprit que j'étais toujours suivi. Qui ? Pourquoi ? Depuis quand ? Questions sans intérêt, puisque je n'avais aucun élément de réponse. Je pouvais juste supposer que la filature avait commencé en quittant Saadna. Mais tout aussi bien après avoir laissé Anselme. Ou en sortant du commissariat. Ou en partant de chez moi. Non, impossible, pas depuis chez moi, cela n'avait aucun sens. Mais « quelque part » après la mort de Serge, oui, ça c'était plausible.

Je réenclenchai la cassette de Bob Marley sur *Slave Driver*, pour me donner du cœur à l'ouvrage, et, rue Honorat, le long de la voie ferrée, j'accélérai un petit coup. La Safrane réagit à peine à mon soixante-dix à l'heure. Je revins à la vitesse normale.

Pavie. Elle avait assisté au procès d'Arno. Sans moufter, sans pleurer, sans un mot. Fière, comme Arno. Puis elle replongea, dans la dope et les petites arnaques pour en avoir. Sa vie avec Arno ne fut, finalement, qu'une parenthèse de bonheur. Arno avait été pour elle une planche de salut. Mais sa planche était savonnée de la même merde. Il avait glissé, elle avait plongé.

Place d'Aix, la Safrane passa le feu à l'orange. Bon, me dis-je, il est près de onze heures, et j'ai une petite faim. Et soif. Je pris la rue Sainte-Barbe, sans mettre mon clignotant, mais sans accélérer non plus. Rue Colbert ensuite, puis rue Méry et rue Caisserie, vers les Vieux Quartiers, le territoire de mon enfance. Là où était née Gélou. Là où j'avais connu Manu et Ugo. Et Lole, qui semblait toujours habiter les rues de sa présence.

Place de Lenche, je me garai à la mode de chez nous, où c'est interdit, devant l'entrée d'un petit immeuble, ma roue droite tout contre la marche d'entrée. Il y avait bien une place de l'autre côté, mais je voulais que mon suiveur ait le sentiment que si je ne faisais pas de créneau, c'est parce que je n'allais pas m'absenter longtemps. On est comme ça ici. Parfois, même pour un petit quart d'heure, la double file, avec les warnings, c'était ce qui se faisait de mieux.

La Safrane montra le bout de son nez, alors que je verrouillais ma porte. Je n'y prêtai pas attention. J'allumai une cigarette, puis, d'un pas décidé, je remontai la place de Lenche, pris à droite la rue des Accoules, puis à droite encore, la rue Fonderie-Vieille. Une volée de marches à descendre, et j'étais à nouveau rue Caisserie. Il ne me restait plus qu'à revenir place de Lenche, pour voir ce que devenait mon suiveur.

Pas bégueule, il avait pris la place que j'avais laissée. Un créneau impeccable. La fenêtre du conducteur était ouverte, et il s'en échappait des bouffées de fumée. Tranquille, le mec. Je ne m'inquiétais pas pour lui. Ces bagnoles, elles avaient même la stéréo. La Safrane était immatriculée dans le Var. Je notai le numéro. Cela ne m'avançait à rien pour l'instant. Mais demain il ferait jour.

À table, me dis-je.

Chez Félix, deux couples finissaient de dîner. Félix était au fond du restaurant. Assis à une table, ses Gitanes filtre d'un côté, son pastis de l'autre, il lisait *Les Pieds Nickelés à Deauville.* Sa lecture favorite. Il ne lisait rien d'autre, pas même un journal. Il collectionnait les *Pieds Nickelés* et les *Bibi Fricotin,* et s'en régalait dès qu'il avait cinq minutes devant lui.

— Oh ! Céleste, cria-t-il en me voyant entrer, on a un invité.

Sa femme sortit de la cuisine en essuyant ses mains sur son tablier noir qu'elle ne quittait qu'à la fermeture du restaurant. Elle avait encore bien pris trois bons kilos, Céleste. Là où ça se remarque le mieux. Dans la poitrine et dans les fesses. Rien que de la voir, on avait envie de passer à table.

Sa bouillabaisse était une des meilleures de Marseille. Rascasse, galinette, fielas, saint-pierre, baudroie, vive, roucaou, pageot, chapon, girelle... Quelques crabes aussi, et, à l'occasion, une langouste. Rien que du poisson de roche. Pas comme tant d'autres. Et puis, pour la rouille, elle avait son génie bien à elle pour lier l'ail et le piment à la pomme de terre et à la chair d'oursin. Mais elle n'était jamais au menu, sa bouillabaisse. Il fallait téléphoner régulièrement pour savoir quand elle la cuisinait. Parce que, pour une bonne bouillabaisse, ça demandait d'être au moins sept ou huit personnes. Pour pouvoir la faire copieuse, et y mettre le plus d'espèces de poissons possible. On se retrouvait ainsi toujours entre amis, et connaisseurs. Même Honorine « admettait » les qualités de Céleste. « Mais bon, hein, moi, c'est pas mon métier... »

— Vous tombez bien, dit-elle en m'embrassant. Je cuisinais quelques restes. Des palourdes en sauce, comme une fricassée, quoi. Et je comptais faire griller un peu de figatelli. Vous voulez quelques sardines à l'escabèche pour commencer ?

— Faites comme pour vous.

— Fan ! Pourquoi tu demandes, sers ! dit Félix.

Il avala son verre, puis il passa derrière le comptoir et servit d'autorité une tournée. Félix, les pastis, sa moyenne c'était dix-douze le midi et dix-douze le soir. Aujourd'hui, il les buvait dans un verre normal, avec une larmichette d'eau en plus. Avant, il ne servait que des mominettes*, un tout petit verre où l'alcool avait la plus grande place. Les tournées de mominettes, on ne les comptait pas. Selon le nombre de copains à l'apéro, une tournée ça pouvait être huit à dix pastis. Jamais moins. Quand Félix disait : « c'est la mienne », ça repartait. Mais ailleurs, au Péano et à l'Unic, avant que l'un ne devienne un bar branché et l'autre un bar rock, c'était pareil. Le pastis et la kémia - olives noires et vertes, cornichons et toutes sortes de légumes cuits au vinaigre - faisaient partie de l'art de vivre marseillais. Une époque où les gens savaient encore se parler, où ils avaient encore des choses à se dire. Bien sûr, ça donnait soif. Et ça prenait du temps. Mais le temps ne comptait pas. Rien ne pressait. Tout pouvait attendre cinq minutes de plus. Une époque ni pire ni meilleure que la nôtre. Mais, simplement, joies et chagrins se partageaient, sans fausse pudeur. La

* Petits verres d'alcool presque pur, le plus souvent des pastis.

misère même se racontait. On n'était jamais seul. Il suffisait de venir jusque chez Félix. Ou Marius. Ou Lucien. Et les drames nés dans les sommeils agités venaient mourir dans les vapeurs d'anis.

Céleste, souvent, elle apostrophait un client :

— Ho ! Zé ! Je te mets un couvert ?

— Non. Je rentre manger chez moi.

— Et ta femme, elle le sait que tu vas manger chez toi ?

— Eh pardi ! Je le lui ai dit, ce matin.

— Elle doit plus t'attendre, vé. Tu as vu l'heure, un peu ?

— Oh ! putain !

Et il s'asseyait devant une assiette de spaghettis aux clovisses, qu'il mangeait vite fait, pour être à l'heure au travail.

Félix posa le verre devant moi et trinqua, ses yeux injectés de sang plantés dans les miens. Heureux. Vingt-cinq ans qu'on se connaissait. Mais, depuis quatre ans, il avait reporté sur moi sa tendresse paternelle.

Dominique, leur fils unique, passionné des épaves qui peuplent le fond marin entre les îles Riou et Maïre, n'était jamais remonté d'une plongée. Des pêcheurs de Sanary, avait-il entendu dire, accrochaient régulièrement leurs filets sur les fonds du plateau de Blauquières, à vingt kilomètres de la côte, entre Toulon et Marseille. Cela pouvait être un rocher proéminent. Cela pouvait être autre chose. Dominique ne vint jamais le raconter.

Mais Dominique avait « senti juste ». Il y a quelques mois, tout à fait par hasard, deux plongeurs de la Compagnie maritime d'expertise, Henri Delauze et Popof, avaient mis au jour, à cet endroit précis, à cent vingt mètres de fond, l'épave intacte du *Protée*. Le sous-marin français porté disparu en 1943 entre Alger et Marseille. La presse locale avait abondamment salué la découverte, évoquant Dominique en quelques lignes. Le midi, j'avais rappliqué chez Félix. La découverte du *Protée* ne redonnait pas vie à son fils. Elle le ressuscitait, en faisant de lui un pionnier. Il entrait dans la légende. Nous avions fêté ça. Du bonheur, jusqu'aux larmes.

— Santé !

— Ça fait plaisir, sas.

Je n'étais plus venu depuis ce jour-là. Quatre mois. Le temps, quand on ne bouge pas, passe à une vitesse folle. Je m'en rendais soudainement compte. Depuis le départ de Lole, je n'avais plus quitté mon cabanon. Et négligé les rares amis qu'il me restait.

— Tu peux me rendre un service ?

— Ben ouais, dit-il en hochant la tête.

Je pouvais tout lui demander, sauf de boire de l'eau.

— Téléphone à Jo, du Bar de la Place. Une Safrane noire est garée presque devant chez lui. Tu fais servir un café au chauffeur, de la part du mec en R 5. (Il décrocha le combiné.) Et tu leur demandes de voir à quoi il ressemble, le type. Il me colle au cul depuis une plombe, une vraie arapède.

— Des cons, y en a de plus en plus. Tu l'as fait cocu ?

— Je ne m'en souviens pas.

De rigoler un peu en fin de journée, ça ne lui déplut pas, à Jo. Cela ne m'étonnait pas. C'était le genre de la maison, les *engatses*. Son bar, d'ailleurs, je l'évitais. Un peu trop *mia* à mon goût. Beauf, quoi. J'avais d'autres habitudes. Félix, bien sûr. Étienne, en haut du Panier, rue de Lorette. Et Ange, place des Treize-Coins, juste derrière l'hôtel de police.

— Et après le café, interrogea Jo, on le serre ? On est huit dans le bar.

Félix me regarda. Je tenais l'écouteur. Je fis non de la tête.

— Laisse tomber, répondit Félix. Le café, ça ira. C'est juste un qu'il a des cornes neuves.

Un quart d'heure après, Jo rappelait. Nous avions déjà éclusé un coteaux d'Aix, un rouge, du Domaine des Béates. 1988.

— Oh ! Félix ! Le mec, si tu l'as fait cocu, tu devrais faire gaffe.

— Pourquoi ? demanda Félix.

— Antoine Balducci, y s'appelle.

Félix m'interrogea du regard. Je ne connaissais personne de ce nom-là. Et encore moins sa femme.

— Connais pas, dit Félix.

— C'est un habitué du Rivesalte, à Toulon. Ce type, il fricote avec le milieu varois. C'est ce qu'y dit, Jeannot. Je l'ai fait m'accompagner, pour servir le café. Histoire qu'on aurait pu s'amuser, tu vois, quoi. Jeannot, il a été serveur là-bas. C'est là qu'il l'a connu, Balducci. Heureusement qu'y faisait noir, putain ! S'il l'avait reconnu, peut-être que ça aurait fait vinaigre... Qu'en plus, tu vois, ils étaient deux.

— Deux ? répéta Félix en m'interrogeant du regard.

— Tu savais pas ?

— Non.

— L'autre, reprit Jo, j'peux même pas te dire comment elle est, sa tronche. Il a pas bougé. Pas dit un mot. Pas même respiré, le mec. À mon avis, tu vois, c'est la first classe, rapport à Balducci... Dis, t'as des ennuis, Félix ?

— Non, non... C'est un... Un bon client, quoi.

— Ben, dis-y lui de s'écraser tout petit. Ceux-là, si tu veux mon avis, ils sont chargés jusqu'aux oreilles.

— Je vais passer le conseil. Dis, Jo, ça t'a pas causé des ennuis, t'es sûr ?

— Non, Balducci il a rigolé. Jaune. Mais il a rigolé. Ces mecs, tu vois, y savent encaisser.

— Ils sont toujours là ?

— Partis. « C'était offert ? » qu'il a fait, en montrant le café. « Ouais, m'sieur », j'ai dit. Il m'a mis dix sacs dans la tasse. Que le café, vé, j'en avais plein les doigts. « Pour le service. » Tu vois le genre.

— Je vois. Merci, Jo. Passe prendre l'apéro, un de ces quatre. Ciao.

Céleste amena le figatelli, grillé à point, accompagné de quelques pommes de terre persillées. Félix s'assit et déboucha une autre bouteille. Avec ses senteurs de thym, de romarin et d'eucalyptus, ce vin était un petit chef-d'œuvre. On ne s'en lassait pas.

Tout en mangeant, on parla du concours de pêche au thon que le Club nautique du Vieux-Port organisait traditionnellement fin septembre. C'était la saison. À Marseille, à Port-de-Bouc, à Port-Saint-Louis. Il y a trois ans, au large des Saintes-Maries-de-la-Mer, j'avais sorti un thon de 300 kilos, dans un fond de 85 mètres. Trois heures et quart de lutte. J'avais eu droit à ma photo dans l'édition d'Arles du *Provençal.* Depuis, j'étais membre d'honneur de La Rascasse, la Société nautique des Goudes.

Le concours, je m'y préparais, comme chaque année. Depuis peu, il était autorisé de pêcher au *broumé.* Une méthode traditionnelle de pêche marseillaise. Bateau arrêté, on appelle le poisson en jetant à la mer des sardines broyées et du pain. Cela fait comme une plaque huileuse, que le courant transporte. Quand le poisson, qui nage à contre-courant, rencontre cette odeur, il remonte vers le bateau. Après, c'est une autre histoire. Du sport, du vrai !

— Alors, t'es pas plus avancé, c'est ça ? lâcha Félix, un brin inquiet, quand Céleste partit chercher les fromages.

— Mouais, répondis-je laconique.

Je les avais oubliés, les mecs de la Safrane. C'était vrai, je n'étais guère plus avancé maintenant. Dans quoi avais-je pu foutre le pied pour que deux truands varois me serrent au cul ? Toulon, je n'y connaissais personne. J'évitais depuis près de trente ans. C'est là que, bidasse, j'avais fait mes classes. J'en avais bavé. Salement. Toulon, je l'avais rayée à jamais de ma géographie. Et je n'étais pas près de changer d'opinion. Depuis les dernières municipales, la ville s'était « donnée » au Front national. Ce n'était peut-être pas pire qu'avec l'ancienne municipalité. C'était juste une question de principe. Comme avec Saadna. Je ne prenais jamais un verre avec des gens remplis de haine.

— T'as pas fait une connerie ? reprit-il, paternel.

Je haussai les épaules.

— J'ai passé l'âge.

— Ce que j'en dis… Vé, c'est pas pour me mêler de ce qui me regarde pas, mais… Je croyais que tu te la coulais douce, dans ton cabanon. Avec Lole, aux petits oignons pour toi.

— Je me la coule douce, Félix. Mais sans Lole. Elle est partie.

— Excuse, dit-il désolé. Je croyais. À vous voir comme vous étiez la dernière fois…

— Lole, elle a aimé Ugo. Elle a aimé Manu. Elle m'aimait aussi. Tout ça, en vingt ans. J'étais le dernier.

— C'est toi qu'elle a toujours aimé.

— Manu me l'a dit un jour. Quelques jours avant qu'il se fasse buter, là, sur ton trottoir. On avait mangé l'aïoli, tu te souviens ?

— Il vivait dans cette peur, que tu la lui enlèves, un jour. Il pensait que ça se ferait, elle et toi.

— Lole, on ne l'enlève pas. Ugo avait besoin d'elle, pour exister. Manu aussi. Pas moi. Pas à cette époque. Aujourd'hui oui.

Il y eut un silence. Félix remplit nos verres.

— Faut la finir, la bouteille, dit-il un rien gêné.

— Ouais… J'aurais pu être le premier, et tout aurait été différent. Pour elle et pour moi. Pour Ugo et Manu aussi. Mais non, je suis le dernier. Qu'on s'aime est une chose. Mais on ne vit pas simplement dans un musée, au milieu des souvenirs. Ceux qu'on a aimés ne meurent jamais. On vit avec eux. Toujours… C'est comme cette ville, tu vois, elle vit de tous ceux qui y ont vécu. Tout le monde y a transpiré, galéré, espéré. Dans les rues, ma mère et mon père ils sont toujours vivants.

— C'est parce qu'on appartient à l'exil.

— C'est Marseille qui appartient à l'exil. Cette ville ne sera jamais rien d'autre, la dernière escale du monde. Son avenir appartient à ceux qui arrivent. Jamais à ceux qui partent.

— Oh ! Et ceux qui restent, alors ?

— Ils sont comme ceux qui sont en mer, Félix. On ne sait jamais s'ils sont morts ou vivants.

Comme nous, pensai-je, en finissant mon verre. Pour que Félix le remplisse encore.

Ce qu'il s'empressa de faire, bien sûr.

7

Où il est proposé de démêler le fil noir du fil blanc

J'étais rentré tard, j'avais pas mal bu, trop fumé et j'avais mal dormi. La journée ne pouvait être que dégueulasse.

Il faisait pourtant un temps splendide, comme cela n'existe qu'ici, en septembre. Passé le Lubéron, ou les Alpilles, c'était déjà l'automne. À Marseille, jusqu'à la fin d'octobre parfois, l'automne garde un arrière-goût d'été. Il suffisait d'un courant d'air pour en raviver ses odeurs de thym, de menthe et de basilic.

Ce matin, c'est cela que ça sentait. Menthe et basilic. Les odeurs de Lole. Son odeur dans l'amour. Je m'étais soudainement senti vieux et las. Triste, aussi. Mais je suis toujours ainsi quand j'ai trop bu, trop fumé et mal dormi. Je n'avais pas eu le courage de sortir le bateau. Mauvais signe. Cela ne m'était plus arrivé depuis longtemps. Même après le départ de Lole, j'avais continué mes virées en mer.

Cela m'était essentiel de prendre, chaque jour, de la distance avec les humains. De me ressourcer au silence. Pêcher était accessoire. Juste un hommage, qu'il fallait rendre à cette immensité. Loin, au large, on réapprenait l'humilité. Et je revenais sur terre, toujours plein de bonté pour les hommes.

Lole savait cela, et bien d'autres choses encore que je n'avais jamais dites. Elle m'attendait pour déjeuner sur la terrasse. Puis nous mettions de la musique et nous faisions l'amour. Avec autant de plaisir que la première fois. Avec la même passion. Nos corps semblaient s'être promis ces fêtes depuis notre naissance. La dernière fois, nous avions commencé nos caresses avec *Yo no puedo vivir sin ti*. Un album des Gitans de Perpignan. Des cousins de Lole. C'est après qu'elle m'avait annoncé son intention de partir. Elle avait besoin de « l'ailleurs », comme moi de la mer.

Un café brûlant à la main, je me plantai devant la mer, laissant mon regard errer au plus loin. Là où même les souvenirs n'ont plus cours. Là où tout bascule. Au phare de Planier, à vingt milles de la côte.

Pourquoi n'étais-je jamais parti, pour ne jamais revenir ? Pourquoi me laissais-je vieillir dans ce cabanon de trois sous, à regarder s'en aller les cargos ? Marseille, c'est sûr, y était pour beaucoup. Qu'on y soit né ou qu'on y débarque un jour, dans cette ville, on a vite aux pieds des semelles de plomb. Les voyages, on les préfère dans le regard de l'autre. De celui qui revient après avoir affronté « le pire ». Tel Ulysse. On l'aimait bien, Ulysse ici. Et les Marseillais, au fil des siècles, tissaient et détissaient leur histoire comme la pauvre Pénélope. Le drame, aujourd'hui, c'est que Marseille ne regardait même plus l'Orient, mais le reflet de ce qu'elle devenait.

Et moi, j'étais comme elle. Et ce que je devenais, c'était rien, ou presque. Les illusions en moins, et le sourire en plus, peut-être. Je n'avais rien compris de ma vie, j'en étais sûr. Planier, d'ailleurs, n'indiquait plus leur route aux bateaux. Il était désaffecté. Mais c'était ma seule croyance, cet au-delà des mers.

Je reviendrai m'échouer dans le cœur des navires

Ce vers de Louis Brauquier, un poète marseillais, mon préféré, me revint en mémoire. Oui, me dis-je, quand je serai mort, j'embarquerai dans ce cargo qui part, à destination de mes rêves d'enfant. En paix, enfin. Je finis mon café, et sortis voir Fonfon.

Personne ne m'attendait à côté de la voiture, quand j'avais quitté Félix, à une heure du matin. Personne ne m'avait suivi non plus. Je ne suis pas peureux, mais, passé la Madrague de Montredon, à l'extrême sud-est de Marseille, la route qui mène aux Goudes est, la nuit, assez angoissante. Un vrai paysage lunaire, et aussi désertique. Les habitations s'arrêtent autour de la calanque de Samena. Après, plus rien. La route, étroite et sinueuse, longe la mer à quelques mètres au-dessus des rochers. Les trois kilomètres ne me parurent jamais aussi longs. J'avais hâte de rentrer.

Gélou dormait, sans avoir éteint la lampe de chevet. Elle avait dû m'attendre. Elle était roulée en boule, sa main droite agrippée à l'oreiller comme à une bouée de secours. Son sommeil devait ressembler à un naufrage. J'éteignis. C'était tout ce que je pouvais alors faire pour elle.

Je m'étais servi un verre de Lagavulin et m'étais installé pour la nuit sur le canapé avec *En marge des marées* de Conrad. Un livre que je ne cesse de relire, chaque soir. Il m'apaise et m'aide à trouver le sommeil. Comme les poèmes de Brauquier m'aident à vivre. Mais mon esprit était ailleurs. Sur la terre des hommes. Je devais ramener Guitou à Gélou. C'était simple. Il me faudrait ensuite avoir une petite discussion avec elle, même si, j'en étais persuadé, elle avait déjà compris l'essentiel. Un enfant, il mérite qu'on aille avec lui jusqu'au bout. Aucune femme ne m'avait laissé l'occasion de devenir père, mais j'étais convaincu de ça. Ce n'était sans doute jamais facile d'élever un enfant. Cela n'allait pas sans douleur. Mais ça valait la peine. S'il y avait un avenir à l'amour.

Je m'étais endormi pour me réveiller presque aussitôt. Ce qui me préoccupait était plus profond. Serge, sa mort. Et tout ce que cela avait fait ressurgir. Arno, et Pavie, perdue quelque part dans la nuit. Et ce que cela avait déclenché. Si deux truands m'avaient pris en filature, c'était à cause de ça. De ce que traficotait Serge. Je ne voyais pas le lien entre des barbus exaltés et le milieu varois. Mais de Marseille à Nice, tout était possible. On en avait vu des vertes et des pas mûres. Et le pire était toujours envisageable.

Je trouvais anormal aussi de ne pas avoir déniché un carnet d'adresses, de notes ou de je-ne-sais-quoi. Ne fût-ce qu'un simple bout de papier. Peut-être, m'étais-je dit, que Balducci et son copain sont passés avant moi. J'étais arrivé après. Mais je ne me souvenais pas avoir vu ni croisé de Safrane en arrivant au Vieux-Moulin. Toute cette documentation sur les islamistes devait avoir un sens.

Après m'être resservi un second verre de Lagavulin, je m'étais plongé dans les journaux et les coupures de presse que j'avais rapportés. Il en ressortait que, pour l'Islam aujourd'hui, dans son rapport à l'Europe, plusieurs voies se présentaient. La première, le *Dar el-Suhl*, littéralement « terre de contrat », où l'on doit se conformer aux lois du pays. La seconde, le *Dar el-Islam*, terre où l'Islam doit inévitablement devenir majoritaire. C'est ce qu'analysait Habib Mokni, un cadre du mouvement islamiste tunisien réfugié en France. C'était en 1988.

Depuis, le *Dar el-Suhl* avait été rejeté par les barbus. Et l'Europe, et plus particulièrement la France, était devenue un enjeu et une base arrière d'où l'on fomente des actions destinées à déstabiliser le pays d'origine. L'attentat de l'hôtel Atlas Asni, à Marrakech, au Maroc, en août 1994, avait sa source dans une cité de La Courneuve. Cette conjonction d'objectifs nous précipitait, nous les Européens, et eux, les intégristes, dans une troisième voie, celle du *Dar el-Harb*, « terre de guerre », selon les termes coraniques.

Depuis la vague d'attentats de l'été 1995 à Paris, il était inutile de se cacher la tête dans le sable. Une guerre avait commencé sur notre sol. Une sale guerre. Et dont les « héros », comme Khaled Kelkal, avaient grandi en banlieue, parisienne ou lyonnaise. Les quartiers nord de Marseille pouvaient-ils être, aussi, un vivier de « soldats de Dieu » ? Était-ce à cette question que tentait de répondre Serge ? Mais pourquoi ? Et pour qui ?

À la dernière page de l'article de Habib Mokni, Serge avait écrit dans la marge : « Ses victimes les plus visibles sont celles des attentats. D'autres tombent, sans lien apparent. » Il avait également surligné au marqueur jaune une citation du Coran : « Jusqu'à ce que se distingue, pour vous, du fait de l'autre, le fil blanc du fil noir. » C'était tout.

Épuisé, j'avais fermé les yeux. Et sombré immédiatement dans un immense écheveau de fils noirs et blancs. Pour me perdre ensuite dans le plus fou des labyrinthes. Un véritable palais des miroirs. Mais ce n'était pas mon image que les glaces me renvoyaient. C'était celle des amis perdus, des femmes aimées. Chacun me repoussant sur l'autre. Un tableau affichait des visages, des prénoms. J'avançais comme une bille de flipper. J'étais dans un flipper. Je m'étais réveillé, en sueur. Secoué énergiquement.

Tilt.

Gélou était devant moi. Les yeux ensommeillés.

— Ça va ! avait-elle demandé, inquiète. Tu as crié.

— Ça va. Un cauchemar. Ça m'arrive quand je dors sur cette saloperie de canapé.

Elle avait regardé la bouteille de whisky et mon verre vide.

— Et que tu forces sur l'alcool.

J'avais haussé les épaules et m'étais assis. La tête lourde. Retour sur terre. Il était quatre heures du matin.

— Désolé.

— Viens te coucher avec moi. Tu seras mieux.

Elle m'avait tiré par la main. Aussi douce et chaude que lorsqu'elle avait dix-huit ans. Sensuelle, et maternelle. La douceur, Guitou avait dû l'apprendre dans ces mains-là, quand elles se posent sur vos joues pour vous faire un petit bisou sur le front. Comment avaient-ils pu rater leur rendez-vous, tous les deux ? Pourquoi, bon sang !

Dans le lit, Gélou s'était retournée et immédiatement rendormie. Je n'avais plus osé bouger, de peur de la réveiller à nouveau.

Nous devions avoir douze ans la dernière fois que nous avions dormi ensemble. Cela arrivait souvent, quand nous étions gamins. Presque tous les samedis soir, en été, toute la famille se retrouvait ici, aux Goudes. Nous les enfants, on nous mettait tous à dormir sur des matelas, par terre. Gélou et moi, on était les premiers au lit. On s'endormait en se tenant la main, en écoutant les rires et les chansons de nos parents. Bercés par les *Maruzzella, Guaglione* et autres refrains napolitains popularisés par Renato Carosone.

Plus tard, quand ma mère tomba malade, Gélou se mit à venir deux ou trois soirs par semaine à la maison. Elle faisait la lessive, le repassage et préparait le repas. Elle arrivait sur ses seize ans. À peine couchés, elle se blottissait contre moi et on se racontait des histoires horribles. À se faire des peurs pas possibles. Alors, elle glissait sa jambe entre les miennes, et on se serrait encore plus fort l'un contre l'autre. Je sentais ses seins, déjà bien formés, et leur téton tout dur sur ma poitrine. Cela m'excitait comme un fou. Elle le savait. Mais, bien sûr, nous n'en parlions pas, de ça, de ces choses qui appartenaient encore aux grands. Et nous nous endormions ainsi, pleins de tendresse et de certitudes.

Je m'étais retourné doucement, pour remettre à leur place ces souvenirs, fragiles comme du cristal. Pour repousser ce désir de poser ma main sur son épaule et de la prendre dans mes bras. Comme avant. Juste pour chasser nos peurs.

J'aurais dû.

Fonfon me trouva une sale tête.

— Ouais, dis-je, on ne choisit pas toujours la tête qu'on veut.

— Oh, et puis monsieur a mal dormi aussi.

Je souris, et m'assis en terrasse. À ma place habituelle. Face à la mer. Fonfon revint avec un café et *Le Provençal*.

— Té ! Je te l'ai fait serré. Je sais pas si ça va te réveiller, mais au moins, y te rendra peut-être poli.

J'ouvris le journal et partis à la recherche d'un article sur l'assassinat de Serge. Il n'avait droit qu'à un petit article. Sans commentaire, ni détails. On ne rappelait même pas que Serge avait été éducateur de rue dans ces cités pendant plusieurs années. Il était qualifié de « sans profession », et l'article se terminait par un laconique « la police penche pour un règlement de comptes entre voyous ». Pertin avait dû faire un rapport des plus succincts. Pour une histoire de voyous, il n'y aurait pas d'enquête. C'est ça que cela voulait dire. Et que Pertin gardait l'affaire pour lui. Comme un os à ronger. L'os en question, ça pouvait être moi, tout simplement.

Je tournai machinalement la page en me levant pour aller chercher *La Marseillaise*. Le gros titre, en tête de la page 5, me figea sur place : « Le double assassinat du Panier : le cadavre d'un jeune homme à moitié nu non identifié. » Au centre de l'article, en encadré : « Le propriétaire de la maison, l'architecte Adrien Fabre, bouleversé. »

Je m'assis, sonné. Ce n'était peut-être que la somme de coïncidences. Je me dis ça, pour pouvoir lire l'article sans trembler. J'aurais donné ma vie pour ne pas voir les lignes qui s'étalaient sous mes yeux. Car je savais ce que j'allais y découvrir. Un frisson me parcourut l'échine. Adrien Fabre, architecte bien connu, hébergeait depuis trois mois Hocine Draoui, un historien algérien, spécialiste de la Méditerranée antique. Menacé de mort par le Front islamique du salut (FIS), celui-ci, comme un grand nombre d'intellectuels algériens, avait fui son pays. Il venait de demander le statut d'exilé politique.

Bien sûr, on pensait immédiatement à une action du FIS. Mais, pour les enquêteurs, c'était plutôt improbable.

Jusqu'à ce jour, il n'y avait eu - officiellement, il est vrai - qu'une seule exécution revendiquée, celle à Paris, de l'imam Sahraoui, le 11 juillet 1995. Plusieurs dizaines de Hocine Draoui vivaient en France. Pourquoi lui et pas un autre ? Et puis, comme le reconnaissait Adrien Fabre, Hocine Draoui n'avait jamais fait état devant lui d'une quelconque menace de mort. Il n'était inquiet que du sort de sa femme restée en Algérie, et qui devait le rejoindre dès que son statut serait réglé.

Adrien Fabre évoquait son amitié avec Hocine Draoui, qu'il avait rencontré une première fois en 1990, lors d'un grand colloque autour de « Marseille grecque et la Gaule ». Ses travaux sur la situation du port - phénicien, puis romain - devaient, selon lui, renouveler l'histoire de notre ville et l'aider à enfin recouvrer sa mémoire. Sous le titre « Au commencement était la mer », le journal publiait des extraits de l'intervention de Hocine Draoui lors de ce colloque.

Pour l'heure, la thèse du cambriolage qui tourne mal était celle retenue par la police. Les cambriolages au Panier étaient fréquents. Cela freinait d'ailleurs la politique de rénovation du quartier. Les nouveaux arrivants, de classe aisée en majorité, étaient la cible des malfrats, de jeunes Arabes pour la plupart. Certaines maisons avaient même été visitées trois ou quatre fois à quelques mois d'intervalle, contraignant ainsi les nouveaux propriétaires à quitter le Panier, écœurés.

C'était la première fois que la maison des Fabre était cambriolée. Allaient-ils déménager ? Sa femme, son fils et lui étaient encore trop bouleversés pour penser à ça.

Restait l'énigme du second cadavre.

Les Fabre ne connaissaient pas le jeune homme, âgé de seize ans environ, vêtu seulement d'un caleçon, qu'on avait retrouvé mort au rez-de-chaussée, devant la porte d'entrée du studio qu'occupe leur fils. Les enquêteurs avaient fouillé entièrement la maison, ils n'avaient trouvé que ses vêtements — un jean, un tee-shirt, un blouson — et un petit sac à dos avec des affaires de toilette et un change, mais aucun portefeuille ni même de papiers d'identité. Une chaîne, qu'il portait au cou, lui avait été arrachée violemment. Il en avait encore la trace.

Selon Adrien Fabre, Hocine Draoui n'aurait jamais hébergé quelqu'un sans leur en parler. Même un parent de passage, ou un ami. S'il avait dû le faire, pour une raison quelconque, il aurait téléphoné à Sanary avant. Il était très respectueux de ses hôtes.

Qui était ce jeune homme ? D'où venait-il ? Que faisait-il là ? Pour le commissaire Loubet, chargé de l'enquête, c'est en répondant à ces questions que l'on éclaircirait cette dramatique affaire.

J'avais les réponses.

— Fonfon !

Fonfon arriva, deux cafés sur le plateau.

— Pas la peine de crier, ils sont prêts, les cafés ! Vé, je me suis dit qu'un autre, bien serré, ça te ferait pas de mal. Tiens, dit-il en les posant sur la table. (Puis il me regarda.) Oh ! Tu es malade ? Que t'es tout blanc, dis !

— Tu as lu le journal ?

— Pas encore eu le temps.

Je glissai la page du *Provençal* devant lui.

— Lis.

Il lut, lentement. Je ne touchai pas à ma tasse, incapable que j'étais de faire le moindre geste. Mon corps était pris de frissons. Je tremblais jusqu'au bout des doigts.

— Et alors ? dit-il en relevant la tête.

Je lui racontai. Gélou. Guitou. Naïma.

— Putain !

Il me regarda, puis se replongea dans l'article. Comme si, de le lire une seconde fois, pouvait abolir la triste vérité.

— Donne-moi un cognac.

— Des Fabre..., commença-t-il.

— Y en a plein l'annuaire, je sais. Va me chercher un cognac, va !

J'avais besoin de déglacer le sang dans mes veines.

Il revint avec la bouteille. J'en bus deux, cul sec. Les yeux fermés, me tenant d'une main à la table. La saloperie du monde courait plus vite que nous. On pouvait l'oublier, la nier, elle nous rattrapait toujours au coin d'une rue.

Je bus un troisième cognac. J'eus un haut-le-cœur. Je courus au bout de la terrasse et vomis au-dessus des rochers. Une vague se fracassa sur eux, bouffant mon dégueulis du monde. Son inhumanité, et sa violence inutile. Je regardai l'écume blanche lécher les anfractuosités de la roche avant de se retirer. Mon ventre me faisait mal. Mon corps cherchait sa bile. Mais je n'avais plus rien à vomir. Qu'une immense tristesse.

Fonfon m'avait refait un café. J'avalai un autre cognac, le café, puis je m'assis.

— Qu'est-ce tu vas faire ?

— Rien. Je vais rien lui dire. Pour l'instant. Il est mort, ça ne change plus rien. Et elle, qu'elle souffre maintenant, ce soir, ou demain, ça ne change rien non plus. Je vais aller vérifier tout ça. Il faut que je trouve la gamine. Et le gosse, ce Mathias.

— Voueï, fit-il en secouant la tête, sceptique. Tu crois pas que...

— Tu vois, Fonfon, je ne comprends pas. Ce minot, il a passé ses vacances avec Guitou, ils ont fait la fête ensemble, tous les soirs ou presque. Pourquoi il dit qu'il ne le connaît pas ? Pour moi, Guitou et Naïma, c'est là qu'ils comptaient passer le week-end, dans ce studio. Guitou, le vendredi soir, il y a dormi en attendant de retrouver la petite, le lendemain. Il lui a bien fallu une clef pour entrer, ou que quelqu'un le fasse entrer.

— Hocine Draoui.

— Ouais. C'est sûr. Et les Fabre, ils savent qui est Guitou. Ma main à couper, Fonfon.

— La police, elle a peut-être voulu garder le secret.

— Je ne pense pas. Un autre que Loubet, peut-être. Lui, il n'est pas aussi machiavélique. S'il connaissait l'identité de Guitou, il l'aurait révélée. Il dit lui-même que l'identification du cadavre permettra d'éclaircir l'affaire.

Loubet, je le connaissais bien. Il était à la brigade anti-criminalité. Des cadavres, il en avait vu passer. Il avait plongé dans les histoires les plus tordues pour élucider ce qui ne devait jamais l'être. C'était un bon flic. Honnête et droit. Un de ceux pour qui la police est au service de l'ordre républicain. Du citoyen. Quel qu'il soit. Il ne croyait plus à grand-chose, mais il tenait bon. Et quand il menait une enquête, personne n'avait intérêt à marcher sur ses plates-bandes. Il allait toujours au bout. Je m'étais souvent demandé par quelle chance il était encore en vie. Et à ce poste.

— Alors ?

— Alors, il y a un truc qui ne colle pas.

— Tu crois pas à un cambriolage ?

— Je ne crois rien.

Si, j'avais cru que cette journée serait dégueulasse. C'était pire.

8

Où l'histoire n'est pas la seule forme du destin

La porte s'ouvrit, et je ne sus plus quoi dire. Une jeune Asiatique se tenait devant moi. Vietnamienne, pensai-je. Mais je pouvais me tromper. Elle était pieds nus et habillée selon la tradition. Tunique de soie écarlate boutonnée sur l'épaule et tombant à mi-cuisse sur un pantalon bleu nuit et court. Ses cheveux, longs et noirs, étaient ramenés sur le côté et cachaient en partie son œil droit. Son visage était grave et son regard me reprochait d'avoir sonné à sa porte. Elle appartenait sans doute à cette catégorie de femmes que l'on dérange toujours, quelle que soit l'heure. Il était pourtant un peu plus de onze heures.

— Je souhaitais parler à M. et Mme Fabre.

— Je suis madame Fabre. Mon mari est à son bureau.

Une nouvelle fois, je restai sans voix. Je n'avais pas imaginé un seul instant que l'épouse d'Adrien Fabre soit vietnamienne. Et si jeune. Elle devait avoir dans les trente-cinq ans. Je me demandai à quel âge elle avait dû avoir Mathias. Mais ce n'était peut-être pas sa mère.

— Bonjour, arrivai-je enfin à articuler, sans pour autant cesser de la dévorer des yeux.

C'était assez insolent de ma part. Mais, plus encore que sa beauté, le charme de cette femme opérait sur moi. Je le sentis dans mon corps. Comme un courant électrique qui se propage. Cela arrive parfois dans la rue. On croise le regard d'une femme et l'on se retourne avec l'espoir de recroiser ce regard une nouvelle fois. Sans même se demander si cette femme est belle, comment est son corps, quel est son âge. Juste pour ce qui passe dans les yeux, à cet instant : un rêve, une attente, un désir. Toute une vie, possible.

— C'est à quel sujet ?

Elle avait à peine remué les lèvres et sa voix avait le même ton qu'une porte qu'on vous claque au nez. Mais la porte resta ouverte. Un peu nerveusement, elle repoussa ses cheveux en arrière, me donnant à voir son visage.

Elle m'examina des pieds à la tête. Pantalon de toile bleu marine, chemise bleue à pois blancs - cadeau de Lole -, espadrilles blanches. Bien droit dans mon mètre soixante-quinze et les mains dans les poches d'un blouson gris pétrole. Honorine m'avait trouvé très élégant. Je ne lui avais rien raconté de ce que j'avais lu dans le journal. Pour elle et pour Gélou, je partais chercher Guitou.

Nos yeux se rencontrèrent, et je restai ainsi, mes yeux dans les siens, sans rien dire. Son visage se crispa.

— Je vous écoute, reprit-elle, cassante.

— Nous pourrions tout aussi bien en parler à l'intérieur.

— De quoi s'agit-il ?

Malgré l'assurance qui devait habituellement être la sienne, elle était sur la défensive. Découvrir deux cadavres, chez soi, en rentrant de week-end, n'incitait pas à être accueillant. Et, même si j'avais fait un effort vestimentaire, avec mes cheveux noirs, légèrement frisés, et ma peau mate, presque cendrée, j'avais des allures de métèque. Ce que j'étais d'ailleurs.

— De Mathias, dis-je avec le plus de douceur possible. Et du copain avec lequel il a passé les vacances, cet été. Guitou. Que l'on a retrouvé mort chez vous.

Tout son être se referma.

— Qui êtes-vous ? balbutia-t-elle, comme si ces mots lui blessaient la gorge.

— Un parent de la famille.

— Entrez.

Elle désigna un escalier au fond du hall, et elle s'effaça pour me laisser passer. Je fis quelques pas, puis m'arrêtai devant la première marche. La pierre — une pierre blanche de Lacoste — s'était gorgée du sang de Guitou. Tache sombre, qui barrait la marche comme un crêpe noir. La pierre aussi était en deuil.

— C'est là ? demandai-je.

— Oui, murmura-t-elle.

J'avais fumé plusieurs cigarettes, en regardant la mer, avant de me décider à bouger. Je savais ce que j'allais faire, et dans quel ordre, mais je me sentais lourd. Comme en plomb. Un petit soldat de plomb. Qui attendait qu'une main le manipule pour entrer en action. Et cette main, c'était le destin. La vie, la mort. On n'échappait pas à ce doigt qui se pose sur vous. Qui que l'on soit. Pour le meilleur, ou le pire.

Le pire, c'est ce que je connaissais de mieux.

J'avais appelé Loubet. Je n'ignorais rien de ses habitudes. C'était un bosseur et un lève-tôt. Il était huit heures trente et il répondit à la première sonnerie.

— C'est Montale.

— Oh ! Un revenant. Ça fait plaisir de t'entendre.

Il avait été un des rares à payer son verre lors de mon départ. J'y avais été sensible. Arroser ma démission révélait, aussi bien que les élections syndicales, les clivages dans la police. Sauf que là, ce n'était pas à bulletin secret.

— J'ai la réponse à tes questions. Pour le gamin du Panier.

— Quoi ! De quoi tu parles, Montale ?

— De ton enquête. Je sais qui est le môme. D'où il vient, et tout le reste.

— Comment tu sais ça ?

— C'est le fils de ma cousine. Il a fait une fugue, vendredi.

— Qu'est-ce qu'il foutait là ?

— Je te dirai. On peut se voir ?

— Et comment ! Tu peux être là dans combien ?

— On se retrouve chez Ange, je préfère. Aux Treize-Coins, ça te va ?

— OK.

— Vers midi, midi et demi.

— Midi et demi ! Oh ! Montale, t'as quoi à foutre avant ?

— Aller à la pêche.

— T'es un sacré menteur.

— C'est vrai. À tout à l'heure, Loubet.

C'était bien à la pêche que je comptais aller. Mais aux informations. Loups et daurades sauraient m'attendre. Ils en avaient l'habitude. Je n'étais pas un vrai pêcheur, juste un amateur.

Cûc — c'était son prénom, et elle était bien vietnamienne, de Dalat, au Sud, « la seule ville froide du pays » - tourna son visage vers moi et son regard se perdit à nouveau sous une mèche de cheveux. Elle ne les releva pas. Elle s'était installée dans un canapé, les jambes croisées sous ses fesses.

— Qui d'autre est au courant ?

— Personne, mentis-je.

J'étais à contre-jour, dans le fauteuil qu'elle m'avait désigné. D'après ce que je pouvais en apercevoir, ses yeux de jais n'étaient plus que deux fentes, d'un noir brillant et dur. Elle avait retrouvé de son assurance. Ou, du moins, assez de force pour me tenir à distance. Sous son calme apparent, je devinais l'énergie qui pouvait être la sienne. Elle bougeait comme une sportive. Cûc n'était pas seulement sur ses gardes, elle était prête à bondir, toutes griffes dehors. Elle devait avoir beaucoup à défendre depuis son arrivée en France. Ses souvenirs, ses rêves. Sa vie. Sa vie d'épouse d'Adrien Fabre. Sa vie de mère de Mathias. Son fils. « Mon fils à moi », comme elle avait tenu à préciser.

Je fus à deux doigts de lui poser des tas de questions indiscrètes. Mais je m'en tins à l'essentiel. Qui j'étais. Ma parenté avec Gélou. Et je lui racontai l'histoire de Guitou et de Naïma. Sa fugue. Marseille. Ce que j'avais lu dans le journal et comment j'avais fait le rapprochement.

— Pourquoi n'avoir rien dit à la police ?

— À propos de quoi ?

— De l'identité de Guitou.

— Vous me l'avez apprise tout à l'heure. Nous n'en savions rien.

Je ne pouvais le croire.

— Mathias, pourtant... Il le connaissait, et...

— Mathias n'était pas avec nous, quand nous sommes rentrés dimanche soir. Nous l'avions déposé à Aix, chez mes beaux-parents. Il entre en fac cette année, et il avait encore quelques formalités à régler.

C'était plausible, mais pas convaincant.

— Et bien sûr, ne pus-je m'empêcher d'ironiser, vous ne lui avez pas téléphoné. Il ignore tout du drame qui a eu lieu, et qu'un de ses copains de vacances s'est fait tuer ici ?

— Mon mari l'a appelé. Mathias a juré qu'il n'avait prêté sa clef à personne.

— Et vous l'avez cru ?

Elle écarta sa mèche de cheveux. Un geste qui se voulait jouer sur le registre de la sincérité. J'avais pigé ça, depuis notre rencontre.

— Pourquoi ne l'aurions-nous pas cru, monsieur Montale ? dit-elle en se penchant légèrement, son visage tendu vers moi.

J'étais de plus en plus sous son charme et ça me mettait les nerfs en boule.

— Parce que, si quelqu'un était chez vous, Hocine Draoui vous en aurait informé, répliquai-je, plus durement que je ne souhaitais. C'est ce que votre mari explique, dans le journal.

— Hocine est mort, dit-elle doucement.

— Guitou aussi ! criai-je.

Je me levai, énervé. Il était midi. Je devais en savoir plus avant de rencontrer Loubet.

— Où puis-je téléphoner ?

— À qui ?

Elle avait bondi. Et elle me faisait face. Droite, immobile. Elle me sembla plus grande, et ses épaules plus larges. Je sentis son souffle sur ma poitrine.

— Au commissaire Loubet. Il est temps qu'il sache l'identité de Guitou. Je ne sais pas s'il avalera votre histoire. Ce qui est sûr, c'est que cela lui permettra d'avancer dans son enquête.

— Non. Attendez.

Des deux mains, elle repoussa ses cheveux en arrière. Elle m'évalua. Elle était prête à tout. Même à me tomber dans les bras. Et je n'y tenais pas vraiment.

— Vous avez de superbes oreilles, m'entendis-je murmurer.

Elle sourit. Un sourire presque imperceptible. Sa main se posa sur mon bras, et, cette fois-ci, le courant électrique passa. Violemment. Sa main était brûlante.

— S'il vous plaît.

J'arrivai en retard aux Treize-Coins. Loubet buvait une mauresque, dans un grand verre. Ange, en me voyant entrer, me servit un pastis. Difficile de changer ses habitudes. Pendant des années, ce bar, derrière l'hôtel de police, m'avait servi de cantine. Loin des autres flics, qui avaient leur table rue de l'Évêché ou place des Cantons. Là où des serveuses leur roucoulent des mots d'amour pour gratter du pourboire.

Ange, ce n'était pas le genre bavard. Les clients, il ne leur courait pas après. Quand le groupe IAM avait décidé de tourner le clip du nouvel album chez lui, il avait dit simplement : « Oh ! Qu'est-ce vous avez après mon bar ? » Avec un zeste de fierté, quand même.

Il était féru d'histoire. Avec le grand H. Tout ce qui lui tombait sous la main, c'était bon. Decaux, Castellot. Mais aussi, pêle-mêle au hasard des bouquinistes, Zévaes, Ferro, Rousset. Entre deux verres, il faisait mes remises à niveau. La dernière fois où j'étais passé le voir, il m'avait entrepris, avec force détails, sur l'entrée triomphale de Garibaldi dans le port de Marseille, le 7 octobre 1870. « À dix heures exactement. » Au troisième pastis, je lui avais dit que je refusais l'idée que l'Histoire soit la seule forme du destin. Je ne savais pas ce que j'entendais par là, et je ne le sais toujours pas, mais cela me semble juste. Il m'avait regardé, ahuri, et n'avait plus rien dit.

— On t'attendait, il dit en poussant le verre vers moi.

— La pêche a été bonne, Montale ?

— Pas mal.

— Vous mangez là ? interrogea Ange.

Loubet me regarda.

— Après, dis-je avec lassitude.

La morgue, je n'y tenais pas vraiment. Mais pour Loubet, c'était incontournable. Il n'y avait que Mathias, et Cûc et moi, à savoir que c'était bien Guitou que l'on avait découvert mort. Je ne tenais pas à raconter à Loubet ma rencontre avec Cûc. Il n'aurait pas apprécié, et, surtout, il aurait foncé tête baissée chez elle. Et j'avais promis à Cûc de lui laisser du temps. Le repas de midi. Pour qu'elle, son mari et Mathias mettent au point une version vraie d'un mensonge. J'avais promis ça. Ça ne mangeait pas de pain, m'étais-je dit. Un peu honteux, quand même, de m'être si facilement laissé séduire. Mais on ne me changera pas, je suis sensible à la beauté des femmes.

Je vidai mon verre comme un condamné à mort.

Je n'avais mis les pieds à la morgue que trois fois dans ma carrière. L'atmosphère glaciale me saisit dès la porte de la réception franchie. On passait du soleil à la lumière du néon.

Blanche, blafarde. Humide. L'enfer, ce n'était rien d'autre que ça. La mort, froide. Pas seulement ici. Au fond d'un trou, même en été, c'était pareil.

J'évitais de penser à ceux que j'avais déjà enterrés, que j'aimais. Quand j'avais jeté la première poignée de terre sur le cercueil de mon père, je m'étais dit : « Voilà, maintenant tu es seul. » J'avais eu du mal après, avec les autres. Même avec Carmen, la femme qui partageait alors ma vie. J'étais devenu taciturne. Dans l'impossibilité d'expliquer que cet absent avait soudainement plus d'importance que sa présence à elle. Son amour. C'était idiot. Mon père, c'est vrai, avait été un vrai père. Mais comme Fonfon ou Félix. Comme beaucoup d'autres. Comme j'aurais pu l'être aussi, simplement, naturellement.

Ce qui me minait, en vérité, c'était la mort elle-même. J'étais trop jeune, quand ma mère nous quitta. Là, avec mon père, pour la première fois, la mort s'était infiltrée en moi, comme un rongeur. Dans la tête, les os. Dans le cœur. Le rongeur avait continué son chemin putassier. Mon cœur, depuis l'atroce mort de Leila, n'était plus qu'une plaie, qui n'arriverait pas à guérir.

Je concentrai mon attention sur une employée qui nettoyait le sol à la serpillière. Une grosse Africaine. Elle leva la tête et je lui souris. Parce que, quand même, il fallait un sacré courage pour bosser là.

— Pour le 747, dit Loubet, en montrant sa carte de police.

Il y eut un déclic métallique et la porte s'ouvrit. La morgue était au sous-sol. L'odeur, si particulière, des hôpitaux, me monta à la gorge. La lumière du jour filtrait, aussi jaunâtre que l'eau du seau dans lequel la femme de ménage trempait sa serpillière.

— Ça va ? dit Loubet.

— Ça ira, répondis-je.

Guitou arriva sur un chariot chromé, poussé par un petit bonhomme chauve, avec une clope au coin des lèvres.

— C'est pour vous ?

Loubet acquiesça d'un signe de tête. Le type planta le chariot devant nous et repartit sans un mot de plus. Loubet souleva lentement le drap, le descendit jusqu'au cou. J'avais fermé les yeux. Je pris ma respiration, puis regardai enfin le cadavre de Guitou. Le fils chéri de Gélou.

Le même que sur la photo. Mais, propre, exsangue et glacé, il ressemblait à un ange. Du paradis à la terre, en chute libre. Est-ce qu'ils avaient eu le temps de s'aimer, Naïma et lui ? Cûc m'avait appris qu'ils étaient arrivés le vendredi soir. Elle avait téléphoné à Hocine vers les vingt heures. Des questions me trottaient depuis dans la tête : où pouvait être Naïma quand Guitou avait été tué ? Déjà partie ? Ou avec lui ? Et qu'avait-elle vu ? Il me faudrait attendre jusqu'à cinq heures pour avoir, peut-être, des réponses. Mourad devait me conduire chez le grand-père.

C'est la première chose que j'avais faite, après avoir appelé Loubet. Aller voir la mère de Naïma. Cela lui avait déplu que je vienne la voir, et si tôt. Redouane aurait pu être là, et elle tenait à ce qu'il reste en dehors de cette histoire. « La vie est déjà bien compliquée comme ça », avait-elle dit. C'est un risque que j'avais pris, mais mon temps était compté. Je tenais à avoir une longueur d'avance sur Loubet. C'était con, mais je voulais *savoir* avant lui.

Cette femme était bonne. Elle s'inquiétait pour ses enfants. C'est ce qui me décida à lui faire peur.

— Naïma est peut-être dans une sale histoire. À cause de ce garçon.

— Le Français ?

— Le fils de ma cousine.

Elle s'était assise lentement sur le bord du canapé, et elle avait pris son visage entre ses mains.

— Qu'est-ce qu'elle a fait ?

— Rien. Enfin, je ne sais pas. Ce jeune homme, elle est la dernière à l'avoir vu.

— Pourquoi vous nous laissez pas tranquilles ? C'est déjà trop de soucis, les enfants, en ce moment. (Elle tourna son visage vers moi.) Il est peut-être retourné chez lui, ce jeune homme. Ou il va retourner. Redouane aussi il avait disparu, plus de trois mois sans nouvelles. Puis il est revenu. Maintenant, il part plus. Il est sérieux.

Je m'accroupis devant elle.

— Je vous crois, madame. Mais Guitou, lui, il ne reviendra jamais. Il est mort. Il a été tué. Et cette nuit-là, Naïma était avec lui.

Je vis la panique passer dans ses yeux.

— Mort ? Et Naïma...

— Ils étaient ensemble. Tous les deux, dans la même... la même maison. Il faut qu'elle me raconte. Si elle était encore là quand cela s'est passé, elle a dû voir des choses.

— Ma pauvre petite.

— Je suis le seul à savoir tout cela. Si elle n'était pas là, personne n'en saura rien. Il n'y a aucune chance pour que la police remonte jusqu'à elle. Elle ne sait rien de son existence, la police. Vous comprenez. Voilà pourquoi je ne peux plus attendre.

— Le grand-père, il a pas le téléphone. C'est vrai, faut me croire, monsieur. Y dit que c'est rien que prétexte à plus se voir, le téléphone. Je comptais y aller, comme je vous avais promis. C'est loin, c'est à Saint-Henri. D'ici, y faut en prendre, des bus. C'est pas simple.

— Je vous y emmène, si vous voulez.

— Ce n'est pas possible, monsieur. Moi dans votre voiture. Ça se saurait. Tout se sait ici. Et Redouane, il ferait encore des histoires.

— Donnez-moi l'adresse.

— Non ! dit-elle, catégorique. Mourad, il finit la classe à trois heures, cet après-midi. Il vous accompagnera. Attendez-le au terminus du bus, cours Joseph Thierry, à quatre heures.

— Merci, avais-je dit.

Je sursautai. Loubet venait de me prendre par le bras pour que je regarde mieux le corps de Guitou. Il avait descendu le drap jusqu'au ventre.

— Il a pris du .38 spécial. Une seule balle. À bout portant. Ça ne laisse aucune chance. Muni d'un bon silencieux, ça ne fait pas plus de bruit qu'une mouche. Un vrai pro, le type.

La tête me tournait. Ce n'était pas ce que je voyais. C'est ce que j'imaginais. Guitou à poil, et l'autre, avec son flingue dans les mains. Est-ce qu'il l'avait regardé, ce gamin, avant de tirer ? Parce qu'il n'avait pas tué, comme ça, au jugé, en fuyant. Non, face à face. Dans ma vie, je n'en avais pas rencontré des masses de types capables de faire ça. Quelques-uns à Djibouti. Légionnaires, paras. Des survivants de l'Indochine, de l'Algérie. Même les soirs de grande biture, ils n'en parlaient pas. Ils avaient sauvé leur peau, c'était tout. Je le comprenais. On pouvait tuer par jalousie, sur un coup de colère, par désespoir. Je pouvais aussi le comprendre. Mais ça, non.

La haine m'envahissait.

— L'arcade sourcilière, poursuivit Loubet, en la désignant du doigt, c'est en tombant. (Puis son doigt descendit jusqu'au cou.) Ça, tu vois, c'est plus intéressant. On lui a arraché la chaîne qu'il portait.

— Pour sa valeur ? Tu crois qu'ils étaient à une chaîne en or près ?

Il haussa les épaules.

— Peut-être que cette chaîne pouvait permettre de l'identifier.

— Quel intérêt, pour ces types ?

— Gagner du temps.

— Explique, tu veux. Je pige pas, là.

— C'est juste une supposition. Que l'assassin connaisse Guitou. Hocine Draoui avait une superbe gourmette en or au poignet. Il l'a toujours.

— Ça ne mène à rien de penser ça.

— Je sais. Je constate, Montale. Je fais des hypothèses. J'en ai une centaine. Elles ne mènent à rien non plus. Donc, elles sont toutes bonnes. (Son doigt revint vers le corps de Guitou. À l'épaule.) Ce bleu, c'est plus ancien. Quinze, vingt jours environ. Un sacré bleu. Tu vois, ça l'identifie aussi bien qu'une chaîne, et ça ne nous amène pas plus loin.

Loubet recouvrit le corps de Guitou puis me regarda. Je savais qu'il me faudrait ensuite signer le registre. Et que ce n'était pas ça le plus difficile.

9

Où il n'y a pas de mensonge innocent

Au milieu de la rue Sainte-Françoise, devant le Treize-Coins, un certain José était en train de laver sa voiture, une R 21 aux couleurs de l'OM. Bleu en bas, blanc en haut. Avec fanion assorti, accroché au rétroviseur, et écharpe des supporters sur la plage arrière. Musique à fond. Les Gipsy Kings. *Bamboleo, Djobi Djoba, Amor, Amor*... Le best of.

Sicard, le cantonnier, lui avait ouvert la prise d'eau du caniveau. José avait pour lui, à volonté, toute la flotte de la ville. De temps en temps, il venait jusqu'à la table de Sicard, et s'asseyait pour boire le pastis sans quitter des yeux sa bagnole. Comme si c'était une pièce de collection. Mais peut-être rêvait-il à la pin-up qu'il allait embarquer dedans pour une virée à Cassis. En tout cas, vu le sourire content qu'il affichait, il ne pensait certainement pas à son percepteur. Et il prenait son temps, José.

Ici, au quartier, cela se passait toujours ainsi, quand on voulait laver sa voiture. Les années passaient, et il y avait toujours un Sicard qui offrait l'eau si vous payiez le pastis. Fallait vraiment être un *cake* de Saint-Giniez pour aller au Lavomatic.

Là, si une autre bagnole arrivait, il lui faudrait attendre que José ait fini. Y compris de passer, lentement, une peau de chamois sur la carrosserie. En espérant qu'un pigeon ne vienne pas chier dessus, juste à cet instant.

Si le conducteur était du Panier, il se prendrait tranquillement l'apéro avec José et Sicard, en parlant du championnat de foot, ironisant, bien sûr, sur les mauvais scores du PSG. Et ils ne pouvaient être que mauvais, même si les Parisiens caracolaient en tête du classement. Si c'était un « touriste », et après quelques coups de klaxon intempestifs, ils pourraient en venir aux mains. Mais c'était rare. Quand on n'est pas du Panier, on ne vient pas y faire d'*engatse*. On s'écrase et on prend son mal en patience. Mais aucune voiture ne se présenta et, Loubet et moi, on put manger tranquilles. Personnellement, je n'avais rien contre les Gipsy Kings.

Ange nous avait installés sur la terrasse, avec une bouteille de rosé de Puy-Sainte-Réparade. Au menu, petits farcis de tomates, de pommes de terre, de courgettes et d'oignons. J'avais faim, et c'était un délice. J'aime ça, manger. Mais c'est pire quand j'ai des ennuis, et pire encore quand je côtoie la mort. J'ai besoin d'ingurgiter des aliments, légumes, viandes, poissons, dessert ou friandises. De me laisser envahir par leurs saveurs. Je n'avais rien trouvé de mieux pour réfuter la mort. M'en préserver. La bonne cuisine et les bons vins. Comme un art de survivre. Ça ne m'avait pas trop mal réussi jusqu'à aujourd'hui.

Loubet et moi gardions le silence. Nous avions juste échangé quelques banalités en mangeant un peu de charcuterie. Il ruminait ses hypothèses. Moi, les miennes. Cûc m'avait proposé un thé, un thé noir. « Je crois que je peux vous faire confiance », avait-elle commencé. J'avais répondu que, pour l'heure, il n'était pas question de confiance, seulement de vérité. D'une vérité à avouer au flic chargé de l'enquête. L'identité de Guitou.

— Je ne vais pas vous raconter toute ma vie, expliqua-t-elle. Mais vous comprendrez mieux quand je vous aurai raconté certaines choses. Je suis arrivée en France à dix-sept ans. Mathias venait de naître. C'était en 1977. Ma mère avait décidé qu'il était temps de partir. Le fait que je vienne d'accoucher a peut-être été pour quelque chose dans sa décision. Je ne sais plus.

Elle me jeta un coup d'œil furtif, puis elle attrapa un paquet de Craven A et alluma une cigarette nerveusement. Son regard se perdit dans une volute de fumée. Très loin. Elle poursuivit. Ses phrases s'étiraient parfois en de longs silences. Sa voix s'atténuait. Des mots restaient en suspens, dans l'air, et elle semblait les écarter d'un revers de main en chassant la fumée de sa cigarette. Son corps ne bougeait pas. Seuls ses longs cheveux se balançaient au rythme de la tête, qu'elle inclinait comme à la recherche d'un détail perdu.

Je l'écoutai, attentif. Je n'osais croire être le premier à qui elle faisait confidence de sa vie. Je savais qu'au bout de son récit il y aurait un service en échange. Mais, par cette intimité soudaine, elle me séduisait. Et ça marchait.

— Nous sommes rentrés, ma mère, ma grand-mère, mes trois sœurs cadettes, l'enfant et moi. Ma mère a eu beaucoup de cran. Vous savez, nous faisions partie de ce qu'on appelait les rapatriés. Ma famille était naturalisée depuis 1930. D'ailleurs, j'ai la double nationalité. Nous étions considérés comme des Français. Mais l'arrivée en France n'eut rien d'idyllique. De Roissy, nous avons été emmenés dans un foyer de travailleurs à Sarcelles. Puis on nous a dit qu'il fallait partir, et nous avons échoué au Havre.

« Nous y avons vécu quatre ans, dans un petit deux-pièces. Ma mère s'est occupée de nous jusqu'à ce qu'on puisse se débrouiller seules. C'est au Havre que j'ai rencontré Adrien. Un hasard. Sans lui... Vous savez, je suis dans la mode. Je crée des collections, et des tissus, d'inspiration orientale. L'atelier et le magasin sont au cours Julien. Et je viens d'ouvrir une boutique à Paris, rue de la Roquette. Et bientôt une à Londres. »

Elle s'était redressée pour dire ça.

La mode, c'était du dernier chic à Marseille. La précédente municipalité avait claqué un fric fou dans un Espace Mode-Méditerranée, sur la Canebière. Dans les anciens locaux des magasins Thierry. Le « Beaubourg de la haute couture ». Les journaux avaient présenté ça comme ça. J'y avais mis les pieds une fois, par curiosité. Parce que je ne voyais pas ce qu'on pouvait faire là-dedans. En vérité, il ne s'y passe rien. Mais, m'avait-on expliqué, « à Paris, ça donne une autre image de nous ».

De quoi sourire, vraiment ! J'appartenais à cette race de Marseillais qui se fout de l'image que l'on peut avoir de nous à Paris, ou ailleurs. L'image ne change rien. Pour l'Europe, nous ne sommes toujours que la première ville du tiers-monde. La plus favorisée, pour ceux qui ont quelque sympathie pour Marseille.

L'important, pour moi, était que l'on fasse des choses pour Marseille. Pas pour séduire Paris. Tout ce que nous avons gagné, nous l'avons toujours gagné contre Paris. C'est ce qu'avait toujours affirmé la vieille bourgeoisie marseillaise, celle des Fraissinet, des Touache, des Paquet. Celle qui, en 1870, comme me l'avait raconté Ange, finança l'expédition de Garibaldi à Marseille, pour repousser l'invasion prussienne. Mais aujourd'hui, cette bourgeoisie ne parlait plus, n'agissait plus. Elle agonisait paisiblement dans ses somptueuses villas du Roucas-Blanc. Indifférente à ce que l'Europe tramait contre la ville.

— Ah, répondis-je évasivement.

Cûc, femme d'affaires. Ça rompait le charme. Ça nous ramenait surtout à plus de réalité.

— N'allez pas croire, je débute. Deux ans seulement. J'ai démarré fort, mais je ne suis pas encore au niveau de Zazza of Marseille.

Zazza, je connaissais. Elle aussi s'était lancée dans la mode. Et sa griffe de prêt-à-porter artisanal commençait à faire le tour du monde. On voyait sa photo dans tous les magazines qui « racontent » Marseille au bon peuple de France. L'exemple de la réussite. Le symbole de la Méditerranée créatrice. Mais peut-être n'étais-je pas objectif. C'était possible. Il n'en était pas moins vrai qu'aux Goudes, aujourd'hui, il n'y avait plus que six pêcheurs professionnels, et guère plus à l'Estaque. Qu'à la Joliette les cargos se faisaient rares. Que les quais étaient pratiquement déserts. Que La Spezia, en Italie, et Algésiras, en Espagne, avaient vu leur trafic marchandises quadrupler. Alors, face à tout ça, je me demandais souvent pourquoi un port n'était pas d'abord utilisé, et développé, comme un port. C'est comme ça que je voyais la révolution culturelle à Marseille. Les pieds dans l'eau, d'abord.

Cûc attendit une réaction de ma part. Je n'en eus pas. J'attendais. J'étais là pour comprendre.

— Tout ça pour vous dire, reprit-elle avec assurance maintenant, sans plus buter sur les mots, que je tiens à ce que j'ai construit. Et ce que j'ai construit, c'est pour Mathias. Toute ma vie est pour lui.

— Il n'a pas connu son père ? l'interrompis-je.

Elle fut déroutée. Ses cheveux retombèrent sur ses yeux, comme un écran.

— Non... Pourquoi ?

— Guitou non plus. De ce côté-là, jusqu'à la nuit de vendredi, ils étaient à égalité. Et je suppose que les rapports de Mathias avec Adrien ne sont pas des plus faciles.

— Qu'est-ce qui vous permet de penser ça ?

— Parce que j'ai entendu une histoire similaire hier. Celle de Guitou. Et d'un type qui se prend pour votre père. Et du père qu'on idéalise. La complicité avec la mère...

— Je ne vous suis pas.

— Non ? C'est pourtant simple. Votre mari ignorait que Mathias prêtait son studio à Guitou pendant le week-end. Ce n'est certainement pas dans ses habitudes, je suppose. Vous étiez la seule à le savoir. Et Hocine Draoui, bien sûr.

Qui a partagé le secret. Plus complice avec vous qu'avec votre mari...

J'avais jeté le bouchon un peu loin. Elle avait écrasé sa cigarette avec violence et s'était levée. Si elle avait pu me jeter dehors, elle l'aurait fait. Mais elle avait besoin de moi. Elle me fit face, avec le même aplomb que tout à l'heure. Aussi droite. Aussi fière.

— Vous êtes un goujat. Mais c'est exact. À cette seule différence : Hocine n'a accepté cette... cette complicité comme vous dites, que par amitié pour Mathias. Il croyait que la jeune fille en question, Naïma, qui est souvent venue ici, était l'amie de Mathias. Sa... petite amie, je veux dire. Il ignorait qu'il y aurait l'autre garçon.

— Ben voilà, dis-je. (Ses yeux me fixèrent, et je sentis la tension extrême qui était en elle.) Vous n'étiez pas obligée de me raconter votre vie pour me dire tout simplement cela.

— Vous ne comprenez donc rien.

— Je ne veux rien comprendre.

Elle sourit, pour la première fois. Et cela lui allait à merveille.

— « Je ne veux rien comprendre. » On dirait une réplique de Bogart !

— Merci. Mais cela ne me dit pas ce que vous comptez faire maintenant.

— Que feriez-vous à ma place ?

— J'appellerais votre mari. Puis la police. Comme je vous l'ai dit tout à l'heure. Racontez la vérité à votre mari, trouvez un mensonge plausible pour la police.

— Vous en avez un à me proposer ?

— Des centaines. Mais moi, je ne sais pas mentir.

Je ne vis pas la claque arriver. Je l'avais méritée. Pourquoi avais-je dit cela ? Il y avait trop d'électricité entre elle et moi. Sans doute. On allait s'électrocuter. Et je ne voulais pas. Il fallait couper le courant.

— Je suis désolée.

— Je vous donne deux heures. Après, le commissaire Loubet sonnera à votre porte.

J'étais parti, pour rejoindre Loubet. Dehors, loin de son attraction, je m'étais ressaisi. Cûc était une énigme. Son histoire en cachait une autre. Je le sentais. On ne ment pas innocemment.

Mon regard croisa celui de Loubet. Il m'observait.

— T'en penses quoi, de cette affaire ?

— Rien. C'est toi le flic, Loubet. Tu as toutes les cartes, pas moi.

— Fais pas chier, Montale. Tu as toujours eu un point de vue, même avec les poches vides. Et là, je sais que tu rumines.

— Comme ça, à vue de nez, je pense qu'il n'y a pas de rapport entre le meurtre de Hocine Draoui et celui de Guitou. Ils n'ont pas été tués de la même façon. Je crois que Guitou s'est trouvé là au mauvais moment, c'est tout. Que de l'avoir tué était indispensable, mais que c'est une erreur de leur part.

— Tu ne crois pas au cambriolage qui tourne mal.

— Il y a toujours des exceptions. Je peux revenir en deuxième semaine, chef ?

Il sourit.

— C'est aussi mon point de vue.

Deux rastas traversèrent la terrasse, une odeur de shit derrière eux. L'un d'eux avait récemment joué dans un film, mais « il n'en faisait pas une maladie », comme on dit ici. Ils entrèrent dans le bar et s'installèrent au comptoir. L'odeur de shit me chatouilla le nez. Cela faisait des années que j'avais arrêté la fumette. Mais l'odeur me manquait. Parfois je la cherchais en fumant des Camel.

— Tu sais quoi sur Hocine Draoui ?

— Tout ce qui permettrait de penser que les barbus sont venus là, rien que pour le liquider. D'abord, c'était un ami intime d'Azzedine Medjoubi, le dramaturge qui a récemment été assassiné. Ensuite, il a été membre pendant quelques années du PAGS, le Parti de l'avant-garde socialiste. Aujourd'hui, c'est surtout un militant actif de la FAIS. La Fédération des artistes, intellectuels et scientifiques algériens. Son nom est cité dans le groupe de préparation d'une rencontre de la FAIS, qui doit se tenir à Toulouse dans un mois.

« À mon avis, un type vachement courageux, ce Draoui. Il est venu en France, une première fois, en 1990. Il y est resté un an, en faisant pas mal d'allers-retours. Il est revenu fin 1994, après avoir été poignardé dans un commissariat d'Alger. Depuis quelque temps, son nom était dans le peloton de tête des types à supprimer. Sa maison est surveillée vingt-quatre heures sur vingt-quatre par l'armée. En arrivant en France, il a vécu un peu à Lille, puis à Paris avec des visas touristiques. Ensuite, il a été pris en charge par des comités de soutien aux intellectuels algériens à Marseille.

— Et c'est là qu'il rencontre Adrien Fabre.

— Ils s'étaient déjà rencontrés en 1990, lors d'un colloque sur Marseille.

— C'est vrai. Il le rappelait, dans le journal.

— Ils avaient bien sympathisé tous les deux. Fabre milite depuis des années pour les Droits de l'Homme. Ça a dû aider.

— Je ne le savais pas militant.

— Les Droits de l'Homme, c'est tout. On ne lui connaît pas d'autres engagements politiques. Il n'en a jamais eu. À part en 1968. Il était au mouvement du 22 mars. Il a dû lancer quelques pavés sur les flics. Comme tout bon étudiant de cette époque-là.

Je le regardai. Loubet avait fait une maîtrise de droit. Il avait rêvé d'être avocat. Il était devenu flic. « J'ai pris ce qui payait le plus dans les voies administratives », avait-il plaisanté un jour. Mais, bien sûr, je ne l'avais pas cru.

— Tu as fait les barricades ?

— J'ai surtout couché avec beaucoup de filles, dit-il en souriant. Et toi ?

— Jamais été étudiant.

— Tu étais où en 1968 ?

— À Djibouti. Dans la Coloniale... De toute façon, c'était pas pour nous, ça.

— Tu veux dire toi, Ugo, Manu ?

— Je veux dire qu'il n'y a pas une révolution vivante, qu'on peut montrer du doigt, en exemple. On ne savait pas grand-chose, mais ça, oui, on le savait. Sous les pavés, il n'y a jamais eu la plage. Mais le pouvoir. Les plus purs finissent toujours au gouvernement, et ils y prennent goût. Le pouvoir ne corrompt que les idéalistes. Nous, on était des petits voyous. On aimait l'argent facile, les filles et les bagnoles. On écoutait Coltrane. On lisait de la poésie. Et on traversait le port à la nage. Le plaisir et la frime. On ne demandait pas plus à la vie. On ne faisait de mal à personne, et ça nous faisait du bien.

— Et tu es devenu flic.

— Je ne me suis guère donné de choix dans la vie. J'y ai cru. Et je ne regrette rien. Mais tu sais bien... je n'avais pas l'esprit.

On garda le silence jusqu'à ce qu'Ange nous apporte les cafés. Les deux rastas s'étaient assis à la terrasse et regardaient José finir de laver sa voiture. Comme si cela avait été un martien, mais avec, tout de même, une pointe d'admiration. Le cantonnier regarda l'heure :

— Ho ! José ! J'ai fini de travailler, là, dit-il en vidant son verre. Vé ! Va falloir que je la ferme, l'eau.

— On est bien ici, reprit Loubet en étirant ses jambes.

Il alluma un cigarillo, et aspira la fumée avec plaisir. Je l'aimais bien, Loubet. Il n'était pas facile, mais avec lui, jamais d'entourloupes. De plus, il adorait bien manger, et, pour moi, c'était essentiel. Je n'accorde aucune confiance à ceux qui mangent peu, et n'importe quoi. Je brûlais d'envie de l'interroger sur Cûc. De savoir ce qu'il savait. Je n'en fis rien. Poser une question à Loubet, c'était comme un boomerang, ça vous revenait toujours dans la gueule.

— Tu n'avais pas fini sur Fabre.

— Bof... De famille bourgeoise. Il a commencé petit. Il est aujourd'hui un des architectes les plus en vue à Marseille, mais aussi sur toute la Côte. Surtout dans le Var. Un gros cabinet. Il est spécialisé dans les grands travaux. Pour le privé, mais aussi le public. Beaucoup d'élus font appel à lui.

Ce qu'il me dit ensuite sur Cûc ne m'apprit rien. Qu'aurais-je voulu savoir de plus ? Des détails, essentiellement. Juste pour m'en faire une idée plus précise. Un portrait froid. Sans charge émotionnelle. Je n'avais cessé de penser à elle durant tout le repas. Je n'aimais pas ça, me sentir sous influence.

— Une belle femme, précisa Loubet.

Puis il me regarda avec un sourire qui n'avait rien d'innocent. Se pouvait-il qu'il sache que je l'avais déjà rencontrée ?

— Ah oui, répondis-je évasivement.

Il sourit encore, regarda sa montre, puis il se pencha vers moi en éteignant son cigarillo.

— J'ai un service à te demander, Montale.

— Vas-y.

— L'identité de Guitou, on la garde pour nous. Quelques jours.

Cela ne me surprit pas. Guitou, parce qu'il était une « erreur » des tueurs, restait une des clefs de l'enquête. Dès qu'il serait officiellement identifié, ça se mettrait à bouger. Du côté des salauds qui avaient fait ça. Forcément.

— Et qu'est-ce que je raconte à ma cousine ?

— C'est ta famille. Tu sauras.

— Facile à dire.

En vérité, ça m'arrangeait aussi. Depuis ce matin, je repoussais assez loin dans ma tête cette heure où il me faudrait affronter Gélou. Comment elle réagirait, je pouvais le deviner. Pas très beau à voir. Et dur à vivre. Elle devrait, à son tour, venir identifier le corps. Il y aurait les formalités. L'enterrement. Je savais déjà que, dans la minute même, elle basculerait dans un autre monde. Celui de la douleur. Où l'on vieillit, définitivement. Gélou, ma si belle cousine.

Loubet se leva, posa sa main sur mon épaule. Sa poigne était ferme.

— Encore une chose, Montale. N'en fais pas une histoire personnelle, pour Guitou. Je sais ce que tu ressens. Et je te connais assez bien. Alors, n'oublie pas, c'est mon enquête. Je suis flic, et pas toi. Si tu apprends des choses, tu m'appelles. L'addition est pour moi. Ciao.

Je le suivis des yeux pendant qu'il remontait la rue du Petit-Puits. Il marchait d'un pas décidé, la tête haute et les épaules en arrière. Il était à l'image de cette ville.

J'allumai une cigarette et fermai les yeux. Je sentis immédiatement la douceur du soleil sur mon visage. C'était bon. Je ne croyais qu'à ces instants de bonheur. Aux miettes de l'abondance. Nous n'aurons rien d'autre que ce que nous pourrons glaner, ici ou là. Ce monde n'avait plus de rêves. Pas d'espoir non plus. Et on pouvait tuer des gamins de seize ans à tort et sans raison. Dans des cités, à la sortie d'un dancing. Ou même chez un particulier. Des gamins qui ne sauront jamais rien de la beauté fugace du monde. Ni de celle des femmes.

Non, Guitou, je n'en faisais pas une affaire personnelle. C'était plus que ça. Comme un coup de sang. Une envie de pleurer. « Quand tu es au bord des larmes, m'avait dit ma mère, si tu sais t'arrêter juste à temps, c'est les autres qui pleureront. » Elle me caressait la tête. Je devais avoir onze ou douze ans. Elle était dans son lit, incapable de bouger. Elle savait qu'elle allait bientôt mourir. Moi aussi, je crois. Mais je n'avais pas compris le sens de ses paroles. J'étais trop jeune. La mort, la souffrance, la douleur, ça n'avait pas de réalité. J'avais passé une partie de ma vie à pleurer, une autre à refuser de pleurer. Et je m'étais fait baiser sur toute la ligne. Par la douleur, la souffrance. Par la mort.

Chourmo de naissance, j'avais appris l'amitié, la fidélité dans les rues du Panier, sur les quais de la Joliette. Et la fierté de la parole donnée sur la Digue du Large, en regardant un cargo prendre la haute mer. Des valeurs primaires. Des choses qui ne s'expliquent pas. Quand quelqu'un était dans la merde, on ne pouvait être que de la même famille. C'était aussi simple. Et il y avait trop de mères qui s'inquiétaient, qui souffraient dans cette histoire. Trop de gamins aussi, tristes, un peu paumés, perdus déjà. Et Guitou mort.

Loubet comprendrait ça. Je ne pouvais rester en dehors. D'ailleurs, il ne m'avait rien fait promettre. Simplement donné un conseil. Sans doute persuadé que je passerais outre. Avec l'espoir que je fourre mon nez là où il ne pouvait mettre le sien. Cela m'arrangeait de croire ça, parce que c'était bien ce que je comptais faire. M'en mêler. Juste pour être fidèle à ma jeunesse. Avant d'être vieux, définitivement. Car nous vieillissons tous, par nos indifférences, nos démissions, nos lâchetés. Et par désespoir de savoir tout cela.

— Nous vieillissons tous, dis-je à Ange en me levant.

Il ne fit aucun commentaire.

10

Où il est difficile de croire aux coïncidences

J'avais deux heures devant moi, avant de retrouver Mourad. Je savais quoi faire. Essayer de voir Pavie. Le mot écrit à Serge m'inquiétait. Apparemment, pour elle, c'était toujours galère. Le risque, maintenant que Serge était mort, c'est qu'elle se raccroche à moi. Mais je ne pouvais l'abandonner. Pavie et Arno, j'y avais cru.

Je décidai de tenter ma chance au dernier domicile que je connaissais d'elle. Rue des Mauvestis, à l'autre bout du Panier. Peut-être, me dis-je, pourra-t-elle m'éclairer sur les activités de Serge. Si elle avait su où le joindre, c'est qu'ils se voyaient encore.

Le Panier ressemblait à un gigantesque chantier. La rénovation battait son plein. N'importe qui pouvait acheter ici une maison pour une bouchée de pain et, en plus, la retaper entièrement à coups de crédits spéciaux de la Ville. On abattait des maisons, voire des pans de rue entiers, pour créer de jolies placettes, et donner de la lumière à ce quartier qui a toujours vécu dans l'ombre de ses ruelles étroites.

Les jaunes et les ocres commençaient à dominer. Marseille italienne. Avec les mêmes odeurs, les mêmes rires, les mêmes éclats de voix que dans les rues de Naples, de Palerme ou de Rome. Le même fatalisme devant la vie, aussi. Le Panier resterait le Panier. On ne pouvait changer son histoire. Pas plus que celle de la ville. De tout temps, on avait débarqué ici sans un sou en poche. C'était le quartier de l'exil. Des immigrés, des persécutés, des sans-toit et des marins. Un quartier de pauvres. Comme les Grands-Carmes, derrière la place d'Aix. Ou le cours Belsunce, et les ruelles qui montent doucement vers la gare Saint-Charles.

La rénovation voulait enlever la mauvaise réputation qui collait à la peau de ces rues. Mais les Marseillais ne venaient pas se promener par là. Même ceux qui y étaient nés. Dès qu'ils avaient eu quatre sous devant eux, ils étaient passés de « l'autre côté » du Vieux-Port. Vers Endoume et Vauban. Vers Castellane, Baille, Lodi. Ou même plus loin, vers Saint-Tronc, Sainte-Marguerite, Le Cabot, La Valbarelle. Et s'ils s'aventuraient quelquefois à retraverser la Canebière, c'était pour se rendre au centre commercial de la Bourse. Ils n'allaient pas au-delà. Au-delà, ce n'était plus leur ville.

Moi, j'avais grandi dans ces ruelles où Gélou était « la plus belle du quartier ». Avec Manu et Ugo. Et Lole qui, bien que plus jeune que nous, devint vite la princesse de nos rêves. Mon cœur restait de ce côté-là de Marseille. Dans « ce chaudron où bouillotte le plus étonnant coulis d'existence », comme disait Gabriel Audisio, l'ami de Brauquier. Et rien n'y changerait. J'appartenais à l'exil. Les trois quarts des habitants de cette ville pouvaient dire la même chose. Mais ils ne le faisaient pas. Pas assez à mon goût. Pourtant, être marseillais c'était ça. Savoir qu'on n'est pas né là par hasard.

« Si on a du cœur, m'expliqua un jour mon père, on ne peut rien perdre, où qu'on aille. On ne peut que trouver. » Il avait trouvé Marseille, comme un coup de chance. Et nous nous promenions sur le port, heureux. Au milieu d'autres hommes qui parlaient de Yokohama, de Shanghai ou de Diégo-Suarez. Ma mère lui donnait le bras et lui me tenait la main. Je portais encore des culottes courtes et, sur la tête, une casquette de pêcheur. C'était au début des années soixante. Les années heureuses. Tout le monde, le soir, se retrouvait là, à flâner le long des quais. Avec une glace à la pistache. Ou un paquet d'amandes ou de cacahuètes salées. Ou encore, suprême bonheur, un cornet de jujubes.

Même après, quand la vie fut plus dure, qu'il lui fallut vendre sa superbe Dauphine, il continua à penser la même chose. Combien de fois ai-je douté de lui ? De sa morale d'immigré. Étriquée, sans ambition, je croyais. Plus tard, j'avais lu *Les Frères Karamazov* de Dostoïevski. Vers la fin du roman, Aliocha disait à Krassotkine : « Tu sais, Kolia, dans le futur tu seras sûrement très malheureux. Mais bénis la vie dans son ensemble. » Des mots qui résonnaient dans mon cœur avec les intonations mêmes de mon père. Mais il était trop tard pour lui dire merci.

J'étais les doigts accrochés au grillage qui entourait le chantier, devant la Vieille-Charité. Un gros trou, à la place de la rue des Pistoles et de la rue Rodillat. On avait projeté un parking souterrain mais, comme toujours dès qu'on creuse autour du Vieux-Port, l'entrepreneur était tombé sur des vestiges de l'ancienne Phocée. On était ici au sein de la cité fortifiée. Les Grecs avaient bâti trois temples sur chacune des buttes. Celles des Moulins, des Carmes et de Saint-Laurent. Avec un théâtre juste à côté du dernier temple, et une agora à l'emplacement de l'actuelle place de Lenche.

C'est du moins ce qu'affirmait Hocine Draoui. Dans l'extrait de son intervention au colloque sur Marseille, que *Le Provençal* avait reproduit à côté de l'interview d'Adrien Fabre. Draoui s'appuyait pour cela sur des écrits anciens, notamment de Strabon, un géographe grec. Car la plupart des vestiges de ces monuments n'ont jamais été découverts. Mais, commentait le journal, l'ouverture des fouilles place Jules-Verne, près du Vieux-Port, semblait confirmer ses thèses. De là jusqu'à la Vieille-Charité, c'était un surprenant travelling sur près d'un millénaire. Il soulignait l'exceptionnelle influence de Massilia et, surtout, remettait en cause l'idée de son déclin après la conquête de César.

La réalisation du parking avait été immédiatement différée. Bien sûr, cela faisait grincer les dents de la société chargée des travaux. Cela s'était déjà produit dans le centre-ville. Au Centre Bourse, la négociation fut rude, et longue. Les murailles de Massilia faisaient surface pour la première fois. L'immonde bunker de béton s'était quand même imposé, en contrepartie de la sauvegarde d'un « Jardin des vestiges ». Place du Général-de-Gaulle, à deux pas du Vieux-Port, rien ni personne ne put empêcher le parking de se réaliser. Ici, devant la Vieille-Charité, le bras de fer avait dû s'engager.

Quatre jeunes archéologues, trois garçons et une fille, s'affairaient dans le trou. Sans empressement. Quelques vieilles pierres avaient été dégagées de la terre jaunâtre, comme la muraille de la ville de nos origines. En fait, ils n'avaient plus ni pelles ni pioches. Ils s'en tenaient à dresser des plans, à positionner chaque pierre. J'étais prêt à parier ma belle chemise à pois que, ici encore, le béton serait le grand vainqueur. Comme ailleurs, les relevés finis, ils « dateraient » leur passage d'une boîte de Coca-Cola ou de Kronenbourg. Tout serait perdu, sauf la mémoire. Les Marseillais s'en satisferont. Ils savent tous ce qu'il y a sous leurs pieds, et l'histoire de leur ville, ils la portent dans leur cœur. C'est leur secret, qu'aucun touriste ne pourra jamais voler.

Lole aussi avait habité là, jusqu'à ce qu'elle vienne vivre chez moi. Sur le côté de la rue des Pistoles qui n'avait pas été détruit. La façade de sa maison était toujours aussi pourrie, couverte de tags jusqu'au premier étage. L'immeuble semblait abandonné. Tous les volets étaient fermés. C'est en levant les yeux vers ses fenêtres que le panneau du chantier du parking accrocha mon regard. Un nom surtout. Celui de l'architecte. Adrien Fabre.

Une coïncidence, me dis-je.

Mais je ne croyais pas aux coïncidences. Ni au hasard. À aucun de ces trucs-là. Quand les choses se font, il y a toujours un sens, une raison. De quoi pouvaient discuter l'architecte du parking et l'amoureux du patrimoine marseillais ? me demandai-je en remontant la rue du Petit-Puits. S'entendaient-ils aussi bien que Fabre l'affirmait ?

Le robinet aux questions était ouvert. La dernière de toutes était inéluctable : se pouvait-il que Fabre ait tué Hocine Draoui, puis Guitou, justement parce qu'il aurait pu l'identifier ? Ça collait. Et confirmait mon sentiment que Fabre ignorait la présence du môme dans sa maison. Pourtant, sans le connaître, il m'était impossible de l'imaginer tuant Hocine, puis Guitou. Ça non, ça ne collait pas. Il devait être déjà bien difficile d'appuyer une fois sur la détente d'un pistolet, alors, pour ce qui est de tuer une seconde fois, et à bout portant, sur un gamin qui plus est, c'était vraiment une autre affaire. Une affaire de tueurs. De vrais tueurs.

De toute façon, pour mettre la maison à sac, ils devaient forcément être plusieurs. C'était l'évidence. Fabre n'aurait fait qu'ouvrir la porte aux autres. C'était mieux. Mais il avait un alibi béton, que Cûc et Mathias confirmeraient. Ils étaient ensemble à Sanary. Bien sûr, de nuit, avec une bonne voiture, le trajet se faisait en moins de deux heures. En l'admettant, pourquoi Fabre aurait-il fait cela ? Ça, c'était une bonne question. Mais je ne me voyais pas la lui poser aussi directement. Ni aucune autre d'ailleurs. Pour l'instant.

Sur une boîte aux lettres, Pavie avait toujours son nom. L'immeuble était aussi vétuste que celui où Lole avait vécu. Les murs étaient lépreux et cela sentait la pisse de chat. Au premier, je frappai à la porte. Pas de réponse. Je frappai encore, en appelant :

— Pavie !

Je tournai la poignée. La porte s'ouvrit. Il flottait une odeur d'encens indien. Aucune lumière ne filtrait du dehors. Le noir complet.

— Pavie, dis-je plus doucement.

Je trouvai l'interrupteur, mais aucune lampe ne s'éclaira. Je fis de la lumière avec mon briquet. J'aperçus une bougie sur la table, je l'allumai et la soulevai devant moi. Je fus rassuré. Pavie n'était pas là. Un instant, j'avais cru au pire. Une bonne dizaine de bougies étaient réparties dans la pièce unique où elle vivait. Le lit, à même le sol, était fait. Il n'y avait pas de vaisselle sale ni dans l'évier ni sur la petite table, près de la fenêtre. C'était même très propre. Cela finit de me rassurer. Pavie allait peut-être mal, mais elle semblait tenir le coup. L'ordre et la propreté, pour une ancienne droguée, c'était plutôt bon signe.

Ce n'était que des mots, je le savais. Des bons sentiments. Quand on a été accro, les moments de déprime sont fréquents. Pire, ou presque, qu'« avant ». Pavie, elle avait décroché une première fois, en rencontrant Arno. Arno, elle l'avait voulu. Elle lui avait couru après. Des mois. Partout où il allait, elle se pointait. Même au Balto, il ne pouvait plus boire un demi en paix. Un soir, ils étaient toute une bande, attablés. Elle était là, qui lui collait après. Il avait fini son verre et lui avait dit :

— Moi, même avec une capote, je baise pas une fille qui se gave.

— Aide-moi.

C'est tout ce qu'elle avait répondu. Il n'y avait plus qu'eux deux au monde. Les autres ne comptaient plus.

— Tu veux ? il demanda.

— J'ai envie de toi. C'est ça que je veux.

— OK.

Il l'attrapa par la main et la sortit du bar. Il l'emmena chez lui, derrière la casse de Saadna, et il la boucla. Un mois. Deux mois. Il ne fit que s'occuper d'elle, délaissant tout. Même les bécanes. Il ne la quittait pas d'une semelle. Chaque jour, il l'emmenait dans les calanques de la Côte Bleue. Carry, Carro, Ensues, La Redonne. Il l'obligeait à marcher d'une crique à l'autre, à nager. Il l'aimait, sa Pavie. Comme jamais on ne l'avait aimée.

Elle avait replongé après. Après sa mort. Parce que, quand même, c'était qu'une saleté, la vie.

Serge et moi, nous l'avions retrouvée au Balto, Pavie. Devant un café. Depuis quinze jours, on n'arrivait pas à lui mettre la main dessus. Un gamin nous avait rencardés : « Elle baise dans les caves, avec n'importe qui. Pour trois cents balles. » À peine le prix d'un mauvais trip.

Au Balto, ce jour-là, elle nous attendait, en quelque sorte. Comme un espoir. Le dernier. Ultime sursaut, avant le plongeon. En deux semaines, elle avait pris au moins vingt ans. Elle regardait la télé, avachie sur la table. Les joues vides, le regard morne. Les cheveux qui frisent à plat. Les fringues crades.

— Qu'est-ce que tu fais là ? je lui demandai bêtement.

— Tu vois, j'regarde la télé. J'attends les infos. Paraît que le pape, il est mort.

— On te cherchait partout, dit Serge.

— Ah ouais. J'peux prendre ton sucre ? elle lui demanda quand Rico, le patron, amena un café à Serge. Z'êtes pas des flèches, comme qui dirait. Surtout pas toi, le flic. On peut tous disparaître, que vous seriez pas cap' de nous retrouver. Tous, tu m'entends. Tu m'diras, pourquoi on nous cherche-rait ? Hein !

— T'arrêtes ! je dis.

— Quand tu m'auras payé un sandwich. Rien avalé depuis hier, tu vois. Moi, c'est pas comme vous. Y a personne qui me nourrit. Vous, c'est l'État qui vous fait bouffer. Si on n'était pas là, à faire des conneries, vous crèveriez la dalle.

Le sandwich arriva, et elle se tut. Serge attaqua.

— On te propose deux solutions, Pavie. Soit tu rentres à Édouard-Toulouse, en HP, librement. Soit on te fait hospitaliser, Fabio et moi. Pour raisons médicales. Tu connais le truc. On trouvera toujours une bonne raison.

Cela faisait plusieurs jours que nous en discutions. Je n'étais pas chaud. Mais je n'avais rien trouvé de mieux face aux arguments de Serge. « Pendant des décennies, l'hôpital psychiatrique a servi de maison de retraite aux vieillards indigents. D'accord ? Bon, eh bien, aujourd'hui, c'est le seul lieu pour accueillir tous les clodos de vingt ans. Alcoolos, toxicos, sidaïques... C'est le seul asile sûr, je veux dire. Tu me suis ? »

Je suivais, évidemment. Et je n'en pigeais que mieux nos limites. Lui et moi réunis, nous n'étions pas Arno. Nous n'avions pas assez d'amour. Ni autant de disponibilité. Il y avait des milliers de Pavie, et nous n'étions que des fonctionnaires du moindre mal.

J'avais dit amen au curé.

— J'ai revu Lily, reprit Pavie, la bouche pleine. Elle attend un bébé. L'va se marier. Vachement contente, elle est. (Ses yeux pétillèrent un instant, comme avant. On aurait pu croire que c'était elle, la future maman.) Son mec, il est super. Il a une GTI. Il est beau. Il a une moustache. Il ressemble à...

Elle éclata en sanglots.

— Ça va, ça va, dit Serge en passant son bras autour de ses épaules. On est là.

— J'suis d'accord, elle murmura. Sinon, je sais qu'j'vais péter les plombs. Et Arno, il aimerait pas ça. Pas vrai ?

— Non, il aimerait pas ça, j'avais dit.

Oui, ce n'était que des mots. Toujours, et encore.

Depuis, elle n'avait cessé de faire des séjours en HP. Dès qu'elle apparaissait au Balto avec une sale tête, Rico nous appelait, et on rappliquait. On était convenus de ça avec lui. Et Pavie, elle avait enregistré le truc dans sa tête. La bouée de secours. Ce n'était pas la solution, je le savais. Mais des solutions, nous n'en avions pas. Que celle-là. Botter en touche, vers l'institution. Toujours.

La dernière fois que j'avais vu Pavie, c'était il y a un peu plus d'un an. Elle bossait au rayon fruits et légumes du Géant Casino, à la Valentine, dans la banlieue est. Elle semblait aller mieux. En forme. Je lui avais proposé d'aller boire un verre, le lendemain soir. Elle avait immédiatement accepté, heureuse. Je l'avais attendue trois heures. Elle n'était pas venue au rendez-vous. Si elle n'a pas envie de voir ta gueule, m'étais-je dit, c'est que ça va. Mais je n'étais pas retourné au supermarché, pour m'en assurer. Lole avait occupé mes jours, et mes nuits.

Une bougie à la main, j'étais en train de fouiller dans tous les recoins de la pièce. Je sentis une présence derrière moi. Je me retournai.

— Tu fais quoi, là ?

Un grand Noir était dans l'encadrement de la porte. Genre videur de boîte de nuit. La vingtaine d'années à peine sonnée. J'eus envie de répondre que j'avais vu de la lumière et que j'étais entré. Mais je n'étais pas sûr qu'il aime les plaisanteries.

— Je venais voir Pavie.

— Et qui t'es, mec ?

— Un de ses amis. Fabio.

— Jamais entendu parler de toi.

— Un ami de Serge, aussi.

Il se détendit. J'avais peut-être une chance de passer la porte sur mes deux jambes.

— Le flic.

— J'espérais la trouver, dis-je, sans relever.

Pour beaucoup, je serais « le flic » jusqu'à la fin de ma vie.

— Tu me redis ton nom, mec ?

— Fabio. Fabio Montale.

— Montale, c'est ça. Elle t'appelle que comme ça. Le flic, ou Montale. Moi, c'est Randy. J'suis le voisin. Juste au-dessus.

Il me tendit la main. Je mis la mienne dans un étau. Cinq doigts au concassage.

J'expliquai vite fait à Randy que je devais parler à Pavie. À cause de Serge. Il avait quelques ennuis, précisai-je, mais sans m'attarder sur les détails.

— 'Sais pas où elle est, mec. Elle est pas rentrée cette nuit. Le soir, elle vient chez nous, là-haut. J'habite avec mes parents, mes deux frères et ma copine. On a l'étage pour nous. Y a plus que nous, dans l'immeuble. Pavie, et Mme Guttierez, au rez-de-chaussée. Mais elle, elle sort plus. Elle a peur qu'on l'expulse. Elle veut mourir là, qu'elle dit. C'est nous qu'on lui fait ses commissions. Pavie, même quand elle reste pas manger, elle vient dire bonsoir. Qu'elle est là, quoi.

— Et ça lui arrive souvent de ne pas rentrer ?

— Pas depuis longtemps.

— Comment elle va ?

Randy me regarda. Il sembla m'évaluer.

— Elle fait des efforts, tu vois, mec. On l'aide, comme on peut. Mais... Elle a replongé, y a quelques jours, si c'est ça qu'tu veux savoir. Arrêté de bosser et tout. Rose, ma copine, elle a dormi avec elle l'autre nuit, puis elle a fait un peu de ménage ici. Pas du luxe, c'était.

— Je vois.

Et puis les morceaux se recollèrent dans ma tête. Comme enquêteur, je ne valais toujours pas un radis. Je fonçais à l'intuition, mais sans jamais prendre le temps de réfléchir. Dans ma précipitation, j'avais sauté des épisodes. La chronologie, l'emploi du temps. Ces choses-là. Le b.a.-ba des flics.

— T'as le téléphone ?

— Non. Y en a un au bout de la rue. Une cabine, j'veux dire. Qu'elle marche sans pièce. Tu décroches et c'est bon. Même pour les States !

— Merci, Randy. Je repasserai.

— Si elle s'ramène, Pavie ?

— Dis-lui de ne pas bouger. Mieux, qu'elle reste chez vous.

Mais si je ne me trompais pas, c'était bien le dernier endroit où elle viendrait, Pavie. Ici. Même shootée à fond. La proximité de la mort, ça rallonge l'espérance de vie.

11

Où il n'y a rien de bien joli à voir

Mourad rompit le silence.

— J'espère qu'elle s'ra là, ma sœur.

Une seule phrase. Laconique.

Je venais de quitter la rue de Lyon, pour couper à travers les quartiers nord, et rejoindre Saint-Henri, où habitait son grand-père. Saint-Henri, c'est juste avant l'Estaque. Un tout petit village, il y a encore vingt ans. D'où l'on dominait l'avant-port nord et le bassin Mirabeau.

Je grommelai un « moi aussi » légèrement énervé. Ça s'agitait un peu trop dans ma tête. Une vraie salade de pois chiches ! Depuis qu'il était dans la voiture, Mourad n'avait pas desserré les dents. Je lui avais posé des questions. Sur Naïma, sur Guitou. Il s'était borné à répondre des « oui » et des « non ». Et des « j'sais pas », en pagaille. J'avais cru, d'abord, qu'il me tirait la gueule. Mais non, il était inquiet. Je le comprenais. Je l'étais également.

— Oui, moi aussi, redis-je, avec plus de douceur cette fois, j'espère qu'elle sera là.

Il me jeta un regard en coin. Juste pour dire OK, on est sur la même longueur d'onde. On espère, mais on n'en est pas sûr. Et ça nous file des boutons, de ne pas savoir. Il était vraiment chouette, ce môme.

Je mis une cassette de Lili Boniche. Un chanteur algérien

des années trente. Un mélangeur de genres. Ses rumbas, ses paso-doble, ses tangos avaient fait danser tout le Maghreb. J'avais déniché un lot de ses disques, au marché aux puces de Saint-Lazare. Lole et moi, on aimait y venir le dimanche, vers onze heures. Puis on allait se prendre l'apéro, dans un bar de l'Estaque, et on finissait chez Larrieu, devant un plateau de coquillages.

Ce dimanche-là, elle s'était trouvé une belle jupe longue, rouge à pois blancs. Une jupe de Gitane. Le soir, j'avais eu droit à un essayage « flamenco ». Sur Los Chunguitos. *Apasionadamente.* Un album torride. Tout comme la fin de la nuit.

Lili Boniche nous avait ensuite accompagnés, jusqu'à ce que le sommeil nous gagne. C'est sur le troisième disque qu'on découvrit *Ana Fil Houb.* Une version, en arabe, de *Mon histoire, c'est l'histoire d'un amour !* Quand je sifflais, c'était l'air qui me venait le plus immédiatement en tête. Ça et *Besame Mucho.* Des chansons que ma mère ne cessait de fredonner. J'en avais déjà plusieurs interprétations. Celle-là était aussi belle que la version de la Mexicaine Tish Hinojosa. Et cent fois mieux que celle de Gloria Lasso. Ça grattait un maximum. Un véritable bonheur.

Tout en sifflotant, je me remis à penser à ce que m'avait raconté Rico, le patron du Balto. De m'entendre dire aussi clairement certaines choses, je me serais donné des claques. Depuis le début de la semaine, Pavie était venue tous les après-midi au Balto. Elle prenait un demi, et chipotait des miettes du jambon-beurre qu'elle se faisait servir. Elle avait sa tête des mauvais jours, comme il disait Rico. Alors, il avait téléphoné à Serge. Chez Saadna. Mais Serge n'était pas venu le lendemain. Ni le surlendemain.

— Pourquoi tu m'as pas appelé ? j'avais demandé.

— J'sais plus où te joindre, Fabio. T'es même pas dans l'annuaire.

Je m'étais mis sur liste rouge. Avec le Minitel, pour un ami qui te cherche, tu as la possibilité de voir cinquante millions de connards débarquer chez toi. J'aimais ma tranquillité, et les amis qui me restaient connaissaient mon numéro de téléphone. J'avais simplement oublié les cas d'urgence.

Serge s'était pointé hier. À cause de la lettre de Pavie. C'était sûr.

— À quelle heure ?

— Vers deux heures trente. Il avait l'air préoccupé, le Serge. Pas causant. Pas dans son assiette, quoi. Ils ont pris un café. Sont restés quoi ? un quart d'heure, vingt minutes. Ils parlaient à voix basse, mais Serge, il avait l'air de l'engueuler, la Pavie. Elle gardait la tête baissée, comme une môme. Puis je l'ai vu souffler, Serge. Comme épuisé qu'il était. Il s'est levé, il a pris Pavie par la main et ils sont sortis.

C'est là où ça me faisait mal. Parce qu'à aucun moment je n'avais songé à la voiture de Serge. Comment serait-il venu à la Bigotte sinon ? Il fallait être immigré pour y aller en bus. Et encore ! Je ne me souvenais même plus, à cet instant, si un bus montait jusque là-haut ou s'il fallait se taper la côte à pied !

— Il avait toujours sa vieille Ford Fiesta ?

— Ben oui.

Je ne me rappelais pas l'avoir vue sur le parking. Mais je ne me rappelais pas grand-chose. Si ce n'est la main qui tenait l'arme. Et les coups de feu. Et Serge qui tombait sans dire adieu à la vie.

Sans même dire adieu à Pavie.

Parce qu'elle devait être là, dans la voiture. Pas loin. Pas loin de moi non plus. Et elle avait dû tout voir, Pavie. Ils étaient partis ensemble du Balto. Direction la Bigotte, où Serge devait rencontrer quelqu'un. Il lui avait sans doute promis de la conduire à l'HP. Après. Et il l'avait laissée dans la voiture.

Elle l'avait attendu. Sagement. Rassurée qu'il soit là, enfin. Comme d'habitude. Pour l'accompagner à l'hôpital. Pour l'aider, une nouvelle fois, à refaire un pas vers l'espoir. Un pas de plus. Le bon, peut-être. Sûr que c'était le bon ! Cette fois-ci, elle s'en sortirait. Elle devait le croire, Pavie. Oui, là, dans la voiture, elle y croyait dur comme fer. Et qu'après la vie reviendrait. Les amis. Le travail. L'amour. Un amour qui la guérirait d'Arno. Et de toutes les saloperies de la vie. Un type avec une belle gueule, une belle bagnole, et un peu de thunes aussi. Et qui lui ferait un sacré beau bébé.

Après, il n'y avait plus eu d'après.

Serge était mort. Et Pavie s'était taillée. À pied ? En voiture ? Non, elle n'avait pas le permis. À moins que. Peut-être que si, depuis. Bon Dieu ! est-ce que cette putain de voiture était toujours là-haut ? Et où était Pavie maintenant ?

La voix de Mourad coupa court à mes questions. Le ton de sa voix me surprit. Triste.

— Mon père, avant, il écoutait ça aussi. Ma mère, elle aimait bien.

— Pourquoi ? Il ne l'écoute plus ?

— Redouane, il dit que c'est péché.

— Le chanteur, là ? Lili Boniche ?

— Non, la musique. Que la musique ça va avec l'alcool, les cigarettes, les filles. Tout ça.

— Mais toi, tu écoutes du rap ?

— Pas quand il est là. Il...

Ô grand Dieu, aie pitié de moi,
que je puisse voir ceux que j'aime
et que j'oublie ma peine...

Lili Boniche chantait maintenant *Alger, Alger*. Mourad se tut à nouveau.

Je fis le tour de l'église de Saint-Henri.

— À droite, fit Mourad. Puis la première à gauche.

Le grand-père habitait impasse des Roses. Ce n'était ici que petites maisons d'un étage ou deux. Toutes tournées vers la mer. Je coupai le moteur.

— Dis, tu n'as pas vu une vieille Ford Fiesta sur le parking. Bleue, elle est. Bleu crade.

— J'crois pas. Pourquoi ?

— Rien. On verra plus tard.

Mourad sonna une fois, deux fois, trois fois. La porte ne s'ouvrit pas.

— Il est peut-être sorti, je dis.

— Y sort qu'deux fois par s'maine. Pour aller au marché.

Il me regarda, inquiet.

— Tu connais les voisins ?

Il haussa les épaules.

— Lui, je crois. Moi...

Je descendis la rue, jusqu'à la maison mitoyenne. Je sonnai quelques coups rapides. Ce n'est pas la porte qui s'ouvrit, mais la fenêtre. Derrière les barreaux, une tête de femme apparut. Une grosse tête pleine de bigoudis.

— C'est pourquoi ?

— Bonjour madame, dis-je en m'approchant de la fenêtre. Je venais voir M. Hamoudi. Je suis avec son petit-fils. Mais il ne répond pas.

— Ça m'étonne. Qu'à midi, on a encore fait les bazarettes, dans le jardin. Et après, il se fait toujours la petite sieste. Alors, ma foi, y doit être là.

— Il est peut-être souffrant ?

— Non, non, non... Il se porte à merveille. Attendez, je vous ouvre.

Elle nous fit entrer quelques secondes plus tard. Elle avait mis un foulard sur sa tête, pour cacher les bigoudis. Elle était énorme. Elle marchait lentement, en soufflant comme si elle venait de monter six étages en courant.

— Je fais attention avant d'ouvrir. Voyez, avec toute cette drogue et les Arabes qu'y en a de partout, on se fait agresser même chez soi.

— Vous avez raison, je dis, sans m'empêcher de sourire. Faut être prudent.

On la suivit dans le jardin. Le sien et celui du grand-père n'étaient séparés que par une murette à peine haute d'un mètre.

— Ho ! Monsieur Hamoudi, elle cria. Monsieur Hamoudi, vous avez de la visite !

— Je peux passer de l'autre côté ?

— Ben, faites, faites. Oh ! Bonne Mère ! Y faudrait pas qu'y lui soit arrivé du malheur.

— Tu m'attends, je dis à Mourad.

Je passai de l'autre côté aisément. Le jardin était identique, aussi bien entretenu. J'étais à peine sur les marches que Mourad m'avait rejoint. Il fut le premier dans le salon.

Le grand-père Hamoudi était par terre. La tête en sang. On l'avait méchamment tabassé. Les salauds, en partant, lui avaient fait bouffer sa médaille militaire. J'ôtai la médaille de sa bouche, et pris son pouls. Il respirait encore. Il était seulement dans le cirage. K-O. Un miracle. Mais ses agresseurs n'avaient peut-être pas voulu le tuer.

— Va ouvrir à la dame, je dis à Mourad. (Il s'était agenouillé à côté de son grand-père.) Et téléphone à ta mère. Dis-lui de venir vite. De prendre un taxi.

Il ne bougeait pas. Tétanisé, il était, Mourad ! Il se leva, lentement.

— Il va mourir ?

— Non. Allez ! Magne-toi !

La voisine arriva. Elle était grosse, mais elle se déplaçait vite.

— Sainte Vierge ! lâcha-t-elle dans un énorme souffle.

— Vous n'avez rien entendu ? (Elle secoua la tête.) Pas un cri ?

Elle secoua encore la tête. Elle semblait avoir perdu la parole. Elle était là debout, se triturant les mains. Je repris le pouls du vieil homme, le tâtai de toutes parts. Puis j'avisai une banquette-lit, dans le coin de la pièce. Je le soulevai. Il ne pesait guère plus lourd qu'un sac de feuilles mortes. Je l'allongeai, en glissant un coussin sous sa tête.

— Trouvez-moi une bassine, et un gant de toilette. Puis des glaçons. Et voyez si vous pouvez faire un truc chaud. Du café. Ou du thé.

Quand Mourad revint, je nettoyais le visage de son grand-père. Il avait saigné du nez. Sa lèvre supérieure était fendue. Son visage était couvert de bleus. À part son nez peut-être, il n'avait rien de cassé. Apparemment, ils ne l'avaient frappé qu'au visage.

— Elle arrive, ma mère.

Il s'assit à côté de son grand-père et lui prit la main.

— Ça ira, je dis. Ç'aurait pu être pire.

— Y a le cartable de Naïma, dans le couloir, balbutia-t-il faiblement.

Puis il éclata en sanglots.

Putain de vie, je me dis.

Et je n'eus qu'une hâte, que le grand-père revienne à lui, et nous raconte. Cela ne ressemblait pas à un acte de délinquance sauvage, une baston comme ça. C'était du travail de pro. Le grand-père hébergeait Naïma. Naïma avait passé la nuit de vendredi avec Guitou. Et Guitou était mort. Et Hocine Draoui aussi.

Naïma, c'était sûr, avait dû voir quelque chose. Elle était en danger. Où qu'elle soit.

Aucune inquiétude, pour le grand-père. Le médecin, que j'avais fait appeler, confirma qu'il n'avait rien de cassé. Même pas le nez. Il avait seulement besoin de repos. Il rédigea son ordonnance tout en conseillant à la mère de Mourad de porter plainte. Bien sûr, elle dit, elle le ferait. Et Marinette, la voisine, se proposa de l'accompagner. « Que c'est pas des choses, ça, de venir tuer les gens dans leur maison. » Mais, cette fois-ci, elle ne fit aucune allusion à tous ces Arabes qui assassinent les gens. Ce n'était pas de circonstance. Et c'était une brave femme.

Pendant que le grand-père buvait un thé, j'avalai une bière que Marinette m'avait proposée. Vite fait. Juste pour que les idées soient à bonne température. Marinette retourna chez elle. Si on avait besoin, elle était là.

J'approchai une chaise du lit.

— Vous vous sentez de parler un peu ? je demandai au grand-père.

Il fit oui de la tête. Ses lèvres avaient enflé. Son visage prenait une couleur violette, rouge sang à certains endroits. L'homme qui l'avait frappé portait une énorme chevalière à la main droite, avait-il dit. Il n'avait cogné qu'avec cette seule main.

Le visage du grand-père m'était familier. Un visage émacié. Des pommettes hautes. Des lèvres épaisses. Des cheveux frisés et grisonnants. Mon père, tel qu'il aurait pu être aujourd'hui. Jeune — comme je l'avais vu sur des photos –, il ressemblait à un Tunisien. « On vient du même ventre », il disait. De la Méditerranée. Alors, forcément, on est tous un peu arabes, répondait-il quand on le taquinait là-dessus.

— Est-ce qu'ils ont emmené Naïma ?

Il secoua la tête.

— Ils me tapaient dessus, quand elle est entrée. Elle revenait de l'école. Ils ont été surpris. Elle a poussé un cri et je l'ai vue partir. Il y en a un qui lui a couru après. L'autre m'a frappé violemment, sur le nez. J'ai senti que je tournais de l'œil.

Une voiture, dans ces ruelles, n'avait aucune chance contre une gamine courant à pied. Elle avait dû s'en tirer. Pour combien de temps ? Et où avait-elle pu aller ? Ça, c'était une autre histoire.

— Ils étaient deux ?

— Oui, ici quoi. Un qui me maintenait assis sur la chaise. L'autre qui posait les questions. Celui avec la chevalière. Il m'avait fourré ma médaille dans la bouche. Si je criais, il me la faisait bouffer, il avait dit. Mais j'ai pas crié. J'ai rien dit. J'avais honte, monsieur. Pour eux. Pour ce monde. J'ai assez vécu, je crois.

— Dis pas ça, pleurnicha Mourad.

— Le Dieu, tu vois, il peut me reprendre. Y a plus rien de bien joli à voir sur terre, de nos jours.

— Qu'est-ce qu'ils voulaient savoir, ces types ?

— Si Naïma rentrait tous les soirs ici. Où elle allait au lycée. Si je savais où qu'elle était vendredi soir. Si j'avais entendu parler d'un certain Guitou... De toute façon, j'en savais rien. À part qu'elle vit ici, avec moi, je sais même pas où qu'il est son lycée.

Ça confirmait mes craintes.

— Elle ne vous a rien raconté ?

Le vieux secoua la tête.

— Quand elle est rentrée, samedi...

— C'était quelle heure ?

— Sept heures, environ. Je venais de me lever. J'ai été surpris. Elle devait revenir que le dimanche soir, elle m'avait prévenu. Elle était pas coiffée. Son regard était hagard. Fuyant. Elle s'est enfermée là-haut, dans la chambre. Elle a plus bougé de la journée. Le soir, j'ai frappé à la porte, pour qu'elle vienne manger. Elle a refusé. « J'suis pas bien », qu'elle a répondu. Plus tard, elle est descendue. Pour aller téléphoner. J'y ai demandé ce qui se passait. « Oh ! Laisse-moi, elle a dit. Je t'en prie ! » Elle est revenue un quart d'heure après. Elle est remontée là-haut, sans dire un mot.

« Le lendemain, elle s'est levée tard. Elle est descendue déjeuner. Elle était plus gentille. Elle s'est excusée, pour la veille. Elle était triste à cause d'un copain, elle m'a expliqué. Un garçon qu'elle aimait beaucoup. Mais que c'était fini. Tout allait bien, maintenant. Et elle m'a fait un gentil bisou sur le front. Bien sûr, j'en ai pas cru un mot. Ça se voyait dans ses yeux, que ça n'allait pas. Qu'elle disait pas la vérité.

J'ai pas voulu la brusquer, vous comprenez. Je sentais que c'était grave. J'ai pensé à une peine de cœur. Le petit copain, tout ça. Des peines de son âge. J'y ai simplement dit : "Tu peux me parler, si tu veux, d'accord ?" Elle a eu un petit sourire, vous voyez. Tout tristounet. "T'es gentil, grand-père. Mais, là, j'ai pas envie." Elle était au bord des larmes. Elle m'a encore embrassé et elle est repartie dans la chambre.

« Le soir, elle est redescendue téléphoner. Ça a duré plus longtemps que la veille. Assez longtemps même, parce que je me suis inquiété de pas la voir revenir. Je suis même sorti sur le trottoir pour la guetter. Elle a fait semblant de manger, puis elle est allée se coucher. Voilà, et lundi elle est partie à l'école et...

— Elle y va plus, au lycée, coupa Mourad.

On le regarda tous les trois.

— Plus au lycée ! cria presque sa mère.

— Elle a plus envie. Elle est trop triste, elle m'a dit.

— Tu l'as vue quand ? lui demandai-je.

— Lundi. À la sortie du collège. Elle m'attendait. On devait aller au concert ensemble, le soir. Voir Akhénaton. Le chanteur d'IAM. Il faisait un truc en solo.

— Qu'est-ce qu'elle t'a dit ?

— Rien, rien... Ce que je vous ai dit, l'autre soir, quoi. Qu'elle et Guitou, c'était fini. Qu'il était reparti. Qu'elle était triste.

— Et elle ne voulait plus aller au concert ?

— Y fallait qu'elle voie un copain à Guitou. Urgent, qu'c'était. À cause de Guitou, tout ça. Que je me suis dit qu'entre tous les deux, c'était peut-être pas aussi fini qu'ça. Qu'elle y tenait, quoi, à c'Guitou.

— Et elle n'était pas allée au lycée ?

— Ouais. Elle a dit qu'elle irait pas quelques jours. À cause de tout ça, quoi. Qu'elle avait pas vraiment la tête à écouter les profs.

— Cet autre copain, tu le connais ?

Il haussa les épaules. Cela ne pouvait être que Mathias. J'imaginais le pire. Si elle avait vu, par exemple, Adrien Fabre. Et qu'elle lui avait tout raconté, à Mathias. Dans quel état ils devaient être tous les deux ! Qu'est-ce qu'ils avaient fait ensuite ? À qui en avaient-ils parlé ? À Cûc ?

Je me retournai vers le grand-père.

— Vous ouvrez toujours la porte, comme ça, quand on sonne ?

— Non. Je regarde par la fenêtre, d'abord. Comme tout le monde, ici.

— Alors pourquoi vous leur avez ouvert ?

— Je ne sais pas.

Je me levai. J'aurais bien bu une autre bière. Mais Marinette n'était plus là. Le grand-père dut le deviner.

— J'ai de la bière au frigo. J'en bois, vous savez. Une de temps en temps. Dans le jardin. C'est bon. Mourad, va chercher une bière, pour le monsieur.

— Laisse, je dis. Je vais trouver.

J'avais besoin de me dégourdir les jambes. Dans la cuisine, je bus directement au goulot. Une longue rasade. Ça me détendit un peu. Puis j'attrapai un verre, le remplis et revins dans la pièce. Je me rassis à côté du lit. Je les regardai tous les trois. Personne n'avait bougé.

— Écoutez, Naïma est en danger. En danger de mort. Les gens qui sont venus ici sont prêts à tout. Ils ont déjà tué deux personnes. Guitou, il n'avait pas dix-sept ans. Vous comprenez ça ? Alors, je vous le redemande, pourquoi avoir ouvert à ces hommes ?

— Redouane..., commença le grand-père.

— C'est de ma faute, coupa la mère de Mourad.

Elle me regarda bien en face. Ils étaient beaux, ses yeux. Avec, au fond, toute la peine du monde. Au lieu de cette petite lumière de fierté qui brille quand les mères parlent de leurs enfants.

— Votre faute ?

— J'y ai tout raconté, à Redouane. L'autre soir. Après votre visite. Y savait que vous étiez venu. Il sait toujours tout, de ce qui se passe. J'ai l'impression qu'on est toujours surveillés. Y voulait savoir qui vous étiez, pourquoi vous êtes venu. Si ç'avait un rapport avec l'autre, qui avait demandé après lui l'après-midi, et...

Je me sentis proche du tilt.

— Quel autre, madame Hamoudi ?

Elle en avait trop dit. Je sentis la panique en elle.

— L'autre.

— Çui qu'y z'ont buté. Ton copain, il paraît. Y cherchait après Redouane.

Stop ou encore ? me demandai-je.

Dans ma tête, l'écran affichait « Game over ». Qu'est-ce que je disais déjà à Fonfon, l'autre matin ? « Tant qu'on mise, on est en vie. » Je remis une partie.

Juste pour voir.

12

Où, dans la nuit, on croise des vaisseaux fantômes

Tous les trois me regardaient en silence. Mes yeux allèrent de l'un à l'autre.

Où pouvait être Naïma ? Et Pavie ?

Toutes les deux avaient vu la mort en direct, pour de vrai, sans écran, et elles étaient en cavale. Disparues. Envolées.

Les paupières du grand-père se fermaient. Les calmants allaient bientôt faire leur effet. Il luttait contre le sommeil. C'est pourtant lui qui fit l'effort de reparler le premier. Par urgence, et pour pouvoir dormir, enfin.

— Je croyais que c'était un ami de Redouane, celui qui m'a parlé par la fenêtre. Il désirait voir Naïma. J'y ai répondu qu'elle était pas rentrée encore. Y m'a demandé s'il pouvait l'attendre, avec moi, qu'il avait le temps. Il avait pas l'air... Il faisait une bonne impression. Bien habillé, en costume, avec une cravate. Alors, j'y ai ouvert.

— Il a des amis comme ça, Redouane ?

— Une fois, il m'a rendu visite avec deux personnes aussi bien mises. Plus âgées que lui. Y en a un, je crois, il a une société de voitures. L'autre, un magasin vers la place d'Aix. Y se sont mis à genoux, devant moi. Y m'ont embrassé la main. Y souhaitaient que je participe à une réunion religieuse. Pour parler à des jeunes de chez nous. Une idée à

Redouane, qu'ils m'ont dit. On m'écouterait si je parlais de la religion. J'avais combattu pour la France. Un héros, j'étais. Alors, je pouvais leur expliquer ça, aux jeunes gens, que la France c'était pas le salut. Qu'au contraire, elle leur enlève tout respect, la France. Avec la drogue, l'alcool, tout ça... Et même cette musique, qu'ils écoutent tous aujourd'hui...

— Le rap, précisa Mourad.

— Oui, ça braille trop d'ailleurs, ces musiques. Vous aimez ça, vous ?

— Ce n'est pas ce que je préfère. Mais, c'est un peu comme les jeans, ça leur colle à la peau.

— Ça doit être de leur âge, c'est ça... À mon époque...

— Lui, dit Mourad, en me désignant, il écoute des vieux trucs arabes. Comment y s'appelle, votre chanteur ?

— Lili Boniche.

— Oh !

Le grand-père sourit, et resta songeur. Perdu sans doute là où il faisait bon vivre. Ses yeux revinrent vers moi.

— Qu'est-ce que je disais ? Ah oui. Pour les amis de Redouane, y fallait sauver nos enfants. Il était temps que nos jeunes reviennent vers Dieu. Qu'ils réapprennent nos valeurs. La tradition. Le respect. C'est pour ça qu'ils me sollicitaient.

— Y faut pas reprocher à Redouane qu'il s'est tourné vers Dieu, coupa la mère de Mourad. C'est son chemin. (Elle me regarda.) Il a fait beaucoup de bêtises, avant. Alors... C'est mieux qu'il soit à faire des prières, plutôt qu'à traîner avec des mauvaises têtes.

— C'est pas ce que je dis, lui répondit le grand-père. Tu le sais bien. Les excès sont à bannir. Trop d'alcool, ou trop de religion, c'est la même chose. Ça rend malade. Et c'est ceux qu'ont fait les pires choses qui veulent imposer leur manière de voir ! De vivre. Je dis pas ça pour Redouane. Encore que... ces derniers temps...

« Au pays, reprit-il après avoir respiré un grand coup, au pays, ta fille, il la tuerait. C'est comme ça maintenant, là-bas. Je l'ai lu dans le journal. Ils les violent dès qu'elles chantent. Dès qu'elles sont heureuses, nos filles. Je dis pas que Redouane, il ferait des choses pareilles, mais les autres... C'est pas l'islam, ça. Et Naïma, c'est pourtant une bonne fille. Comme celui-là, ajouta-t-il en désignant Mourad. Moi, j'ai jamais rien fait contre le Dieu. Ce que je dis, c'est qu'on fait pas sa vie avec la religion, mais avec le cœur. (Il tourna son regard vers moi.) C'est ce que je leur ai dit, à ces messieurs. Et j'y ai redit à Redouane, ce matin, quand il est arrivé.

— Je vous ai pas raconté la vérité, quand vous êtes venu tout à l'heure, reprit la mère de Mourad. Redouane, le soir, il a dit de pas m'en mêler, de ces histoires. Que l'éducation de sa sœur, ça relevait des hommes. De lui. Ma fille, vous vous imaginez...

— Il l'a menacée, dit Mourad.

— J'avais peur pour Naïma, surtout. Redouane, il est parti comme un fou, très tôt. Y voulait la ramener à la maison. Cette histoire, avec le jeune homme, elle a comme fait déborder le vase. Redouane, il a dit que ça suffisait. Qu'il avait honte de sa sœur. Qu'elle méritait une bonne correction. Oh ! Je sais plus, moi...

Elle prit sa tête entre ses mains. Accablée. Partagée entre son rôle de mère et son éducation d'obéissance aux hommes.

— Et qu'est-ce qui s'est passé, avec Redouane ? demandai-je au grand-père.

— Rien. Naïma, elle a pas dormi ici, cette nuit. J'étais très inquiet. C'est la première fois qu'elle faisait ça. Rien me dire et me laisser sans nouvelles. Vendredi, je savais qu'elle passait le week-end chez des amis. Elle avait même laissé le téléphone où la joindre, si y avait quoi que ce soit. J'y ai toujours fait confiance.

— Où elle est allée ? Vous avez une idée ?

J'avais la mienne, d'idée, mais j'avais besoin de l'entendre avec une autre voix.

— Elle a appelé, ce matin. Pour que je me fasse pas du souci. Elle était restée à Aix. Dans la famille d'un ancien copain de lycée, je crois. Un qu'elle était avec lui en vacances.

— Mathias ? Cela vous dit quelque chose ?

— C'est peut-être ce nom-là.

— Mathias ! dit Mourad. L'est vachement sympa. C'est un Viet.

— Un Viet ? interrogea la mère de Mourad.

Elle était dépassée. La vie de ses enfants lui avait échappé. Redouane, Naïma. Mourad aussi, certainement.

— Que par sa mère, précisa Mourad.

— Tu le connais ? je lui demandai.

— Un peu. Un moment, ils sortaient ensemble, lui et ma sœur. J'allais au ciné avec eux.

— Toujours cette histoire, reprit le grand-père. Qu'elle avait du souci. Et que c'est pour ça qu'elle était pas dans son assiette. Il fallait que je la comprenne. (Il demeura pensif quelques secondes.) Je pouvais pas savoir, moi. Ce drame. Pourquoi... pourquoi ils l'ont tué, ce jeune homme ?

— Je l'ignore. Naïma est la seule à pouvoir nous raconter ce qui s'est passé.

— Quel malheur c'est, la vie.

— Et avec Redouane, ce matin ?

— J'y ai dit que sa sœur, elle était partie plus tôt. Y m'a pas cru, bien sûr. De toute façon, il aurait rien cru. Que ce qu'y voulait croire. Ou entendre. Il a voulu aller dans la chambre de sa sœur. S'assurer qu'elle était vraiment pas là. Ou voir si elle avait vraiment dormi ici. Mais je l'ai pas laissé faire. Alors, y s'est mis à me crier dessus. J'y ai rappelé que l'islam, il apprend à respecter les vieux. Les anciens. C'est la première règle. « J'ai aucun respect pour toi, y m'a répondu. T'es qu'un impie ! Pire que les Français ! » J'ai pris ma canne, et j'y ai bien montrée. Je suis encore capable de te corriger ! j'y ai crié. Et je l'ai chassé.

— Malgré tout ça, vous avez ouvert à cet homme.

— Je pensais que, si je parlais avec lui, il pourrait raisonner un peu Redouane.

— Vous l'aviez déjà vu avec lui ?

— Non.

— C'était un Algérien ?

— Non. De dehors, avec ses lunettes noires, j'ai pensé que c'était un Tunisien. Je me méfiais pas, alors...

— C'était pas un Arabe ?

— Je sais pas. Mais y parlait pas arabe.

— Mon père, il était italien, et on le prenait pour un Tunisien, quand il était jeune.

— Oui, peut-être qu'il était italien. Mais d'en bas. De vers Naples. Ou sicilien. C'est possible.

— Il était comment, physiquement ?

— Votre âge, environ. Bel homme. Un peu plus petit que vous et plus épais. Pas gros, mais plus fort. Les tempes grisonnantes. Une moustache poivre et sel... Et... il portait cette grosse chevalière, en or.

— Alors, il devait être italien, je dis en souriant. Ou corse.

— Non, pas corse. L'autre oui. Celui qui m'a sauté dessus, quand j'ai ouvert la porte. J'ai vu que son revolver, qu'il m'a mis sous le menton. Y m'a poussé en arrière, et je suis tombé. Lui, oui, il avait l'accent corse. Je l'oublierai pas.

Il était à bout de forces.

— Je vais vous laisser dormir. Je reviendrai peut-être vous poser d'autres questions. Si c'est utile. Ne vous inquiétez pas. Ça va s'arranger.

Il eut un sourire heureux. Il n'en demandait pas plus,

maintenant. Qu'un peu de réconfort. Et l'assurance que tout irait bien pour Naïma. Mourad se pencha vers lui et l'embrassa sur le front.

— Je vais rester avec toi.

Finalement, c'est la mère de Mourad qui resta pour veiller le grand-père. Elle espérait sans doute que Naïma rentrerait. Mais, surtout, elle n'avait guère envie de se retrouver face à face avec Redouane. « Elle en a un peu peur », me confia Mourad au retour.

— Il est devenu fou. Ma mère, il l'oblige à mettre un voile quand il est là. Et à table, elle doit le servir les yeux baissés. Mon père, il dit rien. Il dit que ça lui passera.

— Depuis quand, il est comme ça ?

— Un peu plus d'un an. Depuis qu'il est sorti de taule.

— Il a fait combien ?

— Deux ans. L'a braqué un magasin hi-fi, aux Chartreux. Avec deux potes à lui. Complètement défoncés, ils étaient.

— Et toi ?

Il me regarda droit dans les yeux.

— Je fais équipe avec Anselme, si c'est ça qui t'intéresse. Le basket. On fume pas, on boit pas. C'est la règle. Personne de l'équipe. Sinon Anselme, il nous vire. Souvent, je vais chez lui. Manger, dormir. C'est cool.

Il se perdit dans le silence. Les quartiers nord, avec leurs milliers de fenêtres éclairées, ressemblaient à des bateaux. Des navires perdus. Des vaisseaux fantômes. C'était l'heure la pire. Celle où l'on rentre. Celle où, dans les blocs de béton, on sait que l'on est vraiment loin de tout. Et oubliés.

Mes pensées étaient sens dessus dessous. Je devais assimiler tout ce que je venais d'entendre, mais j'en étais incapable. Ce qui me troublait le plus, c'était ces deux types qui couraient après Naïma. Ceux qui avaient tabassé le grand-père. Était-ce eux qui avaient tué Hocine et Guitou ? Eux qui m'avaient pris en chasse cette nuit ? Un Corse. Le chauffeur de la Safrane ? Balducci ? Non, impossible.

Comment auraient-ils pu savoir que, moi aussi, je cherchais Naïma ? Et si rapidement ? M'identifier, tout ça. Impensable. Les mecs de cette nuit, cela ne pouvait être que lié à Serge. L'évidence. Les flics m'avaient embarqué. Eux m'avaient suivi. J'étais là. Je pouvais être un copain de Serge. Son complice dans je ne sais pas quoi. Comme l'espérait d'ailleurs Pertin. Donc, logique, ils pouvaient avoir envie de me faire la peau. Ou simplement savoir ce que j'avais dans le ventre. Ouais.

À Notre-Dame-Limite, je filai un coup de frein qui sortit Mourad de ses pensées. Je venais de repérer une cabine téléphonique.

— J'en ai pour deux minutes.

Marinette répondit à la deuxième sonnerie.

— Désolé de vous déranger encore, dis-je après m'être présenté. Mais, par hasard, cet après-midi, vous n'auriez pas remarqué une voiture qui sortait un peu de l'ordinaire ?

— Celle des agresseurs de M. Hamoudi ?

Elle n'y allait pas par quatre chemins, Marinette. Dans ces quartiers, comme dans les cités, tout se remarque. Surtout une voiture nouvelle.

— Moi non. Je me faisais la mise en pli. Alors, je vais pas dans la rue. Mais Émile, mon mari, oui. Je lui ai raconté tout ça, vous voyez. Alors, y m'a dit qu'en sortant il avait vu une grosse voiture. Vers trois heures. Elle descendait la rue. Lui, il montait chez Pascal. C'est le bar du coin. Émile, il y fait la belote tous les après-midi. Ça l'occupe, le pauvre. La voiture, vous pensez qu'il l'a regardée ! On en voit pas tous les jours, des comme ça. Et pas que dans le quartier, va ! C'est rien qu'à la télé, qu'on les voit, ces choses.

— Une voiture noire ?

— 'T'endez un instant. Émile ! Noire, elle était la voiture ? elle cria à son mari.

« Vouais ! Noire. Une Safrane », je l'entendis répondre.

« Et dis-y au monsieur qu'elle était pas d'ici. Du Var, qu'elle était. »

— Noire, elle était.

— J'ai entendu.

J'avais entendu, oui. Et j'en eus froid dans le dos.

— Merci Marinette.

Et je raccrochai mécaniquement.

Sonné.

Je ne comprenais rien, mais plus aucun doute là-dessus, c'était bien les mêmes. Depuis quand m'avaient-ils pris en chasse, ces deux salauds ? Bonne question. D'y répondre éclairerait ma lanterne magique. Mais je n'avais pas la réponse. Ce qui était sûr, c'est que je les avais amenés jusque chez les Hamoudi. Hier. Avant ou après mon passage au commissariat. Le soir, s'ils n'avaient pas insisté plus que ça, ce n'était pas parce qu'ils avaient trouvé plus malin qu'eux. Non, ils avaient estimé, justement, que je n'irais guère plus loin que chez Félix. Et... Merde ! est-ce qu'ils savaient aussi où j'habitais ? Celle-là, de question, je la mis de côté vite fait. La réponse risquait de me filer des boutons.

Bon, on reprend, me dis-je. Ce matin, ils s'étaient pointés à la Bigotte et ils avaient attendu que ça bouge. Et Redouane avait bougé. Pour aller chez le grand-père. Comment savaient-ils que c'était lui ? Simple. Tu files cent balles à n'importe quel môme en train de glander et le tour est joué.

— On va passer chez toi, vite fait, je dis à Mourad. Tu prends des affaires pour quelques jours et je te ramène chez le grand-père.

— Qu'est-ce qui se passe ?

— Rien. Je préfère que tu ne dormes pas là, c'est tout.

— Et Redouane ?

— On va lui laisser un mot. Ce serait mieux qu'il fasse pareil.

— Je peux aller chez Anselme, plutôt ?

— Comme tu veux. Mais téléphone chez Marinette. Que ta mère elle sache où tu es.

— Tu vas la retrouver, ma sœur ?

— J'aimerais, oui.

— Mais t'en es pas sûr, hein ?

De quoi pouvais-je être sûr ? De rien. J'étais parti à la recherche de Guitou, comme on va au marché. Les mains dans les poches. Sans me presser. En regardant ici et là. La seule urgence à le retrouver, c'était l'angoisse de Gélou. Pas de mettre un terme à l'histoire d'amour des deux mômes. Et Guitou était mort. Flingué à bout portant par des tueurs. En chemin, un vieux copain s'était fait buter par d'autres tueurs. Et deux gamines étaient en cavale. Aussi gravement en danger l'une que l'autre.

Ça, ça ne faisait aucun doute. Et l'autre gamin aussi. Mathias. Il me fallait le voir. Le mettre à l'abri, lui aussi.

— Je t'accompagne, je dis à Mourad, une fois arrivés à la Bigotte. J'ai quelques coups de fil à passer.

— Je commençais à m'inquiéter, dit Honorine. Que vous avez pas appelé de toute la journée.

— Je sais, Honorine. Je sais. Mais...

— Vous pouvez me parler. Je l'ai lu, le journal.

Allons bon !

— Ah !

— Comment c'est possible, des horreurs pareilles ?

— Vous l'avez lu où, le journal ? je demandai pour ne pas répondre à sa question.

— Chez Fonfon. J'y suis allée, pour l'inviter. Vé, pour dimanche. Pour manger la poutargue. Vous vous rappelez, hein ? Y m'a dit de pas en parler, pour Guitou. De vous laisser faire comme vous pensez. Dites, vous savez où que vous allez ? Hein ?

Je n'en savais plus trop rien, en vérité.

— J'ai vu la police, Honorine, dis-je pour la rassurer. Et Gélou, elle l'a lu aussi, le journal ?

— Bé que non ! Le midi, j'ai même pas mis les informations régionales.

— Elle est pas trop inquiète ?

— C'est-à-dire...

— Passez-la-moi, Honorine. Et ne m'attendez pas. Je ne sais pas à quelle heure je vais rentrer.

— Moi, j'ai déjà mangé. Mais Gélou, elle est plus là.

— Plus là ! Elle est repartie ?

— Non, non. Enfin, elle est plus chez vous. Mais elle est toujours à Marseille. Il lui a téléphoné, cet après-midi, son... ami.

— Alexandre.

— C'est ça. Alex, qu'elle l'appelle. Il venait de rentrer à Gap. Chez eux. Il a lu le mot sur le lit du petit. Alors, il a fait ni une ni deux, il a repris sa voiture et il est descendu à Marseille. Ils se sont retrouvés en ville. Vers les cinq heures, ça devait être. Ils sont à l'hôtel. Vé, qu'elle m'a rappelée pour vous dire où la joindre. L'hôtel Alizé. C'est sur le Vieux-Port, non ?

— Ouais. Au-dessus du New York.

En ouvrant n'importe quel journal, Gélou pouvait apprendre la mort de Guitou. Comme je l'avais fait. Des Fabre dont le fils s'appelle Mathias, il ne devait pas y en avoir des masses. Et encore moins de Fabre chez qui un gamin de seize ans et demi s'était fait tuer.

La présence d'Alexandre changeait pas mal de choses. Je pouvais penser ce que je voulais du bonhomme, mais c'est celui qu'elle aimait, Gélou. Qu'elle voulait garder. Ils étaient ensemble depuis dix ans. Il l'avait aidé à élever Patrice et Marc. Et Guitou, malgré tout. Ils avaient leur vie, et ce n'est pas parce qu'ils étaient racistes que j'avais le droit de nier tout ça. Gélou s'appuyait sur cet homme, et moi je devais aussi le faire.

Ils devaient savoir, pour Guitou.

Enfin, peut-être.

— Je l'appelle, Honorine. Je vous embrasse.

— Dites ?

— Quoi ?

— Ça va, vous ?

— Bien sûr. Pourquoi ?

— Parce que je vous connais, vé. Je le sens bien à votre voix, que vous êtes pas dans votre assiette.

— Je suis un peu énervé, c'est vrai. Mais ne vous inquiétez pas.

— Si, je m'inquiète. Surtout quand vous me parlez comme ça.

— Je vous embrasse.

Sacrée bonne femme ! Je l'adorais. Le jour où je mourrai, sûr que du fond de mon trou, c'est elle qui me manquera le plus. L'inverse était plus probable, mais je préférais ne pas y penser.

Loubet était encore à son bureau. Les Fabre avaient reconnu avoir menti à propos de Guitou. Il fallait les croire maintenant. Ils ignoraient tout de la présence de ce jeune homme chez eux. C'est leur fils, Mathias, qui l'avait invité et qui lui avait prêté sa clef. Vendredi, avant de partir à Sanary. Ils s'étaient connus cet été. Ils avaient sympathisé, et échangé leur téléphone...

— Voilà, et quand ils sont rentrés, Mathias n'était pas avec eux. Mais à Aix. Et ils n'ont pas voulu le choquer avec ce drame... Baratin, quoi. Mais on progresse.

— Tu penses que ce n'est pas la vérité ?

— Le coup du « maintenant, on vous dit la vérité », ça me laisse toujours perplexe. Quand on ment une fois, c'est qu'il y a anguille sous roche. Ou ils ne m'ont pas tout dit ou Mathias cache encore des choses.

— Qu'est-ce qui te fait dire ça ?

— Parce que dans le studio, ton Guitou, il était pas seul.

— Ah bon, fis-je innocemment.

— Il y avait un préservatif, dans les draps. Et il datait pas de la préhistoire. Le gamin, il était avec une fille. S'il a fugué, c'est peut-être pour la retrouver. C'est des choses que Mathias, il doit savoir. Je pense qu'il me racontera ça, demain, quand je le verrai. Entre quatre yeux, un gamin devant un flic, il ne bluffe pas longtemps. Et la fille, j'aimerais savoir qui c'est. Parce que des choses, elle doit en avoir à raconter, non ? Tu crois pas ?

— Ouais, ouais...

— Imagine, Montale. Ils sont au pieu, tous les deux. La fille, tu la vois partir chez elle, le matin ? À deux ou trois plombes ? Seule ? Moi pas.

— Elle avait peut-être une mob.

— Oh ! Ducon, ça va !

— Non, tu as raison.

— Si ça se trouve, reprit-il.

Je ne le laissai pas finir. Et là, je le sentis, j'allais vraiment jouer au con.

— Elle aurait pu être encore là, planquée. C'est ça ?

— Ouais. Un truc comme ça.

— Un peu tiré par les cheveux, non ? Les mecs, ils butent Draoui. Puis un môme. Ils ont dû s'assurer qu'il n'y avait plus personne.

— T'as beau être un pro du crime, Montale, il y a toujours des soirs de conneries. C'en était un, je pense. Ils comptaient se faire Hocine Draoui, peinards. Et ils tombent sur un os. Guitou. Qu'est-ce qu'il foutait à poil dans le couloir, va savoir. Le bruit, sans doute. Il a eu peur. Et tout a dérapé.

— Hum, je fis, comme si je réfléchissais. Tu veux que je pose quelques questions à ma cousine, sur Guitou, et une éventuelle petite copine à Marseille ? Une mère, ça doit savoir ça.

— Tu vois, Montale, ça m'étonne que tu ne l'aies pas déjà fait. À ta place, moi, j'aurais commencé par là. Un gamin, quand il fugue, souvent y a une fille dessous. Ou un bon copain. Tu le sais ça, non ? Ou t'as oublié que t'as été flic ? (Je répondis par un silence. Il reprit.) Je vois toujours pas quel fil t'as suivi pour lui mettre la main dessus, à Guitou.

Montale, dans le rôle de l'idiot du village !

C'est le problème, quand on ment. Ou on prend son courage à deux mains et on dit la vérité. Ou on persiste jusqu'à trouver une solution. Ma solution, c'était de mettre Naïma et Mathias à l'abri. En planque. J'avais déjà ma petite idée sur le lieu. Jusqu'à ce qu'on y voie clair dans cette histoire. Je faisais confiance à Loubet, mais pas à toute la police. Les flics et le milieu, ça n'avait que trop fricoté ensemble. Quoi qu'on en dise, le téléphone, entre eux, continuait de fonctionner.

— Tu veux l'interroger, Gélou ? trouvai-je à répondre pour me sortir du pétrin.

— Non, non. Fais-le. Mais garde pas les réponses pour toi. Je gagnerai du temps.

— OK, fis-je sérieusement.

Puis le visage de Guitou me revint à l'esprit. Sa tête d'ange. Comme un éclair rouge dans mes yeux. Son sang. Sa mort m'éclaboussait. Comment pourrais-je fermer les yeux, maintenant, sans voir son corps ? Son corps à la morgue. Ce n'était pas de mentir ou de dire la vérité à Loubet qui me tarabustait. C'était les tueurs. Ces deux fumiers. Je voulais qu'ils en passent par moi. Et avoir devant moi celui qui avait tué Guitou. Oui, face à face. J'avais assez de haine pour dégainer le premier.

Je n'avais rien d'autre en tête. Que ça.

Tuer.

Chourmo ! Montale. *Chourmo !*

Galère, c'est la vie !

— Oh ! T'es toujours là ?

— Je réfléchissais.

— Évite, Montale. Ça file de mauvaises idées. Cette histoire, si tu veux mon avis, elle pue vachement. Oublie pas que Hocine Draoui, on l'a pas buté pour rien.

— Je pensais à ça, tu vois.

— C'est bien ce que je disais. Évite. Bon, t'es chez toi si je te cherche ?

— Je ne bouge pas. Sauf pour aller à la pêche, comme tu sais.

13

Où l'on a tous rêvé de vivre comme des princes

Mourad était devant moi, prêt. Un sac sur le dos, son cartable à la main. Raide. Je raccrochai.

— T'appelais Deux-Têtes ?

— Non, pourquoi ?

— Mais tu causais à un flic.

— J'ai été flic, comme tu dois savoir. C'est pas tous des Deux-Têtes.

— Des genres qu'j'ai jamais rencontrés.

— Il en existe, pourtant.

Il me regarda, fixement. Comme il l'avait déjà fait plusieurs fois. Il cherchait en moi une raison de faire confiance. Ce n'était pas simple. Ces regards, je les connaissais bien. La plupart des mômes que j'avais croisés dans les cités, ils ne savaient pas ce que c'était un adulte. Un vrai.

Leurs pères, à cause de la crise, du chômage, du racisme, n'étaient, à leurs yeux, que des vaincus. Des perdants. Sans plus aucune autorité. Des hommes qui baissaient la tête, et les bras. Qui refusaient de discuter. Qui ne tenaient pas parole. Même pour un billet de cinquante balles, quand le week-end arrivait.

Et ils descendaient dans la rue, ces mômes. Largués. Loin du père. Sans foi, sans loi. Avec pour seule règle, ne pas être ce qu'était leur père.

— On y va ?

— J'ai encore une chose à faire, je dis. C'est pour ça que je suis monté. Pas seulement pour téléphoner.

À mon tour, je le regardai. Mourad posa son cartable. Ses yeux s'embuèrent de larmes. Il venait de deviner quelle était mon intention.

En écoutant le grand-père parler de Redouane, cela s'était mis insensiblement en place dans ma tête. Je m'étais alors souvenu de ce que m'avait confié Anselme. Redouane, on l'avait déjà vu avec le type qui conduisait la BMW. Celle d'où les coups de feu étaient partis. Et Serge, il sortait de chez les Hamoudi.

— C'est celle-là, sa chambre ? je lui demandai.

— Non, c'est celle des parents. La sienne, elle est au fond.

— Je dois le faire, Mourad. J'ai besoin de savoir des choses.

— Pourquoi ?

— Parce que Serge, c'était mon pote, dis-je en ouvrant la porte. Je n'aime pas qu'on bute, comme ça, ceux que j'aime.

Il restait droit, raide.

— Ma mère, elle a pas le droit d'entrer. Même pour faire le lit. Personne.

La chambre était minuscule. Un petit bureau, avec une vieille machine à écrire, une Japy. Plusieurs publications y étaient soigneusement rangées. Des numéros de *Al Ra'id*, du *Musulman* — un mensuel édité par l'Association des étudiants islamiques en France — et un opuscule de Ahmed Deedat, *Comment Salman Rushdie a leurré l'Occident*. Un cosy années soixante et un lit à une place, qui n'avait pas été fait. Une penderie ouverte, avec quelques chemises et jeans accrochés aux cintres. Une table de chevet, avec un exemplaire du Coran.

Je m'assis sur le lit, pour réfléchir, en feuilletant le Coran. Une feuille pliée en quatre marquait une page. La première ligne disait ceci : « Chaque peuple a sa fin, et lorsque sa fin arrive, il ne pourra la différer ou la hâter d'un seul instant. » Beau programme, pensai-je. Puis je dépliai la feuille de papier. Un tract. Un tract du Front national. Putain ! Heureusement que j'étais assis ! C'était bien la dernière chose que je m'attendais à trouver là.

Le texte reprenait une déclaration du FN parue dans *Minute-la-France* (n° 1552). « Grâce au FIS, les Algériens vont ressembler de plus en plus à des Arabes et de moins en moins à des Français. Le FIS est pour le droit du sang. Nous aussi ! Le FIS est contre l'intégration de ses émigrés dans la société française. NOUS AUSSI ! » Et de conclure : « La victoire du FIS, c'est une chance inespérée d'avoir un Iran à notre porte. »

Pourquoi Redouane gardait-il ce tract, dans le Coran ? Où l'avait-il récupéré ? Je n'imaginais pas les militants d'extrême droite en train d'en distribuer plein les boîtes aux lettres des cités. Mais je pouvais me tromper. Les reculs électoraux des communistes dans ces quartiers laissaient le terrain libre à toutes les démagogies. Les militants du Front national en avaient plus qu'à revendre, même aux immigrés, semblait-il.

— Tu veux lire ? demandai-je à Mourad qui était venu s'asseoir à côté de moi.

— J'ai lu, par-dessus ton épaule.

Je repliai le tract et le replaçai dans le Coran, à la même page. Dans le tiroir de la table de nuit, quatre billets de cinq cents balles, une boîte de préservatifs, un Bic, deux photos d'identité. Je refermai le tiroir. J'aperçus alors, dans un coin de la chambre, des tapis de prière roulés. Je les défis. À l'intérieur, d'autres tracts. Une centaine. Le titre de ceux-là était en arabe. Le texte, en français, était bref : « Montrez que vous n'avez pas un morceau de fromage à la place du cerveau ! Lancez une pierre, amorcez une bombe, déposez une mine, détournez un avion ! »

Ce n'était pas signé, bien sûr.

J'en savais assez. Pour l'instant.

— Viens. Ça va, on y va.

Mourad ne bougea pas. Il glissa sa main droite derrière le matelas, sous le cosy. Il la ressortit. Il tenait à la main un sac en plastique bleu. Un sac-poubelle, roulé.

— Et ça, tu veux pas voir ?

Dedans, il y avait un 22 long rifle, et une dizaine de balles qui allaient avec.

— Merde !

Je ne sais combien de temps passa. Sans doute pas plus d'une minute. Mais cette minute pesait bien plusieurs siècles. Des siècles d'avant même la préhistoire. D'avant le feu. Là où il n'y avait que nuit, menace, peur. Une dispute éclata à l'étage au-dessous. La femme avait une voix aiguë. Celle de l'homme était râpeuse, fatiguée. Échos de la vie en cités.

Mourad rompit le silence. Avec lassitude.

— Presque tous les soirs c'est comme ça. L'est chômeur, lui. Longue durée. Y fait que dormir. Et boire. Alors, elle crie. (Puis il tourna ses yeux vers moi.) Tu crois pas qu'il l'a tué, quand même ?

— Je ne crois rien, Mourad. Mais toi, tu as des doutes, hein ? Tu te dis que c'est possible.

— Non, j'ai pas dit ça ! J'peux pas le croire. Mon frère, faire ça. Mais... Tu vois, la vérité, c'est qu'j'ai peur pour lui. Qu'il s'embringue dans des trucs qui le dépassent, puis qu'un jour, ben... qu'il s'en serve, quoi, d'un truc comme ça.

— Je crois qu'il l'est déjà, embringué. Méchamment.

Le revolver était entre nous, sur le lit. Les armes m'ont toujours fait horreur. Même quand j'étais flic. Mon arme de service, j'hésitais toujours à la prendre. Je savais. Il suffisait d'appuyer sur la détente. La mort était au bout du doigt. Un seul coup, et cela pouvait être fatal à l'autre. Une seule balle pour Guitou. Trois pour Serge. Quand on en a tiré une, on peut en tirer trois. Ou plus. Et recommencer. Tuer.

— C'est pour ça, tu vois, dès qu'je rentre de l'école, je viens vérifier si c'est là. Tant qu'ça y est, je m'dis qu'y peut pas faire de conneries. T'as déjà tué ?

— Jamais. Même pas un lapin. Jamais tiré sur quelqu'un non plus. Il n'y a qu'à l'entraînement où je faisais des cartons, et dans les fêtes foraines. De bons cartons même. J'étais bien noté, comme tireur.

— Pas comme flic ?

— Non, pas comme flic. Je n'aurais jamais pu tirer sur quelqu'un. Même un putain de fumier de merde. Enfin, oui, peut-être. Dans les jambes. Mes coéquipiers le savaient. Mes chefs aussi, bien sûr. Pour le reste, je ne sais pas. Je n'ai jamais eu à sauver ma peau. En tuant, je veux dire.

Les envies de tuer, pourtant, ce n'était pas ça qui manquait. Mais je ne le dis pas à Mourad. C'était déjà bien assez de savoir que j'avais ça en moi. Cette folie, parfois. Parce que oui, bon Dieu de merde, celui qui avait tué Guitou, d'une seule balle, là où ça ne laisse aucune chance, j'avais envie de lui faire la peau. Ça ne changerait rien à rien, évidemment. Des tueurs, il y en aurait d'autres. Toujours. Mais là, ça libérerait mon cœur. Peut-être.

— Tu devrais l'emporter, ce truc, reprit Mourad. Tu sauras comment t'en débarrasser. Moi, c'est mieux si je sais qu'c'est plus là.

— OK.

Je roulai l'arme dans son plastique. Mourad se leva et se mit à marcher à petits pas, les mains dans les poches.

— Tu vois, Anselme, il dit comme ça que Redouane, il est pas méchant. Mais qu'y peut devenir dangereux. Qu'y fait ça parce qu'il a plus de branches où se retenir. Il a raté le BEP, et puis il a fait des petits boulots. À EDF, un emploi... Comment qu'y disent ?

— Précaire.

— Ouais, c'est ça, précaire. Que ça va pas loin, quoi.

— C'est vrai.

— Puis vendeur de fruits, rue Longue. L'a aussi distribué *Le 13*. T'sais, le journal gratuit. Rien qu'des trucs du genre. Entre deux jobs, ben, y traînait dans la cage d'escalier, à fumer, à écouter du rap. Y s'fringuait comme MC Solaar ! Les conn'ries, c'est là qu'il a commencé. Et à se shooter de plus en plus dur. Au début, quand ma mère elle allait l'voir aux Baumettes, y l'obligeait à lui amener du shit. Au parloir ! Elle l'a fait, t'imagines le truc ! Y disait qu'sinon, en sortant, y nous tuait tous.

— Tu ne veux pas t'asseoir ?

— Non, j'suis mieux, debout. (Il jeta un regard vers moi.) C'est dur, de raconter des choses sur Redouane. C'est mon frère, j'l'aime bien. Quand y se faisait un peu d'sous, au début qu'y bossait, il claquait tout avec nous. Il nous emmenait au ciné, Naïma et moi. Au Capitole, tu vois, sur la Canebière. Il nous offrait du pop-corn. Et on rentrait en taxi ! Comme des princes.

Il claqua des doigts, pour dire ça. Avec un sourire. Et ça devait être super, ces moments-là. Les trois mômes, en virée sur la Canebière. Le grand et le petit, et au milieu la sœur. Fiers de leur frangine, c'était sûr.

Vivre comme des princes, nous avions rêvé de ça, avec Manu et Ugo. Marre de bosser pour trois prunes et quelques centimes de l'heure, alors que le mec, en face, il s'en foutait plein les fouilles, sur ton dos. « On est pas des putes, disait Ugo. On va pas se faire niquer par ces enfoirés. » Manu, lui, c'était les centimes du tarif horaire qui le mettaient hors de lui. Les centimes, c'était l'os du jambon à ronger. Et moi, j'étais comme eux, je voulais la voir, la couleur du jambon.

Combien on en avait braqué de pharmacies, de stations-essence ? Je ne savais plus. Un beau palmarès. On se faisait ça à la coule. D'abord à Marseille, puis dans le département.

On courait pas après le record. Juste de quoi vivre peinards, quinze, vingt jours. Et on recommençait. Pour le plaisir de claquer, sans compter. De frimer. Bien fringués, et tout, quoi. On se faisait même tailler des costards sur mesure. Chez Cirillo, on allait. Un tailleur italien de l'avenue Foch. Le choix du tissu, du modèle. Les essayages, les finitions. Avec le pli du pantalon qui tombe au poil sur les pompes, italiennes bien sûr. La classe !

Un après-midi, je m'en souvenais encore, on avait décidé une virée jusqu'à San Remo. Histoire de s'approvisionner en fringues et souliers. Un pote garagiste, José, un fou de bagnoles de course, nous avait cédé un coupé Alpine. Fauteuils cuir et tableau de bord en bois. Un chef-d'œuvre. Trois jours, on était restés. On s'était offert le grand chelem. L'hôtel, les filles, les restaurants, les boîtes de nuit et, au petit matin, un maximum de plaques au casino.

La grande vie. La belle époque.

Aujourd'hui, ce n'était plus pareil. Tirer mille balles d'une supérette, sans se faire piquer trois jours après, ça relevait presque de l'exploit. Le marché de la dope avait prospéré sur cette base-là. Il offrait plus de garanties. Et ça pouvait rapporter gros. Devenir dealer, c'était le must.

Il y a deux ans, on en avait chopé un, Bachir. Il rêvait d'ouvrir un bar avec la vente d'héro. « J'achetais le gramme huit, neuf cents francs, il nous avait raconté. Je la coupais, et à la revente je me faisais presque le million. Des fois, ça me laissait quatre mille par jour... »

Il avait vite oublié le bar, et il s'était mis au service d'une « grosse tête », comme il disait. Un gros dealer, quoi, rien d'autre. À cinquante-cinquante. Lui, il prenait tous les risques. Se trimbaler avec les paquets, attendre. Un soir, il refusa de rendre la recette, un chantage, pour obtenir soixante-dix-trente. Le lendemain, fier de lui, il prenait l'apéro au Bar des Platanes, au Merlan. Un mec était entré et lui avait tiré deux balles dans les jambes. Une dans chaque. C'est là qu'on était venu le cueillir. Il était fiché, et on réussit à lui coller deux ans et demi. Mais sur ses fournisseurs, il n'avait rien craché. « Je suis de ce milieu, il avait dit. Je peux pas porter plainte. Mais je peux te déballer ma vie, si tu veux... » J'avais pas voulu l'entendre. Sa vie, je connaissais.

Mourad continuait de parler. La vie de Redouane ressemblait à celle de Bachir, et de centaines d'autres.

— Redouane, tu vois, quand y s'est mis dans la dope, il nous a plus emmenés au ciné. Il nous filait la thune, comme ça. « Tiens, t'achèteras c'que tu veux. » Cinq cents, mille balles. Avec, une fois, j'ai acheté des Reebok. Génial, c'était. Mais dans le fond, j'aimais pas trop. C'était pas un cadeau. Savoir d'où qu'il venait le fric, ça m'plaisait pas trop. Le jour où Redouane s'est fait gauler, j'les ai jetées.

À quoi ça tenait, me demandai-je, que dans une même famille les enfants prenaient des routes différentes ? Les filles, je comprenais. Leur désir de réussir, c'était leur moyen de gagner leur liberté. D'être indépendantes. De choisir librement leur mari. De quitter un jour les quartiers nord. Leur mère les y aidait. Mais les garçons ? Entre Mourad et Redouane, quand s'était creusé le fossé ? Comment ? Pourquoi ? La vie était pleine de questions comme ça, sans réponse. Là où il n'y avait pas de réponses, c'était justement là où, quelquefois, se faufilait un petit bonheur. Comme un pied de nez aux statistiques.

— Qu'est-ce qui s'est passé, pour qu'il change ?

— La prison. Au début, il a joué au caïd. Il s'est battu. Il disait : « Faut être un homme. Si t'es pas un homme, t'es foutu. On te marche sur les pieds. C'est rien que des chiens. » Puis, il a rencontré Saïd. Un visiteur de prison.

J'en avais entendu parler, de Saïd. Un ancien taulard qui était devenu prédicateur. Prêcheur islamiste du Tabligh, un mouvement d'origine pakistanaise qui recrute essentiellement dans les banlieues pauvres.

— Je connais.

— Ben, de ce jour, il a plus voulu nous voir. Y nous a écrit un truc dingue. Genre... (Il réfléchit, cherchant les mots les plus exacts.) « Saïd, c'est comme un ange qu'est venu vers moi. » Ou encore : « Sa voix, elle est douce comme le miel, et sage, comme celle du prophète. » Saïd, il avait allumé la lumière en lui, c'est ça qu'il nous écrivait, mon frère. Y s'est mis à apprendre l'arabe et à étudier le Coran. Et il a plus fait chier personne, en taule.

« Quand il est sorti, avec remise de peine, pour bonne conduite, il était changé. Il buvait plus, il fumait plus. Il s'était laissé pousser une petite barbiche et refusait de saluer ceux qui n'allaient pas à la mosquée. Il passait ses journées à lire le Coran. Il le récitait à haute voix, comme si y s'apprenait les phrases par cœur. À Naïma, il parlait de pudeur, de dignité. Quand on allait voir le grand-père, il lui faisait la courbette, avec des formules sacrées. Que le grand-père, ça le faisait rire, parce qu'à la mosquée, ça doit faire longtemps qu'il y va plus ! Tu vois, même l'accent, il essayait de le perdre... Personne le reconnaissait, dans la cité.

« Puis, des types y sont venus le voir. Des barbus, en djellaba, avec de grosses voitures. Il partait avec eux l'après-midi, Redouane, et il rentrait tard le soir. Puis d'autres types aussi, qui portaient l'abaya blanche et le turban. Un matin, il a fait ses affaires, et y s'est cassé. Pour suivre l'enseignement de Muhamad, il a dit à mon père et à ma mère. À moi, y m'a confié, et ça je m'en souviens par cœur, qu'il partait à la recherche d'un fusil, pour libérer notre pays. “Quand j'reviendrai, il avait ajouté, j'te prendrai avec moi.”

« Plus d'trois mois, il est resté absent. À son retour, il avait encore changé, mais il ne s'est pas occupé de moi. Juste y m'disait, faut pas faire comme ci, pas comme ça. Et puis aussi : “J'veux plus rien de la France, Mourad. C'est rien qu'des enculés. Entre ça dans ta p'tite tronche ! Bientôt, tu verras, tu s'ras fier de ton frère. Y va faire des choses, qu'on en parlera. Des grandes choses. *Inch Allah.*" »

Là où Redouane était parti, j'imaginais.

Dans toute la paperasse de Serge, il y avait un gros dossier sur les « pèlerinages » que le Tabligh - mais il n'était pas le seul - organisait pour ses nouvelles recrues. Le Pakistan surtout, mais aussi l'Arabie Saoudite, la Syrie, l'Égypte... Avec visites des centres islamistes, étude du Coran, et, le plus essentiel, initiation à la lutte armée. Ça, c'est en Afghanistan que cela se faisait.

— Tu sais où il est allé pendant ces trois mois ?

— En Bosnie.

— En Bosnie !

— Avec une association humanitaire, Merhamet. Redouane, il avait adhéré à l'Association islamique de France. Là-d'dans, y défendent les Bosniaques. C'est des musulmans, t'sais. Y s'font la guerre, pour sauver ça, contre les Serbes, contre les Croates aussi. C'est ce qu'y m'a expliqué, Redouane. Au début... Parce que après, tu vois, à peine s'il m'adressait la parole. J'étais qu'un sale minot. J'ai plus rien su. Ni des gens qui venaient le voir. Ni de ce qu'il faisait de ses journées. Ni de l'argent qu'il ramenait toutes les semaines à la maison. Tout ce que j'sais, c'est qu'un jour, avec d'autres, ils sont allés faire le coup de poing contre des dealers au Plan d'Aou. Les dealers d'héro. Pas le shit, tout ça. Des copains, ils l'ont vu. C'est comme ça que je l'ai appris.

On entendit la porte d'entrée s'ouvrir, puis des voix. Mourad fut le premier dans la salle à manger. À lui barrer l'accès du couloir.

— Pousse-toi, minot, j'suis pressé !

Je sortis de la chambre, le sac plastique à la main. Derrière Redouane, un autre jeune.

— Putain ! On s'casse ! cria Redouane.

Ça n'aurait servi à rien de leur courir après.

Mourad tremblait des pieds à la tête.

— L'autre, c'est Nacer. C'est lui qui la conduisait, la BMW. Y a pas qu'Anselme qui le pense. On le sait tous. On l'a déjà vu traîner ici avec la bagnole.

Et il se mit à chialer. Comme un môme. Je m'approchai de lui et le serrai contre moi. Il m'arrivait à la poitrine. Ses sanglots redoublèrent.

— C'est rien, je dis. C'est rien.

Juste qu'il y avait trop de merde dans ce monde.

14

Où il n'est pas sûr que, ailleurs, ce soit moins pire

J'avais perdu la notion du temps. Dans ma tête, ça s'agitait dans tous les sens. J'avais laissé Mourad devant le bâtiment d'Anselme. Il avait glissé le sac plastique avec le flingue dans la boîte à gants, puis il avait dit « Salut ». Sans même se retourner pour me faire un signe. Il en avait gros sur la patate, c'était sûr. Anselme saurait lui parler. Le regonfler. Finalement, je préférais le savoir chez lui, plutôt que chez le grand-père.

Avant de quitter la Bigotte, j'avais fait le tour du parking à la recherche de la bagnole de Serge. Mais sans illusion. Je ne fus pas déçu, elle n'y était pas. Pavie avait dû partir avec. J'espérais qu'elle avait vraiment le permis, et qu'elle n'avait pas fait de conneries avec. Des vœux pieux, toujours. Comme de croire qu'elle était maintenant à l'abri. Chez Randy, par exemple. Je n'y croyais pas, mais ça m'avait permis de reprendre ma voiture et de redescendre vers le centre.

Maintenant Art Pepper jouait *More For Less*. Un bijou. Le jazz avait toujours cet effet sur moi, de recoller les morceaux. Ça marchait pour les sentiments. Le cœur. Mais là, c'était vraiment une autre affaire. Des morceaux, il y en avait trop. Et trop de points de vue, trop de pistes. Trop de souvenirs aussi qui remontaient à la surface. J'avais sérieusement besoin d'un verre. Deux, peut-être.

Je longeai les quais, le long du bassin de la Grande Joliette, jusqu'au quai de la Tourette, puis contournai la butte du parvis Saint-Laurent. Le Vieux-Port était là, ceinturé de lumières. Immuable, et magnifique.

Deux vers de Brauquier me revinrent à l'esprit :

La mer
À moitié endormie, me prenait dans ses bras
Comme elle eût accueilli un poisson égaré...

Je ralentis devant l'hôtel Alizé. Je m'étais fixé ça comme destination. Mais je n'eus pas le courage de m'arrêter. Voir Gélou. Rencontrer Alex. Au-dessus de mes forces, à cette heure. Je trouvai mille prétextes pour ne pas descendre de voiture. D'abord, il n'y avait pas de place pour se garer. Ensuite, ils devaient être en train de dîner quelque part. Des choses comme ça. Je me promis d'appeler plus tard.

Parole d'ivrogne ! J'en étais au troisième whisky, déjà. Ma vieille R 5 m'avait conduit, les yeux fermés, à la Plaine. Aux Maraîchers, chez Hassan. Où l'on est toujours le bienvenu. Un bar de jeunes, le plus sympa du quartier. De Marseille, peut-être. Cela faisait quelques années que je venais y traîner. Avant même que toutes les petites rues, de la Plaine au cours Julien, n'alignent leurs bars, leurs restaurants, leurs boutiques de fringues ou de fripes. Un peu branché aujourd'hui, le quartier. Mais tout était relatif. On ne s'y pavanait quand même pas en Lacoste, et le pastis pouvait se boire jusqu'à l'aube.

Une nuit, il y a quelques mois, le bar de Hassan avait brûlé. Parce que, avait-on dit, le demi pression y était le moins cher de Marseille. C'était peut-être vrai. Peut-être pas. On en dit beaucoup, toujours. Dans cette ville, il fallait qu'une histoire soit nourrie d'autres histoires. Plus mystérieuses. Plus secrètes. Sinon, elle n'était qu'un simple fait divers, et ne valait pas un clou.

Hassan avait refait son bar. Les peintures, tout ça. Puis, tranquille, comme si rien ne s'était passé, il avait raccroché au mur la photo où Brel, Brassens et Ferré sont ensemble. À une même table. Pour Hassan, c'était un symbole, cette photo. Une référence aussi. On n'y écoutait pas de la soupe, chez lui. Et la musique n'avait de sens que si elle avait du cœur. Quand j'étais entré, Ferré, justement, chantait :

Ô Marseille on dirait que la mer a pleuré
Tes mots qui dans la rue se prenaient par la taille
Et qui n'ont plus la même ardeur à se percher
Aux lèvres de tes gens que la tristesse empaille
Ô Marseille...

Je m'étais trouvé une place à une table, au milieu d'un groupe de jeunes que je connaissais un peu. Des habitués. Mathieu, Véronique, Sébastien, Karine, Cédric. J'avais payé ma tournée, en m'asseyant, et les tournées se succédaient. Maintenant Sonny Rollins jouait *Without A Song*. Avec Jim Hall à la guitare. C'était son plus bel album, *The Bridge.*

Cela me faisait un bien fou d'être là, dans un monde normal. Avec des jeunes bien dans leur peau. À entendre des rires francs. Des discussions qui naviguaient, heureuses, sur les vapeurs d'alcool.

— Mais putain, faut pas se tromper de cible, hurlait Mathieu. Qu'est-ce que tu veux enculer les Parisiens ! C'est l'État qu'on encule ! Les Parisiens, c'est quoi ? Les plus atteints, c'est tout. Ils vivent à côté de l'État, c'est pour ça. Nous, on est loin, alors on se porte mieux, forcément.

L'autre Marseille. Un rien libertaire, dans sa mémoire. Ici, durant la Commune de 1871, le drapeau noir avait flotté pendant quarante-huit heures sur la préfecture. Dans cinq minutes, et sans transition, ils parleraient de Bob Marley. Des Jamaïcains. Ils se démontreraient que si tu as deux cultures, c'est forcément mieux pour comprendre les autres. Le monde. Ils pouvaient passer la nuit à parler de ça.

Je me levai et me frayai un passage jusqu'au comptoir pour attraper le téléphone. Elle décrocha à la première sonnerie, comme si elle était là, à attendre un appel.

— C'est Montale, je dis. Je ne vous réveille pas ?

— Non, dit Cûc. Je pensais bien que vous rappelleriez. À un moment ou à un autre.

— Votre mari est là ?

— Il est à Fréjus, pour affaires. Il sera là demain. Pourquoi ?

— J'avais une question à lui poser.

— Je peux peut-être vous répondre ?

— Ça m'étonnerait.

— Posez-la toujours.

— Est-ce qu'il a tué Hocine ?

Elle raccrocha.

Je refis le numéro. Elle répondit immédiatement.

— Ce n'est pas une réponse, je fis.

Hassan posa devant moi un whisky. Je lui fis un clin d'œil reconnaissant.

— Ce n'était pas une question.

— J'en ai une autre alors. Où je peux joindre Mathias ?

— Pourquoi ?

— Vous répondez toujours par une question à une question ?

— Je ne suis pas obligée de vous répondre.

— Naïma doit être avec lui ! criai-je.

Le bar était plein à craquer. Autour de moi, ça jouait des coudes. B. B. King saturait les amplis avec *Rock My Baby*, et tout le monde hurlait avec lui.

— Et alors ?

— Et alors ! Arrêtez de me bourrer le mou ! Vous savez ce qui se passe. Elle est en danger. Et votre fils aussi. C'est clair ! C'est clair ! répétai-je, en hurlant cette fois.

— Où êtes-vous ?

— Dans un bar.

— Ça, j'entends. Où ça ?

— Aux Maraîchers. À la Plaine.

— Je connais. Ne bougez pas, j'arrive.

Elle raccrocha.

— Ça va ? me demanda Hassan.

— Je ne sais pas.

Il me resservit, et on trinqua. Je partis rejoindre la table de mes petits copains.

— T'as pris de l'avance, dit Sébastien.

— Les vieux, c'est comme ça.

Cûc se fraya un passage jusqu'à ma table. Les regards convergèrent vers elle. Elle portait un jean noir moulant, un tee-shirt noir moulant aussi, sous un blouson en jean. J'entendis Sébastien lâcher un « Putain ! Craquante, elle est ! ». C'était une connerie de l'avoir laissée venir me rejoindre, mais je n'étais plus en état d'apprécier quoi que ce soit. Sauf elle. Sa beauté. Même Jane March pouvait aller se rhabiller.

Elle trouva une chaise libre, comme par enchantement, et se cala en face de moi. Les jeunes se firent immédiatement oublier. Ils se tâtaient pour aller « voir ailleurs ». À l'Intermédiaire, à deux pas, où passait Doc Robert, un bluesman ? Au Cargo, une nouvelle scène, rue Grignan ? Du jazz, avec le Mola-Bopa Quartet. Ils pouvaient aussi passer des heures à ça. À envisager les lieux où finir la nuit, sans bouger.

— Tu bois quoi ?

— La même chose.

Je fis signe à Hassan.

— Tu as mangé ?

Elle secoua la tête.

— Grignoté, vers huit heures.

— On boit un verre, et je t'emmène dîner. J'ai faim.

Elle haussa les épaules, puis elle repoussa ses cheveux derrière ses oreilles. Le geste qui tue. Tout son visage, dégagé, se tendait vers moi. Sur ses lèvres, discrètement redessinées, un sourire apparut. Ses yeux se plantèrent dans les miens. Comme ceux d'un fauve qui sait qu'il aura sa proie. Cûc semblait se tenir ainsi. À cette extrême limite où l'espèce humaine plonge dans la beauté animale. Je l'avais su dès que je l'avais vue.

Maintenant, c'était trop tard.

— Santé, dis-je.

Parce que je ne savais pas quoi dire d'autre.

Cûc aimait se raconter, et elle ne s'en gêna pas pendant tout le repas. Je l'avais emmenée chez Loury, carré Thiars, près du port. On y mange bien, n'en déplaise à Gault et Millau. Et l'on y trouve la meilleure cave de vins provençaux. Je choisis un château-sainte-roseline. Sans doute le plus superbe des rouges de Provence. Le plus sensuel aussi.

— Ma mère est issue d'une famille importante. De l'aristocratie lettrée. Mon père, lui, était ingénieur. Il travaillait pour les Américains. Ils ont quitté le Nord en 1954. Après la partition du pays. Pour lui, ce départ, ce fut un déracinement. Il n'a plus jamais été heureux après. Le fossé avec ma mère s'est creusé. Il devenait de plus en plus renfermé. Ils n'auraient jamais dû se rencontrer...

« Ils n'étaient pas du même monde. À Saigon, on ne recevait que des amis de ma mère. On ne parlait que de ce qui venait des États-Unis ou de France. À cette époque, déjà, tout le monde savait que la guerre était perdue, mais... C'était bizarre, on ne la sentait pas, la guerre. Après, oui, pendant la grande offensive communiste. Enfin, il y avait le climat de guerre, mais pas la guerre. Nous vivions seulement une oppression permanente. Beaucoup de visites, de perquisitions nocturnes.

— Ton père, il est resté là-bas ?

— Il devait nous rejoindre. C'est ce qu'il avait dit. Je ne sais pas s'il le souhaitait. Il a été arrêté. On a appris qu'il avait été interné au camp de Lolg-Giao, à soixante kilomètres de Saigon. Mais nous n'avons plus eu de ses nouvelles. D'autres questions ? fit-elle en finissant son verre.

— Elles risquent d'être plus indiscrètes.

Elle sourit. Puis elle eut ce geste, encore, de ramener ses cheveux derrière les oreilles. Chaque fois, mes défenses s'écroulaient. Je me sentais à la merci de ce geste. Je l'attendais, le souhaitais.

— Je n'ai jamais aimé Adrien, si c'est ce que tu veux savoir. Mais Adrien, je lui dois tout. Quand je l'ai connu, il était plein d'enthousiasme, d'amour. Il m'a permis de m'échapper. Il m'a mise en sécurité et il m'a aidée à finir mes études. Tout d'un coup, grâce à lui, j'avais repris espoir. Pour moi, pour Mathias. Je croyais à un après.

— Et au retour du père de Mathias ?

Un éclair de violence passa dans ses yeux. Mais le tonnerre ne suivit pas. Elle resta silencieuse, puis elle reprit d'une voix plus grave.

— Le père de Mathias était un ami de ma mère. Un professeur de français. Il m'a fait lire Hugo, Balzac, et puis Céline. Avec lui, j'étais bien. Mieux qu'avec les filles du lycée, qui se préoccupaient un peu trop, à mon goût, d'histoires romantiques. J'avais quinze ans et demi. J'étais d'une assez grande sauvagerie, qui se doublait d'audace...

« Je l'ai provoqué, un soir. J'avais bu du champagne. Deux coupes, peut-être. On fêtait ses trente-cinq ans. Je lui ai demandé s'il était l'amant de ma mère. Il m'a giflée. La première claque de ma vie. J'ai bondi sur lui. Il m'a prise dans ses bras... Il fut mon premier amour. Le seul homme que j'ai aimé. Le seul qui m'ait possédée. Tu comprends ça ? dit-elle en se penchant vers moi. Il m'a dépucelée, et mis un enfant dans le ventre. Mathias, c'était son prénom.

— C'était ?

— Il devait finir l'année scolaire à Saigon. Il a été poignardé dans la rue. Il se rendait à l'ambassade de France pour essayer d'avoir de nos nouvelles. C'est ce qu'a raconté plus tard le directeur du lycée.

Cûc avait coincé mon genou entre les siens, et je sentais sa chaleur m'envahir. Son électricité. Chargée d'émotions, de regrets. De désirs. Ses yeux étaient plantés dans les miens.

Je remplis nos verres et levai le mien devant elle. J'avais une question encore à lui poser. Essentielle.

— Pourquoi ton mari a-t-il fait tuer Hocine ? Pourquoi était-il là, sur place ? Qui sont ces tueurs ? Où les a-t-il connus ?

Je savais que c'était ça, ou presque, la vérité. Je l'avais retournée dans ma tête, toute la soirée. Whisky après whisky. Et tout collait. Naïma, j'ignorais comment, cette nuit-là, elle avait vu Adrien Fabre. Mais elle l'avait vu. Elle le connaissait, pour être venue plusieurs fois chez les Fabre. Voir Mathias, son ex-petit ami. Et elle lui avait tout raconté, de cette horreur. À lui qui n'aimait pas ce « père » que même sa mère n'aimait pas.

— Si on allait chez toi, pour parler de ça.

— Juste une chose, Cûc...

— Oui, dit-elle sans hésiter. Oui, je le savais quand tu es venu. Mathias m'avait appelée. (Elle posa sa main sur la mienne.) Là où ils sont tous les deux, en ce moment, ils sont en sécurité. Vraiment. Crois-moi.

Je n'avais plus qu'à la croire. Et espérer que cela soit vrai.

Elle était venue en taxi, alors je l'embarquai dans ma guimbarde. Elle ne fit aucun commentaire, ni sur l'état extérieur ni sur l'état intérieur du véhicule. Il flottait une vieille odeur de tabac froid, de sueur et de poisson, je crois. J'ouvris la fenêtre et mis une cassette de Lightnin' Hopkins, mon bluesman préféré. *Your own fault, baby, to treat me the way you do*. Et c'était parti. Comme en 14. Comme en 40. Et comme pour toutes les conneries dont les hommes sont capables.

Je pris par la Corniche. Juste pour avoir la baie de Marseille plein les yeux, et la suivre ainsi qu'une guirlande de Noël. J'avais besoin de me convaincre que cela existait. De me convaincre aussi que Marseille est un destin. Le mien. Celui de tous ceux qui y habitent, qui n'en partent plus. Ce n'était pas une question d'histoire ou de traditions, de géographie ou de racines, de mémoire ou de croyances. Non, c'était ainsi. Simplement.

On était *d'ici*, comme si tout était joué d'avance. Et parce que, malgré tout, nous ne sommes pas sûrs que ce n'est pas pire ailleurs.

— À quoi tu penses ?

— Qu'ailleurs c'est forcément pire. Et je ne suis pas sûr que la mer soit plus belle.

Sa main, qui courait le long de ma cuisse depuis que nous roulions, fit une pause à l'entrejambe. Ses doigts étaient brûlants.

— Ce que je sais de l'ailleurs, c'est à dégueuler. J'ai appris, la semaine dernière, que quatre mille boat people vietnamiens se sont révoltés. Dans un camp de réfugiés de Sungai Besi, en Malaisie. J'ignore combien il y a eu de morts… Mais quelle importance, hein ?

Elle retira sa main pour allumer des cigarettes. Elle m'en tendit une.

— Merci.

— Collectivement, la mort n'existe pas. Plus il y en a, moins ça compte. Trop de morts, c'est comme l'ailleurs. C'est trop loin. Ça n'a pas de réalité. N'a de réalité que la mort individuelle. Celle qui touche personnellement. Directement. Celle que l'on voit de nos yeux, ou dans les yeux d'un autre.

Elle se perdit dans le silence. Elle avait raison. C'était pour cela que la mort de Guitou, il n'était pas question de la laisser passer. Non, je ne pouvais pas. Et Gélou non plus. Et Cûc non plus. Je comprenais ce qu'elle ressentait. Elle l'avait vu, Guitou. En rentrant. Sa tête d'ange. Beau, comme devait l'être Mathias. Comme l'étaient tous les gamins de cet âge. Quels qu'ils soient, de n'importe quelle race. N'importe où.

Cûc, elle avait regardé la mort dans ses yeux. Moi aussi, à la morgue. La saloperie du monde nous avait sauté à la gueule. Une mort, injuste, une seule, comme celle-là, qui n'avait aucun sens, et c'est toutes les atrocités de cette terre qui hurlent à leur tour. Non, je ne pouvais pas abandonner Guitou au compte des pertes et profits de ce monde pourri. Et laisser pour toujours les mères à leurs larmes.

Et *chourmo !* que je le veuille ou non.

Arrivé à la Pointe-Rouge, je pris à droite, l'avenue d'Odessa, le long du nouveau port de plaisance. Puis je tournai à gauche par le boulevard Amphitrite, et à gauche encore pour me retrouver sur l'avenue de Montredon. Dans la direction du centre-ville.

— Tu fais quoi, là ? demanda-t-elle.

— Simple vérification, répondis-je en jetant un coup d'œil dans le rétroviseur.

Mais personne ne semblait nous avoir pris en filature. Je poussai cependant la prudence jusqu'à l'avenue des Goumiers, me faufilai dans le dédale des petites rues de la Vieille-Chapelle, puis je revins sur l'avenue de la Madrague de Montredon.

— Tu habites au bout du monde, dit-elle quand je m'engageai sur la petite route qui conduit aux Goudes.

— C'est chez moi. Le bout du monde.

Sa tête se posa sur mon épaule. Je ne connaissais pas le Vietnam, mais toutes ses odeurs vinrent à ma rencontre. Dès qu'il y a du désir quelque part, pensai-je, il y a des odeurs différentes. Toutes aussi agréables. Simple justification, pour tout ce qui pourrait se passer.

Et des justifications, j'en avais besoin. J'avais négligé d'appeler Gélou. Et oublié même que je me baladais avec un flingue dans ma boîte à gants.

Quand je revins avec les deux verres et la bouteille de Lagavulin, Cûc me faisait face. Nue. À peine éclairée par la petite lampe bleue que j'avais allumée en entrant.

Son corps était parfait. Elle fit quelques pas vers moi. Elle semblait marquée pour un destin d'amour. Il se dégageait de chacun de ses mouvements une volupté contenue. Sourde, intense. Presque insupportable à mes yeux.

Je posai les verres mais ne lâchai pas la bouteille. J'avais vraiment besoin de boire un coup. Elle était à cinquante centimètres de moi. Je ne pouvais la quitter des yeux. Fasciné. Son regard était d'une indifférence absolue. Sur son visage, pas un muscle ne bougeait. Un masque de déesse. Mat, lisse. Comme sa peau, d'un grain si uni, si délicat qu'elle appelait, me dis-je, tout à la fois la caresse et la morsure.

Je bus une rasade de whisky au goulot. Une grande rasade. Puis j'essayai de voir, au-delà d'elle. Derrière, vers la mer. Le large. L'horizon. À la recherche de Planier, qui aurait pu m'indiquer le cap à prendre.

Mais j'étais seul avec moi.

Et avec Cûc à mes pieds.

Elle s'était agenouillée, et sa main suivit le contour de mon sexe. D'un seul doigt, elle en parcourut la longueur. Puis elle défit les boutons, un à un, sans hâte. Le bout de ma verge jaillit du slip. Mon pantalon glissa sur mes jambes. Je sentis les cheveux de Cûc sur mes cuisses, puis sa langue. Elle saisit mes fesses dans ses mains. Les ongles de ses doigts s'y enfoncèrent, avec violence.

J'eus envie de crier.

Je bus encore une longue rasade. La tête me tourna. Au creux de l'estomac, l'alcool me brûlait. Un filet de sperme perla à la pointe de mon sexe. Elle allait le prendre dans sa bouche, chaude et humide, comme sa langue, et sa langue...

— Avec Hocine, aussi...

Les ongles se retirèrent de mes fesses. Tout le corps de Cûc mollit. Le mien se mit à trembler. D'avoir pu balbutier ces mots. L'effort à les articuler. Je bus encore. Deux lampées brèves. Puis je bougeai. Ma jambe. Le corps de Cûc, soudainement flasque, s'étala sur le carrelage. Je remontai mon pantalon.

Je l'entendis pleurer, faiblement. Je la contournai et allai ramasser ses affaires. Ses pleurs augmentèrent quand je m'accroupis près d'elle. Elle était secouée de sanglots. On aurait cru une chenille, qui agonisait.

— Tiens, rhabille-toi, s'il te plaît.

Je le dis avec tendresse.

Mais sans la toucher. Tout le désir que j'avais eu d'elle était là. Il ne m'avait pas lâché.

15

Où les regrets aussi appartiennent au bonheur

Le jour se levait quand je raccompagnai Cûc à la station de taxis la plus proche, qui n'était pas si proche que ça, d'ailleurs. Il fallut revenir jusqu'à la Vieille-Chapelle pour trouver une voiture.

Nous avions roulé, en fumant, sans échanger une parole. J'aimais cette heure, sombre, d'avant le lever du jour. C'était un moment pur, mais qui ne pouvait appartenir à personne. Il était inutilisable.

Cûc tourna son visage vers moi. Ses yeux avaient toujours cette brillance de jais, qui m'avait immédiatement séduit. À peine étaient-ils ternis par la fatigue et la tristesse. Mais, surtout, libérés du mensonge, ils avaient perdu de leur indifférence. C'était un regard humain. Avec ses blessures, ses meurtrissures. Avec des espoirs aussi.

Alors que nous parlions, il y avait maintenant bien deux heures de ça, je n'avais cessé de boire verre sur verre. La bouteille de Lagavulin, d'ailleurs, y était passée. Cûc s'était arrêtée dans une phrase pour me demander :

— Pourquoi tu bois autant ?

— J'ai peur, avais-je répondu, sans plus d'explication.

— Moi aussi, j'ai peur.

— Ce n'est pas la même peur. Plus on vieillit, tu vois, et plus le nombre d'actes irréparables que l'on peut commettre augmente. J'en évite, comme avec toi. Mais ceux-là ne sont pas les pires. Il y a les autres, incontournables. Si on les contourne, le matin, on ne peut plus se regarder dans la glace.

— Et ça t'épuise ?

— Oui, c'est ça. Chaque jour un peu plus.

Elle était restée silencieuse. Perdue dans ses pensées. Puis elle avait repris :

— Et venger Guitou, c'en est un ?

— Tuer quelqu'un, c'est un acte irréparable. Tuer l'ordure qui a fait ça, ça me paraît incontournable.

J'avais dit ces mots avec lassitude. Cûc avait posé sa main sur la mienne. Juste pour partager cette lassitude.

Je me garai derrière le seul taxi de la station. Un chauffeur qui commençait sa journée. Cûc posa ses lèvres sur les miennes. Un baiser furtif. Le dernier. Le seul. Car, nous le savions, ce qui n'avait pu s'accomplir ne s'accomplirait jamais. Les regrets aussi appartenaient au bonheur.

Je la vis monter dans le taxi, sans se retourner. Comme Mourad. Le taxi démarra, s'éloigna et, quand je perdis de vue ses feux de position, je fis demi-tour et rentrai chez moi.

Dormir, enfin.

On me secouait doucement, par les épaules. « Fabio... Fabio... Ho ! Ho !... » Je connaissais cette voix. Elle m'était familière. La voix de mon père. Mais je n'avais pas envie de me lever pour aller en classe. Non. D'ailleurs, j'étais malade. J'avais la fièvre. C'est ça, oui. Au moins trente-neuf. Mon corps était brûlant. Ce que je voulais, c'était un petit déjeuner au lit. Et puis lire *Tarzan*. J'étais sûr qu'on était mercredi. Le nouveau numéro des *Aventures de Tarzan* avait dû paraître. Ma mère irait me l'acheter. Elle ne pourrait pas refuser, parce que j'étais malade.

— Fabio.

Ce n'était pas la voix de mon père. Mais l'intonation était la même. Douce. Je sentis une main sur mon crâne. Bon Dieu, ça, ça faisait du bien ! J'essayai de bouger. Un bras. Le droit, je crois. Lourd. Comme un tronc d'arbre. Merde ! J'étais coincé sous un arbre. Non. J'avais eu un accident. Mon esprit se réveillait. Un accident de voiture. En rentrant. C'était ça. Je n'avais plus de bras. Plus de jambes, peut-être.

— Non ! je hurlai, en me retournant.

— Oh ! Putain ! C'est pas la peine de crier comme un forcené, dit Fonfon. Je t'ai à peine touché, vé !

Je me tâtai de toutes parts. J'avais l'air entier. Bien entier. Et tout habillé. J'ouvris les yeux.

Fonfon. Honorine. Ma chambre. Je souris.

— Dites, vous m'avez fait une sacrée peur, vous. Que je croyais qu'y vous était arrivé quelque chose. Comme une attaque. Ou je sais pas quoi. Alors, je suis été chercher Fonfon.

— Si je dois mourir, je vous laisserai un mot, la veille. Sur la table. Pour pas vous faire peur.

— Sas, dit Fonfon à Honorine, à peine réveillé, y faut déjà qu'il se moque ! Et moi, je perds mon temps à ces conneries. J'ai passé l'âge, vé !

— Oh ! Fonfon, doucement, va. J'ai comme le dimanche de Pâques dans la tête ! Tu m'as apporté un petit café ?

— Et puis quoi encore ! Croissant, brioche. Sur un plateau, pour monsieur.

— Ben, tu vois, ç'aurait été vachement chouette.

— Faï cagua !

— Le café, y va être prêt, dit Honorine. Il est sur le feu.

— Je me lève.

Il faisait une journée exceptionnelle. Pas de nuages. Pas de vent. Idéal pour aller à la pêche, quand on a le temps. Je regardai mon bateau. Il était aussi triste que moi, de ne pas pouvoir aller en mer aujourd'hui encore. Fonfon avait suivi mon regard.

— Dis, tu auras le temps d'aller le voir le poisson, d'ici dimanche ? Ou bien il faut que je le commande ?

— Commande du coquillage, ça oui. Mais le poisson, c'est mon affaire. Alors, viens pas faire d'embrouilles.

Il sourit, puis il finit son café.

— Bon, j'y retourne. Les clients y vont s'impatienter. Merci pour le café, Honorine. (Il se tourna vers moi, paternel.) Passe me voir, avant de repartir.

C'était bon de les avoir près de moi, Honorine et Fonfon. Avec eux, il y avait toujours une assurance de lendemain. Un après. Passé un certain âge, c'est comme si on avait la vie éternelle. On fait des projets pour le lendemain. Puis pour le surlendemain. Et le dimanche qui vient, puis l'autre. Et les jours avancent. Gagnés sur la mort.

— Dites, je vous refais un café, peut-être.

— Volontiers Honorine. Vous êtes un ange.

Et elle repartit dans la cuisine. Je l'entendis s'affairer. Vider les cendriers, laver les verres. Jeter les bouteilles. Partie comme elle l'était, elle allait même me changer les draps.

J'allumai une cigarette. Un goût dégueulasse, comme toujours la première. Mais j'avais envie de l'odeur. Je ne savais pas encore très bien sur quelle planète j'étais. L'impression de nager à contre-courant. Dans le genre, quoi.

Du ciel à la mer, ce n'était qu'une infinie variété de bleus. Pour le touriste, celui qui vient du Nord, de l'Est ou de l'Ouest, le bleu est toujours bleu. Ce n'est qu'après, pour peu qu'on prenne la peine de regarder le ciel, la mer, de caresser des yeux le paysage, que l'on découvre les bleus gris, les bleus noirs, et les bleus outremer, les bleus poivre, les bleus lavande. Ou les bleus aubergine des soirs d'orage. Les bleus verts de houle. Les bleus cuivre de coucher de soleil, la veille de mistral. Ou ce bleu si pâle qu'il en devient blanc.

— Oh ! Vous dormez ?

— Je pensais, Honorine. Je pensais.

— Bé, avèque la tête que vous avez, c'est pas la peine. Mieux vaut penser à rien, que survoler les choses à moitié, elle disait ma pauvre mère.

Il n'y avait rien à dire.

Honorine s'assit, amena sa chaise près de moi, tira sur sa jupe, et me regarda boire le café. Je reposai la tasse.

— Bon, c'est pas tout. Y a Gélou qu'elle a téléphoné. Deux fois. À huit heures, puis à neuf heures et quart. J'ai dit que vous dormiez. Vé, c'était vrai. Et que j'allais pas vous réveiller tout de suite. Que vous vous étiez couché tard.

Elle me regarda de ses yeux coquins.

— Il est quelle heure ?

— Presque dix heures.

— On peut même pas dire que je me suis couché. Elle s'inquiète ?

— Ben, c'est pas ça... (Elle s'arrêta, et essaya de prendre un air colère.) C'est pas bien de pas l'avoir appelée. Petite mère, sûre qu'elle est inquiète. Elle est restée exprès à manger au New York, au cas où vous viendriez. Y avait un message pour vous à l'hôtel. Vé, je vous comprends pas des fois.

— Cherchez pas, Honorine. Je vais l'appeler.

— Oui, parce que son... son Alex, là, il voudrait qu'elle rentre à Gap. Il dit qu'il va voir avec vous, pour Guitou. Que ça sert à rien qu'elle s'éternise à Marseille.

— Ouais, dis-je, pensif. Peut-être qu'il sait, lui. Qu'il l'a lu, le journal. Et il veut la ménager. Je ne sais pas. Je ne le connais pas, cet homme.

Elle me regarda, longuement. Ça turbinait dans sa tête. Finalement, elle tira une nouvelle fois sur sa jupe.

— Dites, vous croyez que c'est un homme comme il faut ? Pour elle, je veux dire.

— Ils sont ensemble, Honorine. Depuis dix ans. Il a élevé les gosses...

— Pour moi, un homme comme il faut... (Elle réfléchit.) Bon, il téléphone, d'accord. Mais... je suis peut-être vieux jeu, mais bon, je sais pas moi, il pouvait venir jusqu'ici, non ? Se présenter... Vous comprenez ? Vé, je dis pas ça pour moi. Mais vis-à-vis de vous. Celui-là, on sait même pas quelle figure il a.

— Il arrivait de Gap, Honorine. Et puis rentrer après plusieurs jours d'absence, découvrir la disparition de Guitou... Retrouver Gélou, ça lui importait sûrement plus. Le reste...

— Mouais, elle dit, pas convaincue. C'est drôle, quand même...

— Vous voyez des complications partout. Il y en a déjà suffisamment, vous ne croyez pas ? Et puis... (Je cherchais des arguments.) Il veut voir avec moi comment faire, non ? Bon, et Gélou, qu'est-ce qu'elle en dit, de tout ça ?

— Elle a pas envie de rentrer. Elle est inquiète, la pauvre. Toute perdue. Elle dit que ça lui fait le vire-vire dans la tête. Je crois qu'elle commence à envisager le pire.

— Son pire à elle doit encore être loin de la réalité.

— C'est pour ça qu'elle appelait. Pour en parler avec vous. Savoir, quoi. Elle a besoin que vous la rassuriez. Si vous lui dites de rentrer, vé, elle vous écoutera... Vous allez pas pouvoir lui cacher la vérité longtemps.

— Je sais.

Le téléphone sonna.

— Quand on parle du loup..., dit Honorine.

Mais ce n'était pas Gélou.

— Loubet, à l'appareil.

Sa voix des mauvais jours.

— Oh ! Tu as du neuf ?

— Où tu étais, entre minuit et quatre heures du matin ?

— Pourquoi ?

— Montale, c'est moi qui pose les questions. T'as intérêt, un à répondre, deux à pas bluffer. Ça vaudrait mieux pour toi. Alors, je t'écoute.

— Chez moi.

— Seul ?

— Oh ! Loubet, tu m'expliques ?

— Réponds, Montale. Seul ?

— Non. Avec une femme.

— Tu sais son nom, j'espère ?

— Ça, je ne peux pas, Loubet. Elle est mariée et...

— Quand tu lèves une femme, renseigne-toi avant. Après, c'est trop tard, ducon !

— Loubet, putain ! tu me joues quoi, là ? La Neuvième ?

— Écoute-moi bien, Montale. Je peux te foutre un crime sur le dos. À toi, et à personne d'autre. Tu comprends ? Ou tu veux que je fasse le déplacement ? Avec les sirènes, et tout le tralala. Tu me dis son nom. S'il y a des témoins qui vous ont vus ensemble. Avant, pendant, après. Je vois si ça colle, je raccroche et tu rappliques dans le quart d'heure qui suit. Je suis assez clair ?

— La femme d'Adrien Fabre. Cûc.

Et je lui racontai les détails. La soirée. Les lieux. Et la nuit. Enfin, presque. Le reste, il pouvait en penser ce qu'il voulait.

— Parfait, il dit. (Sa voix se radoucit.) La déposition de Cûc concorde avec la tienne. On n'a plus qu'à vérifier, pour le taxi. Et ce sera OK. Allez, rapplique ! Adrien Fabre a été abattu cette nuit, boulevard des Dames. Entre deux et quatre heures du matin. Trois balles dans la tête.

Il était temps que je sorte du coma.

Allez savoir, il y a des jours comme ça, où tout s'emmanche mal. Au Rond-Point de la plage, là où David - une réplique de Michel-Ange - dresse sa nudité face à la mer, un accident venait de se produire. On nous dévia vers l'avenue du Prado et le centre-ville. Au carrefour Prado-Michelet, ça bouchonnait jusqu'à la place Castellane. Je pris à droite, par le boulevard Rabatau, puis, par dépit, la rocade du Jarret. On pouvait ainsi rejoindre le port, en contournant le centre. Ce boulevard circulaire, qui recouvre un petit cours d'eau devenu tout-à-l'égout, est l'un des axes les plus moches de Marseille.

Passé les Chartreux, en voyant le panneau « Malpassé - La Rose - Le Merlan », j'eus la soudaine intuition de savoir où s'était réfugiée Pavie.

Je n'hésitai pas une seconde. Sans mettre de clignotant. Ça klaxonna derrière moi. Loubet attendra, me dis-je. Elle n'avait pu aller que là, avec la voiture. Chez Arno. Dans ce gourbi où elle avait vécu heureuse. Direct dans les pattes de Saadna. J'aurais dû y penser plus tôt, nom de Dieu ! Quel con j'étais.

Je coupai à travers Saint-Jérôme et ses petites villas où vivaient beaucoup d'Arméniens. Je passai devant la faculté des sciences et des techniques, pour arriver traverse des Pâquerettes. Juste au-dessus de la casse de Saadna. Comme l'autre jour.

Je me garai rue du Muret, le long du canal de Provence, puis me laissai glisser jusque chez Arno. J'entendais hurler le transistor de Saadna, plus bas dans la casse. L'air empestait le caoutchouc. Une fumée noire montait dans le ciel. Cette enflure brûlait encore ses vieux pneus. Il y avait eu des pétitions, mais il s'en foutait, Saadna. À croire que même aux flics, il leur foutait la trouille.

La porte de chez Arno était ouverte. Un simple coup d'œil à l'intérieur confirma mes craintes. Draps et couvertures étaient en boule. Plusieurs seringues traînaient par terre. Bon Dieu, pourquoi n'était-elle pas retournée au Panier ? Dans la famille de Randy. Ils auraient su, eux…

Je descendis vers la casse, en me faisant le plus discret possible. Pas de Pavie dans les parages. Je vis Saadna enfourner d'autres pneus dans les bidons où il les faisait brûler. Puis il disparut. Je fis encore quelques pas, pour essayer de le surprendre. J'entendis le déclic de son cran d'arrêt. Dans mon dos.

— Je t'ai senti, enfoiré ! Avance, dit-il en piquant mon dos de la lame.

On entra chez lui. Il attrapa son fusil de chasse et il engagea une cartouche. Puis il ferma la porte.

— Où elle est ?

— Qui ça ?

— Pavie.

Il éclata de rire. Une puanteur chargée d'alcool.

— T'avais envie de la triquer, toi aussi ? Ça m'étonne pas. Sous tes airs, t'es rien qu'une enflure. Comme l'autre. Ton copain Serge. Mais lui, y aurait pas fait de mal, à Pavie. Les chattes, c'était pas son truc. Y préférait les petits culs des gosses.

— Je vais démolir ta gueule, Saadna.

— Te vante pas, il fit, en agitant son fusil. Tiens, assieds-toi là.

Il me désigna un vieux fauteuil en cuir marronnasse, pégueux. On s'y enfonçait comme dans de la merde. Et presque à ras du sol. Difficile d'en bouger.

— Tu savais pas, ça, hein, Montale ? Qu'c'était la pire race de pédé qui soit, ton copain Serge. Un enculeur de minots.

Il tira une chaise et s'assit, à bonne distance de moi. À côté d'une table en Formica, où traînaient une bouteille de rouge et un verre poisseux. Il remplit son verre.

— C'est quoi, ces saloperies que tu débites ?

— Ah ! ah ! j'suis bien renseigné, moi. J'en sais des choses. Qu'est-ce tu croyais ? Qu'on l'avait viré du secteur à cause que vous fricotiez ensemble ? Le flic et le curé ! Mon cul, oui ! (Il se marra. Un rire de dents noires.) Y avait des plaintes. Tiens, les parents du petit José Esparagas.

Je ne pouvais le croire. José Esparagas, c'était un gosse chétif. Fils unique, mère célibataire. À l'école, il s'en prenait plein la gueule. De tous les côtés. Un vrai souffre-douleur. Il se faisait cogner. Et racketter, surtout. Cent balles par-ci, cent balles par-là. Le jour où on lui demanda de ramener mille balles, il tenta de se suicider. Il n'en pouvait plus, le gosse. J'avais coffré les deux mômes qui le faisaient cracher. Serge, lui, était intervenu et il avait pu faire changer José de lycée. Pendant plusieurs mois, Serge passa chez eux, le soir, pour aider José à rattraper son retard scolaire. José, il avait eu son bac.

— Des racontars. Ça ne me dit pas où elle est, Pavie ?

Il se servit un verre de vin rouge, et l'avala cul sec.

— C'est vrai que t'y cours aussi après, à cette petite salope. Vous vous êtes ratés, l'autre soir. Tu partais, elle arrivait. Pas de chance, hein ! Mais moi, j'étais là. J'suis toujours là. Qui n'en veut, me trouve. Toujours pour rendre service. J'suis serviable, moi. J'aide.

— Abrège.

— Tu vas pas m'croire. Elle t'a vu, quand t'as couru vers Serge, quand y l'ont buté. Mais l'arrivée des flics, ça lui a filé les jetons. Alors, elle s'est cassée. Paumée, qu'elle était. Elle a tourné et tourné avec la tire. Puis, elle s'est pointée ici. Sûre qu't'allais venir. Que t'aurais forcément l'idée. J'l'ai laissée causer. Ça m'amusait. Puis qu'elle te prenne pour Zorro, ça m'a franchement gonflé, tu vois. Alors, j'y ai dit. Qu'tu venais de partir. (Il rit à nouveau.) Qu't'avais décampé comme un lapin, à cause de ça. (Il montra le fusil.) Et que t'étais pas près de revenir. Si t'avais vu sa tronche !

« Les bras ballants, qu'elle était, la Pavie. Devant moi. Pas fière, comme quand elle était avec Arno. Qu'on pouvait y voir le cul, mais pas mettre la main d'ssus. Ben, là, tu vois, au bout d'un p'tit moment, elle voulait bien. Si j'y trouvais une petite dose. J'suis serviable, que j't'ai dit. J'ai eu qu'à passer un coup d'fil. La thune, ça m'manque pas. Alors, des doses, j'pouvais y en fournir.

— Elle est où ? je criai, parce que l'angoisse me montait à la gorge.

Il s'avala un autre verre.

— J'l'ai niquée que deux fois, tu vois. Ça m'a fait des frais. Mais ça valait quand même le coup. Bon, un peu défraîchie, la Pavie. À force d'se faire mettre, tu vois... Mais de beaux nichons et un gentil petit cul. T'aurais aimé, je pense. T'es qu'un vieux vicieux, comme moi, je le sais. Roulez, jeunesse ! que j'm'disais, en l'enfilant.

Il éclata de rire, encore. La haine me montait. Méchamment.

Je pris appui sur mes pieds, pour bondir à la moindre occasion.

— Bouge pas, Montale, reprit-il. T'es qu'un vicieux, j't'ai dit, alors je t'ai bien à l'œil. Si tu bouges un doigt d'pied, je t'en plante une. Dans les couilles, de préférence.

— Où elle est ? redemandai-je le plus calmement possible.

— Cette conne, tu vas pas m'croire, elle était tellement accro, qu'elle s'est fait un shoot qui l'a envoyée en l'air. T'imagines, ça ! Elle a dû planer, comme jamais d'sa putain d'vie ! La conne, vraiment. Elle avait tout ici. Le gîte, le couvert. Tous les trips possibles, payés par la maison. Et moi, pour la tringler par-ci, par-là.

— C'est toi qu'elle a pas supporté. Enfoiré de merde. Même camé à mort, on sait où sont les ordures. Tu en as fait quoi, Saadna ? Réponds ! Nom de Dieu !

Il rit. Un rire nerveux, cette fois. Il se remplit un verre de vinasse et l'avala. Les yeux perdus vers l'extérieur. Puis, de la tête, il désigna la fenêtre. On voyait la fumée s'élever, noire, grasse. Ça fit une boule dans ma gorge.

— Non, je dis faiblement.

— Qu'est-ce tu voulais qu'j'en fasse, hein ? L'enterrer dans le champ ? Et lui apporter des fleurs tous les soirs ? C'était qu'une bourre, ta Pavie. Juste bonne à s'faire mettre. Pas une vie, non ?

Je fermai les yeux.

Pavie.

Je hurlai comme un fou. Libérant la rage qui m'avait envahi. Comme si un fer rouge s'enfonçait dans mon cœur. Et toutes les images les plus horribles, que ma tête avait pu enregistrer, défilèrent devant mes yeux. Charniers d'Auschwitz. D'Hiroshima. Du Rwanda. De Bosnie. Un hurlement de mort. Le hurlement de tous les fascismes du monde.

De quoi dégueuler.

Vraiment.

Et je bondis, tête baissée.

Il ne comprit pas, Saadna. J'atterris sur lui comme un cyclone. La chaise bascula, et lui avec. Le fusil s'échappa de ses mains. Je le saisis par le canon, le soulevai et frappai le plus fort possible sur son genou.

Je l'entendis craquer. Et ça me libéra.

Saadna ne cria même pas. Il avait tourné de l'œil.

16

Où l'on a rendez-vous avec les cendres froides du malheur

Je réveillai Saadna d'un seau d'eau.

— Fumier ! il gueula.

Mais il était incapable du moindre effort. Je l'attrapai par le cou et le tirai vers le fauteuil. Il appuya son dos contre l'un des accoudoirs. Il puait la merde. Il avait dû se chier dessus. Je repris le fusil, par le canon, à deux mains.

— Ta patte folle, c'était rien Saadna. Je vais te péter l'autre genou. Tu ne pourras jamais plus marcher. Je vais même te fracasser les coudes, je crois. Tu ne seras plus qu'une larve. Ton seul rêve, ce sera de crever.

— J'ai un truc pour toi.

— Trop tard pour faire du troc.

— Un truc qu'j'ai trouvé, dans la bagnole de Serge. Quand j'l'ai démontée.

— Raconte.

— T'arrêtes de taper ?

J'étais bien incapable de frapper à nouveau sur lui avec autant de violence et de haine que tout à l'heure. Je me sentais vide. Comme si j'appartenais aux morts-vivants. Sans plus rien qui circule à l'intérieur du corps. Que du dégueulis à la place du sang. La tête me tournait.

— Raconte, et on verra après.

Même ma voix n'était plus la mienne.

Il me regarda et pensa qu'il avait su m'appâter. Pour lui, la vie n'était que combines et magouilles. Il eut un sourire.

— Y avait, scotché à la roue de secours, un cahier. Dans un plastique. Un truc au poil, tu vois. Avec plein d'trucs écrits, qu'j'ai pas tout lu. Parce que j'en ai rien à foutre, moi, des histoires d'Arabes. L'islam, tout ça. Putain, peuvent bien tous crever ! Mais y a des listes de noms, des adresses. Cité après cité. Comme qui dirait un réseau, tu vois. Faux papiers. Fric. Dope. Armes. J'te le file, le cahier, et tu t'casses. T'oublies tout. Tu m'oublies. Hein, qu'on aurait plus rien à voir ensemble, toi et moi.

J'avais raison de croire qu'un carnet de notes existait. Je ne savais pas ce qu'il fricotait, Serge, mais je le connaissais, c'était un consciencieux. Quand on bossait ensemble, il notait tout, jour après jour.

— Tu t'es vu, Saadna ? Je te cogne dessus, et tu me diras où il est, ce putain de cahier.

— J'crois pas qu'tu puisses, Montale. T'es juste qu'un type qu'a des couilles quand il a la haine. Mais d'sang-froid, tu vaux rien. Tape, tiens...

Il tendit sa jambe vers moi. J'évitai de le regarder dans les yeux.

— Il est où ce cahier ?

— Jure. Sur tes vieux.

— Qui te dit que ça m'intéresse, ton cahier ?

— Putain ! Un annuaire, qu'c'est. Tu le lis, tu vois, et après t'en fais c'que tu veux. Tu l'bouffes, ou tu l'vends. J'te dis, avec, tu les tiens tous. Rien qu'pour arracher une page, tu peux les faire raquer !

— Où il est ? Je te jure qu'après je me casse.

— T'as une clope ?

J'allumai une cigarette et la lui collai entre les lèvres. Il me regarda. Bien sûr, il ne pouvait me faire totalement confiance. Et moi, je n'étais pas certain de ne pas avoir envie de le jeter dans le bidon, avec les pneus.

— Alors ?

— Dans le tiroir de la table.

C'était un gros cahier. Les pages étaient recouvertes de l'écriture fine et serrée de Serge. Je lus au hasard : « Les militants utilisent à fond le terrain de l'aide sociale, délaissé par la municipalité. Ils affichent des objectifs humanitaires, comme les loisirs, le soutien scolaire ou l'enseignement de l'arabe... » Et, plus loin : « L'objectif de ces agitateurs dépasse largement la lutte contre la toxicomanie. Il s'inscrit dans la perspective d'une guérilla urbaine. »

— Ça te plaît ? dit Saadna.

La seconde moitié du cahier ressemblait à un répertoire. La première page s'ouvrait par ce commentaire : « Les quartiers nord regorgent de jeunes beurs prêts à jouer les kamikazes. Ceux qui les manipulent sont connus de la police (voir Abdelkader). Au-dessus d'eux, il y a d'autres têtes. Beaucoup d'autres. »

Pour la Bigotte, un seul nom. Celui de Redouane. Était consigné ce que Mourad m'avait raconté. Avec plus de détails. Tout ce que Redouane n'avait pas confié à son frère.

Les deux parrains de Redouane, dans les quartiers nord, étaient Nacer et un certain Hamel. Tous deux, précisait leur fiche, sont des militants aguerris. Depuis 1993. Ils étaient auparavant au service d'ordre du Mouvement islamique de la jeunesse. Hamel avait même été responsable de la sécurité au grand meeting de soutien à la Bosnie, à La Plaine-Saint-Denis.

Un extrait d'article du *Nouvel Observateur* relatait ce meeting. « À la tribune, on trouve l'attaché culturel de l'ambassade d'Iran et un Algérien, Rachid Ben Aïssa, intellectuel proche de la Fraternité algérienne en France. Rachid Ben Aïssa n'est pas n'importe qui. Il a animé de nombreuses conférences, dans les années quatre-vingt, au centre islamique iranien de la rue Jean-Bart, à Paris. C'est là qu'ont été recrutés la plupart des membres du réseau terroriste dirigé par Fouad Ali Salah, qui a fomenté les attentats de 1986, à Paris. »

Redouane, avant de partir à Sarajevo, dans la « 7e brigade internationale des Frères musulmans », avait participé à des stages commandos de survie, au pied du mont Ventoux.

Un dénommé Rachid (Rachid Ben Aïssa ? s'interrogeait Serge) s'occupe de l'organisation et de l'hébergement, dans les gîtes ruraux du village de Bédoin, au pied du mont Ventoux. « Quand on a suivi ces stages, précisait-il, on ne peut plus faire marche arrière. Les récalcitrants sont menacés. On évoque, photos à l'appui, le sort réservé aux traîtres en Algérie. Des photos d'hommes saignés comme des moutons. » Selon lui, ces « stages commandos » se poursuivaient au rythme d'un par trimestre.

« C'est un certain Arroum qui accompagnait les jeunes recrues en Bosnie. Cet Arroum était solidement protégé. Membre de Lowafac Foundation, dont le siège est à Zagreb, il était accrédité, pour chacune de ses missions en Bosnie, par le Haut-Commissariat aux réfugiés de l'ONU. » En marge, Serge avait écrit : « Arroum, arrêté le 28 mars. »

La fiche de Redouane se terminait par cette conclusion : « Depuis son retour, n'a participé qu'à des actions anti-dealers d'héroïne. Pas encore assez fiable, semble-t-il. Mais à surveiller. N'a plus aucun repère. Très encadré par Nacer et Hamel. Des durs. Peut devenir dangereux. »

— Il préparait quoi, Serge ? Une enquête ?

Saadna ricana.

— S'était reconverti. Un peu forcé, mais... Il bossait pour les RG.

— Serge !

— Quand ils l'ont viré, les RG lui sont tombés dessus. Avec un plein dossier de témoignages de parents. Des plaintes. Comme quoi, il niquait des gosses.

Les enfoirés, je pensais. C'était bien leurs méthodes. Pour infiltrer un réseau, quel qu'il soit, ils étaient prêts à tout. Surtout à jouer avec les hommes. Truands repentis. Algériens en situation illégale...

— Et après ?

— Quoi après ? J'sais pas si c'est vrai, ces histoires de minots. C'qu'y est sûr, c'est qu'un matin, quand y sont débarqués chez lui, avec le dossier et tout ça, l'était au pieu avec une autre tapette. Pas même vingt ans. P't-être pas majeur, putain. T'imagines, Montale ! C'est dégueulasse ! Bon pour la cabane, qu'il était. Tu m'diras qu'aux Baumettes, il aurait pu comme qui dirait s'faire mettre tous les soirs.

Je me levai et repris le fusil dans mes mains.

— Encore un truc comme ça, et je le pète, l'autre, de genou.

— Ce que j'en dis, il fit, en haussant les épaules. Là où il est, maintenant.

— Justement. Comment tu sais tout ça, toi ?

— C'est Deux-Têtes, qui m'a affranchi. Lui et moi, ça va bien.

— C'est toi qui lui as dit, qu'il créchait chez toi, Serge ?

Il fit oui de la tête.

— À remuer la merde, Serge, il faisait pas que des heureux. Deux-Têtes, il chasse pas sur le terrain des mecs qui sont dans le cahier. Y font le ménage, qu'il dit. Les dealers, tout ça. Ça dégage. Ça fait baisser les statistiques. Et c'est tout bénef pour lui. Y s'ra toujours temps, il dit, quand les barbus y seront maîtres en Algérie, d'mettre toutes ces crouilles dans l'bateau. Retour au pays.

— Qu'est-ce qu'il en sait, ce con ?

— C'est ses idées. Y a du bon, j'dis.

Je repensais au tract du Front national, dans le Coran de Redouane.

— Je vois.

— Ça courait, qu'y avait une donneuse dans les cités. Deux-Têtes, y m'avait demandé d'me rencarder. Tu parles, si j'ai pu. J'l'avais sous la main...

Il se marra.

Deux-Têtes m'avait vraiment pris pour un con, au commissariat. Ce qui avait dû l'inquiéter, c'était de me trouver là, à la Bigotte. Ce n'était pas prévu au programme. Ça pouvait cacher quelque chose, avait-il certainement pensé. Serge et moi, une équipe. Comme avant.

Du coup, je comprenais pourquoi on avait écrasé sur la mort de Serge. Pas de publicité pour un mec des RG qui se fait buter. Pas de vagues.

— Le cahier ? T'en as parlé à personne ?

— J'ai mal, il dit.

Je m'accroupis devant lui. Pas trop près. Pas par peur qu'il me saute dessus, mais à cause de l'odeur infecte qui se dégageait de lui. Il ferma les yeux. Sûr qu'il devait commencer à souffrir. J'appuyai légèrement la crosse du canon sur le genou cassé. Il ouvrit les yeux, de douleur. Je vis la haine défiler dans ses yeux.

— T'en as parlé à qui, saloperie ?

— Juste dit à Deux-Têtes qu'y pouvait se faire un jackpot. Un certain Boudjema Ressaf. Qu'c'est un mec, il a été expulsé de France en 1992. Un militant du GIA. Serge, il l'avait repéré. Au Plan d'Aou. C'est marqué dans le cahier. Là où il crèche, tout.

— Tu lui as parlé du cahier ?

Il baissa la tête.

— J'y ai dit, oui.

— Il te tient par les couilles, c'est ça ?

— Ouais.

— Tu l'as appelé quand ?

— Y a deux heures.

Je me relevai.

— Ça m'étonne que tu sois encore en vie.

— Quoi !

— Si Deux-Têtes chasse pas sur le terrain des barbus, c'est qu'il est en affaires avec eux, connard. C'est toi-même qui me l'as expliqué.

— Tu crois ? il bafouilla, tremblant de trouille maintenant. File-moi un gorgeon, s'te plaît.

Putain, je me dis, il va encore se chier sur lui. Je remplis le verre de son infect pinard et le lui tendis. Ça devenait urgent que je me tire d'ici.

Je regardai Saadna. Je ne savais même plus si on pouvait le ranger dans la catégorie des êtres humains. Effondré contre le fauteuil, replié sur lui, il ressemblait à un furoncle plein de pus. Saadna comprit mon regard.

— Montale, dis, tu... Tu vas pas m'buter, quand même.

On entendit le bruit au même moment. Un bruit de bouteille cassée. Des flammes s'élevèrent d'un tas de ferraille, sur la droite. Une autre bouteille explosa. Des cocktails Molotov, les salauds ! Je m'accroupis et, le fusil à la main, je gagnai la fenêtre.

J'aperçus Redouane courir vers le bas de la casse. Nacer ne devait pas être très loin. Et l'autre, Hamel, est-ce qu'il était là aussi ? Je n'avais pas vraiment envie de crever dans ce trou à rats.

Saadna non plus. Il rampa vers moi, en gémissant. Il suait à grosses gouttes. Il puait la mort. La merde et la mort. Tout ce qu'avait été sa vie.

— Sauve-moi, Montale. J'ai plein de fric.

Et il se mit à chialer, l'ordure.

La casse s'embrasa d'un seul coup. Puis je vis Nacer arriver. D'un bond, je fus près de la porte d'entrée. J'armai le fusil. Mais Nacer ne se donna pas la peine d'entrer. Il balança avec force une de leurs putains de bouteilles à travers la fenêtre ouverte. Elle se fracassa au fond de la pièce. Là où Saadna était assis quelques minutes avant.

— Montale, il criait. M'laisse pas.

Le feu gagnait son gourbi. Je courus ramasser le cahier de Serge sur la table. Je le glissai dans ma chemise. Je revins près de la porte, l'ouvris lentement. Mais je ne m'attendais pas à ce qu'on me tire dessus. Redouane et Nacer devaient être loin, déjà.

La chaleur me prit à la gorge. L'air n'était qu'une immense puanteur brûlante. Il y eut une explosion. De l'essence sans doute. Ça allait péter de toutes parts.

Saadna s'était traîné jusqu'à la porte. Comme un ver. Il m'attrapa par une cheville. Il la serra à deux mains, avec une force insoupçonnée. Les yeux semblaient lui sortir de la tête.

Il devenait fou. La trouille.

— Sors-moi !

— Tu vas crever ! (Je l'empoignai violemment par les cheveux, et l'obligeai à soulever la tête.) Regarde ! Tu vois, c'est l'enfer. Le vrai. Celui des charognes, comme toi ! C'est ta chienne de vie qui vient te bouffer. Pense à Pavie.

Et je donnai un violent coup de crosse sur son poignet. Il hurla et me lâcha le mollet. Je bondis et contournai la maison. Le feu se propageait. Je balançai le fusil le plus loin possible dans les flammes et courus sans m'arrêter.

J'arrivai au canal juste à temps pour voir la bicoque de Saadna disparaître dans les flammes. Je crus l'entendre crier. Mais c'était dans ma tête, qu'il hurlait. Comme en avion, après l'atterrissage, et que les oreilles continuent de siffler. Saadna brûlait et sa mort me fracassait le tympan. Mais j'étais sans remords.

Il y eut une autre explosion. Un pin, en feu, s'écrasa sur la baraque d'Arno. Voilà, me dis-je, c'est fini. Tout ça n'existera bientôt plus. Rasé. Dans un an ou deux, des lotissements provençaux auront remplacé la casse. Pour la grande joie de tous. De jeunes cadres moyens, contents de leur sort, s'y installeront. Ils s'empresseront de faire des mômes à leurs femmes. Et ils vivront heureux, bien des années après l'an 2000. Sur les cendres froides du malheur d'Arno et de Pavie.

Je démarrai quand retentirent les premières sirènes de pompiers.

17

Où moins on explique, mieux c'est, parfois

Loubet gueula, bien sûr. Furieux. Des heures, qu'il m'attendait. Et, de plus, Cûc lui avait appris qu'il ne pourrait rencontrer Mathias. Elle ne savait plus où il était.

— Elle se fout de moi, ou quoi ! (Comme je ne compris pas si c'était une question ou une affirmation, je ne dis rien. Il continua.) Maintenant que tu es intime avec la dame, tu vas lui conseiller de le retrouver, son gamin. Vite fait.

De là où je me trouvais, je voyais s'élever dans le ciel une épaisse colonne de fumée noire de la casse de Saadna. Des camions de pompiers arrivaient de toutes parts. J'avais roulé juste ce qu'il fallait pour ne pas me trouver coincé. Au lieu-dit Four de Buze, je m'étais arrêté pour téléphoner d'une cabine.

— Donne-moi encore une petite heure, je dis.

— Quoi !

— Une heure encore.

Il gueula de nouveau. Il avait raison, mais c'était lassant. J'attendis. Sans écouter. Sans dire un mot.

— Oh ! Montale, t'es là ?

— Rends-moi un service. Appelle-moi, dans un quart d'heure. Au commissariat de Pertin.

— Attends. Explique-moi, là.

— Pas la peine. Téléphone. Et tu seras sûr que je viendrai te voir. Vivant, je veux dire.

Et je raccrochai.

Moins on explique, mieux c'est, parfois. Pour l'heure, je me sentais comme un cheval en bois, des manèges. Je tournais à vide. Personne ne me dépassait. Je ne dépassais personne. On revenait toujours au même point. À cette foutue saloperie du monde.

J'appelai Gélou.

— La chambre 406, s'il vous plaît.

— Ne quittez pas. (Un silence.) Désolé, Mme et M. Narni sont sortis, monsieur. Leur clef est au tableau.

— Il n'y aurait pas un message pour moi ? Montale. Fabio Montale.

— Non, monsieur. Vous voulez en laisser un ?

— Dites simplement que je rappellerai vers deux heures, deux heures et demie.

Narni. Bien, me dis-je. Je n'avais pas tout perdu ce matin. Je connaissais le nom d'Alexandre. Et ça me faisait une belle jambe !

La première chose que je vis, en entrant dans le commissariat, c'est une affiche appelant à voter pour le Front national de la police aux élections syndicales. Comme si cela ne suffisait pas, déjà, Solidarité Police.

« Nous assistons, disait un tract punaisé sur l'affiche, en matière de maintien de l'ordre, à un laxisme généralisé de la part du commandement qui oblige à refuser au maximum l'affrontement et à donner des ordres trop timorés.

« Ces comportements ont contribué au manque d'efficacité et à un nombre incalculable de blessés dans nos rangs au profit des voyous qui, eux, n'ont plus qu'à trier leurs gibiers.

« Il faut renverser la tendance nihiliste qui règne dans nos services. Il faut que la peur change de camp. Surtout que nos adversaires en manifestation ne sont pas des *gens bien* mais de la racaille venue “pour casser du flic”. Donnons-nous les moyens de faire plutôt les bouchers que les veaux. »

Finalement, pour s’informer sérieusement, rien ne valait un détour par un commissariat. C’était mieux que les J.T. de 20 heures !

— Ça vient de sortir, dit Babar, dans mon dos.

— Vivement la retraite, hein !

— Tu l’as dit. Ça sent pas bon, toutes ces choses.

— Il est là ?

— Vouais. Mais il a comme qui dirait les hémorroïdes. Y tient pas le cul sur sa chaise.

J’entrai sans frapper.

— Te gêne pas, surtout ! grogna Pertin.

Ce que je fis. Je m’assis et allumai une cigarette. Il fit le tour du bureau, posa ses deux mains à plat dessus et pencha vers moi son visage rougeaud.

— Qu’est-ce qui me vaut l’honneur ?

— J’ai fait une connerie, Pertin. L’autre jour. Tu sais, quand ils ont buté Serge. Tout compte fait, j’aimerais bien la signer, ma déposition.

Il se redressa, ahuri.

— Fais pas chier, Montale. Les histoires de pédés, ça fait pas de vague. Rien qu’avec les crouilles et les singes, on a de quoi s’occuper sérieux. T’imagines même pas ! Ces crapauds, c’est à croire qu’ils font des pipes aux juges. T’en chopes un le matin, le soir il est déjà dehors... Alors, dégage !

— Justement, tu vois, je me disais que ce n’était peut-être pas une histoire de pédés qui tourne mal. Que ça serait plus lié à des histoires d’Arabes, la mort de Serge. Tu ne crois pas ?

— Et il aurait fricoté quoi, Serge, avec eux ? fit-il, innocemment.

— Tu dois savoir, Pertin. Rien ne t’échappe. Et puis, tu es un flic vachement informé. Non ?

— Accouche, Montale.

— OK. Je t'explique.

Il s'assit, croisa ses bras, et attendit. J'aurais bien aimé savoir à quoi il pensait derrière ses Ray-Ban. Mais j'étais prêt à parier au moins dix sacs qu'il mourait d'envie de me foutre un pain dans la gueule.

Je lui débitai une histoire à laquelle je ne croyais qu'à moitié. Mais une histoire plausible. Serge avait été « enrôlé » par les RG. Parce qu'il était pédophile. Du moins, c'est ce qu'on avait réussi à lui mettre sur le dos.

— Intéressant.

— Mais c'est mieux après, Pertin. On t'a informé que les RG avaient envoyé une danseuse dans les cités. Pour désamorcer d'éventuels réseaux à la Kelkal. Fallait plus plaisanter avec eux, depuis que ça sautait un peu partout, à Paris et à Lyon. Mais l'identité de Serge, tu ne l'as sue qu'il y a quelques mois, seulement. Quand Serge a « dérapé » et que les RG ont perdu sa trace. Plus personne ne savait où il créchait. J'imagine le bordel.

Je fis une pause. Juste pour remettre dans l'ordre mes idées. Parce que c'était ça que je croyais. Serge, pédé ou pas, les gosses des cités, c'était sa vie. Il ne pouvait pas changer, comme ça, du jour au lendemain. Devenir balance. Ficher les mômes « en rupture ». Tous les Kelkal en puissance, et passer ensuite la liste aux flics. Qui n'auraient plus, à l'occasion — la plus médiatique, cela allait de soi –, qu'à cueillir tout le monde au saut du lit.

Il y avait déjà eu quelques beaux coups de filets. À Paris, en banlieue lyonnaise. Et quelques arrestations à Marseille aussi. Sur le port. Et cours Belsunce. Mais rien encore de vraiment sérieux. Les réseaux sur lesquels s'appuyaient les terroristes, dans les quartiers nord, restaient intouchés. On se les gardait sans doute pour la bonne bouche.

J'étais sûr de ça. Serge n'aurait jamais fait une telle chose. Même pour s'éviter un procès, la taule. La honte. Chaque nom lâché aux flics, c'était comme une cible offerte. Et toujours la même histoire, qu'il connaissait par cœur. Les gros bonnets, les chefs, les commanditaires s'en sortaient toujours. Les petits, eux, en prenaient pour perpète. Quand ce n'était pas une balle dans la tête.

Le silence était à couper au couteau. Un silence bien gras. Pourri. Pertin n'avait pas bronché. Il devait gamberger dur. J'avais entendu le téléphone sonner plusieurs fois. Aucune communication n'était arrivée sur son bureau. Loubet m'avait oublié. Ou bien il était vraiment en colère après moi. Maintenant que j'étais là, je ne pouvais que continuer.

— Je continue ? dis-je.

— Tu me passionnes.

Je repris mes explications. Mon point de vue, je le devinais, approchait le possible. Une vérité à laquelle je me cramponnais.

Serge s'était mis en tête de faire ce que personne n'avait encore osé entreprendre. Aller au-devant des jeunes qu'il avait identifiés, pour parler avec eux. Rencontrer ensuite les parents, les frères, les sœurs. Et, en même temps, passer le message aux autres gosses. Pour qu'ils s'en mêlent. Pour que tous s'en mêlent dans les cités. Comme Anselme. Le principe *chourmo.*

Il avait fonctionné comme ça pendant des années, Serge. C'était une bonne méthode. Efficace. Elle avait donné de bons résultats. Les jeunes qui opéraient pour les barbus, ce n'était rien d'autre que des délinquants qu'il avait côtoyés pendant des années. Les mêmes, forcément. Mais endurcis par la taule. Plus agressifs, aussi. Et shootés au Coran libérateur. Fanatiques. Comme leurs frères chômeurs des banlieues d'Alger.

Dans les cités, il était connu de tous, Serge. On l'écoutait. On lui faisait confiance. Anselme l'avait dit, « il était net, ce mec ». Il avait les meilleurs arguments, parce qu'il avait patiemment démonté le système d'embrigadement des jeunes beurs. La guerre contre les dealers, par exemple. Ils avaient été chassés du Plan d'Aou, de la Savine aussi. Tout le monde avait applaudi. La mairie, les journaux. « De bons jeunes, ceux-là... » Comme on aurait dit de « bons sauvages ». Mais le marché de l'héroïne n'avait pas pour autant cessé. Il s'était déplacé. Vers le centre-ville. Il s'était restructuré. Pour le reste, l'herbe, tout ça, rien n'avait changé. Une petite fumette, une petite prière, cela restait dans l'ordre d'Allah.

Le contrôle des dealers était maintenant assuré par ceux-là mêmes qui incitaient les jeunes à les combattre. Dans le cahier de Serge, j'avais lu qu'un des lieux de prière — l'arrière-salle d'un magasin de tissus, près de la place d'Aix — servait de rendez-vous aux dealers. Ceux qui alimentaient les quartiers nord. Le propriétaire du magasin n'était autre que l'oncle de Nacer. Le dénommé Abdelkader.

— Où tu veux en venir ? lâcha finalement Pertin.

— À ceci, dis-je avec un sourire. (Il mordait enfin à l'hameçon.) D'abord que les RG t'ont demandé de retrouver Serge. Mais ça, tu l'avais déjà fait. Grâce à Saadna. Ensuite de trouver le moyen de mettre un terme à ses conneries. Le flinguer, quoi. Enfin, que tu me prends pour un connard, à faire semblant d'écouter mon histoire. Parce que tu la connais par cœur. Ou presque. Et que tu en joues à merveille, surtout avec quelques petits truands bien recyclés dans l'islam. Comme Nacer et Hamel. Ces deux-là, il me semble que tu as oublié de les remettre aux juges. Peut-être qu'ils te font des pipes, alors !

— Continue comme ça, et je vais te casser la gueule.

— Tu vois, Pertin, pour une fois, tu aurais pu dire que je ne suis pas aussi con que j'en ai l'air.

Il se leva, en se frottant les mains.

— Carli ! il gueula.

Cela allait être ma fête. Carli entra, et me regarda, l'œil mauvais.

— Ouais.

— Belle journée, non ? Si on allait prendre l'air. Du côté de la carrière. On a un invité. Le roi des cons en personne.

Le téléphone sonna dans le commissariat. Puis sur le poste de Pertin.

— Ouais, dit Pertin. Qui ça ? (Un silence.) Salut. Ouais, ça va. (Il me regarda, regarda Carli, puis se laissa tomber sur sa chaise plus qu'il ne s'assit.) Ouais, ouais. Je vous le passe. C'est pour toi, il dit froidement, en me tendant le combiné.

— J'avais presque fini mon vieux, répondis-je à Loubet, qui me demandait ce que je branlais avec cet enfoiré. Quoi ? Oui... Disons... Attends. On en a fini, nous ? demandai-je, ironique, à Pertin. Ou ça tient toujours, la visite des carrières ? (Il ne répondit pas.) Ouais, une demi-heure. OK. (J'allais raccrocher, mais je crus bon d'en rajouter. Pour épater Pertin.) Ouais, ouais, un certain Boudjema Ressaf et puis, ouais, tant que tu y es, vois ce que tu as sur un certain Narni. Alexandre Narni. OK. Je t'expliquerai, Loubet.

Il avait raccroché. Brutalement. Un emmerdeur, j'étais, avait-il dit juste avant. Il devait avoir raison.

Je me levai. J'avais retrouvé le sourire des bons jours. Celui qui évite de se salir à cracher à la gueule des pourritures.

— Toi, laisse-nous, cria Pertin à Carli.

— C'est quoi ton cirque ? aboya-t-il quand l'autre fut sorti.

— Un cirque, tu dis ? J'ai même pas vu un clown.

— Arrête de faire ton mariole, Montale. C'est pas ton genre. Et Loubet, c'est pas un gilet pare-balles.

— Tu feras quand même pas ça, Pertin ? Déjà, envoyer foutre le feu chez Saadna, ce matin, ce n'était pas une bonne idée, si tu veux mon avis. Surtout que les deux mômes, tu vois qui je veux dire ? ben, ils n'ont même pas pris le temps de vérifier s'il était grillé ou pas, Saadna. Tu me diras, ce n'est pas moi qui vais le pleurer.

Là, il accusa le coup. C'était comme avec les thons. Arrivait un moment où ils faiblissaient. Il fallait tenir jusque-là. Pour ferrer à nouveau.

— Qu'est-ce tu sais de ça, toi ?

— J'y étais, tu vois. Il t'a appelé, pour te filer l'info sur Boudjema Ressaf. Il croyait que c'était un tuyau d'enfer, que tu allais le décorer de biftons, pour ça. Je peux même te dire qui tu as appelé tout de suite après.

— Ah ouais...

Je bluffai, mais à peine. Je sortis le cahier.

— C'est tout marqué là-dedans. Tu vois, il n'y a qu'à lire. (J'ouvris le cahier au hasard.) Abdelkader. L'oncle de Nacer. Une mine, ce cahier. J'irais même jusqu'à supposer qu'il a peut-être une BMW noire, cet Abdelkader. Genre celle qu'on a vu à la Bigotte, l'autre après-midi. Tellement sûr qu'on les ferait pas chier, qu'ils ont dû faire ça avec sa tire, à Abdelkader. Comme s'ils allaient au balèti ! Sauf que...

Pertin éclata d'un rire nerveux, puis il m'arracha le cahier des mains. Il le feuilleta. Il n'y avait que des pages blanches. J'avais planqué l'autre dans ma voiture et j'avais fait l'achat d'un neuf avant de venir. Ça ne servait à rien. C'était juste la cerise sur le gâteau.

— Enfoiré de mes deux !

— Hé oui ! T'as perdu. L'original, Loubet l'a entre les mains. (Il jeta le cahier sur son bureau.) Je vais te dire, Pertin. Ça marque vraiment mal que toi et tes copains vous écrasiez, quand des fumiers manipulent des gosses paumés pour foutre la France à feu et à sang.

— Qu'est-ce que tu chantes encore ?

— Que moi, je n'ai jamais eu de sympathie pour Saddam Hussein. Je préfère les Arabes sans barbus, et Marseille sans vous. Salut, Deux-Têtes. Garde le cahier pour écrire tes mémoires.

En sortant, j'arrachai l'affiche et le tract du Front national. J'en fis une grosse boule et shootai vers la poubelle de l'entrée. Pile dedans.

Babar siffla d'admiration.

18

Où l'on ne peut pas obliger la vérité à se manifester

Je réussis à convaincre Loubet d'aller à L'Oursin, près du Vieux-Port. L'un des meilleurs endroits pour déguster huîtres, oursins, palourdes et violets. C'est ce que je commandai en entrant, avec une bouteille de cassis. Du blanc, de Fontcreuse. Il était de mauvaise humeur, évidemment.

— Vas-y dans l'ordre que tu veux, dit Loubet. Mais tu m'en racontes le plus possible. D'accord ? Je t'aime bien, Montale, mais là, tu commences vraiment à me les gonfler.

— Une seule question, je peux ? (Il sourit.) Tu as vraiment cru que j'avais buté Fabre ?

— Non. Ni toi ni elle.

— Pourquoi tu m'as fait ton numéro, alors ?

— Elle, pour lui foutre la trouille. Toi, pour que tu arrêtes tes conneries.

— Tu as progressé ?

— Tu avais dit une question. C'est la troisième. Alors, je t'écoute. Mais dis-moi d'abord qu'est-ce que tu foutais chez Pertin.

— D'accord, je commence par là. Mais ça n'a rien à voir avec Guitou, Hocine Draoui, Fabre, tout ça.

Je repris donc par le début. À mon arrivée à la Bigotte, sans préciser la vraie raison pour laquelle j'y venais. De l'assassinat de Serge jusqu'à la mort de Saadna. Et mon petit entretien avec Pertin.

— Serge, j'ajoutai, tu vois il était certainement pédé, pédophile même, pourquoi pas. Je m'en tape. C'était un type honnête. Pas violent. Il aimait les gens. Avec la naïveté de ceux qui croient. Une vraie foi. Dans l'homme, et sans le secours de Dieu. Les gosses, c'était sa vie.

— Peut-être qu'il les aimait un peu trop, non ?

— Et alors ! Même si c'était vrai. Ce n'est pas avec lui qu'ils étaient le plus malheureux, non ?

J'étais avec Serge comme avec ceux que j'aimais. Ils avaient ma confiance. Je pouvais admettre d'eux des actes que je ne comprenais pas. La seule chose que je ne pouvais tolérer, c'était le racisme. J'avais vécu mon enfance dans cette souffrance de mon père. De ne pas avoir été considéré comme un être humain, mais comme un chien. Un chien des quais. Et ce n'était qu'un Italien ! Des amis, je dois le dire, je n'en avais plus des masses.

Je n'avais pas envie de poursuivre cette discussion autour de Serge. Cela me mettait mal à l'aise, malgré tout. Je voulais tourner cette page. M'en tenir à cette douleur. Serge. Pavie. Arno. Une autre page de ma vie, à mettre, elle aussi, à la colonne, déjà longue, des pertes.

Loubet feuilletait le cahier de Serge. Avec lui, je pouvais espérer que tout ce qui était minutieusement consigné ne se perde pas au fond d'un tiroir. Du moins, l'essentiel. Et, surtout, que Pertin ne sorte pas indemne de cette affaire. Il n'était pas directement responsable de la mort de Serge. Ni de celle de Pavie. Il n'était que le symbole d'une police que je vomissais. Celle où l'on fait passer ses idées politiques ou ses ambitions personnelles avant les valeurs républicaines. La justice. L'égalité. Des Pertin, il y en avait des tonnes. Prêts à tout. Si un jour les banlieues explosaient, c'est à eux qu'on le devrait. À leur mépris. À leur xénophobie. À leur haine. Et à tous leurs petits calculs minables pour devenir, un jour, « un grand flic ».

Pertin, lui, je le connaissais. Pour moi, ce n'était pas un flic anonyme. Il avait un visage. Il était gras, rougeaud. Des Ray-Ban, pour cacher des yeux porcins. Un sourire arrogant. Je souhaitais qu'il « tombe », Deux-Têtes. Mais je ne me faisais aucune illusion.

— Il y a un moyen pour que je récupère l'enquête, dit Loubet, songeur. C'est que je la relie à l'autre.

— Mais il n'y a aucun lien ?

— Je sais. Sauf si on fout la mort de Hocine Draoui sur le dos du FIS ou du GIA. Je fonce sur ton Abdelkader, et je secoue le cocotier. On verra si Pertin sait se tenir aux branches.

— Un peu tiré par les cheveux, non ?

— Je vais te dire, Montale. On prend ce qu'on trouve. On ne peut pas obliger la vérité à se manifester. Pas toujours. Cette vérité vaut pour une autre vérité.

— Mais les autres. Les vrais tueurs de Draoui et de Guitou ?

— T'inquiète. Je les aurai. Crois-moi. Le temps, c'est ce qui manque le moins. On se reprend une douzaine d'huîtres et d'oursins ?

— Je veux bien.

— Tu as couché avec elle ?

À un autre que lui, je n'aurais pas répondu. Et même à lui, peut-être, dans d'autres circonstances. Mais, à cet instant, c'était une question de confiance. D'amitié.

— Non.

— Tu le regrettes ?

— Et comment !

— Qu'est-ce qui t'a retenu ?

Loubet était imbattable pour mener les interrogatoires. Il avait, toujours prête, la question qui ouvrait sur les explications.

— Cûc est une mangeuse d'hommes. Parce que le seul homme qu'elle a aimé, le premier, l'unique, le père de Mathias, elle n'a pu le garder. Il est mort. Et tu vois, Loubet, lorsqu'on a perdu quelque chose, une fois, même si elle a disparu entièrement, on continue éternellement à la perdre. Je le sais. Je n'ai jamais été capable de garder près de moi les femmes que j'ai aimées.

— Tu en as mangé beaucoup, des femmes ? demanda-t-il en souriant.

— Trop sans doute. Je vais te confier un secret, et puis après on revient à nos histoires. Je n'arrive pas à saisir ce que je cherche, avec les femmes. Et tant que je ne saurai pas ce dont j'ai besoin, je ne ferai que les blesser. Les unes après les autres. Tu es marié ?

— Oui. Et deux enfants. Des garçons.

— Tu es heureux ?

— Il me semble, oui. J'ai rarement le temps de me poser la question. Ou je ne prends pas le temps. Peut-être parce que la question ne se pose pas.

Je finis mon verre et allumai une cigarette. Je regardai Loubet. C'était un homme solide, rassurant. Serein, même si son boulot n'était pas rose tous les jours. Un homme de certitude. Le contraire de moi.

— Tu aurais couché avec elle, toi ?

— Non, dit-il en riant. Mais je dois reconnaître qu'elle a un quelque chose d'irrésistible.

— Draoui, il n'a pas résisté à Cûc. Elle avait besoin de lui. Comme elle a eu besoin de Fabre. Un homme, elle sait comment ça s'attrape.

— Et elle avait besoin de toi ?

— Elle voulait que Draoui l'aide à sauver Fabre, poursuivis-je, sans répondre à sa question.

Parce que ça me faisait mal de répondre oui. Oui, elle avait tenté de jouer avec moi, comme avec Hocine Draoui. Oui, je pouvais lui être utile. Dans ma tête, je préférais continuer de penser qu'elle m'avait désiré, sans arrière-pensées. Ma fierté mâle s'en portait mieux. Je n'étais pas latin pour rien !

— Son mari, elle l'aimait, tu crois ? fit-il sans relever l'impasse que je venais de faire.

— Tu vois, je serais incapable de te le dire, si elle l'a aimé ou pas. Elle, elle dit que non. Mais elle lui doit tout ce qu'elle est aujourd'hui. Il lui a donné un nom. Il lui a permis d'élever Mathias. Et les moyens de vivre plus que décemment. Tous les réfugiés vietnamiens n'ont pas eu cette chance.

— Tu as dit qu'elle voulait le sauver, Fabre. Le sauver de quoi ?

— Attends. Cûc est aussi une femme qui veut entreprendre, construire, gagner, réussir. C'est le rêve de tous ceux qui, un jour, ont tout perdu. Juifs, Arméniens, Pieds-Noirs, ils sont tous comme ça. Ce ne sont pas des immigrés. Tu comprends ça ? Un immigré, c'est quelqu'un qui n'a rien perdu, parce que là où il vivait, il n'avait rien. Sa seule motivation, c'est de survivre, un peu mieux.

« Cûc voulait se lancer dans la mode. Fabre lui a trouvé l'argent. Beaucoup d'argent. Les moyens pour imposer très vite sa griffe, en France et en Europe. Elle avait suffisamment de talent pour convaincre les commanditaires de l'opération. Sauf qu'ils auraient investi de l'argent dans n'importe quoi, ou presque. L'important était que l'argent trouve une destination. Sûre.

— Tu veux dire que c'est de l'argent sale ?

— L'entreprise de Cûc, c'est une société anonyme. Avec, pour actionnaires, des banques suisses, panaméennes, costaricaines. Elle en est la directrice, c'est tout. Elle n'est même pas propriétaire de sa marque. Elle n'a pas compris tout de suite. Jusqu'au jour où des commandes importantes sont arrivées, et que son mari lui a expliqué qu'il n'était pas utile qu'elle les honore. Juste qu'elle les facture. Et que la somme soit affectée à un autre compte de la société que son compte courant. Un compte suisse sur lequel elle n'a pas la signature. Tu piges ?

— Si je te comprends bien, on parle de la Mafia.

— C'est un nom qui fait tellement peur qu'on ose à peine le prononcer en France. Qu'est-ce qui fait tourner le monde, Loubet ? Le fric. Et qui est-ce qui en a le plus, de fric ? La Mafia. Tu sais à combien est estimé le volume du trafic de stupéfiants dans le monde ? 1 650 milliards de francs par an. C'est plus que le marché mondial du pétrole ! Presque le double.

Ma copine journaliste, Babette, m'avait expliqué ça, un jour. Elle en connaissait un bout sur la Mafia. Depuis plusieurs mois, elle était en Italie. Elle préparait avec un journaliste romain un ouvrage sur la Mafia en France. Explosif, m'avait-elle annoncé.

Pour elle, il était évident que, dans deux ans, la France connaîtrait une situation à l'italienne. L'argent noir, celui qui, par définition, n'a pas besoin de déclarer son origine, était devenu la denrée la plus courue des hommes politiques. À tel point, m'avait récemment dit Babette au téléphone, « qu'on avait glissé insensiblement d'une société politique de type mafieux à un système mafieux ».

— Fabre était lié à la Mafia ?

— Qui était Fabre ? Tu t'es occupé un peu de ça, non ?

— Un architecte, talentueux, plutôt à gauche, et qui a réussi.

— À qui tout a réussi, tu veux dire. Cûc m'a confié que son cabinet avait été vivement conseillé pour l'aménagement portuaire Euroméditerranée.

Euroméditerranée devait être la « nouvelle donne » pour que Marseille revienne sur la scène internationale, par son port. J'en doutais. Un projet né à Bruxelles, dans la cervelle de quelques technocrates, ne pouvait avoir pour souci l'avenir de Marseille. Seulement de réguler l'activité portuaire. De redistribuer les cartes, en Méditerranée, entre Gênes et Barcelone. Mais, pour l'Europe, les ports de l'avenir c'était déjà Anvers et Rotterdam.

On nous bidonnait, comme toujours. Le seul avenir qu'on

traçait pour Marseille, c'était d'être le premier port fruitier de la Méditerranée. Et d'accueillir des croisières internationales. L'actuel projet lorgnait essentiellement vers ça. Un sacré chantier se profilait sur les cent dix hectares du bassin est du port. Quartier d'affaires, centre de communications internationales, téléport, université du tourisme... Une manne pour les entreprises de bâtiment et de travaux publics.

— Le tiroir-caisse pour Fabre ! C'est un autre merdier que Serge et les barbus, ça.

— À peine. C'est autre chose, c'est tout. Ça pue tout autant. Je vais te dire, dans les papiers de Serge, j'ai trouvé des documents de la FAIS. Draoui y appartenait, tu m'as dit. Pour eux, l'Algérie s'est enfoncée dans le même système politico-mafieux. La guerre que livre le FIS au pouvoir en place n'est pas une guerre sainte. C'est juste une lutte pour se partager le gâteau. Boudiaf a été assassiné pour ça. Parce qu'il est le seul à l'avoir dit clairement.

— Tiens, dit-il en remplissant nos verres. On a besoin de ça.

— Tu sais, en Russie c'est pareil. Il n'y a pas d'espoir de ce côté-là. On en crèvera. Santé, fis-je en levant mon verre.

On resta un moment silencieux, nos verres à la main. Perdus dans nos réflexions. L'arrivée du second plateau de coquillages nous en libéra.

— Tu es un drôle de type, Montale. J'ai l'impression qu'il y a en toi quelque chose qui tient du sablier. Quand le sable est complètement descendu, il y a forcément quelqu'un qui vient le retourner. Cûc a dû te faire un sacré effet !

Je souris. J'aimais bien cette image du sablier. Du temps qui s'écoule. On vivait sa vie dans ce laps de temps. Jusqu'à ce que plus personne ne vienne retourner le sablier. Parce qu'on aurait perdu le goût de vivre.

— Ce n'est pas Cûc qui a retourné le sablier, comme tu dis. C'est la mort. La proximité de la mort. Partout autour de nous. La vie, j'y crois encore.

Cette discussion m'entraînait trop loin. Là où, d'ordinaire, je refusais de m'aventurer. Plus le temps passait, et moins je trouvais de raisons à la vie. Alors, je préférais m'en tenir aux choses simples. Comme boire et manger. Et aller à la pêche.

— Pour en revenir à Cûc, repris-je, elle n'a fait que déclencher les choses. En voulant que Fabre rompe les ponts avec ses amis mafieux. Elle s'est mise à fouiner dans ses affaires. Les contrats. Les gens qu'il rencontrait. Elle commença à paniquer, et, surtout, elle s'est sentie menacée. Dans ce qu'elle avait entrepris. Les objectifs qu'elle s'était fixés, une nuit, dans un deux-pièces minable du Havre. Une menace sur sa vie, et sa vie, c'est Mathias. Le fruit de son amour perdu. Bousillé par la violence, les haines, la guerre.

« Elle a supplié Fabre d'arrêter. De partir. Au Vietnam. Eux trois. Pour commencer une nouvelle vie. Mais il était pieds et poings liés, Fabre. Le truc classique. Comme certains hommes politiques. Ils en croquent pour se faire une place au soleil. Une fois en haut de l'échelle, pensent-ils, ils auront assez de pouvoir pour faire le ménage. Finies les mauvaises habitudes, les mauvaises amitiés. Mais non. C'est impossible. À la première enveloppe, tu es mort. À la première cravate, même.

« Fabre, il ne pouvait pas tirer un trait sur tout ça. Ciao, les mecs. Merci. Il ne voulait pas plonger. Se retrouver au trou, comme on en voit pas mal aujourd'hui. Il s'est mis à piquer des colères. À boire, et à devenir odieux. À rentrer de plus en plus tard, le soir. À ne pas rentrer, parfois. Cûc a séduit Hocine Draoui rien que pour ça. Pour humilier son mari. Pour lui dire qu'elle ne l'aimait pas. Qu'elle allait le quitter. Un chantage désespéré. Un cri d'amour. Parce que, dans le fond, je crois qu'elle l'aimait.

« Il n'a rien compris, de tout ça, Fabre. Ou pas voulu. En tout cas, il n'a pas supporté. Cûc, c'était toute sa vie. Il l'aimait, plus que tout je pense. Peut-être n'a-t-il fait tout ça que pour elle. Je ne sais pas... On ne le saura jamais. Ce qui est sûr, c'est qu'il s'est senti trahi par elle. Et par Hocine Draoui... Déjà que tous ses travaux allaient à l'encontre du projet de parking de la Vieille-Charité... C'est le cabinet de Fabre qui a le marché. J'ai lu ça sur le panneau, à l'entrée du chantier.

— Je sais, je sais. Mais... tu vois, Montale, les fouilles de la Vieille-Charité sont loin d'être exceptionnelles. Et Fabre n'a pu l'apprendre que par Hocine Draoui, je pense. L'argumentaire qu'il a adressé aux services concernés, pour défendre le projet de parking, était clair, rigoureux. Il ne laissait aucune chance aux archéologues. Draoui lui-même y croyait peu, d'ailleurs. J'ai lu son intervention, lors du colloque de 1990. Le chantier le plus excitant, c'est celui de la place Jules-Verne. Ces fouilles-là permettent de remonter à six siècles avant l'ère chrétienne. Ce qui sera peut-être mis au jour ici, c'est l'embarcadère du port ligure. Celui où Protis a débarqué un jour. Ma main à couper, qu'on n'y verra pas un parking à cet endroit-là... Selon moi, ils avaient un certain respect l'un pour l'autre, Draoui et Fabre. C'est ça que je crois. Ça explique que Fabre, dès qu'il a su dans quelle galère était Draoui, il lui a proposé de l'héberger.

« Fabre, poursuivit-il, par ce que j'ai pu apprendre sur lui, était un homme cultivé. Il aimait sa ville. Son patrimoine. La Méditerranée. Je suis sûr qu'ils avaient plein de points communs, tous les deux. Depuis qu'ils se sont rencontrés, en 1990, ils n'ont cessé de correspondre. J'en ai lu quelques-unes, des lettres de Draoui à Fabre. C'est passionnant. Je suis sûr que ça t'intéresserait.

— C'est dingue, cette histoire, dis-je, ne sachant quoi ajouter.

Je devinais où il voulait en venir, et cela me piégeait. Je ne pouvais continuer à jouer au con. À taire ce que je savais.

— Ouais, une belle histoire d'amitié, reprit-il sur un ton léger. Et qui tourne mal. Comme il y en a plein les journaux. L'ami qui couche avec ta femme. Le mari cocu qui fait justice.

Je réfléchis un instant.

— Mais ça colle mal avec l'idée que tu te fais de Fabre, c'est ça que tu penses ?

— D'autant que le mari cocu se fait descendre peu après. Ce n'est pas elle qui l'a tué. Ni toi. Mais des tueurs. Comme Draoui. Et Guitou, qui a eu le malheur de se trouver là au mauvais moment.

— Et tu crois qu'il y a une autre raison.

— Ouais. La mort de Draoui n'est pas liée au fait qu'il a couché avec Cûc. C'est plus grave.

— Grave au point que deux tueurs viennent de Toulon, exprès pour ça. Pour tuer Hocine Draoui.

Et merde ! il fallait bien que je le lui dise, quand même.

Il ne cilla pas. Ses yeux étaient braqués sur moi. J'eus le curieux sentiment qu'il savait déjà ce que je venais de lui avouer. Le nombre de tueurs. Leur lieu d'origine. Mais comment aurait-il pu savoir ?

— Ah ! Et comment tu sais ça ? Qu'ils sont venus de Toulon ?

— Ils m'ont collé au cul le premier jour, Loubet. Ils cherchaient la petite. Naïma, elle s'appelle. Celle qui était au lit, avec Guitou. Je savais qui c'était et...

— Tu es allé à la Bigotte, pour ça.

— Pour ça, oui.

Il me regarda avec une violence que je ne lui connaissais pas. Il se leva.

— Un cognac, cria-t-il au serveur.

Et il partit vers les chiottes.

— Deux, précisai-je. Et un autre café.

19

Où il est trop tard, quand la mort est là

Loubet revint calmé. Après avoir pissé, il avait simplement affirmé : « T'as de la chance que je t'aie à la bonne, Montale. Parce que je t'aurais volontiers cassé la figure ! »

Je lui déballai tout ce que je savais. Guitou, Naïma, la famille Hamoudi. Puis tout ce que m'avait raconté Cûc, l'autre nuit, et que je ne lui avais pas encore dit. Dans les détails. Comme un bon élève.

Naïma était allée voir Mathias, à Aix. Lundi soir. Elle lui avait raconté l'essentiel, la veille, au téléphone. Mathias avait appelé sa mère. Paniqué, et fou furieux à la fois. Cûc, bien sûr, se rendit à Aix. Naïma leur fit le récit de cette nuit dramatique.

Adrien Fabre était présent. Elle ne l'avait pas vu. Elle avait simplement entendu crier son nom. Après qu'ils eurent tué Guitou : « Putain ! qu'est-ce qu'il foutait là, ce gosse ? Fabre ! avait gueulé un type. Viens ici ! » Elle se souvenait des mots. Jamais elle ne pourrait les oublier.

Elle, elle s'était planquée dans la douche.

Recroquevillée dans le bac. Terrifiée. Si elle réussit à ne pas hurler, leur expliqua-t-elle, c'est parce qu'une goutte d'eau tombait sur son genou. Le gauche. Elle s'était concentrée, là-dessus. Jusqu'à combien elle pouvait compter avant qu'une autre goutte n'arrive sur son genou.

Une discussion s'était engagée entre les hommes, devant la porte du studio. Trois voix, avec celle de Fabre. « Vous l'avez tué ! Vous l'avez tué ! » il criait. Pleurant presque. Celui qui semblait être le chef l'avait traité de connard. Puis il y eut un bruit sec, comme une claque. Fabre, alors, se mit vraiment à chialer. Une des voix, avec un fort accent corse, demanda ce qu'il fallait faire. Le chef lui répondit de se démerder pour trouver une fourgonnette. Avec trois ou quatre déménageurs. Pour vider la baraque. Du plus gros. De l'essentiel. Lui, il emmenait « l'autre », avant qu'il ne leur fasse une dépression.

Combien de temps elle passa dans la douche, à compter les gouttes d'eau, Naïma l'ignorait. La seule chose dont elle se souvenait, c'est qu'à un moment ce fut le silence. Plus un bruit. Sauf elle, qui sanglotait. Elle grelottait aussi. Le froid lui était rentré dans la peau. Pas le froid des gouttes d'eau. Le froid de l'horreur qui l'entourait, et qu'elle imaginait.

Elle avait sauvé sa peau, ça elle l'avait compris. Mais elle resta là, sous la douche, les yeux fermés. Sans bouger. Sans pouvoir faire un geste. À sangloter. À grelotter. À espérer que ce cauchemar s'achève. Guitou poserait un baiser sur ses lèvres. Elle ouvrirait les yeux, et il lui dirait doucement : « Allez, c'est fini, maintenant. » Mais le miracle ne se produisit pas. Une nouvelle goutte d'eau était venue frapper son genou. Réelle, comme ce qu'elle venait de vivre. Elle se leva, péniblement. Résignée. Et elle s'habilla. Le plus terrible, avait-elle pensé, l'attendait devant la porte. Il lui fallait enjamber le corps de Guitou. Elle s'avança en détournant la tête, pour ne pas le voir. Mais elle n'avait pas pu faire ça. C'était *son* Guitou. Elle s'accroupit devant lui, pour le regarder une dernière fois. Lui dire adieu. Elle ne tremblait plus. Elle n'avait plus peur. Plus rien n'aurait d'importance, maintenant, s'était-elle dit, en se relevant, et...

— Et ils sont où maintenant, elle et Mathias ?

Je pris mon air le plus angélique pour lui répondre.

— Ben, c'est ça le problème. On ne sait plus.

— Tu te fous de ma gueule ou quoi ?

— Juré.

Il me regarda, avec un air méchant.

— Je vais te mettre en cabane, Montale. Deux ou trois jours.

— Tu déconnes !

— Tu as assez fait chier ! Et je te veux plus dans mes pattes.

— Même si je paie l'addition ? je dis en prenant mon air le plus idiot.

Loubet éclata de rire. Un bon rire franc. Un rire d'homme. Capable de tenir tête à toutes les bassesses du monde.

— T'as eu les foies, hein ?

— Et comment ! Tout le monde serait venu me voir. Comme au zoo. Même Pertin m'aurait apporté des cacahuètes.

— Pour l'addition, on partage, reprit-il sérieux. Je vais lancer un avis de recherche, pour Balducci et pour l'autre. Narni. (Il prononça son nom, lentement. Puis ses yeux se plantèrent dans les miens.) Comment tu l'as identifié, celui-là ?

— Narni. Narni, répétai-je. Mais...

Une porte s'ouvrait sur la pire et la plus inimaginable des saloperies. Je sentis mon estomac se mettre en boule. J'eus un haut-le-cœur.

— Qu'est-ce qu'il y a, Montale ? T'es malade ?

Tiens bon, je me dis. Tiens bon. Ne dégueule pas tout sur la table. Retiens-toi. Concentre-toi. Respire. Allez, respire. Lentement. Comme si tu marchais dans les calanques. Respire. Voilà, c'est mieux. Respire encore. Souffle. C'est bien. Ouais, c'est ça... Tu vois, tout se digère. Même la merde à l'état pur.

J'essuyai mon front, couvert de sueur.

— Ça va, ça va. Un truc à l'estomac.

— Tu as une tête à faire peur.

Je ne voyais plus Loubet. Devant moi, il y avait l'autre. Le bel homme. Aux tempes grisonnantes. À la moustache poivre et sel. Avec sa grosse chevalière en or, à la main droite. Alexandre. Alexandre Narni.

J'eus un nouveau haut-le-cœur, mais le plus dur était passé. Comment Gélou avait-elle fait, pour se retrouver dans le lit d'un tueur ? Dix ans, bon Dieu !

— C'est rien, je dis. Ça va passer. Un autre petit cognac, vite fait ?

— T'es sûr que ça va ?

Ça irait.

— Narni, je repris sur le ton de la plaisanterie, je ne sais pas qui c'est. Juste un nom qui m'est venu à l'esprit, tout à l'heure. Boudjema Ressaf, Narni... Je voulais frimer, avec Pertin. Bien lui faire croire qu'on était en cheville, toi et moi.

— Ah ! dit-il.

Il ne me quittait pas des yeux, Loubet.

— Et c'est qui alors, ce Narni ?

— Ce nom, tu parles, il t'est pas venu comme ça. Tu as dû en entendre parler, de Narni. Forcément. Un des porte-flingues de Jean-Louis Fargette. (Il eut un sourire ironique.) Fargette, tu te souviens qui c'est, quand même ? hein ? La Mafia, tout ça...

— Ouais, évidemment.

— Ton Narni, il s'est surtout illustré pendant des années comme patron du racket sur toute la Côte. On a reparlé de lui, quand Fargette s'est fait buter, à San Remo. C'est peut-être même lui qui a fait le boulot. Les renversements d'alliances entre familles, tu sais comment ça se passe. Depuis, Narni il s'était fait oublier.

— Et il fait quoi, maintenant que Fargette est mort ?

Loubet sourit. Le sourire de celui qui sait qu'il va épater l'autre. Je m'attendais au pire.

— Il est conseiller financier d'une société internationale de marketing économique. La société qui gère le second compte de la société de Cûc. Qui gère aussi le second compte du cabinet d'architecte de Fabre. D'autres encore... Je n'ai pas eu le temps d'éplucher la liste. La Camorra napolitaine est derrière, j'en ai eu la confirmation tout à l'heure, juste avant de te retrouver. Tu vois, Fabre, il était salement maqué. Mais pas comme tu crois.

— Mais encore, dis-je évasivement.

Je n'écoutais plus vraiment. Mon estomac était noué. Ça n'arrêtait pas de monter et de descendre, là-dedans. Les oursins, les violets, les huîtres. Le cognac ne m'avait été d'aucun secours. Et j'avais envie de chialer.

— Le marketing économique, c'est quoi selon toi, pour ces types ?

Je savais. Babette m'avait expliqué.

— L'usure. Ils prêtent de l'argent aux entreprises en difficulté. De l'argent sale évidemment. À des taux dingues. Quinze, vingt pour cent. Mais beaucoup. Toute l'Italie fonctionne déjà comme ça. Même certaines banques !

La Mafia avait attaqué le marché français. L'affaire Schneider, et ses filières belges, en avait été, récemment, le premier exemple.

— Eh bien, le type qui gère tout ça s'appelle Antonio Sartanario. Narni travaille pour lui. Il s'occupe spécialement de ceux qui ont du mal à rembourser. Ou qui tentent de changer la règle du jeu.

— Fabre, il était dans ce cas ?

— Il a commencé à emprunter pour lancer son cabinet. Puis beaucoup pour aider Cûc à démarrer dans la mode. C'était un client régulier. Mais, ces derniers mois, il se faisait un peu tirer l'oreille. Dans ses comptes, qu'on a épluchés, on a découvert qu'il passait énormément de fric sur un compte épargne. Un compte ouvert au nom de Mathias. Tu vois, Hocine Draoui, c'était un avertissement pour Fabre. Le premier. Ils l'ont tué, là chez lui, devant lui, pour ça. Dès le lundi, Fabre il a retiré de grosses sommes.

— Mais ils l'ont quand même buté.

— La mort du gosse, ça a dû lui foutre un sacré coup,

quand même, à Fabre. Alors, qu'est-ce qu'il a voulu faire au lieu de remettre l'argent ? Qu'est-ce qui lui a passé par la tête ? Cracher le morceau ? Faire du chantage, pour qu'on le laisse en paix ?... Oh ! Tu m'écoutes, Montale ?

— Ouais, ouais.

— Tu vois quel merdier c'est. Balducci, Narni. Ces mecs, ils rigolent pas. T'entends, Montale ? (Il regarda l'heure.) Putain, je suis à la bourre, là.

Il se leva. Pas moi. Je n'étais pas encore sûr de mes jambes. Loubet posa sa main sur mon épaule, comme l'autre jour, chez Ange.

— Un conseil, si tu as des nouvelles des gosses, oublie pas de m'appeler. Je voudrais pas qu'il leur arrive quelque chose. Toi non plus, je pense ?

Je fis oui de la tête.

— Loubet, m'entendis-je dire, je t'aime bien.

Il se pencha vers moi.

— Alors, fais-moi plaisir, Fabio. Va à la pêche. C'est plus sain... Pour ce que tu as à l'estomac.

Je me fis servir un troisième cognac. Je le bus cul sec. Il descendit avec la force que j'espérais. Capable de déclencher la tempête dans mon bide. Je me levai, péniblement, et me dirigeai vers les toilettes.

À genoux, tenant la cuvette des chiottes à deux mains, je vomis. Tout. Jusqu'à la dernière palourde. Je ne voulais rien garder de ce putain de repas. L'estomac tordu de douleur, je sanglotai doucement. Voilà, me dis-je, les choses finissent toujours ainsi. Par défaut d'équilibre. Elles ne peuvent pas finir autrement. Parce que c'est ainsi qu'elles ont commencé. On voudrait que tout se stabilise, à la fin. Mais non, ça n'arrive jamais.

Jamais.

Je me relevai et tirai la chasse d'eau. Comme on tire une sonnette d'alarme.

Dehors, il faisait un temps superbe. J'avais oublié que le

soleil existait. Il inondait le cours d'Estienne-d'Orves. Je me laissai porter par la douce chaleur. Les mains dans les poches, j'allai jusqu'à la place aux Huiles. Sur le Vieux-Port.

Une odeur, forte, montait de l'eau. Un mélange d'huile, de cambouis, d'eau salée. Ça ne sentait franchement pas bon. Ça puait, aurais-je dit un autre jour. Mais là, elle me fit un bien immense, cette odeur. Un parfum de bonheur. Vrai, humain. C'est comme si Marseille me prenait à la gorge. Le « teuf teuf » de mon bateau me revint en mémoire. Je me vis en mer, en train de pêcher. Je souris. La vie, en moi, reprenait place. Par les choses les plus simples.

Le ferry-boat arriva. Je m'offris un aller-retour pour le plus court et le plus beau des voyages. La traversée de Marseille. Quai du Port-Quai de Rive-Neuve. Il y avait peu de monde, à cette heure. Des vieux. Une mère qui donnait le biberon à son bébé. Je me surpris à fredonner *Chella lla*. Une vieille chanson napolitaine de Renato Carosone. Je retrouvais mes marques. Avec les souvenirs qui vont avec. Mon père m'avait assis sur la fenêtre du ferry-boat, et il me disait : « Regarde, Fabio. Regarde. C'est l'entrée du port. Tu vois. Le fort Saint-Nicolas. Le fort Saint-Jean. Et là, le Pharo. Tu vois, et après, c'est la mer. Le large. » Je sentais ses grosses mains qui me tenaient sous les aisselles. J'avais quoi ? Six ou sept ans, pas plus. Cette nuit-là, j'avais rêvé d'être marin.

Place de la Mairie, les vieux qui descendirent furent remplacés par d'autres vieux. La mère de famille me regarda avant de quitter le ferry-boat. Je lui souris.

Une lycéenne monta. Du genre de celles qui fleurissent à Marseille mieux qu'ailleurs. Père ou mère antillais, peut-être. Les cheveux longs et frisés. Les seins bien droits devant elle. La jupe à ras la pâquerette. Elle vint me demander du feu, parce que je l'avais regardée. Elle me coula un regard à la Lauren Bacall, sans un sourire. Puis elle alla se planter de l'autre côté de la cabine. Je n'eus pas le temps de lui dire merci. Pour ce plaisir de ses yeux dans les miens.

Au retour, je longeai le quai, pour aller retrouver Gélou. J'avais appelé l'hôtel avant de quitter L'Oursin. Elle m'attendait au New York. Je ne savais pas ce que je ferais si Narni était là. Je l'étranglerais sur place, peut-être.

Mais Gélou était seule.

— Alexandre n'est pas là ? dis-je en l'embrassant.

— Il sera là dans une demi-heure. J'avais envie de te voir sans lui. Pour l'instant. Qu'est-ce qui se passe, Fabio ? Avec Guitou.

Gélou avait des cernes. L'anxiété la marquait. L'attente, la fatigue, tout ça. Mais elle était belle, ma cousine. Toujours. Je voulais profiter encore de son visage, tel qu'il était là, maintenant. Pourquoi la vie ne lui avait-elle pas souri ? Est-ce qu'elle avait trop espéré d'elle ? Trop attendu ? Mais ne sommes-nous pas tous comme ça ? Dès que l'on ouvre les yeux sur le monde ? Y a-t-il des gens qui ne demandent rien à la vie ?

— Il est mort, je dis doucement.

Je lui pris les mains. Elles étaient chaudes encore. Puis je levai les yeux vers elle. Je mis dans mon regard tout l'amour que j'avais en réserve pour les mois d'hiver.

— Quoi, balbutia-t-elle.

Je sentis le sang refluer de ses mains.

— Viens, je dis.

Et je l'obligeai à se lever, à sortir. Avant qu'elle ne craque. Je la pris par l'épaule, comme une amoureuse. Son bras vint se glisser autour de ma taille. On traversa au milieu du flot de voitures. Sans s'inquiéter des coups de frein. Des klaxons. Des insultes qui fusaient. Il n'y avait plus que nous. Nous deux. Et cette douleur commune.

On marcha le long du quai. En silence. Serrés l'un contre l'autre. Je me demandai un instant où était ce fumier. Car il ne devait pas être loin, Narni. À nous épier. À se demander quand, enfin, il pourrait me planter une balle dans la tête. Il devait en rêver. Moi aussi. Le flingue que je trimbalais depuis hier soir dans la voiture, c'est à ça qu'il allait servir. Et j'avais un avantage sur Narni. Je savais maintenant quelle pourriture il était.

Je sentis tressauter l'épaule de Gélou. Les larmes arrivaient. Je m'arrêtai et tournai Gélou vers moi. Je l'enlaçai. Tout son corps se serra contre le mien. On aurait pu croire deux amants, fous de désir. Derrière le clocher des Accoules, le soleil, déjà, se cachait.

— Pourquoi ? demanda-t-elle au milieu des larmes.

— Ça n'a plus d'importance, les questions. Ni les réponses. C'est comme ça, Gélou. Comme ça, c'est tout.

Elle leva son visage vers moi. Un visage défait. Bien sûr, son Rimmel avait coulé. De longues traces bleues. Ses joues semblaient fissurées, comme après un tremblement de terre. Je vis son regard s'en aller au-dedans d'elle. Pour toujours. Elle partait, Gélou. Ailleurs. Au pays des larmes.

Ses yeux, ses mains, malgré tout, s'accrochaient encore à moi, désespérément. Pour rester au monde. À tout ce qui nous unissait depuis l'enfance. Mais je ne lui étais d'aucun secours. Mon ventre n'avait pas poussé un enfant vers la lumière. Je n'étais pas une mère. Même pas un père. Et tous les mots que je pouvais dire appartenaient au dictionnaire de la connerie humaine. Il n'y avait rien à dire. Je n'avais rien à dire.

— Je suis là, murmurai-je, tout près de son oreille.

Mais c'était trop tard.

Quand la mort est là, il est toujours trop tard.

— Fabio...

Elle se tut. Son front vint se reposer sur mon épaule. Elle se calmait. Le pire serait pour plus tard. Je lui caressai doucement les cheveux, puis je glissai ma main sous son menton, pour relever son visage vers moi.

— Tu as un Kleenex ?

Elle fit oui de la tête. Elle se détacha de moi, ouvrit son sac, sortit un Kleenex et un petit miroir. Elle essuya les traces de Rimmel. Elle n'en fit pas plus.

— Où est ta voiture ?

— Au parking, derrière l'hôtel. Pourquoi ?

— Ne me pose pas de questions, Gélou. À quel niveau ? Un ? Deux ?

— Un. Sur la droite.

Je la repris par les épaules, et on repartit vers le New York. Le soleil disparaissait derrière les maisons de la butte du Panier. Derrière lui, il laissait une belle lumière qui faisait rosir les immeubles du quai de Rive-Neuve. C'était sublime. Et j'avais besoin de ça. De m'accrocher à ces moments de beauté.

— Parle-moi, elle dit.

Nous étions devant l'une des entrées du métro Vieux-Port. Il y en avait trois. Celle-là. Une en bas de la Canebière. L'autre place Gabriel-Péri.

— Plus tard. Tu vas aller jusqu'à ta voiture. Tu t'installes et tu attends que j'arrive. Je te rejoins dans moins de dix minutes.

— Mais...

— Tu pourras faire ça ?

— Oui.

— Bon. Je vais te laisser là. Tu fais comme si tu rentrais à l'hôtel. Devant, tu hésites quelques secondes. Comme si tu réfléchissais à quelque chose. Quelque chose que tu aurais oublié, par exemple. Puis tu pars vers le parking sans te presser. D'accord ?

— Oui, dit-elle, mécaniquement.

Je l'embrassai, comme si je la quittais. En la serrant contre moi. Tendrement.

— Il faut que tu fasses exactement ça, Gélou, je lui dis, avec douceur, mais fermement. Tu as compris ? (Sa main se glissa dans la mienne.) Allez, vas-y.

Elle y alla. Raide. Comme un automate.

Je la regardai traverser. Puis je descendis dans le métro, en prenant l'escalier mécanique. Sans me presser. Arrivé dans le couloir, je partis en courant. Je traversai la station dans toute sa longueur, pour gagner la sortie Gabriel-Péri. Je montai les marches deux par deux, et me retrouvai sur la place. Je pris à droite pour rejoindre la Canebière, devant le Palais de la Bourse. Le parking était en face.

Si Narni, ou l'autre, Balducci, me surveillait, j'avais une longueur d'avance. Là où on allait, Gélou et moi, nous n'avions besoin de personne. Je traversai sans attendre le petit bonhomme vert et plongeai dans le parking.

Il y eut un appel de phares et je reconnus la Saab de Gélou.

— Pousse-toi, dis-je, en ouvrant la porte. Je vais conduire.

— Où on va, Fabio ? Explique-moi !

Elle avait crié.

— On va juste se promener, dis-je doucement. Il faut qu'on parle, non ?

On ne parla pas, jusqu'à ce qu'on prenne l'autoroute Nord. J'avais zigzagué dans Marseille, l'œil rivé au rétroviseur. Mais aucune voiture ne nous avait pris en filature. Rassuré, je racontai alors à Gélou ce qui s'était passé. Je lui dis que le commissaire qui était sur l'enquête était un de mes amis. Qu'on pouvait lui faire confiance. Elle m'avait écouté, sans poser de questions. Elle avait juste dit :

— Ça ne changera plus rien, maintenant.

Je sortis à l'embranchement Les Arnavaux et pris à travers les rues qui montent vers Sainte-Marthe.

— Tu l'as connu comment, Narni ?

— Quoi ?

— Alexandre Narni, où tu l'as rencontré ?

— Au restaurant, qu'on avait avec Gino. C'était un client. Un bon client. Il venait souvent. Avec des amis, parfois seul. Il aimait la cuisine que faisait Gino.

Moi aussi. Je me souvenais encore d'un plat de *lingue di passero* aux truffes. Je n'en avais plus jamais mangé d'aussi bonnes. Même pas en Italie.

— Il te faisait du gringue ?

— Non. Enfin, les compliments...

— Qu'un bel homme peut faire à une jolie femme.

— Oui, si tu veux... Mais j'étais avec lui, comme avec tous les autres clients. Pas plus, pas moins.

— Hum... Et lui ?

— Quoi lui ? Fabio, ça veut dire quoi, ces questions ? C'est lié à la mort de Guitou ?

Je haussai les épaules.

— J'ai besoin de savoir des choses de ta vie. Pour comprendre.

— Comprendre quoi ?

— Comment Gélou, ma cousine chérie, a rencontré Alexandre Narni, tueur professionnel de la Mafia. Et comment, pendant les dix ans où elle a couché avec lui, elle n'en a rien deviné.

Et je filai un coup de frein, vite fait. Pour me garer. Avant de recevoir une gifle.

20

Où il est proposé une vision limitée du monde

Narni devint un des meilleurs clients du restaurant quelques mois seulement après l'ouverture. Chaque fois, il venait avec des gens connus. Des maires, des députés. Des élus régionaux. Des ministres. Des gens du show-biz. Du cinéma.

Voilà mes amis, semblait-il dire. Vous avez de la chance que j'aime votre cuisine. Et qu'on est *paese*. Narni comme Gino était de l'Ombrie. Sans doute la région de l'Italie où l'on mange le mieux. Avant même la Toscane. Pour une chance, cela en était une. Il fallait bien le reconnaître. Le restaurant ne désemplissait pas. Certains venaient y dîner juste pour apercevoir telle ou telle personnalité.

Les murs se couvraient d'encadrements, avec les photos de tous ceux qui passaient. Gélou posait avec chacun. Comme une star. Star des stars dans ce restaurant. Un réalisateur italien, elle ne se souvenait plus lequel aujourd'hui, lui avait même proposé, un jour, de tourner dans son prochain film. Elle avait beaucoup ri. Elle aimait le cinéma, mais ne s'était jamais imaginée devant une caméra. Et puis Guitou venait de naître. Alors, le cinéma...

L'argent rentrait. Une période heureuse. Même si, le soir, ils se retrouvaient au lit épuisés. Surtout les soirs de week-end. Gino avait embauché un aide-cuisinier et deux serveuses. Gélou ne servait plus en salle. Elle accueillait les hôtes de marque, prenait l'apéritif avec eux. Tout ça, quoi. Narni la faisait inviter dans des réceptions officielles, des galas. Plusieurs fois aussi au festival de Cannes.

— Tu y allais seule ? j'avais demandé.

— Sans Gino, oui. Le restaurant devait tourner. Et tu sais, il aimait pas trop ça, les mondanités. Rien ne lui faisait tourner la tête, à part moi, dit-elle avec un petit sourire triste. Ni l'argent ni les honneurs. C'était un vrai paysan, avec les pieds bien sur terre. C'est pour ça que je l'ai aimé. Il m'a équilibrée. Il m'a appris à faire la différence entre le vrai et le faux. Le tape-à-l'œil. Tu te rappelles, comment j'étais, gamine ? Je courais après tous les garçons qui frimaient avec l'argent de papa.

— Tu voulais même épouser le fils d'un fabricant de chaussures marseillais. Un beau parti, c'était.

— Il était moche.

— Gino...

Elle se perdit dans ses pensées. Nous étions restés garés dans cette rue, où j'avais freiné brusquement. Gélou ne m'avait pas giflé. Elle n'avait même pas bougé. Comme sonnée. Puis elle s'était tournée vers moi, lentement. Ses yeux envoyaient des signaux de détresse. Je n'avais pas osé la regarder immédiatement.

— C'est à ça que tu as passé ton temps ? avait-elle dit. À éplucher ma vie ?

— Non, Gélou.

Et je lui avais tout raconté. Enfin, pas tout. Seulement ce qu'elle était en droit de savoir. Puis on fuma, en silence.

— Fabio, reprit-elle.

— Oui.

— Qu'est-ce que tu cherches à savoir ?

— Je ne sais pas. C'est comme quand une pièce manque dans un puzzle. On voit l'image, mais cette pièce manquante, elle fout tout en l'air. Tu comprends ?

La nuit était tombée. Malgré les fenêtres ouvertes, la fumée emplissait la voiture.

— Je n'en suis pas sûre.

— Gélou, ce type, il vit avec toi. Il t'aide à élever les gosses. Patrice, Marc et Guitou. Guitou, il l'a vu grandir... Il a dû jouer avec lui. Il y a eu les anniversaires. Les Noëls...

— Comment il a pu, c'est ça ?

— Oui, comment il a pu. Et comment... Suppose que nous n'en ayons rien su. Tu ne serais pas venue me voir, hein ? Narni, il vient, il tue ce type, Hocine Draoui. Puis Guitou qui se trouvait malheureusement là. Il passe à travers les mailles des flics. Comme d'habitude. Il revient à Gap... Comment il aurait pu... Tu vois, il enfile son pyjama, tout propre, bien repassé, il se met au lit avec toi et...

— En supposant, je crois que... Guitou mort, je crois que je n'aurais plus supporté un homme dans mon lit. Alex ou un autre.

— Ah, fis-je, décontenancé.

— C'est pour être sûre de pouvoir élever les enfants, d'élever Guitou surtout, que j'avais besoin d'un homme. D'un... D'un père, oui. (Gélou était de plus en plus nerveuse.) Oh ! Fabio, je m'embrouille. Tu comprends, il y a ce qu'une femme attend d'un homme. La gentillesse. La tendresse. Le plaisir. Le plaisir, ça compte, tu sais. Et puis il y a tout le reste. Qui fait qu'un homme est vraiment un homme. La stabilité qu'il offre. L'assurance. Une autorité, quoi. Sur qui s'appuyer... Mère seule, de trois enfants, non, je n'en ai pas eu le courage. C'est ça, la vérité. (Elle alluma une autre cigarette, mécaniquement. Songeuse.) Ce n'est pas si simple, tout ça.

— Je sais, Gélou. Dis-moi, il n'a jamais eu envie d'avoir un enfant de toi ?

— Oui. Lui, oui. Pas moi. Trois, c'était déjà assez. Tu ne crois pas ?

— Tu as été heureuse, ces dernières années ?

— Heureuse ? Oui, je pense. Tout marchait bien. Tu vois en quoi je roule ?

— J'ai vu. Ce n'est pas forcément être heureux, ça.

— Je sais. Mais qu'est-ce que tu veux que je te réponde ? Regarde la télé... Quand tu vois ce qui se passe chez nous, ou ailleurs... Je ne peux pas dire que j'étais malheureuse.

— Gino, il en pensait quoi de Narni ?

— Il ne l'aimait pas vraiment. Enfin, au début si. Il le trouvait assez sympa. Ils parlaient un peu du pays. Mais Gino, tu sais, il n'a jamais été liant, avec les gens. Pour lui, il n'y avait que la famille.

— Il était jaloux, c'est pour ça ?

— Un peu. Comme tout bon Italien. Mais ça n'a jamais été un problème. Même quand un super bouquet de roses arrivait pour mon anniversaire. Ça lui rappelait simplement que lui, il l'avait oublié, mon anniversaire. Mais ce n'était pas grave. Il m'aimait, Gino, et je le savais.

— C'était quoi, alors ?

— Je ne sais pas. Gino... Alex, il lui arrivait aussi de venir manger avec de drôles de types. Bien mis, mais... accompagnés de... Comme des gardes du corps, tu vois. Avec eux, pas question de faire des photos ! Gino, ça ne lui plaisait pas de les avoir dans son restaurant. Il disait que c'était la Mafia. Qu'avec leurs gueules, on les reconnaissait tout de suite. Ils étaient plus vrais qu'au cinéma !

— Il lui en a fait la remarque, à Narni ?

— Non, tu parles. C'était un client. Quand tu as un restaurant, tu ne fais pas de commentaires. Tu sers à manger, c'est tout.

— Gino, il a changé d'attitude avec lui, à ce moment-là ?

Elle éteignit sa cigarette. C'était loin. C'était, surtout, une période sur laquelle elle n'avait pas encore tourné la page. Dix ans après. Dans sa tête, la photo de Gino reposait, sans doute, dans un cadre doré, avec une rose posée à côté.

— Gino, à un moment, il est devenu nerveux. Anxieux. Il

se réveillait la nuit. C'est parce qu'on travaillait trop, il disait. C'est vrai, nous n'arrêtions pas. Le restaurant était toujours complet et, pourtant, on ne roulait pas sur l'or. On vivait. J'avais le sentiment, parfois, qu'on gagnait moins qu'au début. Gino, il disait que c'était une spirale de fou, ce restaurant. Il commença à parler de vendre. D'aller ailleurs. De travailler moins. Qu'on serait tout aussi heureux.

Gino et Gélou. Adrien Fabre et Cûc. La Mafia reprenait d'une main ce qu'elle donnait de l'autre. Sans faire de cadeaux. On n'échappait pas au racket. Surtout si le racketteur avait construit ta clientèle. N'importe laquelle. Ça fonctionnait comme ça partout. À des degrés divers. Même pour les plus petits bars de quartier, de Marseille à Menton. Pas grand-chose, juste un petit flipper pas déclaré. Ou deux.

Narni, en plus, il aimait la patronne. Gélou. Ma cousine. Ma Claudia Cardinale. Il y a dix ans, je m'en souvenais, elle était plus belle encore qu'adolescente. Une femme mûre, épanouie. Comme je les aime.

— Ils se sont un peu disputés, un soir, reprit Gélou. Ça me revient maintenant. Je ne sais pas à propos de quoi. Gino n'avait pas voulu m'en parler. Alex était venu manger seul, comme cela lui arrivait quelquefois. Gino s'était assis à sa table, pour boire un verre de vin avec lui, en bavardant. Alex avait fini ses pâtes, puis il était parti. Sans rien manger d'autre. À peine s'il avait dit bonsoir. Mais il m'avait regardée, longuement. Avant de sortir.

— C'était quand ?

— Un mois avant que Gino ne se fasse tuer... Fabio ! elle cria, tu ne veux pas dire que...

Je ne voulais rien dire, justement.

De ce soir-là, Narni ne remit plus les pieds dans le restaurant. Il appela Gélou, une fois. Pour lui dire qu'il partait en déplacement, mais qu'il reviendrait bientôt. Il ne réapparut que deux jours après la mort de Gino. Pour l'enterrement, très précisément. Il fut très présent durant cette période, aidant Gélou dans tous les instants, la conseillant.

Elle lui fit alors part de son intention de vendre, de quitter la région. De recommencer, ailleurs. Là encore, il l'aida. C'est lui qui mena la transaction de vente du restaurant, et en obtint un très bon prix. D'un parent à lui. Gélou, peu à peu, s'appuya sur lui. Plus que sur sa famille. Passé le malheur, il est vrai, elle s'en était retournée à ses affaires. Moi compris.

— Tu aurais pu m'appeler, je protestai.

— Oui, peut-être. Si j'avais été seule. Mais Alex était là et... Je n'ai pas eu besoin de demander, tu vois.

Un jour, presque un an après, Narni lui proposa de l'emmener à Gap. Il avait trouvé une petite affaire qui lui plairait. Une villa aussi, sur les premiers escarpements du col Bayard. La vue sur la vallée était magnifique. Les enfants, lui avait-il dit, seraient heureux ici. Une autre vie.

Ils visitèrent la maison, comme un jeune couple qui cherche à s'installer. En riant. En faisant des projets, à mots couverts. Le soir, au lieu de rentrer, ils restèrent dîner à Gap. Il se fit tard. Narni suggéra de dormir sur place. Le restaurant faisait également hôtel, et il y avait deux chambres libres. Elle s'était retrouvée dans ses bras, sans trop savoir comment, Gélou. Mais sans regret.

— Il y avait trop longtemps... Je... Je ne pouvais pas vivre sans homme. Au début, je l'avais cru. Mais... j'avais trente-huit ans, Fabio, précisa-t-elle, comme pour s'excuser. Autour de moi, dans ma famille surtout, ça n'a pas plu. Mais on ne vit pas avec la famille. Elle n'est pas là, le soir, quand les gosses sont couchés, et que tu es seule devant ta télé.

Et cet homme était là, qu'elle connaissait depuis si longtemps, qui avait su l'attendre, elle. Cet homme élégant, sûr de lui, sans souci d'argent. Conseiller financier en Suisse, lui avait-il dit qu'il était. Oui, Narni, il était rassurant. Un avenir se redessinait pour elle. Pas celui qu'elle avait rêvé en épousant Gino. Mais pas pire que ce qu'elle avait pu envisager après sa mort.

— Puis, tu vois, il partait souvent en déplacement, pour affaires. En France, en Europe. Et ça, précisa Gélou, c'était bien aussi. J'étais libre. D'aller, de venir. D'être seule avec les enfants, rien qu'à eux. Alex revenait juste quand son absence commençait à me peser. Non, Fabio, ces dix dernières années je n'ai pas été malheureuse.

Narni avait eu ce qu'il convoitait. Ça, c'était la seule chose que je ne pouvais lui dénier. Qu'il ait aimé Gélou, au point d'en élever les enfants de Gino. Est-ce qu'il l'avait tué rien que pour ça ? Par amour. Ou parce que Gino avait décidé de ne plus cracher un centime ? Qu'importait. Ce type était un tueur. Il aurait tué Gino de toute manière. Parce que Alexandre Narni était comme tous les gens de la Mafia. Ce qu'ils voulaient, ils le prenaient, un jour ou l'autre. Le pouvoir, l'argent, les femmes. Gélou. Je n'en avais que plus de haine pour Narni. D'avoir osé l'aimer. De l'avoir salie, en la foutant de tous ses crimes. De toute cette mort qu'il trimbalait dans sa tête.

— Qu'est-ce qui va se passer, maintenant ? demanda Gélou d'une voix blanche.

C'était une femme forte. Mais c'était quand même beaucoup, pour une seule femme, dans une même journée. Il fallait qu'elle se repose, avant qu'elle ne craque pour de bon.

— Tu vas aller te reposer.

— À l'hôtel ! cria-t-elle horrifiée.

— Non. Tu n'y retournes pas. Narni est maintenant comme un chien enragé. Il doit savoir que je sais. Ne te voyant pas rentrer, il imaginera aisément que je t'ai tout raconté. Il est capable de tuer n'importe qui. Même toi.

Elle me regarda. Je ne la voyais pas. Juste, par instants, son visage, éclairé par le passage d'une voiture. Dans ses yeux, il ne devait plus y avoir grand-chose. Le désert. Comme après le passage d'une tornade.

— Je ne crois pas ça, elle dit doucement.

— Tu crois pas quoi, Gélou ?

— Ça. Qu'il puisse me tuer. (Elle prit sa respiration.) Une nuit, on venait de faire l'amour. Il avait été absent assez longtemps. Il était rentré très fatigué. Abattu, j'avais trouvé. Un peu triste. Il m'avait prise dans ses bras, avec tendresse. Il savait être tendre, j'aimais ça. « Tu vois, il avait murmuré, je préférerais tout perdre que te perdre toi. » Il avait des larmes au coin des yeux.

Putain de merde ! me dis-je. J'aurai tout entendu dans cette connerie de vie. Même ça. Des histoires de tueur tendre. Gélou, Gélou, pourquoi m'as-tu lâché la main, ce dimanche-là au cinéma ?

— On aurait dû se marier tous les deux.

Je disais n'importe quoi.

Elle éclata en sanglots et se réfugia dans mes bras. Sur ma poitrine, ses larmes imprégnaient ma chemise, ma peau. Elles laisseraient, je le savais, une tache indélébile.

— Je dis n'importe quoi, Gélou. Mais je suis là. Et je t'aime.

— Je t'aime aussi, dit-elle en reniflant. Mais tu n'as pas toujours été là.

— Narni, c'est un tueur. Un type dangereux. Il aimait peut-être ça, la vie de famille. Il t'aimait aussi, sans doute. Mais ça ne change rien. C'est un tueur professionnel. Prêt à tout. Dans ce métier, on ne met pas la clef sous le paillasson aussi simplement. Tuer, c'est son boulot. Il a des comptes à rendre à plus haut que lui. À des types plus dangereux encore. Des types qui ne tuent pas, comme lui, avec des armes à feu. Mais qui contrôlent des hommes politiques, des industriels, des militaires. Des types pour qui la vie humaine ne compte pas... Narni, il ne peut pas se permettre de laisser des blessés derrière lui. Il ne pouvait pas laisser Guitou vivre. Et pas toi, non plus. Ni moi...

Ma phrase resta en suspens. Moi, je n'en attendais plus rien, de la vie. Je l'avais juste envisagée pour elle-même, un jour. Et j'avais fini par l'aimer. Sans culpabilité, sans remords, sans crainte. Simplement. La vie, c'est comme la vérité. On prend ce qu'on y trouve. On trouve souvent ce qu'on a donné. Ce n'était pas plus compliqué. La femme qui avait partagé le plus grand nombre d'années avec moi, Rosa, m'avait dit, avant de me quitter, que j'avais une vision limitée du monde. C'était vrai. Mais j'étais toujours vivant, et il suffisait d'un rien pour que je sois heureux. Mort, ça ne changerait rien.

Je passai mon bras autour des épaules de Gélou. Je repris :

— Ce que je dis, Gélou, c'est que je t'aime et que je vais te protéger contre lui. Jusqu'à ce que tout soit réglé. Mais j'ai besoin que toi, avant, tu le tues dans ta tête. Que tu détruises jusqu'à la moindre parcelle de tendresse pour lui. Sinon, je ne pourrai pas t'aider.

— Ça fait deux hommes, Fabio, dit-elle, implorante.

Le pire me restait à dire. J'avais espéré m'en dispenser.

— Gélou, imagine Guitou. Il vient de vivre sa première nuit d'amour, avec une chouette gamine. Et puis, il y a des bruits bizarres dans la maison. Un cri, peut-être. Un cri de mort. Terrifiant pour n'importe qui. Quel que soit l'âge. Peut-être qu'ils dorment, Guitou et Naïma. Peut-être qu'ils sont à nouveau en train de s'aimer. Imagine, leur panique.

« Alors, ils se lèvent. Et lui, Guitou, ton fils, qui est maintenant un homme, il fait ce qu'un homme n'aurait pas forcément fait. Mais il le fait. Parce que Naïma le regarde. Parce que Naïma est totalement affolée. Parce qu'il a peur pour elle. Il ouvre la porte. Et qu'est-ce qu'il voit ? Cette ordure de Narni. Ce type qui lui fait des leçons sur les Blancs, les Noirs, les Arabes. Ce type capable de taper ton gamin, violemment, méchamment, à lui laisser des bleus plus de quinze jours après. Ce type qui couche avec sa mère. Qui fait avec sa mère ce que lui vient de faire avec Naïma.

« Imagine, Gélou, les yeux de Guitou à cet instant. La haine, et la peur aussi. Parce qu'il sait qu'il n'a plus aucune chance. Imagine aussi les yeux de Narni. Voyant ce gosse devant lui. Ce gosse qui le défie depuis des années, qui le méprise. Imagine, Gélou. Je veux que tu les aies toutes en tête ces saletées d'images ! Ton môme en caleçon. Et Narni avec son flingue. Qui va tirer. Sans hésiter. Là où il faut. Sans trembler. Une seule balle, Gélou. Une seule, putain de Dieu !

— Arrête ! sanglota-t-elle.

Ses doigts étreignaient ma chemise. Elle n'était pas loin de piquer une crise de nerfs. Mais je devais continuer.

— Non, tu dois m'écouter, Gélou. Imagine encore Guitou, qui tombe et qui se fracasse le front sur la pierre de l'escalier. Son sang qui coule. Lequel des deux, tu crois, a pensé à toi, à cet instant ? Dans cette fraction de seconde où la balle est partie pour aller se loger dans le cœur de Guitou. Je veux que tu te rentres tout ça dans la tête, une fois pour toutes. Sinon tu ne pourras plus jamais dormir. De ta vie. Il faut que tu le voies, Guitou. Et lui aussi, Narni, il faut que tu le voies en train de tirer. Je vais le tuer, Gélou.

— Non ! elle hurla dans ses sanglots. Non ! Pas toi !

— Il faut bien que quelqu'un le fasse. Pour effacer tout ça. Pas pour oublier, non. Ça, tu ne pourras jamais. Ni moi. Non, juste pour nettoyer la saloperie. Faire un peu de propre autour de nous. Dans nos têtes. Dans nos cœurs. Alors, alors seulement, on pourra faire des efforts pour survivre.

Gélou se serra contre moi. Nous étions là, comme dans notre adolescence, blottis dans le même lit à nous raconter des histoires pas possibles. Mais les histoires horribles nous avaient rattrapés. Elles étaient bien réelles. On pouvait s'endormir, bien sûr, l'un contre l'autre, comme avant. Bien au chaud. Mais nous savions qu'au réveil l'horreur n'aurait pas disparu.

Elle avait un nom. Un visage.

Narni.

Je démarrai. Sans un mot de plus. Maintenant, j'en étais au point où je ne pouvais plus attendre. Je roulai assez vite dans les petites rues presque désertes à cette heure-là.

C'était ici encore un village, avec de vieilles maisons dont certaines appartenaient à l'époque coloniale. Il y en avait une, de style mauresque, que j'aimais bien. Telle qu'on en voit à El Biar, sur les hauteurs d'Alger. Elle était abandonnée, ainsi que bien d'autres. Ici, les fenêtres n'ouvraient plus, comme avant, sur de vastes parcs de verdure, sur des jardins, mais sur des barres de béton.

Nous grimpions encore. Gélou se laissait conduire. Là où je l'amenais, ça irait. Puis l'énorme Bouddha doré apparut, à flanc de colline. La lune l'éclairait. Il dominait majestueusement la ville, sereinement. Le temple, récent, abritait aussi un centre d'études bouddhiques. Cûc nous y attendait. Avec Naïma, et Mathias.

C'est là qu'elle les avait cachés. C'était son jardin secret, à Cûc. Là où elle venait se réfugier, quand ça n'allait pas. Où elle venait méditer, penser. Se ressourcer. Là où était son cœur. Pour toujours. Le Vietnam.

Je ne croyais en aucun Dieu. Mais c'était un lieu sacré. Un endroit pur. Et, me dis-je, il n'y avait pas de mal, parfois, à respirer du bon air. Elle serait bien, là, Gélou. Avec eux. Ils avaient tout perdu dans cette histoire. Cûc, un mari. Mathias, un ami. Naïma, un amour. Et Gélou, tout. Ils sauraient s'occuper d'elle. Ils sauront s'occuper d'eux. Soigner leurs plaies.

Un moine nous accueillit à l'entrée. Gélou se serra dans mes bras. Je posai un baiser sur son front. Son visage se leva vers moi. Dans ses yeux il y avait comme un voile, qui allait se déchirer.

— Je dois te dire encore une chose.

Et je sus que cette chose-là je n'aurais jamais voulu l'entendre.

21

Où l'on crache dans le vide, par dégoût et avec lassitude

Je rentrai avec la Saab. J'avais mis la radio et j'étais tombé sur une émission consacrée au tango. Edmundo Riveiro chantait *Garuffa*. C'était ce qui m'allait le mieux. J'avais le cœur bandonéon après ce que m'avait avoué Gélou. Mais je ne voulais pas y penser. Repousser ces derniers mots le plus loin de moi. Les oublier même.

J'avais l'impression de zapper dans la vie des autres. De prendre les feuilletons en cours de route. Gélou et Gino. Guitou et Naïma. Serge et Redouane. Cûc et Fabre. Pavie et Saadna. J'arrivais toujours à la fin. Là où ça tue. Là où l'on meurt. Toujours en retard d'une vie. D'un bonheur.

C'est comme ça que j'avais dû vieillir. À trop hésiter, et à ne pas sauter sur le bonheur en marche, quand il passait sous mon nez. Je n'avais jamais su. Ni prendre de décision. Ni de responsabilité. Rien de ce qui pouvait m'engager dans l'avenir. Par peur de perdre. Et je perdais. Perdant.

J'avais retrouvé Magali, à Caen. Dans un petit hôtel. Trois jours avant de m'envoler vers Djibouti. Nous avions fait l'amour. Lentement, longuement. Toute la nuit. Le matin, avant de passer sous la douche, elle m'avait demandé : « Tu préfères que je sois quoi, dans la vie ? Instit ou mannequin ? » J'avais haussé les épaules, sans répondre. Elle était revenue, habillée, prête à partir.

— Tu as réfléchi ? elle avait dit.

— Sois ce que tu veux, j'avais répondu. Tu me plais comme ça.

— C'est malin, avait-elle répliqué en posant un baiser furtif sur mes lèvres. (Je l'avais serrée contre moi. Le désir d'elle, encore.) Je vais être en retard au cours.

— À ce soir.

La porte s'était refermée. Elle n'était pas venue me rejoindre. Je n'avais pu la retrouver, pour lui dire que, d'abord, dans la vie, je voulais qu'elle soit ma femme. J'avais biaisé, devant la question essentielle. Le choix. Et ça ne m'avait pas servi de leçon. Je ne savais pas ce que nous aurions pu devenir, Magali et moi. Mais Fonfon, j'en étais sûr, il aurait été fier de nous savoir heureux tous les deux. Il ne serait pas seul, aujourd'hui. Moi non plus.

J'arrêtai la radio quand Carlos Gardel attaqua *Volver*. Le tango, la nostalgie, il valait mieux arrêter. Je pouvais péter les plombs, avec ça, et j'avais besoin de toute ma tête. Pour affronter Narni. Il y avait encore des zones sombres chez lui, que je ne m'expliquais pas. Pourquoi ne s'était-il manifesté qu'hier, alors qu'il aurait pu rester dans l'ombre, et continuer à traquer Naïma ? Peut-être pensait-il mieux me piéger, après avoir renvoyé Gélou à Gap ? Cela n'a plus d'importance, me dis-je. C'était ses calculs. Ils m'étaient étrangers.

Je pris l'autoroute du Littoral. Par les ports. Juste pour ce plaisir de voir les quais du haut de la passerelle. De longer les darses. De m'offrir ce luxe des lumières des ferries à quai. Mes rêves étaient toujours là. Intacts. Dans ces bateaux prêts à larguer les amarres. Vers l'ailleurs. Peut-être était-ce ce que je devrais faire. Ce soir. Demain. Partir. Enfin. Tout quitter. Aller vers ces pays qu'Ugo avait visités. L'Afrique, l'Asie, l'Amérique du Sud. Jusqu'à Puerto Escondido. Il avait encore une maison là-bas. Une petite maison de pêcheur. Comme la mienne, aux Goudes. Avec un bateau, aussi. Il l'avait dit à Lole, quand il était revenu pour venger Manu.

Nous en avions souvent parlé, avec Lole. D'y aller là-bas. Dans cette autre maison du bout du monde.

Trop tard, encore une fois. Est-ce que, en tuant Narni, j'allais me mettre enfin en règle avec la vie ? Mais régler des comptes ne répondrait pas de tous mes échecs. Et comment pouvais-je être aussi sûr de le tuer, Narni ? Parce que je n'avais rien à perdre. Mais lui non plus, il n'avait plus rien à perdre.

Et ils étaient deux.

Je m'engageai sous le tunnel du Vieux-Port, pour ressortir sous le fort Saint-Nicolas. Devant l'ancien bassin de carénage. Je longeai le quai de Rive-Neuve. C'était l'heure où Marseille s'agitait. Où l'on se demandait à quelle sauce on allait « se manger » la nuit. Antillaise. Brésilienne. Africaine. Arabe. Grecque. Arménienne. Réunionnaise. Vietnamienne. Italienne. Provençale. Il y avait de tout dans le chaudron marseillais. Pour tous les goûts.

Rue Francis-Davso, je me garai en double file contre ma bagnole. Je fis passer dans la Saab quelques cassettes, et le flingue de Redouane. Puis je redémarrai, par la rue Molière qui longe l'Opéra, la rue Saint-Saëns, à gauche, la rue Glandeves. Retour sur le port. À deux pas de l'hôtel Alizé. Une place me tendait les bras. Tout pour plaire. Passage piéton et trottoir. Elle devait coûter cher, celle-là. Pour que personne ne l'ait prise. Mais je n'en avais que pour cinq minutes, pas plus.

J'entrai dans une cabine téléphonique, presque devant l'hôtel. Et j'appelai Narni. C'est alors que je vis, bien garée en double file devant le New York, la Safrane. Avec Balducci au volant, sans doute, vu la fumée qui s'échappait par la fenêtre. Jour de chance, je me dis. Je préférais les savoir là que de les imaginer devant chez moi. À m'attendre.

Narni répondit immédiatement.

— Montale, je dis. On n'a pas encore été présentés, toi et moi. Mais ça pourrait se faire, maintenant. Non ?

— Où est Gélou ?

Il avait une belle voix grave, chaude, qui me surprit.

— Trop tard, mon vieux, pour t'inquiéter de sa santé. Je ne pense pas que tu la revoies un jour.

— Elle sait ?

— Elle sait. Tout le monde sait. Même les flics savent. On n'a plus beaucoup de temps, pour régler ça entre nous.

— Où t'es ?

— Chez moi, mentis-je. Je peux être là dans trois quarts d'heure. Au New York, ça te va ?

— OK. J'y serai.

— Seul, m'amusai-je à dire.

— Seul.

Je raccrochai, et j'attendis.

Il lui fallut moins de dix minutes pour descendre et s'installer dans la Safrane. Je regagnai la Saab. En route, me dis-je.

J'avais mon idée. Je n'avais plus qu'à croire que c'était la bonne.

Grâce aux embouteillages, et j'avais misé là-dessus, je repérai la Safrane quai de Rive-Neuve. Ils avaient décidé d'y aller par la Corniche. Allons-y. Ce n'était pas ça qui me déplaisait le plus.

Je roulai loin derrière eux. Il me suffisait de les rattraper à David. Au Rond-Point de la Plage. Ce que je fis. Alors qu'ils s'engageaient vers la Pointe-Rouge, j'arrivai lentement derrière eux et leur balançai un appel de phares. Puis, sans m'arrêter, je contournai la statue et pris l'avenue du Prado. Ils ne pourraient pas faire demi-tour jusqu'à l'avenue de Bonneveine. Ça leur mettrait les nerfs en pelote. Moi, ça me laissait le temps d'arriver au bas du Prado. Sans risque. Je les attendrais là. Sur le bas-côté du rond-point Prado-Michelet. Après, ce serait le rodéo.

Je sortis le flingue du plastique, puis les balles. Je le chargeai, l'armai et le déposai sur le siège. La crosse vers moi.

Puis j'enclenchai une cassette de ZZ Top. J'avais besoin d'eux. Le seul groupe rock que j'aimais. Le seul authentique. J'aperçus la Safrane. Les premières notes de *Thunderbird.* Je démarrai. Ils devaient se demander à quoi je jouais. Ça m'amusait de savoir qu'ils n'avaient pas la maîtrise de la situation. Leur nervosité était un de mes atouts. Tout mon plan reposait sur une erreur de leur part. Une erreur que j'espérais fatale.

Feu vert. Feu orange. Feu rouge. Le boulevard Michelet défila sans un seul arrêt. Puis, sur les chapeaux de roue, le carrefour de Mazargues. Après le Redon, Luminy, ce fut la route. La D 559. Vers Cassis. Par le col de la Gineste. Un classique des cyclistes marseillais. Une route que je connaissais par cœur. De là partaient bon nombre de chemins pour les calanques.

Une route sinueuse, la D 559. Étroite. Dangereuse.

Long Distance Boogie, attaquèrent les ZZ Top. Sacré Billy Gibbons ! J'attaquai la côte à 110, la Safrane au cul. La Saab me paraissait un peu molle, mais elle répondait bien. Gélou n'avait jamais dû lui faire subir une telle conduite.

Le premier grand virage passé, la Safrane déboîta. Pour tenter de me doubler, déjà. Pressés, ils étaient. Je vis le nez de la voiture pointer à la hauteur de ma vitre arrière. Et le bras de Narni apparaître. Un flingue au bout. Je rétrogradai en quatrième. Je n'étais pas loin du 100, et j'amorçai le second virage avec la plus grande difficulté. Eux aussi.

Je repris du terrain.

Maintenant que j'y étais, je doutais de mes chances. Balducci, ç'avait l'air d'être un as du volant. Tu as peu d'espoir de goûter la poutargue d'Honorine, me dis-je. Merde ! J'avais faim. Quel con ! Tu aurais dû manger avant. Avant de mettre tout en branle. C'était bien toi, ça. De foncer, sans même prendre le temps de respirer. Narni, il n'en était pas à une heure près. Il t'aurait attendu. Ou il serait venu te chercher.

Sûr, qu'il serait venu.

Une bonne assiette de spaghettis à la *matricciana,* ce n'est pas ça qui t'aurait fait mal. Un petit rouge, là-dessus. Tiens, un Tempier rouge. De Bandol. Peut-être qu'il y aurait ça, dans l'autre monde. Qu'est-ce que tu racontes, ducon ! Après, il n'y a rien.

Oui, après, il n'y a plus rien. Le noir. C'est tout. Et encore, tu ne le sais même pas, que c'est noir. Puisque tu es mort.

La Safrane était toujours derrière, qui me collait au cul. Mais elle ne pouvait rien faire d'autre. Pour l'instant. Après le virage, c'est là qu'ils allaient tenter encore de passer.

Bon, alors, tu n'as qu'une solution, Montale, sors-toi de là. OK ? Comme ça tu pourras te goinfrer de tout ce que tu veux. Justement, tiens, cela fait longtemps que je n'ai pas mangé une soupe de haricots. Ah oui, avec de grandes tranches de pain grillé, puis arrosé d'huile d'olive. Pas mal. J'accélérai encore un peu. Ou une daube. Pas mal aussi. Tu aurais dû le dire à Honorine. Pour qu'elle prépare la marinade. Est-ce que ça irait le Tempier, là-dessus ? Sûr, que ça irait. Je l'avais sur le palais, là...

Une voiture descendait. Elle fit des appels de phares. Le mec paniquait, de nous voir monter à cette vitesse. À ma hauteur, il klaxonna comme un malade. Vraiment, il avait dû avoir les jetons.

Je secouai la tête, pour en chasser les odeurs de cuisine. Mon ventre, je le sentais, allait se mettre de la partie. Il sera toujours temps de voir après, hein, Montale. On ne s'excite pas. On se calme.

On se calme.

À 100, dans cette putain de Gineste, tu parles !

On s'élevait au-dessus de la baie de Marseille. C'était l'un des plus beaux panoramas sur la ville. C'était mieux encore un peu plus haut, juste avant de descendre vers Cassis. Mais on n'était pas là pour faire du tourisme.

Je repassai en cinquième. Pour me refaire des forces. Je redescendis à 90. La Safrane me colla immédiatement au cul. Il allait déboîter, le salaud.

Cent mètres, il me fallait encore cent mètres. Je rétrogradai en troisième. La voiture sembla bondir. Je remontai à 100, juste à la sortie du virage. La quatrième. Devant moi, une ligne droite. Neuf cents, mille mètres. Pas plus longue. Et après, ça tournait à droite. Pas à gauche, comme jusqu'à présent.

J'accélérai. La Safrane toujours au cul.

110.

Elle déboîta. Je montai le son au maxi. Je n'avais plus que l'électricité des guitares dans les oreilles.

La Safrane arrivait à ma hauteur.

J'accélérai.

120.

La Safrane accéléra encore.

Je vis le flingue de Narni contre ma vitre.

— Là ! je hurlai.

Là !

Là !

Je filai un coup de frein. Sec.

110. 100. 90.

Je crus entendre tirer.

La Safrane me doubla et poursuivit sa route. Contre la rambarde en béton. Culbuta. Et partit dans les airs. Les quatre roues face au ciel.

Cinq cents mètres plus bas, les rochers, et la mer. Jamais ceux qui avaient fait le grand saut ne s'en étaient sortis.

Nasty Dogs And Funky Kings hurlait ZZ Top.

Mon pied tremblait sur la pédale. Je ralentis encore, puis m'arrêtai le plus calmement possible contre la rambarde. Les tremblements avaient gagné tout mon corps. J'avais soif, putain. Je sentis des larmes couler sur mes joues. La trouille. La joie.

Je me mis à rire. Un grand rire nerveux.

Les phares d'une bagnole apparurent derrière moi. Instinctivement, je mis les warnings. La bagnole me doubla. Une R 21. Elle ralentit et se gara à cinquante mètres devant moi. Deux types en descendirent. Balèzes. En jean et blouson de cuir. Ils vinrent dans ma direction.

Merde.

Trop tard pour comprendre quelle connerie j'avais pu faire.

Je posai la main sur la crosse du flingue. Je tremblais encore. Je serais incapable de le lever devant moi, ce flingue. Encore moins de le pointer sur eux. Quant à tirer...

Ils étaient là.

Un des types frappa à ma vitre. Je la baissai lentement. Et je vis sa tête.

Ribero. Un des inspecteurs de Loubet.

Je soufflai.

— Beau plongeon, ils ont fait. Hein ? Ça va ?

— Putain ! Vous m'avez fait peur.

Ils rirent. Je reconnus l'autre. Vernet.

Je descendis de voiture. Et fis quelques pas vers l'endroit où Narni et Balducci avaient fait le plongeon. Chancelant, j'étais.

— Va pas dégringoler, dit Ribero.

Vernet vint près de moi et regarda en bas.

— Ça va faire du travail, d'aller voir tout ça de près. Doit pas en rester grand-chose, pourtant.

Ils se marraient, les cons.

— Vous me suiviez depuis longtemps ? demandai-je en sortant une cigarette.

Ribero me donna du feu. Je tremblais trop pour pouvoir l'allumer.

— Depuis cet après-midi. On t'attendait à la sortie du restaurant. Loubet nous avait appelés.

Le fumier, quand il était parti pisser.

— Il t'aime bien, reprit Vernet. Mais pour ce qui est de te faire confiance...

— Attendez, je dis. Vous m'avez suivi partout ?

— Le ferry-boat. Le rendez-vous avec ta cousine. Le bouddha. Et là, tu vois... On avait même deux types en planque, devant chez toi. Au cas où.

Je m'assis sur un bout de rambarde qui avait échappé au carnage.

— Oh ! Fais gaffe ! Va pas tomber, maintenant, rigola encore Ribero.

Je n'avais pas l'intention de plonger. Ça non. Je pensais à Narni. Le père de Guitou. Narni, il avait tué son fils. Mais il l'ignorait, que Guitou c'était son môme. Gélou ne le lui avait jamais dit. Ni à lui ni à personne. Sauf à moi. Tout à l'heure.

C'était un soir, à Cannes. Un soir de première. Il y avait eu ce repas, somptueux. Féerique, pour elle. La fille qui avait grandi dans les ruelles du Panier. À sa droite, il y avait De Niro. À sa gauche, Narni. Autour d'eux, elle ne se souvenait plus. D'autres stars. Et elle, au milieu. Narni avait posé sa main sur la sienne. « Est-ce qu'elle était heureuse ? » il avait demandé. Son genou était contre le sien. Elle sentait sa chaleur. Une chaleur qui avait gagné son corps.

Plus tard, ils avaient tous fini la nuit dans une boîte. Et elle s'était laissée aller dans ses bras. À danser. Comme jamais depuis des années. Elle avait oublié ça. Danser. Boire. S'amuser. L'ivresse de ses vingt ans. Elle avait perdu la tête. Oublié Gino, les enfants, le restaurant.

L'hôtel était un palace. Le lit immense. Narni l'avait déshabillée. Il l'avait prise avec passion. Plusieurs fois. Sa jeunesse lui était revenue. Elle avait oublié ça, aussi. Elle avait oublié autre chose, encore. Mais elle ne le sut que plus tard. Que c'était sa période. Féconde. Gélou, elle appartenait à l'autre génération. On ne prenait pas la pilule. Et elle ne supportait pas de stérilet. C'était sans risque. Avec Gino, il y avait bien longtemps qu'ils ne faisaient plus de folies, le soir, après la fermeture du restaurant.

Cette nuit-là, elle aurait pu la garder en mémoire toute sa vie. Comme un merveilleux souvenir. Son secret. Mais il y avait eu cet enfant qui s'annonçait. Et la joie de Gino, qui la bouleversa. Elle superposa, peu à peu, les images de bonheur. Celle des deux hommes. Sans culpabilité. Et quand elle accoucha, entourée comme jamais par Gino, elle offrit à cet homme qui l'aimait, à l'homme de sa vie, un troisième garçon. Guitou.

Elle redevint mère, et retrouva son équilibre. Elle se consacra à ses enfants, à Gino. Au restaurant, Narni, quand il venait, ne l'émouvait plus. Il appartenait au passé. À sa jeunesse. Jusqu'à ce que le drame arrive. Et que Narni lui tende la main dans son désarroi, et sa solitude.

— Pourquoi lui aurais-je avoué ? dit Gélou. Guitou appartenait à Gino. À notre amour.

J'avais pris le visage de Gélou dans mes mains.

— Gélou...

Je ne voulais pas qu'elle la pose, cette question, qui venait sur ses lèvres.

— Tu crois que ça aurait tout changé ? S'il l'avait su, que c'était son fils ?

Le moine était là. Je lui avais fait signe. Il avait pris Gélou par les épaules et j'étais parti, sans me retourner. Comme Mourad. Comme Cûc. Et sans répondre.

Parce qu'on ne pouvait pas répondre.

Je crachais dans le vide. Là où Narni et Balducci avaient plongé. Pour toujours. Un gros crachat de dégoût. Et de grande lassitude.

Maintenant, je ne tremblais presque plus. J'avais juste envie d'un grand verre de whisky. De mon Lagavulin. Une bouteille, oui. Voilà ce qui m'irait.

— Vous n'avez rien à boire ?

— Même pas une bière, mon vieux. Mais on va aller s'en jeter un, si tu veux. Suffit de redescendre sur terre, rigola-t-il.

Ils commençaient à me courir, tous les deux.

J'allumai une autre clope, sans leur aide cette fois. En m'aidant du mégot. Je tirai une longue bouffée et levai la tête vers eux.

— Et pourquoi vous n'êtes pas intervenus, avant ?

— C'est ton affaire, il a dit Loubet. Une affaire de famille, quoi. Tu te la jouais comme ça, nous aussi. Pourquoi pas, hein ? On va pas les pleurer, les deux saloperies. Alors...

— Et... Et si j'avais fait le plongeon. À leur place ?

— Ben, nous on les cueillait. Comme des fleurs. À l'autre bout, y a des gendarmes. Y passaient pas. À moins d'y aller à pied, par la montagne. Mais ça devait pas être leur sport préféré, je crois... On les aurait quand même chopés, tu vois.

— Merci, je dis.

— Pas de quoi. Dès qu'on a compris que tu prenais la Gineste, on a tout pigé. T'as peut-être pas remarqué, mais on t'a bien dégagé la route, non ?

— Ça aussi !

— Y en a qu'une qui est passée entre les mailles. Celle-là, on n'a pas su d'où elle sortait. S'ils venaient de tirer un coup dans la garrigue, les amoureux, ils ont dû être plutôt refroidis !

— Et où il est Loubet, là ?

— En train d'asticoter deux mômes, dit Ribero. Que tu connais, d'ailleurs. Nacer et Redouane. Il les a fait alpaguer dans l'après-midi. Ils se baladaient encore avec la BM noire, les cons. Cité La Paternelle, ils sont allés. Boudjema Ressaf est venu les rejoindre. On avait des gars en planque, près de chez lui. La jonction a eu lieu. Entre eux. Entre nous aussi. Je te dis pas le jackpot. Le lieu de prière, un vrai arsenal, c'était. Ils s'apprêtaient à déménager la camelote. Ressaf, il devait s'occuper de ça, on pense. De convoyer l'artillerie vers l'Algérie.

— Demain, poursuivit Vernet, va y avoir une rafle monstre. À la première heure, comme tu sais. Ça va tomber de partout. Ton petit cahier, il est de première, il a dit Loubet.

Tout se bouclait. Comme toujours. Avec son lot de perdants. Et les autres, tous les autres, les gens heureux, dormaient dans leur lit. Quoi qu'il arrive. Quoi qu'il se passe. Ici, ailleurs. Sur terre.

Je me levai.

Péniblement. Parce que j'avais un sacré coup de pompe. Ils me récupérèrent au moment où je tournais de l'œil.

ÉPILOGUE

La nuit est la même, et l'ombre, dans l'eau, est l'ombre d'un homme usé

On avait quand même pris un verre, Ribero, Vernet et moi. Ribero avait conduit la Saab jusqu'à David au Rond-Point de la Plage. Maintenant, un whisky bien au chaud dans l'estomac, tout allait mieux. Ce n'était rien qu'un petit Glenmorangie, mais ce n'était pas mal, quand même. Eux, c'était le genre menthe à l'eau.

Vernet finit son verre, se leva et tendit son bras vers la gauche.

— Tu vois, là-bas, c'est vers chez toi. Ça ira ou t'as encore besoin d'anges gardiens ?

— Ça ira, je dis.

— Parce que c'est pas tout. On a encore du pain sur la planche.

Je serrai leur main.

— Ah ! Au fait, Loubet, il te recommande vivement la pêche. Il dit que c'est ce qu'il y a de mieux, pour ce que tu as.

Et ils rirent, encore.

Je m'étais à peine garé devant la porte, que je vis Honorine sortir de chez elle. En robe de chambre. Je ne l'avais jamais vue en robe de chambre. Ou alors, j'étais vraiment encore très petit.

— Venez, venez, elle dit tout bas.

Je la suivis chez elle.

Fonfon était là. Accoudé à la table de cuisine. Devant des cartes. Ils se faisaient un rami, tous les deux. À deux heures du matin. Il s'en passait de belles, dès que je tournais le dos.

— Ça va ? il dit, en me serrant contre lui.

— Dites, vous avez mangé ? demanda Honorine.

— Si vous avez une daube, je ne dis pas non.

— Oh ! Vé, qu'est-ce qu'il va chercher, celui-là, s'énerva Fonfon. De la daube. Comme si on n'avait que ça à penser.

Ils étaient tels que je les aimais.

— Je vous fais vite un peu de *bruschetta*, si vous voulez.

— Laissez, Honorine. J'ai surtout envie de boire un verre. Je vais aller chercher ma bouteille.

— Non, non, elle dit. Vous allez tous les réveiller, vé. C'est pour ça qu'on vous guettait, avec Fonfon.

— Qui ça, tous ?

— Ben... Dans votre lit, y a Gélou, Naïma et... oh ! je sais plus son nom, vé. La dame vietnamienne.

— Cûc.

— Voilà. Sur le canapé, y a Mathias. Et dans un coin, sur un petit matelas que j'avais, le frère de Naïma. Mourad, c'est ça ?

— C'est ça. Et qu'est-ce qu'ils font là ?

— Je sais pas moi. Ils ont dû penser qu'ils seraient mieux ici qu'ailleurs, non ? Qu'est-ce que vous en dites, Fonfon ?

— Vé, je dis qu'ils ont bien fait. Tu veux venir dormir chez moi ?

— Merci. C'est gentil. Mais je crois que je n'ai plus vraiment sommeil. Je vais aller faire un tour en mer. Je crois que c'est une bonne nuit.

Je les embrassai.

Je rentrai chez moi comme un voleur. Dans la cuisine, j'attrapai une bouteille de Lagavulin neuve, un blouson et, dans le placard, une chaude couverture. J'enfilai ma vieille casquette de pêcheur et je descendis vers mon bateau.

Mon ami fidèle.

Je vis mon ombre dans l'eau. L'ombre d'un être usé.
Je sortis à la rame, pour ne pas faire de bruit.
Sur la terrasse, je crus voir Honorine et Fonfon, enlacés.
Je me mis alors à chialer.
Putain, c'était vachement bon.

SOLEA

L'analyse développée sur la Mafia dans ce roman s'appuie et s'inspire très largement de documents officiels, notamment *Nations unies. Sommet mondial pour le développement social. La globalisation du crime,* Département d'information publique de l'ONU, ainsi que des articles parus dans *Le Monde diplomatique* : « Les confettis de l'Europe dans le grand casino planétaire » de Jean Chesneaux (janvier 1996) et « Comment les mafias gangrènent l'économie mondiale » de Michel Chossudovsky (décembre 1996). Nombre de faits ont également été rapportés dans *Le Canard enchaîné, Le Monde* et *Libération.*

NOTE DE L'AUTEUR

Il convient de le redire une nouvelle fois. Ceci est un roman. Rien de ce que l'on va lire n'a existé. Mais comme il m'est impossible de rester indifférent à la lecture quotidienne des journaux, mon histoire emprunte forcément les chemins du réel. Car c'est bien là que tout se joue, dans la réalité. Et l'horreur, dans la réalité, dépasse - et de loin - toutes les fictions possibles. Quant à Marseille, ma ville, toujours à mi-distance entre la tragédie et la lumière, elle se fait, comme il se doit, l'écho de ce qui nous menace.

Pour Thomas,
quand il sera grand

Mais quelque chose me disait que c'était normal, qu'à certains moments de notre vie on doit faire ça, embrasser des cadavres.

PATRICIA MELO

PROLOGUE

Loin des yeux, proche du cœur, Marseille, toujours

Sa vie était là-bas, à Marseille. Là-bas, derrière ces montagnes que le soleil couchant éclairait, ce soir, d'un rouge vif. « Demain, il y aura du vent », pensa Babette.

Depuis quinze jours qu'elle était dans ce hameau des Cévennes, Le Castellas, elle montait sur la crête à la fin de la journée. Par ce chemin où Bruno emmenait ses chèvres.

Ici, elle avait songé, le matin de son arrivée, rien ne change. Tout meurt et renaît. Même s'il y a plus de villages mourants que renaissants. À un moment ou à un autre, toujours, un homme réinvente les gestes anciens. Et tout recommence. Les chemins embroussaillés retrouvent leur raison d'être.

— C'est ça, la mémoire de la montagne, avait dit Bruno en lui servant un gros bol de café noir.

Bruno, elle l'avait rencontré en 1988. Le premier grand reportage que le journal lui confiait, à Babette. Vingt ans après Mai 68, que sont-ils devenus, les militants ?

Jeune philosophe, anarchiste, Bruno s'était battu sur les barricades du Quartier latin, à Paris. *Cours, camarade, le vieux monde est derrière toi.* Cela avait été son seul slogan. Il avait couru, lançant pavés et cocktails Molotov sur les CRS. Il avait couru sous les gaz lacrymogènes, les CRS au cul. Il avait couru dans tous les sens, en mai, en juin, rien que pour ne pas être rattrapé par le bonheur du vieux monde, les rêves du vieux monde, la morale du vieux monde. La connerie et la saloperie du vieux monde.

Quand les syndicats signèrent les accords de Grenelle, que les ouvriers retrouvèrent le chemin de l'usine, les étudiants celui de la fac, Bruno sut qu'il n'avait pas couru assez vite. Ni lui ni toute sa génération. Le vieux monde les avait rattrapés. Le fric devenait rêve et morale. Le seul bonheur de vivre. Le vieux monde s'inventait une ère nouvelle, la misère humaine.

Bruno avait raconté les choses comme ça, à Babette. « Il parle comme Rimbaud », avait-elle pensé, émue, séduite aussi par ce bel homme de quarante ans.

Lui et beaucoup d'autres fuirent alors Paris. Direction l'Ariège, l'Ardèche, les Cévennes. Vers les villages abandonnés. *Lo Païs,* comme ils aimaient dire. Une autre révolte naissait, dans les débris de leurs illusions. Naturaliste et fraternelle. Communautaire. Ils s'inventèrent un autre pays. *La France sauvage.* Beaucoup repartirent un ou deux ans après. Les plus persévérants tinrent bon cinq ou six ans. Bruno, lui, s'était accroché à ce hameau qu'il avait retapé. Seul, avec son troupeau de chèvres.

Ce soir-là, après l'interview, Babette avait couché avec Bruno.

— Reste, lui avait-il demandé.

Mais elle n'était pas restée. Ce n'était pas sa vie.

Au fil des ans, elle était revenue le voir assez souvent. Chaque fois qu'elle passait par là, ou pas loin. Bruno avait maintenant une compagne et deux enfants, l'électricité, la télé et un ordinateur, et il produisait des tommes de chèvre et du miel.

— Si un jour tu as des ennuis, il avait dit à Babette, viens ici. Hésite pas. Jusqu'en bas, dans la vallée, c'est rien que des copains.

Marseille, ce soir, lui manquait très fort, à Babette. Mais elle ne savait pas quand elle pourrait y retourner. Et même. Si elle y revenait un jour, rien, plus rien, ne serait jamais plus comme avant. Ce n'était pas des ennuis qu'elle avait, Babette, c'était pire. Dans sa tête, l'horreur s'était installée. Dès qu'elle fermait les yeux, elle revoyait le cadavre de Gianni. Et derrière son cadavre, ceux de Francesco, de Beppe, qu'elle n'avait pas vus, mais qu'elle imaginait. Des corps torturés, mutilés. Avec tout ce sang autour, noir, coagulé. Et d'autres cadavres encore. Derrière elle. Devant elle, surtout. Forcément.

Quand elle avait quitté Rome, la trouille au ventre, désemparée, elle n'avait su où aller. Pour être à l'abri. Pour repenser à tout ça, le plus calmement possible. Pour mettre tous ses papiers en ordre, trier, classer les informations, les recouper, les ordonner, les vérifier. Boucler l'enquête de sa vie. Sur la Mafia en France, et dans le Sud. Jamais on n'était allé aussi loin. Trop loin, réalisait-elle aujourd'hui. Elle s'était rappelé les propos de Bruno.

— J'ai des ennuis. Graves.

Elle appelait d'une cabine de La Spezia. Il était presque une heure du matin. Bruno dormait. Il se levait tôt, à cause des animaux. Babette tremblait. Deux heures avant, après avoir conduit d'une traite, et presque comme une folle, depuis Orvieto, elle était arrivée à Manarola. Un petit village du Cinqueterre, dressé sur un piton rocheux, où vivait Beppe, un vieil ami de Gianni. Elle avait composé son numéro, comme il lui avait demandé de le faire. Par précaution, lui avait-il précisé le matin même.

— *Pronto.*

Babette avait raccroché. Ce n'était pas la voix de Beppe. Puis elle avait vu les deux voitures de *carabinieri* se garer dans la rue centrale. Elle n'en douta pas un seul instant : les tueurs étaient arrivés avant elle.

Elle avait refait la route en sens inverse, une route de montagne, étroite, sinueuse. Crispée sur son volant, épuisée, mais attentive aux rares voitures qui s'apprêtaient à la doubler ou à la croiser.

— Viens, avait dit Bruno.

Elle avait trouvé une chambre minable à l'Albergo Firenze e Continentale, proche de la gare. Elle n'avait pas fermé l'œil de la nuit. Les trains. La présence de la mort. Tout lui revenait en mémoire, dans le moindre détail. Un taxi venait de la déposer piazza Campo dei Fiori. Gianni était rentré de Palerme. Il l'attendait chez lui. Dix jours, c'est long, il avait dit au téléphone. C'était long pour elle aussi. Gianni, elle ne savait pas si elle l'aimait, mais tout son corps le désirait.

— Gianni ! Gianni !

La porte était ouverte, mais elle ne s'en était pas souciée.

— Gianni !

Il était là. Ligoté sur une chaise. Nu. Mort. Elle ferma les yeux, mais trop tard. Elle sut qu'il lui faudrait vivre avec cette image.

Quand elle avait rouvert les yeux, elle avait vu les traces de brûlures sur le torse, le ventre, les cuisses. Non, elle ne voulait plus regarder. Elle détourna ses yeux du sexe mutilé de Gianni. Elle se mit à hurler. Elle se vit hurlant, raide comme pic, les bras ballants, la bouche grande ouverte. Son cri s'épaissit de l'odeur de sang, de merde et de pisse qui emplissait la pièce. Elle vomit, quand elle n'eut plus de souffle. Aux pieds de Gianni. Là où on pouvait lire, écrit à la craie sur le parquet : « Cadeau pour mademoiselle Bellini. À plus tard. »

Francesco, le frère aîné de Gianni, fut assassiné le matin de son départ d'Orvieto. Beppe avant qu'elle n'arrive.

Sa traque avait commencé.

Bruno était venu l'attendre à l'arrêt du car, à Saint-Jean-du-Gard. Elle avait fait ça : le train de La Spezia à Vintimille, puis en voiture de location par le petit poste frontière de

Menton, en train jusqu'à Nîmes, puis en car. Une manière de se rassurer. Elle n'y croyait pas, qu'ils la filent. Ils l'attendraient chez elle, à Marseille. C'était la logique. Et la Mafia était d'une logique implacable. En deux ans d'enquête, elle avait pu le vérifier en maintes occasions.

Presque arrivé au Castellas, là où la route surplombe la vallée, Bruno avait stoppé sa vieille jeep.

— Viens, on va marcher un peu.

Ils avaient marché jusqu'à l'à-pic. Le Castellas était à peine visible, trois kilomètres plus haut, au bout d'un chemin de terre. On ne pouvait aller plus loin.

— Ici, t'es en sécurité. Si quelqu'un monte, Michel, le garde-forestier, m'appelle. Et si quelqu'un voulait arriver par les crêtes, Daniel nous le dirait. On n'a pas changé nos habitudes, j'appelle quatre fois par jour, il appelle quatre fois. Si l'un de nous n'appelle pas à l'heure convenue, c'est qu'il y a une merde. Quand son tracteur s'est renversé, à Daniel, c'est comme ça qu'on a su.

Babette l'avait regardé, incapable de dire un mot. Pas même merci.

— Et te crois pas obligée de me raconter tes emmerdes.

Bruno l'avait prise dans ses bras, et elle s'était mise à chialer.

Babette frissonna. Le soleil avait disparu et, devant elle, les montagnes se découpaient dans le ciel, violettes. Elle écrasa soigneusement son mégot du bout du pied, se leva et redescendit vers Le Castellas. Apaisée par ce miracle quotidien de la tombée du jour.

Dans sa chambre, elle relut la longue lettre qu'elle avait écrite à Fabio. Elle lui racontait tout, depuis son arrivée à Rome il y a deux ans. Jusqu'au dénouement. Sa détresse. Mais aussi sa détermination. Elle irait jusqu'au bout. Elle publierait son enquête. Dans un journal, ou en livre. « Tout doit se savoir », affirmait-elle.

Elle eut à l'esprit la beauté du coucher de soleil, et voulut terminer par ces mots. Juste dire à Fabio que, malgré tout, le soleil était plus beau sur la mer, non pas plus beau mais plus vrai, non, ce n'était pas ça, non, elle avait envie d'être avec lui, dans son bateau, au large de Riou et voir le soleil se fondre dans la mer.

Elle déchira la lettre. Sur une feuille blanche, elle écrivit : « Je t'aime encore. » Et dessous : « Garde-moi ça précieusement. » Elle glissa cinq disquettes dans une enveloppe-bulle, la cacheta et se leva pour aller dîner avec Bruno et sa famille.

1

Où, parfois, ce qu'on a sur le cœur s'entend mieux que ce qu'on dit avec la langue

La vie puait la mort.

J'avais ça dans la tête, hier soir, en entrant chez Hassan, au Bar des Maraîchers. Ce n'était pas une de ces idées qui, parfois, traversent l'esprit, non, je sentais vraiment la mort autour de moi. Son odeur de pourriture. Dégueulasse. J'avais reniflé mon bras. Ça m'avait dégoûté. C'était cette odeur, la même. Moi aussi je puais la mort. Je m'étais dit : « Fabio, t'énerve pas. Tu rentres à la maison, tu te prends une petite douche, et, tranquille, tu sors le bateau. Un peu de la fraîcheur de la mer, et tout rentrera dans l'ordre, tu verras. »

C'était vrai, qu'il faisait chaud. Une bonne trentaine de degrés, avec dans l'air un mélange poisseux d'humidité et de pollution. Marseille étouffait. Et ça donnait soif. Alors, au lieu de tirer, direct, par le Vieux-Port et la Corniche - le chemin le plus simple pour aller chez moi, aux Goudes -, je m'étais engagé dans l'étroite rue Curiol, au bout de la Canebière. Le Bar des Maraîchers était tout en haut, à deux pas de la place Jean-Jaurès.

J'étais bien dans son bar, à Hassan. Les habitués se côtoyaient sans aucune barrière d'âge, de sexe, de couleur de peau, de milieu social. On y était entre amis. Celui qui venait boire son pastis, on pouvait en être sûr, il ne votait pas

Front national, et il ne l'avait jamais fait. Pas même une fois dans sa vie, comme certains que je connaissais. Ici, dans ce bar, chacun savait bien pourquoi il était de Marseille et pas d'ailleurs, pourquoi il vivait à Marseille et pas ailleurs. L'amitié qui flottait là, dans les vapeurs d'anis, tenait dans un regard échangé. Celui de l'exil de nos pères. Et c'était rassurant. Nous n'avions rien à perdre, puisque nous avions déjà tout perdu.

Quand j'étais entré, Ferré chantait :

Je sens que nous arrivent
des trains pleins de brownings,
de berretas et de fleurs noires
et des fleuristes préparant des bains de sang
pour actualité colortélé...

J'avais pris un pastis au comptoir, puis Hassan avait remis ça, comme d'habitude. Après, je ne les avais plus comptés, les pastis. À un moment, peut-être au quatrième, Hassan s'était penché vers moi :

— La classe ouvrière, tu trouves pas, elle est un peu gauche, non ?

En fait, ce n'était pas une question. Juste un constat. Une affirmation. Hassan n'était pas du genre bavard. Mais il aimait lâcher, de-ci de-là, au client qui lui faisait face, une petite phrase. Comme une sentence à méditer.

— Qu'est-ce que tu veux que je te dise, j'avais répondu.

— Rien. Y a rien à dire. On va où on va. C'est tout. Allez, finis ton verre.

Le bar s'était rempli peu à peu, faisant grimper la température de quelques degrés. Mais dehors, où certains allaient écluser leurs verres, ce n'était guère mieux. La nuit n'avait pas apporté le moindre air frais. La moiteur collait à la peau.

J'étais sorti sur le trottoir pour discuter avec Didier Perez. Il était entré chez Hassan, et, m'apercevant, il était venu directement vers moi.

— C'est toi que je voulais voir.

— T'as de la chance, j'avais l'intention d'aller à la pêche.

— On va dehors ?

C'est Hassan qui m'avait présenté Perez, une nuit. Perez était peintre. Passionné par la magie des signes. On avait le même âge. Ses parents, originaires d'Almeria, avaient émigré en Algérie après la victoire de Franco. Lui, il était né là-bas. Quand l'Algérie devint indépendante, ni eux ni lui n'hésitèrent sur leur nationalité. Ils seraient algériens.

Perez avait quitté Alger en 1993. Professeur à l'école des Beaux-Arts, il était alors un des dirigeants du Rassemblement des artistes, intellectuels et scientifiques. Lorsque les menaces de mort se firent précises, ses amis lui conseillèrent de prendre le large, quelque temps. Il était à Marseille depuis une semaine à peine, quand il apprit que le directeur et son fils avaient été assassinés dans l'enceinte même de l'école. Il décida de rester à Marseille, avec sa femme et ses enfants.

C'est sa passion des Touaregs qui, d'emblée, me séduisit chez lui. Je ne connaissais pas le désert, mais je connaissais la mer. Ça me semblait être la même chose. Nous avions longuement parlé de ça. De la terre et de l'eau, de la poussière et des étoiles. Un soir, il m'offrit une bague en argent, travaillée en points et en traits.

— Elle vient de là-bas. Tu vois, les combinaisons de points et de lignes, c'est le *Khaten*. Ça dit ce qu'il adviendra de ceux que tu aimes et qui sont partis, et de quoi ton avenir sera fait.

Perez avait posé la bague dans le creux de ma main.

— Je ne sais pas si ça m'intéresse vraiment, de le savoir.

Il avait ri.

— T'inquiète, Fabio. Il faudrait que tu saches lire les signes. Le *Khat el R'mel.* Et à mon avis, c'est pas demain la veille ! Mais ce qui est inscrit est inscrit, quoi qu'il en soit.

Je n'avais jamais porté de bague de ma vie. Pas même celle de mon père, après sa mort. J'avais hésité un instant, puis j'avais enfilé la bague à l'annulaire gauche. Comme pour sceller définitivement ma vie à mon destin. Il me sembla, ce soir-là, avoir enfin l'âge pour ça.

Sur le trottoir, nos verres à la main, on avait échangé quelques banalités, puis Perez avait passé son bras autour de mon épaule.

— J'ai un service à te demander.

— Vas-y.

— J'attends quelqu'un, quelqu'un de chez nous. Je voudrais que tu l'héberges. L'histoire d'une semaine. Chez moi, c'est trop petit, tu le sais.

Ses yeux noirs me dévisagèrent. Chez moi, ce n'était guère plus grand. Le cabanon que j'avais hérité de mes parents ne comportait que deux pièces. Une petite chambre et une grande salle à manger-cuisine. Ce cabanon, je l'avais bricolé du mieux que j'avais pu, simplement, et sans me laisser envahir par les meubles. J'y étais bien. La terrasse donnait sur la mer. Huit marches plus bas, il y avait mon bateau, un pointu, que j'avais racheté à Honorine, ma voisine. Perez savait cela. Je l'avais invité plusieurs fois à manger avec sa femme et des amis.

— Chez toi, ça me rassurerait, il avait ajouté.

Je l'avais regardé à mon tour.

— D'accord, Didier. À partir de quand ?

— Je sais pas encore. Demain, après-demain, dans une semaine. J'en sais rien. C'est pas simple, tu le sais. Je t'appellerai.

Après son départ, j'avais repris ma place au comptoir. À boire avec l'un ou l'autre, et avec Hassan qui ne laissait jamais passer une tournée. J'écoutais les conversations. La musique aussi. Après l'heure officielle de l'apéritif, Hassan délaissait Ferré pour le jazz. Il choisissait les morceaux avec soin. Comme s'il y avait un son à trouver pour l'ambiance du moment. La mort s'éloignait, son odeur. Et pas de doute, je préférais l'odeur de l'anis.

— Je préfère l'odeur de l'anis, j'avais gueulé à Hassan.

Je commençais à être légèrement ivre.

— Sûr.

Il m'avait fait un clin d'œil. Complice, jusqu'au bout. Et Miles Davis avait attaqué *Solea*. Un morceau que j'adorais. Que j'écoutais sans cesse, la nuit, depuis que Lole m'avait quitté.

— La *solea,* m'avait-elle expliqué un soir, c'est la colonne vertébrale du chant flamenco.

— Pourquoi tu ne chantes pas, toi ? Du flamenco, du jazz...

Elle avait une voix superbe, je le savais. Pedro, un de ses cousins, me l'avait confié. Mais Lole s'était toujours refusée à chanter en dehors des réunions familiales.

— Ce que je cherche, je ne l'ai pas encore trouvé, m'avait-elle répondu, après un long silence.

Ce silence, justement, qu'il faut savoir trouver au plus fort de la tension de la *solea.*

— Tu comprends rien, Fabio.

— Qu'est-ce qu'il faudrait que je comprenne ?

Elle m'avait souri tristement.

C'était dans les dernières semaines de notre vie ensemble. Une de ces nuits où nous nous épuisions à discuter jusqu'à pas d'heure, en fumant clope sur clope tout en buvant de longues rasades de Lagavulin.

— Lole, dis-moi, qu'est-ce qu'il faudrait que je comprenne ?

Elle s'était éloignée de moi, je l'avais senti. Un peu plus chaque mois. Même son corps s'était refermé. La passion ne l'habitait plus. Nos désirs n'inventaient plus rien. Ils perpétuaient seulement une histoire d'amour ancienne. La nostalgie d'un amour qui aurait pu exister un jour.

— Y a rien à expliquer, Fabio. C'est ça le tragique de la vie. T'écoutes du flamenco depuis des années, et t'en es encore à te demander ce qu'il y a à comprendre.

C'était une lettre, une lettre de Babette, qui avait tout provoqué. Babette, je l'avais connue quand on m'avait nommé à la tête de la Brigade de surveillance de secteurs, dans les quartiers Nord de Marseille. Elle débutait dans le journalisme. Son journal, *La Marseillaise*, l'avait désignée, un peu par hasard, pour interviewer l'oiseau rare que la police envoyait au casse-pipe, et nous étions devenus amants. « Des intermittents de l'amour », aimait-elle à dire de nous, Babette. Puis un jour, nous étions devenus amis. Sans jamais nous être dit que nous nous aimions.

Il y a deux ans, elle avait rencontré un avocat italien, Gianni Simeone. Le coup de foudre. Elle l'avait suivi à Rome. Pour la connaître, je savais que l'amour ne devait pas être sa seule raison. Je ne m'étais pas trompé. Son amant avocat était spécialisé dans les procès de la Mafia. Et, depuis des années, depuis qu'elle était devenue grand reporter *free lance*, c'était son rêve, à Babette : écrire l'enquête la plus approfondie sur les réseaux et l'influence de la Mafia dans le sud de la France.

Babette m'avait expliqué tout ça, où elle en était de son travail, ce qui lui restait encore à faire, quand elle était revenue à Marseille pour recouper quelques informations dans les milieux d'affaires et politiques de la région. On se retrouva trois ou quatre fois, pour bavarder, devant un loup grillé au fenouil, chez Paul, rue Saint-Saëns. Un des rares restaurants du port, avec L'Oursin, où l'on ne se sent pas pris pour un touriste. Ce qui était agréable, c'était le côté faussement amoureux de nos retrouvailles. Mais j'étais incapable de dire pourquoi. De me l'expliquer. Et, bien sûr, de l'expliquer à Lole.

Et quand Lole revint de Séville, où elle était partie voir sa mère, je ne lui dis rien de Babette, de nos rencontres. Avec Lole, nous nous connaissions depuis l'adolescence. Elle avait aimé Ugo. Puis Manu. Puis moi. Le dernier survivant de nos rêves. Ma vie n'avait pas de secret pour elle. Ni les femmes que j'avais aimées, perdues. Mais je ne lui avais jamais parlé de Babette. Cela me semblait trop compliqué ce qu'il y avait eu entre nous. Ce qu'il y avait encore entre nous.

— C'est qui, cette Babette, à qui tu dis « je t'aime » ?

Elle avait ouvert une lettre de Babette. Par hasard, ou par jalousie, qu'importe. « Pourquoi faut-il que le mot amour ait tant de significations, avait écrit Babette. Nous nous sommes dit "je t'aime"... »

— Il y a « je t'aime » et « je t'aime », j'avais bafouillé, plus tard.

— Redis-moi ça.

Comment dire cela : « je t'aime » par fidélité à une histoire d'amour qui n'a jamais existé, et « je t'aime » par vérité d'une histoire d'amour qui se construit des mille bonheurs de chaque jour.

J'avais manqué de franchise. De sincérité. Je m'étais perdu dans de fausses explications. Confuses, toujours plus confuses. Et j'avais perdu Lole à la fin d'une belle nuit d'été. Nous étions sur ma terrasse, en train de finir une bouteille de vin blanc du Cinqueterre. Un Vernazza, que des amis nous avait rapporté.

— Tu savais ça ? elle m'avait dit. Quand on ne peut plus vivre, on a le droit de mourir et de faire de sa mort une dernière étincelle.

Depuis que Lole était partie, j'avais fait miennes ses paroles. Et je cherchais l'étincelle. Désespérément.

— Qu'est-ce que t'as dit ? m'avait demandé Hassan.

— J'ai dit quelque chose ?

— Je croyais.

Il avait resservi une tournée, puis, se penchant vers moi, il avait ajouté :

— Ce qu'on a sur le cœur, parfois ça s'entend mieux que ce qu'on dit avec la langue.

J'aurais dû m'en tenir là, finir mon verre et rentrer chez moi. Sortir le bateau et aller au large des îles de Riou voir l'aube se lever. Ce qui tournait dans ma tête m'angoissait. J'avais senti revenir sur moi l'odeur de la mort. Du bout des doigts, j'avais effleuré la bague que m'avait offerte Perez, sans savoir vraiment si c'était un bon ou un mauvais augure.

Derrière moi, une curieuse discussion s'était engagée entre un jeune homme et une femme d'une quarantaine d'années.

— Putain ! s'était énervé le jeune homme. On dirait la Merteuil !

— Qui c'est celle-là ?

— Madame de Merteuil. Dans un roman. *Les Liaisons dangereuses.*

— Connais pas. C'est une insulte ?

Cela m'avait fait sourire, et j'avais demandé à Hassan de me resservir. Sonia était entrée à cet instant. Enfin, je ne savais pas encore qu'elle s'appelait Sonia. Cette femme, je l'avais croisée plusieurs fois ces derniers temps. La dernière, c'était au mois de juin, lors de la fête de la sardine, à l'Estaque. Nous ne nous étions jamais parlé.

Après s'être frayé un passage jusqu'au comptoir, Sonia s'était glissée entre un client et moi. Contre moi.

— Me dites pas que vous me cherchiez.

— Pourquoi ?

— Parce qu'un ami m'a déjà fait le coup ce soir.

Un sourire avait illuminé son visage.

— Je ne vous cherchais pas. Mais ça me fait plaisir de vous trouver là.

— Ben moi aussi ! Hassan, sers la dame.

— Sonia, elle s'appelle, la dame, il avait dit.

Et il lui servit un whisky avec de la glace. D'autorité. Comme à un habitué.

— À la nôtre, Sonia.

La nuit avait basculé à cet instant. Quand nos verres tintèrent l'un contre l'autre. Et que les yeux gris-bleu de Sonia se plantèrent dans les miens. Je m'étais mis à bander. Si fort que j'en avais eu presque mal. Je n'avais pas compté les mois, mais ça faisait un sacré bail que je n'avais plus couché avec une femme. Je crois que j'avais presque oublié qu'on pouvait bander.

D'autres tournées suivirent. Au comptoir, puis à une petite table qui venait de se libérer. La cuisse de Sonia collée à la mienne. Brûlante. Je me rappelle m'être demandé pourquoi les choses arrivent si vite, toujours. Les histoires d'amour. On voudrait que ça arrive à un autre moment, quand on est au mieux de sa forme, quand on se sent prêt pour l'autre. Une autre. Un autre. Je m'étais dit qu'en fait, on ne maîtrisait rien de sa vie. Et encore plein d'autres choses. Mais je ne m'en souvenais plus. Ni de tout ce qu'avait pu me raconter Sonia.

Je ne me souvenais de rien de la fin de cette nuit.

Et le téléphone sonnait.

Le téléphone sonnait et ça me labourait les tempes. C'était la tempête dans mon crâne. Je fis des efforts démesurés et j'ouvris les yeux. J'étais nu sur mon lit.

Le téléphone sonnait toujours. Merde ! Pourquoi j'oubliais toujours de le brancher, ce putain de répondeur !

Je me laissai rouler sur le côté et tendis le bras.

— Ouais.

— Montale.

Une voix dégueulasse.

— Z'êtes trompé de numéro.

Je raccrochai.

Moins d'une minute après, le téléphone résonna. La même voix dégueulasse. Avec un zeste d'accent d'Italien.

— Tu vois que c'est le bon numéro. Tu préfères qu'on vienne te voir ?

Ce n'était pas le genre de réveil auquel j'avais rêvé. Mais la voix de ce type glissait dans mon corps comme une douche glacée. À me geler les os. Ces voix-là, je savais leur mettre un visage, leur donner un corps, et même dire où était planqué leur flingue.

J'ordonnai le silence à l'intérieur de ma tête.

— J'écoute.

— Juste une question. Est-ce que tu sais où elle est, Babette Bellini ?

Ce n'était plus une douche glacée qui coulait en moi. Mais le froid polaire. Je me mis à trembler. Je tirai sur le drap et m'enroulai dedans.

— Qui ça ?

— Joue pas au con, Montale. Ta petite copine, Babette, la fouille-merde. Tu sais où on peut la trouver ?

— Elle était à Rome, je lâchai, me disant que s'ils la cherchaient ici c'est qu'elle ne devait plus y être, là-bas.

— Elle y est plus.

— Elle a dû oublier de me prévenir.

— Intéressant, ricana le type.

Il y eut un silence. Si lourd que mes oreilles se mirent à bourdonner.

— C'est tout ?

— Voilà ce que tu vas faire, Montale. Tu te démerdes comme tu veux, mais tu essayes de nous la trouver, ta copine. Elle a des choses qu'on aimerait bien récupérer, tu vois. Comme t'as rien à glander dans tes putains de journées, ça devrait aller assez vite, non ?

— Allez vous faire foutre !

— Quand je te rappellerai, tu feras moins le fier, Montale.

Il raccrocha.

La vie puait la mort, je ne m'étais pas trompé.

2

Où l'accoutumance à la vie n'est pas une vraie raison de vivre

Sur la table, à côté des clefs de ma voiture, Sonia avait laissé un mot. « Tu étais trop bourré. Dommage. Appelle-moi ce soir. Vers sept heures. Je t'embrasse. » Son numéro de téléphone suivait. Les dix chiffres gagnants d'une invitation au bonheur.

Sonia. Je souris au souvenir de ses yeux gris-bleu, de sa cuisse brûlante contre la mienne. Et de son sourire aussi, quand il illuminait son visage. Mes seuls souvenirs d'elle. Mais de beaux souvenirs déjà. J'eus hâte d'être à ce soir. Mon sexe aussi, qui se tendit dans mon short à ces seules évocations.

Ma tête semblait peser aussi lourd qu'une montagne. J'hésitai entre prendre une douche ou faire un café. Le café s'imposait. Et une cigarette. La première bouffée m'arracha les boyaux. Je crus qu'ils allaient me sortir par la bouche. « Saloperie ! » je me dis en aspirant une autre bouffée, pour le principe. Le second haut-le-cœur fut plus violent encore. Relançant à tout rompre les battements dans mon crâne.

Je me pliai en deux au-dessus de l'évier de la cuisine. Mais je n'avais rien à vomir. Pas même mes poumons. Pas encore ! Où était-il ce temps où, avec la première bouffée de la première cigarette, c'était tout mon appétit de vivre que j'inhalais ? Loin, très loin. Les démons, prisonniers de ma poitrine, n'avaient plus grand-chose à se mettre sous la dent. Parce que l'accoutumance à la vie n'est pas une vraie raison de vivre. Les envies de vomir me le rappelaient chaque matin.

Je passai ma tête sous l'eau froide du robinet, gueulai un bon coup, puis je m'étirai et repris ma respiration, sans lâcher la clope qui me brûlait les doigts. Je ne faisais plus assez de sport depuis quelque temps. Ni assez de marche à pied dans les calanques. Ni d'entraînement régulier à la salle de boxe de Mavros. Les bons repas, l'alcool, les clopes. « Dans dix ans, t'es mort, Montale », je me dis. « Réagis, bon sang ! » Je repensai à Sonia. Avec de plus en plus de plaisir. Puis sur son image se superposa celle de Babette.

Où elle était, Babette ? Dans quelle galère elle s'était foutue ? Les menaces du type au téléphone n'étaient pas de l'intimidation. J'en avais senti le poids, réel, dans chaque mot. La manière froide de les prononcer. J'écrasai la cigarette consumée et en allumai une autre, tout en me servant le café. J'avalai une gorgée, aspirai une longue bouffée de fumée, puis je sortis sur la terrasse.

Le soleil, brûlant, me cogna dessus méchamment. L'éblouissement. Une vague de transpiration recouvrit mon corps. La tête me tourna. Je crus, une seconde, que j'allais tomber dans les pommes. Mais non. Le sol de ma terrasse retrouva son équilibre. J'ouvris les yeux. Le seul vrai cadeau que la vie me faisait chaque jour était là, devant moi. Intact. La mer, le ciel. À perte de vue. Avec cette lumière, à nulle autre pareille, qui naissait de l'une et de l'autre. Il m'arrivait souvent de penser qu'étreindre un corps de femme c'était, en quelque sorte, retenir contre soi cette joie ineffable qui descend du ciel vers la mer.

Est-ce que j'avais serré le corps de Sonia contre moi, cette nuit ? Si Sonia m'avait raccompagné, comment était-elle repartie ? Est-ce elle qui m'avait déshabillé ? Avait-elle dormi ici ? Avec moi ? Est-ce que nous avions fait l'amour ? Non. Non, tu étais trop bourré. Elle te l'a écrit.

La voix d'Honorine me tira de mes réflexions.

— Dites, vous avez vu l'heure !

Je tournai mon visage vers elle. Honorine. Ma vieille Honorine. Elle était tout ce qui restait de ma vie usée. Fidèle, jusqu'au bout. Elle atteignait cet âge où l'on ne vieillit plus. À peine si elle se ratatinait un peu plus chaque année. Son visage n'était que légèrement ridé, comme si les mauvais coups de la vie avaient glissé sur elle sans la meurtrir, sans entamer sa joie d'être de ce monde. « Heureux les vivants, qu'ils ont vu ces choses », elle disait souvent en montrant le ciel et la mer devant nous, avec les îles au fond. « Rien que pour ça, vé, je regrette pas d'être venue sur terre. Malgré ce que j'ai vécu... » Sa phrase s'arrêtait toujours là. Comme pour ne pas entacher de misère et de tristesse sa simple joie de vivre. Honorine n'avait plus que des souvenirs heureux. Je l'aimais. C'était la mère des mères. Et elle n'était que pour moi.

Elle ouvrit le petit portillon qui sépare sa terrasse de la mienne, et, son cabas de courses à la main, elle vint vers moi d'un pas traînant mais toujours assuré.

— Il est presque midi, vé !

D'un geste large, je montrai le ciel et la mer.

— C'est les vacances.

— Les vacances, c'est pour ceux qui travaillent...

Depuis des mois, c'était son obsession, à Honorine. Me trouver du travail. Que je cherche du travail. Elle supportait mal qu'un homme « encore jeune, comme vous » ne fasse rien de ses journées.

Ce n'était plus tout à fait exact, en vérité. Depuis plus d'un an, tous les après-midi, je remplaçais Fonfon derrière son comptoir. De deux heures à sept heures. Son bar, il avait envisagé de le fermer. De le vendre. Mais il n'avait pu se résigner à cette perspective. Après tant d'années passées à servir les clients, à parler avec eux, à s'engueuler avec eux, fermer c'était mourir. Un matin, il me l'avait proposé son bar. Pour un franc symbolique.

— Et comme ça, m'avait-il expliqué, je pourrai venir te filer un petit coup de main. Tiens, à l'heure de l'apéritif. Tu vois, juste histoire d'avoir quelque chose à faire.

J'avais refusé. Il gardait son bar, et c'est moi qui viendrais l'aider.

— Bon, ben alors, les après-midi.

On s'était mis d'accord comme ça. Ça me faisait quatre sous pour payer l'essence, les clopes et mes virées nocturnes en ville. Dans ma cagnotte, j'avais encore, grosso modo, une centaine de mille francs. C'était peu, l'argent filait vite, mais ça me laissait le temps de voir venir. Pas mal de temps même. J'avais de moins en moins de besoins. La pire chose qui pouvait m'arriver, c'est que ma vieille R5 tombe en panne, et qu'il me faille en racheter une autre.

— Honorine, on va pas remettre ça.

Elle me regarda fixement. Sourcils froncés, lèvres serrées. Tout son visage voulait se montrer sévère, mais ses yeux n'y arrivaient pas. Ils n'étaient que tendresse. Elle ne me criait dessus que par amour. Par peur qu'il ne m'arrive du mal en restant comme ça, à ne rien faire. L'oisiveté est mère de tous les vices, ça se sait bien. Combien de fois nous l'avait-elle serinée cette sentence, quand nous venions glandouiller ici avec Ugo et Manu ? Nous, on lui répondait en récitant Baudelaire. Des vers des *Fleurs du mal*. Bonheur, luxe, calme et volupté. Alors, elle nous criait dessus. Moi, il me suffisait de regarder ses yeux pour savoir si elle était en colère ou pas.

Peut-être qu'elle aurait dû vraiment nous crier dessus. Mais elle n'était pas notre mère, Honorine. Et comment aurait-elle pu deviner qu'à force de nous amuser à déconner nous finirions par faire de vraies conneries ? Pour elle, nous n'étions que des adolescents, pas pires, pas meilleurs que tous les autres. Et nous nous trimballions toujours avec des tonnes de bouquins que, de sa terrasse, elle nous entendait lire à haute voix, devant la mer, la nuit venue. Honorine, elle avait toujours cru que les livres ça rendait sage, intelligent, et sérieux. Pas que ça pouvait conduire à braquer des pharmacies, des stations-service. Ni à tirer sur des gens.

De la colère, il y en avait eu dans ses yeux quand j'étais venu lui dire au revoir, il y a trente ans. Une grande colère, qui l'avait laissée muette. Je venais de m'engager pour cinq ans dans la Coloniale. Direction Djibouti. Pour fuir Marseille. Et ma vie. Parce que avec Ugo et Manu nous avions franchi la limite. Manu, par affolement, avait tiré sur un pharmacien de la rue des Trois-Mages qu'on dépouillait de sa recette. Le lendemain, dans le journal, j'avais lu que cet homme, père de famille, serait paralysé à vie. Ça m'avait écœuré, ce que nous avions fait.

Mon horreur des armes venait de cette nuit-là. De devenir flic n'avait rien changé. Je n'avais jamais pu me résoudre à porter une arme. J'en avais souvent discuté avec mes collègues. Bien sûr, on pouvait tomber sur un violeur, un déséquilibré, un truand. La liste était longue de ceux qui, violents, fous ou simplement désespérés, pouvaient se trouver un jour sur notre chemin. Et cela m'était arrivé pas mal de fois. Mais au bout de ce chemin, c'était toujours Manu que je voyais, son flingue à la main. Et Ugo, derrière lui. Et moi, pas loin.

Manu s'était fait tuer par des truands. Ugo par des flics. Moi, j'étais toujours vivant. Je prenais ça pour de la chance. La chance d'avoir su comprendre dans le regard de certains adultes que nous étions des hommes. Des êtres humains. Et qu'il ne nous appartenait pas de donner la mort.

Honorine ramassa son cabas.

— Vé, ce que je dis. C'est comme parler à un sourd.

Elle repartit vers sa terrasse. Arrivée au portillon, elle se retourna vers moi :

— Dites, pour manger, si j'ouvrais un bocal de poivrons ? Avec quelques anchois. Je fais une grosse salade... Par cette chaleur.

Je souris.

— Je mangerais bien une omelette de tomates.

— Oh ! mais qu'est-ce vous avez tous aujourd'hui ! Fonfon aussi, c'est ça qu'il a voulu que je lui fasse.

— On s'est téléphoné.

— Moquez-vous, va !

Depuis plusieurs mois, Honorine cuisinait également pour Fonfon. Souvent, le soir, nous mangions tous les trois sur ma terrasse. En fait, Fonfon et Honorine passaient de plus en plus de temps ensemble. Même qu'il y a quelques jours, Fonfon, un après-midi, il était venu faire la sieste chez elle. Vers les cinq heures, il était revenu au bar aussi embarrassé qu'un gamin qui vient d'embrasser une fille pour la première fois.

Fonfon et Honorine, je les avais aidés à se rapprocher. Je ne trouvais pas ça bien qu'ils vivent leur solitude chacun de leur côté. Leur deuil, leur fidélité à l'être aimé avaient bouffé presque quinze ans de leur vie. Ça me semblait amplement suffisant. Il n'y avait aucune honte à ne pas vouloir finir sa vie seul.

Un dimanche matin, je leur avais proposé d'aller pique-niquer sur les îles du Frioul. Toute une histoire, ça avait été, pour décider Honorine. Elle n'était plus montée sur le bateau depuis la mort de Toinou, son mari. Je m'étais un peu énervé.

— Bon sang, Honorine ! sur ce bateau, depuis que je l'ai, je n'y ai emmené que Lole. Je vous emmène tous les deux, parce que je vous aime. Tous les deux, vous comprenez ça !

Ses yeux s'étaient embués de larmes, puis elle avait souri. J'avais su alors qu'elle tournait enfin la page, sans rien renier de sa vie avec Toinou. Au retour, elle tenait la main de Fonfon, et je l'avais entendue lui murmurer :

— Maintenant, on peut mourir, pas vrai ?

— On a bien encore un peu de temps, non ? il lui avait répondu.

J'avais tourné la tête et laissé mon regard filer vers l'horizon. Là où la mer devient plus sombre. Plus épaisse. Je m'étais dit que la solution à toutes les contradictions de l'existence était là, dans cette mer. Ma Méditerranée. Et je m'étais vu me fondre en elle. Me dissoudre, et résoudre, enfin, tout ce que je n'avais jamais résolu dans ma vie, et que je ne résoudrai jamais.

L'amour de ces deux vieux me faisait chialer.

À la fin du repas, Honorine, qui fort bizarrement était restée silencieuse, m'interrogea :

— Dites, la petite dame brune, qui vous a ramené cette nuit, elle va revenir ? Sonia, c'est ça ?

Je fus surpris.

— Je sais pas. Pourquoi ? bafouillai-je, presque inquiet.

— Parce qu'elle m'a l'air bien gentille. Alors, je me disais, vé...

Ça, c'était une autre obsession d'Honorine. Que je me trouve une femme. Une femme gentille, qui prenne soin de moi, même si cela lui soulevait le cœur d'imaginer qu'une autre femme puisse cuisiner à sa place.

Je lui avais expliqué, je ne sais combien de fois, qu'il n'y avait que Lole dans ma vie. Elle était partie. Parce que je n'avais pas su être l'homme qu'elle attendait que je sois. Et, je n'en doutais plus aujourd'hui, le plus grand mal que j'avais pu lui faire, c'était de l'avoir obligée à partir. À me quitter. Ça me réveillait souvent la nuit, ce mal que je lui avais fait. À elle. À nous.

Mais Lole, je l'avais attendue toute ma vie, alors je n'avais pas l'intention d'y renoncer. J'avais besoin de croire qu'elle reviendrait. Que nous recommencerions. Pour que nos rêves, nos vieux rêves qui nous avaient réunis et donné tant de bonheur déjà, puissent enfin s'épanouir simplement. Librement. Sans plus de peur ni de doute. En toute confiance.

Quand je disais cela, Honorine me regardait avec tristesse. Elle savait que Lole, aujourd'hui, vivait sa vie à Séville. Avec un guitariste, qui était passé du flamenco au jazz. Dans la belle lignée de Django Reinhardt. Genre Bireli Lagrène. Elle s'était enfin décidée à chanter pour les *gadjos*. Depuis un an, elle avait intégré la formation de son ami et elle se produisait en concert. Ils avaient enregistré un album ensemble. Tous les grands standards du jazz. Elle me l'avait envoyé, avec juste ces mots : « Toi, ça va ? »

I Can't Give You Anything But Love, Baby... Je n'avais pu aller au-delà du premier morceau. Non pas que ce ne fût pas bon, au contraire. Sa voix était rauque. Suave. Avec des intonations qu'elle avait parfois dans l'amour. Mais ce n'était pas la voix de Lole que j'entendais, seulement la guitare qui donnait corps à sa voix. La portait. Cela m'était insupportable. J'avais rangé le disque, sans ranger mes folles illusions.

— Vous vous êtes parlé ? je demandai à Honorine.

— Ben oui, tiens. On a pris le café ensemble.

Elle me regarda avec un grand sourire.

— Elle était pas très en forme pour aller travailler, la pauvre.

Je ne relevai pas. Je n'avais aucune image du corps de Sonia. Son corps nu. Je savais seulement que la robe légère qu'elle portait hier laissait espérer tout plein de bonheur aux mains d'un honnête homme. Mais, me dis-je, peut-être n'étais-je pas si honnête que ça.

— Fonfon, il a appelé Alex. Vous savez, le taxi qui, des fois, il joue aux cartes avec vous. Pour qu'y la raccompagne, quoi. Je crois qu'elle était un peu en retard.

La vie continuait, toujours.

— Et vous avez parlé de quoi, avec Sonia ?

— D'elle, un peu. De vous, pas mal. Enfin, on n'a pas fait les bazarettes, hein. Juste un peu parlé, quoi.

Elle plia sa serviette, et me regarda fixement. Comme tout à l'heure sur la terrasse. Mais sans aucune lueur de malice.

— Elle m'a dit que vous étiez malheureux.

— Malheureux !

Je m'efforçai de rire, en allumant une cigarette pour me

donner un peu de contenance. Qu'est-ce que j'avais bien pu lui raconter, à Sonia ? Je me sentais comme un môme pris en faute.

— Elle me connaît à peine.

— C'est pour ça que j'ai dit qu'elle est gentille. Elle a su comprendre ça de vous. En peu de temps, si j'ai bien compris ?

— C'est ça. Vous avez bien compris, je répondis en me levant. Je vais prendre le café chez Fonfon.

— Vé, si on peut plus parler !

Elle était fâchée.

— C'est rien, Honorine. C'est le manque de sommeil.

— C'est vrai, quoi. J'ai juste dit que, moi, j'aimerais bien la revoir.

La malice était revenue au fond de ses yeux.

— Moi aussi, Honorine. Moi aussi, j'ai envie de la revoir.

3

Où il n'est pas inutile d'avoir quelques illusions sur la vie

Fonfon avait haussé les épaules. Tout en buvant le café, je lui avais annoncé que je ne pouvais pas tenir son bar cet après-midi. La sale histoire dans laquelle Babette semblait s'être embarquée me trottait dans la tête. Il fallait que j'arrive à la localiser. Ce qui, dans son cas, n'était pas chose simple. Si ça se trouve, elle pouvait être en croisière sur le yacht d'un émir arabe. Mais ce n'était qu'une supposition. La plus sympathique. En vérité, plus j'y réfléchissais, et plus j'étais convaincu qu'elle était en cavale. Ou planquée quelque part.

J'avais décidé d'aller faire un tour dans l'appartement qu'elle avait conservé, en haut du cours Julien. Elle l'avait acheté pour une bouchée de pain dans les années 70, et maintenant, il valait une fortune. Le cours Julien était le quartier le plus branché de Marseille. D'un côté et de l'autre du cours, jusqu'en haut, au métro Notre-Dame-du-Mont, ce n'était que restaurants, bars, cafés-musique, antiquaires et haute couture marseillaise. Tout le Marseille nocturne se donnait rendez-vous là dès sept heures le soir.

— Je savais bien que ça durerait pas, cette histoire, avait grommelé Fonfon.

— Oh ! Fonfon ! C'est une fois.

— Ouais... De toute façon, les clients, va pas y en avoir des masses. Tous le cul dans l'eau, ils vont être. Je te refais un café ?

— Si tu veux.

— Me fais pas ta tête ! Oh ! ce que je dis, c'est juste pour t'enquiquiner un peu. Je sais pas ce qu'elles vous font les petites aujourd'hui, mais sas, quand vous sortez du lit on vous croirait passés sous un rouleau compresseur.

— C'est pas les petites, c'est les pastis. J'ai pas compté, cette nuit.

— Je disais les petites, mais je voulais dire celle que j'ai mise dans le taxi, ce matin.

— Sonia.

— Sonia, c'est ça. Elle m'a l'air gentille.

— Attends, Fonfon ! Tu vas pas t'y mettre, toi aussi. Y a déjà Honorine, alors pas la peine d'en rajouter.

— Je rajoute rien. Je dis les choses comme elles sont. Et au lieu d'aller vadrouiller je sais pas où, avec cette chaleur, tu devrais faire comme moi, te taper une bonne petite sieste. Comme ça, cette nuit...

— Tu fermes ?

— Tu me vois toute la sainte après-midi, à attendre qu'y en ait un qui rentre pour me boire une menthe à l'eau ! Je vais me gêner, vé ! Et demain, pareil. Et après-demain, pareil. Tant qu'y fera cette chaleur, c'est pas la peine de s'empoisonner la vie. T'es en congé, mon beau. Va dormir, va.

Je n'avais pas écouté Fonfon. J'aurais dû. La somnolence me gagnait. J'attrapai une cassette de Mongo Santamaria, et je l'enclenchai. *Mambo terrifico*. À fond. Et je donnai un léger coup d'accélérateur, histoire de laisser entrer un semblant d'air frais dans la voiture. Toutes fenêtres ouvertes, je dégoulinais quand même. Les plages, de la Pointe-Rouge au Rond-Point de David, étaient noires de monde. Tout Marseille était là, le cul dans l'eau, comme disait Fonfon. Il avait raison de le fermer, le bar. Même les cinémas, pourtant climatisés, ne donnaient pas de séances avant cinq heures.

Moins d'une demi-heure après, j'étais garé devant l'immeuble de Babette. Les journées d'été à Marseille sont un bonheur. Pas de circulation en ville, pas de problème de stationnement. Je sonnai chez Mme Orsini. Elle faisait le ménage de l'appartement de Babette durant ses absences, s'assurait que rien ne clochait et lui réexpédiait le courrier. Je lui avais téléphoné pour m'assurer qu'elle serait là.

— Avec cette chaleur, ça risque pas que je sorte, vous voyez. Alors, passez quand vous voulez.

Elle m'ouvrit. Mme Orsini, il était impossible de lui donner un âge. Disons entre cinquante et soixante. C'était selon l'heure de la journée. Blonde décolorée jusqu'aux racines, pas très grande, plutôt rondelette, elle portait une robe légère, ample, qui, dans le contre-jour, donnait tout à voir d'elle. Au regard qu'elle m'adressa, je compris qu'elle n'aurait pas dédaigné de s'offrir une petite sieste avec moi. Je savais pourquoi Babette l'aimait bien. C'était une croqueuse d'hommes, elle aussi.

— Je vous offre un petit quelque chose ?

— Merci. J'ai juste besoin des clefs de l'appartement.

— C'est dommage.

Elle sourit. Moi aussi. Et elle me tendit les clefs.

— Ça fait longtemps que j'ai pas eu de ses nouvelles, à Babette.

— Elle va bien, mentis-je. Elle a beaucoup de travail.

— Elle est toujours à Rome ?

— Et avec son avocat.

Mme Orsini me regarda curieusement.

— Ah... Ah oui.

Six étages plus haut, je repris mon souffle devant la porte de chez Babette. L'appartement était tel que je m'en souvenais. Magnifique. Une immense baie vitrée donnait sur le Vieux-Port. Avec, au loin, les îles du Frioul. C'était la première chose que l'on voyait en entrant, et tant de beauté vous prenait à la gorge. J'en bus tout mon soûl. Une fraction de seconde. Parce que le reste n'était pas beau à voir. L'appartement était sens dessus dessous. On était passé avant moi.

Une bouffée de transpiration m'envahit. La chaleur. La présence soudaine du Mal. L'air me devint irrespirable. J'allai au robinet de la cuisine et laissai couler l'eau pour en boire une longue rasade.

Je fis le tour des pièces. Toutes avaient été fouillées, minutieusement me semblait-il, mais sans soin. Dans la chambre, je m'assis sur le lit de Babette, et, pensif, allumai une cigarette.

Ce que je cherchais n'existait pas. Babette était si imprévisible que même un carnet d'adresses, si elle en avait laissé un ici, ne conduirait à rien d'autre qu'à se perdre dans un labyrinthe de noms, de rues, de villes et de pays. C'est après être passé ici que mon interlocuteur avait appelé. Ce ne pouvait être que lui. Eux. La Mafia. Ses tueurs. Ils la cherchaient et, comme moi, ils avaient commencé par le début. Son domicile. Sans doute avaient-ils trouvé quelque chose qui les avait renvoyés vers moi. Puis les questions de Mme Orsini, à propos de Babette, me revinrent à l'esprit. Tout comme sa manière de me regarder ensuite. Ils étaient passés la voir, c'était sûr.

J'écrasai ma clope dans un affreux cendrier *Ricordo di Roma*. Mme Orsini me devait quelques explications. Je refis le tour de l'appartement, comme si j'allais avoir une idée lumineuse.

Dans la pièce qui servait de bureau, deux gros classeurs noirs à anneaux, posés par terre, attirèrent mon attention. J'ouvris le premier. Tous les reportages de Babette. Classés par année. Je la reconnaissais bien là. Dans cette manière qu'elle avait de faire œuvre, en quelque sorte. Une œuvre journalistique. Je souris. Et me surpris à feuilleter les pages, à remonter les années. Jusqu'à ce jour du mois de mars 1988 où elle était venue m'interviewer.

Son article y était. Une belle demi-page, avec ma photo au milieu sur deux colonnes.

« La pratique des contrôles au faciès est banale, avais-je répondu à sa première question. C'est elle, entre autres, qui nourrit la révolte de toute une partie de la jeunesse. Celle qui vit les pires difficultés sociales. Les comportements policiers vexatoires viennent légitimer ou conforter des attitudes délinquantes. Ils participent ainsi aux fondements d'un état de révolte et d'une perte de repères.

« Certains jeunes développent un sentiment de toute-puissance qui les conduit à refuser toute autorité et à vouloir imposer leur loi dans leur cité. La police est à leurs yeux l'un des symptômes de cette autorité. Mais, pour s'opposer efficacement à la délinquance, les policiers doivent être irréprochables dans leurs comportements. Le rap est devenu un mode d'expression pour les jeunes des cités, parce qu'il dénonce, le plus souvent, des comportements policiers humiliants, et il montre qu'on est loin du compte. »

Mes chefs n'avaient pas franchement apprécié ma tirade. Mais ils n'avaient pas moufté. Ils connaissaient mes points de vue. C'est même pour cette raison qu'ils m'avaient nommé à la tête des Brigades de surveillance de secteurs, dans les quartiers Nord de Marseille. En peu de temps, il y avait eu deux énormes bavures policières. Lahaouri Ben Mohamed, un jeune de dix-sept ans, s'était fait descendre lors d'un banal contrôle d'identité. L'effervescence avait gagné les cités. Puis, quelques mois après, en février, ce fut le tour d'un autre jeune, Christian Dovero, le fils d'un chauffeur de taxi. Et là, c'est toute la ville qui fut en émoi. « Un Français, merde ! », avait gueulé mon supérieur. Rétablir le calme, la sérénité devint l'urgence. Avant même que ne débarquent les officiers de l'IGPN*, la police des polices. Employer d'autres méthodes, tenir d'autres discours, c'est ce qui se

* Inspection générale de la police nationale.

concocta à la préfecture de police. On me sortit alors du chapeau. L'homme miracle.

Du temps, il m'en fallut, pour comprendre que je n'étais qu'une marionnette qu'on agitait en attendant de revenir aux bonnes vieilles méthodes. Humiliations, cassages de gueule, passages à tabac. Tout ce qui pouvait satisfaire ceux qui agitaient les crécelles sécuritaires.

Aujourd'hui, on y était revenu, à ces bonnes vieilles méthodes. Avec vingt pour cent des effectifs qui votaient Front national. La situation, dans les quartiers Nord, s'était retendue. Se tendait chaque jour. Il suffisait d'ouvrir le journal chaque matin. Écoles saccagées à Saint-André, agressions de médecins de nuit à La Savine, ou d'employés communaux à La Castellane, chauffeurs de bus menacés sur la ligne de nuit. Avec, souterrainement, la prolifération dans les cités de l'héroïne, du crack et de toutes ces saloperies qui dopaient les mômes de courage. Les mettaient à cran aussi. « Les deux fléaux de Marseille, gueulaient sans cesse les rappeurs marseillais du groupe IAM, c'est l'héro et le Front national. » Tous ceux qui côtoyaient d'assez près les jeunes sentaient l'explosion proche.

J'avais démissionné, et, je le savais, ce n'était pas la solution. Mais on ne changerait pas la police du jour au lendemain, à Marseille ou ailleurs. Être flic, qu'on le veuille ou non, c'était appartenir à une histoire. La rafle des Juifs au Vel'd'Hiv'. Le massacre des Algériens, jetés à la Seine, en octobre 1961. Toutes ces choses-là. Tardivement reconnues. Et pas encore officiellement. Toutes ces choses-là qui avaient des effets sur les pratiques quotidiennes de pas mal de flics, dès lors qu'ils avaient affaire à des jeunes issus de l'immigration.

Je pensais ça. Depuis longtemps. Et j'avais *glissé,* pour reprendre l'expression de mes collègues. À trop vouloir comprendre. Expliquer. Convaincre. « L'éducateur », me surnommait-on au commissariat de quartier. Quand on m'avait déchargé de mes fonctions, j'avais dit à mon chef que cultiver le subjectif, le sentiment d'insécurité, plutôt que l'objectif, l'arrestation des coupables, était une voie dangereuse. Il avait à peine souri. Il n'en avait plus rien à foutre de moi.

J'entendais, il est vrai, d'autres propos de la part de l'actuel gouvernement. Que la sécurité n'était pas seulement une question d'effectifs ou de moyens, mais une question de méthode. Ça me rassurait un peu d'entendre dire, enfin, que la sécurité n'était pas une idéologie. Juste la prise en compte de la réalité sociale. Mais il était trop tard pour moi. J'avais quitté les flics et, même si je ne savais rien faire d'autre, je ne reprendrais jamais du service.

Je sortis l'article de sa pochette, pour le déplier. Le parcourir complètement. Une petite feuille de papier blanc, jauni, s'envola. Babette avait écrit : « Montale. Beaucoup de charme, et intelligent. » Je souris. Sacrée Babette ! Je l'avais appelée après la parution de l'interview. Pour la remercier d'avoir reproduit fidèlement mes propos. Elle m'avait invité à dîner. Sans doute avait-elle déjà sa petite idée derrière la tête. Et, pourquoi le nier, j'avais accepté d'autant plus facilement qu'elle était mignonne à croquer, Babette. Mais j'étais loin d'imaginer qu'une jeune journaliste eût envie de séduire un flic déjà plus très jeune.

Ouais, admit mon ego en regardant ma photo une nouvelle fois, oui, du charme ce Montale. Je fis la grimace. C'était loin. Presque dix ans. Depuis, mes traits s'étaient épaissis, alourdis, et quelques rides au coin des yeux, le long des joues, s'étaient creusées. Plus le temps passait, et plus ce que je voyais dans la glace, chaque matin, me laissait perplexe. Je vieillissais mal. Je m'en étais inquiété auprès de Lole, une nuit.

— Qu'est-ce que tu vas inventer encore, elle avait répliqué.

Je n'inventais rien.

— Tu me trouves beau ?

Je ne savais plus ce qu'elle avait répondu. Ni même si elle avait répondu. Dans sa tête, elle était déjà partie. Vers une autre vie. Vers un autre homme, quelque part. Une autre vie qui serait belle. Un autre homme qui serait beau.

Plus tard, j'avais vu une photo de son ami dans un magazine — même dans ma tête, je n'osais prononcer le nom de cet homme — et je l'avais trouvé beau. Mince, élancé, un visage émacié, les cheveux en broussaille, les yeux rieurs, et une jolie bouche — un peu en cul-de-poule, à mon goût — mais jolie quand même. Le contraire de moi. J'avais détesté cette photo, plus encore en imaginant que Lole puisse l'avoir glissée dans son portefeuille, à la place de la mienne. J'avais eu mal, d'imaginer ça. Jalousie, m'étais-je dit, et j'avais pourtant horreur de ce sentiment. Jalousie, oui. Et ça me pinçait méchamment le cœur rien que de penser que cette photo, ou une autre, Lole pouvait la sortir de son portefeuille, et la regarder, dès qu'il s'éloignait d'elle quelques jours, ou seulement quelques heures.

C'était une de ces nuits à la con où, dans son lit, tous les détails prennent une dimension démesurée, où l'on n'arrive plus à se raisonner, à comprendre, à admettre. J'avais connu ça plusieurs fois déjà, avec d'autres femmes. Mais jamais avec une douleur aussi intense. Lole qui s'en allait, c'était le sens de ma vie qui se faisait la malle. Qui s'était fait la malle.

Ma photo me regardait. J'eus envie d'une bière. Nous ne sommes beaux que par le regard de l'autre. De celui qui vous aime. Un jour, on ne peut plus dire à l'autre qu'il est beau, parce que l'amour a foutu le camp et que l'on n'est plus désirable. On peut alors enfiler sa plus belle chemise, couper ses cheveux, laisser pousser sa moustache, rien n'y changera. On n'aura droit qu'à un « ça te va bien », et non plus au « tu es beau » tant espéré, et prometteur de plaisir et de draps froissés.

Je remis l'article dans sa pochette et refermai le classeur. Maintenant, j'étouffais. Le rire de Sonia me retint une seconde devant la glace d'entrée. Est-ce que j'avais encore du charme, malgré tout ? Un avenir dans l'amour ? Je me fis une grimace dont j'ai le secret. Puis je retournai prendre les classeurs de Babette. Lire sa prose, je me dis, me changera les idées.

— Finalement, je prendrais bien une bière, je lançai à Mme Orsini quand elle rouvrit sa porte.

— Ah bon.

Cette fois-ci, il n'y avait pas de sous-entendu entre nous. Ses yeux se firent fuyants.

— Je ne sais plus si j'en ai au frais.

— Ce n'est pas grave.

Nous étions face à face. Je tenais les clefs de l'appartement dans ma main.

— Vous avez trouvé ce que vous cherchiez ? elle demanda en désignant du menton les deux gros classeurs.

— Peut-être.

— Ah.

Le silence qui suivit s'emplit de moiteur grasse.

— Elle a des ennuis ? finit par demander Mme Orsini.

— Qu'est-ce qui vous fait croire ça ?

— La police est venue. J'aime pas ça.

— La police ?

Un autre silence. Tout aussi étouffant. J'avais le goût de la première gorgée de bière sur la langue. Ses yeux se firent à nouveau fuyants. Avec un brin de peur tout au fond.

— Enfin... oui, ils m'ont montré une carte.

Elle mentait.

— Et ils vous ont posé des questions. Où était Babette ? Si vous l'aviez vue récemment ? Si vous lui connaissiez des amis à Marseille ? Tout ça, quoi.

— Tout ça, oui.

— Et vous leur avez filé mon nom, mon téléphone.

— Vous savez, avec la police.

Maintenant, elle aurait voulu que je m'en aille. Refermer la porte. Le haut de son front perlait de sueur. Une sueur froide.

— La police, hein ?

— Je sais pas moi, ces histoires, ça m'embête, quoi. Je suis pas la concierge. Je fais ça pour lui rendre service, à Babette. C'est pas pour ce qu'elle me paye.

— Ils vous ont menacée ?

Ses yeux revinrent à moi. Étonnée par ma question, Mme Orsini. Affolée aussi par ce qu'elle sous-entendait. Ils l'avaient menacée.

— Oui.

— Pour que vous leur filiez mon nom ?

— Pour que je surveille l'appartement... Si quelqu'un vient, qui, pourquoi ? Pour que je réexpédie pas le courrier, aussi. Ils vont m'appeler tous les jours, ils ont dit. Et que j'avais intérêt à répondre.

Le téléphone sonna. À deux pas de nous. Il était posé sur un guéridon, avec un petit napperon en dentelle dessous. Mme Orsini décrocha. Je la vis pâlir. Elle me regarda, paniquée.

— Oui. Oui. Bien sûr.

Elle posa une main tremblante sur le combiné.

— C'est eux. C'est... c'est pour vous.

Elle me tendit le téléphone.

— Ouais.

— Tu t'es mis au travail, Montale. C'est bien. Mais tu perds ton temps, là. On est pressés, tu comprends.

— Je t'emmerde.

— La merde, c'est toi qui vas la bouffer. Dans pas longtemps, connard !

Et il raccrocha.

Mme Orsini me regardait. Terrorisée, elle était maintenant.

— Continuez à faire ce qu'ils vous ont demandé.

J'eus le désir de Sonia. Du sourire de Sonia. Des yeux de Sonia. De son corps, qui m'était encore inconnu. Un désir fou d'elle. Et de me perdre en elle. D'oublier en elle toute cette saloperie du monde qui gangrenait nos vies.

Car j'avais encore quelques illusions.

4

Où les larmes sont le seul remède contre la haine

Je pris une bière, puis deux, puis trois. J'étais à l'ombre, à la terrasse de La Samaritaine, sur le port. Ici, il y avait toujours un peu d'air de la mer. Ce n'était pas à dire vrai de l'air frais, mais c'était suffisant pour ne pas dégouliner de transpiration à chaque gorgée de bière. J'étais bien ici. À la plus belle terrasse du Vieux-Port. La seule où l'on peut jouir, du matin jusqu'au soir, de la lumière de la ville. On ne comprendra jamais Marseille si l'on est indifférent à sa lumière. Ici, elle est palpable. Même aux heures les plus brûlantes. Même quand elle oblige à baisser les yeux. Comme aujourd'hui.

Je commandai une autre bière, puis partis téléphoner une nouvelle fois à Sonia. Il était maintenant près de huit heures, et j'avais appelé chez elle toutes les demi-heures sans succès.

Le désir de la revoir devenait plus grand au fur et à mesure que le temps passait. Je ne la connaissais pas, Sonia, et elle me manquait déjà. Qu'est-ce qu'elle avait pu raconter à Honorine et à Fonfon pour les séduire aussi rapidement ? Qu'est-ce qu'elle avait bien pu me raconter, à moi, pour me mettre dans un tel état ? Comment une femme pouvait-elle s'introduire aussi simplement dans le cœur d'un homme, juste par des regards, des sourires ? Est-ce qu'il était possible de caresser le cœur sans même seulement effleurer la peau ? C'était sans doute cela séduire. S'immiscer dans le cœur de l'autre, le faire vibrer, pour se l'attacher. Sonia.

Son téléphone sonnait toujours dans le vide, et cela commençait à me désespérer. Je me sentais comme un adolescent amoureux. Fébrile. Impatient d'entendre la voix de sa petite copine. Une des raisons du succès des téléphones portables, je me dis, tenait aussi à ça. De pouvoir être lié à l'être qu'on aime, n'importe où, à n'importe quel moment. Pouvoir lui dire, oui je t'aime, oui tu me manques, oui à ce soir. Mais moi, je ne me voyais pas avec un portable, et je ne comprenais rien à ce qui m'arrivait avec Sonia. À dire vrai, je ne me souvenais même plus du son de sa voix.

Je retournai à ma table, et me replongeai dans les articles de Babette. J'en avais déjà lu six, de ses reportages. Ils tournaient tous autour de la justice, des cités, de la police. Et de la Mafia. Surtout les plus récents. Babette avait rendu compte pour le journal *Aujourd'hui* de la conférence de presse à Genève de sept juges européens : Renaud Van Ruymbeke (France), Bernard Bertossa (Suisse), Gherardo Colombo et Edmondo Bruti Liberati (Italie), Baltazar Garzón Real et Carlos Jimenez Villarejo (Espagne) et Benoît Dejemeppe (Belgique). « Sept juges en colère contre la corruption », avait-elle titré. L'article datait d'octobre 1996.

« Les juges, écrivait Babette, sont excédés par le fait que l'entraide juridique est inexistante ou ralentie par les politiques, qu'une organisation criminelle n'a qu'à verser une commission de 200 000 dollars pour en blanchir 20 millions, que l'argent de la drogue (1 500 milliards de francs chaque année) emprunte sans trop d'accrocs les circuits internationaux pour se réinvestir à 90 % dans les économies occidentales.

« Pour Bernard Bertossa, procureur général de Genève, poursuivait Babette, “il est temps de créer une Europe de la justice où n'existeraient pas seulement la libre circulation des délinquants et des capitaux qu'ils manipulent, mais aussi la libre circulation des preuves."

« Mais les juges savent que leur cri d'alarme bute sur l'attitude schizophrène des gouvernements européens. "Il faut en finir avec les paradis fiscaux, ces lessiveuses de l'argent sale ! On ne peut pas à la fois édicter des normes et offrir les moyens de les contourner !" s'exclame le juge Baltazar Garzón Real, dont chaque affaire qui aboutit à Gibraltar, à Andorre ou à Monaco finit enterrée. "Il suffit aujourd'hui d'interposer des sociétés panaméennes bidon et de multiplier les écrans, et l'on ne peut rien faire, même si l'on sait pertinemment que c'est de l'argent de la drogue", note Renaud Van Ruymbeke. »

Le soir tombait, sans pour autant apporter un peu de fraîcheur. J'en avais ma claque. De lire et d'attendre. À ce train-là, j'allais encore être bourré quand je reverrais Sonia. Si elle daignait enfin répondre.

En vain encore, un quart d'heure après.

J'appelai Hassan.

— Ça va ? il me demanda.

Ferré chantait derrière lui :

Quand la machine a démarré
Quand on n'sait plus bien où l'on est
Et qu'on attend c'qui va s'passer...

— Pourquoi ça n'irait pas ?

— Vu dans quel cirage t'étais, cette nuit.

— J'ai pas trop déconné ?

— Jamais vu quelqu'un encaisser avec autant d'aplomb.

— T'es trop bon, Hassan !

Et qu'on attend c'qui va s'passer...

— Chouette fille, Sonia, hein ?

Même Hassan s'y mettait.

— Sûr, je fis, l'imitant. Dis, justement, tu sais pas où elle crèche, Sonia ?

— Vouiii..., dit-il en avalant une gorgée de quelque chose. Rue Consolat. 24, ou 26, je sais plus. Mais c'est pair. Sûr. Les impairs, j'arrive toujours à me les rentrer dans la tête.

Il rigola, tout en buvant encore un coup.

— T'en es où ? je demandai, par curiosité.

— Bière.

— Moi aussi. Et c'est quoi son nom, à Sonia ?

— De Luca.

Italienne. Merde. Ça faisait une éternité. Depuis Babette, je les évitais, les Italiennes.

— T'as croisé son père quelque fois, ici. Docker, il était. Attilio. Tu vois qui ? Pas très grand. Chauve.

— Putain, oui ! C'est son père ?

— Ben oui. (Il avala une nouvelle gorgée.) Bon, si je la vois, Sonia, je lui dis que t'enquêtes sur elle ?

Il rigola encore. J'ignorais à quelle heure il avait commencé, Hassan, mais il tenait la forme.

— C'est ça. Allez, à un de ces soirs. Ciao.

Sonia, c'était au 28 qu'elle habitait.

J'appuyai un léger coup sur la sonnette d'entrée. La porte s'ouvrit. Mon cœur se mit à battre. Premier étage, était-il écrit sur la boîte aux lettres. Je grimpai les marches quatre à quatre. Je frappai quelques petits coups à la porte. La porte s'ouvrit. Et se referma derrière moi.

Deux hommes me faisaient face. L'un d'eux me montra sa carte.

— Police. Qui êtes-vous ?

— Qu'est-ce que vous faites là ?

Mon cœur se remit à battre. Mais pour d'autres raisons. J'imaginais le pire. Et me dis que, oui, bien sûr, dès que l'on détourne la tête, ne serait-ce qu'un instant, la vie aligne ses coups tordus. Strate sur strate. Comme un mille-feuille. Une couche de crème, une couche de pâte brisée. De vie brisée. Saloperie de merde. Le pire, non, je ne l'imaginais pas. Je le devinais. Mon cœur cessa de battre. Et je retrouvai l'odeur de la mort. Pas celle qui flottait dans ma tête, que je croyais sentir sur moi. Non, l'odeur de mort, bien réelle. Et celle du sang, qui l'accompagne souvent.

— Je vous ai posé une question.

— Montale. Fabio Montale. J'avais rendez-vous avec Sonia, mentis-je à demi.

— Je descends, Alain, dit l'autre flic.

Il était livide.

— OK Bernard. Ils vont pas tarder à arriver.

— Qu'est-ce qui se passe ? dis-je pour me rassurer.

— Vous êtes son... (Il me regarda de la tête au pieds. Évaluant mon âge. Estimant celui de Sonia. Une bonne vingtaine d'années d'écart, dut-il conclure.) Son ami ?

— Oui. Un ami.

— Montale, vous avez dit ?

Il resta pensif quelques instants. Ses yeux m'examinèrent à nouveau.

— Oui. Fabio Montale.

— Elle est morte. Assassinée.

Mon estomac se noua. Je sentis une boule se former au creux de mon ventre. Lourde. Et qui se mit à monter et à descendre dans mon corps. À remonter jusqu'à la gorge. La nouant. M'étouffant. J'étouffais. Me laissant muet. Sans rien à dire. Comme si tous les mots s'en étaient retournés à leur préhistoire. Au fond des cavernes. Là d'où l'humanité n'aurait jamais dû sortir. Au commencement était le pire. Et le cri primal du premier homme. Désespéré, sous l'immense voûte étoilée. Désespéré de comprendre, là, écrasé par tant de beauté, qu'un jour, oui un jour, il tuerait son frère. Au commencement étaient toutes les raisons de tuer. Avant même qu'on ne puisse les nommer. L'envie, la jalousie. Le désir, la peur. L'argent. Le pouvoir. La haine. La haine de l'autre. La haine du monde.

La haine.

Envie de crier. De hurler.

Sonia.

La haine. La boule s'arrêta de monter et de descendre. Le sang se retira de mes veines. Se rassembla dans cette boule, si lourde maintenant, qui me pesait sur le ventre. Un froid glacial m'envahit. La haine. Il me faudrait vivre avec ce froid. La haine. Sonia.

— Sonia, je murmurai.

— Ça va ? me demanda le flic.

— Non.

— Asseyez-vous.

Je m'assis. Dans un fauteuil que je ne connaissais pas. Dans un appartement que je ne connaissais pas. Chez une femme que je ne connaissais pas. Et qui était morte. Assassinée. Sonia.

— Comment ? je demandai.

Le flic me tendit une cigarette.

— Merci, je dis en l'allumant.

— La gorge tranchée. Sous la douche.

— Un sadique ?

Il haussa les épaules. Ça voulait dire non. Ou peut-être non. Si elle avait été violée, il l'aurait dit. Violée, puis assassinée. Il avait juste dit assassinée.

— J'ai été flic aussi. Il y a longtemps.

— Montale. Ouais... Depuis tout à l'heure, je me disais... Quartiers Nord, c'est ça ?

Il me tendit la main.

— Moi, c'est Béraud. Alain Béraud. Vous n'aviez pas que des amis...

— Je sais. Un seul. Loubet.

— Loubet. Ouais... Il a été muté. Il y a six mois.

— Ah.

— Saint-Brieuc, Côtes-d'Armor. Pas vraiment une promotion.

— J'imagine.

— Pas beaucoup d'amis, lui non plus.

On entendit une sirène de police. L'équipe allait débarquer. Relevé d'empreintes. Photographie des lieux. Du corps. Analyse. Déposition. Procès-verbal. La routine. Un crime de plus.

— Et vous ?

— J'ai travaillé pour lui. Six mois. C'était bien. Il était réglo.

Dehors, la sirène hurlait toujours. Le car de police, sans doute, ne trouvait pas où se garer. La rue Consolat était étroite, et tout le monde stationnait où bon lui semblait, c'est-à-dire n'importe où, n'importe comment.

Parler me faisait du bien. Je repoussai les images de Sonia, la gorge tranchée, qui commençaient à affluer dans ma tête. Un flux impossible à maîtriser. Comme dans les nuits d'insomnie, quand on se laisse envahir par ce film où l'on voit la femme que l'on aime dans les bras d'un autre homme, en train de l'embrasser, de lui sourire, de lui dire je t'aime, en train de jouir, et de murmurer c'est bon, oui, c'est bon. C'est le même visage. Les mêmes crispations de plaisir. Les mêmes soupirs. Les mêmes mots. Et ce sont les lèvres d'un autre. Les mains d'un autre. Le sexe d'un autre.

Lole était partie.

Et Sonia était morte. Assassinée.

La plaie béante, dégoulinant de sang épais, cailloteux, sur ses seins, son ventre, formant une petite flaque à l'endroit du nombril, puis dégoulinant encore entre ses cuisses, sur son sexe. Les images étaient là. Dégueulasses, comme toujours. Et l'eau de la douche évacuant le sang vers les égouts de la ville...

Sonia. Pourquoi ?

Pourquoi étais-je toujours du côté froid de la vie ? Sur le versant du malheur ? Est-ce qu'il y avait une raison à cela ?

Ou était-ce seulement un hasard ? Peut-être que je n'aimais pas assez la vie ?

— Montale ?

Les questions s'amoncelaient à une vitesse folle. Et avec elles, toutes les images de cadavres que j'avais emmagasinées dans ma tête depuis que j'étais flic. Des centaines de cadavres d'inconnus. Et puis les autres. Ceux que j'aimais. Manu, Ugo. Et Guitou, si jeune. Et Leila. Leila, si merveilleusement belle. Je n'avais jamais été là pour empêcher cela. Leur mort.

Toujours trop tard, Montale. Toujours un temps de retard sur la mort. Et le même temps de retard sur la vie. Sur l'amitié. Sur l'amour.

Décalé, perdu. Toujours.

Et Sonia, maintenant.

— Montale ?

Et la haine.

— Oui, je dis.

J'allais sortir le bateau. Partir au large. Dans la nuit. Poser les questions au silence. Et cracher sur les étoiles, comme sans doute le premier homme l'avait fait, un soir où, revenant de la chasse, il avait découvert sa femme égorgée.

— Il va falloir qu'on prenne votre déposition.

— Oui... Comment ? je demandai. Comment vous... Vous l'avez su ?

— La garderie.

— Quoi, la garderie ?

Je sortis mes clopes, et en tendis une à Béraud. Il refusa. Il tira une chaise vers lui et s'assit, bien en face de moi. Son ton devint moins amical.

— Elle a un enfant. Enzo. Huit ans. Vous ne saviez pas ?

— Je l'ai rencontrée hier soir.

— Où ça ?

— Dans un bar. Les Maraîchers. Où j'ai mes habitudes. Elle aussi, visiblement. Mais on ne s'est rencontrés qu'hier soir.

Il m'examinait attentivement. Je devinais tout ce qui passait dans sa tête. Je connaissais sur le bout des doigts tous les raisonnements que peut faire un flic. Un bon flic. On avait bu des coups, Sonia et moi. On avait baisé. Et puis, dessoûlée, elle ne voulait plus. L'erreur d'une nuit. La chose qu'on ne comprend pas. L'erreur de parcours dans la vie d'une mère de famille. Fatale. Rien que du commun. Du déjà-vu. Un crime. Et être ancien flic ne changeait rien à l'affaire. À l'acte fou. Et à sa violence.

Inconsciemment sans doute, je tendis mes mains vers lui pour dire :

— Et on n'a pas eu d'histoire ensemble. Rien. On devait se retrouver ce soir, c'est tout.

— Je ne vous accuse de rien.

— Je voulais que vous le sachiez.

Je le dévisageai à mon tour. Béraud. Un flic réglo. Qui avait aimé travailler avec un commissaire réglo.

— La garderie vous a appelés. C'est ça ?

— Non. À la garderie, ils se sont inquiétés. Elle était toujours à l'heure. Jamais un retard. Alors, ils ont appelé le grand-père du gamin et...

Attilio, je pensais. Béraud fit une pause. Pour que j'enregistre l'information qu'il me donnait. Le grand-père, pas le père. Il avait à nouveau confiance.

— Pas le père ? je dis.

Il haussa les épaules.

— Le père... Ils ne l'ont jamais vu. Le grand-père a râlé. Il avait déjà gardé le gamin hier soir, et devait encore le garder cette nuit.

Béraud laissa passer un silence. Un silence dans lequel, Sonia et moi, nous nous retrouvions pour passer la nuit ensemble, cette fois-ci.

— Elle devait le faire manger, lui faire prendre son bain. Et...

Il me regarda presque avec tendresse.

— Et ?

— Il est allé chercher le gamin à la garderie, l'a ramené chez lui. Puis il a essayé de joindre sa fille au bureau. Mais elle était partie. À la même heure, comme d'habitude. Alors, il a appelé ici, se disant qu'avec cette chaleur, Sonia était rentrée prendre une douche et que... En vain. Alors il s'est inquiété, et il a téléphoné à la voisine. Elles se rendaient quelques services. Quand elle est venue frapper à la porte, elle était entrouverte. C'est elle qui nous a prévenus, la voisine.

L'appartement se remplit de bruits, de voix.

— Bonsoir, commissaire, dit Béraud en se levant.

Je levai les yeux. Une grande jeune femme se tenait devant moi. En jeans et en tee-shirt noirs. Une belle femme. Je me décollai tant bien que mal du fauteuil dans lequel j'étais assis.

— C'est le témoin ? elle demanda.

— Un ancien de la maison. Fabio Montale.

Elle me tendit sa main.

— Commissaire Pessayre.

Sa poignée de main était ferme. Et sa paume chaude. Chaleureuse. Ses yeux, noirs, étaient vifs. Pleins de vie. De passion. On resta une fraction de seconde à se regarder. Le temps de croire que la justice pouvait abolir la mort. Le crime.

— Vous allez me raconter.

— Je suis fatigué, je dis, en me rasseyant. Fatigué.

Et mes yeux s'embuèrent de larmes. Enfin.

Les larmes, c'était le seul remède contre la haine.

5

Où même ce qui ne sert à rien peut être bon à dire, et bon à entendre

Je n'avais pas craché sur les étoiles. Je n'avais pas pu.

Au large des îles de Riou, j'avais coupé le moteur et laissé flotter le bateau. À cet endroit, approximatif, où mon père, me tenant sous les aisselles, m'avait trempé pour la première fois dans la mer. J'avais huit ans. L'âge d'Enzo. « N'aie pas peur, disait-il. N'aie pas peur. » Je n'avais pas eu d'autre baptême. Et quand la vie me faisait mal, c'est toujours vers ce lieu que je revenais. Comme pour tenter, là, entre mer et ciel, de me réconcilier avec le reste du monde.

Après le départ de Lole, j'y étais venu aussi. Jusque-là. Toute une nuit. Toute une nuit à énumérer tout ce que je pouvais me reprocher. Parce qu'il fallait que cela soit dit. Au moins une fois. Et même au néant. C'était un 16 décembre. Le froid me glaça jusqu'aux os. Malgré les longues rasades de Lagavulin que je m'envoyais tout en pleurant. En rentrant, à l'aube, j'avais eu le sentiment de revenir du pays des morts.

Seul. Et dans le silence. Des guirlandes d'étoiles m'enveloppaient. La voûte qu'elles dessinaient dans le ciel bleu-noir. Mais aussi son reflet sur la mer. Seul mouvement, celui de mon bateau clapotant sur l'eau.

Je restai ainsi, sans bouger. Les yeux fermés. Jusqu'à sentir enfin se dénouer en moi cette boule de dégoût et de tristesse qui m'oppressait. L'air frais, ici, rendait à ma respiration son rythme humain. Libéré de sa longue angoisse de vivre et de mourir.

Sonia.

— Elle est morte. Assassinée, leur avais-je dit.

Fonfon et Honorine jouaient au rami sur la terrasse. Le jeu de cartes préféré d'Honorine. Où elle gagnait toujours, parce qu'elle aimait gagner. Où Fonfon la laissait gagner, parce qu'il aimait voir sa joie à gagner. Fonfon avait un pastis devant lui. Honorine un fond de Martini. Ils avaient levé leurs yeux vers moi. Étonnés de me voir rentrer si tôt. Inquiets, forcément. Et j'avais juste dit ça :

— Elle est morte. Assassinée.

Je les avais regardés, puis, une couverture et mon blouson sous le bras, la bouteille de Lagavulin dans l'autre main, j'avais traversé la terrasse, descendu les marches jusqu'au bateau, et je m'étais jeté dans la nuit. Me disant, comme chaque fois, que cette mer, offerte par mon père comme un royaume, allait m'échapper pour toujours à force de venir y déposer tous les coups tordus du monde et des hommes.

Quand j'ouvris les yeux, dans le scintillement des étoiles, je sus qu'il n'en serait rien, cette fois-ci encore. Le cours du monde, me sembla-t-il, s'était arrêté. La vie était suspendue. Sauf dans mon cœur où, à cet instant, quelqu'un pleurait. Un enfant de huit ans et son grand-père.

J'avalai une longue rasade de Lagavulin. Le rire d'abord, puis la voix de Sonia résonnèrent dans ma tête. Tout se remettait en place. Avec précision. Son rire. Sa voix. Et ses mots.

— Il y a un endroit qu'on appelle l'*eremo Dannunziano*. C'est un belvédère où Gabriele D'Annunzio a souvent séjourné...

Elle s'était mise à parler de l'Italie. Des Abruzzes, son pays. De cet espace de côte entre Ortona et Vasto qui, pour elle,

« était unique au monde ». Sonia était intarissable, et je l'avais écoutée, laissant son plaisir couler en moi avec le même bonheur que les verres d'anis que j'ingurgitais sans plus réfléchir.

— Le *Turchino*, elle s'appelle la plage où j'ai passé mes étés, quand j'étais gosse. *Turchino*, de la couleur de ses eaux turquoises... C'est plein de galets et de bambous. On peut faire des petites jonques avec les feuilles, ou des cannes à pêche, tu vois...

Je voyais, oui. Et je sentais. L'eau coulant sur ma peau. Sa douceur. Et le sel. Le goût des corps salés. Oui, je voyais tout ça, à portée de ma main. Comme l'épaule nue de Sonia. Aussi ronde, et aussi douce à caresser, que les galets polis par la mer. Sonia.

— Et puis, il y a une ligne de chemin de fer qui descend jusqu'à Foggia...

Ses yeux caressèrent mes yeux. Une invitation à prendre ce train, à se laisser glisser vers la mer. Dans le *Turchino*.

— La vie est très simple là-bas, Fabio, seulement rythmée par le son du train qui passe, le bruit de la mer, les carrés de pizza *al taglio* pour midi, et, avait-elle ajouté en riant, *una gerla alla strasciatella per me* vers le soir...

Sonia.

Sa voix, rieuse. Ses paroles, comme un flot de joie de vivre.

Moi, je n'étais jamais retourné en Italie depuis l'âge de neuf ans. Mon père nous y avait emmenés, ma mère et moi, dans son village. À Castel San Giorgio, près de Salerne. Il voulait revoir sa mère, au moins une dernière fois. Il voulait que sa mère voie l'enfant que j'étais. Je lui avais raconté ça, à Sonia. Et que j'avais piqué la plus grosse colère de ma vie, parce que j'en avais marre de manger des pâtes midi et soir, tous les jours.

Elle avait ri.

— J'ai envie de ça, aujourd'hui. D'y emmener mon fils, en Italie. À Foggia. Comme l'a fait ton père avec toi.

Le gris-bleu de ses yeux s'était levé vers moi, lentement. Comme une aube. Elle avait attendu ma réaction, Sonia. Un fils. Comment avais-je fait pour oublier qu'elle m'avait parlé de son fils ? D'Enzo. Comment même ne me l'étais-je pas rappelé tout à l'heure, quand les flics m'interrogeaient ? Qu'est-ce que je n'avais pas voulu entendre, quand elle avait dit ça : « Mon fils » ?

Je n'avais jamais désiré d'enfant. D'aucune femme. Par peur de ne pas savoir être un père. De ne pas savoir donner, non pas assez d'amour, mais suffisamment de confiance dans ce monde, dans les hommes, dans l'avenir. Je ne voyais aucun avenir aux enfants de ce siècle. Sans doute, mes trop longues années passées chez les flics avaient altéré ma vision de la société. J'avais vu plus de gamins tomber dans la dope, les petits casses, puis les gros, et finir en taule, que réussir leur vie. Même ceux qui aimaient l'école, qui y réussissaient, se retrouvaient, un jour, au fond de l'impasse. Et, ou ils se tapaient la tête contre le mur, à en crever, ou ils se retournaient, pour faire face, et se révoltaient contre cette injustice qu'on leur faisait. Et on en revenait à la violence, aux armes. Et à la taule.

La seule femme dont j'aurais aimé avoir un enfant, c'était Lole. Mais nous nous étions dit que nous n'en voulions pas. Trop vieux, cela avait été notre prétexte. Pourtant, il m'était souvent arrivé, quand nous faisions l'amour, d'espérer qu'elle aurait renoncé, sans me le dire, à prendre la pilule. Et qu'elle m'annoncerait, un jour, un sourire tendre sur les lèvres : « J'attends un enfant, Fabio. » Comme un cadeau, pour nous deux. Pour notre amour.

Je savais que j'aurais dû le lui dire, ce désir. Lui dire aussi que je voulais l'épouser. Qu'elle soit ma femme, vraiment. Peut-être aurait-elle dit non. Mais tout aurait été clair entre nous. Parce que le oui et le non auraient été échangés, dans la simplicité du bonheur de vivre ensemble. Mais j'avais gardé le silence. Et elle aussi, forcément. Jusqu'à ce que ce silence nous éloigne l'un de l'autre, nous sépare.

J'avais fini mon verre au lieu de répondre, et Sonia avait continué :

— Son père m'a laissée tomber. Il y a cinq ans. Il n'a jamais donné signe de vie.

— C'est dur, je me souvenais avoir répondu.

Elle avait haussé les épaules.

— Quand un mec laisse tomber son gamin, sans plus s'en soucier... Cinq ans, tu vois, même pas à Noël, même pas à son anniversaire, ben, c'est mieux comme ça. Ç'aurait pas été un bon père.

— Mais un enfant, ça a besoin d'un père !

Sonia m'avait regardé, silencieuse. Nous transpirions par tous les pores. Moi plus qu'elle. Sa cuisse, toujours contre la mienne, avait allumé en moi un feu que j'avais cru oublié. Un brasier.

— Je l'ai élevé. Seule. Avec l'aide de mon père, c'est vrai. Peut-être, un jour, je rencontrerai un type que j'aurai du bonheur à lui présenter, à Enzo. Ce type-là, ça ne sera jamais son père, non, mais, je crois, il pourra lui apporter tout ce dont un enfant a besoin pour grandir. De l'autorité et de la tendresse. La confiance aussi. Et des rêves d'homme. De beaux rêves d'homme...

Sonia.

J'avais eu envie de la prendre dans mes bras. À ce moment-là. De la serrer contre moi. Elle s'était dégagée, gentiment, en riant.

— Fabio.

— D'accord, d'accord.

Et j'avais levé les mains au-dessus de ma tête, pour bien montrer que je ne la toucherais pas.

— On boit un dernier verre, et on va se baigner. D'accord ?

J'avais envisagé de l'emmener sur mon bateau, Sonia, pour aller nager au large. Dans les eaux profondes. Là où je me trouvais à cet instant. Et cela m'étonnait maintenant de lui avoir proposé ça, à Sonia. Je venais à peine de la rencontrer. Mon bateau, c'était mon île déserte. Ma solitude. Je n'y avais emmené que Lole. La nuit où elle est venue s'installer chez moi. Et Fonfon et Honorine, tout récemment. Jamais aucune femme n'avait mérité de monter sur ce bateau. Même pas Babette.

— Sûr, avait dit Hassan quand je lui avais fait signe de nous resservir.

Coltrane jouait. J'étais complètement ivre, mais j'avais reconnu *Out of this World*. Quatorze minutes qui pouvaient consumer toute une nuit. Hassan n'allait sans doute pas tarder à fermer, avais-je réalisé. Coltrane, toujours, pour accompagner chacun de ses clients. Vers leurs amours. Vers leur solitude. Coltrane, pour la route.

Je fus bien incapable de me lever de la chaise.

— Tu es belle, Sonia.

— Et toi, t'es bourré, Fabio.

Nous avions éclaté de rire.

Le bonheur. Possible. Toujours.

Le bonheur.

Le téléphone sonnait quand je rentrai. Deux heures dix. Enfoiré, me dis-je en pensant à n'importe qui pouvant oser téléphoner à pareille heure. Je laissai sonner. À l'autre bout, on renonça.

Le silence. Je n'avais pas sommeil. Et j'avais faim. Dans la cuisine, Honorine m'avait laissé un petit mot. Appuyé à une cocotte en terre, où elle mijotait ses daubes et ses ragoûts. « C'est de la soupe au pistou. Même froide, c'est bon. Alors, mangez un petit peu, quand même. Je vous embrasse fort. Et Fonfon aussi, il vous embrasse. » À côté, dans une petite assiette, elle avait mis du fromage râpé, au cas où.

La soupe au pistou, il y avait mille façons de la préparer, sans doute. À Marseille, tout le monde disait : « Ma mère la faisait comme ça », et la cuisinait donc à sa manière. C'était chaque fois un goût différent. Selon les légumes qu'on y mettait. Selon, surtout, comment on avait su doser l'ail et le basilic, puis la pommade des deux avec la pulpe de petites tomates ébouillantées dans l'eau de cuisson des légumes.

Honorine réussissait la meilleure de toutes les soupes au pistou. Haricots blancs, haricots rouges, haricots verts plats, quelques pommes de terre et des macaronis. Elle laissait cuire à feu doux tout le matin. Après, elle s'attaquait au pistou. À piler dans un vieux mortier en bois, l'ail et les feuilles de basilic. Là, il ne fallait surtout pas la déranger, Honorine. « Oh ! si vous restez là, comme un santon, à rien que me regarder, je vais pas y arriver. »

Je mis la cocotte sur le feu, doucement. La soupe au pistou, c'était encore mieux quand elle réchauffait une ou deux fois. J'allumai une cigarette et me servis un fond de vin rouge de Bandol. Un Tempier 91. Ma dernière bouteille de cette année-là. La meilleure peut-être.

Est-ce que Sonia avait parlé de tout ça avec Honorine ? Avec Fonfon ? De sa vie de femme seule. De mère abandonnée. D'Enzo. Comment Sonia avait-elle pu comprendre que je n'étais pas un homme heureux ? « Malheureux », avait-elle dit à Honorine. Je ne lui avais rien raconté de Lole, j'en étais sûr. Mais j'avais parlé de moi, ça oui. Longuement même. De ma vie, depuis que j'étais revenu de Djibouti, depuis ce moment où j'étais devenu flic.

Lole, c'était mon drame. Pas un malheur. Mais son départ était peut-être une des conséquences de ma manière de vivre. De penser la vie. Je vivais trop, et depuis trop longtemps, sans y croire, à la vie. Est-ce que, sans vraiment y faire gaffe, j'avais basculé dans le malheur ? Est-ce que, à force de croire que les petits riens de chaque jour suffisent à donner du bonheur, je n'avais pas renoncé à tous mes rêves, mes vrais rêves ? À l'avenir, du même coup ? Je n'avais aucun lendemain quand l'aube, comme à cet instant, se levait. Je n'avais jamais pris la mer sur un cargo. Je n'étais jamais parti à l'autre bout du monde. J'étais resté ici, à Marseille. Fidèle à un passé qui n'existait plus. À mes parents. À mes amis disparus. Et chaque nouvelle mort d'un proche ajoutait du plomb à mes semelles, et dans ma tête. Prisonnier de cette ville. Je n'étais même pas retourné en Italie, à Castel San Giorgio...

Sonia. Peut-être l'aurais-je accompagnée là-bas, dans les Abruzzes, avec Enzo. Peut-être l'aurais-je alors emmenée — ou bien est-ce elle qui m'y aurait poussé ? - jusqu'à Castel San Giorgio, et je leur aurais fait aimer, à tous les deux, ce beau pays qui était aussi le mien. Autant le mien que cette ville où j'étais né.

J'avais avalé une assiette de soupe, juste tiède, comme je l'aime. Honorine s'était encore surpassée. Je finis le vin. J'étais prêt à dormir. À affronter tous les cauchemars. Les images de mort qui dansaient dans ma tête. Au réveil, j'irais voir le grand-père. Attilio. Et Enzo. Je leur dirais : « Je suis le dernier homme que Sonia a rencontré. Je n'en suis pas sûr, mais je crois qu'elle m'aimait bien. Et moi aussi, je l'aimais bien. » Ça ne servirait à rien, mais ça ne faisait pas de mal de le dire, et ça ne pouvait pas faire de mal de l'entendre.

Le téléphone se remit à sonner.

Je décrochai avec colère.

— Merde ! je gueulai, prêt à raccrocher.

— Montale, dit la voix.

Cette voix dégueulasse, que j'avais déjà entendue deux fois hier. Froide, malgré son léger accent italien.

— Montale, répéta la voix.

— Ouais.

— Cette fille, Sonia, c'est juste pour te faire comprendre. Comprendre qu'on plaisante pas.

— Quoi ! je gueulai.

— C'est rien qu'un début, Montale. Un début. T'es un peu dur de l'oreille. Un peu trop con aussi. On va continuer. Tant que tu la trouveras pas, la fouille-merde. T'entends ça ?

— Salauds ! je hurlai. Puis de plus en plus fort : Pourriture de merde ! Enculé ! Saloperie de ta race ! Fumier !

À l'autre bout, le silence. Mais mon interlocuteur n'avait pas raccroché. Quand je n'eus plus de souffle, la voix reprit :

— Montale, un à un on va les tuer, tes amis. Tous. Un à un. Jusqu'à ce que tu la trouves, la petite Bellini. Et si tu magnes pas ton cul, quand on sera au bout, toi, tu regretteras d'être encore vivant. T'as le choix, tu vois.

— OK, je dis, complètement vidé.

Les visages de mes amis défilèrent à toute vitesse devant mes yeux. Jusqu'à ceux de Fonfon et d'Honorine. « Non, pleurait mon cœur, non. »

— OK, je répétai tout bas.

— On te rappelle ce soir.

Il raccrocha.

— Je vais le tuer, cet enfoiré de merde ! je hurlai. Je vais te tuer ! Te tuer !

Je me retournai, et je vis Honorine. Elle avait enfilé le peignoir que je lui avais offert à Noël. Ses mains étaient croisées sur son ventre. Ses yeux me regardaient, affolés.

— Je croyais que vous faisiez des cauchemars. Vé, les cris que vous poussez.

— Les cauchemars n'existent que dans la vie, je dis.

Ma haine était revenue. Et avec elle, cette puanteur d'odeur de mort.

Je sus que ce type-là, il faudrait que je le tue.

6

Où ce sont souvent des amours secrètes, celles qu'on partage avec une ville

Le téléphone sonnait. Neuf heures dix. Merde ! Le téléphone n'avait jamais autant sonné dans cette maison. Je décrochai, m'attendant au pire. Ce seul geste me recouvrit de transpiration. Il faisait de plus en plus chaud. Même avec les fenêtres ouvertes, pas le moindre souffle d'air n'entrait.

— Ouais, dis-je avec mauvaise humeur.

— Commissaire Pessayre, bonjour. Vous êtes toujours d'aussi mauvais poil, le matin ?

J'aimais bien cette voix-là. Basse, un peu traînante.

— C'est juste pour refroidir les démarcheurs de cuisine Vogica !

Elle rit. Il y avait de la rocaille dans son rire. Elle devait être du Sud-Ouest, cette femme. Ou quelque part par là.

— On peut se voir ? Ce matin.

La voix était la même, chaleureuse. Mais elle ne laissait aucune place à un refus. C'était oui. Et ce serait obligatoirement ce matin.

— Quelque chose ne va pas ?

— Non, non... Nous avons vérifié vos déclarations. Et votre emploi du temps. Vous n'êtes pas parmi les suspects, rassurez-vous.

— Merci.

— J'ai... Disons que j'aimerais bavarder avec vous, de choses et d'autres.

— Ah ! dis-je, faussement enjoué. Si c'est une invitation, pas de problème.

Cela ne la fit pas rire. Et cela me rassura, qu'elle ne soit pas dupe. Cette femme avait du tempérament et, comme j'ignorais la tournure que prendraient les événements, il valait mieux savoir sur qui compter. Chez les flics, évidemment.

— Onze heures.

— Dans votre bureau ?

— Je ne crois pas que vous y teniez, n'est-ce pas ?

— Pas vraiment.

— Au fort Saint-Jean ? Et on marchera un peu, si vous voulez.

— J'aime bien cet endroit.

— Moi aussi.

J'avais suivi la Corniche. Pour ne pas perdre la mer des yeux. Il y a des jours comme ça. Où je ne peux me résoudre à entrer autrement dans le centre-ville. Où j'ai besoin que la ville vienne à moi. C'est moi qui bouge, mais c'est elle qui se rapproche. Si je le pouvais, Marseille, je n'y viendrais que par la mer. L'entrée dans le port, une fois passé l'anse de Malmousque, me procurait chaque fois de belles émotions. J'étais Hans, le marin d'Édouard Peisson. Ou Cendrars, revenant de Panamá. Ou encore Rimbaud, « ange frais débarqué sur le port hier matin ». Toujours se rejouait ce moment où Protis, le Phocéen, entrait dans la rade, les yeux éblouis.

La ville, ce matin, était transparente. Rose et bleue, dans l'air immobile. Chaud déjà, mais pas encore poisseux. Marseille respirait sa lumière. Comme les consommateurs, à la terrasse de La Samaritaine, la buvaient, avec insouciance, jusqu'à la dernière goutte de café au fond de leur tasse. Bleu des toits, rose de la mer. Ou l'inverse. Jusqu'à midi. Après, le soleil écrasait tout, quelques heures. L'ombre comme la lumière. La ville devenait opaque. Blanche. C'était à ce moment que Marseille se parfumait d'anis.

Je commençais d'ailleurs à avoir soif. D'un pastis bien frais, à une terrasse ombragée. Celle de chez Ange, par exemple, place des Treize-Coins, dans le vieux quartier du Panier. Mon ancienne cantine, quand j'étais flic.

— C'est là que j'ai appris à nager, je lui dis, en désignant l'entrée du port.

Elle sourit. Elle venait de me rejoindre au pied du fort Saint-Jean. D'un pas décidé. Une cigarette aux lèvres. Elle portait un jeans et un tee-shirt, comme la veille. Mais dans les tons blanc cassé. Ses cheveux, auburn, étaient relevés sur la nuque en un petit chignon. Au fond de ses yeux, noisette sombre, brillait de la malice. On pouvait lui donner dans les trente ans. Mais elle devait en avoir dix de plus, madame la commissaire.

Je lui montrai l'autre rive.

— Il fallait traverser et revenir, pour être un homme.

Et prétendre faire du gringue aux filles.

Elle sourit une nouvelle fois. Dévoilant, ce coup-ci, deux jolies fossettes dans ses joues.

Devant nous, trois couples de retraités, à la peau tannée, s'apprêtaient à plonger. Des habitués. Ils se baignaient là, et non pas à la plage. Par fidélité, sans doute, à leur adolescence. Longtemps, nous avions continué à venir nager ici, avec Ugo et Manu. Lole, qui se baignait rarement, venait nous y rejoindre avec un casse-croûte. Allongés sur les pierres plates, on se laissait sécher en l'écoutant lire Saint-John Perse. Des vers d'*Exil*, ses préférés.

... nous mènerons encore plus d'un deuil, chantant l'hier, chantant l'ailleurs, chantant le mal à sa naissance

et la splendeur de vivre qui s'exile à perte d'homme cette année.

Les retraités plongèrent dans l'eau - les têtes des femmes couvertes de bonnets blancs - et nagèrent vers l'anse du Pharo. Un crawl sans esbroufe, aux mouvements assurés, maîtrisés. Ils n'avaient plus à épater qui que ce soit. Ils s'épataient eux-mêmes.

Des yeux, je les suivis, pariant intérieurement qu'ils s'étaient rencontrés là, à seize ou dix-sept ans. Trois bons copains et trois bonnes copines. Et ils vieillissaient ensemble. Dans ce bonheur simple du soleil sur la peau. La vie, ici, n'était rien d'autre. Une fidélité aux actes les plus simples.

— Vous aimez ça, séduire les filles ?

— J'ai passé l'âge, répondis-je le plus sérieusement possible.

— Ah bon ! elle répliqua, tout aussi sérieusement. On ne le croirait pas.

— Si vous faites allusion à Sonia...

— Non. À votre manière de me regarder. Peu d'hommes sont aussi directs.

— J'ai un faible pour les belles femmes.

Là, elle avait éclaté de rire. Le même rire qu'au téléphone. Un rire franc, comme une eau coulant d'une combe. Rocailleux et chaud.

— Je ne suis pas ce qu'on entend par belle femme.

— Toutes les femmes disent cela, jusqu'à ce qu'un homme les séduise.

— Vous avez l'air de bien connaître la question.

J'étais désorienté par la tournure de la discussion. Qu'est-ce que tu racontes ! je me dis. Elle me regarda, fixement, et je me sentis gauche tout à coup. Cette femme savait rendre les points.

— J'en connais un petit quelque chose. On marche, commissaire ?

— Hélène, s'il vous plaît. Oui, je veux bien.

Nous avons marché le long de la mer. Jusqu'à la pointe de l'avant-port de la Joliette. Face au phare Sainte-Marie. Oui, comme moi, elle aimait cet endroit d'où l'on pouvait voir entrer et sortir les ferries et les cargos. Comme moi, tous les projets concernant le port l'inquiétaient. Un mot empâtait la bouche des élus et des technocrates. Euroméditerranée. Tous, même ceux qui étaient nés ici, comme l'actuel maire, avaient les yeux rivés sur l'Europe. L'Europe du Nord, cela s'entendait. Capitale, Bruxelles.

Marseille n'avait d'avenir qu'en renonçant à son histoire. C'est cela que l'on nous expliquait. Et s'il était souvent question du redéveloppement portuaire, ce n'était que pour mieux affirmer qu'il fallait en finir avec ce port tel qu'il était aujourd'hui. Le symbole d'une gloire ancienne. Même les dockers marseillais, pourtant coriaces, avaient fini par l'admettre.

On raserait donc les hangars. Le J 3. Le J 4. On redessinerait les quais. On percerait des tunnels. On créerait des voies rapides. Des esplanades. On repenserait l'urbanisme et l'habitat, de la place de la Joliette jusqu'à la gare Saint-Charles. Et on remodèlerait le paysage maritime. Ça, c'était la nouvelle grande idée. La nouvelle grande priorité. Le paysage maritime.

Ce qu'on pouvait lire dans les journaux avait de quoi plonger n'importe quel Marseillais dans la plus grande perplexité. À propos des cent postes à quai des quatre bassins du port, on parlait « d'opérationnalité magique ». Synonyme de chaos, pour les technocrates. Soyons réalistes, expliquaient-ils : mettons un terme à « cette charmante et nostalgique désuétude paysagère ». Je me souvenais avoir ri en lisant un jour, dans la sérieuse revue *Marseille*, que l'histoire de la ville, « à travers ses échanges avec le monde extérieur, va puiser dans ses racines sociales et économiques le projet d'un centre-ville généreux ».

— Tiens, lis ça, j'avais dit à Fonfon.

— T'achètes ces conneries ? il avait demandé, en me rendant la revue.

— C'est à cause du dossier sur le Panier. C'est toute notre histoire.

— D'histoire, mon beau, on n'en a plus. Et ce qui nous en reste, de l'histoire, vé, y vont nous la mettre dans le cul. Et je suis poli.

— Goûte ça.

J'avais rempli son verre d'un Tempier blanc. Il était huit heures. Nous étions sur la terrasse de son bar. Avec quatre douzaines d'oursins devant nous.

— Sas ! il avait dit, en faisant claquer sa langue. D'où tu sors ça ?

— J'en ai deux cartons. Six de rouge 91. Six de rouge 92. Et six de rosé et six de blanc 95.

Je m'étais fait copain avec Lulu, la propriétaire du domaine, au Plan du Castellet. En goûtant les vins, nous avions parlé de littérature. De poésie. Elle connaissait des vers de Louis Brauquier par cœur. Ceux du *Bar d'escale*. De *Liberté des mers*.

Je suis encore loin et je me permets d'être brave,
Mais viendra le jour où nous serons sous ton vent…

Avaient-ils lu le Brauquier, tous ces technocrates venus de Paris ? Et leurs paysagistes conseils ? Et Gabriel Audisio, l'avaient-ils lu ? Et Toursky ? Et Gérald Neveu ? Savaient-ils qu'ici, un peseur-juré, du nom de Jean Ballard, avait créé, en 1943, la plus belle revue littéraire de ce siècle, et que Marseille, sur tous les bateaux du monde, dans tous les ports du monde, avait rayonné avec *Les Cahiers du Sud* mieux qu'avec ses échanges marchandise ?

— Pour en revenir à ces conneries qu'ils écrivent là, avait repris Fonfon, je vais t'expliquer. Quand on commence à te parler de générosité du centre-ville, tu peux être sûr que ça veut dire tout le monde dehors. Du balai ! Les Arabes, les Comoriens, les Noirs. Tout ce qui fait tache, quoi. Et les chômeurs, et les pauvres... Ouste !

Mon vieil ami Mavros, qui vivotait en tenant une salle de boxe sur les hauteurs de Saint-Antoine, disait à peu près les choses comme ça : « Chaque fois que quelqu'un te parle de générosité, de confiance et d'honneur, si tu regardes par-dessus ton épaule, t'es presque sûr de découvrir un braquemart prêt à te défoncer le cul. » Je n'arrivais pas à me rendre à cette évidence, et chaque fois on s'engueulait là-dessus, avec Mavros.

— T'exagères, Fonfon.

— Vouais. Eh bé, tiens, ressers-moi un coup. Ça t'évitera de dire des conneries.

Hélène Pessayre avait les mêmes craintes sur l'avenir du port de Marseille.

— Vous savez, dit-elle, le Sud, la Méditerranée... Nous n'avons aucune chance. Nous appartenons à ce que les technocrates appellent « les classes dangereuses » de demain.

Elle ouvrit son sac et me tendit un livre.

— Vous avez lu ça ?

C'était un ouvrage de Sandra George et Fabrizio Sabelli. *Crédits sans frontières, la religion séculière de la Banque mondiale.*

— Intéressant ?

— Passionnant. Il y est expliqué, simplement, que, avec la fin de la guerre froide et le souci de l'Occident d'intégrer le bloc de l'Est – en grande partie au détriment du tiers-monde –, le mythe revisité des classes dangereuses est répercuté vers le Sud, et sur les migrants du sud vers le nord.

Nous nous étions assis sur un banc de pierre. À côté d'un vieil Arabe qui semblait dormir. Un sourire flottait sur ses lèvres. Plus bas, assis sur les rochers, deux pêcheurs, chômeurs ou Rmistes sans doute, surveillaient leur ligne.

Devant nous, le large. L'infini bleu du monde.

— Pour l'Europe du Nord, le Sud est forcément chaotique, radicalement différent. Inquiétant donc. Je pense, enfin, je suis d'accord avec les auteurs de ce livre, que les États du Nord réagiront en érigeant un *limes* moderne. Vous savez, comme un rappel de la frontière entre l'Empire romain et les barbares.

Je sifflai entre mes dents. J'étais sûr que Fonfon et Mavros aimeraient cette femme.

— Nous allons payer cher cette nouvelle représentation du monde. Nous, je veux dire, tous ceux qui n'ont plus de travail, ceux qui sont proches de la misère, et tous les gamins aussi, tous ceux des quartiers Nord, des quartiers populaires qu'on voit traîner en ville.

— Je croyais être pessimiste, dis-je en riant.

— Le pessimisme ne sert à rien, Montale. Ce nouveau monde est clos. Fini, ordonné, stable. Et nous n'y avons plus notre place. Une nouvelle pensée domine. Judéo-christiano-helléno-démocratique. Avec un nouveau mythe. Les nouveaux barbares. Nous. Et nous sommes innombrables, indisciplinés, nomades bien sûr. Et puis arbitraires, fanatiques, violents. Et aussi, évidemment, misérables. La raison et le droit sont de l'autre côté de la frontière. La richesse aussi.

Un voile de tristesse recouvrit ses yeux. Elle haussa les épaules, puis se leva. Les mains enfoncées dans les poches de son jeans, elle marcha jusqu'au bord de l'eau. Là, elle resta silencieuse, les yeux perdus sur l'horizon. Je la rejoignis. Elle me montra le large.

— C'est par là que je suis arrivée à Marseille, la première fois. Par la mer. J'avais six ans. Je n'ai jamais oublié la beauté de cette ville au petit matin. Je n'ai jamais oublié Alger, non plus. Mais je n'y suis jamais retournée. Vous connaissez Alger ?

— Non. Je n'ai pas beaucoup voyagé.

— Je suis née là-bas. Je me suis battue pendant des années pour être mutée ici, à Marseille. Marseille n'est pas Alger. Mais d'ici, c'est comme si je pouvais voir le port, là-bas. Moi aussi, j'ai appris à nager en me jetant dans l'eau d'en haut du quai. Pour épater les garçons. On allait se reposer sur des bouées, au large. Les garçons venaient nager autour de nous et se criaient entre eux : « Hé ! T'as vu la jolie mouette ! » Nous étions toutes de jolies mouettes.

Elle se retourna vers moi, et ses yeux brillaient d'un bonheur passé.

— *Ce sont souvent des amours secrètes...*, commençai-je.

— *Celles qu'on partage avec une ville*, poursuivit-elle, un sourire aux lèvres. J'aime Camus aussi.

Je lui tendis une cigarette, puis la flamme de mon briquet. Elle aspira la fumée, la souffla longuement en l'air tout en rejetant la tête en arrière. Puis elle me regarda à nouveau, fixement. Je me dis que j'allais enfin savoir pourquoi elle avait souhaité me rencontrer ce matin.

— Mais vous ne m'avez pas fait venir jusqu'ici pour me parler de tout ça, non ?

— C'est vrai, Montale. Je voudrais que vous me parliez de la Mafia.

— De la Mafia !

Ses yeux se firent perçants. Hélène était redevenue la commissaire Pessayre.

— Vous n'avez pas soif ? dit-elle.

7

Où il existe des erreurs trop monstrueuses pour le remords

Ange m'embrassa.

— Putain, je croyais que tu viendrais plus me voir !

Il me fit un clin d'œil en voyant Hélène s'installer sur la terrasse, sous les magnifiques platanes.

— Jolie femme, mon salaud !

— Et commissaire.

— Non !

— Comme je te le dis. Tu vois, ajoutai-je en riant, je renouvelle ta clientèle.

— T'es con ! Franchement.

Hélène commanda une mauresque. Moi un pastis.

— Vous mangez là ? demanda Ange.

J'interrogeai Hélène des yeux. Peut-être que les questions qu'elle voulait me poser ne laissaient pas place au menu du jour, simple, mais toujours délicieux, que préparait Ange.

— J'ai des petits rougets, il proposa. Magnifiques, ils sont. Juste grillés, avec un peu de bohémienne en accompagnement. Et en entrée, j'ai fait un feuilleté de sardines, fraîches bien sûr. Avec cette chaleur, hein, le poisson, c'est ce qu'y a de mieux.

— D'accord, elle dit.

— Tu as toujours du rosé du Puy-Sainte-Réparade ?

— Et comment ! Je vous mets un pichet, pour commencer.

On trinqua. Cette femme, j'avais l'impression de la connaître depuis toujours. Une intimité s'était créée instantanément. Depuis sa poignée de main, hier soir. Et notre discussion, le long de la mer, n'avait fait que la conforter.

Je ne savais pas ce qui m'arrivait. Mais en quarante-huit heures, deux femmes, aussi différentes l'une que l'autre, réussissaient à s'immiscer en moi. Sans doute m'étais-je tenu trop éloigné d'elles, de l'amour, depuis le départ de Lole. Sonia avait ouvert la porte de mon cœur et, maintenant, y entrait qui voulait. Enfin, pas n'importe qui. Hélène Pessayre, j'en étais convaincu, était loin d'être n'importe qui.

— Je vous écoute, je dis.

— J'ai lu des choses sur vous. Au bureau. Des rapports officiels. Vous avez été mêlé deux fois à des histoires concernant la Mafia. La première, après la mort de votre ami Ugo, dans la guerre où se sont affrontés Zucca et Batisti. La seconde, à cause d'un tueur, Narni, venu faire le ménage à Marseille.

— Et qui avait flingué un gamin de seize ans. Je sais, oui. Un hasard. Et alors ?

— Jamais deux sans trois, non ?

— Je ne comprends pas, dis-je bêtement, mais sans trop jouer à l'idiot.

Car je comprenais trop bien. Et je me demandais comment elle en était arrivée, aussi vite, à échafauder une telle hypothèse. Elle me regarda, assez durement.

— Vous aimez bien jouer au con, hein, Montale ?

— Qu'est-ce qui vous fait penser ça ? Simplement parce que je ne saisis pas votre allusion ?

— Montale, elle n'a pas été tuée par un sadique, Sonia. Ni par un déséquilibré, ou un maniaque de l'arme blanche.

— Son mari, peut-être, lançai-je le plus innocemment possible. Enfin, le père de l'enfant.

— Bien sûr, bien sûr...

Ses yeux cherchèrent les miens, mais je les tenais baissés

sur mon verre. Je le vidai d'une traite, pour me donner un semblant de contenance.

— Une autre mauresque ? proposai-je.

— Non, merci.

— Ange ! appelai-je, tu me mets un autre pastis.

Dès qu'il m'eut resservi, elle reprit :

— Je vois que vous n'avez pas perdu l'habitude de préparer des histoires à la mords-moi le nœud.

— Écoutez, Hélène...

— Commissaire. C'est la commissaire qui vous pose des questions. Dans le cadre d'une enquête sur un crime. Celui d'une femme, Sonia De Luca. Mère d'un enfant de huit ans. Célibataire. Trente-quatre ans, Montale. Mon âge.

Elle avait haussé le ton, insensiblement.

— Je sais ça. Et que cette femme m'a séduit en une nuit. Et qu'elle a séduit mes deux voisins les plus chers en bavardant cinq minutes avec eux. Parce que, sans aucun doute, ce devait être une femme merveilleuse.

— Et qu'est-ce que vous savez d'autre ?

— Rien.

— Merde ! elle cria.

Ange déposa les feuilletés de sardines devant nous. Il nous regarda l'un après l'autre.

— Bon appétit, il dit.

— Merci.

— Hé ! S'il vous fait des misères, appelez-moi.

Elle sourit.

— Bon appétit, osai-je à mon tour.

— Ouais.

Elle avala une bouchée, puis reposa fourchette et couteau.

— Montale, j'ai eu longuement Loubet au téléphone ce matin. Avant de vous appeler.

— Ah oui. Et comment il va ?

— Aussi bien que quelqu'un qu'on a mis au placard. Comme

vous devez l'imaginer. D'ailleurs, il aimerait bien que vous lui donniez de vos nouvelles.

— Oui. C'est vrai, c'est pas sympa. Je l'appellerai. Et alors ? Qu'est-ce qu'il vous a raconté sur moi ?

— Que vous êtes un emmerdeur, voilà ce qu'il m'a expliqué. Un type bien, honnête, mais un emmerdeur de première. Capable de dissimuler des informations à la police, juste pour vous permettre d'avoir un temps d'avance sur elle et de régler vos affaires tout seul. Comme un grand.

— Il est bon, ce Loubet.

— Et quand, enfin, vous y condescendez, à lâcher le morceau, le merdier est toujours pire que tout.

— Ah oui ! je m'énervai.

Parce que, bien sûr, Loubet avait raison. Mais j'étais têtu. Et je n'avais plus confiance dans les flics. Les racistes, les ripoux. Et puis les autres, ceux dont la seule morale était de faire carrière. Loubet était une exception. Dans chaque ville, des flics comme lui on les comptait sur les dix doigts de la main. L'exception qui confirmait la règle. Notre police est républicaine.

Je regardais Hélène dans les yeux. Mais je n'y lisais plus de malice, ni de nostalgie d'un bonheur passé. Ni même cette douceur féminine que j'avais entrevue.

— N'empêche, je repris, les cadavres, les bavures, les erreurs, l'arbitraire, les passages à tabac... c'est toujours de votre côté, non ? Moi, je n'ai pas de sang sur les mains.

— Moi non plus, Montale ! Et Loubet non plus, que je sache ! Arrêtez avec ça ! Vous cherchez quoi ? À jouer Superman ? À vous faire tuer ?

J'eus un flash de quelques morts atroces par les tueurs de la Mafia. L'un d'eux, Giovanni Brusca, avait étranglé de ses mains un enfant de onze ans. Le fils d'un repenti, Santino di Matteo, un ancien du clan Corleone. Brusca avait ensuite plongé le cadavre du gamin dans un bain d'acide. Le tueur de Sonia devait sortir de cette école.

— Peut-être, murmurai-je. En quoi ça vous dérangerait ?

— Ça me dérangerait.

Elle se mordit la lèvre inférieure. Les mots lui avaient échappé. J'en eus le frisson, l'oubliai aussi vite, et me dis que j'avais peut-être une chance de reprendre le dessus dans cette discussion. Car, commissaire ou pas, je n'avais nullement l'intention de lui parler de la Mafia, à Hélène Pessayre. De ce hasard absurde qui avait coûté la vie à Sonia. Ni des appels téléphoniques du tueur. Et encore moins de la cavale de Babette. Du moins pas pour l'instant, en ce qui concernait Babette.

Non, on ne me changerait plus. Et j'allais faire comme d'habitude. Comme je le sentais. Depuis cette nuit, depuis que cet enculé de sa race avait téléphoné, j'envisageais les choses très simplement. Je filais rendez-vous à ce mec, le tueur, et je lui balançais un chargeur dans le ventre. Par surprise. Comment irait-il imaginer qu'un connard de mon espèce soit capable de brandir un flingue et de le buter ? Tous les tueurs se croyaient les meilleurs, les plus futés. Au-dessus de la mêlée des médiocres. Ça ne changerait rien au merdier dans lequel s'était fourrée Babette. Mais ça soulagerait mon cœur de sa peine.

Quand j'étais parti, hier après-midi, j'étais persuadé que je ramènerais Sonia chez moi. Nous aurions pris le petit déjeuner sur ma terrasse, nous serions allés nager au large, et Honorine serait venue nous faire des suggestions pour midi, et pour le soir. Et que le soir, c'est ensemble, tous les quatre, que nous aurions dîné.

Une vision idyllique. J'avais toujours procédé comme ça avec la réalité. À tenter de l'élever au niveau de mes rêves. Au niveau du regard. À hauteur d'homme. Du bonheur. Mais la réalité était comme le roseau. Elle pliait, mais ne rompait jamais. Derrière l'illusion, la saloperie humaine se profilait toujours. Et la mort. La mort qui a pour tous un regard.

Je n'avais jamais tué. Aujourd'hui, pourtant, je m'en

croyais capable. De tuer. Ou de mourir. De tuer et de mourir. Car tuer, c'est aussi mourir. Aujourd'hui, je n'avais plus rien à perdre. J'avais perdu Lole. J'avais perdu Sonia. Deux bonheurs. L'un connu. L'autre entrevu. Identiques. Toutes les amours empruntent le même chemin, et réinventent ce chemin. Lole avait su réinventer notre amour dans un autre amour. J'aurais pu réinventer Lole avec Sonia. Peut-être.

Tout m'était indifférent.

Je repensai à ce poème de Cesare Pavese : *La mort viendra et elle aura tes yeux.*

Les yeux de l'amour.

Ce sera comme cesser un vice,
comme voir ressurgir
au miroir un visage défunt,
comme écouter des lèvres closes.
Nous descendrons dans le gouffre muets.

Bien sûr, Fonfon et Honorine ne me le pardonneraient pas, de mourir. Mais ils me survivraient, tous les deux. Ils avaient vécu d'amour. De tendresse. De fidélité. Ils en vivaient, et ils en vivraient encore. Leur vie n'était pas un échec. Moi... « Au bout du compte, me dis-je, la seule façon de donner un sens à sa mort, c'est d'éprouver une certaine gratitude pour tout ce qui s'est produit auparavant. »

Et de la gratitude, j'en avais à revendre.

— Montale.

Sa voix était douce maintenant.

— Montale. C'est un professionnel qui l'a tuée, Sonia.

Hélène Pessayre arrivait tranquillement à me dire ce qu'elle voulait me dire.

— Et sa mort, elle est signée. Il n'y a que la Mafia qui tranche ainsi la gorge des gens. De droite à gauche.

— Qu'est-ce que vous en savez ? dis-je avec lassitude.

Les rougets arrivèrent, et ramenèrent de la vraie vie sur notre table.

— Délicieux, dit-elle après avoir avalé une première bouchée. Je le sais. J'ai fait mon mémoire de droit sur la Mafia. Ça m'obsède.

Le nom de Babette était sur ma langue. Elle aussi, elle était complètement obsédée par la Mafia. J'aurais pu lui demander pourquoi cette obsession, à Hélène Pessayre. Tenter de comprendre ce qui l'avait poussée à user sa jeunesse à décortiquer les rouages de la Mafia. Tenter de comprendre aussi comment Babette s'était laissé happer par ces rouages, jusqu'à mettre sa vie en danger. La sienne et bien d'autres. Je ne le fis pas. Ce que je devinais me faisait horreur. La fascination de la mort. Du crime organisé. Je préférai m'énerver.

— Qui êtes-vous ? D'où vous sortez ? Où vous comptez aller avec vos questions, vos hypothèses ? Hein ? Au fond d'un placard à balais, comme Loubet ?

Une colère sourde montait en moi. Celle qui m'étreignait quand je réfléchissais à toute la saloperie du monde.

— Vous n'avez rien d'autre à foutre dans la vie ! Que ça, remuer la merde ? User vos beaux yeux sur des cadavres sanguinolents ? Hein ? Vous n'avez pas de mari pour vous boucler à la maison ? Pas de gosse à élever ? C'est votre vie, ça, savoir reconnaître que telle gorge a été tranchée par la Mafia et telle autre par un obsédé sexuel ? Hein, c'est ça ?

— Oui, c'est ça ma vie. Rien d'autre.

Elle posa sa main sur la mienne. Comme si j'étais son amoureux. Comme si elle allait me dire « je t'aime ».

Non, je ne pouvais pas lui dire ce que je savais, non, pas encore. Il fallait que je retrouve Babette d'abord. Voilà. Je m'imposais ça, comme un temps de mensonge. Je retrouvais Babette, on discutait, puis je lâchais toute l'histoire à Hélène Pessayre, pas avant. Non, avant, je butais ce type. Cet enfant de putain qui avait tué Sonia.

Les yeux d'Hélène fouillèrent les miens. Cette femme était extraordinaire. Mais elle commençait à me faire peur maintenant. Peur de ce qu'elle était capable de me faire raconter. Peur de ce qu'elle pouvait être capable de faire aussi.

Elle ne me dit pas « je t'aime ». Elle dit simplement :

— Loubet a raison.

— Qu'est-ce qu'il a raconté d'autre sur moi, Loubet ?

— Votre sensibilité. Qu'elle est à fleur de peau. Vous êtes trop romantique, Montale.

Elle retira sa main de la mienne, et j'eus la sensation vraie de ce qu'était le vide. Le gouffre. Sa main loin de la mienne. Un vertige. J'allais plonger. Tout lui avouer.

Non. Je butais ce putain de tueur avant.

— Alors ? demanda-t-elle.

Avant tout, le tuer, oui.

Décharger ma haine dans son bide.

Sonia.

Et toute cette haine en moi. Qui cuirassait l'intérieur de mon corps.

— Alors quoi ? répondis-je le plus laconiquement possible.

— Est-ce que vous avez des ennuis avec la Mafia ?

— Quand est-ce qu'on l'enterre, Sonia ?

— Quand je signerai le permis d'inhumer.

— Et vous comptez le faire quand ?

— Quand vous aurez répondu à ma question.

— Non !

— Si.

Nos regards s'affrontèrent. Violence contre violence. Vérité contre vérité. Justice contre justice. Mais j'avais un avantage sur elle. Cette haine. Ma haine. Pour la première fois. Je ne cillai pas.

— J'ai pas de réponse à vous donner. Des ennemis, j'en ai des tonnes. Dans les quartiers Nord. En taule. Chez les flics. Et dans la Mafia.

— Dommage, Montale.

— Dommage pour quoi ?

— Vous savez qu'il existe des erreurs trop monstrueuses pour le remords.

— Pourquoi aurais-je du remords ?

— Si Sonia était morte par votre faute.

Mon cœur fit un bond. Comme s'il voulait s'échapper, sortir de mon corps, s'envoler. Aller dans un quelque part où régnait la paix. Si cela existait. Hélène Pessayre venait d'appuyer juste là où cela faisait mal. Parce que c'était ça que je ruminais. Exactement ça. Sonia était morte à cause de moi. De l'attirance qu'elle avait eue pour moi l'autre nuit. Je l'avais jetée sous la lame d'un tueur. Je venais de la rencontrer. Et, eux, ils l'avaient tuée pour que je comprenne qu'ils ne plaisantaient pas. La première de la liste. Dans leur logique froide, il y avait des échelles de sentiments. Sonia était en bas de l'échelle. Honorine tout en haut, avec Fonfon sur le barreau du dessous.

Je devais retrouver Babette. Le plus vite possible. Et sans doute, en me raisonnant, m'empêcher de l'étrangler immédiatement.

Hélène Pessayre se leva.

— Elle avait mon âge, Montale. Je ne vous le pardonnerai pas.

— Quoi ?

— Si vous m'avez menti.

Menteur, j'étais. Menteur, je resterais ?

Elle partait. De son pas décidé, vers le comptoir. Son porte-monnaie à la main. Pour payer son repas. Je m'étais levé. Ange me regardait, sans trop comprendre.

— Hélène.

Elle se retourna. Aussi vive qu'une adolescente. Et j'entrevis, une fraction de seconde, la jeune fille qu'elle avait dû être à Alger. L'été à Alger. Une jolie mouette. Fière. Libre. J'entrevis aussi son jeune corps bronzé, et le dessin de ses muscles au moment où elle plongeait dans l'eau du port. Et les regards des hommes sur elle.

Comme le mien aujourd'hui. Vingt ans après.

Aucun autre mot ne sortit de ma bouche. Je restai là, à la regarder.

— À bientôt, je dis.

— Il y a des chances, répondit-elle tristement. Salut.

8

Où ce que l'on peut comprendre, on peut aussi le pardonner

Georges Mavros m'attendait. C'était le seul ami qui me restait. Le dernier ami de ma génération. Ugo et Manu étaient morts. Les autres s'étaient perdus je ne sais où. Là où ils avaient trouvé du boulot. Là où ils pensaient réussir. Là où ils avaient rencontré une femme. À Paris, pour la plupart. Quelquefois, l'un d'eux passait un coup de fil. Pour donner des nouvelles. Pour s'annoncer avec sa famille, entre deux trains, deux avions, deux bateaux. Pour un petit repas à midi, ou le soir. Marseille n'était plus pour eux qu'une ville de transit. D'escale. Mais, au fil des ans, les coups de fil s'espaçaient. La vie bouffait l'amitié. Chômage pour certains, divorce pour d'autres. Sans compter ceux que j'avais rayés de ma mémoire, et de mon carnet d'adresses, à cause de leur sympathie pour le Front national.

Arrivé à un certain âge, on ne se fait plus d'amis. Que des copains. Des gens avec qui on prend plaisir à faire la fête, ou une partie de cartes ou de pétanque. Les années passaient comme ça. Avec eux. De l'anniversaire de l'un à l'anniversaire de l'autre. Des soirées à boire et à manger. À danser. Les enfants grandissaient. Ils amenaient leurs petites copines, craquantes à souhait. Elles séduisaient les pères, les copains de leurs copains, jouant avec leur désir, comme seulement on sait le faire entre quinze et dix-huit ans. Entre deux verres, le plus souvent, les autres couples se rapportaient les ragots sur les infidélités des uns ou des autres. On y voyait aussi des couples se défaire l'espace d'une soirée.

Mavros perdit Pascale lors d'une de ces soirées. C'était il y a trois ans, à la fin de l'été, chez Marie et Pierre. Ils avaient une superbe maison à Malmousque, rue de la Douane, et ils adoraient recevoir. Je les aimais bien, Marie et Pierre.

Lole et moi, nous venions d'enchaîner quelques superbes salsas. Juan Luis Guerra, Arturo Sandoval, Irakere, Tito Puente. À bout de souffle, et nos corps passablement excités d'avoir été si longuement collés l'un à l'autre, nous nous étions arrêtés sur le magnifique *Benedición* de Ray Barretto.

Mavros était seul, appuyé contre un mur, un verre de champagne à la main. Raide.

— Ça va ? je lui avais demandé.

Il avait levé son verre devant moi, comme pour trinquer, et il l'avait vidé.

— Au poil.

Et il était parti se resservir. Il se bourrait la gueule avec application. J'avais suivi son regard. Pascale, son amie depuis cinq ans, était à l'autre bout de la pièce. En grande discussion avec sa vieille copine Joëlle et Benoît, un photographe marseillais que l'on croisait de-ci de-là dans ces fêtes. De temps en temps, quelqu'un passait, se mêlait à leur conversation, repartait.

J'étais resté un moment à les regarder tous les trois. Pascale était de profil. Elle monopolisait la parole, avec ce débit rapide qu'elle pouvait avoir quand elle se passionnait pour quelque chose, ou pour quelqu'un. Benoît s'était rapproché d'elle. Si près que son épaule semblait s'appuyer sur celle de Pascale. Parfois, Benoît posait sa main sur le dossier d'une chaise, et la main de Pascale, après avoir repoussé ses longs cheveux en arrière, se posait à son tour près de la sienne, mais sans la toucher. Ils se séduisaient, c'était évident. Et je m'étais demandé si Joëlle comprenait ce qui était en train de se passer sous ses yeux.

Mavros, qui mourait d'envie de se joindre à eux, ne bougea pas, et il continua à boire seul. Avec une application désespérée. À un moment, Pascale quitta Joëlle et Benoît, pour aller aux toilettes sans doute, et passa devant lui sans lui adresser un regard. Quand elle revint, l'apercevant enfin, elle vint vers lui et, très gentiment, un sourire aux lèvres, lui demanda :

— Tu vas bien ?

— J'existe plus, c'est ça ? il répondit.

— Pourquoi tu dis ça ?

— Ça fait une heure que je te regarde, que je viens me servir à boire à côté de vous. Tu ne m'as pas adressé un seul regard. C'est comme si je n'existais plus. C'est ça ?

Pascale ne lui répondit pas. Elle lui tourna le dos et repartit vers les toilettes. Pour pleurer. Parce que c'était vrai, il n'existait plus pour elle. Dans son cœur. Mais elle ne se l'était pas encore avoué. Jusqu'à ce qu'elle entende Mavros le lui dire explicitement.

Un mois plus tard, Pascale découcha. Mavros se trouvait à Limoges, pour deux jours, à régler les détails d'un combat de boxe qu'il avait monté pour un de ses poulains. Pascale, il lui téléphona presque à toutes les heures de la nuit. Inquiet. Peur qu'il ne lui soit arrivé un malheur. Un accident. Une agression. Ses messages remplissaient le répondeur, qu'il interrogeait à distance. Le lendemain, après tous les siens, Pascale en avait laissé un : « Il ne m'est rien arrivé. Je ne suis pas à l'hôpital. Il ne s'est rien passé de grave. Je ne suis pas rentrée à la maison cette nuit. Je suis au bureau. Appelle-moi, si tu veux. »

Après le départ de Pascale, on passa quelques nuits ensemble, Mavros et moi. À boire des coups, à parler du passé, de la vie, de l'amour, des femmes. Mavros se sentait minable, et je n'arrivais pas à l'aider à retrouver confiance en lui.

Maintenant, il vivait en solitaire, Mavros.

— Tu vois, il m'arrivait de me réveiller la nuit, et à travers la lumière des persiennes, je restais des heures à la regarder dormir, Pascale. Souvent, elle était allongée sur le côté, son visage tourné vers moi, une main glissée sous sa joue. Et je me disais : « Elle est plus belle qu'avant. Plus douce. » Son visage, la nuit, il me rendait heureux, Fabio.

Moi aussi le visage de Lole me remplissait de bonheur. J'aimais plus que tout les matins. Les réveils. Poser mes lèvres sur son front, puis laisser glisser ma main sur sa joue, dans son cou. Jusqu'à ce que son bras se déplie, que sa main se pose sur ma nuque et m'attire vers ses lèvres. C'était toujours un bon jour pour aimer.

— Une séparation ressemble à toutes les autres séparations, Georges (je lui avais dit quand il m'avait appelé, après le départ de Lole). Tout le monde souffre. Tout le monde a mal.

Mavros avait été le seul à me téléphoner. Un ami, un vrai. Ce jour-là, j'avais tiré un trait sur tous les copains. Et leurs fêtes. J'aurais dû le faire avant. Parce que Mavros aussi, ils l'avaient laissé tomber, peu à peu, en ne l'invitant plus. Pascale, tous l'aimaient bien. Benoît aussi. Et tous préféraient les histoires heureuses. Ça leur posait moins de problèmes dans leur vie quotidienne. Ça leur évitait aussi de penser que cela pouvait leur arriver, à eux. Un jour.

— Ouais, il avait répondu. Sauf que si tu aimes quelqu'un d'autre, t'as une épaule où poser ta tête, t'as une main qui caressera ta joue, et... Tu vois, Fabio, le désir nouveau éloigne de la souffrance de celui qu'on quitte.

— Je ne sais pas.

— Moi je sais.

Il était toujours à vif du départ de Pascale. Comme moi de Lole aujourd'hui. Mais j'essayais de donner du sens à la décision de Lole. Parce que tout cela avait un sens, forcément. Lole ne m'avait pas quitté sans raison. D'une certaine façon, aujourd'hui, j'avais fini par comprendre trop de choses, et, ce que je pouvais comprendre, je pouvais le pardonner.

— On échange quelques coups ?

La salle de boxe n'avait pas changé. Elle était toujours aussi propre. Seules les affiches au mur avaient jauni. Mais Mavros y tenait, à ses affiches. Elles lui rappelaient qu'il avait été un bon boxeur. Un bon entraîneur aussi. Aujourd'hui, il ne montait plus de combats. Il donnait des cours. Aux gamins du quartier. Et la mairie d'arrondissement l'aidait, par une petite subvention, à maintenir sa salle en état. Tout le monde, dans le quartier, s'accordait à préférer voir les jeunes s'entraîner à boxer plutôt que foutre le feu aux bagnoles ou casser des vitrines.

— Tu fumes trop, Fabio, il me dit. Et là (il ajouta en frappant sur mes abdominaux), c'est un peu mou.

— Et ça ! je répondis, en lui allongeant mon poing sur le menton.

— Mou aussi. (Il riait.) Allez, approche !

Mavros et moi, on avait réglé une affaire de fille sur ce ring. Nous avions seize ans. Ophelia, elle s'appelait. On en était tous les deux amoureux. Mais on s'aimait bien, Mavros et moi. Et on ne voulait pas se fâcher pour une histoire de fille.

— On la fait aux points, il avait proposé. En trois rounds.

Son père, amusé, arbitra. Cette salle, c'est lui qui l'avait créée, avec l'aide d'une association proche de la CGT. Sport et culture.

Mavros était bien meilleur que moi. Au troisième round, il m'entraîna dans un coin du ring, et s'accrochant à moi, il commenca à cogner avec force. Mais j'avais plus de rage que lui. Ophelia, je la voulais. Pendant qu'il cognait, je repris mon souffle puis, me dégageant, je le ramenai au centre du ring. Là, je réussis à lui assener une bonne vingtaine de coups. J'entendais sa respiration contre mon épaule. On était de force égale. Mon désir d'Ophelia compensait mon manque de technique. Juste avant la sonnerie, je le frappai sur le nez. Mavros perdit l'équilibre et chercha appui sur les cordes. J'ajustai mes coups, à la limite de mes forces. Quelques secondes encore et, d'un seul uppercut, il aurait pu m'étendre.

Son père me déclara vainqueur. On s'embrassa, Mavros et moi. Mais Ophelia, le vendredi soir, elle décida que c'était avec lui qu'elle voulait sortir. Pas avec moi.

Mavros l'avait épousée. Elle venait d'avoir vingt ans. Lui vingt et un, et une belle carrière de poids moyen devant lui. Mais elle l'avait obligé à abandonner la boxe. Elle ne supportait pas. Il était devenu routier jusqu'à ce qu'il comprenne qu'il était cocu chaque fois qu'il prenait la route.

Vingt minutes après, je jetai l'éponge. Le souffle court. Mes bras vides. Je crachai mon protège-dents dans mon gant, et allai m'asseoir sur le banc. Je laissai tomber ma tête entre les épaules, trop épuisé pour la maintenir droite.

— Alors, champion, on renonce ?

— Va te faire voir ! soufflai-je.

Il éclata de rire.

— Une bonne douche, et on va s'en jeter un bien frais.

C'est exactement ce que j'avais en tête. Une douche, et une bière.

Moins d'une heure après, nous étions installés à la terrasse du bar des Minimes, sur le chemin Saint-Antoine. Au second demi, j'avais raconté à Mavros tout ce qui s'était passé. De ma rencontre avec Sonia à mon déjeuner avec Hélène Pessayre.

— Il faut que je la retrouve, Babette.

— Ouais, et après ? Tu en fais un paquet-cadeau et tu la livres à ces mecs, c'est ça ?

— Après, je sais pas, Georges. Mais il faut que je la retrouve.

Pour au moins piger à quel point c'est grave. Il y a peut-être un moyen de s'arranger avec eux.

— Tu parles ! Des mecs capables de plomber une fille, rien que pour te forcer à bouger, à mon avis, la tchatche, c'est pas leur fort.

En vérité, je ne savais que penser de tout ça. Je tournais à vide. La mort de Sonia grignotait dans ma tête toute pensée. Mais une chose était sûre. Même si j'en voulais à Babette d'avoir déclenché toute cette horreur, je ne me voyais pas la livrer aux tueurs de la Mafia. Babette, je ne voulais pas qu'ils la tuent.

— Tu es peut-être sur leur liste, dis-je sur le ton de la boutade.

Cette éventualité venait soudain de me traverser l'esprit, et elle me fit froid dans le dos.

— J'y crois pas. S'ils plombent trop autour de toi, les flics vont plus te lâcher. Et tu pourras pas faire ce que ces mecs attendent de toi.

Ça se tenait. De toute façon, comment pouvaient-ils savoir que Mavros était mon ami ? Je venais m'entraîner dans sa salle. Comme j'allais boire des coups chez Hassan. Est-ce qu'ils allaient flinguer Hassan aussi ? Non, Mavros avait raison.

— T'as raison, je dis.

Dans ses yeux, je vis que c'était quand même plus simple de dire les choses que de les croire. Mavros n'avait pas peur, non. Mais son regard était inquiet. On l'aurait été à moins. Même si la mort ne nous faisait pas peur, on préférait qu'elle nous attrape le plus tard possible, et au pieu tant qu'à faire, après une bonne nuit de sommeil.

— Tu sais, Georges, on devrait remettre les entraînements à plus tard. Tu te prends quelques vacances, c'est la saison. Genre quelques jours à glandouiller à la montagne... Une petite semaine, quoi.

— J'ai pas où aller glandouiller. Et j'en ai pas envie. Je t'ai dit comment je vois les choses, Fabio. C'est ce que je crois. Le pire qui puisse arriver, c'est qu'ils s'en prennent à toi, ces types. Qu'ils te dérouillent méchamment. Et si c'est ça qui arrive, je veux pas être loin ce jour-là. OK ?

— OK. Mais tiens-toi à l'écart. T'as rien à voir là-dedans. Babette, c'est mes oignons. Toi, tu la connais à peine.

— Suffisamment. Et c'est ton amie.

Il me regarda. Ses yeux avaient changé. Ils avaient viré au noir charbon, mais sans la brillance de l'anthracite. Il n'y avait plus qu'une grande fatigue au fond de son regard.

— Je vais te dire, il reprit. Qu'est-ce qu'on a à perdre ? On s'est fait mettre toute notre putain de vie. Les femmes nous ont plaqués. On n'a pas été fichus de faire des mômes. Hein. Alors, qu'est-ce qu'il reste ? L'amitié.

— Justement. C'est trop important pour la jeter comme ça, en pâture, à des charognards.

— D'accord, vieux, il dit en me tapant sur l'épaule. On s'en boit un autre, puis je file. J'ai rendez-vous avec la femme d'un chef de gare.

— Non !

Il se mit à rire. C'était le Mavros de mon adolescence. Bagarreur, musclé, fort, sûr de lui. Et séducteur.

— Non, c'est juste une employée du bureau de poste d'à côté. Une Réunionnaise. Son mari l'a plaquée, elle et ses deux mômes. Je joue au papa, le soir, ça m'occupe.

— Et avec la maman après.

— Hé ! il dit, on n'a pas passé l'âge, non ?

Il finit son verre.

— Elle attend rien de moi, et moi rien d'elle. Juste on se rend les nuits moins longues.

Je repris ma bagnole et j'enclenchai une cassette de Pinetop Perkins. *Blues After Hours.* Pour redescendre vers le centre-ville.

Marseille blues, c'est toujours ce qui m'allait de mieux.

Je fis un détour par le littoral. Par ces moches passerelles métalliques que les paysagistes conseils d'Euroméditerranée voulaient détruire. Dans cet article de la revue *Marseille,* ils parlaient « d'une froide répulsion résultant de cet univers de machine, de béton et de charpente rivetée sous le soleil ». Les cons !

Le port était magnifique de cet endroit-là. On se le rentrait dans les yeux en roulant. Les quais. Les cargos. Les grues. Les ferries. La mer. Le château d'If et les îles du Frioul au loin. Tout était bon à prendre.

9

Où l'on apprend qu'il est difficile de survivre à ceux qui sont morts

Nous roulions pare-chocs contre pare-chocs, et à grands coups de klaxon. Depuis la Corniche, ce n'était que de longues files de voitures, dans les deux sens. Toute la ville semblait s'être donné rendez-vous aux terrasses des glaciers, des bars, des restaurants qui longeaient le bord de mer. Au train où on avançait, j'allais épuiser mon stock de cassettes. J'étais passé de Pinetop Perkins à Lightnin' Hopkins. *Darling, Do You Remember Me ?*

Dans ma tête, ça commençait à s'agiter. Les souvenirs. Depuis quelques mois, mes pensées dérapaient de plus en plus souvent. J'avais du mal à me concentrer sur une chose précise, même pêcher – ce qui devenait grave. Plus le temps passait et plus l'absence de Lole prenait de l'importance. Occupait ma vie. Je vivais dans le vide qu'elle avait laissé. Le pire, c'était de rentrer chez moi. D'être seul chez moi. Pour la première fois de ma vie.

J'aurais dû changer de musique. Me faire sauter les idées noires à coups de son cubain. Guillermo Portabales. Francisco Repilado. Ou mieux encore, le Buena Vista Social Club. J'aurais dû. Ma vie se résumait à ces « j'aurais dû ». Super, me dis-je en filant un long coup de klaxon à l'automobiliste devant moi. Il faisait tranquillement débarquer sa famille, avec le pique-nique pour la soirée sur la plage. La glacière, les chaises, la table pliante. Il ne manquait plus que la télé, je pensai. La mauvaise humeur me gagnait.

À la hauteur du Café du Port, à la Pointe-Rouge – nous avions progressé jusque-là en quarante minutes –, j'eus envie de m'offrir un verre. Un ou deux. Trois peut-être. Mais j'imaginai Fonfon et Honorine en train de m'attendre, sur la terrasse. Je n'étais pas vraiment seul. Ils étaient là tous les deux. Avec leur amour pour moi. Leur patience. Ce matin, après le coup de fil d'Hélène Pessayre, j'étais parti sans leur dire un petit bonjour. Je n'avais pas encore trouvé le courage de leur raconter. Pour Sonia.

— Qui c'est que vous voulez tuer ? m'avait demandé Honorine, cette nuit.

— Laissez tomber, Honorine. Des gens, il y en a des milliers que je voudrais tuer.

— Voui, mais dans le tas, çui-là, on dirait qu'y vous tient particulièrement à cœur.

— C'est rien, c'est cette chaleur. Ça me met les nerfs en pelote. Retournez vous coucher.

— Faites-vous une camomille, vé. Ça détend. Fonfon, il s'y est mis aussi.

J'avais baissé la tête. Pour ne pas voir monter dans ses yeux les questions qu'elle se posait. Sa peur aussi, de me voir m'embarquer dans des coups tordus. Je me souvenais encore parfaitement comment elle m'avait regardé quand, il y a quatre ans, je lui avais annoncé la mort d'Ugo. Ce regard-là, je ne voulais pas l'affronter à nouveau. Pour rien au monde. Et surtout pas maintenant.

Elle savait, Honorine, que je n'avais pas de sang sur les mains. Que jamais je n'avais pu me résoudre à tuer un homme de sang-froid. Batisti, j'avais laissé faire les flics. Narni, il s'était écrasé avec sa voiture au fond d'un ravin du col de la Gineste. Il n'y avait que Saadna. Je l'avais abandonné au milieu des flammes, et je n'avais pas eu de remords. Mais même cette immonde pourriture, je n'aurais pu l'abattre, comme ça, en conscience. Elle savait tout ça. Je le lui avais raconté.

Mais je n'étais plus le même aujourd'hui. Et ça, Honorine le savait aussi. J'avais trop de colères rentrées, de comptes non réglés. Trop de désespoir aussi. Je n'étais pas aigri, non, j'étais las. Fatigué. Une grande fatigue des hommes et du monde. La mort de Sonia, injuste, idiote, cruelle, me trottait dans la tête. Sa mort rendait insupportables toutes les autres morts. Y compris toutes celles, anonymes, que je pouvais lire chaque matin dans le journal. Des milliers. Des centaines de milliers. Depuis la Bosnie. Depuis le Rwanda. Et avec l'Algérie et son flot de massacres quotidiens. Une centaine de femmes, d'enfants, d'hommes massacrés, égorgés nuit après nuit. Le dégoût.

De quoi dégueuler, vraiment.

Sonia.

J'ignorais quelle tête pouvait avoir son assassin, mais c'était certainement une tête de mort. Tête de mort sur drap noir. Pavillon qui se hissait certaines nuits dans ma tête. Flottant libre, toujours impuni. Je voulais en finir avec ça. Au moins une fois. Une fois pour toutes.

Sonia.

Et merde ! Je m'étais promis d'aller voir son père, et son fils. Plutôt que d'aller boire des coups, je devais faire au moins ça ce soir. Le rencontrer. Lui et le petit Enzo. Et leur dire, Sonia, je l'aurais aimée, je crois.

Je mis le clignotant à gauche, déboîtai et engageai le nez de ma voiture dans la file inverse. Ça klaxonna aussitôt. Mais je m'en foutais. Tout le monde s'en foutait. On klaxonnait pour le principe. On gueulait aussi pareillement.

— Tu vas où, hé ducon ?

— Chez ta sœur !

Après deux marches arrière, je réussis à intégrer la file. Je pris tout de suite à gauche pour éviter de me taper les embouteillages dans l'autre sens. Je slalomai dans un dédale de petites traverses et je réussis à gagner l'avenue des Goumiers. Là, ça roulait déjà mieux. Direction La Capelette, un quartier où, à partir des années 20, s'étaient regroupées des familles italiennes, du Nord essentiellement.

Attilio, le père de Sonia, habitait rue Antoine-Del-Bello, au coin de la rue Fifi-Turin. Deux résistants italiens morts pour la France. Pour la liberté. Pour cette idée de l'homme incompatible avec la morgue de Hitler, et de Mussolini. Parce que Del-Bello, enfant de l'Assistance publique italienne, quand il est mort dans le maquis, il n'était même pas français.

Attilio De Luca m'ouvrit la porte, et je le reconnus. Comme me l'avait dit Hassan, De Luca et moi nous nous étions déjà rencontrés dans son bar. Et y avions bu ensemble quelques apéros. Il avait été licencié en 1992, après quinze ans à Intramar, comme pointeur. Trente-cinq ans qu'il bossait sur le port. Il m'avait raconté des bribes de vie. Sa fierté d'être docker. Ses grèves. Jusqu'à cette année-là, où les plus vieux dockers passèrent à la trappe. Au nom de la modernisation de l'outil de travail. Les plus vieux, et tous les emmerdeurs. De Luca était sur la liste rouge. Les « non-malléables ». Et l'âge aidant, il se retrouva parmi les premiers sur le trottoir.

Rue Antoine-Del-Bello, De Luca y était né. Une rue en *i* et en *a*, avant que ne débarquent les Alvarez, Gutierrez et autres Domenech.

— Quand je suis né, dans la rue, sur mille personnes, il y avait neuf cent quatre-vingt-quatorze Italiens, deux Espagnols et un Arménien.

Ses souvenirs d'enfance ressemblaient étrangement aux miens, et résonnaient dans ma tête avec le même bonheur.

— En été, dans l'impasse, c'était qu'une longue cohorte de chaises qui s'étirait sur le trottoir. Chacun y allait de sa petite histoire.

Bon Dieu de merde, pensai-je, pourquoi ne m'a-t-il jamais parlé de sa fille ! Pourquoi n'était-elle jamais venue chez Hassan un soir avec lui ! Pourquoi n'avais-je rencontré Sonia que pour mieux la perdre pour toujours ? Avec Sonia, ce qui était terrible, c'est qu'il n'y avait pas de regrets — comme avec Lole –, que du remords. Le pire d'entre tous. D'avoir été, involontairement, l'artisan de sa mort.

— Oh ! Montale, dit De Luca.

Il avait vieilli d'un siècle.

— J'ai appris. Pour Sonia.

Il leva vers moi des yeux rougis. Avec, tout au fond, plein d'interrogations. Bien sûr, il ne comprenait pas, De Luca, ce que je venais faire là. Les tournées de pastis, même chez Hassan, ça créait des sympathies, pas des liens de famille.

Au nom de Sonia, je vis apparaître Enzo. Sa tête arrivait à la taille de son grand-père. Il se serra contre lui, un bras autour de sa jambe, et leva, lui aussi, les yeux vers moi. Les yeux gris-bleu de sa mère.

— Je...

— Entre, entre... Enzo ! retourne au lit. Il est presque dix heures. Les gosses, ça veut jamais dormir, il commenta d'un ton monocorde.

La pièce était assez grande, mais encombrée de meubles surchargés de bibelots, de photos de famille encadrées. Telle que sa femme l'avait laissée, il y a dix ans, quand elle avait quitté De Luca. Telle qu'il espérait qu'elle la trouverait, quand elle reviendrait un jour. « Un jour ou l'autre », il m'avait dit, plein d'espoir.

— Installe-toi. Tu veux boire un coup ?

— Pastis, oui. Dans un grand verre. J'ai soif.

— Putain de chaleur, il dit.

La différence d'âge entre lui et moi était infime. Sept ou huit ans, peut-être. À peu de chose près, j'aurais pu avoir un enfant de l'âge de Sonia. Une fille. Un garçon. Cela me mit mal à l'aise de penser cela.

Il revint avec deux verres, des glaçons et une grande carafe d'eau. Puis, d'un bahut, il sortit la bouteille d'anis.

— C'est avec toi qu'elle avait rendez-vous hier soir ? il demanda en me servant.

— Oui.

— Quand je t'ai vu, là devant la porte, j'ai compris.

Sept ou huit ans d'écart. La même génération ou presque. Celle qui a grandi dans l'après-guerre. Celle des sacrifices, des petites économies. Pâtes midi et soir. Et du pain. Pain ouvert, tomate et filet d'huile. Pain brocolis. Pain et aubergine. La génération de tous les rêves aussi, qui avaient, pour nos pères, le sourire et la bonhomie de Staline. De Luca avait adhéré aux Jeunesses communistes à quinze ans.

— J'ai tout gobé, il m'avait raconté. La Hongrie, la Tchécoslovaquie, le bilan globalement positif du socialisme. Maintenant, y a plus que les œufs que je gobe !

Il me tendit le verre, sans me regarder. Je devinais ce qui trottait dans sa tête. Ses sentiments. Sa fille dans mes bras. Sa fille sous mon corps, dans l'amour. Je ne savais pas s'il aurait vraiment aimé. Aimé cette histoire entre elle et moi.

— Il ne s'est rien passé, tu sais. Nous devions nous revoir, et...

— Laisse tomber, Montale. Tout ça, maintenant...

Il but une longue gorgée de pastis, puis son regard se posa enfin sur moi.

— Tu n'as pas d'enfants ?

— Non.

— Tu peux pas comprendre.

J'avalai ma salive. Sa souffrance, à De Luca, était à fleur de peau. Elle perlait autour de ses yeux. J'étais sûr qu'on aurait été amis, même après. Et qu'il aurait été de nos repas à la maison, avec Fonfon et Honorine.

— On aurait pu construire quelque chose, elle et moi. Je crois. Avec le petit.

— T'as jamais été marié ?

— Non, jamais.

— T'as dû en connaître, des femmes.

— C'est pas ce que tu crois, De Luca.

— Je crois plus rien. De toute façon...

Il vida son verre.

— Je te ressers ?

— Un fond.

— Elle a jamais été heureuse. Rien que des cons, elle a rencontré. Tu peux m'expliquer ça, Montale. Belle, intelligente, et rien que des cons. Je te dis pas le dernier, le père de... (De la tête, il désigna la chambre où était couché Enzo.) Heureusement qu'il s'est tiré, sinon, un jour, je l'aurais tué celui-là.

— On peut pas expliquer ça.

— Ouais. Moi, je crois qu'on passe son temps à se perdre, et quand on se trouve, c'est trop tard.

Il me regarda une nouvelle fois. Derrière les larmes, prêtes à couler, perçait une lueur d'amitié.

— Ma vie, je dis, ça n'a été que ça.

Mon cœur se mit à battre, fort, puis se serra. Lole, quelque part, devait l'étreindre. Elle avait mille fois raison, je ne comprenais rien à rien. Aimer, c'était sans doute se montrer nu à l'autre. Nu dans sa force, et nu dans sa fragilité. Vrai. Qu'est-ce qui me faisait peur dans l'amour ? Cette nudité ? Sa vérité ? La vérité ?

Sonia, je lui aurais tout raconté. Et aussi avoué ce verrou, dans mon cœur, qu'était Lole. Oui, comme je venais de le dire à De Luca, j'aurais pu construire quelque chose avec Sonia. Autre chose. Des joies, des rires. Du bonheur. Mais autre chose. Seulement autre chose. Celle que l'on a rêvée, attendue, désirée durant des années, puis rencontrée et aimée, le jour où elle part, on est sûr de ne pas la retrouver, comme ça, à un autre coin de rue de la vie. Et, chacun le sait, il n'existe pas de bureau des amours perdues.

Sonia l'aurait compris. Elle qui, si vite, avait su faire parler mon cœur, me faire parler tout simplement. Et peut-être y aurait-il eu un après. Un après vrai à nos désirs.

— Ouais, dit De Luca en vidant une nouvelle fois son verre.

Je me levai.

— T'es venu rien que pour me dire ça, que c'était toi ?

— Oui, mentis-je. Te le dire.

Il se leva, péniblement.

— Il le sait, le petit ?

— Pas encore. Je sais pas comment... Je sais pas comment je vais faire, non plus, avec lui... Tu vois, une nuit, une journée. Une semaine pendant les vacances... Mais l'élever ? J'ai écrit à ma femme...

— Je peux aller lui dire bonsoir ?

De Luca fit oui de la tête. Mais au même moment il posa sa main sur mon bras. Tout ce qu'il avait contenu de tristesse allait déborder. Sa poitrine se souleva. Les sanglots rompaient les digues de fierté qu'il s'était imposées devant moi.

— Pourquoi ?

Il se mit à chialer.

— Pourquoi on me l'a tuée ? Pourquoi elle ?

— Je sais pas, dis-je tout bas.

Je l'attirai vers moi, et le serrai dans mes bras. Il sanglotait fort. Je redis, le plus bas possible :

— Je sais pas.

Les larmes de son amour pour Sonia, de grosses larmes chaudes, gluantes, coulaient dans mon cou. Elles puaient l'odeur de la mort. Celle que j'avais sentie en entrant, l'autre soir, chez Hassan. C'était exactement ça. Au fond de mes yeux, j'essayai de mettre un visage sur le tueur de Sonia.

Puis je vis Enzo, debout devant nous, tenant un petit ours en peluche sous son bras.

— Pourquoi il pleure, papi ?

Je me dégageai de De Luca et m'accroupis devant Enzo. Je passai mes bras autour de ses épaules.

— Ta maman, je dis, elle reviendra plus. Elle a... elle a eu un... un accident. Tu comprends ça, Enzo ? Elle est morte.

Et je me mis à pleurer aussi. À pleurer sur nous, qui aurions à survivre à tout cela. La saloperie permanente du monde.

10

Où, grâce à la légèreté, la tristesse peut se réconcilier avec l'envol d'une mouette

Avec Fonfon et Honorine, nous avons joué au rami jusqu'à minuit. Jouer aux cartes, avec eux, c'était plus qu'un plaisir. Une manière de rester unis. De partager, sans le dire ouvertement, des sentiments difficiles à exprimer. Entre deux cartes jetées, des regards s'échangeaient, des sourires. Et, bien que le jeu soit simple, il était nécessaire de rester attentif aux cartes jouées par l'un ou l'autre. Ça m'allait, de contenir mes pensées quelques heures.

Fonfon avait amené une bouteille de Bunan. Un vieux marc égrappé de La Cadière, près de Bandol.

— Goûte ça, il avait dit, c'est autre chose que ton whisky écossais.

C'était délicieux. Rien à voir avec mon Lagavulin, au léger goût de tourbe. Le Bunan, bien que sec, ce n'était que du fruité, avec tous les arômes des garrigues. Le temps de gagner deux parties de rami et d'en perdre huit, j'en avais éclusé quatre petits verres avec plaisir.

Au moment de se quitter, Honorine vint vers moi avec une enveloppe-bulle.

— Vé, j'allais oublier. Le facteur, il a laissé ça pour vous, ce matin. Comme c'était marqué fragile dessus, il a pas voulu la déposer dans votre boîte aux lettres.

Au dos, aucune indication de l'expéditeur. L'enveloppe

était postée de Saint-Jean-du-Gard. J'ouvris l'enveloppe et en sortis cinq disquettes. Deux bleues, une blanche, une rouge, une noire. « Je t'aime encore », avait écrit Babette sur une feuille de papier. Et dessous : « Garde-moi ça précieusement. »

Babette ! Le sang vint battre mes tempes. Avec comme un flash dans les yeux. Le visage de Sonia. Sonia égorgée. Je me souvins alors précisément du cou de Sonia. Hâlé comme sa peau. Mince. Et qui semblait aussi doux que l'épaule sur laquelle, un bref instant, j'avais posé ma main. Un cou que l'on avait envie d'embrasser, là, juste sous l'oreille. Ou de caresser du bout des doigts, rien que pour s'émerveiller de la douceur du contact. J'aurais voulu la détester, Babette !

Mais comment fait-on pour détester quelqu'un que l'on aime ? Que l'on a aimé ? Un ami ou une amoureuse. Mavros ou Lole. Pas plus que je n'avais pu me défaire de l'amitié de Manu et d'Ugo. On peut s'interdire de les voir, de leur donner des nouvelles, mais les détester, non, c'est impossible. Pour moi du moins.

Je relus le mot de Babette, et soupesai les disquettes dans ma main. J'eus le sentiment que ça y était, que nos sorts, dans les circonstances les plus dégueulasses, étaient liés. Babette en appelait à l'amour, et c'était la mort qui pointait son nez. À la vie, à la mort. On disait ça quand on était mômes. On se faisait une petite entaille au poignet, et, croisant nos avant-bras, le poignet de l'un se posait sur celui de l'autre. Le sang partagé. Amis pour la vie. Frères. Amour toujours.

Babette. Durant des années, nous n'avions échangé que nos désirs. Et nos solitudes. Son « je t'aime encore » me mit mal à l'aise. Il ne trouvait en moi aucune résonance. Était-elle sincère ? me demandai-je. Ou était-ce simplement sa seule manière de crier au secours ? Je savais trop qu'on pouvait dire des choses, les croire vraies au moment où on les affirmait, et faire, dans les heures ou les jours qui suivaient, des actes qui les démentaient. Dans l'amour, en particulier. Parce que l'amour est le sentiment le plus irrationnel, et que sa source - quoi qu'on en dise - est dans la rencontre de deux sexes, le plaisir qu'ils se donnent.

Lole me dit un jour, en rangeant ses affaires dans un sac :

— Je vais partir. Une semaine, peut-être.

Je l'avais longuement regardée, caressant ses yeux, l'estomac noué. Habituellement, elle aurait dit : « Je pars voir ma mère » ou : « Ma sœur, ça va pas. Je vais à Toulouse quelques jours. »

— J'ai besoin de réfléchir, Fabio. J'en ai besoin. Pour moi. Tu comprends, j'ai besoin de penser à moi.

Elle était tendue, d'avoir à me dire ça comme ça. Elle n'avait pas su trouver le moment opportun pour me l'annoncer. M'expliquer. Je comprenais sa tension, même si cela me faisait mal. J'avais prévu, mais sans le lui dire - comme d'habitude -, de l'emmener en balade dans l'arrière-pays niçois. Vers Gorbio, Sainte-Agnès, Sospel.

— Fais comme tu veux.

Elle partait rejoindre son ami. Ce guitariste qu'elle avait rencontré à un concert. À Séville, quand elle était avec sa mère. Elle ne me l'avoua qu'au retour, Lole.

— Je n'ai rien fait pour..., elle ajouta. Je ne croyais pas que cela arriverait si vite, Fabio.

Je la serrai dans mes bras, laissant son corps, légèrement raide, venir contre le mien. Je sus alors qu'elle avait réfléchi, à elle, à nous. Mais, bien sûr, pas comme je l'avais imaginé. Pas comme je l'avais entendu dans les mots qu'elle m'avait dits avant son départ.

— Dites, c'est quoi ces choses ? me demanda Honorine.

— Des disquettes. C'est pour les ordinateurs.

— Vous vous y connaissez en ça, vous ?

— Un peu. J'en avais un, avant. Dans mon bureau.

Je les embrassai tous les deux. En leur souhaitant bonne nuit. Pressé maintenant.

— Si tu pars tôt, passe quand même me voir avant, dit Fonfon.

— Promis.

J'avais déjà la tête ailleurs. Dans les disquettes. Leur contenu. Les raisons du merdier dans lequel se trouvait Babette aujourd'hui. Dans lequel elle m'entraînait. Et qui avait coûté la vie à Sonia. Et qui laissait, seul, sur le carreau, un gamin de huit ans et un grand-père déboussolé.

J'appelai Hassan. Quand il décrocha, je reconnus les premières notes de *In a Sentimental Mood*. Et le son. Coltrane et Duke Ellington. Un bijou.

— Dis, Sébastien, il traîne pas par là, par hasard ?

— Sûr. Je te l'appelle.

Au fil des ans, dans le bar, j'avais sympathisé avec une bande de copains. Sébastien, Mathieu, Régis, Cédric. Vingt-cinq ans, ils avaient. Mathieu et Régis finissaient des études d'architecture. Cédric peignait et, depuis peu, organisait aussi des concerts techno. Sébastien faisait des chantiers au noir. L'amitié qui les liait me faisait chaud au cœur. Elle était palpable et tout autant inexplicable. Avec Manu et Ugo nous étions ainsi. Nous tanguions toutes les nuits d'un bistrot à un autre, en riant de tout, même des filles avec lesquelles nous sortions. Nous étions différents et nous avions les mêmes rêves. Comme ces quatre jeunes. Et comme eux, nous savions que nos discussions, nous n'aurions pu les avoir avec personne d'autre.

— Ouais, dit Sébastien.

— C'est Montale. Je te casse pas un coup ?

— Les copines sont sous la douche. On est rien qu'entre nous.

— Dis, ton cousin Cyril, il pourrait me lire des disquettes ?

Cyril, m'avait expliqué Sébastien, était un fou d'ordinateur. Équipé comme pas possible. Et toujours à surfer la nuit sur Internet.

— Pas de problème. Quand ça ?

— Maintenant ?

— Maintenant ! Oh ! Putain, c'est pire que quand t'étais flic !

— Tu peux pas mieux dire.

— OK Ben, on t'attend. On a quatre tournées en compte !

Je mis moins de vingt minutes. J'eus tous les feux au vert, sauf trois passés à l'orange. Sans apercevoir le moindre képi. Chez Hassan, ce n'était pas la grosse affluence. Sébastien et ses copains. Trois couples. Et un habitué, la trentaine fatiguée, qui, toutes les semaines, venait lire *Taktik*, le gratuit culturel de Marseille, de la première à la dernière ligne. Faute, sans doute, de pouvoir se payer une place de concert, ou même de ciné.

— Si tu m'en débarrasses, dit Hassan en désignant les quatre jeunes, je vais pouvoir fermer.

— Cyril nous attend, dit Sébastien. C'est quand tu veux. Il habite à deux pas. Boulevard Chave.

— Je paie une autre tournée ?

— Ben, le travail de nuit, hein, c'est au moins ça.

— Bon, c'est la dernière, lâcha Hassan. Amenez vos verres.

Il me servit un whisky. Sans demander mon avis. Le même que pour Sonia. Du Oban. Il s'en servit un aussi, ce qui était une exception. Il leva son verre pour trinquer. On se regarda, lui et moi. Nous pensions la même chose. À la même personne. Les phrases n'avaient aucun sens. C'était comme avec Fonfon et Honorine. Il n'y a pas de mot pour dire le Mal.

Hassan avait laissé filer l'album de Coltrane et Ellington. Ils attaquaient *Angelica*. Une musique qui parlait d'amour. De joie. De bonheur. Avec une légèreté capable de réconcilier n'importe quelle tristesse humaine avec l'envol d'une mouette vers d'autres rivages.

— Je te ressers ?

— Vite fait. Et les mômes aussi.

Les cinq disquettes contenaient des pages et des pages de documents. Elles avaient toutes été compressées pour contenir le maximum d'informations.

— Ça ira ? me demanda Cyril.

J'étais installé devant son ordinateur, et je commençais à faire défiler les fichiers des disquettes bleues.

— J'en ai pour une petite heure. Je vais pas tout lire. Juste répérer quelques trucs dont j'ai besoin.

— Prends ton temps. On a de quoi tenir un siège !

Ils avaient rapporté plusieurs packs de bières, des pizzas, et suffisamment de clopes pour ne pas être en manque. Tels qu'ils étaient partis, ils allaient bien refaire quatre ou cinq fois le monde. Et, vu ce qui défilait sous mes yeux, le monde en avait grandement besoin, d'être refait.

Par curiosité, j'ouvris le premier document. *Comment les mafias gangrènent l'économie mondiale.* Visiblement, Babette avait commencé à rédiger son enquête. « À l'ère de la mondialisation des marchés, le rôle du crime organisé dans le marché de l'économie reste méconnu. Nourrie des stéréotypes hollywoodiens et du journalisme à sensation, l'activité criminelle est étroitement associée, dans l'opinion, à l'effrondrement de l'ordre public. Tandis que les méfaits de la petite délinquance sont mis en vedette, les rôles politiques et économiques ainsi que l'influence des organisations criminelles internationales ne sont guère révélés à l'opinion publique. »

Je cliquai. « Le crime organisé est solidement imbriqué dans le système économique. L'ouverture des marchés, le déclin de l'État providence, les privatisations, le dérèglement de la finance et du commerce international, etc., tendent à favoriser la croissance des activités illicites ainsi que l'internationalisation d'une économie criminelle concurrente.

« Selon l'Organisation des Nations unies (ONU), les revenus mondiaux annuels des organisations criminelles transnationales (OCT) sont de l'ordre de mille milliards de dollars, un montant équivalent au produit national brut (PNB) combiné des pays à faible revenu (selon la catégorisation de la Banque mondiale) et de leurs trois milliards d'habitants. Cette estimation prend en compte tant le produit du trafic de drogue, des ventes illicites d'armes, de la contrebande des matériaux nucléaires, etc., que les produits des activités contrôlées par les mafias (prostitution, jeux, marchés noirs de devises...).

« En revanche, elle ne mesure pas l'importance des investissements continus effectués par les organisations criminelles dans la prise de contrôle d'affaires légitimes, pas plus que la domination qu'elles exercent sur les moyens de production dans de nombreux secteurs de l'économie légale. »

Je commençais à entrevoir tout ce que pouvaient recéler les autres disquettes. Des notes en bas de page faisaient référence à des documents officiels. Un autre jeu de notes, en gras celui-ci, renvoyait aux autres disquettes selon un classement précis : par affaires, par lieux, par entreprises, par partis politiques, et enfin par noms. Fargette. Yann Piat. Noriega. Sun Investissement. International Bankers Luxembourg... J'en eus la chair de poule. Parce que j'en étais sûr, Babette avait travaillé avec cette férocité professionnelle qui l'animait depuis qu'elle avait débuté dans ce métier. Le goût de la vérité.

Je cliquai une nouvelle fois.

« Parallèlement, les organisations criminelles collaborent avec les entreprises légales, investissant dans une variété d'activités légitimes qui leur assurent non seulement une couverture pour le blanchiment de l'argent mais aussi un moyen sûr d'accumuler du capital en dehors des activités criminelles. Ces investissements sont essentiellement effectués dans l'immobilier de luxe, l'industrie des loisirs, l'édition et les médias, les services financiers, etc., mais aussi dans l'industrie, l'agriculture et les services publics.

— Je fais des bolognaises, m'interrompit Sébastien. T'en voudras ?

— Seulement si vous changez de musique !

— T'entends ça, Cédric ? cria Sébastien.

— On va faire un effort ! il répliqua.

La musique s'arrêta.

— Écoute ! Ben Harper, c'est.

Je connaissais pas et, ma foi, je me dis que je pouvais supporter.

Je quittai l'écran sur cette dernière phrase : « Les performances du crime organisé dépassent celles de la plupart des cinq cents premières firmes mondiales classées par la revue *Fortune*, avec des organisations qui ressemblent plus à General Motors qu'à la Mafia sicilienne traditionnelle. » Tout un programme. Celui auquel Babette avait décidé de s'attaquer.

— Vous en êtes où ? je demandai en m'installant à la table.

— N'importe où, répondit Cédric.

— Par n'importe quel bout qu'on prenne les choses, argumenta Mathieu, on en revient toujours au même endroit. Là où on a les pieds. Dans la merde.

— Bien vu, je dis. Et alors ?

— Et alors, reprit Sébastien en rigolant, quand on marche, l'important, c'est de pas en mettre partout.

Tout le monde se marra. Moi aussi. Un peu jaune, quand même. Parce que c'était exactement là que je me trouvais, dans la merde, et je n'étais pas vraiment sûr de ne pas en mettre partout.

— Super, les pâtes, je dis.

— Sébastien, il tient ça de son père, commenta Cyril. Le plaisir de faire à bouffer.

C'était dans l'une des autres disquettes que devait se trouver la clef des ennuis de Babette. Là où elle alignait les noms d'hommes politiques, de chefs d'entreprises. La disquette noire.

La blanche était une compilation de documents. La rouge contenait des entretiens et des témoignages. Dont une interview de Bernard Bertossa, le procureur général de Genève.

« — Trouvez-vous que la France lutte efficacement contre la corruption internationale, du moins au niveau européen ?

« — Vous savez, en Europe, seule l'Italie a développé une véritable politique criminelle pour lutter contre l'argent sale et contre la corruption. Particulièrement au moment de l'opération *Mani pulite*. Sincèrement, la France ne donne pas du tout l'impression de vouloir s'attaquer aux réseaux d'argent noir ou de trafic d'influence. Il n'existe aucune stratégie politique de lutte, seulement des cas individuels, des juges ou des procureurs qui s'investissent dans leurs dossiers et font preuve d'une très grande opiniâtreté. L'Espagne s'y met actuellement. Elle vient de créer un parquet anticorruption, alors qu'il n'existe rien de tel en France. Cette attitude ne tient pas à un parti ou à un autre, qu'il soit ou non au pouvoir. Tous traînent des casseroles et aucun n'a intérêt à le dire. »

Je n'eus pas la force d'ouvrir la disquette noire. À quoi ça me servirait de savoir ? Ma vision du monde était déjà assez sale comme ça.

— Je peux avoir un jeu de copies ? je demandai à Cyril.

— Autant que tu veux.

Puis, me souvenant des explications de Sébastien sur Internet, j'ajoutai :

— Et... tout ça, on peut le rentrer sur Internet ?

— Créer un site, tu veux dire ?

— Oui, un site, que n'importe qui peut consulter.

— Évidemment.

— Tu peux faire ça ? Me créer un site, et ne l'ouvrir que si je te le demande ?

— Je te fais ça dans la journée.

Je les quittai à trois heures du matin. Après avoir avalé une dernière bière. J'allumai une clope sur le boulevard. Je traversai la place Jean-Jaurès totalement déserte et, pour la première fois depuis longtemps, je ne me sentis pas en sécurité.

11

Où c'est bien la vie qui se joue ici, jusqu'au dernier souffle

Je me réveillai en sursaut. Une petite sonnerie dans la tête. Mais ce n'était pas le téléphone. Ce n'était pas un bruit non plus. C'était bien dans ma tête, et pas vraiment une sonnerie. Un déclic. Est-ce que j'avais rêvé ? De quoi ? Six heures moins cinq, merde ! Je m'étirai. Je ne me rendormirais pas, je le savais déjà.

Je me levai et, une clope à la main, que j'évitai d'allumer, j'allai sur la terrasse. La mer, d'un bleu sombre, presque noir, commençait à s'agiter. Le mistral se levait. Mauvais signe. Le mistral en été était synonyme d'incendies. Des centaines d'hectares de forêts, de garrigue partaient en fumée chaque année. Les pompiers devaient déjà être sur les dents.

Saint-Jean-du-Gard, me dis-je. C'était ça. Le déclic. Le tampon sur l'enveloppe de Babette. Saint-Jean-du-Gard. Les Cévennes. Qu'est-ce qu'elle foutait là-bas ? Chez qui ? Je m'étais préparé un café, dans ma petite cafetière italienne une tasse. Une tasse après l'autre. Je l'aimais comme ça, le café. Pas réchauffé. J'allumai enfin ma clope, et tirai dessus doucement. La première bouffée passa sans problème. C'était gagné pour les suivantes.

Je mis un disque du pianiste sud-africain Abdullah Ibrahim. *Echoes from Africa.* Un morceau particulièrement. *Zikr.* Je ne croyais ni à Dieu ni à diable. Mais il y avait dans cette musique, dans son chant – le duo avec Johnny Dyani, son bassiste –, une telle sérénité que l'on avait envie de louer la terre. Sa beauté. Ce morceau, je l'avais écouté des heures et des heures. À l'aube. Ou quand le soleil se couchait. Il m'emplissait d'humanité.

La musique s'éleva. Ma tasse à la main, dans l'encadrement de la porte-fenêtre, je regardai la mer s'agiter plus violemment. Je ne comprenais rien aux paroles d'Abdullah Ibrahim, mais cette *Remembrance of Allah* trouvait en moi sa traduction la plus simple. C'est bien ma vie que je joue ici, sur cette terre. Une vie à goût de pierres chaudes, de soupirs de la mer et de cigales qui, bientôt, se mettront à chanter. Jusqu'à mon dernier souffle, j'aimerai cette vie. *Inch Allah.*

Une mouette passa, très bas, presque au ras de la terrasse. J'eus une pensée pour Hélène Pessayre. Une jolie mouette. Je n'avais pas le droit de lui mentir plus longtemps. Maintenant que j'étais en possession des disquettes de Babette. Maintenant que je devinais où elle était planquée, Babette. Il fallait que je vérifie, mais j'en étais presque sûr. Saint-Jean-du-Gard. Les Cévennes. J'ouvris son classeur d'articles.

C'était son tout premier grand reportage. Le seul que je n'avais pas encore lu. À cause, sans doute, des photos qui illustraient son document, et que Babette avait prises elle-même. Des photos pleines de tendresse pour cet ancien étudiant en philo devenu éleveur de chèvres après Mai 68. Elle l'avait aimé, ce Bruno, j'en étais sûr. Comme moi. Peut-être nous avait-elle aimés, lui et moi, en même temps ? Et d'autres encore ?

Et alors ? me dis-je, en continuant à lire l'article. C'était il y a dix ans. Mais est-ce qu'elle t'aimait encore, Babette ? Est-ce qu'elle t'aimait encore vraiment ? Ça me taraudait, son petit mot. « Je t'aime encore. » Est-ce qu'il était possible de refaire sa vie avec quelqu'un que l'on a aimé ? Avec qui l'on a vécu ? Non, je ne le croyais pas. Je ne l'avais jamais cru pour les femmes que j'avais quittées, ou qui m'avaient quitté. Je ne le croyais pas pour Babette, non plus. Je ne l'imaginais que pour Lole, et c'était purement insensé. Je ne savais plus quelle femme m'avait dit un jour qu'il ne fallait pas déranger les fantômes de l'amour.

Le Castellas, voilà. Elle était là. J'en étais persuadé. Tel qu'elle décrivait le lieu, Babette, c'était l'endroit idéal pour une planque. Sauf qu'on ne pouvait se terrer jusqu'à la fin de ses jours. À moins de décider, comme ce Bruno, d'y vivre sa vie. Mais je ne voyais pas Babette en éleveuse de chèvres. Elle avait encore trop de rage au cœur.

Je me fis une troisième tasse de café, puis j'appelai les renseignements, et j'eus le numéro du Castellas. On décrocha à la cinquième sonnerie. Une voix d'enfant. Un garçon.

— C'est qui ?

— C'est pour parler à ton papa.

— Maman ! il cria.

Des bruits de pas.

— Allô.

— Bonjour. Je voudrais parler à Bruno.

— C'est de la part ?

— Montale. Fabio Montale. Mon nom ne lui dira rien.

— Un moment.

Des bruits de pas encore. Une porte qui s'ouvre. Puis il fut à l'autre bout du fil, Bruno.

— Oui. Je vous écoute.

J'aimais cette voix. Déterminée. Sûre. Une voix de la montagne, chargée de sa rudesse.

— On ne se connaît pas. Je suis un ami de Babette. Je voudrais lui parler.

Silence. Il réfléchissait.

— À qui ?

— Écoutez, on ne va pas se faire du cinéma. Je sais qu'elle se planque chez vous. Dites-lui, Montale a téléphoné. Et qu'elle m'appelle, vite.

— Qu'est-ce qui se passe ?

— Dites-lui de m'appeler. Merci.

Babette appela une demi-heure après.

Dehors, le mistral soufflait en fortes rafales. J'étais sorti pour plier mon parasol et celui d'Honorine. Elle ne s'était pas encore montrée. Elle avait dû aller prendre le café chez Fonfon et lire *La Marseillaise.* Depuis que *Le Provençal* et *Le Méridional* avaient fusionné en un seul journal, *La Provence,* Fonfon n'achetait plus que *La Marseillaise.* Il n'aimait pas les journaux mous. Il les aimait de parti pris. Même s'il ne partageait pas leurs idées. Comme *La Marseillaise,* journal communiste. Ou comme *Le Méridional* qui, avant d'être de droite modérée, avait fait sa fortune, il y a une vingtaine d'années, en propageant les idées extrémistes et raciales du Front national.

Fonfon ne comprenait pas que, dans *La Provence,* l'éditorial soit, un jour, sous la plume d'un directeur de sensibilité de gauche, et, le lendemain, sous la plume d'un autre directeur, de sensibilité de droite.

— C'est le pluralisme, ça ! il avait gueulé.

Puis il m'avait fait lire l'éditorial qui, ce matin-là, rendait hommage au pape en voyage en France. Et louait les vertus morales de la chrétienté.

— J'ai rien contre ce monsieur, le pape, tu vois. Ni contre celui qui écrit. Chacun pense comment il veut, vé, c'est la liberté. Mais...

Il tourna les pages du journal.

— Tiens, lis ça.

Dans les pages locales, il y avait un petit sujet, avec photos, sur un restaurateur du bord de mer. Le type expliquait que son établissement c'était le panard. Toutes les serveuses, jeunes et mignonnes tout plein, étaient pratiquement à poil pour servir. Il ne disait pas qu'on pouvait leur mettre la main au cul, mais presque. Pour les repas d'affaires, c'était le lieu idéal, quoi. Le fric et le cul ont toujours fait bon ménage.

— Tu peux pas te faire bénir par le pape en première page, et te faire sucer en page quatre, non !

— Fonfon !

— Et merde ! Un journal qui a pas de morale, c'est pas un journal. Je l'achète plus, vé. C'est fini.

Depuis, il ne lisait plus que *La Marseillaise*. Et ça le mettait dans des rages aussi folles. Parfois teintées de mauvaise foi. Souvent avec raison. On ne le changerait pas, Fonfon. Et je l'aimais bien comme ça. J'en avais trop croisé de gens qui n'avaient que de la gueule, comme on dit à Marseille, et rien derrière.

J'avais sursauté à la sonnerie du téléphone. Le doute, un instant, que ce ne soit pas Babette, mais les mecs de la Mafia.

— Fabio, elle dit simplement.

Sa voix charriait des tonnes de peurs, de lassitudes, d'épuisements. En un seul mot, mon prénom, je compris qu'elle n'était plus tout à fait la même. J'eus soudain le sentiment qu'avant d'entamer sa cavale, elle avait dû en baver. Salement.

— Ouais.

Un silence. J'ignorais ce qu'elle mettait dans ce silence. Dans le mien, l'intégrale de nos nuits d'amour à tous les deux. En regardant en arrière, m'avait encore dit cette femme dont j'avais oublié le nom, on finit par tomber au fond du puits. J'étais au bord du puits. Sur la margelle. Babette.

— Fabio, elle redit, plus assurée.

Le cadavre de Sonia replit sa place dans ma tête. Se réinstalla. Dans sa lourdeur glaciale. Évacuant toute pensée, tout souvenir.

— Babette, il faut qu'on parle.

— Tu as reçu les disquettes ?

— Je les ai lues. Enfin, presque. Cette nuit.

— Qu'est-ce que tu en penses ? J'ai sacrément bien bossé, non ?

— Babette. Arrête avec ça. Les mecs qui te cherchent, je les ai au cul.

— Ah !

La peur remonta dans sa gorge, étreignit ses mots.

— Je sais plus quoi faire, Fabio.

— Viens.

— Venir ! elle cria, presque hystérique. T'es fou ! Ils ont massacré Gianni. À Rome. Et Francesco, son frère. Et Beppe, son ami. Et...

— Ils ont tué une femme que j'aimais, ici, je répondis, en élevant la voix. Et ils en tueront d'autres, d'autres gens que j'aime, tu vois. Et moi, plus tard. Et toi, un jour ou l'autre. Tu ne vas pas rester planquée là-haut des années.

Un autre silence. J'aimais bien le visage de Babette. Un visage un peu rond, qu'encadraient des cheveux longs, châtain-roux, frisottant vers le bas. Un visage à la Botticelli.

— On doit trouver un arrangement, je repris après m'être raclé la gorge.

— Quoi ! elle hurla. Fabio, c'est toute ma vie ce travail ! Si tu as ouvert les disquettes, tu as pu te rendre compte du boulot que j'ai fait. Quel arrangement tu veux qu'on trouve, hein ?

— Un arrangement avec la vie. Ou avec la mort. C'est au choix.

— Arrête ! J'ai pas envie de philosopher.

— Moi non plus. Simplement de rester en vie. Et te garder en vie.

— Ouais. Venir, c'est me suicider.

— Peut-être pas.

— Ah ouais ! Et tu proposes quoi ?

Je sentais ma colère monter. Les rafales de vent, dehors, me semblaient de plus en plus violentes.

— Putain de merde, Babette ! Tu entraînes tout le monde

dans cette saloperie d'histoire d'enquête à la con. Ça te gêne pas ? Tu peux dormir ? Tu peux bouffer ? Baiser ? Hein ! Réponds, bordel ! Qu'on plombe mes amis, ça te plaît ? Et moi, qu'on me bute, aussi ? Hein ! Bon Dieu de merde ! Et tu dis que tu m'aimes encore ! Mais t'es fêlée, pauvre conne !

Elle éclata en sanglots.

— T'as pas le droit de me parler comme ça !

— Si ! Cette femme, je l'aimais, bordel ! Sonia, elle s'appelait. Trente-quatre ans, elle avait. Depuis des années, j'en avais pas rencontré une comme elle. Alors, j'ai tous les droits !

— Va te faire voir !

Et elle raccrocha.

Georges Mavros avait été assassiné ce matin, vers les sept heures. Je ne le sus que deux heures après. Ma ligne était toujours occupée. Quand le téléphone resonna, je crus que c'était Babette qui rappelait.

— Montale.

C'était dit durement. Un ton de commissaire. Hélène Pessayre. Les ennuis sont de retour, pensai-je. Et par ennuis, je pensais seulement à son opiniâtreté à me faire dire ce que je lui cachais. Elle ne prit pas de gants pour m'annoncer la nouvelle.

— Votre ami Mavros, Georges Mavros, a été tué ce matin. En rentrant chez lui. On l'a trouvé, égorgé, sur le ring. De la même manière que Sonia. Vous n'avez toujours rien à me dire ?

Georges. Je pensai immédiatement à Pascale, comme un con. Mais Pascale ne lui avait plus donné signe de vie depuis six mois. Il n'avait pas d'enfants. Mavros était seul. Comme moi. J'espérais sincèrement que sa nuit avait été heureuse, et belle, avec sa copine réunionnaise.

— Je vais venir.

— Immédiatement ! ordonna Hélène Pessayre. À la salle de boxe. Comme ça, vous l'identifierez. Vous lui devez au moins ça, non ?

— J'arrive, répondis-je, la voix brisée.

Je raccrochai. Le téléphone resonna.

— T'es au courant, pour ton pote ?

Le tueur.

— Je viens de l'apprendre.

— Dommage. (Il rit.) J'aurais bien aimé te l'annoncer moi-même. Mais les flics, ils traînent pas aujourd'hui.

Je ne répondis pas. Je m'imprégnais de sa voix, comme si cela pouvait me permettre d'en dessiner un portrait-robot.

— Mignonne, cette flic, hein ? Montale ! tu m'écoutes ?

— Ouais.

— T'avise pas à nous faire d'entourloupe avec elle. Ni avec quelqu'un d'autre. Flic ou pas. Sur la liste, on peut accélérer les cadences, tu piges ?

— Oui. Y aura pas d'entourloupe.

— Mais hier tu te baladais avec elle, non ? Tu croyais quoi, pouvoir la sauter ?

Ils étaient là, me dis-je. Ils me suivaient. Ils me suivent, c'est ça. C'est comme ça qu'ils sont arrivés à Sonia. Et à Mavros. Ils n'ont pas de liste. Ils ne savent rien de moi. Ils me suivent et, selon comment ils estiment ce qui me lie à quelqu'un, ils le tuent. C'est tout. Sauf qu'en haut de la liste, Fonfon et Honorine devaient y être. Parce que ça, ils avaient dû l'enregistrer, que j'y tenais à eux deux.

— Montale, t'en es où avec la fouille-merde ?

— J'ai une piste, je dis. Je saurai ce soir.

— Bravo. Eh bien, à ce soir.

Je pris ma tête entre les mains, pour réfléchir quelques secondes. Mais c'était tout réfléchi. Je refis le numéro de Bruno. C'est lui qui décrocha. Ce devait être conseil de guerre au Castellas.

— C'est encore Montale.

Un silence.

— Elle ne veut pas vous parler.

— Dites-lui que si je monte là-haut, je la tue. Dites-lui ça.

— J'ai entendu, grogna Babette. On avait mis le son.

— Ils ont buté Mavros, ce matin. Mavros ! je criai. Tu te souviens, nom de Dieu de merde ! Et les nuits qu'on a passées à rigoler, avec lui.

— Comment je fais ? elle demanda.

— Comment tu fais quoi ?

— Quand j'arrive à Marseille. Comment je fais ?

Qu'est-ce que j'en savais moi, de comment faire ? Je n'y avais pas encore songé une seule minute. Je n'avais aucun plan. Je voulais juste que tout cela cesse. Qu'on laisse en paix mes proches. Je fermai les yeux. Qu'on ne touche pas à Fonfon et à Honorine. C'était tout ce que je voulais.

Et tuer cet enfoiré de fils de pute.

— Je te rappelle plus tard. Je te dirai. Ciao.

— Fabio...

Je n'entendis pas la suite. J'avais raccroché.

Je me remis *Zikr*. Cette musique. Pour apaiser le désordre qui régnait en moi. Calmer cette haine que je ne pouvais apaiser. Je caressai légèrement du doigt la bague que m'avait offerte Didier Perez, et, une nouvelle fois, je me traduisis, selon moi, la prière d'Adbullah Ibrahim. Oui, j'aime cette vie avec abandon et je veux la vivre en liberté. *Inch Allah*, Montale.

12

Où est posée la question du bonheur de vivre dans une société sans morale

Je promenai un regard sur la salle de boxe. Tout m'y était familier. Le ring, l'odeur, la lumière faiblarde. Les sacs d'entraînement, le punching-ball, les haltères. Les murs jaunâtres, avec les affiches. Tout était resté comme nous l'avions laissé la veille. Les serviettes posées sur le banc, les bandages suspendus à la barre fixe.

J'entendis la voix de Takis, le père de Mavros.

— Allez, petit, avance !

J'avais quoi ? Douze ans, peut-être. Mavros m'avait dit : « Mon père, il t'entraînera. » Dans ma tête, ça grouillait d'images de Marcel Cerdan. Mon idole. Celle de mon père aussi. Boxer, j'en rêvais. Mais boxer, apprendre à boxer, c'était aussi, d'abord, apprendre à dépasser mes peurs physiques, apprendre à recevoir des coups, apprendre à les rendre. Se faire respecter. Dans la rue, c'était essentiel. Notre amitié, avec Manu, elle avait commencé comme ça, à coups de poing. Rue du Refuge, au Panier. Un soir où je raccompagnais Gélou, ma belle cousine. Il m'avait traité de Rital, cet enfoiré d'Espingoin ! Un prétexte. Pour déclencher la bagarre et attirer l'attention de Gélou sur lui.

— Allez, tape ! disait Takis.

J'avais tapé, craintif.

— Plus fort ! Merde. Plus fort ! Vas-y, j'ai l'habitude.

Il me tendait sa joue, pour que je frappe. J'avais remis ça. Et puis encore un. Un direct bien appuyé. Takis Mavros avait apprécié.

— Vas-y, fiston.

J'avais frappé une nouvelle fois, avec force cette fois, et il avait esquivé. Mon nez avait heurté violemment son épaule, dure, musclée. Le sang s'était mis à pisser et, un peu hébété, je l'avais regardé tacher le ring.

Du sang, il y en avait plein le ring.

Je n'arrivais pas à en détacher mes yeux. Putain, Georges, je me dis, on n'a même pas pris le temps de se bourrer la gueule une dernière fois !

— Montale.

Hélène Pessayre venait de poser sa main sur mon épaule. La chaleur de sa paume irradia tout mon corps. C'était bon. Je me retournai vers elle. Je lus une pointe de tristesse dans ses yeux noirs, et beaucoup de colère.

— On va discuter.

Elle regarda autour d'elle. Ça grouillait dans la salle. J'avais aperçu les deux flics qui faisaient équipe avec elle. Alain Béraud m'avait adressé un signe de la main. Un geste qui se voulait amical.

— Par là, je dis, en désignant la petite pièce qui servait de bureau à Mavros.

Elle s'y dirigea d'un pas décidé. Elle portait, ce matin, un jeans en toile vert d'eau et un tee-shirt noir large, qui couvrait ses fesses. Aujourd'hui, elle devait être armée, pensai-je.

Elle ouvrit la porte et me laissa entrer. Elle la referma derrière elle. On se dévisagea une fraction de seconde. Nous étions de taille presque égale. Sa claque m'arriva en pleine gueule, avant même d'avoir eu le temps de sortir une clope. Sa violence tout autant que ma surprise me firent lâcher mon paquet de cigarettes. Je me baissai pour le ramasser.

À ses pieds. La joue me brûlait. Je me redressai et la regardai. Elle ne cilla pas.

— J'en avais très envie, elle dit froidement.

Puis sur le même ton :

— Asseyez-vous.

Je restai debout.

— C'est ma première claque. D'une femme, je veux dire.

— Si vous voulez que ce soit la dernière, racontez-moi tout, Montale. Pour ce que je sais de vous, j'ai de l'estime. Mais je ne suis pas Loubet. Je n'ai pas de temps à perdre à vous faire suivre, ni à bâtir des hypothèses sur les choses que vous savez. Je veux la vérité. J'ai horreur du mensonge, je vous l'ai dit hier.

— Et que vous ne me le pardonneriez pas, si je vous mentais.

— Je vous donne une seconde chance.

Deux morts, deux chances. La dernière. Comme une dernière vie. Nos regards s'affrontèrent. Ce n'était pas encore la guerre entre elle et moi.

— Tenez, fis-je.

Et je posai sur la table les cinq disquettes de Babette. Le premier jeu de copies que Cyril m'avait fait cette nuit. Il y avait tenu. Le temps pour Sébastien et ses copains de me faire écouter les nouveaux groupes de rap marseillais. Ma culture s'arrêtait à IAM, et à Massilia Sound System. Je retardais, paraît-il.

Ils me firent découvrir la Fonky Family, des jeunes du Panier et de Belsunce - qui avaient participé aux Bads Boys de Marseille - et le Troisième Œil, qui déboulait direct des quartiers Nord. Le rap, c'était loin d'être mon truc, mais j'étais toujours époustouflé par ce que ça racontait. La justesse du propos. La qualité des textes. Eux ne chantaient rien d'autre que la vie de leurs copains, dans la rue ou en maison d'arrêt. La mort facile aussi. Et les adolescences qui se terminaient en hôpital psychiatrique. Une réalité que j'avais côtoyée durant des années.

— Qu'est-ce que c'est ? me demanda Hélène Pessayre, sans toucher aux disquettes.

— L'anthologie, la plus à jour, des activités de la Mafia. De quoi foutre le feu de Marseille à Nice.

— À ce point, répondit-elle, volontairement incrédule.

— À tel point que, si vous les lisez, vous aurez du mal, ensuite, à traîner dans les couloirs de l'hôtel de police. Vous vous demanderez qui va vous tirer dans le dos.

— Des flics sont impliqués ?

Elle ne se départait pas de son calme. Je ne savais pas quelle force l'habitait, mais rien ne semblait pouvoir l'ébranler. Comme Loubet. Le contraire de moi. C'était peut-être pour ça que je n'avais jamais réussi à être un bon flic. Mes sentiments étaient trop à fleur de peau.

— Des tas de gens sont impliqués. Hommes politiques, industriels, entrepreneurs. Vous pourrez lire leur nom, combien ils ont touché, dans quelle banque leur fric est placé, le numéro de compte. Tout ça. Quant aux flics...

Elle s'était assise et je l'imitai.

— Vous m'offrez une cigarette ?

Je lui tendis mon paquet, puis du feu. Sa main se posa légèrement sur la mienne pour que j'approche mon briquet.

— Quant aux flics ? reprit-elle.

— On peut dire que ça fonctionne bien, entre eux et la Mafia. Dans l'échange d'informations.

Pendant des années, rapportait Babette dans son document consacré au Var, Jean-Louis Fargette avait acheté à prix fort à des policiers les écoutes téléphoniques de certains hommes politiques. Juste pour s'assurer qu'ils étaient réglo avec lui sur les commissions qui devaient lui revenir. Pour faire pression sur eux, au cas où. Car certaines de ces écoutes portaient sur leur vie privée. Leur vie familiale. Leurs déviances sexuelles. Prostitution. Pédophilie.

Hélène Pessayre tira longuement sur sa cigarette. À la manière de Lauren Bacall. Le naturel en plus. Son visage était tendu vers moi, mais ses yeux regardaient loin devant elle. Dans un quelque part où, sans doute, elle avait ses raisons d'être flic.

— Et encore ? dit-elle en ramenant son regard sur moi.

— Tout ce que vous avez toujours voulu savoir. Tenez...

J'eus devant les yeux un autre extrait de l'enquête que Babette avait commencé à rédiger. « Les affaires légales et illégales sont de plus en plus imbriquées, introduisant un changement fondamental dans les structures du capitalisme d'après-guerre. Les mafias investissent dans les affaires légales et, inversement, celles-ci canalisent des ressources financières vers l'économie criminelle, à travers la prise de contrôle de banques ou d'entreprises commerciales impliquées dans le blanchiment d'argent sale ou qui ont des relations avec les organisations criminelles.

« Les banques prétendent que ces transactions sont effectuées de bonne foi et que leurs dirigeants ignorent l'origine des fonds déposés. Non seulement les grandes banques acceptent de blanchir l'argent, en échange de lourdes commissions, mais elles octroient également des crédits à taux élevés aux mafias criminelles, au détriment des investissements productifs industriels ou agricoles.

« Il existe, écrivait encore Babette, une relation étroite entre la dette mondiale, le commerce illicite et le blanchiment d'argent. Depuis la crise de la dette au début des années 80, le prix des matières premières a plongé, entraînant une baisse dramatique des pays en voie de développement. Sous l'effet des mesures d'austérité dictées par les créanciers internationaux, des fonctionnaires sont licenciés, des entreprises nationales bradées, des investissements publics gelés, et des crédits aux agriculteurs et aux industriels réduits. Avec le chômage rampant et la baisse des salaires, l'économie légale est en crise. »

Nous en étions là, m'étais-je dit dans la nuit, en lisant ces phrases. À cette misère humaine qui remplissait déjà toutes les cases de ce qu'on nommait l'avenir. À combien s'était élevée l'amende pour cette mère de famille qui avait volé des steaks dans un supermarché ? De combien de mois de prison avaient écopé les gamins de Strasbourg pour les vitres brisées des bus ou des abribus de la ville ?

Les propos de Fonfon m'étaient revenus à l'esprit. Un journal qui n'a pas de morale n'est pas un journal. Oui, et une société sans morale n'est plus la société. Un pays sans morale non plus. Il était plus simple d'envoyer les flics déloger les comités de chômeurs dans les ANPE que de s'attaquer aux racines du mal. Cette saloperie qui rongeait l'humanité jusqu'à l'os.

Bernard Bertossa, le procureur général de Genève, déclarait à la fin de son entretien avec Babette : « Voilà plus de deux ans que nous avons gelé de l'argent provenant d'un trafic de drogue en France. Les auteurs ont été condamnés, mais la justice française ne m'a toujours pas présenté de demande de restitution, malgré nos avis répétés. »

Oui, nous en étions là, à ce degré zéro de la morale.

Je regardai Hélène Pessayre.

— Ce serait trop long à vous expliquer. Lisez-les, si vous pouvez. Moi, je me suis arrêté à la liste des noms. Pas vraiment le courage de savoir la suite. Je n'étais pas sûr, après, d'avoir du bonheur à regarder la mer de ma terrasse.

Elle avait souri.

— D'où tenez-vous ces disquettes ?

— D'une amie. Une amie journaliste. Babette Bellini. Elle a passé ces dernières années sur cette enquête. Une obsession.

— Quel rapport avec la mort de Sonia De Luca et de Georges Mavros ?

— La Mafia a perdu sa trace, à Babette. Ils veulent lui remettre la main dessus. Pour récupérer certains documents. Certaines listes, je pense. Celles où sont mentionnés les banques, les numéros individuels des comptes.

Je fermai les yeux une demi-seconde. Le temps de revoir le visage de Babette, son sourire, puis j'ajoutai :

— Et la flinguer ensuite, bien sûr.

— Et vous là-dedans ?

— Les tueurs m'ont demandé de la retrouver. Pour m'y inciter, ils assassinent ceux que j'aime. Ils sont prêts à continuer, jusqu'aux êtres qui me sont vraiment très proches.

— Vous aimiez Sonia ?

Sa voix avait perdu toute dureté. C'était une femme qui parlait à un homme. D'un homme et d'une autre femme. Presque avec complicité.

Je haussai les épaules.

— J'avais envie de la revoir.

— C'est tout ?

— Non, ce n'est pas tout, répondis-je sèchement.

— Mais encore ?

Elle insistait, sans méchanceté. M'obligeant à parler de ce que j'avais ressenti durant cette nuit. Mon estomac se noua.

— C'était au-delà du désir que peut inspirer une femme ! dis-je en élevant le ton. Vous comprenez ? J'ai cru sentir passer quelque chose de possible, entre elle et moi. Vivre ensemble, par exemple.

— Dans une seule soirée ?

— Une soirée ou cent, un regard ou mille, ça ne change rien.

J'avais envie de hurler maintenant.

— Montale, murmura-t-elle.

Et cela m'apaisa. Sa voix. Cette intonation qu'elle mettait pour prononcer mon nom, et qui semblait charrier toutes les joies, tous les rires de ses étés à Alger.

— On le sait tout de suite, je crois, si ce qui passe entre deux êtres, c'est juste de s'envoyer en l'air ou de construire quelque chose. Non ?

— Oui, je le crois aussi, dit-elle sans me lâcher des yeux. Vous êtes malheureux, Montale ?

Merde ! Est-ce que je portais le malheur sur mon visage ? Sonia, l'autre jour, l'avait dit à Honorine. Hélène Pessayre, maintenant, me balançait ça en pleine figure. Est-ce que Lole avait vidé à ce point les tiroirs du bonheur dans mon corps ? Est-ce qu'elle avait vraiment emporté tous mes rêves ? Toutes mes raisons de vivre ? Ou était-ce moi, tout simplement, qui ne savais plus les chercher en moi ?

Après le départ de Pascale, Mavros m'avait raconté :

— Tu vois, elle a tourné les pages à une vitesse folle. Cinq ans de rires, de joies, d'engueulades parfois, d'amour, de tendresse, de nuits, de réveils, de siestes, de rêves, de voyages... Tout ça, jusqu'au mot fin. Qu'elle a écrit elle-même, de sa main. Et elle a emporté le livre avec elle. Et moi...

Il pleurait. Je l'écoutais, silencieux. Désarmé devant tant de douleur.

— Et moi, j'ai plus de raison de vivre. Pascale, c'est la femme que j'ai le plus aimée. La seule, Fabio, la seule, putain de merde ! Maintenant, les choses, je les fais sans passion. Parce qu'il faut les faire, hein. Que c'est ça la vie. Faire des choses. Mais dans ma tête, y a plus rien. Et dans mon cœur non plus.

Du doigt, il avait frappé sa tête, puis son cœur.

— Rien.

Je n'avais rien pu lui répondre. Rien, justement. Parce qu'il n'y avait pas de réponse à ça. Je l'avais su quand Lole m'avait quitté.

Cette nuit-là, Mavros je l'avais ramené à la maison. Après un grand nombre de haltes dans des bars du port. Du Café de la Mairie au Bar de la Marine. Avec une longue halte aussi chez Hassan. Je l'avais couché sur le canapé, ma bouteille de Lagavulin à portée de main.

— Ça ira ?

— J'ai tout ce qu'il me faut, il avait dit en montrant la bouteille.

Puis j'étais parti me glisser contre le corps de Lole. Chaud et doux. Mon sexe contre ses fesses. Et une main posée sur son sein. Je la tenais comme un enfant qui apprend à nager s'accroche à sa bouée. Avec désespoir. L'amour de Lole me permettait de garder la tête hors de l'eau de la vie. De ne pas couler. De ne pas être emporté par le flot.

— Vous ne répondez pas ? demanda Hélène Pessayre.

— Je voudrais l'assistance d'un avocat.

Elle éclata de rire. Cela me fit du bien.

On frappa à la porte.

— Oui.

C'était Béraud. Son équipier.

— On a fini, commissaire. (Il me regarda.) Il pourra l'identifier ?

— Oui, je dis. Je le ferai.

— Encore quelques minutes, Alain.

Il referma la porte. Hélène Pessayre se leva et fit quelques pas dans l'étroit bureau. Puis elle se planta devant moi.

— Si vous la retrouviez, Babette Bellini, vous me le diriez ?

— Oui, répondis-je, sans hésiter, en la regardant droit dans les yeux.

Je me levai à mon tour. Nous étions face à face, comme tout à l'heure avant qu'elle ne me gifle. La question essentielle était sur ma langue.

— Et qu'est-ce qu'on ferait après ? Si je la retrouve ?

Pour la première fois, je sentis un léger désarroi en elle. Comme si elle venait de deviner les mots qui allaient suivre.

— Vous la mettriez sous protection. C'est ça ? Jusqu'à ce que vous arrêtiez les tueurs, si vous y arrivez. Et puis quoi, après ? Quand d'autres tueurs viendront. Et puis d'autres.

C'était ma manière à moi de donner des baffes. De dire l'inentendable pour les flics. L'impuissance.

— D'ici là, c'est pas à Saint-Brieuc, comme Loubet, qu'on vous aura mutée, c'est à Argenton-sur-Creuse !

Elle pâlit, et je regrettai de m'être emporté après elle. Cette mesquinerie qui consistait à me venger de sa claque avec quelques paroles méchantes.

— Excusez-moi.

— Vous avez une idée, un plan ? m'interrogea-t-elle froidement.

— Non, rien. Juste l'envie de me trouver face au type qui a tué Sonia et Georges. Et de le buter.

— C'est vraiment con.

— Peut-être. Mais c'est la seule justice pour ces pourritures.

— Non, précisa-t-elle, c'est vraiment con que vous risquiez votre vie.

Ses yeux noirs se posèrent avec douceur sur moi.

— À moins que vous ne soyez si malheureux.

13

Où il est plus facile d'expliquer aux autres que de comprendre soi-même

Les sirènes des pompiers me tirèrent brutalement du sommeil. L'air qui entrait par la fenêtre sentait le brûlé. Un air chaud et nauséabond. Je l'appris après, le feu avait démarré dans une décharge publique. À Septèmes-les-Vallons, une commune qui jouxtait Marseille au nord. À deux pas d'ici, de l'appartement de Georges Mavros.

J'avais dit à Hélène Pessayre :

— Ils me suivent. J'en suis sûr. Sonia, elle m'a raccompagné, l'autre nuit. Elle a dormi chez moi. Ils n'ont eu qu'à la filer pour arriver chez elle. Mavros, c'est moi qui les y ai amenés. Si je vais voir un pote, tout à l'heure ou demain, il va se retrouver sur leur liste.

Nous étions toujours dans le bureau de Mavros. À tenter de mettre un plan sur pied. Pour me dégager de l'étau dans lequel j'étais pris. Le tueur rappellerait ce soir. Maintenant, il attendait des faits. Que je lui dise où était Babette, ou quelque chose comme ça. Si je ne lui donnais pas de vraies assurances, il tuerait quelqu'un d'autre. Et cela pouvait être Fonfon ou Honorine, s'il ne trouvait pas un de mes copains ou copines à se mettre sous la dent.

— Je suis coincé, lui mentis-je.

C'était il y a moins d'une heure.

— Je peux difficilement bouger sans mettre en cause la vie de quelqu'un qui m'est proche.

Elle me regarda. Je commençais à connaître ses regards. Dans celui-là, sa confiance n'était pas totale. Un doute persistait.

— C'est une chance, finalement.

— Quoi ?

— Que vous ne puissiez plus bouger, répondit-elle avec un soupçon d'ironie. Non, je veux dire, qu'ils vous filent, c'est ça leur point faible.

Je voyais où elle voulait en venir. Ça ne me plaisait pas vraiment.

— Je ne vous suis pas.

— Montale ! Arrêtez de me prendre pour une idiote. Vous voyez très bien ce que je veux dire. Ils vous suivent, et nous on va leur coller au train.

— Et vous leur sautez dessus au premier feu rouge, c'est ça ?

Je regrettai immédiatement mes paroles. Un voile de tristesse altéra ses yeux.

— Je regrette, Hélène.

— Offrez-moi une cigarette.

Je lui tendis mon paquet.

— Vous n'en achetez jamais ?

— Vous en avez toujours. Et... on se voit souvent, non ?

Elle dit ça sans sourire. D'un ton las.

— Montale, elle poursuivit doucement, on n'arrivera à rien tous les deux si vous n'y mettez pas un peu de...

Elle chercha ses mots, en tirant longuement sur sa cigarette.

— ... Si vous ne croyez pas à ce que je suis. Pas au flic que je suis. Non, à la femme que je suis. Je croyais que vous auriez compris, après notre discussion au bord de la mer.

— Qu'est-ce que j'aurais dû comprendre ?

Ces mots m'échappèrent. À peine prononcés, ils se mirent

à résonner dans ma tête. Cruellement. J'avais dit exactement la même chose à Lole, cette nuit-là, terrible, où elle m'avait annoncé que tout était fini. Les années passaient, et moi j'en étais toujours à poser la même question. Ou plus exactement à ne rien comprendre à la vie. « Si on repasse toujours au même endroit, avais-je expliqué une nuit à Mavros, après le départ de Pascale, c'est qu'on tourne en rond. Qu'on est perdu... » Il avait hoché la tête. Il tournait en rond. Il était perdu. Il est plus facile d'expliquer aux autres ces choses-là que de les comprendre soi-même, pensai-je.

Hélène Pessayre eut le même sourire que Lole à ce moment-là. Sa réponse différa légèrement.

— Pourquoi vous ne faites pas confiance aux femmes ? Qu'est-ce qu'elles vous ont fait, Montale ? Elles ne vous ont pas assez donné ? Elles vous ont déçu ? Elles vous ont fait souffrir, c'est ça ?

Une nouvelle fois, cette femme me désarçonnait.

— Peut-être. Souffrir, oui.

— Moi aussi, j'ai été déçue par des hommes. Moi aussi, j'ai souffert. Est-ce que je devrais vous détester pour autant ?

— Je ne vous déteste pas.

— Je vais vous dire une chose, Montale. Parfois, quand vos yeux se posent sur moi, j'en suis toute retournée. Et je sens des flots d'émotion monter en moi.

— Hélène, tentai-je de la couper.

— Taisez-vous, bon sang ! Quand vous regardez une femme, moi ou une autre, vous allez directement à l'essentiel. Mais vous y allez avec vos peurs, vos doutes, vos angoisses, tout ce merdier qui vous étreint le cœur, et qui vous fait dire : « Ça ne va pas marcher, ça ne marchera pas. » Jamais avec cette certitude de bonheur possible.

— Vous y croyez, vous, au bonheur ?

— Je crois aux rapports vrais entre les gens. Entre les hommes et les femmes. Sans peur, sans mensonges donc.

— Ouais. Et ça nous amène où ?

— À ceci. Pourquoi vous tenez tant à flinguer ce type, ce tueur ?

— À cause de Sonia. De Mavros, maintenant.

— Mavros, je l'admets. C'était votre ami. Mais Sonia ? Je vous ai déjà posé la question. Est-ce que vous l'aimiez ? Est-ce que vous avez senti que vous l'aimiez dans cette nuit ? Vous ne m'avez pas répondu. Juste dit que vous aviez envie de la revoir.

— Oui, envie de la revoir. Et que...

— Et que, peut-être, ou sans doute... c'est ça ? Comme d'habitude, quoi. Hein. Et vous partiez la revoir avec une partie de vous-même incapable d'entendre son attente, ses désirs ? Est-ce que vous avez su donner un jour, réellement ? Tout donner à une femme ?

— Oui, lâchai-je en pensant à mon amour pour Lole.

Hélène Pessayre me regarda avec tendresse. Comme l'autre midi à la terrasse de chez Ange, quand elle avait posé sa main sur la mienne. Mais, cette fois encore, elle n'allait pas me dire « je t'aime. » Ni venir se blottir dans mes bras. J'en étais sûr.

— Vous, vous le croyez, Montale. Mais moi, moi je ne vous crois pas. Et cette femme, non plus, elle ne l'a pas cru. Vous ne lui avez pas donné votre confiance. Vous ne lui avez pas dit que vous croyiez en elle. Et pas montré, non plus. Pas suffisamment en tout cas.

— Pourquoi vous ferais-je confiance ? dis-je. Parce que c'est là que vous voulez en venir. C'est ça que vous me demandez ? De vous faire confiance.

— Oui. Une fois dans votre vie, Montale. À une femme. À moi. Et alors ce sera réciproque. Si nous mettons un plan au point, tous les deux, je veux être sûre de vous. Je veux être sûre de vos raisons de tuer ce type.

— Vous me laisseriez le tuer ? dis-je surpris. Vous ?

— Si ce qui vous anime, ce n'est pas la haine, pas le désespoir. Si c'est l'amour. Cet amour que vous sentiez naître pour Sonia, oui. Vous savez, j'ai pas mal de certitudes. Un fort sens moral aussi. Mais... Selon vous, de combien a écopé Giovanni Brusca, le tueur le plus sanguinaire de la Mafia ?

— Je ne savais pas qu'il avait été arrêté.

— Il y a un an. Chez lui. Il mangeait des spaghettis avec sa famille. Vingt-six ans. Il avait tué, au TNT, le juge Falcone.

— Et un enfant de onze ans.

— Vingt-six ans seulement. Je n'aurais aucun remords si ce type, ce tueur crevait, plutôt que de passer en justice. Mais... nous n'en sommes pas là.

Non, nous n'en étions pas là. Je me levai. J'entendais toujours les sirènes de pompiers de toutes parts. L'air était âcre, dégueulasse. Je fermai la fenêtre. J'avais dormi une demi-heure sur le lit de Mavros. Hélène Pessayre et son équipe étaient partis. Et moi, avec son accord, j'étais monté à l'appartement de Mavros, au-dessus de la salle de boxe. Je devais attendre là. Jusqu'à ce qu'une autre équipe vienne pour repérer la voiture des types qui me suivaient. Car nous n'en doutions pas, ils étaient là devant la porte, ou presque.

— Vous avez les moyens de faire ça ?

— J'ai deux cadavres sur les bras.

— Vous avez évoqué cette hypothèse de la Mafia, dans vos rapports ?

— Non, bien sûr.

— Pourquoi ?

— Parce que l'enquête me serait retirée, sans doute.

— Vous prenez des risques.

— Non. Je sais exactement où je mets les pieds.

L'appartement de Mavros était parfaitement en ordre. C'en était presque morbide. Tout était comme avant le départ de Pascale. Quand elle était partie, elle n'avait rien emporté, ou presque. Des bricoles, quoi. Des bibelots, des objets que

Mavros lui avait offerts. Un peu de vaisselle. Quelques CD, quelques livres. La télé. L'aspirateur neuf qu'ils venaient d'acheter.

Des amis communs à eux deux, Jean et Bella, laissaient à Pascale, pour un loyer modeste, la petite maison familiale, entièrement meublée, qu'ils occupaient rue Villa-Paradis, un coin tranquille de Marseille, en haut de la rue Breteuil. Leur troisième enfant venait de naître, et la maison, étroite, sur deux niveaux, était devenue trop petite pour eux.

Pascale avait immédiatement adoré cette maison. La rue ressemblait encore à celle d'un village et, sans doute, y ressemblerait pendant de longues années encore. À Mavros qui ne comprenait pas, elle avait expliqué : « Je ne te quitte pas à cause de Benoît. Je pars pour moi. J'ai besoin de repenser ma vie. Pas la nôtre. La mienne. Peut-être qu'un jour, j'arriverai à te voir, enfin, tel que je dois te voir, tel que je te voyais avant. »

Mavros avait fait de cet appartement le cercueil de ses souvenirs. Le lit même sur lequel je m'étais laissé tomber tout à l'heure, complètement vanné, semblait ne plus avoir été défait depuis le départ de Pascale. Je comprenais mieux maintenant pourquoi il s'était empressé de trouver une petite copine. Pour ne pas avoir à dormir là.

Le plus triste, c'était dans les chiottes. Sous une vitre, il y avait, les unes collées aux autres, toutes les meilleures photos de leurs années de bonheur. J'imaginais Mavros en train de pisser matin, midi et soir, en regardant défiler l'échec de sa vie. Il aurait dû enlever ça, au moins ça, me dis-je.

Je défis la vitre et la posai délicatement par terre. Une photo d'eux me tenait à cœur. C'est Lole qui l'avait prise, un été, chez des amis à La Ciotat. Georges et Pascale dormaient sur un banc du jardin. La tête de Georges reposait sur l'épaule de Pascale. Ils respiraient la paix. Le bonheur. Je la décollai délicatement et la glissai dans mon portefeuille.

Le téléphone sonna. C'était Hélène Pessayre.

— Ça y est, Montale. Mes hommes sont en place. Ils les ont repérés. Ils sont garés devant l'immeuble n° 148. Une Fiat Punto, bleu métallisé. Ils sont deux.

— Bon, dis-je.

J'étais oppressé.

— On s'en tient à ce qu'on a dit ?

— Oui.

J'aurais dû être plus bavard, ajouter quelques mots. Mais je venais de trouver la solution pour rencontrer Babette sans risque, et en dehors de tout le monde. Hélène Pessayre y compris.

— Montale ?

— Oui.

— Ça va ?

— Ouais. C'est quoi, les pompiers ?

— Un feu. Énorme. Il est parti de Septèmes, mais il s'étend paraît-il. Un nouveau foyer aurait démarré vers Plan-de-Cuques, mais je n'en sais pas plus. Le pire, c'est que les canadairs sont cloués au sol, à cause du mistral.

— Saloperie, je dis. (Je respirai un grand coup.) Hélène ?

— Quoi ?

— Avant de rentrer chez moi, comme prévu, j'ai... je dois m'arrêter chez un vieil ami.

— C'est qui ?

Un léger doute était revenu dans sa voix.

— Hélène, il n'y a pas d'entourloupe. Félix, il s'appelle. Il tenait un restaurant rue Caisserie. J'avais promis d'aller le voir. On fait souvent équipe à la pêche. Il habite au Vallon-des-Auffes. Je dois y aller, avant de rentrer.

— Pourquoi vous ne m'en avez pas parlé tout à l'heure ?

— Je viens de m'en souvenir.

— Appelez-le.

— Il n'a pas le téléphone. Depuis que sa femme est morte et qu'il s'est mis à la retraite, il veut qu'on lui foute la paix.

Quand on veut l'appeler, il faut laisser un message à la pizzeria d'à côté.

Tout cela était vrai. Je rajoutai :

— Et il n'a pas besoin de m'entendre, il a besoin de me voir.

— Ouais.

Je crus l'entendre soupeser le pour et le contre.

— Et on fait comment ?

— Je me gare dans le parking du Centre-Bourse. Je monte dans le centre commercial, j'en ressors et je prends un taxi. J'en ai pour une heure.

— Et s'ils vous suivent ?

— Je verrai.

— OK.

— À plus tard.

— Montale, si vous aviez une piste, pour Babette Bellini ? Ne m'oubliez pas.

— Je ne vous oublie pas, commissaire.

Une épaisse colonne de fumée noire s'élevait au-dessus des quartiers Nord. L'air chaud s'insinua dans mes poumons, et je me dis que si le mistral ne faiblissait pas, nous allions vivre avec ça plusieurs jours. Des jours douloureux. La forêt qui brûlait, la végétation, et même la plus maigrelette des garrigues, était un drame pour cette région. Tout le monde avait encore en mémoire le terrible incendie qui, en août 1989, avait ravagé trois mille cinq cents hectares sur les flancs de la montagne Sainte-Victoire.

J'entrai dans le bar le plus proche et commandai un demi. Le patron, comme tous les clients, avait l'oreille rivée sur Radio France Provence. Le feu avait bel et bien « sauté » et il embrasait la zone verte du petit village de Plan-de-Cuques. On commençait à évacuer les habitants des villas isolés.

Je repensai à mon plan pour mettre Babette à l'abri. Il tenait parfaitement la route. À une seule condition, que le mistral tombe. Et le mistral pouvait souffler un, trois, six ou neuf jours.

Je vidai mon verre et me fis resservir. Les dés sont jetés, pensai-je. On verrait bien si j'avais encore un avenir. Sinon, il y avait certainement un endroit sous terre où, avec Manu, Ugo et Mavros, on pourrait se taper une belote peinards.

14

Où l'on retrouve le sens exact de l'expression un silence de mort

Je démarrai. Et derrière moi, ça allait suivre. La bagnole des types de la Mafia. Celle des flics. D'être pris en filature, dans d'autres circonstances, m'aurait amusé. Mais je n'avais pas le cœur à sourire. Je n'avais le cœur à rien. Simplement à faire ce que j'avais décidé. Sans aucun état d'âme. Me connaissant, moins j'en aurais, des états d'âme, et plus j'avais des chances d'aller jusqu'au bout de mon plan.

J'étais vanné. La mort de Mavros s'installait en moi. Froidement. Son cadavre faisait son lit dans mon corps. J'étais son cercueil. D'avoir dormi une heure avait évacué tout le flot de sentiments qui m'avait submergé en revoyant son visage une dernière fois.

D'un geste assuré, Hélène Pessayre avait découvert le haut du visage de Mavros. Jusqu'au menton. Elle m'avait jeté un regard furtif. C'était juste une formalité, que je l'identifie. Je m'étais penché lentement au-dessus du corps de Georges. Avec tendresse, et du bout des doigts, j'avais caressé ses cheveux grisonnants, puis j'avais embrassé son front.

— Salut, vieux, j'avais dit en serrant les dents.

Hélène Pessayre, glissant son bras sous le mien, m'avait rapidement entraîné à l'autre bout de la salle.

— Il a de la famille ?

Angelica, sa mère, était repartie à Nauplie, dans le sud du Péloponnèse, après la mort de son mari. Panayotis, son frère aîné, vivait à New York depuis vingt ans. Ils ne s'étaient jamais revus. Andreas, le plus jeune des trois, était installé à Fréjus. Mais Georges était fâché avec lui depuis dix ans. Lui et sa femme avaient glissé du vote socialiste en 1981, au vote RPR, puis Front national. Quant à Pascale, je n'avais pas envie de l'appeler. Je ne savais même plus si j'avais conservé son nouveau numéro de téléphone. Elle était sortie de la vie de Mavros. Et de la mienne du même coup.

— Non, mentis-je. J'étais son seul ami.

Le dernier.

Maintenant, il n'y avait plus une seule personne à Marseille que je pouvais appeler. Bien sûr, il restait pas mal de gens que j'aimais bien, comme Didier Perez et quelques autres. Mais aucun à qui je pouvais dire : « Tu te souviens… » L'amitié, c'était cela, cette somme de souvenirs communs que l'on peut mettre sur la table en accompagnement d'un beau loup grillé au fenouil. Seul le « Tu te souviens » permet de confier sa vie la plus intime, ces contrées de soi où règne le plus souvent la confusion.

Mavros, durant des années, je l'avais abreuvé de mes doutes, de mes peurs, de mes angoisses. Lui, il me prenait régulièrement la tête avec ses certitudes, ses opinions carrées, ses espoirs à l'emporte-pièce. Et quand nous avions vidé une ou deux bouteilles de vin, selon nos humeurs, nous en arrivions toujours à la conclusion que, par n'importe quel bout que l'on prenne la vie, on se retrouvait invariablement à ce point où les joies et les peines n'étaient qu'une éternelle loterie.

Arrivé au Centre-Bourse, je fis comme je l'avais prévu. Je trouvai à me garer sans trop de problème au second sous-sol. Puis je pris l'escalator conduisant au centre commercial. L'air frais des climatiseurs me surprit agréablement. J'aurais bien passé le reste de l'après-midi là. Il y avait affluence. Le mistral avait chassé les Marseillais des plages, et chacun tuait le temps comme il le pouvait. Surtout les jeunes. Ils pouvaient mater les filles et ça coûtait moins cher qu'une place de cinéma.

J'avais parié qu'un des deux hommes de main de la Mafia me suivrait. J'avais aussi parié que cela ne l'enchanterait pas de me voir traîner dans les rayons des soldes d'été. Aussi, après avoir flâné un petit moment entre chemises et pantalons, j'empruntai l'escalator central pour accéder au second niveau. Là, une passerelle métallique enjambait la rue Bir-Hakeim et la rue des Fabres. Un autre escalator permettait de rejoindre la Canebière. Je fis ça, le plus nonchalamment possible.

La station de taxis était à deux pas, et cinq chauffeurs, devant leur voiture, désespéraient de voir arriver un client.

— Vous avez vu ça ? me lança le chauffeur en montrant son pare-brise.

Une fine suie noire s'était déposée. C'est alors que je remarquai qu'il floconnait de la cendre. Le feu devait être énorme.

— Saloperie de feu, je dis.

— Saloperie de mistral, oui ! Ça brûle et personne peut rien faire. Je sais plus combien ils en ont envoyé, des pompiers, des secours. Mille cinq cents, mille huit cents... Mais, putain, ça part de partout. Même que ça gagnerait Allauch.

— Allauch !

C'était une autre commune limitrophe de Marseille. Un millier d'habitants. Le feu embrasait la ceinture verte de la ville, emportant la forêt. D'autres villages allaient se trouver sur sa route. Simiane, Mimet...

— En plus, ils sont tous engagés pour protéger les gens, les habitations.

Toujours la même histoire. Les efforts des pompiers, les largages d'eau des canadairs – quand ils pouvaient voler –, se concentraient en priorité sur la protection des villas, des lotissements. On pouvait se demander pourquoi il n'existait pas une réglementation stricte. À faire respecter par les constructeurs. Des volets pleins. Des barrières de brumisation. Des réservoirs d'eau. Des zones pare-feu. Souvent même, les véhicules de pompiers ne pouvaient pas passer entre les maisons et les fronts du feu.

— Qu'est-ce qu'ils disent, pour le mistral ?

— Qu'il devrait tomber dans la nuit. Faiblir, quoi. Putain, si ça pouvait être vrai.

— Ouais, je dis, pensif.

J'avais le feu en tête. Oui, bien sûr. Mais pas seulement le feu.

— On peut pas savoir, Fabio, me dit Félix.

Félix fut surpris de me voir débarquer. Surtout dans l'après-midi. Je lui rendais visite tous les quinze jours. Le plus souvent en quittant le bar de Fonfon. Je venais prendre l'apéro avec lui. On bavardait une paire d'heures. La mort de Céleste l'avait sacrément secoué. Les premiers temps, Félix, on crut qu'il allait se laisser mourir. Il ne mangeait plus rien, et il refusait de sortir. Il n'avait même plus envie d'aller à la pêche, et ça, c'était vraiment mauvais signe.

Félix n'était qu'un pêcheur du dimanche. Mais il appartenait à la communauté des pêcheurs du Vallon-des-Auffes. Une communauté d'Italiens, de la région de Rapallo, Santa Margerita et Maria del Campo. Et il était, avec Bernard Grandona et Gilbert Georgi, un des artisans de la fête des patrons pêcheurs. La Saint-Pierre. L'année dernière, Félix, il m'avait embarqué sur son pointu pour assister à la cérémonie au large de la grande digue. Corne de brume, pluie de fleurs et de pétales en mémoire de ceux qui sont morts en mer.

Honorine, l'amie d'enfance de Céleste, puis Fonfon me relayèrent pour tenir compagnie à Félix. On l'invitait à manger le week-end. Je venais le chercher, je le ramenais. Puis un dimanche matin, c'est en bateau qu'il arriva chez moi,

Félix. Il apportait le poisson de sa pêche. Une belle pêche. Daurades, girelles, et même quelques muges.

— Oh putain ! il rigola en montant les marches de ma terrasse, t'as même pas fait les braises !

Pour moi, ce moment fut plus émouvant que la Saint-Pierre. Une fête de la vie sur la mort. On avait arrosé ça, comme il se doit et, pour la énième fois, Félix nous raconta que son grand-père, quand il voulut se marier, c'était à Rapallo qu'il était parti chercher sa femme. Avant qu'il ne termine, Fonfon, Honorine et moi, on s'écria en chœur :

— Et à la voile, s'il vous plaît !

Il nous avait regardés, éberlué.

— Je radote, hein.

— Mais non, Félix, lui répondit Honorine. C'est pas radoter, ça. Vé, les souvenirs, tu peux les raconter cent fois. C'est le plus beau de la vie. On se les partage, et c'est encore meilleur.

Et l'un après l'autre, ils égrenèrent les leurs. L'après-midi y passa et aussi quelques bouteilles de blanc de Cassis. Du Fontcreuse, que je gardais toujours pour les bons jours. Puis, forcément, on avait parlé de Manu et d'Ugo. Dans son restaurant, à Félix, on y avait nos habitudes depuis l'âge de quinze ans. Félix et Céleste nous nourrissaient de pizzas au figatelli, de spaghetti aux clovisses et de lazagnettes à la brousse. C'est là que, une fois pour toutes, nous avions appris ce que c'était une vraie bouillabaisse. Même Honorine n'arrivait pas, sur ce plat-là, à égaler son amie Céleste. Manu, c'est en sortant de chez Félix qu'il s'était fait tuer, il y a cinq ans. Mais nos souvenirs savaient s'arrêter avant ce moment précis. Ugo et Manu étaient toujours vivants. Mais ils n'étaient pas avec nous, voilà, et ils nous manquaient. Comme Lole.

Félix s'était mis à chanter *Maruzzella*, la chanson favorite de mon père. On reprit le refrain tous en chœur, et chacun put y aller de ses larmes sur ceux qu'on aimait et qui n'étaient plus là. *Maruzzella, o Maruzzella*...

Félix me regarda, avec au fond des yeux la même peur que pouvaient avoir Fonfon et Honorine quand ils devinaient que les emmerdements planaient au-dessus de ma tête. Il était devant sa fenêtre quand j'étais arrivé, le regard tourné vers la mer, sa collection des *Pieds Nickelés* à côté de lui sur la table. Il ne lisait que ça, Félix, et il les relisait sans cesse. Et plus le temps passait, plus il ressemblait à Ribouldingue, la barbe en moins.

On parla du feu. Sur le Vallon-des-Auffes aussi, il pleuvait des fines cendres. Et Félix me confirma que l'incendie s'était déplacé sur Allauch. De l'avis même du commandant du service départemental d'incendie, il venait de l'entendre aux informations, on courait à la catastrophe.

Il rapporta deux bières.

— T'as un problème ? il me demanda.

— Ouais, je répondis. Grave.

Et je lui racontai toute l'histoire.

La Mafia, les truands, Félix en connaissait un bout. Un de ses oncles, du côté de sa femme, Charles Sartène, avait été un des porte-flingues de Mémé Guérini. Le chef incontesté du milieu marseillais après la guerre. J'en arrivai le plus doucement à Sonia. Puis à Mavros. Leur mort. Puis je lui expliquai que, en haut de l'échelle, il y avait, en jeu, la vie de Fonfon et d'Honorine. Ses rides, me sembla-t-il, se creusèrent plus profondément.

Je lui expliquai ensuite comment j'étais venu jusqu'à lui, les précautions que j'avais prises pour fausser compagnie aux tueurs. Il haussa les épaules. Ses yeux se détournèrent des miens pour s'attarder, comme un flâneur, sur le petit port du Vallon-des-Auffes. On était là loin du tumulte du monde. Un havre de paix. Comme aux Goudes. Un de ces lieux où Marseille s'invente dans le regard que l'on porte sur elle.

Des vers de Louis Brauquier se mirent à chanter dans ma tête :

Je suis en marche vers les gens de mon silence
Lentement, vers ceux près de qui je peux me taire ;
Je vais venir de loin, entrer et puis m'asseoir.
Je viens chercher ce qu'il me faut pour repartir.

Félix ramena son regard vers moi. Ses yeux étaient légèrement troubles, comme s'il avait pleuré en dedans de lui. Il ne fit aucun commentaire.

— J'interviens où dans tout ça ? il demanda simplement.

— J'ai pensé, commençai-je, que le moyen le plus sûr pour que je puisse rencontrer Babette, c'est en mer. Ils planquent devant chez moi, ces mecs. Si je sors le bateau, la nuit, ils vont pas me coller au cul. Ils attendront que je revienne. L'autre nuit, ça s'est passé comme ça.

— Ouais.

— Babette, je lui dis de venir ici. Tu l'emmènes au Frioul. Et moi, je vous retrouve là-bas. J'apporte à manger et à boire.

— Elle va accepter, tu crois ?

— De venir ?

— Non, ce que tu as en tête. Qu'elle renonce à publier son enquête… Enfin, ces trucs qui compromettent des tas de gens.

— Je ne sais pas.

— Ça ne changera rien, tu sais. Ils la tueront quand même. Et toi aussi, sans doute. Ces gens-là…

Félix, il n'avait jamais pu comprendre comment on pouvait devenir tueur. Être tueur de profession. Il m'avait souvent parlé de ça. Des rapports avec Charles Sartène. L'Oncle, comme on disait dans sa famille. Un type adorable. Gentil. Attentionné. Félix avait de merveilleux souvenirs de réunions familiales, avec l'Oncle en bout de table. Toujours très élégant. Et les enfants venant s'asseoir sur ses genoux. Un jour, quelques années avant sa mort, à Antoine, l'un de ses neveux qui voulait devenir journaliste, l'Oncle avait dit :

— Ah ! Si j'étais plus jeune, j'y allais moi, au *Provençal*, je t'en tuais un ou deux, dans les étages supérieurs, et tu aurais vu, petit, ils t'embauchaient tout de suite.

Tout le monde avait rigolé. Félix, qui devait alors avoir dans les dix-neuf ans, n'avait jamais oublié ces mots. Ni les rires qui avaient suivi. Il avait refusé d'aller à l'enterrement de l'Oncle, et il s'était fâché pour toujours avec la famille. Il ne l'avait jamais regretté.

— Je sais, je repris. Mais ce risque, je dois le prendre, Félix. Une fois que j'aurai parlé avec Babette, je verrai. Puis je n'agirai pas seul, j'ajoutai pour le rassurer. J'en ai parlé avec un flic...

Peur et colère se mêlèrent au fond de ses yeux.

— Tu veux dire que tu en as parlé aux flics ?

— Pas aux flics. À un flic. Une femme. Celle qui enquête sur la mort de Sonia et de Mavros.

Il haussa les épaules, comme tout à l'heure. Avec plus de lassitude peut-être.

— Si les flics y sont mêlés, moi je marche pas, Fabio. Ça complique tout. Et ça augmente les risques. Putain, tu le sais, ici...

— Attends, Félix. Tu me connais, non ? Bon. Les flics, c'est pour après. Quand j'aurai vu Babette. Quand on décidera ce qu'on fait, avec les documents. Là, cette femme, la commissaire, elle n'en sait rien encore que Babette va venir. Elle est comme les tueurs. Elle attend. Ils attendent tous que je la retrouve, Babette.

— D'accord, il dit.

Il regarda à nouveau par la fenêtre. Les flocons de cendres devenaient plus épais.

— Ça fait longtemps qu'on a pas eu de neige ici. Mais on a ça. Saleté de feu.

Ses yeux revinrent à moi, puis à l'exemplaire des *Pieds Nickelés* ouvert devant lui.

— D'accord, il redit. Mais faut que ce putain de mistral s'arrête. On peut pas sortir.

— Ben, je sais.

— Tu pourrais pas la voir ici ?

— Non, Félix. Le coup du Centre-Bourse, je ne peux pas le refaire. Ni celui-là ni un autre. Ils vont se méfier maintenant. Et ça, je veux pas. J'ai besoin qu'ils me fassent confiance.

— Tu rêves ou quoi !

— Pas confiance, merde. Tu m'as compris, Félix. Que je joue franc-jeu, quoi. Qu'ils aient vraiment le sentiment que je suis qu'un pauvre connard.

— Ouais, il fit pensif. Ouais. Dis-lui de venir à Babette. Elle peut dormir là. Le temps que le mistral tombe. Dès qu'on peut prendre la mer, j'appelle Fonfon.

— Tu m'appelles.

— Non, pas chez toi. J'appelle Fonfon. Au bar. Bon, et je bouge pas, dis-lui à Babette. Elle arrive quand elle veut.

Je me levai. Lui aussi. Je passai mon bras autour de son épaule et le serrai contre moi.

— Ça va aller, il marmonna. On se débrouillera, hein. On s'est toujours débrouillés.

— Je sais.

Je le tenais toujours contre moi, et il ne se dégageait pas, Félix. Il avait compris que j'avais encore quelque chose à lui demander. J'imaginais que ça commençait à se nouer dans son estomac. Parce que je ressentais la même chose, au même endroit.

— Félix, je dis. Tu l'as toujours, le flingue de Manu ?

L'odeur de la mort emplit la pièce. J'eus le sens exact de l'expression *un silence de mort.*

— J'en ai besoin, Félix.

15

Où l'imminence d'un événement crée une sorte de vide qui attire

Ils téléphonèrent l'un après l'autres. Hélène Pessayre d'abord, le tueur ensuite. Moi, j'avais appelé Babette avant. Mais de chez Fonfon. Félix m'avait mis la puce à l'oreille, en disant qu'il appellerait chez Fonfon et pas chez moi. Je pouvais être sur écoutes, il avait raison. Hélène Pessayre était capable de ça. Et si les flics étaient branchés sur ma ligne, tout ce que je pouvais raconter finirait dans l'oreille d'un mafieux. Il suffisait de payer, comme l'avait fait Fargette pendant des années. De mettre le prix. Et pour ceux qui campaient devant ma porte, le prix, ça ne devait pas être un problème.

D'un rapide coup d'œil, j'avais essayé de les localiser dans la rue. Les tueurs, et les flics. Mais je n'aperçus ni Fiat Punto ni Renault 21. Cela n'avait aucune importance. Ils devaient être là. Quelque part.

— Je peux téléphoner ? j'avais dit à Fonfon en entrant dans le bar.

J'étais complètement absorbé par la réalisation de mon plan. Même si après, après avoir retrouvé Babette, discuté avec elle, ça restait encore le noir total. L'imminence de sa venue créait une sorte de vide vers lequel je me trouvais contraint de me diriger.

— Vé, grogna Fonfon en mettant le téléphone sur le

comptoir. C'est comme à la poste, mais la communication est gratuite et le pastis offert.

— Oh ! Fonfon ! je criai en composant le numéro de Bruno dans les Cévennes.

— Quoi ! T'es devenu un courant d'air. Vé, tu vas plus vite que le mistral. Et quand t'es là, rien. T'expliques rien. Tu racontes rien. On sait juste que là où tu passes, ça fait des cadavres derrière toi. Merde, Fabio !

Je reposai lentement le combiné. Fonfon avait servi deux pastis, des mominettes. Il posa un verre devant moi, trinqua et but sans m'attendre.

— Moins tu en sauras..., je commençai.

Il explosa.

— Non, monsieur ! Ça se passe pas comme ça ! Pas aujourd'hui. C'est fini ! Tu t'expliques, Fabio ! Parce que la gueule du mec qui poireaute dans la Fiat Punto, je l'ai vue. De toi à moi, tu vois. On s'est croisés. Il venait acheter des clopes, chez Michel. Il m'a regardé, je te dis pas.

— Un type de la Mafia.

— Ouais... Mais je veux dire... sa gueule, je l'avais déjà vue. Et y a pas longtemps.

— Quoi ! Ici ?

— Non. Dans le journal. Y avait sa photo.

— Dans le journal ?

— Oh Fabio, quand tu lis le journal, tu regardes jamais les images ?

— Si, bien sûr.

— Ben lui, il était en photo dedans. Ricardo Bruscati. Ricchie, pour les intimes. On a reparlé de lui quand y a eu tout ce foin autour du bouquin sur Yann Piat.

— À quel propos ? Tu te souviens ?

Il haussa les épaules.

— Est-ce que je sais, moi. Tu devrais demander à Babette, elle doit savoir, lâcha-t-il méchamment en me regardant dans les yeux.

— Pourquoi tu parles de Babette ?

— Parce que tout ce merdier, c'est elle qui te l'envoie. Je me trompe ? Honorine, vé, elle a trouvé le petit mot qui accompagnait les disquettes. Tu l'avais laissé sur la table. Alors, elle l'a lu.

Les yeux de Fonfon brillaient de colère. Je ne l'avais encore jamais vu comme ça. Gueulant, pestant, injuriant, oui. Mais cette colère au fond des yeux, jamais.

Il se pencha vers moi.

— Fabio, il commença. (Sa voix s'était radoucie, mais elle était ferme.) Si y avait que moi... Je m'en fous, tu vois. Mais y a Honorine. Je veux pas qu'il lui arrive du malheur. Tu comprends ?

Mon estomac se retourna. Tant d'amour.

— Ressers-moi, je trouvai simplement à dire.

— C'est sans méchanceté que je t'explique. Ses histoires, à Babette, ça la regarde. Et toi, t'es assez grand pour faire les conneries que tu veux. C'est pas moi que je vais te dicter ce que t'as à faire ou à pas faire. Mais ces types, s'ils lui touchent un cheveu, à Honorine...

Sa phrase, il ne la termina pas. Seuls ses yeux, plantés dans les miens, dirent cette chose, informulable pour lui : il me tenait pour responsable de tout ce qui pourrait arriver à Honorine. À elle seule.

— Il lui arrivera rien, Fonfon. Je te le jure. Et à toi non plus.

— Ouais, il fit, pas vraiment convaincu.

Mais on trinqua, quand même. Pour de vrai cette fois-ci.

— Je te le jure, je répétai.

— Bon, alors n'en parlons plus, dit-il.

— Si, on va en parler. J'appelle Babette, et je te raconte.

Babette accepta. De venir. De discuter. Mon plan lui convenait. Mais, au ton de sa voix, je devinais que ce ne serait pas une partie de billard de lui faire renoncer à publier son enquête. On n'épilogua pas. L'important était qu'on se dise les choses entre quatre yeux.

— J'ai du nouveau, dit Hélène Pessayre.

— Moi aussi, répondis-je. Je vous écoute.

— Mes hommes ont identifié un des types.

— Ricardo Bruscati. Moi aussi.

Silence à l'autre bout.

— Ça vous épate, hein, m'amusai-je.

— Assez.

— J'ai été flic aussi.

J'essayai d'imaginer son visage à cet instant. La déception qui devait pouvoir s'y lire. Elle ne devait pas aimer ça, Hélène Pessayre, qu'on la prenne de vitesse.

— Hélène ?

— Oui, Montale.

— Faites pas cette tête !

— Qu'est-ce que vous racontez ?

— Que c'est un hasard, pour Ricardo Bruscati. C'est mon voisin, Fonfon, qui l'a reconnu. Il avait vu sa photo récemment dans le journal. Je n'en sais pas plus. Alors, je vous écoute.

Elle se racla la gorge. Elle était encore un peu fâchée.

— Ça n'arrange pas nos affaires.

— Quoi ?

— Que le deuxième homme soit Bruscati.

— Ah bon. On sait qui on a en face de nous, non ?

— Non. Bruscati, c'est un homme du Var. Il n'est pas connu pour être un tueur sanguinaire. C'est un porte-flingue, pas un as du couteau. C'est tout. Un tueur, qui fait des ménages. Rien d'autre.

Le silence, maintenant, c'est moi qui l'observais. Je voyais où elle voulait en venir.

— Il y a un autre homme. C'est ça ? Un vrai tueur de la Mafia ?

— Oui.

— Qui doit se boire l'apéro, peinard, à la terrasse du New York.

— C'est exactement ça. Et s'ils ont engagé Bruscati, qui n'est quand même pas du tout-venant, ça veut dire qu'ils ne sont pas prêts à faire de cadeaux.

— Il est mêlé à l'assassinat de Yann Piat, Bruscati ?

— Pas à ma connaissance. J'en doute, même. Mais il était de ceux qui ont violemment perturbé son grand meeting, à Yann Piat, le 16 mars 1993, à l'Espace 3000 à Fréjus. Vous vous souvenez ?

— Ouais. À coups de grenades lacrymogènes. C'est Fargette qui en avait donné l'ordre. Yann Piat, elle ne rentrait pas dans ses objectifs politiques.

J'avais lu ça dans la presse.

— Fargette, reprit-elle, continuait de miser sur le candidat UDF. Avec l'accord du Front national. Bruscati, je pense qu'il bosse aussi pour le Front national. Il coordonnerait, en sous-main, le service de sécurité sur la région, de Marseille à Nice. Recruteur, formateur... Il y a un fichier sur tout ça dans la disquette blanche.

Ce fichier, je l'avais survolé. Il ne me semblait contenir que des choses que j'avais déjà lues, ici et là, dans le journal. Cela tenait plus du mémento des affaires varoises que du document explosif. Mais je m'étais arrêté quelques instants sur les rapports du Front national avec Fargette. Une retranscription d'écoutes téléphoniques entre le caïd marseillais Daniel Savastano et lui. Une phrase me revint en mémoire : « Ce sont des gens qui veulent travailler, qui veulent remettre la ville en place. Je lui ai dit, si tu as des amis qui ont des entreprises, tout ça, on essaiera de les faire travailler... »

— Il aurait buté Fargette, Bruscati ?

Fargette avait été tué le lendemain de ce meeting, chez lui en Italie.

— Ils étaient quatre.

— Oui, je sais. Mais...

— À quoi ça sert, de supposer. Bruscati, on peut penser

que depuis l'assassinat de Yann Piat, il a flingué un maximum de types. Des gêneurs.

— Du genre ? demandai-je, curieux.

— Du genre Michel Régnier.

Je sifflai entre mes dents. Après la mort de Fargette, Régnier avait été considéré comme le parrain du sud de la France. Un parrain issu de la pègre, pas de la Mafia. Sous les yeux de sa femme, il avait été criblé de balles, le 30 septembre 1996. Le jour de son anniversaire.

— C'est ça l'information essentielle, pour moi, avec la présence de Bruscati, ici. S'il est là aujourd'hui, c'est pour le compte de la Mafia. Ce qui veut dire qu'elle a bel et bien pris le contrôle économique de la région. Je crois que c'est ça, une des thèses de l'enquête de votre amie. Ça met un terme à toutes les supputations sur la guerre des « clans ».

— Économique, pas politique ?

— Je n'ai pas encore osé ouvrir la disquette noire.

— Ouais. Moins on en saura..., dis-je une nouvelle fois, machinalement.

— Vous pensez ça, sérieusement ?

Je crus entendre Babette.

— Je ne crois rien, Hélène. Je dis seulement qu'il y a ceux qui sont morts et ceux qui sont vivants. Et que dans ceux qui sont vivants, il y a les commanditaires de ceux qui sont morts. Et que la plupart sont encore en liberté. Et qu'ils continuent à faire des affaires. Avec la Mafia aujourd'hui, comme hier avec le milieu varois et marseillais. Vous me suivez ?

Elle ne répondit pas. Je l'entendis allumer une cigarette.

— Du nouveau, sur votre amie Babette Bellini ?

— Je crois l'avoir enfin localisée, mentis-je d'une voix assurée.

— Moi, je suis patiente. Eux, certainement pas. J'attends votre appel... Au fait, Montale, j'ai changé l'équipe après votre départ du Centre-Bourse. Comme vous rentriez chez vous, on n'a pas pris le risque de se faire repérer. C'est une 304 Peugeot blanche, maintenant.

— Justement, dis-je. J'ai un service à vous demander.

— Allez-y.

— Puisque vous en avez les moyens, je voudrais une surveillance permanente de la maison d'Honorine et du bar de Fonfon, qui est à deux pas.

Un silence.

— Je dois réfléchir.

— Hélène. Je ne vais pas vous faire du chantage. Ça contre ça. C'est pas mon truc. Si ça tourne mal... Hélène, je ne veux pas avoir à embrasser les cadavres de ces deux-là. Je les aime plus que tout. Je n'ai plus qu'eux, vous comprenez ?

Je fermai les yeux pour penser à eux, à Fonfon et Honorine. Le visage de Lole se surimprima sur les leurs. Je l'aimais plus que tout, elle aussi. Elle n'était plus ma femme. Elle vivait loin d'ici, et avec un autre homme. Mais, comme Fonfon et Honorine, elle restait ce que j'avais de plus essentiel au monde. Le sens de l'amour.

— D'accord, dit Hélène Pessayre. Mais pas avant demain matin.

— Merci.

J'allais raccrocher.

— Montale.

— Oui.

— J'espère qu'on en terminera vite avec cette sale histoire. Et... et que... qu'on en ressortira amis. Je veux dire... que vous aurez envie de m'inviter chez vous, un jour, pour manger avec Honorine et Fonfon.

— J'espère, Hélène. Vraiment. Ça me ferait plaisir de vous inviter.

— Prenez soin de vous, en attendant.

Et elle raccrocha. Trop vite. J'eus le temps d'entendre le léger sifflement qui suivit. J'étais sur écoutes. La garce ! pensai-je, mais sans avoir le temps de penser autre chose, ni même de savourer ses dernières paroles. Le téléphone resonnait et, je le savais, la voix de mon interlocuteur serait loin d'être aussi troublante que celle d'Hélène Pessayre.

— T'as du nouveau, Montale ?

J'avais décidé d'adopter le profil bas. Pas de remarque. Pas d'humour. Obéissant. Genre connard à genoux, à bout de force.

— Oui. Je l'ai eue au téléphone, Babette.

— Bien. C'est avec elle que tu causais ?

— Non, avec les flics. Ils ne me lâchent plus. Deux cadavres de proches, c'est trop pour eux. Ils me cuisinent.

— Ouais. C'est tes histoires, ça. Tu lui as téléphoné quand, à la fouille-merde ? Pendant ton escapade, cet après-midi ?

— C'est ça.

— T'es sûr qu'elle n'est pas là, à Marseille ?

— Je suis réglo. Elle peut être là dans deux jours.

Il observa un temps de silence.

— Deux jours, Montale, c'est ce que je t'accorde. J'ai un autre nom sur ma liste. Et ça plaira pas à ta charmante commissaire, c'est sûr.

— OK. Comment on fait, quand elle est là ?

— Je te dirai. Dis-lui de pas venir les mains vides, à la petite Bellini. Hein, Montale. Elle a des choses à nous rendre, t'as pigé ça ?

— J'en ai parlé avec elle.

— Bien. Tu fais des progrès.

— Et le reste ? Son enquête ?

— Le reste, on s'en branle. Elle peut écrire ce qu'elle veut, où elle veut. Ce sera comme pisser dans un violon, comme toujours.

Il se marra, puis sa voix redevint aussi tranchante que le couteau qu'il maniait avec dextérité :

— Deux jours.

Le contenu de la disquette noire, il n'y avait que ça qui les intéressait. Celle que ni Hélène Pessayre ni moi n'osions ouvrir. Dans le document qu'elle avait commencé à rédiger, Babette expliquait : « Les circuits de blanchiment restent les mêmes et passent, dans cette région, par des "comités d'affaires". Une sorte de tour de table qui réunit des élus décideurs, des entrepreneurs et des représentants locaux de la Mafia. » Elle dressait la liste d'un certain nombre de « sociétés mixtes » créées par la Mafia et gérées par des notables.

— Encore une chose, Montale. Ne me refais plus le coup de cet après-midi. OK ?

— J'ai pigé.

Je le laissai raccrocher. Le même sifflement suivit. Un pastis s'imposait. Et un peu de musique. Un bon vieux Nat King Cole. *The Lonesome Road*, oui, avec Anita O'Day en guest star. Oui, c'est ce qu'il me fallait avant d'aller rejoindre Fonfon et Honorine. Au menu, petits farcis de légumes, elle avait annoncé. Le goût de la courgette, de la tomate ou de l'aubergine ainsi préparées, je le savais, tiendrait la mort à distance. Plus que jamais ce soir, j'avais besoin de leur présence à tous les deux.

16

Où, même involontairement, la partie se joue sur l'échiquier du Mal

C'est à table que le doute s'installa en moi.

Les petits farcis étaient pourtant délicieux. Honorine, je devais le reconnaître, possédait un merveilleux tour de main pour que viande et légumes restent moelleux. C'était toute la différence avec les petits farcis des restaurants. La viande était toujours un peu trop craquante sur le dessus. Sauf peut-être au Sud du Haut, un petit restaurant du cours Julien où l'on pratiquait encore la cuisine familiale.

Malgré tout, en mangeant, je ne pus m'empêcher de penser à la situation dans laquelle je me trouvais. Pour la première fois, je vivais avec deux tueurs et deux flics sous mes fenêtres. Le Bien et le Mal en stationnement autorisé devant chez moi. Dans un statu quo. Avec moi, au milieu. Comme l'étincelle qui mettrait le feu aux poudres. Est-ce que c'était à cette étincelle que j'avais songé après le départ de Lole ? Faire de ma mort une dernière étincelle ? Je me mis à transpirer. Si Babette et moi, me dis-je, nous arrivions à échapper à la lame du tueur, le flingue de Bruscati, lui, ne nous raterait pas.

— Je vous ressers ? me demanda Honorine.

Nous nous étions attablés à l'intérieur, à cause du mistral. Il avait faibli, certes, mais il soufflait encore par fortes rafales. Tout autour de Marseille, avait-on entendu aux informations, le feu se propageait. En une seule journée près de deux mille hectares de pins d'Alep et de garrigues étaient partis en fumée. Le drame. Des reboisements, à peine vieux de vingt-cinq années, avaient été emportés. Tout était à refaire. On parlait déjà de traumatisme collectif. Et les débats allaient bon train. Marseille devait-elle instaurer une zone-tampon tout au long des dix-huit kilomètres de la lisière du massif de l'Étoile et de l'agglomération ? Une zone plantée d'amandiers, d'oliviers et de vignes. Oui, mais qui paierait ? On en revenait toujours là, dans cette société. Au fric. Même dans les pires circonstances. Au fric. Le fric d'abord.

Au fromage, on se trouva à court de vin et Fonfon se proposa d'aller en chercher au bar.

— J'y vais, je dis.

Quelque chose clochait, et je voulais en avoir le cœur net. Même si cela devait me déplaire. Je n'arrivais pas à me faire à l'idée qu'Hélène Pessayre m'ait mis sur écoutes. Elle en était capable, bien sûr, mais cela ne collait pas avec ce qu'elle m'avait dit avant de raccrocher. Cette amitié possible qu'elle avait évoquée. Mais, surtout, en bonne professionnelle, elle n'aurait pas raccroché la première.

Dans le bar de Fonfon, j'attrapai le téléphone et composai le numéro du portable d'Hélène Pessayre.

— Oui, dit-elle.

De la musique en fond. Un chanteur italien.

Un po' di là del mare c'è una terra chiara
che di confini e argini non sa

— C'est Montale. Je ne vous dérange pas ?

Un po' di là del mare c'è una terra chiara

— Je sors de la douche.

Des images, instantanément, défilèrent devant mes yeux. Charnelles. Sensuelles. Pour la première fois, je me surprenais à penser à Hélène Pessayre avec désir. Elle ne m'était pas indifférente, loin de là - et je le savais -, mais nos rapports étaient si complexes, si tendus par moments, qu'ils ne laissaient pas de place aux sentiments. Du moins, je le croyais. Jusqu'à cet instant. Mon sexe m'accompagna dans ces images furtives. Je souris. Je redécouvrais ce plaisir de pouvoir bander à l'évocation d'un corps féminin.

— Montale ?

Je n'ai jamais été voyeur, mais j'aimais bien surprendre Lole sortant de la douche. Ce moment où elle attrapait une serviette pour y enrouler son corps. N'offrant à mon regard que ses jambes et ses épaules où perlaient encore quelques gouttes d'eau. J'avais toujours quelque chose à faire dans la salle de bains, dès que j'entendais l'eau s'arrêter de couler. J'attendais qu'elle relève ses cheveux sur la nuque pour m'approcher. C'était sans doute les instants où je la désirais le plus, quelle que soit l'heure. J'aimais bien son sourire, quand nos yeux se croisaient dans la glace. Et le frisson qui la parcourait quand mes lèvres se posaient sur son cou. Lole.

Un po' di là del mare c'è una terra sincera

— Oui, fis-je, en raisonnant mes pensées et mon sexe. J'ai une question à vous poser.

— Ça doit être important, répondit-elle en riant. Vu l'heure.

Elle baissa le son.

— C'est sérieux, Hélène. Est-ce que vous m'avez mis sur écoutes ?

— Quoi !

J'avais la réponse. C'était non. Ce n'était pas elle.

— Hélène, je suis sur écoutes.

— Depuis quand ?

Un frisson me parcourut l'échine. Parce que je ne m'étais pas posé la question. Depuis quand ? Si c'était depuis ce matin, Babette, Bruno et sa famille étaient en danger.

— Je ne sais pas. Je m'en suis rendu compte ce soir, après votre appel.

Est-ce qu'après avoir appelé Babette, c'est elle qui avait raccroché la première ou moi ? Je ne savais plus. Je devais me souvenir. La seconde fois, c'était moi. La première... La première, c'était elle. « Va te faire voir ! » elle avait dit. Non, il n'y avait pas eu, après, ce petit sifflement caractéristique. J'en étais sûr. Mais est-ce que je pouvais être sûr de moi ? Vraiment. Non. Je devais appeler au Castellas. Tout de suite.

— Vous avez téléphoné à votre amie Babette Bellini de chez vous ce soir ?

— Non. Ce matin. Hélène, qui peut être à l'origine de ces écoutes ?

— Vous ne me l'aviez pas dit, ça, que vous saviez où elle était.

Elle était implacable, cette femme. Même nue, enroulée dans une serviette de bain.

— Je vous ai dit que je l'avais localisée.

— Et elle est où ?

— Dans les Cévennes. Et j'essaie de la convaincre de venir à Marseille. Merde, Hélène, c'est grave !

Je m'énervais.

— Arrêtez de vous énerver quand vous êtes pris en faute, Montale ! En trois heures, on aurait pu être là-haut.

— Et on aurait fait quoi, je criai, un défilé de voitures ? C'est ça ! Vous, moi, les tueurs, d'autres flics, d'autres tueurs... À la queue leu leu, comme cet après-midi quand j'ai quitté la salle de boxe de Mavros !

Elle ne répondit pas.

— Hélène, je dis plus calmement. Ce n'est pas un manque de confiance. Mais vous ne pouvez être sûre de rien. Ni de votre hiérarchie. Ni des flics qui travaillent avec vous. La preuve...

— Mais à moi, merde, mais à moi ! elle cria à son tour. Vous auriez pu me le dire, non ?

Je fermai les yeux. Les images qui dansaient dans ma tête n'étaient plus celles d'Hélène Pessayre sortant de la douche, mais de la commissaire qui m'avait aligné une claque ce matin.

Je ne progressais pas, elle avait raison.

— Vous n'avez pas répondu à ma question. D'où ça peut venir, chez vous ?

— Je ne sais pas, dit-elle, plus calme. Je ne sais pas.

Le silence se fit pesant.

— C'est qui le chanteur que j'entendais ? je demandai pour détendre l'atmosphère.

— Gianmaria Testa. C'est beau, hein, elle répondit avec lassitude. Montale, ajouta-t-elle, presque avec fermeté, je vais venir vous voir.

— Ça va faire jaser, dis-je pour plaisanter.

— Vous préférez que je vous convoque à l'hôtel de police ?

Je posai deux litres de vin rouge, du domaine de Villeneuve Flayosc, à Roquefort-la-Bédoule. Un vin que Michel, un ami breton, nous avait fait découvrir, l'hiver dernier. Château-les-mûres. Un sacré chef-d'œuvre de goût.

— Vé, il allait mourir de soif, dit Honorine.

Juste pour me faire remarquer que j'en avais mis, du temps.

— Tu t'es perdu dans la cave ? renchérit Fonfon.

Je remplis leurs verres, puis le mien.

— Je devais téléphoner.

Et avant qu'ils ne fassent un commentaire, j'ajoutai :

— Je suis sur écoutes, chez moi. Les flics. Et il fallait que je rappelle Babette.

Babette était partie dans l'après-midi, m'avait expliqué Bruno. Pour dormir à Nîmes, chez des amis à eux. Elle devait prendre le train pour Marseille demain, en fin de matinée.

— Pourquoi tu partirais pas en vacances, Bruno ? Quelque temps. Toi et ta famille.

Je repensai à Mavros. Je lui avais dit exactement la même chose. Bruno me répondit presque de manière similaire. Tout le monde se croyait plus fort que le Mal. Comme si le Mal était une maladie étrangère. Alors qu'il nous rongeait tous jusqu'à l'os, de la tête au cœur.

— J'ai trop de bêtes à m'occuper...

— Bruno, merde, ta femme et tes enfants au moins. Ces mecs-là sont capables de tout.

— Je sais. Mais ici, avec les potes, on contrôle tous les accès de la montagne. Et, ajouta-t-il après un silence, on est armés.

Mai 1968 contre la Mafia. J'imaginais le film et ça me glaçait d'horreur.

— Bruno, je dis, on ne se connaît pas. J'ai de l'affection pour toi. Pour ce que tu as fait pour Babette. L'accueillir, prendre des risques...

— Ça craint rien, ici, il me coupa. Si tu connaissais...

Il commençait à me taper sur le système, lui et ses assurances tout risque.

— Putain, Bruno ! On parle de la Mafia !

Moi aussi, je devais lui courir, parce qu'il abrégea notre conversation.

— OK, Montale. Je vais y réfléchir. Merci d'avoir appelé.

Fonfon vida son verre lentement.

— Je croyais qu'elle te faisait confiance, cette femme. La commissaire.

— Ce n'est pas elle. Et elle ne sait pas qui en a donné l'ordre.

— Sas, il fit simplement.

Et je devinai l'inquiétude qui montait en lui. Il regarda longuement Honorine. Contrairement à son habitude, elle n'était pas bavarde ce soir. Elle aussi s'inquiétait. Mais pour moi, je le savais. J'étais le dernier. Manu. Ugo. Le dernier des trois. Le dernier survivant de toute cette saloperie qui bouffait ces gamins qu'elle avait vus grandir, qu'elle avait aimés, qu'elle aimait comme une mère. Elle n'y survivrait pas, si je disparaissais. Je le savais.

— Mais c'est quoi, ces histoires à Babette ? elle finit par demander, Honorine.

— L'histoire de la Mafia. On sait où ça commence, je dis, mais on ne sait pas où ça va s'arrêter.

— Tous ces règlements de comptes, qu'on entend à la télé ?

— Oui, c'est à peu près ça.

Depuis la mort de Fargette, ça avait été l'hécatombe. Bruscati, comme l'avait dit Hélène Pessayre, ne devait pas y être étranger. La liste macabre me revenait en tête. Clairement. Il y avait eu Henri Diana, tué à bout portant en octobre 1993. Noël Dotori, victime d'une fusillade, en octobre 1994. Comme José Ordioni, en décembre 1994. Puis en 1996, Michel Régnier et Jacky Champourlier, les deux fidèles lieutenants de Fargette. La liste s'arrêtait, récemment, avec Patrice Meillan et Jean-Charles Taran, une des dernières « grosses pointures » de la pègre varoise.

— En France, je repris, on a trop longtemps minimisé les activités de la Mafia. Pour s'en tenir aux seuls agissements de la pègre, des malfrats. On a fait semblant de croire à une guerre de truands. Aujourd'hui, la Mafia est là. Et elle prend le contrôle des affaires. Économiquement, et... Et politiquement aussi.

Parce que ça, nul besoin d'ouvrir la disquette noire pour le comprendre. Babette avait écrit : « Ce nouvel environnement de la finance internationale forme un terrain fertile pour la criminalisation de la vie politique. De puissants groupes de pression liés au crime organisé et agissant de manière clandestine sont en train de se déployer. Bref, les syndicats du crime exercent leur influence sur les politiques économiques des États.

« Dans les nouveaux pays d'économie de marché, et bien évidemment donc dans l'Union européenne, des personnalités politiques et gouvernementales ont tissé des liens d'allégeance au crime organisé. La nature de l'État comme les structures sociales sont en train de se transformer. Dans l'Union européenne, cette situation est loin de se limiter à l'Italie, où Cosa Nostra a quadrillé les sommets de l'État... »

Et, Babette, quand elle abordait la situation précise de la France, était terrorisante. La guerre contre l'État de droit, avec le soutien d'élus et d'industriels, ouverte avec violence, parce que les enjeux financiers sont énormes, sera sans pitié. « Hier, affirmait-elle, on a pu abattre une députée gênante. Demain, ce pourra être le tour d'un haut dignitaire de l'État. Un préfet, un ministre. Tout est aujourd'hui possible. »

— Nous ne sommes rien, pour eux. Que des pions.

Fonfon ne me lâchait pas des yeux. Il était grave. Son regard revint à Honorine. Pour la première fois, je les vis tels qu'ils étaient. Vieux, et fatigués. Plus vieux et fatigués que jamais. J'aurais voulu que rien de tout cela n'existe. Mais cela existait réellement. Et nous étions, sans l'avoir voulu, sur l'échiquier du Mal. Mais peut-être y étions-nous depuis toujours ? Un hasard, une coïncidence, nous le révélait. Babette était cela. Ce hasard. Cette coïncidence. Et nous devenions des pions joués. Jusqu'à la mort.

Sonia. Georges.

Comment mettre un terme à tout cela ?

Un rapport des Nations unies, cité par Babette, disait : « Le renforcement au niveau international des services chargés de faire respecter les lois ne représente qu'un palliatif. À défaut d'un progrès simultané du développement économique et social, le crime organisé, à une échelle globale et structurée, persistera. »

Comment se sortir de tout ça ? Nous. Fonfon, Honorine, Babette et moi ?

— Vous reprenez pas du fromage ? Il est pas bon le *provolone* ?

— Si, Honorine, il est délicieux. Mais...

— Allez, dit Fonfon d'une voix faussement enjouée, un petit bout, juste pour boire encore un coup.

Il me resservit d'autorité.

Je ne croyais pas au hasard. Ni aux coïncidences. Ils sont simplement le signe que l'on est passé de l'autre côté de la réalité. Là où il n'existe aucun accommodement avec l'insupportable. La pensée de l'un rejoint la pensée de l'autre. Comme dans l'amour. Comme dans le désespoir. Babette s'était adressée à moi pour ça. Parce que j'étais prêt à l'entendre. Je ne supportais plus l'insupportable.

17

Où il est dit que la vengeance ne conduit à rien, le pessimisme non plus

J'étais perdu dans mes pensées. Des pensées sans ordre, comme souvent. Chaotiques, et forcément alcoolisées. J'avais déjà avalé deux bons verres de Lagavulin. Le premier presque cul sec, en réintégrant mon petit cabanon.

Les images de Sonia s'estompaient à une rapidité folle. Comme si elle n'avait été qu'un rêve. Trois jours à peine. La chaleur de sa cuisse contre la mienne, son sourire. Ces maigres souvenirs s'effilochaient. Même le gris-bleu de ses yeux s'estompait. Je la perdais. Et Lole, peu à peu, réinvestissait ma tête. Son chez-soi pour toujours. Ses doigts, longs et fins, semblaient rouvrir les valises de notre vie commune. Les années passées se remettaient à danser sous mes yeux. Lole dansait. Dansait pour moi.

J'étais assis sur le canapé. Elle avait mis *Amor Verdadero*, de Rubén Gonzalez. Les yeux clos, sa main droite effleurant à peine son ventre, sa main gauche levée, elle bougeait à peine. Seules ses hanches, se balançant, donnaient du mouvement à son corps. À tout son corps. Sa beauté alors me coupait le souffle.

Blottie contre moi, plus tard, sur ce même canapé, j'aspirais l'arôme de sa peau moite et la chaleur de son corps à la fois solide et fragile. Un flot d'émotions nous submergeait.

C'était l'heure des phrases brèves. « Je t'aime... Je suis bien ici, tu sais... Je suis heureuse... Et toi ? »

L'album de Rubén Gonzalez défilait. *Alto Songo, Los Sitio'Asere, Pío Mentiroso...*

Les mois, les semaines, les jours. Jusqu'à ces mots qui se cherchent, hésitent, dans des phrases qui deviennent trop longues. « Mon désir est... de te garder dans mon cœur. Je ne veux pas te perdre, pas complètement. Je ne souhaite qu'une chose, que nous restions proches, que nous continuions à nous aimer... »

Les jours et les dernières nuits. « Je te garde une grande place dans mon cœur. Il y aura toujours une grande place pour toi dans ma vie... »

Lole. Ses derniers mots. « Ne te laisse pas aller, Fabio. »

Et la mort qui planait maintenant. Au plus proche de moi. Et son odeur si présente. Le seul parfum qui me restait, pour accompagner mes nuits. L'odeur de la mort.

Je vidai mon verre, les yeux fermés. Le visage d'Enzo. Ses yeux gris-bleu. Les yeux de Sonia. Et ses larmes, à Enzo. Si je devais tuer cet enfoiré d'égorgeur, ce serait pour lui. Pas pour Sonia. Ni même pour Mavros. Non. J'en prenais conscience maintenant. Ce serait pour cet enfant. Lui seul. Pour toutes ces choses qu'on ne comprend pas à cet âge-là. La mort. Les séparations. L'absence. Cette injustice première qu'est l'absence du père, de la mère.

Enzo. Enzo, mon petit.

À quoi serviraient donc les larmes, si elles ne trouvaient pas une raison d'être dans le cœur de l'autre ? Dans le mien.

Je venais de remplir une nouvelle fois mon verre quand Hélène Pessayre frappa à ma porte. J'avais presque oublié qu'elle devait venir. Il était près de minuit.

Il y eut un léger flottement entre nous. Une hésitation entre se serrer la main et s'embrasser. On ne fit ni l'un ni l'autre, et je la laissai entrer.

— Entrez, je dis.

— Merci.

Nous étions soudain gênés.

— Je ne vous fais pas visiter, c'est trop petit.

— Mais plus grand que chez moi, pour ce que je vois. Tenez.

Elle me tendit un CD. Gianmaria Testa. *Extra-Muros.*

— Comme ça vous pourrez l'entendre entièrement.

Je faillis répondre : « Pour cela, j'aurais pu m'inviter chez vous. »

— Merci. Maintenant, vous serez obligée de venir l'écouter chez moi.

Elle sourit. Je disais n'importe quoi.

— Je vous sers un verre ? dis-je en montrant le mien.

— Du vin, je préférerais.

J'ouvris une bouteille. Du Tempier 92, et je la servis. On trinqua et on but en silence. Sans presque oser se regarder.

Elle portait un jeans délavé et une chemise en toile bleu foncé, largement ouverte sur un tee-shirt blanc. Ça commençait à m'intriguer de ne jamais la voir en jupe ou en robe. Peut-être qu'elle n'aime pas ses jambes, pensai-je.

Mavros avait une théorie là-dessus.

— Montrer ses jambes, m'avait-il expliqué, même si ce sont pas celles d'un mannequin ou d'une star de cinéma, toutes les femmes elles aiment ça. Ça relève du jeu de la séduction. Tu me suis ?

— Ouais.

Il venait de constater que Pascale, depuis qu'elle avait rencontré Benoît, lors de cette soirée chez Pierre et Marie, ne portait plus que des pantalons.

— Pourtant, tu vois, elle continue à s'en acheter, des collants. Même des Dim Up. Tu sais, ceux qui s'arrêtent sur la cuisse...

Sa tristesse l'avait poussé, un matin, à fouiller dans les derniers achats de Pascale. Ils cohabitaient tant bien que mal depuis quelques semaines, en attendant que Bella et Jean libèrent la petite maison de la rue Villa-Paradis. Pascale, la veille au soir, lui avait annoncé qu'elle serait absente pour le week-end. Elle était partie en jeans rejoindre Benoît, mais Mavros, il savait que dans son petit sac de voyage, il y avait des minijupes, des collants. Et même des Dim Up.

— T'imagines, Fabio, il m'avait dit.

Une demi-heure à peine après le départ de Pascale, ce vendredi soir-là, il m'avait appelé, désespéré.

J'avais souri à ses propos, tristement. Je n'avais aucune théorie sur les raisons qu'une femme pouvait avoir, le matin, de préférer enfiler une jupe plutôt qu'un pantalon. Lole pourtant agit de même avec moi. J'en fis le constat amèrement. Les derniers mois, elle ne s'habilla plus que de jeans. Et, bien sûr, la porte de la salle de bains était fermée quand elle sortait de la douche.

J'eus envie de poser la question à Hélène Pessayre. Mais cela me sembla quand même un peu osé. Et puis, ses yeux étaient devenus bien trop graves.

Elle sortit de son sac un paquet de cigarettes, et m'en offrit une.

— J'en ai acheté, vous voyez.

Le silence se réinstalla dans quelques volutes de fumée.

— Mon père, elle commença d'une voix basse, il a été tué, il y a huit ans. Je venais de terminer mes études de droit. Je voulais être avocate.

— Pourquoi vous me dites ça ?

— Vous m'avez demandé, l'autre midi, si je n'avais que ça à foutre dans la vie. Vous vous rappelez ? Remuer la merde. User mes yeux sur des cadavres...

— J'étais en colère. C'est mon moyen de défense, la colère. Et être vulgaire.

— Juge d'instruction, il était. Il avait eu à travailler sur pas mal d'affaires de corruption. Les fausses factures. Le financement occulte des partis politiques. Un dossier l'a entraîné plus loin que prévu. De la caisse noire d'un parti politique de l'ex-majorité, il remonta à une banque panaméenne. La Xoilan Trades. Une des banques du général Noriega. Spécialisée dans les narcodollars.

Elle me raconta. Lentement. De sa voix grave, presque rocailleuse. Un jour, son père fut informé par la brigade financière de Paris de l'arrivée en France de Pierre-Jean Raymond, le banquier suisse de ce parti politique. Il fit immédiatement délivrer un mandat d'amener contre lui. La mallette de Raymond était bourrée de documents très compromettants. Un ministre et plusieurs élus étaient impliqués. Raymond se retrouva en garde à vue « sans pouvoir dormir, comme il s'en plaindra auprès de ses amis politiques, en compagnie d'islamistes ».

— Mon père le mit en examen pour infraction à la législation sur le financement des partis, abus de biens sociaux, abus de confiance, faux et usage de faux. Tout ça, quoi. Ce qui fit de lui le premier banquier suisse poursuivi en France dans une affaire politique.

« Mon père aurait pu s'en tenir là. Mais il se mit en tête de remonter les filières bancaires. Et c'est là que tout a dérapé. Raymond gérait également des comptes de clients espagnols, libyens, ainsi que les biens immobiliers du général Mobutu, aujourd'hui vendus. Il était également propriétaire d'un casino en Suisse pour un groupe bordelais, et gérant d'une cinquantaine de sociétés panaméennes, au bénéfice d'entreprises suisses, françaises et italiennes...

— Le schéma parfait.

— Votre amie Babette est allée jusqu'où mon père n'a pas pu aller. Au centre des rouages. Avant de venir vous rejoindre, j'ai relu quelques passages du document qu'elle a commencé à rédiger. Elle prend le sud de la France en exemple. Mais la démonstration vaut pour toute l'Union européenne. Notamment, et c'est terrible, elle pointe cette réalité contradictoire : moins les États signataires de Maastricht sont unis contre la

Mafia, plus cette dernière prospère sur l'engrais - c'est le terme qu'elle emploie - de législations nationales obsolètes et incompatibles.

— Oui, je dis, j'ai lu ça aussi.

J'avais failli le raconter tout à l'heure à Fonfon et Honorine. Mais, m'étais-je dit, ils en avaient suffisamment entendu comme ça. Cela n'apportait plus rien à l'idée du merdier dans lequel se trouvait Babette. Et moi du même coup.

Babette étayait ses propos de points de vue de hauts responsables européens. « Cette défaillance des États membres de Maastricht, affirmait Diemut Theato, président de la commission de contrôle budgétaire, est d'autant plus grave que des sacrifices de plus en plus importants sont demandés aux contribuables européens, pendant que les fraudes découvertes en 1996 atteignent 1,4 % du budget. » Et la responsable pour la lutte contre la fraude, Anita Gradin, précisait : « Les organisations du crime opèrent selon le principe du risque minimum : elles répartissent chacune de leurs différentes activités dans celui des États membres où le risque est le moindre. »

Je resservis du vin à Hélène Pessayre.

— Il est délicieux, elle dit.

Je ne pouvais savoir si elle le pensait vraiment. Elle semblait être ailleurs. Dans les disquettes de Babette. Là où quelque part son père avait trouvé la mort. Ses yeux se posèrent sur moi. Tendres. Caressants. J'eus envie de la prendre dans mes bras, de la serrer contre moi. De l'embrasser. Mais c'était bien la dernière chose à faire.

— Plusieurs lettres anonymes sont arrivées à la maison. La dernière disait ceci, je ne l'ai pas oublié : « Inutile de prendre des précautions concernant vos proches, ni de disperser des documents aux quatre coins du pays. Rien ne nous échappe. Alors SVP revenez à la raison et laissez tomber. »

« Ma mère refusa de partir, mes frères et moi aussi. On ne croyait pas vraiment à ces menaces. "De l'intimidation, tout au plus", disait mon père. Ce qui ne l'empêcha pas de demander la protection de la police. La maison fut sous surveillance permanente. Et lui, toujours accompagné de deux inspecteurs. Nous aussi, mais plus discrètement. Je ne sais pas combien de temps nous aurions pu vivre comme ça...

Elle s'arrêta, regarda le vin dans son verre.

— Un soir, on l'a découvert dans le garage de l'immeuble. Égorgé dans sa voiture.

Elle releva ses yeux vers moi. Le voile qui en ternissait l'éclat tout à l'heure s'était dissipé. Ils avaient retrouvé leur sombre lumière.

— L'arme utilisée était un couteau à double tranchant, avec une lame de près de quinze centimètres de long et un peu plus de trois de large.

C'était la commissaire qui parlait maintenant. En spécialiste du crime.

— La même que pour Sonia De Luca et Georges Mavros.

— Vous ne voulez quand même pas dire que c'est le même homme...

— Non. La même arme. Le même type de couteau. Ça m'a frappée quand j'ai eu le rapport du médecin légiste sur la mort de Sonia. Ça m'a ramenée huit ans en arrière, vous comprenez ?

Je me rappelai ce que je lui avais balancé dans la figure, à la terrasse de chez Ange, et soudain, je ne me sentis pas fier de moi.

— Je suis désolé pour ce que je vous ai dit, l'autre midi.

Elle haussa les épaules.

— Mais c'est vrai, oui, c'est vrai, je n'ai rien d'autre à faire dans la vie. Que ça, oui. Je l'ai voulu. Je suis devenue flic pour cette unique raison. Traquer le crime. Le crime organisé surtout. C'est ma vie, maintenant.

Comment pouvait-il y avoir autant de détermination en elle ? Elle affirmait cela sans passion. Froidement.

— On ne peut pas vivre pour se venger, dis-je, parce que c'était ça que j'imaginais au fond d'elle.

— Qui vous a parlé de vengeance ? Je n'ai pas à venger mon père. Je veux simplement poursuivre ce qu'il a entrepris. À ma manière. Dans une autre fonction. Le tueur n'a jamais été arrêté. L'enquête a fini par être classée. C'est pour ça, la police... Ce choix que j'ai fait.

Elle avala une gorgée de vin, puis reprit :

— La vengeance ne conduit à rien. Comme le pessimisme, je vous l'ai déjà dit. Il faut juste être déterminé.

Elle me regarda, et ajouta :

— Et réaliste.

Réalisme. Pour moi, ce mot ne servait qu'à justifier le confort moral, les actes mesquins et les oublis indignes que les hommes commettaient chaque jour. Le réalisme était aussi le rouleau compresseur qui permettait à ceux qui ont du pouvoir, ou des bribes, des miettes de pouvoir dans cette société, d'écraser tous les autres.

Je préférai ne pas polémiquer avec elle.

— Vous ne répondez pas ? m'interrogea-t-elle, avec une pointe d'ironie.

— Être réaliste, c'est se faire mettre.

— Je me disais aussi.

Elle souriait.

— C'était juste pour voir si vous réagissiez ou pas.

— Ben... J'avais trop peur de recevoir une claque.

Elle sourit encore. J'aimais son sourire. Les deux fossettes qu'il faisait naître dans ses joues. Il me devenait familier, ce sourire. Hélène Pessayre aussi.

— Fabio, elle dit.

C'est la première fois qu'elle m'appelait par mon prénom. Et cela me plut, beaucoup, comment elle le prononça, mon prénom. Puis, je m'attendis au pire.

— J'ai ouvert la disquette noire. Je l'ai lue.

— Vous êtes folle !

— C'est vraiment dégueulasse.

Elle semblait comme tétanisée.

Je lui tendis ma main. Elle posa la sienne dessus et la serra. Fort. Tout ce qui était possible et impossible entre nous semblait être contenu dans cette poignée de main.

Nous devions, d'abord, nous libérer de la mort qui nous oppressait, pensai-je. C'est ce que ses yeux semblaient dire aussi, à cet instant. Et c'était comme un cri. Un cri muet devant tant d'horreurs encore devant nous.

18

Où moins on concède à la vie, plus on se coltine avec la mort

Les gens qui sont morts sont définitivement morts, pensais-je, en tenant toujours la main d'Hélène Pessayre serrée dans la mienne. Mais nous, nous devons continuer à vivre.

— Nous devons gagner sur la mort, je dis.

Elle sembla ne pas m'entendre. Elle était perdue, je ne sais où, dans ses pensées.

— Hélène ? dis-je en pressant doucement ses doigts.

— Oui, bien sûr, fit-elle. Bien sûr...

Elle eut un sourire las, puis elle dégagea lentement sa main de la mienne et se leva. Elle fit quelque pas dans la pièce.

— Cela fait longtemps que je n'ai pas eu d'homme, elle murmura d'une voix basse. Je veux dire un homme qui ne s'en va pas au petit matin, en se cherchant une bonne excuse pour ne pas me retrouver le soir, ni un autre soir.

Je me levai et m'approchai d'elle.

Elle était devant la porte-fenêtre ouvrant sur ma terrasse. Ses mains enfoncées dans les poches de son jeans, comme l'autre matin sur le port. Son regard se perdait dans la nuit. Vers le large. Vers cette autre rive d'où elle était partie un jour. Je savais qu'on ne pouvait oublier l'Algérie, quand on y était né, quand on y avait grandi. Didier Perez était intarissable là-dessus. Pour l'avoir écouté, je connaissais tout des saisons d'Alger, ses jours et ses nuits. « Les silences des soirs d'été... » La nostalgie remontait au fond de ses yeux. Ce pays lui manquait cruellement. Et, plus que tout, ces silences des soirs d'été. Ces brefs instants qui, pour lui, étaient toujours comme une promesse de bonheur. J'étais persuadé que tout cela était niché dans le cœur d'Hélène.

— L'absurdité règne, et l'amour en sauve, reprit-elle en me regardant. C'est Camus qui a dit ça. Tous ces cadavres, cette mort que je côtoie quotidiennement... Tout ça m'a éloignée de l'amour. Du plaisir même...

— Hélène.

— Ne soyez pas gêné, Montale. Ça me fait du bien de dire ces choses. De vous les dire à vous.

Je la sentais presque physiquement ruminer son passé.

— Le dernier homme que j'ai connu...

Elle sortit son paquet de cigarettes de la poche de sa chemise, m'en offrit une. Je lui tendis du feu.

— C'est comme si le froid s'était installé en moi, vous comprenez ? Je l'aimais, pourtant. Mais ses caresses ne me... Je n'avais plus d'émotion.

Jamais je n'avais parlé de ces choses-là avec une femme. De ce moment où le corps se referme et se met aux abonnés absents.

Longtemps, j'avais essayé de retrouver la dernière nuit où nous avions fait l'amour, Lole et moi. La dernière fois où nous nous étions embrassés amoureusement. La dernière fois où elle avait glissé son bras autour de ma taille. J'y avais passé des heures sans y arriver, bien sûr. Je ne me souvenais que de cette nuit où ma main, mes doigts, après avoir longuement caressé son corps, s'étaient désespérés sur son sexe totalement sec.

— J'ai pas envie, elle avait dit.

Elle s'était blottie contre moi, sa tête dans le creux de mon épaule. Mon sexe avait molli contre son ventre chaud.

— Ce n'est pas grave, j'avais murmuré.

— Si.

Et je le savais aussi, que c'était grave. Nous faisions moins souvent l'amour depuis quelques mois, et Lole chaque fois avec moins de plaisir. Un autre jour, alors que j'allais et venais en elle, lentement, je pris conscience qu'elle était totalement absente. Son corps était là. Mais elle, elle était loin. Loin déjà. Je n'avais pas pu jouir. Je m'étais retiré d'elle. On ne bougea ni l'un ni l'autre. On ne se dit pas un seul mot. Et le sommeil nous emporta.

Je regardai Hélène.

— C'est tout simplement que vous ne l'aimiez plus, cet homme. Rien d'autre.

— Non... Non. Je l'aimais. Je l'aime sans doute encore, je ne sais plus. Ses mains sur mon corps me manquent. Ça me réveille la nuit, quelquefois. De moins en moins, c'est vrai.

Elle resta pensive, tirant sur sa cigarette.

— Non, c'est bien plus grave, je crois. J'ai le sentiment que l'ombre de la mort envahit très lentement le domaine de ma vie. Et... Comment dire ? Quand on s'en aperçoit, on est comme dans l'obscurité. On ne distingue plus rien. Même plus le visage de celui qu'on aime. Et alors, tout autour de vous, on vous considère plutôt mort que vivant.

Je me dis que si je l'embrassais maintenant, ce serait sans espoir. Je ne l'envisageais d'ailleurs pas vraiment. Ce n'était qu'une pensée, à peine un peu folle, pour ne pas me laisser emporter dans la spirale vertigineuse de ses paroles. Là où elle allait, je connaissais. J'y avais maintes fois mis les pieds.

Je commençais à comprendre ce qu'elle essayait de formuler. Et qui avait rapport avec la mort de Sonia. La mort de Sonia la ramenait à son père, et, du même coup, à ce qu'était son existence. À tout ce qui s'effiloche au fur et à mesure que l'on avance, que l'on fait des choix. Et, moins on concède dans la vie, plus on se coltine avec la mort. Trente-quatre ans. Le même âge que Sonia. Elle l'avait redit plusieurs fois, l'autre midi, à la terrasse de chez Ange.

La mort, brutale, de Sonia, à ce moment où se dessinait devant elle, et avec moi, un avenir possible, amoureux - et c'est peut-être bien le seul avenir qui nous est encore possible - ramenait Hélène à ses impasses. À ses échecs. À ses peurs. Je comprenais mieux, maintenant, son insistance à savoir ce que j'avais ressenti pour Sonia, cette nuit-là.

— Vous savez, commençai-je...

Mais je laissai ma phrase en suspens.

Ce qui était évident, pour moi, c'est que la mort de Mavros me privait, pour toujours, et totalement, de ce qu'avait été mon adolescence. Ma jeunesse. Grâce à Mavros, même si nous avions vécu moins de choses ensemble étant gosses, j'avais pu supporter la mort de Manu, puis celle d'Ugo.

— Quoi ? demanda-t-elle.

— Rien.

Maintenant, le monde était clos. Le mien. Je n'avais aucune idée de ce que cela pouvait signifier, précisément, ni des conséquences que cela pouvait entraîner dans les prochaines heures. J'en faisais le constat. Et comme Hélène, comme elle l'avait dit il y a quelques instants, j'étais moi aussi dans l'obscurité. Je ne distinguais rien. Que le temps proche. Avec quelques actes, irrémédiables sans doute, à accomplir. Comme tuer cet enfant de salaud de la Mafia.

Elle tira une dernière fois sur sa cigarette, puis l'éteignit. Presque rageusement. Je la regardai dans les yeux, et elle fit de même.

— Je crois, reprit-elle, qu'au moment où quelque chose d'important est sur le point de se produire, on sort quelque peu de notre état habituel. Nos pensées... Nos pensées, je veux dire les miennes, les vôtres, commencent à s'attirer les unes vers les autres... Les vôtres vers les miennes, et inversement. Et... vous comprenez ?

Je n'avais plus envie de l'écouter. Plus vraiment. Mon désir de la serrer dans mes bras prenait le pas sur tout le reste. J'étais à un mètre d'elle à peine. Ma main pouvait se poser sur son épaule, glisser dans son dos et saisir sa taille. Mais je n'étais toujours pas sûr que c'était ça, ce qu'elle espérait. Ce qu'elle attendait de moi. Maintenant. Deux cadavres, comme un fossé, nous séparaient. Nous ne pouvions que nous tendre la main. En prenant garde de ne pas tomber dans ce fossé.

— Oui, je crois, dis-je. Ni vous ni moi ne pouvons vivre dans la tête de l'un et de l'autre. Ça fait trop peur. C'est ça ?

— C'est à peu près ça. Disons que ça nous expose trop. Si je… si nous couchions ensemble, nous serions trop vulnérables… après.

Après, c'était les heures à venir. L'arrivée de Babette. La confrontation avec les types de la Mafia. Les choix à faire. Ceux de Babette. Les miens. Pas forcément compatibles. La volonté d'Hélène Pessayre de tout contrôler. Et Honorine et Fonfon, en arrière-fond. Avec leur peur, à eux aussi.

— Rien ne presse, je répondis bêtement.

— Vous dites n'importe quoi. Vous en avez autant envie que moi j'en ai envie.

Elle s'était tournée vers moi, et je voyais sa poitrine se soulever lentement. Ses lèvres, à peine entrouvertes, n'attendaient que mes lèvres. Je ne bougeai pas. Nos yeux seuls osaient des caresses.

— Je l'ai senti au téléphone, tout à l'heure. Ce désir… Non ? Je me trompe ?

J'étais incapable de dire un mot.

— Dites-le…

— Oui, c'est vrai.

— S'il vous plaît.

— Oui, j'ai eu envie de vous. J'en ai sacrément envie.

Ses yeux s'illuminèrent.

Tout était possible.

Je ne bougeai pas.

— Moi aussi, elle dit sans presque remuer ses lèvres.

Cette femme était capable de m'arracher les mots, les uns

après les autres. Si elle me demandait à l'instant quand devait arriver Babette à Marseille, où je devais la retrouver, je le lui dirais.

Mais elle ne me le demanda pas.

— Moi aussi, elle répéta. J'en ai eu envie, au même moment, je pense. Comme si j'avais espéré que vous téléphoneriez à cet instant... C'est ça que j'avais en tête, quand je vous ai dit que je venais vous voir. De coucher avec vous. De passer cette nuit dans vos bras.

— Et vous avez changé d'avis en cours de route ?

— Ouais, dit-elle en souriant. Changé d'avis, pas le désir.

Elle avança lentement sa main vers moi, et ses doigts caressèrent ma joue. L'effleurèrent. Ma joue s'enflamma, bien plus violemment qu'après sa gifle.

— Il est tard, elle murmura d'une voix basse.

Elle sourit. Un sourire las.

— Et je suis fatiguée, ajouta-t-elle. Mais rien ne presse, n'est-ce pas ?

— Ce qui est terrible, tentai-je de plaisanter, c'est que tout ce que je peux vous dire se retourne toujours contre moi.

— C'est une chose qu'il faudra que vous appreniez avec moi.

Elle attrapa son sac à main.

Je ne pouvais pas la retenir. Nous avions l'un et l'autre quelque chose à faire. La même chose, ou presque. Mais nous ne prendrions pas le même chemin. Elle le savait, et, semblait-il, elle l'avait finalement admis. Ce n'était plus seulement une question de confiance. La confiance nous impliquait trop l'un vis-à-vis de l'autre. Nous devions aller au bout de nous-mêmes. De nos solitudes. De nos désirs. Au bout, il y aurait peut-être une vérité. La mort. Ou la vie. L'amour. Un amour. Qui pouvait savoir ?

Avec mon pouce, j'effleurai superstitieusement la bague de Didier Perez. Et je me rappelai ses paroles : « Ce qui est inscrit est inscrit, quoi qu'il en soit. »

— Vous devez savoir une chose, Montale, dit-elle devant la porte. C'est la direction de la brigade qui vous a mis sur écoutes. Mais je n'ai pas pu savoir depuis quand.

— J'avais imaginé quelque chose comme ça. Et ça veut dire ?

— Exactement ce que vous avez imaginé. Que tout à l'heure, je serai obligée de faire un rapport précis sur ces deux assassinats. Leur raison. La Mafia, tout ça... C'est le médecin légiste qui a fait le rapprochement. Je ne suis pas la seule à m'intéresser aux techniques du crime de la Mafia. Il a transmis ses conclusions à mon supérieur.

— Et les disquettes ?

Elle m'en voulut d'avoir posé la question. Je le lus dans ses yeux.

— Remettez-les aussi, dis-je très vite. Avec votre rapport. Rien ne prouve que votre supérieur ne soit pas réglo, n'est-ce pas ?

— Si je ne le faisais pas, répondit-elle d'un ton monocorde, je serais grillée.

On resta une fraction de seconde encore à se regarder.

— Dormez bien, Hélène.

— Merci.

Nous ne pouvions pas nous serrer la main. Nous ne pouvions pas nous embrasser non plus. Hélène Pessayre repartit comme elle était entrée. L'ambiguïté en moins.

— Vous m'appelez, hein, Montale ? elle ajouta.

Parce que ce n'était pas si facile de se quitter comme ça. C'était un peu comme se perdre avant d'avoir pu se trouver.

Je fis oui de la tête, puis je la regardai traverser la rue pour gagner sa voiture. Un instant, je restai à songer à ce qu'aurait pu être un baiser doux et tendre. Nos lèvres s'embrassant. Puis j'imaginai les deux types de la Mafia et les deux flics, ouvrant un œil ensommeillé au passage d'Hélène Pessayre, puis se rendormant en se demandant si je l'avais baisée ou pas, la commissaire. Cela chassa de ma tête toute pensée érotique.

Je me servis un fond de Lagavulin et je mis l'album de Gianmaria Testa.

Un po' di là del mare c'è una terra sincera
come gli occhi di tuo figlio quando ride

Des mots qui m'accompagnèrent durant les dernières heures de la nuit. *Un peu au-delà de la mer, il y a une terre sincère, comme les yeux de ton fils quand il rit.*

Sonia, je rendrai le sourire à ton fils. Je le ferai pour nous, pour ce qui aurait pu exister entre toi et moi, cet amour possible, cette vie possible, cette joie, ces joies qui continuent de flâner par-delà la mort, pour ce train qui descend vers la mer, dans le *Turchino*, pour ces jours à inventer, ces heures, le plaisir, nos corps, et nos désirs, et nos désirs encore, et pour cette chanson que j'aurais apprise, pour toi, que je t'aurais chantée, juste pour le bonheur simple de te dire :

se vuoi restarmi insieme anche stasera

et te redire et redire encore *si tu veux, restons ensemble encore ce soir.*

Sonia.

Je ferai ça. Pour le sourire d'Enzo.

Au matin, le mistral était complètement tombé.

J'avais écouté les infos, en préparant mon premier café de la journée. Le feu avait encore gagné du terrain, mais les canadairs avaient pu passer à l'offensive dès le lever du jour. L'espoir de maîtriser ces feux rapidement semblait renaître.

Ma tasse à café dans une main, une clope dans l'autre, j'allai au bout de ma terrasse. La mer, en s'apaisant, avait retrouvé son bleu profond. Je me dis que cette mer, qui baignait Marseille et Alger, ne promettait rien, ne laissait rien entrevoir. Elle se contentait de donner, mais à profusion. Je me dis que ce qui nous attirait Hélène et moi, ce n'était peut-être pas l'amour. Mais seulement ce sentiment partagé d'être clairvoyants, c'est-à-dire sans consolation.

Et ce soir, j'allais retrouver Babette.

19

Où il est nécessaire de savoir comment on voit les choses

Mon sang ne fit qu'un tour. Les volets de la maison d'Honorine n'étaient pas ouverts. En été, nous ne les fermions jamais, nos volets. Nous les entrecroisions seulement, sur les fenêtres ouvertes, pour bénéficier d'un peu de fraîcheur la nuit et au petit matin. Je posai ma tasse et allai vers sa terrasse. La porte elle-même était fermée. À clef. Même quand elle « descendait en ville », Honorine ne prenait jamais autant de précautions.

J'enfilai vite fait un jeans et un tee-shirt et, sans même me coiffer, je fonçai chez Fonfon. Il était derrière son comptoir, en train de feuilleter distraitement *La Marseillaise.*

— Elle est où ? je demandai.

— Je te fais un café ?

— Fonfon ?

— Et merde ! il dit en posant une soucoupe devant moi.

Ses yeux, plus rouges que d'habitude, étaient pleins de tristesse.

— Je l'ai emmenée.

— Quoi !

— Ce matin. Alex, il nous a conduits. J'ai une cousine aux Caillols. C'est là que je l'ai emmenée. Là-bas, elle sera bien. Quelques jours... J'ai pensé...

Il avait raisonné comme je l'avais fait pour Mavros, puis

pour Bruno et sa famille. Tout d'un coup, je m'en voulus de ne pas l'avoir proposé moi-même. Ni à Honorine, ni à Fonfon. Après la discussion que nous avions eue, lui et moi, cela aurait dû m'être évident. Cette peur qu'il lui arrive du malheur, à Honorine. Et Fonfon, il avait réussi à la convaincre de partir. Elle avait accepté. Ils avaient décidé ça tous les deux. Sans même m'en dire un mot. Parce que ce n'était plus mes affaires, mais leur histoire à eux, à eux deux. La claque d'Hélène Pessayre, ce n'était rien à côté de ça.

— Vous auriez pu m'en parler, je dis durement. Venir me réveiller, quoi... Que je lui dise au revoir !

— C'est comme ça, Fabio. T'as pas à être vexé. J'ai fait comme il me semblait le mieux.

— Je ne suis pas vexé.

Non, vexé n'était pas le mot. Je n'en trouvai pas, d'ailleurs, de mots. Ma vie partait à vau-l'eau, et même Fonfon ne m'accordait plus de crédit. C'était ça qui était vrai.

— Tu as pensé que ces ordures, là devant la porte, ils pouvaient vous suivre ?

— Oui, j'y ai pensé ! il cria en posant la tasse de café sur la soucoupe. Qu'est-ce tu crois, hein ? Que je suis con ? Gâteux ? Sas !

— Sers-moi un cognac.

Il attrapa nerveusement la bouteille, un verre, et me servit. On ne se quittait pas des yeux.

— Fifi, il devait surveiller la route. Si une bagnole, qu'on la connaissait pas, démarrait après nous, il appelait Alex, sur son portable dans le taxi. On serait revenus, voilà.

Putain de vieux ! je me dis.

Et j'avalai cul sec le cognac. Je sentis immédiatement la brûlure se propager jusqu'au fond de l'estomac. Un flot de transpiration me mouilla le dos.

— Et personne ne vous a suivis ?

— Ce matin, ils étaient pas là, les mecs de la Fiat Punto. Y avait que les flics. Et ils ont pas bougé.

— Comment tu en es sûr, que c'était les flics ?

— Ils ont une tête, vé, que tu peux pas te tromper.

J'avalai une gorgée de café.

— Et tu as dit que la Fiat Punto n'était plus là.

— Elle y est toujours pas.

Qu'est-ce qui se passait ? Deux jours, m'avait dit le tueur. Je ne pouvais pas croire qu'il ait gobé tout ce que je lui avais raconté. Je n'étais certainement qu'un pauvre connard, mais quand même !

J'eus soudain une vision d'horreur. Une virée de tueurs au Castellas. Pour y coincer Babette. Je secouai la tête. Pour chasser cette idée. Me convaincre que les écoutes n'avaient commencé qu'hier soir. Me convaincre que les flics n'étaient pas aussi liés que ça avec la Mafia. Non, tentai-je de me rassurer, un directeur, non. Mais un flic, n'importe quel flic, oui. N'importe lequel. Il en suffisait d'un. D'un qui tombe le nez dessus. Un seul, putain de Dieu !

— Passe-moi le téléphone, s'il te plaît.

— Tiens, dit Fonfon en le posant sur le comptoir. Tu veux casser la croûte ?

Je haussai les épaules en composant le numéro du Castellas. Six, sept, huit sonneries. Je transpirais de plus en plus. Neuf.

On décrocha.

— Lieutenant Brémond.

Une voix autoritaire.

Du chaud au froid, dans mon corps. Mes jambes se mirent à trembler. Ils étaient montés là-haut. Ils avaient eu les écoutes. Je me mis à trembler de la tête aux pieds.

— Allô !

Je reposai le combiné lentement.

— Du figatelli grillé, ça te va ? cria Fonfon de sa cuisine.

— Ouais.

Je composai le numéro d'Hélène Pessayre.

— Hélène, je dis quand elle décrocha.

— Ça va ?

— Non. Ça va pas. Je crois qu'ils sont montés au Castellas, là où se trouvait Babette. Je crois qu'il y a eu un malheur. Enfin, je ne crois pas, j'en suis sûr, bon Dieu ! J'ai appelé. C'est un lieutenant qui a décroché. Le lieutenant Brémond.

— C'est où ?

— Commune de Saint-Jean-du-Gard.

— Je vous rappelle.

Mais elle ne raccrocha pas.

— Elle était là-haut, Babette ?

— Non, à Nîmes. Elle est à Nîmes, mentis-je.

Parce que, à cette heure, elle venait de prendre le train, Babette. Du moins, je l'espérais.

— Ah, fit simplement Hélène Pessayre.

Elle raccrocha.

L'odeur de figatelli commençait à se répandre dans le bar. Je n'avais pas faim. Et pourtant cette odeur me chatouillait agréablement les narines. Je devais manger. Moins boire. Manger. Et moins fumer.

Manger.

— Tu mangeras un peu, quand même ? m'interrogea Fonfon en sortant de sa cuisine.

Il posa assiettes, verres et couverts sur une table, face à la mer. Puis il ouvrit une bouteille de rosé de Saint-Cannat. Un petit vin qu'on allait acheter à la coopérative. Il était bien, pour les casse-croûte du matin.

— Pourquoi tu n'es pas resté avec elle ?

Il partit vers la cuisine. Je l'entendis retourner les figatelli sur le grill. Je m'approchai.

— Hein, Fonfon ?

— Quoi ?

— Pourquoi tu n'y es pas resté, toi aussi, chez ta cousine ?

Il me regarda. Je ne savais plus ce qu'il y avait dans ses yeux.

— Je vais te dire...

Je vis sa colère monter. Il explosa.

— Où il t'aurait appelé, Félix ? Hein. Pour te dire quand il emmenait Babette dans son bateau. C'est bien ici, dans mon bar, que tu lui as dit d'appeler.

— C'est lui qui a proposé ça, et...

— Ouais... Ben à croire qu'il est pas aussi con, et gâteux, lui non plus.

— T'es pas resté que pour ça ? J'aurais pu...

— Tu aurais pu quoi ? Être tanqué là, à attendre que le téléphone sonne ? Comme maintenant.

Il retourna une nouvelle fois les figatelli.

— Ça va être prêt.

Il fit glisser le tout dans un plat, attrapa du pain et fila vers la table. Je le suivis.

— Il t'a appelé, Félix ?

— Non, c'est moi que j'ai téléphoné. Hier. Avant notre petite discussion. Je voulais savoir quelque chose.

— Tu voulais savoir quoi ?

— Si c'était vraiment grave, cette histoire. Alors, je lui ai demandé si tu étais passé le prendre, quoi... le flingue à Manu. Et il m'a dit que oui. Et il m'a tout raconté, Félix.

— Tu savais déjà tout ? Hier soir ?

— Ouais.

— Et tu ne m'as rien dit.

— J'avais besoin de l'entendre de ta voix. De te l'entendre dire à moi. À moi Fonfon !

— Et merde !

— Et tu vois, Fabio, je pense que tu nous as pas tout raconté. Félix aussi, il le pense. Mais il s'en fout, Félix. Il me l'a dit. Même s'il se donne l'air, comme ça, il y tient plus beaucoup à la vie. Tu vois... Non, tu vois pas. Tu vois rien, des fois. Tu passes...

Fonfon se mit à manger. La tête baissée sur son assiette. Moi, je n'y arrivais pas. Il releva la tête au bout de trois bouchées et beaucoup de silence. Ses yeux étaient embués de larmes.

— Mange, putain ! Que ça va être froid.

— Fonfon...

— Je vais te dire encore. Je suis là pour... pour être à côté de toi. Mais je sais pas pourquoi, Fabio. Je sais pas pourquoi ! C'est Honorine qui m'a demandé ça. De rester. Sinon, elle serait pas partie. Elle m'a mis ça comme condition. Merde, tu comprends ça !

Il se leva brusquement. Il posa ses mains bien à plat sur la table et se pencha vers moi.

— Parce que si elle me l'avait pas demandé, je sais pas si je serais resté.

Il partit vers sa cuisine. Je me levai et allai le rejoindre. Il pleurait, la tête appuyée contre le congélateur. Je passai mon bras autour de ses épaules.

— Fonfon, je dis.

Il se retourna lentement, et je le serrai contre moi. Il continuait de pleurer, comme un môme.

Quel gâchis, Babette. Quel gâchis.

Mais elle n'était pas responsable de tout ça, Babette. Elle n'était qu'un détonateur. Et moi, je me découvrais tel que j'étais en réalité. Inattentif aux autres, même à ceux que j'aimais. Incapable d'entendre leurs angoisses, leurs peurs. Leur envie de vivre, encore un peu, et heureux. Je vivais dans un monde où je ne leur faisais pas de place. Je les côtoyais, plus que je ne partageais. J'acceptais tout d'eux, avec indifférence parfois, laissant glisser, souvent par flemme, ce qu'ils pouvaient dire ou faire qui me déplaisait.

Lole, dans le fond, c'était pour ça qu'elle m'avait quitté. Pour cette manière que j'avais de passer à travers les êtres, avec indolence, insouciance. Inintéressé. Je ne savais pas montrer, même dans les pires moments, combien, en réalité, j'étais attaché à eux. Je ne savais pas le dire non plus. Je croyais que tout allait de soi. L'amitié. L'amour. Hélène Pessayre avait raison. Je n'avais pas tout donné à Lole. Je n'avais jamais tout donné à personne.

J'avais perdu Lole. Je perdais Fonfon, et Honorine. Et c'était la pire des choses qui pouvaient m'arriver. Sans eux... Ils étaient mes derniers repères dans la vie. Des phares en mer, seuls capables d'indiquer la route du port. Ma route.

— Je vous aime, tous les deux. Je vous aime, Fonfon.

Il leva ses yeux vers moi, puis il se dégagea.

— Ça va, ça va, il dit.

— Je n'ai plus que vous, merde !

— Eh ben, oui !

Et sa colère explosa de nouveau.

— C'est maintenant que ça te revient ! qu'on est comme qui dirait ta famille ! Mais les tueurs, y se baladent devant notre porte... Mais les flics y te mettent sur écoutes sans avertir ta commissaire... Et toi ? Toi, ça t'inquiète, bien sûr, puisque tu vas te chercher un flingue. Mais nous ? Nous, ça t'inquiète pas, non !... Nous, on doit attendre que monsieur règle tout. Que tout rentre dans l'ordre. Et après, si la mort passe et nous épargne, on reprend nos petites habitudes. La pêche, les apéros, la pétanque, le rami le soir... C'est ça, Fabio ? C'est comme ça que tu vois les choses ? Dis, qui on est, putain !

— Non, murmurai-je. C'est pas comme ça que je vois les choses.

— Bon, et tu les vois comment, hein ?

Le téléphone sonna.

— Montale.

La voix d'Hélène Pessayre était plate. Blanche.

— Ouais.

— Vers les sept heures, ce matin, Bruno a eu une crise de démence...

Je fermai les yeux. Les images déboulaient dans ma tête. Ce n'était même plus des images, mais des flots de sang.

— Il a tué sa femme et ses deux enfants... À... à coups de hache. C'est...

Elle n'arrivait plus à parler.

— Et lui, Hélène ?

— Il s'est pendu. Tout simplement.

Fonfon s'approcha doucement, et posa devant moi un verre de rosé. Je l'avalai d'une traite, et lui fis signe de me resservir. Il posa la bouteille à côté de moi.

— Les flics, ils disent quoi ?

— Drame familial.

J'avalai un autre verre de rosé.

— Ouais, bien sûr.

— Selon des témoins, ça n'allait plus très bien entre Bruno et son épouse. Depuis quelque temps... On a, paraît-il, beaucoup parlé au village de cette femme qui vivait chez eux.

— Ça m'étonnerait. Babette, personne ne savait qu'elle était au Castellas.

— Des témoins, Montale. Un, au moins. Un vieux copain à Bruno. Le garde forestier.

— Ouais, bien sûr, répétai-je.

— Un avis de recherche est lancé, pour votre amie. Ils souhaitent l'entendre.

— Ça veut dire ?

— Ça veut dire qu'elle a les flics au cul, et derrière eux les types de la Mafia. Et le tueur, en embuscade.

Si Bruno avait parlé, et il ne pouvait qu'avoir parlé, les mecs avaient dû débouler à Nîmes, chez ces amis où Babette devait passer la nuit. J'espérais qu'elle était partie avant eux, Babette. Pour elle. Pour ces gens qui l'avaient hébergée. Et qu'elle était dans le train.

— Montale, elle est où, Babette ?

— Je ne sais pas. Là, je ne sais pas. Dans un train, peut-être. Elle devait venir à Marseille aujourd'hui. Elle doit me téléphoner à son arrivée.

— Vous aviez un plan, à son arrivée ?

— Oui.

— M'appeler, ça entrait dans votre plan ?

— Pas tout de suite. Après.

Je l'entendis respirer.

— J'envoie une équipe discrète à la gare. Au cas où ces salauds seraient là et tenteraient quelque chose.

— C'est mieux si elle est pas filée.

— Vous avez peur que je découvre où elle va ?

À mon tour de prendre ma respiration.

— Oui, je dis. Ça met en cause quelqu'un d'autre. Et vous n'êtes sûre de rien. De personne. Même pas de votre plus proche coéquipier, Béraud, c'est ça ?

— Je sais où elle va, Montale. Je crois deviner où vous allez la retrouver cette nuit.

Je me resservis un verre de vin. J'étais sonné.

— Vous m'avez fait suivre ?

— Non. Je vous ai devancé. Vous m'aviez dit que cette personne que vous deviez voir, Félix, habitait au Vallon-des-Auffes. J'ai envoyé Béraud. Il se promenait sur le port quand vous êtes arrivé.

— Vous ne me faisiez pas confiance, hein ?

— Toujours pas. Mais c'est mieux comme ça. Pour aujourd'hui. Chacun joue sa partie. C'est ce que vous vouliez, non ?

Je l'entendis respirer à nouveau. Elle était oppressée. Puis sa voix se fit plus basse. Rauque :

— J'espère toujours qu'on pourra se retrouver, quand tout ça sera fini.

— Je l'espère aussi, Hélène.

— Je n'ai jamais été aussi sincère avec un homme qu'avec vous cette nuit.

Et elle raccrocha.

Fonfon était assis devant la table. Il n'avait pas fini son figatelli, et moi je n'y avais pas touché. Il me regarda venir vers lui. Il était épuisé.

— Fonfon, va la rejoindre, Honorine. Dis-lui que c'est moi qui décide. Pas elle. Et que c'est ça que je veux, que vous soyez ensemble. T'as rien à foutre ici !

— Et toi ? il murmura.

— Moi, je vais attendre que Félix il appelle, et après, je ferme le bar. Laisse-moi le téléphone où je peux vous joindre.

Il se leva, et me regarda droit dans les yeux.

— Toi, qu'est-ce que tu vas faire ?

— Tuer, Fonfon. Tuer.

20

Où il n'y a pas de vérité qui ne porte en elle son amertume

Maintenant que le mistral était tombé, l'air puait le brûlé. Un mélange âcre de bois, de résine et de produits chimiques. Les pompiers semblaient enfin maîtres du feu. On parlait maintenant de 3 450 hectares détruits. De la forêt essentiellement. À la radio, quelqu'un, je ne sais plus qui, avait avancé le chiffre d'un million d'arbres calcinés. Un incendie comparable à celui d'août 1989.

Après une courte sieste, j'étais parti marcher vers les calanques. J'avais senti le besoin de laver ma tête à la beauté de ce pays. De la vider de ses sales pensées, et de la remplir d'images sublimes. Besoin aussi de donner un peu d'air pur à mes pauvres poumons.

J'étais parti du port de Calelongue, à deux pas des Goudes. Une balade facile, de deux heures à peine, par le sentier des douanes. Et qui offrait de magnifiques points de vue sur l'archipel de Riou et le versant sud des calanques. Arrivé au Plan des Cailles, j'avais tiré à flanc, non loin de la mer, dans les bois au-dessus de la calanque des Queyrons. Suant et soufflant comme un pauvre diable, j'avais fait une halte au bout du sentier en corniche qui surplombe la calanque de Podestat.

J'étais bien, là, face à la mer. Dans le silence. Ici, il n'y avait rien à comprendre, rien à savoir. Tout se donnait aux yeux dans l'instant où l'on en jouissait.

Je m'étais mis en route après l'appel de Félix. Juste avant deux heures. Babette venait d'arriver. Il me l'avait passée. Elle n'avait pas pris le train à Nîmes. Une fois dans la gare, m'expliqua-t-elle, elle avait hésité. Un pressentiment. Elle était entrée dans une agence de location de voitures, et en était repartie au volant d'une petite 205. Une fois à Marseille, elle avait garé sa voiture sur le port. Un bus l'avait cmmenée sur la Corniche. Puis elle était descendue à pied jusqu'au Vallon-des-Auffes.

J'avais fermé le bar, tiré les volets qui donnaient sur la mer et descendu le rideau métallique. La salle n'était plus que faiblement éclairée par une lucarne, au-dessus de la porte d'entrée.

— J'ai eu envie de ça, commença-t-elle à raconter, de laisser la ville entrer en moi. De m'imprégner de sa lumière. Tu vois, je me suis même arrêtée à La Samaritaine, pour boire et manger un morceau. Je pensais à toi. À ce que tu dis souvent. Qu'on ne comprend rien à cette ville, si on est indifférent à sa lumière.

— Babette...

— J'aime cette ville. J'ai regardé les gens autour de moi. À la terrasse. Dans la rue. Je les ai enviés. Ils vivaient. Bien, mal, avec des hauts et des bas, sans doute, comme tout un chacun. Mais ils vivaient. Moi... je me sentais comme une extraterrestre.

— Babette...

— Attends... Alors, j'ai enlevé mes lunettes noires et j'ai fermé les yeux. Face au soleil. Pour sentir sa brûlure, comme quand on est sur la plage. Je redevenais moi-même. Je me suis dit : « Tu es chez toi. » Et... Fabio...

— Quoi ?

— Ce n'est pas vrai, tu sais. Je ne suis plus tout à fait chez moi. Je ne peux pas marcher dans la rue sans me demander si je ne suis pas suivie.

Elle s'était tue, un instant. J'avais tiré sur le fil du téléphone et je m'étais assis par terre, le dos appuyé contre le comptoir. J'étais fatigué. J'avais sommeil. J'avais besoin d'air. J'avais envie de tout, sauf d'entendre ce qu'elle allait dire, et que je sentais venir dans chacun de ses mots.

— J'y ai réfléchi, reprit Babette.

Sa voix était étrangement calme. Et cela m'était encore plus insupportable.

— Je ne pourrai jamais plus être chez moi à Marseille, si je renonce à cette enquête. Tout ce boulot, depuis des années. Je dois aller au bout de moi-même. Comme chacun ici, même à son petit niveau. Avec cette exagération qui est la nôtre. Qui nous perdra...

— Babette, je ne veux pas discuter de ça au téléphone.

— Je voulais que tu le saches, Fabio. Hier soir, j'avais fini par admettre que tu avais raison. J'avais tout bien pesé, soupesé. Mais... en arrivant ici... le bonheur du soleil sur ma peau, cette lumière dans mes yeux... C'est moi qui ai raison.

— Tu as les documents avec toi ? la coupai-je. Les originaux.

— Non. Ils sont en lieu sûr.

— Putain, Babette ! je criai.

— Ça sert à rien de s'énerver, c'est comme ça. Comment on peut vivre heureux, si chaque fois qu'on va quelque part ou qu'on achète quelque chose, on sait qu'on se fait mettre par la Mafia ? Hein ! Bien au fond !

Des passages entiers de son enquête défilaient sous mes yeux. Comme si cette nuit-là, chez Cyril, je m'étais entré le disque dur de l'ordinateur dans la tête.

« C'est dans les paradis fiscaux que les syndicats du crime sont en contact avec les plus grandes banques commerciales du monde, leurs filiales locales spécialisées dans le *private banking* offrant un service discret et personnalisé à la gestion des comptes à haut rendement fiscal. Ces possibilités d'évasion sont utilisées aussi bien par des entreprises légales que par les organisations criminelles. Les progrès des techniques bancaires et des télécommunications offrent de larges possibilités de faire rapidement circuler et disparaître les profits des transactions illicites. »

— Fabio ?

Je battis des paupières.

« L'argent peut facilement circuler par transfert électronique entre la société-mère et sa filiale enregistrée comme une société-écran dans un paradis fiscal. Des milliards de dollars provenant des établissements gestionnaires de fonds institutionnels - y compris les fonds de pension, l'épargne des mutuelles et les fonds de trésorerie - circulent ainsi, passant tour à tour sur des comptes enregistrés au Luxembourg, dans les îles Anglo-Normandes, les îles Caïmans, etc.

« Conséquence de l'évasion fiscale, l'accumulation, dans les paradis fiscaux, d'énormes réserves de capitaux appartenant à de grandes sociétés est aussi responsable de l'accroissement du déficit budgétaire de la plupart des pays occidentaux. »

— C'est pas ça, la question, je dis.

— Ah oui. Et c'est quoi ?

Elle n'avait pas parlé de Bruno. Je supposais qu'elle ignorait encore tout du massacre. De cette horreur. Je décidai de ne rien dire. Pour l'instant. De garder cette saloperie comme un ultime argument. Quand, enfin, nous nous trouverions l'un devant l'autre. Ce soir.

— Ce n'est pas une question. Moi, plus jamais je ne serai heureux si, demain... si on leur tranchait le cou, à Honorine et Fonfon ! Comme ces salauds l'ont fait à Sonia et à Mavros.

— Moi aussi, j'en ai vu du sang ! elle s'énerva. J'ai vu le corps de Gianni. Mutilé, il était. Alors, ne viens pas me...

— Mais toi, tu es vivante, putain de merde ! Eux non ! Et moi, je suis vivant ! Et Honorine, et Fonfon, et Félix aussi, pour le moment ! Me fais pas chier avec ce que tu as vu !

Parce que, au train où on va, tu en verras encore d'autres. Et pire ! Ton corps découpé morceau par morceau...

— Arrête !

— Jusqu'à ce que tu leur dises où ils sont, ces putains de documents. Je suis sûr que tu craqueras au premier doigt coupé.

— Salaud ! elle hurla.

Je me demandai où était Félix. Est-ce qu'il s'était plongé dans la lecture d'une aventure des *Pieds Nickelés*, en buvant une bière bien fraîche ? Indifférent à ce qu'il entendait ? Ou est-ce qu'il était sorti sur le port pour que Babette puisse parler sans se sentir épiée ?

— Il est où, Félix ?

— Sur le port. À préparer le bateau. Il a dit qu'il prendrait la mer vers huit heures.

— Bien.

Le silence, une nouvelle fois.

La pénombre du bar me faisait du bien. J'avais envie de m'allonger à même le sol. Et de dormir. De dormir longtemps. Avec l'espoir que dans ce long sommeil toute cette immense saloperie se dissoudrait dans mes rêves d'aube pure sur la mer.

— Fabio, reprit Babette.

Je me souvenais avoir pensé, en haut du col de Cortiou, qu'il n'y a pas de vérité qui ne porte en elle son amertume. J'avais lu ça, quelque part.

— Babette, je ne veux pas qu'il t'arrive du mal. Je ne pourrais pas vivre, non plus, s'il te... s'il te tuait. Ils sont tous morts, ceux que j'aimais. Mes amis. Et Lole est partie...

— Ah !

Je n'avais pas répondu à cette lettre de Babette que Lole avait ouverte, et lue. Cette lettre qui avait brisé notre amour. J'en avais voulu à Lole d'avoir forcé mes secrets. À Babette, ensuite. Mais ni Babette ni Lole n'étaient responsables de ce qui avait suivi. Cette lettre était arrivée à ce moment, précis, où Lole était assaillie de doutes sur moi, sur elle. Sur nous, notre vie.

— Tu sais, Fabio (m'avait-elle avoué une nuit, une de ces nuits où j'essayais encore de la convaincre d'attendre, de rester), ma décision est prise. Depuis longtemps. Je me suis donné un long temps de réflexion. Cette lettre, de ton amie Babette, n'y est pour rien. Elle m'a juste permis de prendre ma décision... Depuis longtemps, je doute. Tu vois, ce n'est pas un coup de tête. Et c'est pour que ça que c'est terrible. Encore plus terrible. Je sais... je sais que, pour moi, c'est vital de partir.

Je n'avais rien trouvé à lui répliquer, que ça, qu'elle était butée. Et si fière qu'elle ne pouvait admettre de se tromper. De faire marche arrière. De revenir vers moi. Vers nous.

— Butée ! Fabio, tu l'es autant que moi ! Non...

Et elle avait eu ces mots qui fermèrent définitivement la porte derrière elle :

— Je n'ai plus pour toi l'amour qu'il faut pour vivre avec un homme.

Plus tard, une autre fois, Lole m'avait demandé si j'avais répondu à cette fille, Babette.

— Non, j'avais dit.

— Pourquoi ?

Je n'avais jamais trouvé les mots pour lui répondre, ni même l'appeler. Et pour lui dire quoi, à Babette ? Que je ne savais pas combien notre amour, à Lole et à moi, était fragile. Et que, sans doute, toutes les vraies amours sont ainsi. Aussi cassantes que du cristal. Que l'amour tend les êtres jusqu'à l'extrême. Et que ce qu'elle, Babette, croyait être l'amour n'était qu'une illusion.

Je n'avais pas eu le courage de ces mots-là. Ni même de dire que, après tout ça, ce vide laissé en moi par Lole, je ne croyais pas nécessaire que l'on se retrouve un jour.

— Parce que je ne l'aime pas, tu le sais bien, j'avais répondu à Lole.

— Tu te trompes peut-être.

— Lole, je t'en prie.

— Tu passes ta vie à ne pas vouloir admettre les choses. Moi qui m'en vais, elle qui t'attend.

J'avais eu envie de la gifler, pour la première fois.

— Je ne savais pas, dis Babette.

— Laisse tomber. L'important, c'est ce qui se passe... Ces tueurs qui nous coursent. C'est de ça qu'il faut qu'on parle, tout à l'heure. J'ai des idées. Pour négocier avec eux.

— On verra, Fabio... Mais tu sais... Je crois que c'est la seule solution, aujourd'hui. Une opération « mains propres », en France. C'est la seule manière, la plus efficace, de répondre aux doutes des gens. Plus personne ne croit à rien. Ni aux hommes politiques. Ni aux projets politiques. Ni aux valeurs de ce pays. C'est... c'est la seule réponse à faire au Front national. Laver le linge sale. Au grand jour.

— Tu rêves ! Ça a changé quoi, en Italie ?

— Ça a changé des choses.

— Ouais.

Bien sûr, elle avait raison. Et pas mal de juges en France partageaient ce point de vue. Ils avançaient, courageusement, dossier par dossier. En solitaires souvent. Risquant leur vie, parfois. Comme le père d'Hélène Pessayre. Je savais ça, tout ça, oui.

Mais je savais aussi que ce n'était pas un coup d'éclat médiatique qui redonnerait sa morale à ce pays. Je doutais de la vérité, telle que la pratiquaient quelques journalistes. Le journal télévisé de vingt heures n'était qu'un miroir aux alouettes. La cruauté des images de génocides, hier en Bosnie, puis au Rwanda, et aujourd'hui en Algérie, ne faisait pas descendre dans la rue des millions de citoyens. Ni en France ni ailleurs. Au premier tremblement de terre, à la moindre catastrophe ferroviaire, on tournait la page. Laissant la vérité à ceux qui mangeaient de ce pain-là. La vérité était le pain des pauvres, pas des gens heureux ou croyant l'être.

— Tu l'as écrit toi-même, je dis. Que la lutte contre la Mafia passe par un progrès simultané du développement économique et social.

— Ça n'empêche pas la vérité. À un moment. Et c'est le moment, Fabio.

— Mon cul !

— Fabio, merde ! Tu veux quoi, que je raccroche ?

— Combien ça vaut de morts, la vérité ?

— On peut pas raisonner comme ça. C'est des raisonnements de perdants.

— On est perdants ! je gueulai. On ne changera rien. Plus rien.

Je repensai aux propos d'Hélène Pessayre, quand nous nous étions retrouvés au fort Saint-Jean. À ce livre sur la banque mondiale. À ce monde, clos, qui s'organisait, et dont nous serions exclus. Dont nous étions déjà exclus. D'un côté l'Ouest civilisé, de l'autre les « classes dangereuses » du Sud, du tiers-monde. Et cette frontière. Le *limes.*

Un autre monde.

Dans lequel, je n'avais plus, moi, je le savais, ma place.

— Je me refuse à entendre de telles conneries.

— Je vais te dire, Babette, vas-y, bon Dieu ! Balance-la ton enquête, crève, crevons, toi, moi, Honorine, Fonfon, Félix...

— Tu veux que je me casse, c'est ça ?

— Et où tu veux aller, pauvre conne !

Et les mots m'échappèrent.

— Ce matin, la Mafia a liquidé à la hache ton ami Bruno et sa famille...

Le silence tomba. Aussi lourdement que, bientôt, leurs quatre cercueils au fond d'un caveau.

— Je suis désolé, Babette. Ils te croyaient là-haut.

Elle pleurait. Je l'entendais. De grosses larmes, j'imaginais. Pas de sanglots, non, juste des larmes. La panique et la peur.

— Je voudrais que ça finisse, elle murmura.

— Ça ne finira jamais, Babette. Parce que tout est déjà fini. Tu ne veux pas comprendre ça. Mais on peut s'en sortir. Survivre. Quelque temps, quelques années. Aimer. Croire à la vie. À la beauté... Et même faire confiance à la justice et à la police de ce pays.

— T'es con, elle dit.

Et elle éclata en sanglots.

21

Où il apparaît évident que la pourriture est aveugle

J'engageai mon bateau dans le port du Frioul. Il était juste neuf heures. La mer était plus agitée que je n'avais pu le croire en sortant des Goudes. Babette, me dis-je en réduisant le moteur, n'avait pas dû être à la fête pendant trente minutes. Mais j'apportais de quoi la réconforter. Du saucisson d'Arles, un pâté de sanglier, six petits fromages de chèvre de Banon, et deux bouteilles de rouge de Bandol. Du domaine de Cagueloup. Et ma bouteille de Lagavulin, pour plus tard dans la soirée. Avant de reprendre la mer. Félix, je le savais, ne crachait pas dessus.

J'étais tendu. Pour la première fois, j'avais pris la mer avec un but, une raison précise. Du coup, dans ma tête cela avait été une folle sarabande. À un moment, j'en vins même à me demander comment j'avais pu en arriver là, à mon âge, en n'ayant qu'une vague idée de ce que j'étais, et de ce que je voulais dans la vie. Aucune réponse ne s'était imposée. Mais d'autres questions, plus précises encore, que j'avais tenté d'écarter. La dernière était la plus simple. Qu'est-ce je foutais là, ce soir sur mon bateau, avec un flingue, un 6.35, dans la poche de mon blouson ?

Parce que je l'avais emporté, le flingue de Manu. Après quelques hésitations. Depuis le départ d'Honorine et de Fonfon, j'étais désemparé. Sans plus de repères. Et seul. Un moment, j'avais failli téléphoner à Lole. Pour entendre sa voix. Mais que lui dire après ? Là où elle était ne ressemblait en rien à ici. Personne n'y était assassiné. Et l'on s'y aimait sans doute. Elle et son ami, du moins.

La peur m'était alors tombée dessus.

Au moment de sortir le bateau, je m'étais dit : et si tu te trompes, Fabio, et s'ils flairent un coup, et qu'ils te suivent en mer ? Je revenais d'acheter quelques paquets de cigarettes, et j'avais constaté que la Fiat Punto n'était pas garée dans le coin. J'avais remonté la route à pied, presque jusqu'à la sortie du village. Il n'y avait pas non plus de 304 blanche. Ni tueurs ni flics. La peur, je l'avais sentie me nouer le ventre à cet instant, précisément. Comme une sonnette d'alarme. Ce n'était pas normal, ils auraient dû être là. Les tueurs, puisqu'ils n'avaient pu mettre la main sur Babette. Les flics, puisque Hélène Pessayre s'y était engagée. Mais c'était trop tard. Félix, à ce moment-là, avait déjà pris la mer.

J'aperçus le bateau de Félix, complètement à droite de la digue qui relie les îles de Pomègues et Ratonneau. Côté constructions. Là où quelques bars étaient ouverts. Le port était calme. Même en été, le Frioul n'attirait pas les foules le soir. Les Marseillais n'y venaient que dans la journée. Au fil des ans, tous les projets immobiliers s'étaient enlisés dans l'indifférence. Les îles du Frioul n'étaient pas un lieu habitable, juste un endroit où venir plonger, pêcher et nager dans l'eau froide du large.

— Oh ! Félix ! j'appelai en laissant mon bateau venir vers le sien.

Il ne bougea pas. Il semblait dormir. Le buste légèrement incliné devant lui.

Ma coque frotta doucement contre celle de son bateau.

— Félix.

J'avançai le bras pour le secouer gentiment. Sa tête bascula sur le côté, puis en arrière, et ses yeux morts vinrent se planter dans les miens. De son cou ouvert, le sang coulait encore.

Ils étaient là.

Babette, je pensai.

Nous étions coincés. Et Félix était mort.

Où elle était, Babette ?

Une lame de fond retourna mon estomac et j'eus dans la gorge le goût acide de la bile. Je me pliai en deux. Pour vomir. Mais je n'avais rien dans le ventre, qu'une longue rasade de Lagavulin avalée à mi-chemin.

Félix.

Ses yeux morts. À jamais.

Et ce sang qui coulait. Qui coulerait dans ma mémoire tout le restant de ma putain de vie.

Félix.

Ne pas rester là.

D'un geste vif, m'appuyant sur sa coque, je repoussai mon bateau, lançai le moteur et fis marche arrière pour me dégager. Des yeux, j'observai le port, la digue, les alentours. Personne. J'entendis des rires sur un voilier. Les rires d'un homme et d'une femme. Celui de la femme pétillait comme du champagne. L'amour n'était pas loin. Leurs corps à même le bois du pont. Leur plaisir sous la lune.

J'amenai mon bateau à l'écart. À l'extrême est. Ce côté-là n'était pas éclairé. Je restai un moment à scruter la nuit. La roche blanche. Puis je les vis. Ils étaient trois. Tous les trois. Bruscati et le chauffeur. Et l'égorgeur, cet enfant de putain. Ils grimpaient rapidement l'étroit chemin qui part dans la rocaille et qui conduit à une multitude de petites criques.

Babette devait cavaler par là.

— Montale !

Je me figeai. Mais cette voix ne m'était pas inconnue. De l'ombre d'un rocher, je vis apparaître Béraud. Alain Béraud. Le coéquipier d'Hélène Pessayre.

— Je vous ai vu arriver, il dit en sautant agilement dans mon bateau. Pas eux, je crois.

— Qu'est-ce que vous foutez là ? Elle est là, elle aussi ?

— Non.

Je vis les trois hommes disparaître en haut de la côte.

— Comment ils ont su, ces enculés ?

— Je sais pas.

— Comment tu sais pas, merde ! je criai à voix basse.

J'avais envie de le secouer. De l'étrangler.

— Qu'est-ce que tu fous là, alors ?

— J'étais au Vallon-des-Auffes. Tout à l'heure.

— Pourquoi ?

— Merde, Montale ! Elle te l'a dit, non ? On savait que ta copine allait chez ce type. J'y étais quand tu es venu le voir, l'autre jour.

— Ouais, je sais.

— Hélène avait pigé. Le coup du bateau... Astucieux.

— Fais pas chier, merde !

— Elle voulait pas vous savoir ici sans protection.

— Merde ! Mais ils l'ont buté, Félix. T'étais où, alors ?

— J'arrivais. J'arrive, en fait.

Il resta pensif un bref instant.

— Je suis parti le dernier. C'est ça la connerie. J'aurais dû venir ici directement. Et attendre. Mais... mais je... On n'était pas sûr que c'était là que vous deviez vous retrouver. Ç'aurait pu être au château d'If. À Planier... Je sais pas, moi...

— Ouais.

Je ne comprenais plus rien, mais cela n'avait plus d'importance. Il fallait qu'on fonce, et retrouver Babette. Elle avait un avantage sur les tueurs, elle connaissait l'île par cœur. La moindre crique. Le moindre sentier caillouteux. Pendant des années, elle était venue y faire de la plongée.

— Faut qu'on y aille, je dis.

Je réfléchis une seconde.

— Je vais longer la côte. Pour tenter de la récupérer. Dans une des criques. Y a que comme ça.

— J'y vais à pied, il dit. Par le chemin. Derrière eux. Ça te va ?

— OK.

Je lançai le moteur.

— Béraud, je dis.

— Ouais.

— Pourquoi t'es seul ?

— C'est mon jour de congé, il répondit sans rire.

— Quoi ! je criai.

— Montale, c'est ça l'os. C'est qu'on a été débarqués. On lui a retiré l'affaire après son rapport.

On se regarda. Il me sembla voir dans les yeux de Béraud la fureur d'Hélène. Sa fureur et son écœurement.

— Elle s'est fait taper sur les doigts. Méchamment.

— C'est qui, à sa place ?

— La brigade financière. Mais je sais pas qui encore, le commissaire.

Maintenant la colère me gagnait, furieusement.

— Me dis pas qu'elle a fait état de ta filature !

— Non.

Je l'attrapai violemment par la chemise, sous le cou.

— Mais tu sais pas, hein ? Pourquoi ils sont arrivés ici ! Toujours pas !

— Si... Je crois.

Sa voix était calme.

— Et c'est quoi, alors ?

— Le chauffeur. Notre chauffeur. Je vois que lui.

— Et merde ! je dis en le lâchant. Et elle est où, Hélène ?

— À Septèmes-les-Vallons. Pour enquêter sur les éventuelles origines criminelles des incendies... Paraît que ça gueule de partout. Ce feu... Elle m'a demandé de pas vous lâcher, Hélène.

Il sauta du bateau.

— Montale, il dit.

— Quoi.

— Le mec qui conduisait leur hors-bord, il est bâillonné et ligoté. J'ai appelé les flics aussi. Devraient pas tarder.

Et il s'élança sur le chemin. Il dégaina un flingue. Un gros. Je sortis le mien. Le flingue de Manu. J'engageai un chargeur et mis la sécurité.

Je contournai l'île lentement. Pour essayer de repérer Babette ou les tueurs. La lumière blanche de la lune donnait un aspect lunaire à la rocaille. Jamais ces îles ne m'avaient paru aussi lugubres.

Je repensais à ce qu'avait dit Hélène Pessayre ce matin, au téléphone. « Chacun joue sa partie. » Elle avait joué la sienne, et elle avait perdu. Je jouais la mienne, et j'étais en train de perdre. « C'est ce que vous vouliez, non ? » Est-ce que j'avais tout foiré, une nouvelle fois ? Est-ce qu'on en serait là si...

Babette, elle descendait. Dans un étroit goulet de roches.

Je rapprochai le bateau. En me tenant au centre de la crique.

L'appeler, maintenant. Non, pas encore. La laisser descendre. Arriver au fond de la crique.

J'approchai un peu, puis je coupai le moteur pour glisser lentement sur l'eau. J'avais encore du fond sous moi, je le devinai. J'attrapai les rames et m'approchai encore.

Je la vis apparaître sur l'étroit banc de sable.

— Babette, j'appelai.

Mais elle ne m'entendit pas. Elle regardait le haut des rochers. Il me sembla l'entendre haleter. La peur. La panique. Mais ce n'était que mon cœur que j'entendais.

Il battait à tout rompre. Comme une bombe à retardement. Putain, calme-toi ! je me dis. Ça va péter !

Me calmer ! Me calmer.

— Babette !

J'avais crié.

Elle se retourna, m'aperçut enfin. Comprit. Le type apparut au même instant. Trois mètres à peine au-dessus d'elle. Ce n'était pas un flingue qu'il tenait.

— Planque-toi ! je hurlai.

La rafale partit et couvrit ma voix. Les rafales suivirent. Babette se souleva, comme pour plonger, puis retomba. Dans l'eau. Le tir cessa brusquement et je vis le tueur s'envoler au-dessus des rochers. Sa mitraillette dégringola dans la caillasse. Puis le silence, soudain. L'instant d'après son corps s'écrasa plus bas. Le choc de son crâne contre la roche résonna dans la crique.

Béraud avait fait mouche.

Je filai un grand coup de rames. Je sentis la coque frotter le fond caillouteux. Je sautai hors du bateau. Le corps de Babette était toujours dans l'eau. Immobile. Je tentai de le soulever. Du plomb.

— Babette, je pleurai. Babette.

Je tirai doucement le corps de Babette vers le sable. Huit impacts labouraient son dos. Je la retournai lentement.

Babette. Je m'allongeai contre elle.

Ce visage que j'avais aimé. Le même. Aussi beau. Tel que Botticelli l'avait rêvé une nuit. Tel qu'il l'avait peint un jour. Le jour de la naissance du monde. Vénus. Babette. Je caressai lentement son front, puis sa joue. Mes doigts effleurèrent ses lèvres. Ses lèvres qui m'avaient embrassé. Qui avaient couvert mon corps de baisers. Sucé mon sexe. Ses lèvres.

Je plaquai ma bouche sur la sienne, comme un fou.

Babette.

Le goût du sel. Je poussai ma langue, le plus durement possible, le plus loin possible dans sa bouche. Pour cet impossible baiser que je voulais qu'elle emporte. Mes larmes coulaient. Salées, elle aussi. Sur ses yeux ouverts. J'embrassai la mort. Passionnément. Les yeux dans les yeux. L'amour. Se regarder dans les yeux. La mort. Ne pas se quitter des yeux.

Babette.

Son corps soubresauta. J'eus dans la bouche le goût du sang. Et je vomis la seule chose qu'il me restait encore à vomir. La vie.

— Salut, connard.

La voix. Celle que j'aurais pu reconnaître entre mille.

Des coups de feu résonnèrent au-dessus de nous.

Je me retournai lentement, sans me lever, et restai assis, le cul dans le sable mouillé. Les mains dans les poches de mon blouson. Ma main droite ôta la sécurité à mon flingue. Je ne bougeai plus.

Il braquait un gros colt dans ma direction. Il me dévisagea. Je ne voyais pas ses yeux. La pourriture n'a pas de regard, je me dis. Elle est aveugle. J'imaginai ses yeux sur le corps d'une femme. Quand il la baisait. Pouvait-on se faire baiser par le Mal ?

Oui. Moi.

— T'as essayé de nous niquer, hein.

Je sentis son mépris couler sur moi. Comme s'il venait de me cracher à la gueule.

— Ça ne sert plus à rien, je dis. Elle, moi. Demain matin, tout, entièrement tout sera sur Internet. La liste complète.

J'avais appelé Cyril, avant de partir. Je lui avais dit de tout balancer, cette nuit. Sans attendre l'avis de Babette.

Il rigola.

— Internet, tu dis.

— N'importe qui pourra les lire, ces putains de listes.

— Ferme-la, connard. Les originaux, ils sont où ?

Je haussai les épaules.

— Elle a pas eu le temps de me dire, Ducon. On était là pour ça.

De nouveaux coups de feu, là-haut dans les rochers. Béraud était vivant. Du moins, il l'était encore.

— Ouais.

Il s'avança. À quatre pas de moi, il était maintenant. Son flingue droit devant moi.

— T'as cassé ta lame de couteau sur mon vieux copain.

Il rigola encore.

— T'aurais préféré que je te découpe aussi, connard ?

Maintenant, je me dis.

Mon doigt sur la détente.

Tire !

« Vous me laisseriez le tuer... Vous ? »

Tire, bon Dieu ! hurla Mavros. Sonia se mit à hurler aussi. Et Félix. Et Babette. Tire ! ils gueulaient. Fonfon, la colère dans son regard. Honorine, ses yeux tristes qui me regardaient. « L'honneur des survivants... » Tire !

Montale, putain de merde, tue-le ! Tue-le !

« Je vais le tuer. »

Tire !

Son bras s'abaissa lentement. Se tendit. Vers mon crâne.

Tire !

— Enzo ! je criai.

Et je fis feu. Le chargeur.

Il s'écroula. Le tueur sans nom. La voix. La voix de la mort. La mort même.

Je me mis à trembler. La main crispée sur la crosse du flingue. Bouge, Montale. Bouge, reste pas là. Je me levai. Je tremblais de plus en plus.

— Montale ! appela Béraud.

Il n'était plus très loin. Nouveau coup de feu. Puis le silence.

Béraud ne rappela pas.

Je m'avançai vers le bateau. Titubant. Je regardai l'arme que je tenais dans la main. L'arme de Manu. D'un geste violent, je la balançai loin devant moi, dans la mer. Elle retomba dans l'eau. Avec le même bruit, ou presque, mais dans ma tête cela fit le même bruit, que la balle qui m'entra dans le dos. Je sentis la balle, mais je n'entendis le coup de feu qu'après. Ou l'inverse, forcément.

Je fis quelques pas dans l'eau. Ma main caressa la plaie ouverte. Le sang chaud sur mes doigts. Ça me brûlait. Dedans. La brûlure. Comme le feu dans les collines, elle gagnait du terrain. Les hectares de ma vie qui se consumaient.

Sonia, Mavros, Félix, Babette. Nous étions des êtres calcinés. Le Mal se propageait. L'incendie gagnait la planète. Trop tard. L'enfer.

Oui, mais ça va, Fabio ? Ça va, non ? Ouais. C'est juste qu'une balle. Est-ce qu'elle est ressortie ? Non, putain. On dirait pas, non.

Je me laissai tomber dans le bateau. Allongé. Le moteur. Démarrer. Je démarrai. Rentrer, maintenant. J'allais rentrer. C'est fini, Fabio.

J'attrapai la bouteille de Lagavulin, la débouchai, approchai le goulot de mes lèvres. Le liquide glissa en moi. Chaud. Cela me faisait du bien. On ne pouvait pas saisir la vie, juste la vivre. Quoi ? Rien. J'avais sommeil. La fatigue. Oui, dormir. Mais n'oublie pas d'inviter Hélène à manger. Dimanche. Oui, dimanche. C'est quand dimanche ? Fabio, dors pas, putain. Le bateau. Dirige le bateau. Vers chez toi, là-bas. Les Goudes.

Le bateau filait vers le large. Ça allait, maintenant. Le whisky me dégoulinait sur le menton, dans mon cou. Je ne sentais plus rien de moi. Ni dans mon corps ni dans ma tête. J'en avais fini avec la douleur. Toutes les douleurs. Et mes peurs. La peur.

Maintenant, la mort, c'est moi.

J'avais lu ça... Se souvenir de ça, maintenant.

La mort, c'est moi.

Lole, tu veux pas tirer les rideaux sur notre vie ? S'il te plaît. Je suis fatigué.

Lole, s'il te plaît.

DU MÊME AUTEUR

Aux Éditions Gallimard

En Série Noire

TOTAL KHÉOPS, 1995, n° 2370, (Folio Policier n° 194).

CHOURMO, 1996, n° 2422, (Folio Policier n° 195).

SOLEA, 1998, n° 2500, (Folio Policier n° 196).

ALORS NÉGRO, QU'EST-CE QUI CLOCHE ?, dans *Les treize morts d'Albert Ayler*, 1996, n° 2442.

LE RETOUR DU PRINCE NOIR, dans *Noces d'or 1945-1995*, 1995, collectif hors commerce publié à l'occasion des cinquante ans de la Série Noire.

En Folio Policier

FABIO MONTALE : TOTAL KHÉOPS - CHOURMO - SOLEA, 2015, n° 773.

Aux Éditions Flammarion

LES MARINS PERDUS, 1997 et 2003 (J'ai lu).

LE SOLEIL DES MOURANTS, 1999 (J'ai lu).

UN JOUR, JE SERAI FABIEN BARTHEZ, 1998, dans *Y'a pas péno : fous de foot.*

Aux Éditions Librio

VIVRE FATIGUE, 2001, illustrations de Joëlle Jolivet, Librio n° 208.

MARSEILLE, LA LUMIÈRE ET LA MER, 1998, dans *Méditerranées*, Librio n° 219.

LA RENTRÉE EN BLEU DE CHINE, 1997, dans *C'est la rentrée !*, hors commerce Librio offert en supplément gratuit de *Libération.*

Aux Éditions du Ricochet

L'ARIDE DES JOURS, 1999, photographies de Catherine Izzo (Librio n° 434).

LOIN DE TOUS RIVAGES, 1996, dessins de Jacques Ferrandez (Librio n° 426).

AU LUME DI LUNA, 1997, dans *13, rue Saltalamacchia.*

Chez d'autres éditeurs

MARSEILLE, 2000, photographies de Daniel Mordzinski, Hoëbeke.

FRAGMENTS DE LA MÉDITERRANÉE, dans *La Méditerranée française*, 2000, vol. 9 de *Les représentations de la Méditerranée,* dirigé par Thierry Fabre, Maisonneuve & Larose.

UN TEMPS IMMOBILE, 1999, photographies de Catherine Izzo, Éditions Filigranes.

CLOVIS HUGUES, UN ROUGE DU MIDI, 1978, Éditions Jeanne Laffitte.

LE RÉEL AU PLUS VIF, 1976, Éditions Guy Chambelland.

PAYSAGES DE FEMMES, 1975, Éditions Guy Chambelland.

BRAISES, BRASIERS, BRÛLURES, 1975, illustrations de Henri Damofli.

ÉTAT DE VEILLE, 1974, Éditions Pierre Jean Oswald.

TERRES DE FEU, 1972, Éditions Pierre Jean Oswald.

POÈMES À HAUTES VOIX, 1970, Éditions Pierre Jean Oswald.

Composition Nord Compo
Impression Novoprint
á Barcelone, le 25 mai 2015
Dépôt légal: mai 2015

ISBN 978-2-07-046315-2 / Imprimé en Espagne.

277018